旷野望

张振兴 著

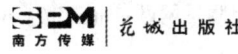

中国·广州

图书在版编目（CIP）数据

旷野望 / 张振兴著. -- 广州：花城出版社，2023.1
ISBN 978-7-5360-9830-5

Ⅰ．①旷… Ⅱ．①张… Ⅲ．①长篇小说－中国－当代 Ⅳ．①I247.5

中国版本图书馆CIP数据核字(2022)第225062号

书名题字：林经文
封面插画：薛从伦

出 版 人：张　懿
责任编辑：凌春梅
责任校对：袁君英　李道学
技术编辑：薛伟民
封面设计：张年乔

书　名	旷野望 KUANG YE WANG
出版发行	花城出版社 （广州市环市东路水荫路11号）
经　销	全国新华书店
印　刷	深圳市福圣印刷有限公司 （深圳市龙华区龙华街道龙苑大道联华工业区）
开　本	787毫米×1092毫米　16开
印　张	28.25　1插页
字　数	385,000字
版　次	2023年1月第1版　2023年1月第1次印刷
定　价	68.00元

如发现印装质量问题，请直接与印刷厂联系调换。
购书热线：020-37604658　37602954
花城出版社网站：http://www.fcph.com.cn

这是一片难以忘怀的土地，过往的岁月，像窑院前老树上的雨滴，不时砸落在记忆之弦上，始终在我心中叮咚作响，连缀成一曲长歌。

——张招弟

1

几十年后，当余家俊老汉在自家老庄子院墙外，背靠着比他还老几辈子的大槐树，仰望着枝叶缝隙里筛下的刺眼的阳光，回顾起自己一生经历的时候，不由得从胸腔深处发出一声苍凉的慨叹：命里该当八合米，走遍天下不满升。老辈人说的话对对的，啥人就该是啥命，不论啥啥事情，因果都是命里早就注定了的，只不过没有提前通知你罢了。细细回想自己一生的过往，他觉得自己这辈子的光阴，纯粹是老天爷跟他开的一个玩笑，他给了你一些想法，一些欲望，又诱着你，惑着你，把绳绳放得长长的，吊着你，让你得不到又摆不脱，像木偶一样，被牵着提着耍戏一辈子，直到你风雨飘摇，灯枯油尽。

对于当年桑树原上红火一时的年轻农民余家俊来说，一九七〇年发生的两件事情，不仅改变了他当时的生活状态，让他短促地感受了一下出人头地的滋味，甚至于对他一生的命运都形成了潜在的影响。

第一件事，是在那个寒风肆虐的元旦的夜晚，他误打误撞地，在离自家村子不远处公路旁边的沟坎里，救下了公社卫生院院长李汝松的一条命。这件事不仅让他获得了极大的荣誉，成了那几年桑树原上的名人，同时也让他结交了一位此后一生不离不弃、关系笃铁的好朋友。

第二件事，就是当时正在发生着的那场持续了半年的旱灾。正是因为这场旱灾，才有在全县"三级干部会"上激发出"平田整地，与天夺粮"的战斗豪情，于是就有了秋后的平田整地大会战，从而让他在那场轰轰烈烈的大会战中，收获了一段虽然短暂却内容厚实，致使他一生都牵心扯肺的爱情。也正是这段短暂的甜蜜与浪漫，令他不能按照大伯为他设计好的人生轨迹行走下去，把那个也许是美好的前程悄然断送掉。

这个夏秋之交的中午，从地区招待所大门走出的余家俊，第一次，或许也是最后一次生出一种人生得意的感觉。

初秋正午的太阳，虽然已经褪去暑夏的酷烈，但依然明晃晃地挂在头顶上，抛洒着应有的热量。好在风已经由干热转变为清凉了。虽然一场持续半年的干旱，已经把东边那个县两条原上的光阴失蹋成了一锅提不起来的稀糊汤，但地区党委和革委会所在的这座城市，却没有受到什么影响，依然是欣欣向荣的大好形势。

午饭后没多久，一群上身穿着当时最为时髦的崭新的草绿色军衣，下身穿着杂色裤子的人拥出了地区招待所的大门，桑树原公社余家磨坊大队的余家俊也精神抖擞地掺和在人群之中。大家兴高采烈地在招待所门外的马路边上互道再见之后，便各分东西渐次离去，只剩下余家俊一人还在招待所门前流连着。

这时候的余家俊，已经不是往常的那个余家俊了，他的名字前面加上了"优秀回乡知识青年"和"活学活用毛主席著作积极分子"两个响亮的头衔，他的精神面貌，也与十天前有了很大不同。刚到县里报到的那天，他上身穿着一件被汗液和灰尘渍染得几乎分不清什么底色的白洋布汗褟子，背着他那个被他十分珍视的、用三个鸡蛋跟住在县城的同学换来的已经洗得发白的黄军包，灰头土脸、满脸菜色地被送到地区招待所。而这会儿的余家俊，青春的活力又恢复了，那张瘦而且黑的脸上，又泛出了饱满的青春的光泽。

余家俊本是中等个头偏瘦的体型，全然没有膀大腰圆的庄稼汉的样子，但是他那张偏瘦偏黑的脸上配着的几个零件,却都是优质产品,可谓是浓眉大眼,鼻直口方。尤其是藏在鼓凸的眉棱下的那双大眼睛,十分有神地滴溜溜闪着亮光,一笑还露出一口白牙。他也和大多数人一样,上身穿一件崭新的军装,只是下身穿的,还是他妈手工缝制的,用核桃皮染成褐色的白洋布裤子,再往下的光脚丫子上,蹬着一双帮子已经开裂的黑布鞋,形成了"越往下越不行"的感觉。一新一旧两个黄军包交叉着挎在两面肩膀上,包带很威武地在胸前打一个十字叉。

余家俊是代表桑树原公社参加地区举办的第一届"活学活用毛主席著作积极分子表彰大会"的,他的光辉事迹是"不畏严寒勇救阶级兄弟"。余家俊初中毕业,在县中学念了一学期高中。从小到大,他就没有离开过桑树原上的那片黄土地。只是刚上高中时,桑树中学的高中班突然撤销,他们一班二十几个学生,被归并到县中学去念书,于是他就背上馍馍口袋过起了住校的生活。然而没过几个月,学校就停课闹革命了。起初,他也曾满腔热情地参加各种活动,他的毛笔字写得不错,许多大字报都由他抄写。可是没过多久,他就觉得味道不对了,一浪一浪兴起的那些,都不是他喜欢的事情,尤其今天揪这个,明天斗那个,大字报,大批判,文攻武卫,让他心里十分厌烦。于是,就在一个回家背馍馍的日子,他把馍馍口袋交给了母亲,挑起担子帮着父亲挣工分去了。后来学校复课了,可是父亲的腿脚越来越不给劲,连去沟里挑一担水都很费劲,他便彻底放弃了读书的念想,在家当起了全劳力。至于这几年他是不是活学活用了毛泽东思想,他自己其实也不清楚。

然而不管怎么说,在整条桑树原上,他是除了公社干部之外,第一个走进地区大礼堂参加高规格会议的农家人,这不能不说是他人生的一大荣耀。十天的会期里,他经历了许多个人生第一次:第一次进入那么宽敞明亮的大礼堂,第一次住进了楼房,第一次在水龙头下痛痛快快地洗了热水澡,第一次见到了地委书记、革委会主任等等那么多的大领导,并握了手照了相,第一次……

虽然以前他也曾到公社、到县里参加过造反派或其他的会议，但那种草台班子的规模与气派，根本无法与这次大会相提并论。那天他胸前戴着大红花，在主席台上交流个人事迹，并接受领导颁发奖品的时候，他真切地感受到，这莫大的荣耀是由他自己独享的，是他二十年人生的一次飞跃。

那天的"讲用"，或许是他这辈子在人前最为露脸的事情。以前在公社，在县里，他的"讲用"都是照本宣科地念稿子，但这天，当登上主席台，在话筒前面站定的时候，那个寒风料峭的元旦之夜所发生的事情，就蓦然间涌现到他的脑海中，那些情景也就随之在眼前一幕幕闪现：

这天晚上天阴得很重，头顶上像倒扣着一口锅，天黑得几乎伸手不见五指。余家俊和同学分手以后，紧攥着一根拾来的树杈，沿着隐约可见的公路快步往家走。在离西队饲养站不远的一个拐弯处，脚下突然被绊了一下，差点儿摔一个大马趴，他刚稳住身子，猛然听到身边的路基下传来一种很奇怪的声音。这突如其来的意外使他凛然一惊，浑身的寒毛都竖了起来，他警觉地意识到是不是遇上狼了。他不敢撒丫子逃跑，他知道动物都是从背后袭击人，他的两条腿可跑不过狼的四条腿，便双手攥紧树杈，做好战斗的准备，屏息凝神往路基下观察，寻找声音的来源。看了一会儿，没发现什么，却又听到一阵呼噜呼噜的声音，好像打鼾，又好像呻吟。他心想，要是动物，这会子不是跑了就是会扑上来，可这个声音是固定在一处的。他心里稍微安稳了一点儿，往路边挪了两步仔细往下看，这才看清，这里就是村前那条大沟的顶端，那个紧逼着路边的沟壑。他隐约发现路坎下的沟坡上好像趴着一个人，再仔细观察，人旁边还有辆自行车。看到这些他就不害怕了，心想，这是谁黑灯瞎火地骑车子掉沟里了？转念一想，桑树原上能骑自行车的，也就公社干部和学校老师那么几个人，农民是没有自行车的。

于是他顺着沟坡往下溜了几步，溜到了那人跟前。那人横着趴卧在斜坡上，脸朝着一侧。余家俊先伸手探了一下那人的鼻息，冻僵的手指能感觉到一点儿微弱的热乎气，他把冰凉的手指往那人脸上触了一下，那人没有反应。他断定这人虽然没死，但是摔得不轻，要是没人发现，这一夜不被冻死，也得被狼扒了。他在那人身边蹲下来，一时不知道该怎么办。思谋了一阵，他把那人扳着翻了个身，可能是疼了，有了呻唤，再把那人往起扶时，呻唤就大了。他把那人扶坐起来，蹲下身子，把脊背靠上那人的前胸，掀起对方两条僵硬的胳膊搭在自己肩上，然后就着坡势往前躬身，感觉到脊背完全受力了，便腾出一只手撑住膝盖借劲站了起来。就在他挺身的那一下，那人发出一声尖锐的叫唤。他没管这些，顺着沟坡爬到公路边上，再没停歇直奔庄子里去。好在那人身量不大，也像他一样偏瘦，背着并不太费劲。

回到自家窑院，父母已经睡了。他直接进了自己窑里，先把那人放倒在炕上，然后摸着洋火点着油灯。借着灯光回身看时，他被吓了一跳。那人浑身是土，满头满脸都是血泥，根本看不出个模样，唯一能看出是个活人的，是胸部还在起伏。他赶紧把父母叫起来，迷迷瞪瞪的老两口跟过来往炕上一瞅，也惊得叫了一声。余家俊让母亲烧点儿热水，让父亲把人看着，自己撒丫子跑去合作医疗站找赤脚医生陈化云。

等他扶着陈化云跌跌跄跄回来时，他妈已经把热水烧好了，用瓦盆端到炕头上，然后又给他烧炕。陈化云脱鞋上炕，先摸了一会儿脉，觉得生命体征还不错，就让余家俊把油灯端到跟前照亮，解开那人的衣服。那人穿的是棉制服，里面还有毛衣，半身衣服都被血染了，结起了泥痂。陈化云打开他的木制医药箱，拿出药棉和纱布，蘸着热水先给擦洗脸面。不一会儿泥血褪去，露出一张已经肿胀扭曲但还能分辨出大概模样的脸。他们仔细端详了一会儿，认出来了，是公社卫生院的院长李汝松……

余家俊干脆丢开稿子，用自己的语言，把那些生动的场景栩栩如生地再现出来，那些有血有肉的生动情节，赢得了暴雨般的掌声。

尽管由于事迹的单一和发生的偶然，他没能入选去往省城参加更高规格会议的团队，使他的心情受到了一点儿打击，但是这次会议上他所得到的从来没有享受过的高规格的待遇和丰厚的奖品，极大地填补了他内心的失落。

这会儿，他左肩右拊的新军包里，装着他佩戴过的大红花、获奖证书和作为奖品的"毛选"四卷；右肩左拊的旧军包里，装着他十天里节省下来的十个四两一个的大馍馍。一左一右，一面是精神食粮，一面是物质食粮，两种食粮无疑极大地鼓舞起了余家俊胸中的豪气，脸膛上的菜色便替换成了青春的红润。特别是左胸前口袋里装着的那十元生活补助，更是让他觉得屁股后面别了一根镢头把，很有些腰里硬的感觉。二十岁的余家俊在这满腔豪气的鼓荡下，挺直腰杆，踌躇满志地向长途汽车站走去。

这里离家有六十多公里，长途班车每天两趟，上午八点一趟，下午两点一趟。汽车出市区沿川道向东行驶五十公里，在一个叫花牌楼的地方向右拐弯，沿盘山路驶上川道南边的桑树原，然后横跨原顶，再下到桑树原南边的川道就到县城了。余家俊要下车的地方，是在原顶上的公路旁，下车后再沿一条东西走向的沙土公路向东步行十多公里，才能到达他家所在的余家磨坊。

余家俊走到车站的时候，第二趟班车还要半个钟头才能发车。车票是会上提前买好的，他不用操买票的心。余家俊在院子里转了一圈，溜达到车站外的小卖部里，从会议补助中拿出一张一块的票子，花两毛三分钱，买了一盒"海河"牌纸烟。他打开包装，就着柜台上的洋火点燃了一支，然后蹚出店门，一边悠闲地抽着纸烟，一边昂首挺胸地继续在车站院子里溜达，傲视着候车上车的各色人等。新军装口袋里揣着的这九块多钱，真是他骄傲的一项资本，从小到大，他口袋里从来没有装过这么大的一笔钱，当然也没有自己买过"海河"这样的高级纸烟。然而让余家俊心里有点儿不受活的是，尽管他穿着新衣裳，抽着纸烟，昂首挺胸地在人群中溜达，却并没引起人们的注意，人们都在关照着自己的事情，除了几只被窝在笼子里的母鸡朝着他"咯咯"了几声，好像在说"看、看，这人的新衣裳"，再没有人搭理这个在日头底下晃来晃去不怕热的人。

一根纸烟抽完，他想再续上一根，可是烟头已经被他潇洒地一脚踩掉了。他摸摸口袋，没有摸着洋火盒，于是后悔起刚才没把小卖部里的那盒洋火顺手装起来。他正准备再到小卖部里去点一回，班车门呼啦一声打开了，候车的人们拉起自己的包包担担向车门聚拢，余家俊也不敢怠慢，连忙放弃点烟的念头，疾步向班车扑过去。好在他没带什么行李，身体又灵活，没费什么劲儿就挤上了车，并抢到了一个靠窗的座位。

班车轰鸣了好一阵子，颤抖着身子摇摇晃晃地启动，缓慢驶过行人稠密的城区。车厢里挤满了人，尽管每扇车窗都大开着，四面走风漏气，但还是像蒸笼一样闷热，旱烟味、汗臭味混合着汽油的味道弥漫在空气中，让人很快就涌起昏昏欲睡的感觉。余家俊蜷缩在座位上，选择了一个最舒服的姿势坐稳，把两个挎包抱在怀里闭上了眼睛。

倏忽间想起临出家门时，他的大伯即大队党支部书记余有礼跟他说的那段话：你娃这一回出去，给咱余家磨坊把脸面挣够，在咱桑树原上把风头出尽，等你回来，我就跌跌着让你先把大队团支部书记当上，明年上半年你给咱入个党，再当大队文书兼民兵连长，这就进咧大队领导层的圈圈咧，过两年当大队长，再等着接我的班，咱要把余家磨坊的权力牢牢地抓在咱自家人手里，不让他外人插手。至于再往后，就靠你娃的本事，看是走公社呢还是进县城呢。这短短的几句话，等于把他余家俊半辈子的光阴交代清楚了，也就是说，从现在起，余家俊已经成为余家磨坊未来的当家人了。

由此，他又想起了西余家队队长余兴汉家的女儿露娃。这个女子是余家俊心里的一坨油，是他心目中最为出色的女人，"就没一点点弹嫌，长得只是个乖"。

余家俊和露娃是一起长大的。露娃从小就不像农村娃娃，皮肤白白净净，上宽下窄微显椭圆的脸上，扑闪着一双毛茸茸的大眼睛，一副美人坯子样。余家俊比露娃大两岁，但从辈分论，他却长着露娃两辈，露娃得叫他小爷。露娃从小就爱跟他玩，攥在身后"碎爷碎爷"叫个不停。露娃长得乖，性格也乖，他们一起玩了十来年，从没见她使过性子，发过脾气，一天到晚都是笑眯眯的。这两年露娃一下子出落成了一个丰满漂亮的大姑娘,成了一条原上小伙子们关注的对象。农村女娃的穿着都比较肥大,下半截腰身长得如何看不出来,但露娃的穿着却有城里人的味道,衣衫前襟遮挡不住的丰胸,耸出诱人的姿态。特别是走起路来前颤后摆的袅娜身姿,全然不是地里刨生活的农村人景象,让多少男人悄悄垂涎、多少女人暗自嫉妒。于是人们就有了慨叹:二球余兴汉和他那个胖老婆,咋就能生养出这么心疼水灵的女娃子。

余家俊早就把露娃藏在了心里,慢慢地温暖着,等着融化。而他隐隐感觉到,露娃心里似乎也有他。特别是这一两年,露娃与他说话时,眼神里总是流露出一种让他感到既新奇又舒服的神采,而且总好像神情紧张似的面色发红,呼吸紧促,于是那张好看的脸蛋,不仅时常吸引着他的目光和思绪,还不时进入他的梦中。

这时,一个念头快速在他脑中闪现,以致把自己都吓了一跳:我已经是余家磨坊未来的掌门人了,露娃不嫁我还能嫁谁?桑树原上又有谁能有娶下露娃的福分?至于那爷爷孙子的辈分,根本就是干蛋的事情,虽然都是一个余家,还论着辈分,其实百十年前就已经是不相干的血脉了。

这个念头不仅惊出了余家俊一身热汗,也把他昏昏沉沉的睡意扫荡清楚了。这时汽车已经转过了几道山弯,摇摇晃晃地爬到了原上。他探头车窗外向前张望了一下,感觉离公路岔口已经不远了,就站起身来,把挎包重新背好,朝着车门挤过去。

从蒸笼似的闷热中逃脱出来,在一阵扑面而来的清凉的风中,余家俊感到浑身通泰,滋润受活。原上向来是不缺风的,严格地说是一年只刮一次风,从正月初一刮到腊月三十。在原上,无论严冬还是暑夏,风总是随时不离左右地伺候着。尤其夏天,无论日头多么酷烈,只要往树底下一站,立马感觉到凉风习习,溽暑顿消。十几年前,一位因"右派"问题被从省城下放到桑树原上劳动改造的教授,经过五年艰辛劳作之后,临走时站在祁家庙那座衰败的古塔下，发出人生的浩叹：原上百般苦，唯得一缕风！

然而，余家俊还没在清凉的风中受活清楚，眼前所见的景致就让他心里堆满了懊丧。刚才车在川里行走时，车窗外掠过的，还是大片浓绿的大秋作物和一排排白杨、垂柳，可眼前的原地上，却像铺了一块蜕了毛的狗皮，一派惨淡的白黄，见不到多少绿意。割过麦子的田地里，土地没有耕翻，稀稀拉拉、参差不齐的麦茬子在阳光下泛着白光，原本应该绿意浓厚的秋粮田里，压根儿就没长出苗来而撂荒了。公路边、村头上的树，都像冬天一样，光秃的枝丫在风中摇摆，只有树顶上人够不到的枝头上，还有些许绿叶，就像娃娃头顶的毛盖子。空旷的公路上，尘土在风中打着旋，没有汽车经过，也少有行人，只是偶尔有几辆拉着粮食口袋的架子车匆匆走过，踢踏起一层浦土，旷荡荡的原野很是寂寥，偶尔有一条狗从村边遛过，也都摇摇晃晃、疲疲沓沓，没有一点儿精神。

这场持续了半年的干旱，把桑树原这条植被原本不甚繁茂的黄土台地，确凿地失踪成了一片原干沟涸、黄土朝天、飞尘弥漫的赤裸之地。十天前，余家俊先被拖拉机送到县里，然后又乘班车去往地区的时候，两次越过原坡下的那条河，平日里十来米宽的水面，那会子就已经瘦成了一根绳。

据说，这次旱灾是五十年不遇的现象。尽管干旱对于原上来说，早已是司空见惯的常态，但像这样一旱半年的情景，已是许多许多年不曾见到了，只是在老辈子人们讲述的古经中听说过，多少多少年原上渴死过牛羊。

旱情是在开春后麦苗返青时节显露端倪的。原本整个冬季里气候还是蛮滋润的，从入冬到腊月，实实在在下了几场雪。尤其腊月二十三小年的那场雪，从后晌一直下到第二天晌午，院子里、崖背上的雪积起了半尺来厚，原坡地、沟岔里都被厚厚的积雪覆盖，整个原上一扫冬季的干枯与荒凉，白茫茫一片世界真干净。庄户人被这几场好雪鼓舞着，脸上露出了少有的灿烂，于是这个年就过得特别地滋润，特别地受活。前半个正月，一条原都沉浸在祥和喜庆的氛围中，各村村头架起的高音喇叭暂时停播了"大批判"，连续不断地播放"革命样板戏",在那些早已熟透了的旋律的伴奏下,家家户户的灶窑里也都不间断地升腾着热气,有些人家偶尔还能听到吆五喝六的划拳声。炕桌边、窑院里说长道短的闲谝中,除了年中的吃食里肉块子少了,没有啥够,地区文工团送戏下乡,只有折子没有全本,让人看得不够过瘾,谈论最多的话题,是对地里墒情的满意和对来年年景的憧憬,于是就在谝传的同时,把公家田里、自留地里来年春天的种植计划早早地筹划定了。

然而,正月十七早起,过了半个月受活日子,吃得油光水滑的庄户人打开窑门时,却被眼前的景象惊呆了。笼罩在大地上的浓厚的白雾,正在白毛风的驱赶下缓缓散去。白雾过后的地面上,被结实地镀上了一层玻璃一样的冰壳,滑得无法下脚。从浓雾中渐次露出身影的树,也都猛然间肥胖了、臃肿了,所有的树干树枝上,都挂上了白森森的冰凌,一条条树枝都像粗壮的狗尾巴一样弯弯地垂挂着,真成了传说中的漫天缟素,玉树临风,就连阳坡地里积雪化去刚刚露出脸来的冬伏的麦苗,也被镀上了一层冰凌而一缕缕变得晶莹剔透。冬日的积雪尚未化尽的桑树原,又进入了百里冰封的天地。

这种冻霜树挂天气,过去也曾时不时地光临桑树原,不过那都是不甚严重的白露的凝结,除了给这条贫瘠荒凉的原地增加一点儿别样的景致,对大气候的变化不会起到什么影响,全然不像这一次来得天罡地煞,波澜壮阔。有经验的庄户人都知道,这是年馑的前兆,这一年的好光阴,八成要被这场冻霜失蹋掉了。

果不其然,当白毛风把原坡上、山洼地、沟沟坎坎里的冰雪吹化之后,老天爷便抹净了一张脸面,每天都像教书先生一样,保持着严肃的洁净与晴朗,把一片瓦蓝挂在头顶上。间或也有几片云朵随风飘来,但也就像串门子似的稍一驻脚又飘走了,始终挤不出一点儿雨来。麦苗返青之后,天气渐渐温暖起来,然而老天爷却像是忘记了还有下雨这档子差事,每天瓦蓝瓦蓝地照耀着大地,百事不管了。

麦苗要拔节了,天上瓦蓝瓦蓝,一片阳光灿烂,苗子拔到不足一尺就失去了继续挺拔的后劲；麦子该抽穗了，天空依然瓦蓝瓦蓝，不见一朵厚云，不闻一声滚雷。等到本该麦子扬花，油菜干荚的时候，农人们彻底失望了。干旱持续到了夏收季节，竟然没见到一滴雨。年头上人们还寄予厚望的麦田里，只有稀稀拉拉一些生命力极顽强的麦稞子上，才能顶出一个月娃子牛牛一样的干瘪麦穗，大片的麦田只能收获一把枯黄的麦草，无论是生产队的大田，还是自家的小地里，基本上连种子都瞎到地里了。

春播那会子，公社按照县里指示，号召各大队、各生产队集中劳力，打一场保墒抢种的人民战争，以战天斗地、人定胜天的气魄，力争夏粮损失秋粮补。各生产队迫于压力，吆牛赶驴把犁铧插进已近干涸的土地，把一把把黄灿灿的玉米和谷子撒进几乎冒烟的垄沟，然后企盼着老天垂怜下一场透雨，让这些珍贵的种子发出新芽。然而转眼十天过去了，瓦蓝瓦蓝的天空没有任何动静，被太阳照晒得泛着白光的地里更是不见丝毫动静。有心急的人把手伸进垄沟去摸，结果，摸出来的细小的谷粒用手指一捻就成了粉末，而玉米种子则像被炒熟了一样焦干酥脆。

有心计的人早已看出地里没有了指望，在大多数人热火朝天地"抓革命促生产"的时候，悄悄地打发自己的婆娘娃娃，向着苜蓿地、蔓菁根、沟坎下、树头上使劲儿了。有了第一个人的动作，就呼啦啦带起众人的行动，不长的一段时间，但凡牲口能吃的东西，都成了磨台上的粉末和锅里的糊汤。等到进入夏季大饥荒来临的时候，一条原上竟像被剃头刀子刮了几遍，看不到些许绿意了。公路和村道上泛起的溏土，一阵风过便是漫天飞尘。百十里长的桑树原，就像一条被剥去了鳞角的土龙，赤裸着疲惫地匍匐在陇东大地上。

余家俊不愿让眼前的苍凉荒芜进一步毁坏他的心绪，埋下头，拣溏土少的地方下脚，沿着路边的沟渠，快步向家的方向走去。等他走到村边时，日头已经挂在了西面的原畔上。余家俊收住脚，深深叹了口气，好像要把胸腔里的懊丧都吐出来，然后抹一把脸上的灰尘，脱下早已变成灰黄的上衣抖了一阵子,重新抖擞起精神走进庄子,准备给父母一个惊喜。

然而,当余家俊挎着左右两包食粮,披着一身尘土,如凯旋的将军一般踏进自家窑院的时候,迎接他的不是父母欢喜的笑脸,却是他老子怒火冲天的叫骂。

父亲刚收了羊圈回到家,正坐在院里的树墩子上解脚腕上的绑腿。猛然看见大门口的他,先是一愣,紧跟着一股子怒火就蹿到了脸上:"唉,你狗日的日能着混上新衣裳咧。我还当是谁家的将军把门走错咧,原来才是个你,你还知道回家的?"

几句叫骂好像劲使得过猛,严重损耗了老汉腔子里的元气,一口气没提起来憋在那里,原本血脉偾张的黑红脸膛一下子变黄了。他挺起腰身重重地喘了两口,才缓过劲儿来,然后有气无力地继续开骂:"人家的救济粮早就进咧肚子里头,都变成垫圈的货咧,咱家的救济粮还在粮库里睡着呢。你当那个积极分子欻吧吗?你开的那个烂尻会,能当吃还是能当喝!"

骂到这儿,老汉显然没力气了,脊背靠在窑壁上喘开了粗气。兴冲冲跑进院子的余家俊,被劈头盖脸的叫骂弄蒙了,愣在那里不知所措。正在灶火跟前拉着风箱搅糊汤的家俊妈,隐约听到老汉的叫骂,踮着小脚从灶窑里出来。一看老汉是跟儿子较劲,就赶紧护向了儿子:"我娃将回来么,你个老尻骂啥呢!"接着扑到儿子身边,拍打着儿子身上的尘土,"我娃走乏咧吧?看我娃这新衣裳美气的!"

母亲的一阵子拍打,才使余家俊回过神来。他卸下装有物质食粮的旧挎包递给母亲,又从上衣口袋里摸出一张五元的票子塞到母亲手里:"妈,这些个,还有这一件新衣裳,都是这一次会上发下的。"

看到手里的票子,又看到包里的馍馍,家俊妈脸上的皱纹都堆成了花儿,嘴里念叨着"我娃乖地"把脸凑到挎包上,贪恋地闻着馍馍的香味,然后转身朝老汉走过去:"你个老尻还骂啥呢,你看娃把啥给你拿来咧!"说着,把挎包送到了老汉的鼻子底下。

余老汉起先投出的目光是轻蔑的，然而当他看清楚了包里面是真真切切白生生的麦面馍馍时，僵硬的脸立马活泛了，他以十分敏捷的动作一把攀住包带，同时伸出另一只黑黢黢的手，急切地抓出一个馍，捧到鼻子跟前深深地闻了几下，狠狠咬下一口，然后闭上眼仰起头，慢慢感受久违了的牙齿与麦面之间香甜的筋道。直到半个馍馍下了肚，他才睁开眼睛看着身旁的娘俩问："你俩刚才说啥呢？"

接下来的这顿晚饭，就成了这半年来第一次真正意义上的饱餐。有了十个馍馍垫底，又有了救济粮的在望，家俊妈放开了手脚，把糊汤几乎稠成搅团了，还从早已空置了的臊子罐罐里刮出一点儿残存的猪油，把一锅糊汤香香地炝了一下。

一家三口盘腿围坐着炕桌吃晚饭的时候，余家俊才从父亲嘴里知道，就在他赶去县里报到的第二天，盼望已久的救济粮终于分配下来了，不分男女老幼每人六十斤玉米。虽然这六十斤原粮对于一个全劳力来说，也就是一个月的嚼头，但毕竟有就比没有强，就如久旱遇到过路雨，能湿多大一块就湿多大一块吧。但是救济粮是不能送到村里的，需要社员们到二十里外的粮库排队领取。一条原上饿疯了的人们都巴望着救济粮能早点进到嘴里，于是生产队里的架子车就成了抢手货。

东余家队只有四辆架子车，五六十户人家同时争用，一下子就显出了狼多肉少要打架的局势。好在村支书余有礼拍板，几个生产队采取同一办法，按照各家窑院在庄子里所居的位置，从下往上、从东往西挨着来，谁也不许加队，谁也不准优先。这项政策一经确定，就给各队省去了许多麻烦。住在最下层台地的几户人家赶忙抄起口袋，拉起架子车欢天喜地踢踏着溏土直奔粮库，住在较高位置的人家，只能眼巴巴数着院头，掐算着轮到自家的日期。

东余家队队长刘玉国是个有心计的人，他估计一条原的人一下子拥到粮库，拥挤排队是肯定的。于是，在第一批领粮的人家上路之时，动员第二批、第三批人家也同时出发去粮库排队，先把粮食领到手，再等车子往回拉，这样依次倒替，人等车不等，一天能跑两三趟。他这一招果然奏效，东余家队领粮的速度比别的村快了一倍。

先进经验总是有传播速度的，刘玉国这一招很快就被另外三个生产队吸收了。西余家队几户住在原边上的人家，一起去找队长余兴汉，想借队里的几头驴把粮食驮回来。余兴汉还没听完几个人的诉求，就瞪起了眼睛："你几个把屁拌下咧，那几头驴半年都没吃上一嘴好饲料，瘦得连你的力气都没有，还让驴给你驮粮呢，亏你们先人呢！"几个人被骂了个灰头土脸，怏怏而去。

东余家队身高一米八五的大肚子汉刘新良熬不住等米下锅的日子，凭着以往一百八十斤的口袋轻松地蹲身一撅就起来的经验，纠集了几个精壮汉子，要拿自己当驴使唤一回，把粮食自己扛回来。结果，被杂合面稀糊汤哄了半年的肚子很不给劲，几个汉子扛着粮食口袋走出粮库不到二里地，就一个个虚汗淋漓，心慌腿软得迈不开步了，只能守在公路边上，等着拉粮的车子经过，央求人家给捎上一段。

本来余家俊去地区开会的这段日子，余有礼已经给刘玉国打了招呼，让队里派人把余家俊家的救济粮给拉回来。由于领救济粮必须每户人家亲自签字画押，家俊他爸余有贤是羊倌，每天都得放羊，而且腿脚不给劲，他妈又是个小脚女人，走不了长路，老两口都去不了，且又不放心让别人顶替。另一方面，余有贤觉得半年的饥馑把人都失踏得见风摇晃，谁还能有多余的力气拉着架子车来回跑四十多里地，这得欠多大的人情。所以谢绝了刘玉国的好意，坚决等余家俊回来。

吃过晚饭天已擦黑，余家俊赶紧出门，他要先到大伯家里汇报地区会议的情况，然后再找队长刘玉国借架子车，明天好去拉粮。这会子，东、西余家两个队的救济粮早都拉回来了，家家户户有了饭吃，也就有了聚在窑院外谝闲传的心情。几个聚在门前老槐树下闲谝的村人看到余家俊，都热情地跟他招呼，余家俊一边跟人简单应酬，一边匆匆走过自家窑院的这层台地，踏上去往原上的坡路。

2

这里正好是黄土原地的掐腰处，村子就在原畔上，坐北朝南，迎面是一条直通县川的大沟。余家磨坊是一个大队，下辖四个生产队，分别是东余家队、西余家队、陈家拐和韩家泉。东、西余家两个生产队本是一个村子，统称余家磨坊。据传说，百年以前村子下面的沟里有好多处泉眼，水量很旺，股股泉水汇合在一起形成很大的水势，余家的先人就在两条沟岔汇拢的地方建了一座水磨房，借用水力推动石磨，替代人力畜力。据说旺水季节一天能磨千斤粮食，枯水季节也能磨出三五百斤，周边十几个村子的庄户人家都驴驮马拉地到这里来磨粮食，于是就有了余家磨坊的村名。后来泉水渐弱，好多泉眼渐趋干涸，最后只剩下一个泉眼养活着三个生产队的人畜，磨坊也就成了一个遥远的传说而名存实亡了。

原地在这里掐了腰，接近沟垴的地方，形成了一个山湾，东余家队坐东朝西，西余家队坐北朝南，都面朝着那条大沟，以拐弯处的一棵老槐树为界，天然地形成了两个方位。陈家拐在原地北沿上，韩家泉则在东南方向的另一条沟边上。

村民都住窑洞，只有小学和生产队的场屋是建在原上的两坡水房子，住家的窑洞是从原畔往下，沿着崖边一台一台挖下去，再在立壁上打窑。窑洞前的平地就是院子，院墙外面通常是一条能走开架子车的通道。一般一个台面上有五六户人家，隔一道院墙，鸡犬之声相闻。若是离远了看一个庄子，那七八层、十来层台地，高低错落分布在一个山窝或是一道山梁下，拱圆的窑洞镶嵌在陡立的崖壁上，院里鸡鸣狗叫，院外果树遮阴，很有一些世外桃源的味道，远比平原上的村落有看头。也有在原上打庄子的（挖窑洞称为打庄子），那就要先在平地上挖一个五六米深的长方形大坑，然后再在坑的四壁上打窑，这种庄子有点像城里的四合院。村支书余有礼就住在原上这样一幢四合院里。

余家俊家在上下居中的那层台面，一层五户人家，他家还是居中。左右两边是大伯和三叔家的院子，前些年大伯在原上打了新窑，右边的窑院卖给了从消防队复员回来的刘玉林。这一溜三座窑院是一样的规制：三孔窑洞一棵枣树，外围土夯院墙，还有砖砌的门楼和双扇木门。窑洞高大且深，窑口砌着一圈青砖。笔挺耸立的崖面虽经岁月剥蚀，已显出沧桑的陈迹，但崖面上削整时留下的整齐的削痕依然清晰可见。三座窑院是解放前他爷爷带着三个儿子一个侄儿，凭着五把镢头两辆独轮车，外加核桃大的玉米面疙瘩，历时数年打造出来的，可以说是当时桑树原民居的经典之作，老远看去有些鹤立鸡群的感觉。院外一片开阔的平地，原是他们三家的麦场，土地归公闲置了以后，就有了"中心广场"的意思。靠近大门的地方，独独地立着一棵一抱多粗的国槐，树冠很大，离地一丈来高树干分杈的地方，长着一个斗大的树瘤，压迫得整个树冠往一边倾斜，致使树下的绿荫面积更大了。于是，这里就成了村里人端着饭碗咥着烟锅，比吃食讲古今的地方。

夕阳西垂到夜幕降临这段时间，是庄子里最热闹的时候。社员们收工回家，男人担水女人做饭，层层台地的崖畔上炊烟袅袅，去往沟底的小路上，驴驮木桶吱扭吱扭的声音和人担铁桶与马勺的撞击声，和着牛哞狗叫的伴奏，就成了一曲杂乱无章却又爽心悦耳的田园交响。然而今年的境况却大为不同，虽然也有人在庄子里溜达，但整个氛围却是平静中透着一股惨淡，没有了往日的活力。

眼下的氛围并没有影响余家俊的心绪，走到两队分界的那棵槐树下时，他脚下迟疑了一下，没有继续沿路上坡去原上，而是转脚下坡，朝着西余家队露娃家崖背方向走去。他有个急切的愿望，能在庄子里见到露娃，与她分享一下心里压抑不住的激动与喜悦。但西余家队这边比东余家队更安静，几层台地上都没有人。他从露娃家崖背往下探头，只看到露娃的胖妈在圈外面撅着屁股给猪拌食，没见露娃的影子。他不禁有些怏怏的，索性穿过那层台地，到村子西头，绕过那个破碾窑，走沟边的盘道上原。这样，他要多走百十米坡道，然而这正是他所希望的，他期盼在绕出的村道上能遇上露娃，哪怕只看一眼她的背影也行。

也许是脚下缭乱得紧了，余家俊登上原顶时，竟有些嘘嘘带喘。天色已经麻下来了，想见露娃的愿望已经放空，他稍微缓慢了一下，让喘息平稳下来，然后往大伯家去。

刚走过学校大门，身后忽然传来一阵铃铛子一样的笑声，跟着是一个女娃子的声音："哎呀呀，我还当是公社干部下来咧，这不是我的俊娃爷吗？嘿嘿！"余家俊腔子里猛然一颤，不用回头他就知道，身后正是他魂牵梦绕的那个人。他稍微愣一下神转过身子，露娃已经走到跟前。麻麻的夜幕下，他能看清露娃穿着一件带碎花的浅颜色薄布衫，一手端着煤油灯，一手拿着本子，垂过腰际的辫子随着脚步左右摇摆，显然是刚从学校里出来。

余家俊抑制着心里的扑腾，强作镇定地一笑："你个贼女子，一见面就耍笑你爷呢。你这黑麻咕咚地跑学校里弄啥去咧，我还思谋着寻你呀。"

露娃朝他嘻着笑脸："我可怜得这半会子咧还扫盲呢，我的碎爷城里头浪够咧，还能思谋着寻我？"

余家俊想起来了，去年下半年，县妇联号召全县各大队在农闲时开办扫盲班，给年轻妇女扫盲。秋粮收完以后，大队利用学校的教室办了一段时间，他还给代过课。今年以来让这饥荒闹得农业生产都停了，谁还有心思学文化。看来最近人们肚子里有了食，扫盲班又开张了。他没闹明白，露娃上过几年学，怎么也往扫盲班里掺和，可他旋即就明白了，这女子是为了躲洗碗。

露娃上下打量着余家俊，继续嬉笑着："你这军装提色得很嘛，把我的爷打扮成解放军咧。你把裤子连鞋再换一下，往城里街道上一走，十个女子有八个能跟上你跑，嘿嘿。"

余家俊虽然心里得意，但还是被说得脸有点发热，他佯装着板起面孔："这碎女子的嘴越来越歪咧，把你爷就要笑完咧，看我不打你的嘴！"不承想这句话被露娃抓住了把柄，顺手就耍起了赖：

"哎呀呀，我的个碎爷在大城市里浪日能咧，没说给我掏个啥吃食，还要打我呢，来来来，你打你打，我不叫唤。"说着，仰头挺胸地凑到他跟前，把颤颤的胸部一览无余地呈现在他眼前。

余家俊心里一阵慌乱，伸手浑身乱摸，结果各个口袋都干瘪着，啥也没摸着，讪讪地道："这十来天圈着会场上听报告，黑咧还要分组讨论呢，不让随便出去，我连个啥啥都没买下。"这会子他心里的慌乱过去了，便做出哄娃娃的模样："等把眼跟前的鏊乱事情弄清楚咧，我给娃买个香香糖，让娃把嘴好好甜一下。"

露娃也做出认真的样子，偏着脑袋瞪着眼睛瞅着他："这话可是你说下的，我就等着吃你的香香糖呢。"

余家俊不愿意这么快就和露娃分开，他觉得还有好多话要给露娃说。可他还要赶着去办两件事，不能多耽搁。再者，这会儿夜幕已经降落到原上，两个差着辈分的男女在这里嘀逗久了，被人看见会传出闲话。于是做出长辈的架势道："天都黑咧，再不要胡浪，赶紧回家去。"

露娃明白家俊的意思，嘿嘿一笑，抛下一句"我这几天就啥啥都不吃，就等你的香香糖呢"，就朝庄子里走去。走出没多远，又回转身来喊道："你赶紧把救济粮拉回来，你大的肠子怕是都饿成截截子咧！"

余家俊挥挥手，目送露娃模糊的身影在原边隐没。突然，他心里涌起了一股空落落的感觉，好像丢了什么东西。仔细一琢磨，他哑然失笑了，他原本急切地想见露娃，是要正经地与她分享他的受活心情的，但一见面却稀里糊涂被露娃引到了另一条道上，嘀逗了半天，除了斗嘴一句正经都没有。不过回味一下刚才露娃喜悦的神情，他心里还是甜丝丝、美滋滋的。

走了没几步，余家俊发现走错了，本该从学校东墙外走的，却鬼使神差地往村外走了。他正准备掉头，看见前面隐约有个人影，从那屁股一扭一扭的劲儿能看出来，是西余家队丑女子素素的妈。余家俊想起来，村里早有议论，素素妈与饲养员蛮牛有一腿。出于好奇他跟几步看个究竟，素素妈果然往饲养站去了。余家俊心里暗骂一句："这些尻们还是要饿呢，这才吃咧两顿半饱饭，就胡骚情呢！"

余家俊来到大伯家门前时，天已经黑透了。大伯家虽不是什么高墙深院，只是原地上的一个大地窝子，但从门洞延伸出来的那座青砖砌筑的两坡水门楼，即使在夜色里，也显得高大雄厚，透着一种庄重、一种威严。不知道啥原因，每每走进大伯家的门楼，余家俊心里总是有一种异样的感觉，说不清是自豪，是嫉妒，还是别的什么，总之和进出自家门不一样。

大伯不住庄子搬到原上，一来是年纪逐渐大了，不愿意每天出门就爬坡，二来和三妈的脾性有关系。三妈是那种嫉人富、望人贫，见不得穷汉家娃娃喝米汤的鸡肠子妇人。她嫉妒大伯哥在村里出人头地的威望、家里滋润品麻（宽裕、舒适）的光阴，常常借着打娃娃发泄自己的怨气。有点惧内的三叔按压不住，三天两头闹得鸡飞狗跳。起初，大伯还以长兄的威严呵唬过几次，但这妇人是个记吃不记打的滚刀肉，收拾一回乖上两天，过一阵子又忘了。大伯厌烦不过干脆搬走，眼不见心不烦。也正是这个原因，大伯大妈到现在对三叔家的几个娃娃都不待见。

看到这巍峨的门楼，余家俊总是想起小时候常听大伯和父亲讲的，爷爷领着父亲弟兄几个打庄子的事情，那场景他没有机缘看到，但大伯打庄子的时候他却参加了。那时候他还不到十五岁，出不了大力气，只能担一副筐，蒸馍里混卷子地往坑外担土。

那时候他也不是真想着给大伯帮忙，主要是贪图那点儿吃食。每天干活前,都有一顿好饭,可以名正言顺地咥个饱。再者,村里没啥娱乐,天一黑魂灵子就没地方安顿,他一个娃娃,少年的活力无处宣泄,总想着找点儿乐子,虽然参与到这里面干活很累,但几十个人扎在一起有说有笑,就像晚上看戏一样,很有意思。尤其以他八叔余有权为首的西余家队的几个男人之间的调笑与对骂,让人觉得既开心又痛快。

八叔余有权是村里辈分最高的几个人中的老小,满村人都叫他八爷,其实他也就四十多岁。八叔从小秉性耿直,眼睛里揉不得沙子,有时候敢跟大哥跸卵子。他时常梗着脖子跟人较劲:谁最有权?毛主席最有权,下来就是我。你都念过书吗?文言文里头"余"就是我,我就是"余",我是余有权,我就最有权。这话要是从别人嘴里出来,弄不好就得戴上一顶"反革命"帽子,在他这里却啥事都没有。八叔虽然爱说爱笑爱胡闹,但在他们弟兄几个中是最聪明最智慧的,余家俊总觉得,八叔判断事物和处理事情的能力常常在大伯之上。

八叔年轻的时候外出闯荡过,经见过大世面,而且学了一身好本事。至于垒灶盘炕、挖窑砌墙对他来说就是小菜一碟。大伯打庄子,就全权交给了八叔,自己成了甩手掌柜的,或者只是一个看客。整个工程被八叔安排得井井有条,除管饭外,八叔这样有技术的男人每天两元钱,没技术只下苦的男人每天一元钱,女人和半大小子每天五毛。整个工程下来,账目一点儿不乱,工艺水平比他们的老窑院有过之而无不及。

窑院里很安静,余家俊进窑时,大伯正倚在炕棱边的被窝垛上吃旱烟,炕沿前的小泥炉上熬着罐罐茶。这次饥荒并没有影响到大伯家的生活,大伯阔大的脸庞总是透着红扑扑的健康气色,特别在晚间的灯下,更显得油润光亮。大伯家点的是罩子灯,窑里很亮堂。看见家俊进来,大伯直了一下身子,脸露喜色地招呼:"俊娃来咧,啥时候回来的?"余家俊嘻嘻笑着攀到炕沿上:"喝汤的那会子才回来。大爹你好着呢吗?"说着抓起泥炉边上的一根筷子搅火上的罐罐茶。"我老汉家咧还好啥呢。你饭吃咧吗？"还没等他回答，大伯伸起脖子朝着窑院喊起来："家琪，家琪！"

大伯喊的是家俊大堂哥的名字。这里的风俗，夫妻二人相互呼唤时，喊大儿子的名字。大伯的两个儿子都在外地工作，大儿子家琪早几年省城大学毕业后留校当了老师，二儿子家安在宝鸡当兵，三年前就已经是副连长了，一个女儿也已经出嫁，现在偌大的窑院里就住着老夫妻二人。

正在灶窑里忙活的大妈应声问了一句："喊着咋咧？"

"俊娃来咧，你看有啥好吃食给娃拿一个。"

"哦，他舅送下的苹果还没吃呢，我这就拿。"大妈在那边答应着。

火上的罐罐茶溢出来了，家俊抄起抹布垫在铁丝拧的罐罐把上，端下来，滗进茶盅里端给大伯。大伯伸手接过茶盅，端到鼻子底下闻了闻，吹了吹，轻轻地啜了一口，仰起脸闭上眼睛，很滋润地品味着。

家俊往前凑了凑，从左胸口袋里掏出四块钱，递到大伯跟前："大爹，这一回到城里去，我真真是开眼咧，就是会上管得严，不让出去乱跑，我给你啥都没买。会上发咧十个元，我个人花咧一块，给我妈给咧五块，剩下的这四块算我孝敬大爹的，你买个纸烟吃。"

大伯细细地品完茶，看看家俊手里的几张票子，脸上漾出了慈祥，伸手拍了一下家俊的头顶，笑笑说："我娃有这一份孝心我就受活得很，赶紧把钱装上，你也是个大小伙子咧，不能老是腰里净，也得有几个钱，还要勾引个女娃子呢。"

大妈正好进来，听到大伯的话，佯怒道："你个老屄，给你侄儿教的啥，你能给娃教些好的吗？俊娃把钱装上，不孝敬这个老东西。"

大伯嘿嘿笑着："这有啥呢嘛，我像他这么大的时候，咱的老大都会跑咧，这娃都二十咧，还没说下个媳妇呢。"掉头瞅一眼家俊继续道："你说啥呢，我给娃没教好，你看我把娃都教成桑树原上的人物尖尖咧。"

大妈不屑地瞟大伯一眼："你胡吹啥呢，事情是俊娃个人做下的，光也是个人挣下的，跟你有啥关系呢？"说着拿起一个苹果递给家俊，疼爱地说："看这半年把娃饿成个啥咧，瘦得恓惶的。这苹果甜得很，赶紧吃一个。"

大伯大妈斗嘴家俊不能言传，只能笑嘻嘻地看着。他干脆脱了鞋，盘腿坐在暄软的褥子上看他们像唱戏一样表演。大伯家是全村唯一炕上铺褥子的，村里大多数人家只是炕上铺一张席，全家盖一床被，过着缺铺少盖的苦焦日子。好一点儿的能在席上铺一块毡，而在毡上再加一层厚褥子的，就只有大伯家，而且炕垴里还有一溜炕柜，上面呈条状叠着几层被窝。家俊每回来大伯家，不管有事没事，都要脱鞋上炕，让屁股受活一会儿。这会儿他舒服地坐着，接过大妈递来的苹果狠狠咬了一口，嘴里拌着冲大妈说："事情虽然是我做下的，但是往外吹——"他猛然听见大伯嗯了一声，知道自己说走了嘴，赶紧改口："往外推荐还是大爹的主意，没有大爹的大力推荐，我那最多就是个好人好事，根本登不上大雅之堂。"

家俊的话让大伯很是受用，咧开大嘴嘿嘿笑着，不无得意地说："你看你看，咱俊娃咋说的？"

大妈鼻子里哼一声："事情是个好事情，人是不是好人就难说咧，你们余家人有几个好尻呢？就连这碎尻都跟上学瞎咧，你看那溜尻子话说得顺嘴的。"说着，伸手在家俊脑门上戳了一指头，"这碎尻连你那逛鬼八大一个尻式相。"

这话引起了大伯的不悦，正色道："你再不要胡喷，我给你说过多少回咧，他八大是咱余家磨坊里最有本事的，就是他那个性遇到的时候不对，要是遇上合适的机会，那就不是桑树原上能卧下的人！"

"桑树原上卧不下，他还上天呀，我就看不上他那没大没小的张狂劲道。"大妈白了大伯一眼，把盛苹果的笸箩放到家俊跟前，笑眯眯地瞅着家俊说："我娃再好好咥两个苹果，把嘴再弄甜些，好好给你大爹说几句溜尻子话。唉，人人不当官，当官都一般，你大爹就爱让人巴结，越老越爱听恭维话咧。"

大伯不愿意跟大妈继续嘀逗，转脸对家俊说："你回来就不要耽搁，赶紧把救济粮弄回来，家里怕是断烟火咧。"

家俊告诉大伯，他吃完饭就先奔这里，汇报完开会的情况就去找队长借车，明儿早起去拉粮。大伯说开会的事情不用急，先把肚子弄饱。说到救济粮大妈的话匣子打开了。她告诉家俊，他不在的这段日子，几个队怎么争着拉粮，大伯怎么安顿队长帮他们家先去拉，他爹那个老倔头不领情，大伯也没办法。她想给他们家送点儿粮，又怕被他三妈看见，他三妈那个嘴长得很，看见了又要传闲话，她只能黑夜里包了两升黄豆给他妈送过去，解一下眼前的饥荒。

大伯大妈一向偏爱家俊，他在大伯家也没有什么拘束，比在自家还自在。吃着苹果说着话的间隙，发现炕对面那张老旧的桌柜前，添了一把同样老旧的圈椅，眼睛一亮，跳下炕坐到圈椅上，摇着身子嘴里啧啧着"这个东西美得很嘛"。大伯告诉他，前些天去花牌楼赶集，看到有人摆在集上卖，揣了一下价钱，觉着不算贵，就买下来了。没想到这东西重得很，一个人根本弄不回来，本想退钱不要了，可一转眼的工夫卖椅子的人已经走了。他正难心着怎么把这个东西弄回去，猛然在人堆里看见两个本家的孙子，几个人轮换着把椅子抬回了家。

家俊跳下椅子搬了一下，确实很重，搬动一下很费劲。他一下子来了兴趣，一边仔细摩挲一边念叨："这怕是铁做下的吧。"大伯哈哈笑了："这瓜娃，谁家拿铁做椅子呢，怕是铁匠木做下的。"铁匠木余家俊知道，村里的老木匠有一把铁匠木推刨，才一尺多长，掂起来就很重。圈椅做工很细，通体黑里透红，一看就是有年成的，光滑圆润的扶手上好像有一层厚厚的油腻，在油灯下闪着幽幽的光。他摩挲着竟然有些爱不释手。然而大妈的看法却不同，嘴里嘟囔着："几十元买下这么个烂尿东西，挪一下都费事得很，你大爹这是让护心油蒙住咧。"

"你个妇人家就没见过个啥嘛，我看这东西两百元都值。"大伯在炕棱上磕着烟锅，慢悠悠地说。"一个垫尻子的东西，还两百元呢。"大妈显然很不服气。"你们妇人家，真真是头发长见识短，我跟你说，这就是个老古董。"大妈撇撇嘴："看把你说得美的，现在人家都破'四旧'呢，你还把古董往家里弄呢。"话音里带出了恨意。大伯抬手摸一下下巴，仰脸看着窑顶脸带自豪地说："他破他的'四旧'，我收我的古董，咱这地方山高皇帝远，他谁个还敢跑到我家里来破'四旧'？俊娃你说对吗？"大伯把问题撂给了家俊，他两头都不敢得罪，只能嘻嘻哈哈和稀泥。但是他对大伯在村里的绝对权威那是深信不疑的，别说普通村民不敢在他跟前歹刺，就是公社干部，只有书记来了他才出面接待一下，一般副书记来他都是想谝了谝几句，不想谝了背起手就走，副书记拿他都没办法。

大家谝了一阵子闲话，这期间家俊已经把两个苹果吃进了肚子里。桌柜上罩在玻璃罩子里的座钟叮叮当当响了起来。大伯说今儿太晚了，让他赶紧去借架子车，明天好去拉粮。临走时大伯告诉家俊，最近村里有些风气不对，叮嘱他多听着些人们的议论。"还想跟我跌跸呢，他娃们还嫩了些。"大伯有点儿愤愤然。

从大伯家出来，余家俊直奔队长家。等他拉着车子回到家时，父母窑里的灯已经黑了。他尽可能不弄出动静，轻轻地把车拉进院子，又轻轻地闩好大门。刚准备回自己窑里，父母窑里传出了声音："一出去就浪得不知道回来，你把大门闩死，小心让人把架子车偷咧。这饥荒年月人人都是贼。"接着就听到他妈的声音："对咧对咧，赶紧把你的觉睡，二十几的小伙子咧，啥不知道。"

余家俊暗暗一笑，应一声"知道了"，就进了自己窑里。他住的这孔窑洞属于磨窑，很宽大，磨盘周边的磨道也很宽，磨盘再靠里依壁盘了一个小驴槽，但他家没有驴，那里堆了一些杂物。

摸着洋火点着灯，余家俊还没有睡意，他脱下穿了一天已经有了汗味的新军服，认真叠好放到炕垴里，又从挎包里掏出书恭恭敬敬地摆在条桌上。他的窑里没有缸，也没有瓶瓶罐罐，炕的对面是一张据说是他爷留下的核桃木条桌，桌面上摆着一尊瓷质毛主席半身像和几本书。做完这些事情他还有些意犹未尽，猛然想起口袋里还有一盒烟，赶紧掏出来点上一根。他两年前就学会吃烟了，有时候在家里也吃，可奇怪的是，他在大伯跟前却不敢吃烟。大伯曾经试探过他，他都装出一个乖娃娃的样子不接茬儿。

吃完两根烟，他觉出了一点儿睡意，就把自己舒舒服服地放展在炕上。

余家俊起了个大早，简单抹了一把脸，喝了一碗他妈早起熬的糊汤，往包里装了一本书准备出门。他妈喊住他，给他的包里装了两个洋芋一个馍馍。趁他妈没注意，他又把馍馍放回笸箩，只拿了两个洋芋就拉车出门了。

原上的晨风已经有点儿凉意，他出门时没穿外衣，只穿了他那件汗褟子，潮乎乎的凉风一吹，有凉飕飕的感觉。好在他拉着车子又在上坡，紧走几步那种感觉就没了。他那件原本灰黄不分的汗褟子，被他借着招待所里的热水和胰子，彻底洗出来了，现在白白净净地穿在身上，感觉很清爽。或许是晨风有点儿潮的缘故，原上没像昨天那样尘土飞扬。原野上很安静，东面天边上飘着几朵云，把早上刚要露头的太阳遮住了，正是赶路的好时机。

余家俊拉着架子车在这条路上不知走过多少回了，只是过去都是拉着满车的粮食往粮库去，而像今天这样要从粮库往回拉粮，还是第一次。从他十五岁能当半个劳力以后，每到夏秋两季粮食收获以后，他们一帮半大小子，就要拉着粮食去交公粮。一辆车装好几百斤粮，一人驾辕，两人拉偏套，三个人合拉一辆车。有时候也能套上驴，但队里的几头驴比人金贵，一般不让干这活。原上路不平，一会儿上坡，一会儿下坡，又是沙土路坑坑洼洼，三个半大小子拉一车粮走二十多里地，的确不是个轻松差事。

原本以为救济粮已发放了十天，领粮的人应该不多了，早点儿去，早点儿领上，顺利的话赶后晌就能回家。然而当余家俊走完二十里路赶到粮库跟前时，还是对眼前的景象吃了一惊。由架子车、独轮车排成的长队，从粮库院子里延伸出来，延续到公路上，又分东西两个走向蔓延出二里地。闲咕咕等待的人们，有的凑在一起吃旱烟，有的蹴成一圈谝传，有的坐在架子车上打扑克。队伍往前挪动得极其缓慢。家俊从东面来，自然排在东面队伍的最后，不一会儿后面又排上了十来个人。

天上有些薄云，遮住了日头，虽然已近晌午，也不觉得热，只是肚子有点儿咕咕叫了，看看前面的队伍，还是遥遥无期的样子。这里过往车辆多，每一辆汽车过后，都扬起一片尘土，公路边上没遮没拦，只能干挨着。一个上午，车子往前挪了几百米。再看看四周，几乎所有的人都打蔫儿了。

正午以后，余家俊肚子饿得招不住了，就拿出那两个冷洋芋，皮都没剥，三口两口送进肚里，噎得他直伸脖子。没有水，只能站起来抭着耳朵跳一跳，把噎着的东西蹾下去。好在原上的人都很能抗旱，由于缺水，人们都养成了一个习惯，干半天活可以一口水都不喝，只有夏季割麦时，才提个水罐下地，其他季节都是干靠（挨）着。

日头已经偏了西，余家俊好不容易排到从公路边往粮库去的转弯处，离大门也就十来米了，然而这时粮库却突然宣布，接到紧急通知，全体员工到县里去开会，停止发粮。这一下引起了强烈的骚动，原本规规矩矩按秩序排队的人们一下子乱了，先是喊叫，后来就变成了訽骂。在一片哄乱的叫骂声中，几个工作人员拿着一沓写有数字的纸片挨个儿给人们发，一个中年男人拿一个喇叭筒高声说着什么。人们渐渐安静下来，听听喇叭筒子里说些啥。听了一会儿才弄明白，说的是请大家不要拥挤，按原来排队的顺序发号牌，明天上午按号牌优先领粮，不用重新排队。反复说了几遍之后，工作人员收拾了坛场,从大门里往外清人。余家俊领到的号牌是"东45"号。

一天的光阴就这样白瞎了,余家俊拉着空车回到家时,又跟昨天一样已经夕阳西垂。父亲也刚收了羊圈回家,说了今天领粮的情况,父亲没有不高兴,脸上反而乐滋滋的。原来,老汉今儿放羊时挖了一个瞎瞎(一种土獾)窝,挖出来半升玉米,还打了一只瞎瞎。这只瞎瞎有一尺多长,肥得圆咕隆咚。家俊看了一下他妈正在用水淘洗的玉米,心下就有了一些奇怪,这东西把粮食藏在窝里将近一年,竟然一点儿都没有发霉,玉米还是黄澄澄的,它们是怎么保存的?他问父亲,老汉也说不出个所以然。

给瞎瞎剥皮开膛的时候,余家俊嘴里念叨:"把他家的,人都饿得东摇西晃的,这东西咋就这么肥呢?"父亲接过话茬说:"还是你拿回来的麦面馍馍给劲嘛,要不是那两个馍馍,我哪里有劲撵瞎瞎呢。"脸上自是泛起一层陶然之气。

拾掇好瞎瞎,合着洋芋和家里还剩下的一点点头年晒的干菜,肥肥地炖了一锅。虽然有些土腥味,毕竟很久没有见着荤腥了,一家人就着白面馍馍,美美地咥了一顿。

吃过饭,母亲在灶窑里刷锅洗碗拾掇案板,父亲咂着烟锅坐在窑院里看天。老汉敲着自己的腿自言自语地念叨着:这腿疼得,老天爷怕是要下些呢。唉,也真真地该下咧,老天爷整治人也有个头呢,总不能把人往绝里弄嘛,把他家的当个农民咋就这么难心的。自己念叨了一会儿又喊家俊,让他把车子立起来,说车被下湿了拉起来重。家俊把架子车搁起来倚在崖壁上,然后蹴到父亲跟前,把他的纸烟掏出来给父亲敬上一根。纸烟已经被揉搓得皱皱巴巴,他在递给父亲时先捋抹了一下。父亲略含责备地瞅他一眼:"咋还有钱买这好烟呢?"

家俊谎称是一起参会的人给的半盒,父亲没再说啥。抽了两口,父亲摇摇头说:"都说这烟好,吃着咋淡呱呱的,没一点点儿劲道,不顶我的烟锅子。"家俊笑了:"再好的纸烟也顶不住你的烟锅子劲大。"

家俊发现父亲的烟筲箩里多半是烟秆渣子，就问父亲咋不多放些烟叶，烟秆子太多烧嗓子呢。父亲咂着半截纸烟担忧地道："旱咧这半年，烟叶子的价钱翻倍咧，再要往上涨，怕是旱烟都吃不起咧。"说完，长长地叹着气。

父子俩有一搭没一搭地谝着，家俊打了一个嗝，一股油乎乎的东西涌到嗓子眼，辣得嗓子很难受。这种感觉过去也曾有过，不过已经很久没发生过了。父亲说，那是日子长了没吃过油腥，让油把嗓子鞠了，记得灶窑堵里还有一个萝卜，吃两口就好了。家俊到灶窑的那堆土里一刨，果然还有一个半尺多长的绿萝卜，掂着还有点分量。家俊把萝卜切了，每人吃了两块，过了一会儿，嗓子眼里舒服了。家俊告诉父亲，大伯家添了一把圈椅，好得很。父亲淡淡地笑笑说："你大爹的两个儿在外面挣钱着呢，买个啥买不起。我的一个儿在家里打牛后半截着呢，他大连个旱烟都快吃不起咧。"这虽然是一句玩笑话，却着实说得家俊心里很是惭愧。

爷儿俩一直谝到天黑尽了，才各自回窑歇了。半夜时分，余家俊被一阵急切的叫喊声惊醒，他一激灵爬起来，连鞋都没顾上穿，就跑到父母的窑里。只见他妈蜷曲在炕上，昏暗的油灯下，蜡黄的脸上滚着黄豆大的汗珠，整个脸都扭曲了。家俊一下子慌了神，束手无策不知道如何是好。父亲吩咐他赶紧去找良医，家俊这才回过神来，赶紧回窑趿了鞋，撒丫子朝合作医疗站跑。

医疗站离他家不远，就在西队露娃家崖背再往西，庄子边上的一孔大窑里。这本是一孔废弃的窑洞，开办合作医疗时没地方安顿，就把这孔大窑拾掇拾掇重新启用了。余家俊慌忙砸门，幸好赤脚医生陈化云就睡在窑里，问明情况背起他那个木头箱子就往外走。

陈化云体格不太好，小的时候落下个怪病，胳膊腿连同手指头都是弯曲的。村里人传说，是他家的祖坟出了问题，一棵大树的根伸到他爷爷的坟里，根须穿过了棺材和尸体，所以他的手指头就长得和树根一样。或许是因为自身有病，陈化云自小就对中医十分感兴趣，小学毕业开始读《寿世保元》，虽然读得很吃力，但他有股子恒劲，硬着头皮啃下去。祁家庙的祁孝子原是桑树原上有名的中医，可是老先生早已作古。陈化云决心要做祁孝子那样的中医，但苦于没有名师指导，只能自己慢慢摸索。农村选拔赤脚医生时，唯独他有这方面的基础，村里就选他当了赤脚医生。这一来既让他脱离了地里的劳苦，也遂了他自己的心愿，于是对这份工作十分上心。第一批赤脚医生都集中到县里参加了培训，每人发了一个配着红十字的小皮箱，背起来很精神。他是第二批，既没参加培训，也没领到小皮箱，他只好找木匠做了一只木箱，每天背着四处行医。陈化云大余家俊十岁，但比余家俊小一辈。他俩平时很能说得来，关系也就比较密切，余家俊时常从陈化云那里借一本医学方面的书看，有时还互相切磋一下。

陈化云腿脚不灵便，走得磕磕绊绊，余家俊拿过他的箱子背在自己肩上，搀着他摸黑走路。到了家里，陈化云先号了一下脉，又看了看脸色，打开箱子拿出两片止疼药让给灌上，然后又在胳膊上腿上扎干针。过了好一会儿，家俊妈渐渐平稳了，身子也能展开了，头放到枕头上呼呼睡着了。余家俊这才想起来给陈化云上烟。三个人点上烟，陈化云说，奶奶这身体瓢得很，等灾情好转以后吃些药，再在饮食上好好调理一下，要不然就会活得很费事。他又对余家俊说，现在只是把疼暂时止住了，并没有解决根本问题，出现这种疼痛，一般都是身体内脏器出了问题，他现在没办法判断到底是什么问题。他叮嘱余家俊，天亮以后如果不疼，告诉他一声，他抓中药喝着看，如果还像这么疼，就赶紧往医院拉。交代完这些陈化云背起箱子往回走，余家俊要送送他，被他拦住了。

余家俊一夜没敢合眼，和父亲一起坐在炕上守着他妈。天刚蒙蒙亮，余家俊朦胧中发现，他妈的身子开始扭动，紧跟着又蜷成了一团。父子俩不再商量，赶紧送医院。家俊跑到院子里，把架子车放下来，又从炕上掀下一床被窝铺到车槽里，垫上枕头，然后把他妈从炕上抱出来，款款地放到车槽里。这是他第一次这样抱母亲，没想到他妈竟然这么轻，就好像抱着一个十岁的娃娃。就在不远的记忆里，妈还是很高大的，怎么转眼工夫就成这样了？把妈放好时，余家俊心里涌起了一股强烈的酸楚。担心原上风大，他把被窝一半铺在车上，一半盖在他妈身上。想着可能还得去拉粮，他又跑回自己窑里背上挎包，那里边还装着粮库发的号牌。父亲把一卷钱塞到包里，余家俊拉起车子出了大门。走过那块平地，前面就是百十来米长的上坡。昨天他拉着空车上坡时，没感觉多费劲，今天拉着他妈可就不同了。父亲的腿这两天又不好了，在后面使劲掀着，也使不上多大力。恰好蛮牛吆着几头牛去沟里饮水，赶紧跑过来帮忙。蛮牛给家俊父亲说："二爷，你再不去咧，你给我把牛看着些，我给你掀上去。"

蛮牛的力气能顶父亲三个，有他帮忙，家俊觉得比拉着空车还轻松。走到原上平地处，余家俊回头跟蛮牛道谢，蛮牛憨憨地一笑："看把你客气的，给咱二奶奶出一把子力嘛，有啥谢的呢，你把车拉好。"走出十来步远，听到蛮牛在后面喊："碎爸，你慢些走，路上颠得很，老人家招不住。"

他们分属两个生产队，平时交往不多，只知道个辈分高低、家境状况，其余的并不十分了解。家俊心想，都说蛮牛颠预，其实人家还是蛮有心思的。随之联想起前天黑夜里的事情，不禁一阵哑然失笑。

车子上了公路走不多远，一个转弯的地方，紧靠路旁有一道五六米宽的沟壑，这里就是余家俊当初救了公社卫生院院长李汝松的地方。自从救过李汝松以后，余家俊感觉到的一个直接好处，就是去公社时有了一个歇脚的地方。无论去公社办事，还是到供销社买盐灌煤油，他都拐进卫生院坐一会儿，李汝松也总是先让护士给他泡上一杯茶，忙完手头的事情就过来陪他。当然，余家俊也很自觉，知道李院长很忙，常常是喝杯茶说几句话就走，不耽搁过多时间。他愿意往那儿去的原因，一是李院长的茶好喝，比大伯的罐罐茶喝着舒服。二是他爱听李院长说话。一个有知识有文化的成熟男人的谈吐，让他心里有一种踏实敞亮的感觉。刚开始的交往还比较拘谨，一方感恩，一方客气。一来二往混熟了，也就没了拘束，想说啥就说啥。余家俊渐渐感觉到，李汝松是真心喜欢他，那眼神，那说话的语气都是真的拿他当小弟弟对待。春上那会子，大伯要拿他们的这件事情做大文章，按大伯的说法就是"扇起、弄圆、趸匀"。他担心事情炒大了会伤害到李汝松，跑到卫生院跟李院长商量。李院长听完他的意思，很兴奋地笑起来，说："这是好事嘛，应该这样做，做了好事就该宣传，该得的荣誉就得得。当年雷锋做好事不留名，后来都被宣传出来，成了全国学习的榜样，咱们两个当事人都在，干吗不宣传呢？"然后，李汝松放低语气，很诚恳地看着他说："我的这件事情是掩盖不住的，越掩盖人们就越好奇，越猜疑，人们在得不到真相的时候，就会造出许多谣言。我给你说实话，现在已经有人挖窟窿下蛆，就我的家庭问题造谣了，只有把事情的真相大白于天下，谣言才会不攻自破。所以，你根本不用考虑我会不会受伤害，放心大胆地去做，我热情支持，全力配合。"

有了李汝松的支持，他才与大伯放开了运作这件事情，大伯请学校教语文的刘老师写了一份内容翔实，文字漂亮的材料，送到公社和县里，又请县里报道组的记者采访宣传，后来就有了今天的结果。

和李汝松交往熟了，对他的身世就有了一定了解。李汝松长余家俊十五六岁，是江苏常州人，他本是上海同济大学医学院的高才生，由于家庭出身不好，六十年代初大学毕业后，被分配到西部黄土高原上这个小县工作。当时县医院还没有改造完成，他就被发配到桑树原上来组建公社卫生院。那一年李汝松二十六岁，从江南水乡到上海大都会，再到举目无亲的黄土高原，他心里的落差是可想而知的。他在学校的专业方向是胸腹外科，这个专业的医生多是做大手术的，要施展才能，首先要有设施功能齐全的手术室，桑树原公社才成立不久，卫生院还是一块庄稼地，他这个名牌大学的高才生，根本没有用武之地。在这种双重失落的境地中，他也只能咬牙坚持着，和几个同他一样从省内医学院或卫生学校分配来的年轻人，跟着作为院长人选的老医生李子明，在公社院内两间三年前曾用作食堂的大房子里，一边接诊，一边督办卫生院的建设。那期间国家正提倡中西医结合，老院长告诉李汝松，农村不具备良好的设施条件，专业在这里基本没有多大用处，这里最需要的是能够中西医结合的全科医生。一般说来，学术上转向是极为痛苦又艰难的，但李汝松毕竟出自名牌大学，六年的刻苦学习，不仅培养了他很好的专业才能，也给他打下了坚实的综合知识基础，所以两年之后，当他们开始在新建成的卫生院开展工作的时候，李汝松已经是一名医术良好的全科医生了。也就在那个时候，桑树中学的魏老师拒绝了一茬又一茬上门提亲的媒人，单单把择婿的目光投向了身体单薄的李汝松。于是李汝松在事业上有所进展的同时抱得美人归，在原上娶妻生子扎下根基。

李汝松的妻子魏金梅在公社供销社当售货员，那真是桑树原上的一枝花，身材高挑，丰满漂亮。自从她十八岁进了供销社，那十来米长的柜台前就没断过人。原上的男人很难见到真正漂亮的女人，许多人借买东西看上两眼解解眼馋，也有人是有别的意思，而那些闲汉二流子，则是插科打诨，挑逗起哄，找自己的开心。

女人一旦漂亮了，自我感觉就好，眼头自然也就高了。魏金梅十八岁以后，自我感觉好到了极致，别说一般农民，就是公社的干部，派出所的警察，也没夹在她的眼窝里，她向往的是地区城里的生活。早几年地区文工团来桑树原招演员，满原上就看中了她一个，她也十分想去，借此跳出黄土原，但是她那个当老师的父亲，却认定"好女不入戏子行"的古训，坚决不允许她当演员。那时候她还小，拗不过父亲，只能哭鼻子抹泪地失掉这次机会。从她十六岁那年起，说媒的人几乎踏破了她家的门槛，但她一个都没看上，一来二去就到了二十，还没说下个人家，父母急得像热锅上的蚂蚁。李汝松来到原上，让魏金梅父母的眼睛一亮。在原上，大夫都被称为良医，是高人一等的，这个来自南方名牌大学的医生，听说不仅医术很高，人也长得白白净净，儒雅清爽，特别是年纪轻轻就拿六十二元的高工资，而且还没有家庭拖累，这个打着灯笼也难找到的优越条件让他们十分中意。魏金梅起初觉得李汝松身材瘦小，比她还低了一个头顶，没有男人的威猛，不是很愿意。但是交往了几回，觉得这个小伙子有一种特别的气质，特别是他那一口塞擦音的普通话，让她听着很舒服，也就答应了这桩亲事。于是，李汝松春天上的原，秋后就入了洞房，第二年生了一个女孩，再过两年又生了一个男娃。这个被普遍认为典型的郎才女貌的家庭，成了桑树原以及县川里人们羡慕的对象。

余家俊救李汝松完全是一个偶然。

元旦那天，几个初中同学，硬要拉着余家俊去县城参加县中学的活动。他原本是不想去的，这天队里不劳动，他正好休息一下；再者，自从离开学校，他就一门心思在家务农，不愿再掺和学校的事情。可是架不住几个同学软磨硬泡，还是跟着去了。参加完学校的活动已经后晌五点多，也该回家了，可是县里的同学说，县礼堂晚上放电影《平原游击队》，有人提议看完电影再回家。这个提议很合余家俊的胃口，这年月原上基本没有什么文化娱乐活动，唯一能受活一下的，也就是偶尔有剧团送戏下乡，再就是县放映队选村子放一次电影，他们常常为看一场电影来回跑几十里地；而且《平原游击队》他还是早几年看过一次，架不住李向阳的诱惑，他们选择了留下来看电影。

活动结束以后人都散了，他们不便在学校久留。正是天寒地冻的季节，十几个原上的小伙子没地方去，就在县城里那条不长的街道上闲逛，不一会儿一个个冻得清鼻子溜溜的。走到街道拐弯处，看到县城唯一的那家饭馆里有热乎气，十几个人呼啦啦拥进去，挤在售饭窗口要一碗热面汤祛祛寒。饭馆里一般是不给面汤的，除非你先买一碗八分钱的素面。这帮冻急了眼的浑小子顾不上说理，一人拿起一个碗，嚷嚷着不给面汤就摔碗。一边硬要，一边不给，吵嚷声就惊动了正在后院喝茶的主任。主任是个山东人，见十几个小伙子在这里瞎闹腾，担心闹出事来不好收拾，吩咐大师傅赶紧给每人下一碗两毛钱的肉臊子面，面汤管够。不一会儿面上来了，一阵风卷残云，一帮子人脑门子上冒出了热汗。又喝了一阵面汤，觉谋着看电影的时间差不多了，这帮吃完霸王餐的浑小子嘻嘻哈哈跟店员打着招呼，扬长而去。

看完电影已经夜里九点多，回家还有二十里，十几里爬坡七八里平路，北原上的几个人顶着寒风摸黑爬上山路。爬坡虽然累，但不冷，等爬到原上，白毛风咻溜溜一吹，爬坡攒起来的那点儿热乎气立马就被吹散了。随着岔路上的分手，同行的人越来越少，走到马具营村外公路边时，只剩两个人了。两人在这里分手，一个向东，一个朝西。余家俊已经被冻透了，弯腰缩背赶紧往家跑。这个时节，狼找吃的，常在原上出没，刚才人多，互相壮胆没感觉到害怕，这会子落了单，心里就有些发毛，好在他手里掂着一根路上拾的鞭杆子粗的树杈，稍微壮壮胆。他掂着树杈走了没多远，就发生了他在"讲用"中叙述过的情景。

为李汝松清理伤口费了很大劲。脖领子到肩胛窝处积血比较多，都凝成了血块，光清洗这些地方就换了两次水。弄完了这些就开始在昏暗的油灯下清理创口，陈化云拿出一把闪亮的小剪刀，先在煤油灯头上烤了一会儿，再用酒精棉球把烟气擦掉，让家俊把李汝松的头扶好，从侧面清理被血泥凝结成板块的头发，然后又从箱里拿出一瓶生理盐水和一瓶碘酒，让家俊拿来一个干净碗，用酒精把碗里碗外都擦一遍，倒上生理盐水在创口处轻轻擦洗。创口紧挨着右耳，从后脑侧到耳后有三四寸长，两边的肉往外翻着。也许是天寒地冻的缘故，创口已经不流血了。陈化云抬头看了余家俊一眼，说："这有些奇怪，我看这伤口不像跸的，像是被人打的。"余家俊也感觉他说得有道理。

做完这些，陈化云再次打开箱子，在里面找了一会儿，拿出一小瓶云南白药，打开后把一颗小红丸拿出来放到炕棱上，再轻轻弹着瓶口把药粉均匀地撒在创口上，然后用纱布包扎。陈化云虽然手指弯曲着，这些事却做得非常细致。这个过程中李汝松醒了一下，但马上又昏迷了。等整个伤口包扎停当，陈化云满头满脸都是汗珠子。他抬起袖子擦了两把汗，让家俊帮着把李汝松的嘴掰开，将炕棱上那颗小红丸给灌下去，这才直起身长长地舒了一口气。

余家俊把旱烟笸箩拿来，让陈化云点上一锅。陈化云咂着烟锅说："这里头怕是有事情呢。现在头上的伤处理咧，但从一动就叫唤的情况看，身上肯定还有别的伤呢，只是没有出血，说不定是内伤，咱们条件有限，只能简单包扎一下外伤口，别的咱就没办法咧。我看是这，这天一亮你跑一趟卫生院，让他们赶紧把人拉走，不要耽搁了抢救治疗。"

陈化云慢慢说叨的时候，余家俊已由父母帮着，把李汝松滚成土蛋的外衣外裤脱了下来。每动一下，李汝松都要发出一阵痛苦的呻吟。余家俊拉起自己的被窝要给李汝松盖，他妈赶紧制止了："你的那被窝脏得连猪窝一样，还能给旁人盖吗？"说着，踮着小脚跑回自己窑里，把家俊二堂哥送的军大衣拿来，给李汝松盖上，只拿家俊的破被苫苫脚。陈化云吃完一锅烟，又给李汝松号了号脉，没觉出有什么问题，就起身告辞。

送走陈化云，夜已经很深了。余家俊让父母也去休息，他一个人守着李汝松。独自抱着腿在炕上坐了一会儿，他就哈欠连天地犯了困。看看李汝松睡得很平稳，呼吸也很均匀，就吹了灯，就着那床被窝蜷曲在李汝松脚下。

没有枕头，又惦记着李汝松的自行车，余家俊睡得很不踏实，天刚有点儿朦胧就爬起来出了门。自行车还在，被一丛树条子挡着斜躺在半沟坡上，在离自行车大概两米远的崖坎边上，他还发现了李汝松的医药箱。他仔细地把现场观察了一遍：沟坎边的公路上，横撂着一根两米来长、胳膊粗的干树枝，沟坎下是七八米长的一段斜坡，再往下就是崖了。他记得，昨晚李汝松趴着的位置，与自行车大概平行，离崖边也就两米多远，再稍有一把推力就摔到崖下了。他想，李汝松可能是黑灯瞎火地骑到了树枝上，连人带车掉到了沟里。

他把自行车和医药箱弄上来，蹲在沟边休息一下的时候，心里突然涌起了一阵后怕。这块坡很陡，昨晚背人的时候，他是面朝崖边就着坡势站起来的，如果当时一不小心往前扑两步，他俩就一起下崖，双双殒命了。

自行车已经没法骑了，车把歪了，链条也掉了，前轱辘车圈也扭了，推都推不成。余家俊只好一个肩挎着医药箱，一个肩扛起自行车往回走。天寒地冻的清晨，人们都还在热炕上蜷着，没人这么早出门。余家俊走过庄子回到家一路上没碰到一个人。进窑点起灯，发现李汝松醒了。李汝松的脸比昨晚间肿得更厉害，眼睛肿成了两条缝，右眼窝和鼻子右侧都是青的，嘴唇也有点儿翻。

李汝松嘴唇动了动，声音很微弱地问这是什么地方，他怎么到了这里。余家俊就把昨晚发生的事情简要说了一下。李汝松表示了感谢后闭上眼睛。过了一会儿，他再次努力睁开眼缝时，家俊妈正好端了一碗热水进来。余家俊给喂了几口水，李汝松的气力好了一些。余家俊让他妈再给弄些吃的，然后跟李汝松商量：一会儿吃点儿东西，他就跑一趟公社卫生院，叫人来把他弄到医院去，别把伤耽搁了。李汝松抬起一只手摆了摆，轻声说，这件事暂时给谁都先别说，眼下不要让人知道。余家俊心里有点儿纳闷，一般人在这种情况下都会巴望着赶紧去医院，他怎么不让跟人说，这里面有什么难言之隐？看着李汝松这样，又不好问什么。李汝松缓了口气，问余家俊能不能帮他办件事。余家俊说，那有啥问题，只要他能办到。李汝松示意他坐到炕沿上，悄声地告诉他，请他跑一趟县城，到县公安局找一位姓孙的局长，把情况告诉他，请他赶快来。

家俊妈把吃食端了进来，是一碗稠稠的小米汤，还打了个鸡蛋花。余家俊连搅带吹地给李汝松喂进去半碗，又叮嘱他妈，过一阵子再给喂一点儿，就出了门。

余家俊先到陈化云那里，把李汝松不让告诉人的意思和去县里的事跟陈化云说了。陈化云说，我就思谋着这里面有事情呢，看来真的是有呢。既然李院长不让说，咱就不言传，权当没有这一档子事。

余家俊赶到县城已是晌午了，孙局长正好在局里。他把事情拣主要的一说，孙局长马上叫来一个警察，简单交代了几句，让他备车出发。余家俊和孙局长从后院出来，前院已经发动好了一辆偏斗摩托车。孙局长怕余家俊没坐过这种车，抓不牢掉下去，让他坐在偏斗里。余家俊还真没坐过摩托，坐在偏斗里车刚起步时感觉很受活，赶到车跑起来以后，就冷得招不住了，脸上好像刀割一样。

平时一气两喘走两个钟头的路，摩托车跑起来也就二十来分钟，而且走的还是大路。赶到了村里，余家俊已经浑身冻僵了。村里人看到他坐着公安的摩托，脸色青白，灰头土脸，都向他投来诧异的眼光，但又不敢凑近来询问，就有了交头接耳的议论。

余家俊浑身哆嗦着领孙局长进了家门，刚要跟着进窑，却被孙局长拦住了，说他们要跟李汝松谈话，请他回避。余家俊只好到他父母的窑里，爬上炕去暖和一下。大约过了半个时辰，孙局长他们谈完了，又让余家俊带着到事发现场去看看。这时候那根干树枝已经被人踢到路边，余家俊又把树枝拿过来，按照昨天的样子摆好，把昨天的经过细细地说了一遍。两个警察把各个地方都仔细看了，年轻警察从沟坡上捡起一根树枝，在手里掂了掂，问孙局长："是这东西打的？"问完自己先摇了摇头。余家俊告诉他们，这根树枝是他昨晚走夜路时捡的，救人的时候扔在这里。两个警察看完现场，又叮嘱余家俊不要跟别人说这些事，并说李汝松的衣服不要清洗，原样保存。交代完这些，跨上摩托走了，把余家俊扔在了那里。

回到庄子里，遇上的人就询问，招了啥事情了，让警察拉过来拉过去的。余家俊也就装出一副倒霉相："把他家的，偷咧个鸡娃子，让警察抓住咧。"人们就哄笑起来，"你尻胡啈呢，这会子哪里有鸡娃子呢，你尻怕是偷人咧吧？"余家俊哈哈一笑："偷人的事情原上天天都有呢，警察啥时候管过？"说完赶紧回家。

当天后晌，一辆画着红十字的救护车开到场院上，几个大夫拿担架把李汝松抬上了车。村里的人看到了，但不知道发生了什么事情。没过几天案子破了，这是一桩有预谋、有计划的奸夫害本夫的谋杀案。案子的当事人，李汝松的妻子魏金梅和奸夫供销社主任徐启良，被一根绳子扎进县里的班房子。又过了几天，公社副书记鲁宏也被扎走了。几个月后判决下来了，主犯徐启良判处有期徒刑十五年，从犯魏金梅判处有期徒刑十年。冤枉的是鲁宏，因为跟魏金梅搞过两次，被魏金梅交代出来，事情一出，他的对立面一哄而起落井下石，硬生生将他塞进了这个案子，被判了五年有期徒刑。

这个时候，余家俊已经被作为勇救阶级兄弟的先进青年推了出来，余家磨坊的人才知道了事情的真相。

过完年，伤病痊愈的李汝松带着礼物来余家磨坊感谢恩人的时候，余家俊和他坐在那个烧热的土炕上，进行了他们之间的第一次长谈。余家俊详细地说了那天晚上的情景，李汝松也把事情发生的经过告诉了余家俊。

元旦那天，李汝松在卫生院值班，妻子魏金梅在供销社加班。过年过节的时候，卫生院除非有急诊，一般比较清闲，但供销社却越是年节人越多。李汝松一天都没啥事，快到下午五点了，他想早点回家做饭，晚上和孩子一起过新年。收拾了东西正准备出门，公社的值班干部慌慌张张跑来说，祁家庙村有个人肚子疼得满炕打滚，赤脚医生觉得是绞肠痧，村里没法往医院送，请他出诊去给看看。对于医生来说，治病救人总是第一位的，于是他赶紧装好药物器具，背上医药箱，推着自行车出门。

他先到供销社去跟妻子招呼一声，让她下班后回去照顾孩子。妻子那里正忙着，柜台外拥着很多人，柜台里两个售货员加上主任徐启良，都在忙活着。他大声告诉了他的去向，让她别等他吃饭，就匆匆忙忙上了路。冬季的天黑得早，他赶到祁家庙时，天已擦黑。进了病人家二话没说就开始检查、诊断、打针、服药，这一通做完，天早黑透了。等病人平稳下来，他才吃了一碗专为他做的臊子面垫了垫肚子。看着天已晚，病人家里盛情邀请他住一晚上，明早再回。但惦记着和孩子过新年，他还是摸黑上了路。

走到余家磨坊地界，已经骑得浑身发热。他一手扶着车把，另一只手解开了下巴底下棉帽的纽襻，正打算再解开上衣领口，车子突然碾上了啥东西，一下子连车带人摔倒了，棉帽子滚了出去。他爬起身找帽子，突然觉得身后有异动，还没来得及做出反应，就兜头带肩挨了一闷棍，他身体前扑的一刹那，腰背上又挨了沉重的一击，他顿时眼冒金星失去了知觉。但他马上又清醒了过来，这时，一个身影到了他跟前，蹲下身子伸手探了探他的鼻息。他心里明白，这人是来取他性命的，于是闭住呼吸装死。那人把他翻过来让他仰面躺着，抓着他的双肩往沟里拖。这个过程中他感觉身影有点眼熟，只是那人把头包裹得很严实，看不出模样。就在黑影把他拖到沟坡上，准备推他翻滚时，远处突然闪起一道亮光，同时听到隆隆的马达声。那身影显然慌了，嘴里嘟囔了一句"把他家的"，就爬上坡坎，抓起自行车往沟坎下一扔，跑了。而那句"把他家的"却深深地藏在李汝松心里。

余家俊问李汝松，当时为什么不让告诉别人，李汝松笑一笑说，那天早上醒来后，他把发生的事情仔细回忆了一遍，尽可能不放过一点儿细节，余家俊找自行车回来，他已基本判断出那个身影是谁了。他说："不让你把事情说出去，是因为如果我死了，或者失踪了，凶手就会怀有一种侥幸心理，仍然照常生活，照常工作。如果得知我没死，被救了，他肯定会畏罪潜逃，这样，案子就不知道什么时候才能破了。"

余家俊想，在那样的情况下还能有这样缜密的心思，把事情考虑得那么周到，他不得不对李汝松大加佩服。他关切地说："你现在恢复好了，没留下啥后遗症，可是两个娃娃就可怜咧。"

李汝松摇摇头叹息道："我现在心痛的就是这个，结发妻子干出伤天害理的事情，让两个不到十岁的孩子承受这么大的打击，唉，真是造孽呀。"

经过这一次推心置腹的交谈，两个相差十几岁、文化背景差异很大的人，开始结下了几十年的友谊。

1

赶到卫生院时,周边还很安静,只有一个五六岁大的男娃在门前的水泥地上"抽老牛"。看到余家俊,男娃拖着鼻涕迎上来叫了一声余叔叔。余家俊认出来是李汝松的儿子。男娃过来攀住车辕杆问:"这是谁病了?"又告诉余家俊他爸爸在里面呢。余家俊一边回答着:"奶奶肚子疼咧。"一边把车直接拉进了卫生院。

正领着医生护士查房的李汝松听到动静走出病房,见是余家俊,赶紧招呼人把家俊妈抬进病房,放在一张空床上。李汝松大概问了问情况,就撩开病人的衣服开始触摸检查。这时候余家俊才看清,他妈的脸上镀了一层蜡黄,疼痛已经让脸都扭曲了,心里不禁一阵哆嗦。

检查完毕,李汝松在病房里开了药方,让护士去配药。不一会儿,护士用一个小铁盒端来一片小小的白药片,给家俊妈灌下去,接着就挂上了吊针。也就过去了十来分钟,家俊妈呻唤着说嗓子和嘴都干得很。李汝松让护士给喂点儿水,护士对家俊妈安慰说:"老人家别紧张,这是正常的药物反应,嗓子一干肚子就不疼了。"果然,一会儿过后,家俊妈不呻唤疼了。

看着老人平稳了,李汝松招呼余家俊到他的办公室去。这间屋子余家俊不知来过多少次了,设施虽然简单,但是干净整洁。李汝松让余家俊坐下,然后告诉他,出现这样的疼痛一般有几种情况:胆结石、肾结石、胰腺炎,或是阑尾炎。从老人家腹部的触觉和脸上黄疸分泌情况看,胆结石的可能性很大,很可能是胆管堵塞引起的。老人家一直是个素肚子,况且这半年多又常饥饿,猛然吃下那么肥腻的东西,肠胃弱的人根本招架不住。现在首要的是止疼和消炎,再观察病情有没有发展。说完这些,他问家俊还有没有别的事情,家俊告诉他本来是要去拉救济粮的,现在这样还怎么去。李汝松说:

"这里没你啥事了,赶紧去拉粮吧。"余家俊有些为难:"我妈还在炕上睡着呢,我走咧能行吗?"李汝松调侃地说:"怎么,你的本事比我还大点儿,离开你就不行了?"接着拍拍余家俊的肩膀:"放心去吧,老妈在我这里比在你跟前要安全得多。"

李汝松说的这是实话,余家俊也就踏实了。他推起架子车,李汝松又把他叫住,转身进屋拿出一个铝制的饭盒递给他:"你肯定还没吃早饭,这样不行,时间长了也会得胆结石。你中午未必能回来,把这个带上,可别粮食领上了,又没力气拉了。"余家俊也不客气,憨憨一笑,接过饭盒装进挎包里。

余家俊到了粮库,太阳已经升起两竿子高了。他按照自己的排号找到位置,刚要插进去,后边有人喊了起来:"余家磨坊里人,刚才打锤(打架)的时候,连你的人影都不见,这会子锤打完咧,你收果实来咧!你真个先进得很嘛。"这人一喊,就有许多人跟着嚷嚷。余家俊感觉话音不对,朝四周观察了一下,发现粮库门前和外面的公路上有些凌乱,好像刚经过了一场战事。向跟前的人打听才知道,今天早上,昨天拿了排号的人大多揣算着时间,来得比较晚,来了以后就按排号往前面去。新来的人就不能接受了,于是发生了争执,继而就有了肢体的冲撞,再接着就打了起来。双方的人都不少,一会儿工夫粮库院里院外以至公路上就打成了一锅粥,直到粮库人员打电话叫来公社武装部和派出所的人,才制止了这场骚乱。粮库人员坚持昨天的排号有效,先发有号的,再发没号的,否则他们拒绝发粮。于是在公安人员监督下发了一阵子,这才把秩序稳定下来。余家俊赶紧转圈作揖,把他妈得病的事情说了,才求得了大家的谅解。但还是有人不服气地说风凉话:"你们家里人看个病还有啥说的呢,李院长都成你妈的干儿子咧。"余家俊不想再招惹是非,也就息事宁人地不再吭气。

接近中午,余家俊感到心里慌慌的,这才想起来到现在还没吃东西,找个背人处打开饭盒,里面是两个麦面馍馍和两个鸡蛋。他心里动了一下,知道这是李汝松和儿子的午饭，但现在也顾不了那么多了，狼吞虎咽地将这些东西一扫而光，刚才还觉得恹恹的身体，顿时又恢复了活力。

　　接近后晌时终于领到了粮食，一百八十斤粮放在架子车上，基本没有多大分量，余家俊拉起车子就往回跑。到了卫生院，见他妈已经没事人一样，坐在床上喝一碗米汤，床头小柜上还有一碟炒洋芋丝。知道余家俊回来了，李汝松也进到病房来，他告诉余家俊，老人家一辈子没咋吃过药，药一用上效果特别好，头晌就不疼了，赶到液体输完，已经基本恢复了正常。按照李汝松的意思，让老太太在这里住一两天，进一步观察一下，可是家俊妈说在这里住不惯，非要回家不可。李汝松只好开了一些药让带回去，并叮嘱一定要按时吃药。余家俊把饭盒还给李汝松，把父亲给的钱也一并递过去。李汝松接过饭盒，把钱又塞回给余家俊，说："我不希望你们因为看病到我这里来，既然来了，就一切都听我安排。老人得的是胆结石，不是什么大病，用不着担心。"说完让护士帮忙把家俊妈安顿到架子车上。

　　回家的路上，母亲告诉家俊，上午他走了没多大一会儿，她就不疼了，只是觉得困得不行，就睡着了。这一觉睡得很扎实，被叫醒来时日头都过正午了。一个乖女子端着一碗稠稠的米汤要给她喂，她一辈子就没让人喂过饭，可是胳膊上扎着针不敢动，只能让一勺一勺地喂。那会子肚子也真饿了，一碗米汤喝完，她还想再喝点，那女子说，病刚平稳了不敢多吃，要多吃几回，一回少吃一点。喝了一碗米汤心里安稳了，她不知不觉又睡着了，这一回醒来已经到了后晌，胳膊上的针已经拔掉。她坐起来试了一下，好好的了。这时候那个乖女子又把米汤端进来，还有一碟洋芋菜。母亲脸上笑眯眯的，又说："我都不知道这是看病来咧，还是享福来咧，那炕上软软的，睡着受活得很，李良医真真是个好人。"听着母亲不断地唠叨，余家俊心里彻底踏实了。

　　到了村外原畔上，母亲不坐车了，要自己走回去，还开玩笑说："我儿拉的轿车子坐上一回就对咧。"余家俊只好让母亲踮着小脚自己往坡下走，他扬起车把磨着车子跟在后面。走到家门口，父亲也刚放羊回来，见他们娘儿俩就这样回来，惊奇地叫道："这就好咧？这就是神仙一把抓嘛！"

进院门的时候，余家俊发现父亲瘸着腿，忙问是怎么回事。父亲说腿疼得厉害。家俊说："一年多没听你呻唤腿疼，这咋又疼开咧？"

父亲说："这多半年就一点点雨都没下过嘛，腿疼啥呢。唉，看起来是真真地该下些咧。"

卸下粮食，家俊妈就张罗着做饭。她让家俊别歇着，先把石磨收拾好，拉些玉米楂子，晚夕熬一锅楂楂饭。

不大一会儿工夫，一升玉米拉完了。看看缸里快没水了，余家俊又担起水桶下了沟。担着水往回走是面北上坡，他看到西北方向有浓厚的云层压过来，就加快脚步要赶天黑之前再担一趟。

余家俊担完水，他妈已经把饭做好了。吃过饭盯着他妈吃了药，天已黑透了，就分头各自休息。昨晚没睡成觉，又忙活了一天，家俊这会子确实感到乏了，但是躺在炕上又不能马上入睡。他妈的精神很好，这让他很放心，但父亲的腿，又让他心里很不舒服。

刚睡着不久，一阵噼里啪啦的声音把余家俊惊醒。他扒到窗台上一听，是下雨的声音，而且雨点还不小。他心里不禁一阵狂喜，跳下炕光着身子跑到雨地里。雨逐渐大了，分分钱大小的雨点子一连串地打在身上，很凉，也很舒服，有点儿在城里洗淋浴的感觉。父亲也打开了窑门，见他光着身子在雨地里淋着，忙冲他喊："你个瓜尿，冷雨激咧可了不得，快进去！"他抹了一把头脸，很不情愿地回到窑门口，站在门槛里欣赏白花花的雨幕。或许是干旱得太久了，他感觉这雨下得有点报仇的意思，哗啦啦的雨声一阵猛似一阵，没有一点儿间歇。奇怪的是，庄子里除了雨声，听不到一点儿其他声音。一般情况下，久旱逢雨时，人们都会敲脸盆打马勺地闹腾一阵子，但今晚夕整个庄子都静悄悄的，没有任何人为的动静，好像生怕一有动静会惊走天上的云层一样，连狗都悄无声息，不吠也不叫。

这场雨直直下了一夜，后半夜，沟里吼起了水声，直到天亮才收住雨脚，但天还是阴得很厉害，好像还没有下尽兴。果然，没过多久雨又淅淅沥沥飘落下来，这一下一直到了后晌。

这场透雨，彻底缓解了持续半年多的旱情，给庄户人家带来了生存的希望。吃过晚饭，余有礼召集各生产队长、副队长到大队部开会。由于持续干旱导致了农业生产的停顿，大队已经好长时间没开会了。

一盏捻子挑得很大，扑腾着黑烟的煤油灯，映出十几张枯黄寡淡的脸。虽然救济粮已经到手，但那点儿原粮，仅仅能够保证暂时不被饿死，根本恢复不了半年饥馑造成的身体的亏空，十几个人大多还处在饥饿的迷蒙中，只有十几只烟锅是清醒的，喷出的烟雾，不一会儿就把大队部弄成了云遮雾罩的仙人洞。队长们都愿意来这里开会，大队部的桌子上放着一只升口大的烟笸箩，里面装着的旱烟烟叶多烟秆少，在这里开会可以免费吃烟，也算是一项干部待遇吧。只有余有礼从来不吃笸箩里的烟渣子，都是搣自己荷包里的烟。

下了一天雨，气温明显下降，十几个人基本都披上了夹袄或棉袄。吃着免费的旱烟闲谝了一阵子，余有礼咳嗽一声，大家都安静下来。余有礼示意大队长牛国辉先说话，牛国辉磕了烟锅，从口袋里掏出一个本本，往油灯前凑了凑，用作报告的语气开始讲话。他从国际国内形势，讲到全国正在轰轰烈烈开展的"一打三反"运动，再讲到半年的饥荒中，因为对本村的"四类分子"和几个揪出的批斗对象疏于管理，可能会造成阶级斗争新动向，要求各生产队在尽快恢复生产的同时，加强对斗争对象的监控，尽快恢复到过去三天一小批、五天一大斗的阵势。牛国辉一气讲了一个钟头，烟笸箩里的烟渣子都下去了近一半。

牛国辉歇口气，准备继续讲下去，余有礼又咳嗽一声打住了他的话头："对咧，那不当饭吃的话说上一阵子就对咧，咱抓紧时间说些有用的事情。"余有礼慢条斯理地磕了烟锅，又从自己的烟荷包里搣了一锅烟，就着油灯咂了两口，清了清嗓子才开始说话："这半年的干旱，把咱原上真正是弄失蹋咧，地里基本上颗粒无收。这一场雨要是早来一个多月，咱还能抢时间种些小糜子、荞麦啥的，现在下来咱们只能在秋播上下功夫咧。"余有礼把烟锅扔到桌子上，将披在肩上的黑夹袄抖到椅子后背上，又继续道："今年虽然地里没打下啥，但是日头直直晒了半年，地力是养好咧，从明儿起，各生产队集中劳力往地里送粪，把肥料弄足，秋播的时候咱再精耕细作，争取明年麦子收成上纲要、过黄河。"他又抓起烟锅在桌子边上磕了几下，慢慢地掭着烟说：

"现在给下的这些救济粮，我估摸着能凑合到秋播，麦子种完以后，恐怕还得再给些，上级政府总不能看着咱都饿死嘛。可是救济粮是救急不救穷，要解决今冬明春的吃饭问题，光等救济怕是不成，咱还得再想些办法。我思谋着，麦子种完以后，地里也就没啥事情咧，咱把四十岁以下的壮劳力组织成几个劳动组，到长庆油田和近处的煤矿打一阵子短工，挣下的钱都买成粮食，外出的人拿六成，队里给记全工，四成归集体，分配给没人外出的人家。咱要保证明年麦收之前全大队不饿死一个人。"

他的话刚说完，牛国辉马上提出反对意见："这怕不成，现在全国形势一片大好，'一打三反'运动正弄得轰轰烈烈，咱让人外出寻活，这连投机倒把一样，是顶风作案，给运动抹黑呢嘛。"

余有礼颇不耐烦地挥挥手："拌屁的话再不要唡，光搞运动咧，万一救济粮下不来，你给咱弄吃的呢吗？把人饿死咧你能负起这个责任吗？"

牛国辉被当众噎了这一下，心里老大不痛快，但饿死人的责任可不是闹着玩儿的，他也只能脸上讪讪地咽下这口气。接下来各生产队汇报了各自的情况，以及恢复生产的具体打算。然后，大队综合各队的打算，对眼下到秋播结束一个阶段的工作做了部署和安排，又仔细研究了分头外出找活路的具体办法和可能性，会一直开到半夜才裹着一团烟雾散去。

第二天早晨天刚亮，各生产队就响起了上工的哨子。

接下来的一段日子，架子车、粪担子在田野上活跃起来，那一溜溜挑着担子翩翩而行的队影，给荒寂了几个月的桑树原带来了一些活力。尽管分配到户的那点儿救济粮，还不足以唤起人们劳动的热情，但能见着粮食，总比清汤寡水的稀糊汤来得实惠，况且半年来人们在自家的窑洞里忍饥挨饿，都快把人闷傻了，偶尔又凑到一起说说笑笑，自会弄出许多热闹。没有多长时间，原上山里的待耕田里，就堆起了一个个坟包一样的粪堆。

余家俊刚参加了几天劳动，就接到县里通知，让他参加县革委会组织的"讲用团"，去各公社巡回演讲。他又一次穿起他那件草绿色新军装，背起挎包赶往县里，这一去就是半个月。

余家俊去县里参加"讲用团"的这段时间，露娃没有参加队里的劳动，她在跟父母做斗争，以致到了绝食的地步。

去年秋里，父母给她相了一个人家，是原南畔上章家坡的一个富庶户。章家坡在面南背北的半坡里，庄子如一个簸箕，周边绿树环绕，环境在一条原和一条川里都是难得的。这个村子百十来户人家，既有原地也有川地，自留地多是川里能浇到水的好地。这家的当家人在百里以外一个煤矿当矿长，一个月八十多元工资，家里三个儿子，两个大的已经结婚分家单过，只有小儿子和他妈一起生活。家里三孔大窑，院里还有两间一坡水的砖柱土坯房，牲口槽上喂着一匹青灰骡子，推磨驮水等一应活计不用人受累。由于是矿长的家属，家里做饭烧炕都用煤，而且冬天还有煤炉取暖。这样的优等人家，这样品麻的生活，在两原一川都是少有的，只是这家的小儿子长得太不受看，个子不高，大骨拐外加一个瘊头，走路一步三晃。这娃从小愚钝没念下书，劳动也跟不上趟，最大的爱好就是找人"下方"（一种简单的五子棋），再就是端个烟锅吃旱烟。

去年种完麦子，露娃妈以走亲戚的名义，带着露娃跟媒人到这里看了家。这家女主人一见露娃就喜欢得不行，告诉媒人只要女子能答应，多少彩礼随他们开口。露娃对这家的儿子一眼都没看上,至于家庭的富庶、日子的品麻就都不在她眼里了。但露娃妈看了这个人家很是中意,回家就跟掌柜的添油加醋地描述了一番,余兴汉当即拍板,三千元彩礼这事就定了。在这里两千元能买一匹好骡子,三千元那是个啥价钱?一般人家的彩礼,都是根据女娃的长相、针线茶饭的能力,开出五百到一千元;比较漂亮的,也就一千二百元到头了。余兴汉开出的无疑是个天价,着实高得吓人。但是男方连个哈欠都没打,一口应承下来,并且敲定明年秋后娶亲。

眼看着娶亲的日子快到了,露娃死活不答应,并向她父母宣称,就是一辈子不嫁人,也不到章家坡和那个人过日子,气得余兴汉跳着蹦子叫骂:"你不嫁人,还在娘家里赖一辈子呢吗!"

父女俩吵不出个眉目,露娃干脆把自己反关在窑里,不应声也不吃饭,独自在那里抹眼泪。这种状况持续了三天,露娃妈急成了热锅上的蚂蚁,这边说那边劝,都没有效果。眼看着就到第四天了,余兴汉心里也有些发毛,眼下毕竟不是旧社会,不能一根绳子捆到婆家,再者,"一打三反"运动正在热头上,万一闹出个好歹,买卖婚姻逼死人命的罪名可不是个小事,弄不好班房子里就给他留下位置了。无奈之下,余兴汉只能央媒人出面,请求男方把娶亲的日子往后推延,等做通女儿的工作后,再议娶亲的事情。

露娃在农村也算是娇生惯养的,长到十八岁没在地里下过苦。她是家里的头生子,三岁时有了一个妹妹,六岁时又添了一个弟弟。六岁前她是妹妹的耍伴,十岁前她是弟弟的保姆,十岁那年才去村里的小学念书。刚凑合着念完三年级,在油田工作的表姐生了孩子没人带,就把她接过去帮着带孩子,快十六岁了才又回到村里。

农村女娃子一旦离开了土地,吸纳新鲜生活样式的能力是很强的。在油田生活了两年多的露娃回到村里,就显出了与农村女娃明显的不同,这不仅仅表现在穿着上,更表现在生活做派上。她原本长得就乖巧,特别是身体长开后,那细柳挺拔的腰身,饱满浑圆的胸脯就特别惹眼,再加上贴身的穿戴，走到哪里都有鹤立鸡群的效果。

油田虽然不是城市，但那是一个很大的生活区域，比县城大好几倍。生活区有街道，有商店，还有电影院和洗澡堂。工人阶级的生活毕竟与农民不同，城市化的味道在那里一点儿都不逊色，而且在赶时髦方面，比一般的城市有过之而无不及。在那里生活了两年的露娃，不仅感受了新鲜，开阔了眼界，潜移默化中，也把自己改变成了一个准城里人。

露娃从小就喜欢跟着余家俊玩儿。随着年龄增长，那个黑瘦精干的小伙子，就越来越多地占据了她的心，特别是那双好像能看透人心的眼睛，总是扑闪扑闪地照着她，搅得她常常黑夜里睡不好觉。她从油田回来后，余家俊也从学校回到了家里。这时候的余家俊在她心里，已经完全是一个成熟的男人了，他对运动的看法，对自己未来前景的考虑，都让她觉得既新鲜又特别，很多对生活的认识和想法，在她看来比她当队长的父亲都要靠谱。她时常自觉不自觉地把余家俊和她往一搭里靠，幻想着和他一起过日子的情景。她觉得，章家坡那个烂干男人，和她心里的碎爷相比，简直就是沟里的癞蛤蟆，一想起来心里就腻歪。所以，当她父母逼她嫁人的时候，她就急切地想见到余家俊，将她隐藏在心里的秘密告诉给他知道。于是她不惜以绝食反逼父母，让他们去与那个男人家交涉，推迟婚期，给她留出转圜的时间。

5

转眼到了秋播季节，这时候原野上才算真正有了一些生气与活力。所有的农人和耕畜都集中到田地里，人在喊牛在哞驴在叫，再加上耱地的人扶着牛屁股，如站在颠簸的战车上吼出的断断续续的秦腔，一起在田野间回荡，构成一幅生动的田园音画。

开播第一天种的是原地。天阴着，凉爽的空气中带着一点儿潮润，原野上飘着一层白白的薄雾，年龄大一些的人都穿起了棉袄。一段时间雨水的滋润，崖坎边，地埂上都出现了油润的绿色，被撸光了叶子的树枝上，也神奇地重新发出了嫩芽。

全队劳力集中在场院里，等着队长派活。刘玉国指挥着几个小伙子把几张席铺在场屋门前，把麦种堆到席上，然后把一桶清油往麦种上洒，一边洒一边让人拿木锨翻搅。油拌匀后，又拿出一包农药撒在麦种上，再进行搅拌。这样做的目的，既增加了麦种的养分，便于芽苗茁壮，又可防虫蛀，当然还有一层意思，饿急了眼的人们养成了见啥都往嘴里塞的毛病，当众撒药就是告诉人们，别偷着把麦种往嘴里塞。

余家磨坊四个生产队都是山地多原地少。山地送肥困难，土地瘠薄，一年只能种一茬麦子。原地相对肥沃，除去留作产量较高的秋粮田外，种麦的原地麦收之后还能再种一茬小秋粮，所以秋播时，总是抢时间先把原地种好，再去种完全依靠老天爷赏赐的山地。

四个队的麦子全部种完，余有礼又召集了一次会议，具体安排寻找路数外出打零工的事情。之前安排的几个联系外地亲友寻找活路的人汇报了各自联络的情况，结果还是令人满意的。经过一番商讨，最后决定还是以生产队为单位，每队选出二十到三十个精壮汉子分头到联络好的地方去。余有礼特别交代，外出的人把过冬的衣裳都备好，一气干到年跟前再回来。走的时候两三个人搭帮走，不要成群结队，免得引起旁村人的注意。

一切安排就绪准备实施时，县里突然来了通知，召开全县三级干部会议，安排好的事只能暂时撂下，等会议之后再说。没想到"三干会"上的农业生产部署，彻底打乱了余有礼的路数，平田整地大会战成了当前最重要的政治任务。县里认为，这次旱灾之所以造成严重后果，主要原因是原上农田不平整，保水功能差，水土流失严重。这次大会战，要拿出战天斗地治理虎头山的精神，彻底改变土地现状，为农业生产长足发展打好基础。为了保证这项政治任务的顺利实施，县里特意再调拨来一批救济粮，以每人八十斤原粮的标准发放给受灾人群。

从"三干会"上回来，余有礼和各队队长不得不放弃原先的部署，将主要精力一门心思地投入到平田整地上。为了不分散劳力，抢时间投入会战，余有礼吩咐各队，集中所有运输工具，先把救济粮统一领回来，由大队再做二次分配，避免一家一户地领粮，把人力和时间都浪费在路上。大队再筹集一点儿钱，邀请工匠修整各队的集体农具，架子车、独轮车不足的，可添置一两辆。然后是划定平整土地的区域和范围，集全大队之力今年先搞出一片示范田。

这一切刚刚安排停当，公社又发来通知，要求各大队紧急组织一支不少于二十个人的青年突击队，参加公社的示范田大会战。公社选定的会战地在粮库往西五公里的上洼村，距离余家磨坊有三四十里。这个年月，农业会战、民兵集中训练是经常性的，人们也都习以为常，只是这次会战地离村确实太远。好在这次会战公社给出了很优越的条件，距离较远不能回家住的，统一安排住宿，参战人员会战期间的口粮由公社统一提供，各突击队只需自带劳动工具、自备铺盖锅碗即可。

接到通知大队不敢怠慢，马上要求各生产队各选出五个精壮劳力，组成余家磨坊青年突击队。通知发出后，一天下来只有十来个没结婚的小伙子报名参战，但凡有家有拖累的全劳力都不愿参加。对于年轻人来说，在家窝得久了，就想到外面找点儿新鲜，到外面的世界撒撒野，而且这次会战是由公社提供口粮，自己肯定每天都能混个肚儿圆。这样既能混饱自己的肚子，又给家里省了粮，两头都划算的事情何乐而不为呢，反正在哪里都得出力干活。如果运气好，在男女混战的劳动中，说不定还能勾引个女娃子啥的。但对于有家有口有拖累的人，一来是半年多的饥荒亏空了身子，怕大会战那样玩命的劳动服不下来；二来这一走最少得两个月，家里老人和老婆娃娃照顾不上，抛家舍业总不如趴在自家炕头上稳妥。

眼看会战的日期就要到了，人手还没有凑齐，这让余有礼有些恼火，正准备把几个队长叫来骂一顿，韩家泉的"铁姑娘"韩秀芬带着四个女娃子来找他请战。这让余有礼心里很受活，当场拍板这个青年突击队由余家俊担任队长，韩秀芬任副队长。

突击队人员凑齐了，还得有两个做饭的人，二十几个人每天三顿饭也不是个小事。这事余有礼就不愿操心了，让余家俊自己挑选愿意去做饭的人。陈家拐的小媳妇张翠翠，因为婆婆是个唠叨嘴，整天价唠叨媳妇的不是，就不愿意跟婆婆一个锅里搅生活，总想离开这个家，少见一眼是一眼。她找余家俊报名，要求去给突击队做饭。傍晚余家俊刚吃完饭，正在准备出征的东西，露娃来找他，要跟着他去。露娃一脸憋屈地告诉余家俊，这一段时间，她妈天天唠叨她嫁人的事，泼烦死了，想出去躲几天清闲。

露娃愿意跟着去，余家俊非常兴奋。打发走露娃，他立马到大伯家做了汇报，余有礼想都没想就同意了。事情一经确定，就成了政治任务，尽管余兴汉老大不高兴，但余有礼拍板的事情，他也不敢直接反对，只能由她去了。

这支由二十二人组成的，衣衫不整鞋袜不齐的队伍，在那个早晨，在一面印有"青年突击队"字样的红旗引领下，朝着三四十里外的会战地出发了。四个生产队每队匀出的一辆架子车上，拉着工具、铺盖卷和锅碗瓢勺一应物事，十几个人散跟在架子车周围，沿着公路踢里踏拉向西而行。

会战地上洼村是公社辖区最西面的村庄，这里原地开阔，地势平坦，原有梯田板块比之余家磨坊要大得多。余家俊看了这里的地势，认为公社选定这里开创示范田，是很有些见地的，见效快，容易出成果。为他们安排的驻地，是离工地不远一个废弃的老庄子，许多窑洞的前墙还算基本完整，但门窗都是洞开的。按照每个突击队两孔窑洞分配下来，他们分得了靠边的两孔窑。一个窑里有个土炕连着灶台，另一个窑里啥都没有，只是地上铺着一层厚厚的麦草。他们是晌午时分到达驻地的，余家俊安排女人住有炕的窑，男人住没炕的窑。大家把铺盖锅碗搬进窑洞，也就该吃晌午饭了，余家俊安排了担水做饭的事情，带人到指挥部报到领粮食。

这次会战的待遇真是不错，不分男女每人每天一斤半面粉，百分之九十玉米面，百分之十麦面，每个队还分了两斤清油，这让大家十分开心。离得较近的几个队不在这里住，粮食头天就领走了，剩下的只有七八个队，一会儿工夫粮食就领到手，几个女人搭手做饭，很快就开饭了。

放开肚子吃了一顿漂着油花的玉米面跌疙瘩，大家伙心满意足地躺倒在自己的铺盖上休息。正午刚过不久，窑外传来一阵急促的哨子声，紧跟着会战现场的高音喇叭也响起来。余家俊一蹦子跳起来，招呼大家起身，参加战前动员大会。

象征主席台的一道田坎前，两根高杆扯起一道大红色横幅，上面写着"桑树原公社学大寨赶昔阳战天斗地大会战"的标语，形成了一个大门的样子。标语两旁的田坎上各竖着十几面彩旗，高音喇叭播放着雄壮有力的革命歌曲。几十辆架子车、独轮车围出一块很大的场地，突击队员们带着工具进入场地席地而坐，等待动员会开始。

过了不久，有人捧着一个包着红布的坐式麦克风，来到会场中央的旗门下，随着麦克风一阵尖锐的啸叫，公社书记朱开祥精神饱满地站到麦克风前，开始了战前动员。他从国际国内形势讲到桑树原的大好形势，从阶级斗争新动向讲到平田整地大会战的伟大意义，一气讲了一个多钟头。朱书记那张白净圆润的脸，在秋日阳光的照射下闪着油润的光，滚圆的肚子也随着语气和手势，一颤一颤地显示出地方首脑的威武。

朱书记做完战前动员，秋季大会战就算拉开了帷幕，十几支突击队依次排开，进入指挥部早已划分好的各自的区域。余家俊把自己的突击队分成四个小组，各组五个人一辆架子车，两个人挖土，两个人装车，一个人推车。口粮是按人头分配的，任务也按人头分配，每人每天挖运七方土。这样，他们这个队每天就要完成一百五十四方的任务。活肯定很累，但是大家信心很足，摩拳擦掌地要大干一场。这时，上洼村的青年提出了劳动竞赛的倡议，韩秀芬首先应战，代表余家磨坊在倡议书上签了字。接下来经过试挖试装试运，天已近后晌，指挥部总指挥宣布，战前动员仪式结束，大家提前收工，明天会战正式开始。

第二天天刚亮，起床的哨音就响起来。大家爬起来洗脸的时候，翠翠和露娃已经把一锅玉米面糊汤用马勺搅温了，盛到每个人碗里，并把一筐箩烙得焦黄的玉米面饼子放到院里的土台上。大家就着饼子吸溜完一碗糊汤，抄起工具下地。翠翠和露娃收拾了碗筷，又开始准备晌午饭。翠翠心灵手巧，做得一手好茶饭，可是这没菜的饭食，与无米之炊相差无几，即使手巧的翠翠也觉得很难铺排。

太阳刚刚冒头，工地上已经热火朝天了。几百个打了鸡血一样的年轻人凑在一起，群情激昂地干活，自是一派生动的场景。然而没过多久，早上装进肚子里的那点儿东西已经不知去向，刚到晌午，就一个个汗流浃背小脸蜡黄了。好在这个时候，做饭的人已经挑着担子把晌午饭送到了工地上。

余家俊觉得，这样干活不行，毕竟饿了大半年，肠子里没油水，力气就跟不上，照这个干法，不出三天就得撂翻几个。临出门时他向大伯余有礼做过保证，队伍完整带出去，完整带回来，不让一个人出事。趁着大伙围拢在一起吃饭的时候，余家俊悄悄告诉大家，吃过晌午后，大家干活一定要惜力，不能二球一样愣戾地整，要不然支撑不了几天。大家也都觉得他说得有理，纷纷点头称是。可是韩秀芬不高兴了，站起身来反驳他："干革命就要一颗红心两手准备，随时准备为革命献身，尤其是我们革命青年，更应该革命加拼命，决不能偷奸耍滑。"

一见她这种急赤白脸的劲儿，余家俊气就不打一处来。韩秀芬原本长得还算周正，因为干活不惜力，愣是把一个女娃子的身材，劳累成了婆娘的样子，腰粗腿粗脖子粗，手大脚大屁股大，一张脸也被晒得黢黑。特别是得了公社"铁姑娘"称号后，更是像打了鸡血似的，整天价慌慌着过来，慌慌着过去，而且还满嘴的革命口号，弄得她父母都没法跟她正常说话。前段时间有人想把韩秀芬撮合给他，他当时就翻了脸。这回如果不是大伯定了让他们共同带领突击队，他是绝对不愿和她共事的。余家俊觉得，应该借这个机会敲打她一下，杀一杀她身上的那股子戾气。于是说出来的话就很不客气了："你的那屁话再不要胡撂，把你干咧多大的个革命事业，平个地的事情，把活干好就对咧，还要把命搭上呢吗，你是不是觉着不弄坏两个人，你心里就不受活？"

韩秀芬不服气地涨红着脸争辩："我们'铁姑娘'就是要随时随地争当先锋，不惜牺牲自己的革命青春！"

余家俊把饭碗往地上一蹾，也站起身来瞪圆了眼睛盯住韩秀芬。他的目光原本就很犀利，一旦拉下脸来，还真有一股子霸气："你少在我跟前卖拍你的那'铁姑娘'，把你一个公社的先进，跟我比你还差下码子着呢。今儿个咱就把话撂明，你这个副队长的主要任务，就是招呼着大家把活干好，其他的事情都由我负责，你就少插嘴。"

短短的几句话，不仅沉重打击了韩秀芬的气势，对其他人也起到了一定的震慑作用。村里人还真没见过余家俊的这个阵势，几个人相互递着眼色，那意思是说，这娃厉害着呢，比他大伯不瓢。韩秀芬这几年出惯了风头，哪受过这样的打击，愣怔了一会儿，捂着流泪的脸跑了。余家俊指着她远去的背影对大家说："这娃这会子才像个女人咧。"然后他又严肃地告诉大家，大队派我们出来，就是完成一项政治任务，对我们个人来说，就是吃几天饱饭，干一场累活，只要我们把活干得没说头，就算圆满完成任务。干革命不是要二球，要有合理的方式方法，顺着劲儿走，命都不要地蛮干，那是瓜屄。

吃完晌午不一会儿，指挥部的干事一脸严肃地走来，招呼余家俊到一边说话。干事一本正经地批评余家俊，不该打击别人的积极性。余家俊一听就火了，他压根儿就没把这个公社的小干部放在眼里，对他这种人五人六的语气很是反感，有意要和他较一把劲，于是也沉下脸来问："你把话说清楚，我打击谁的积极性咧？我只是告诉我的队员，这个活不是干一天两天，要做好长时间吃苦耐劳的准备，我们要在完成任务的同时，尽可能保存体力，不要像程咬金的三板斧，要完就完了。这话有啥不对的吗？"

"干革命工作，保持一定的革命热情还是有必要的嘛。"干事还是端着上级对下级的架口。

余家俊用轻蔑的眼神瞅着他问："那你给我说一下，平整土地是靠胳膊腿，还是靠嘴？"说着，从口袋里掏出纸烟来，自顾自点上一支，接着道："你但凡要说靠嘴，那咱们就靠嘴弄。只要你说土方量可以减少，我给咱爬到土堆上头唱乱弹。我在县中学参加过宣传队，《智取威虎山》《红灯记》《沙家浜》全本都能拿下，你说唱几天咱就唱几天，你看咋个项？"

一番话把小干事噎了个红头涨脑，但又找不出什么毛病，悻悻地愣了一会儿，口气有些缓和："我也不是那个意思，有人到指挥部反映情况，总指挥让我来说一下，主要是不要影响革命工作。"

余家俊做出气还没顺过来的样子说："毛主席教导我们，任何事情都要实事求是，不管哪一级干部，听到反映要先做调查，然后才能表明态度。前些日子，我在地区参加会议的时候，地委书记就特别强调这个问题。"他深知借助钟馗打鬼的道理，抬出地委书记来压小干事一头，然后又不无挖苦地追上一句："你们都是考虑大事情的人，余家磨坊的任务完成不好，你们拿我是问，我们内部的毛渣渣事情还是我们内部解决，你们就不用操这个心了。"说完，撂下小干事甩手走了。

余家俊心里明白，他现在身上背着令人羡慕的光环，大伯又有意抬举他，正是他在桑树原上扬名立万的时候，他一定要做到行事端正，做事公道，不卑不亢，给人可依靠的感觉。如果对自己人严、对干部们媚，难免被人看不起，所以他有意要出这一折子，让人们看看。

回到自己的场地，余家俊朝韩秀芬狠狠地瞪了一眼，韩秀芬红着脸赶紧低头干活。过了两天，余家俊仍然和往常一样，和大家一起有说有笑地干活，公社朱书记还专门到他们的坛场上来问候余家俊。韩秀芬见自己的反映没有效果，也就自觉收起了锋芒，变乖了。正如余家俊所说，三天以后，工地上的歌声笑声号子声逐渐冷却，只剩下人们挥汗如雨的劳作，那起初的竞赛倡议，也就散黄了。

大家在工地上干活很劳累，露娃和翠翠也很辛苦。没有一点儿菜的饭食，让两个女人很是难心，她们每天都要想着法子给大家变换花样。来到工地的几天后，翠翠和露娃去沟里担水，发现干旱过去以后，沟里的野草又长出来了，里面也有能吃的野菜，她们放下水桶在草丛中采了一些，就着沟里的泉水洗干净拿回来。荠荠菜、灰灰菜等摘出来给大家蒸菜窝窝，用一把苦苦菜渥了一罐浆水。过了两天，离工地不远的原上有集，露娃跑到集上，自己掏钱买了一斤绿辣椒。晌午送完饭后，她俩端着和好的面，到庄子里找人家借案板擀了长面，后响把辣子剁碎，用油炝了浆水，给大家做了一顿清亮亮香喷喷的浆水面。

很久没有沾过麦面的下苦人，有了这顿好饭，不分男女一个个放开肚子咥了个美。平时吃过晚饭闲谝几句就四仰八叉睡去的小伙子们，让这一顿好饭提起了精神，在油灯下兴高采烈地谝起来没完。正所谓"饱暖思淫欲，饥寒起盗心"，咥饱了肚子的小伙子们，谝着谝着就到了下三路。

余家俊虽是这里的头儿，但他也是一个正常的小伙子，也爱听这样的故事，所以他自始至终只是悄悄地听着，没有干涉。等大家又一波热闹完，感觉时间已经不早了，这才催促大家再不胡谝，赶紧睡觉。

6

会战还不到十天,张翠翠的男人急赤白脸地来找张翠翠。大家都下地干活了,只有翠翠和露娃在破窑里准备晌午饭。翠翠的丈夫好像也没啥急事,把个瘦身体圪蹴在窑门槛上咂烟锅,有一搭没一搭地说着家里的琐事。露娃烧开一锅水,正准备烫一盆面,翠翠说缸里水不多了,让露娃去挑一担水。露娃想他们可能有什么背人的话,当着她的面不好说,就挑起水桶去了沟里。等露娃挑水回来,翠翠的男人已经走了。露娃问翠翠:"你家掌柜的咋这么快就走咧?这大晌午的,来回六七十里路,你也不留人家吃咧饭再走。"翠翠嬉笑着说:"他来就是办个事情,办完就走咧。"

露娃有点纳闷,几十里路慌慌着跑来,还没待上一个钟头,又慌慌着跑回去,这是办多大个事情?再说了,翠翠一个女人,能有什么大事要办?就问翠翠:"办多大的事情嘛,跑几十里路连饭都不吃?"翠翠低下头嘿嘿笑着:"就男人女人的那些事情嘛,还能有啥大事,办完就走嘛。"

这种有粮没菜的日子过了一段时间,指挥部可能也觉得不妥,派人拉了一卡车洋芋分发给各队。有了这些洋芋,翠翠和露娃的难心就减轻了许多。她俩上午包包子、烙角角,晚夕跌疙瘩、揪面片,变换出更多的花样。地里下苦的人虽然艰辛劳累,但每天能不重样地吃饱三顿饭,也就心满意足了。只有韩秀芬有时候盐咸了醋淡了地挑剔几句,但影响不了整个团队的气氛,整个集体还是其乐融融。对于韩秀芬的挑剔,由于影响不了团队的情绪,余家俊也就睁一只眼闭一只眼。私下里他安慰两个女人:"不要听她胡咻,丑人爱作怪,她心里有个醋坛坛呢。"

工地上真正进入了疲惫期,虽然彩旗还像彩旗地飘着,喇叭还像喇叭地唱着,但人们的疲沓已经到了极致。挖土装车转运的速度明显慢了下来,连续两天好几个队没有完成当天的土方任务。指挥部为此召开了各队队长紧急会议，要求各队想方设法鼓舞士气，争取早日度过疲惫期。会上余家俊提了一个建议，他说，思想动员和精神鼓舞都是很重要的，但是今年原上的人都经过了多半年饥荒，身体无疑受到了伤害，还没有经过一个缓冲期就投入到强体力劳动中。尽管会战的粮食供应很好，每天能吃饱三顿饭，但肚子里毕竟没有油水，精神和体力就会跟不上。从时间上看，现在还没有达到会战期的三分之一，如果不赶紧想办法补充体力，身体就跟不上思想的趟，说不定还会垮下去。我们大家都知道，身体是革命的本钱，如果大家的身体都搞垮了，不仅我们预期的会战成果会打折扣，而且还会影响到以后的农业生产。绕了这么大的一个弯子后，他才说出了他的真实目的：我想，我们在加强思想激励的同时，能不能弄上些油水，补充一下大家的体力。

他的这个提议得到了各队队长的强烈支持。指挥部也是仓促上马，没有提前预判到灾情过后的农民会这么不抗造，一时也提不出什么更好的办法，几个人交头接耳了一阵，总指挥说，补充体力的事他去想办法，各队队长还是要做好队员的思想工作，力争尽早度过疲惫期，让工作进入到正常状态。

会议结束后，李家湾队的队长凑到余家俊跟前："我说余俊娃，你厌咋就敢提这些问题？到底当了先进就是不一样。"

余家俊假装严肃地对他说："我为革命工作献计献策呢，有啥不对的吗？"然后嘻嘻一笑，把他的耳朵招呼到跟前，悄悄地说："我给你说咧你记下，但凡是政治任务，都会不惜一切代价。"

没过两天，工地上送来了十几个猪头，每队一个。指挥部为了表彰余家俊，晚上又悄悄给他们送来一个。整个团队一片欢呼，余家俊不仅得了实惠，而且还得到了一个思路清晰，处事有方且仗义执言的名声。翠翠和露娃忙活了一天，把两只猪头拆解开来，骨头用来熬汤，肉都烂成臊子，给大家慢慢吃。

猪头发挥了神奇的效果，不仅一扫这个群体的慵懒与疲沓，使人们的精神面貌又恢复到刚来时的样子，而且许多人的脸上和眼睛里有了明显的精气神。对此，指挥部大为满意，对余家俊更是大加赞赏。

这天下午，三点来钟，一股凉飕飕的西北风驱赶着大片黑云朝头顶压过来，远远的天边已经甩下了雨脚。起初风力还不大，随着乌云的迫近，风也开始在没有遮拦的原野上肆虐开来。旷野上尘土被卷起几丈高，高音喇叭在风中摇着头，发出尖锐的啸叫，彩旗被吹得东倒西歪，有几面旗被吹到了半空中，飘飘忽忽地飞走了。一场大雨马上就要降临，喇叭里发出了收工避雨的通知，工地上的人顿时拽车而逃，作鸟兽散。

一阵狂奔跑回驻地，余家俊拍打完身上的尘土，却见做饭的窑里只有翠翠一个人，就问露娃哪里去了。翠翠这才发现外面的变化，一脸紧张地说："哎哟，这死女子担水去咧，咋这半会子咧还没回来？"余家俊一听就急了，大雨天到沟里去担水，就是男人也难免出危险。他二话不说，撒腿就往沟里跑。这时候大雨点子已经噼里啪啦地下来了。

余家俊趿溜着泥水跑到半沟里，还没见到露娃的影子，再往前跑拐过一个弯，就见露娃挑着一担水，一手扶着崖壁艰难地上坡。那山路也就三尺多宽，下面就是深谷，稍不留神就会滑下去。他不敢出声，怕分散露娃的注意力，只是顺着小路往下趿溜。露娃又往上走了几步，突然脚下一滑，肩上的担子脱落了，两个水桶咣当落地倾倒在一边，露娃蹲下身子拽着水桶哭了起来。余家俊扑到跟前，一手抄起水桶和扁担，一手架起露娃就往上爬。幸好前面不远的崖坎下有一个前墙尚未颓败的破窑，余家俊也顾不上考虑里面有没有人或野物，拖着露娃就扑了进去。

这是一个废弃很久的破窑，窑壁黢黑，有半截土炕和坍塌的锅台，靠里一点的地上有一些麦草，可见这里曾经住过人，但已经很久没人来过了。两人进到窑里时，已经淋成了落汤鸡。余家俊放下水桶扁担，跺了跺脚上的泥，把整个窑里打量了一下，除了地面外，就是半截锅台还平整些，就拢了一把麦草拿到窑口抖了抖，铺在锅台上让露娃坐下。然后脱了自己的布衫拧了水,顺便把头和身子也擦了一把,再把布衫搭在半截炕棱上晾着,就看外面的雨势。

雨越下越大,没有停歇的迹象,一阵阵风吹进窑里,带着一阵阵凉意。余家俊回头看了一眼露娃,这女子不知是被惊着了,还是被雨拍蒙了,打从被架起来的那一刻,直到现在没说一句话,低头坐在那里,头上的雨水顺着脸颊往下流,每一阵风来就一阵哆嗦。家俊赶紧喊她:"露娃,露娃,我把脸背过,你赶紧把衣裳脱咧拧一下,小心凉下。"露娃这才抬头瞥了他一眼,点了点头。

余家俊又回过头继续看窑外的雨幕,慢慢地他听到了窸窸窣窣的声音和拧水滴落地的声响,然后又没了动静。余家俊心里突然涌起了一阵异样的感觉,忍不住侧眼瞥了一下。露娃正在用布衫擦头发,家俊发现她的后背上紧箍着一道一尺来高白布一样的东西。他不知道那是啥,只觉得这一眼瞥得他浑身血脉偾张。他赶紧回过头,闭了眼睛抑制自己的心跳。

随着雨幕的疏密,窑里的光线一会儿明一会儿暗,光着脊梁的余家俊感到一阵阵凉意,但那一眼以后,身上竟然有了要出汗的感觉。过了一会儿,他听到露娃轻声喊他:"碎爷,我冷得招不住咧。"家俊回过头,见露娃拧完衣裳以后并没有穿上,而是搭在腿上晾着,两条胳膊紧抱着肩膀,在索索发抖。家俊禁不住一阵心疼,他稍微犹豫了一下,便大着胆子走过去,伸出双臂从后面把她揽入怀中,把他滚烫的胸脯紧贴在她的后背上。露娃仰起头靠在他的肩膀上嘴里呢喃了一句:"哦,好我的爷呢!"

这时他们相互能感受到对方的心跳,而家俊的双臂也真实地感触到了露娃前胸的饱满与柔韧。偾张的血脉又一次贯通了全身,时间停止了,大雨失去了声音,冷风失去了威势,阴暗失去了魅影,黑黢黢的破窑突然间变得光明敞亮,温暖如春。

不知过了多久,露娃不抖了,她慢慢转过身,把脸贴在家俊胸口上,两条胳膊紧紧地箍住了他发热的光脊梁。家俊拥住她,感到满呼吸里都是一种既陌生又好闻的味道，他低下头，把自己粗糙的瘦脸贴到她温润细腻的脸上，慢慢摩擦着，竟然把两张嘴摩擦到了一起。起初，四片嘴唇笨拙地触碰着，有些僵硬，渐渐地便活泛起来，家俊感到一条鱼游进了他的嘴里，他轻轻地吮吸住它，生怕它跑掉或是化了。随着鱼儿的游动，他的灵魂也随之幻化了。

锅台太小，他们坐得都很别扭。家俊把露娃抱起来，舒展了自己的腿，然后把露娃放在腿面上，让她斜倚在自己的臂弯里。抱的时候他才感觉到，露娃其实挺沉的。这时他才看清，箍住露娃前胸后背的，原来是一件白布做的半截子小衣裳，前面竖着排了一排小纽扣，撑着一对鼓起的乳房。他忍不住把手伸过去，当他的手指试图解开那排纽扣时，露娃却阻住了他。她双手护住胸部，用耳语般的声音说："你要把我娶咧，你想弄啥都能成。"

这一句轻轻的耳语，在余家俊听来却似一颗炸雷在耳边炸响，一下子将他惊醒过来，手僵在了那里。愣怔了好一阵子，家俊才抬起僵着的手，探到露娃的背后，将她紧紧地拥抱到怀里，抚摸着她光滑柔软的后背喃喃地说："想娶你的心在我腔子里藏了十年咧，把我的心都想成花花子咧。"露娃把头埋在他的脖颈下，仿佛自语地说："你能把我娶咧，我就不跟那个男人过日子咧。一思谋着要跟那么个人过一辈子，我心里就难受得招不住。"

"唉，咱们两个余家虽然不是一个祖坟，还有个辈分呢，这爷爷孙子地咋娶呢吗？"余家俊无奈而又伤感地说。露娃把他推开了一点儿，直起身子看着他说："我大说过，咱们两个余家虽然一个庄子里过日子呢，其实是两支子人，跟姓张姓王没有啥不一样。咱管他那辈分呢，像你们男人说的，爷爷孙子没大小，弄咧啥都没计较。"露娃扑闪着一双天真的大眼睛说出这么一句话来，一下子把余家俊逗乐了。他忍不住拍拍露娃的脸，笑道："你个鬼女子，这话你都知道！"露娃嘿嘿笑着，不好意思地又把头埋在他的胸口上。

余家俊长叹一口气，说："唉，咱就不说爷爷孙子的事情咧，光就你大要的那三千元彩礼,就能把人难心死,桑树原上有几家子能拿得出来?"露娃也低下头,呢喃着说:"我大那个财迷,就凭卖我着发财呢。"这话刚刚说完,露娃好像突然来了灵感,双手捧住家俊的脸,眼睛闪亮亮地盯着他:"咱们没钱,咱两个就跑,跑到个他们寻不着的地方,只要咱两个在一搭里,好日子瞎日子咱都能过。"

家俊苦笑着拍拍她的头:"你这个瓜娃说瓜话呢嘛,你跑咧,你大你妈还年轻着呢,你妹子你兄弟都在呢。我跑咧,我大我妈咋弄呢,一把岁数咧,谁个照顾呢?"说完,他放开露娃,双手捧住自己的头,不吭声了。

露娃站起身来收拾好自己,把那件还没干的布衫也穿上,然后蹲下身,抚摸着余家俊一头硬茬子头发安慰说:"你再不难心咧,咱慢慢想法子。"

雨已经收住了,西面天边上露出了光亮。余家俊搓一把脸站起身来,抄起搭在炕棱上半干的布衫披上,走到窑口看了看天,看了看地,又回身把露娃拥到怀里抱了一下,然后把露娃推出窑口,让她自己先走,他一会儿把水担回去。

目送着露娃远去以后,余家俊忽然感到一股凉气贯穿了全身,以致浑身哆嗦起来。他从裤子口袋里摸出一个被雨水漤成一坨的烟盒,慢慢打开,拣出一根没有被雨水浸透的纸烟,轻轻地捋直了,又摸出白头火柴在锅台上左一下右一下划着火,深深吸了一口,然后蹲在窑口上,用烟驱赶浑身的寒气。

吃过晚饭,大家扑沓到铺盖上准备睡觉,余家俊站在门槛里指着一地的人骂道:"一帮子白眼狼,这么大的雨,也没说把我迎一下,都他妈的在窑里躲心闲呢。我要下的猪头都让狗吃咧!"一帮人面面相觑着没敢吭声,陈安福爬坐起来嬉笑着说:"你那么长时间没回来,我们思谋着你肯定找着躲雨的地方咧。再者说咧,我们也得给你留下一个英雄救美人的机会嘛。"这一说才打破了大家的尴尬,嘻嘻哈哈地说笑起来。

躺下以后,余家俊翻来覆去睡不着,刚刚过去的情景一幕幕在眼前晃悠，勾引着他的心魄。有人说没咬过人的狗，一般不敢下口，一旦咬过一回，牙缝里钻了血，就会收刹不住随时随地都想咬人的冲动，余家俊这时的心情就是这样。接下来的时间里，他时时都想把露娃拥在怀里，闻她，摸她，亲她，几个钟头看不见，就心猿意马，慌乱得不行。

由于有了爱情的滋润，露娃的脸上愈加灿烂，成天笑嘻嘻的，浑身透出一股快乐与喜兴。余家俊在那股精神力量鼓舞下，在工地上也更加生龙活虎，把队伍带成了一群小虎娃子。

天下没有不透风的墙。他们自以为十分隐秘的行动还是被人察觉了。一天下工，韩秀芬走到余家俊身边朝他丢了一句："露娃刚养下的时间，接生的穆婆子就说咧，那是个野狐子，你连她还是少些黏。"余家俊一下子愣住了，等他回过神来，韩秀芬已经扛着镢头扭身走了。看着她一扭一扭的后影，余家俊突然感到一阵心慌，好像偷东西被人当众抓住了手。他马上警觉到这是一个危险信号，当天晚上他们一起出去时，家俊把这个情况告诉了露娃。余家俊问露娃，知道不知道韩秀芬说的是啥意思？露娃嘿嘿一笑说："我妈说过，我刚养下的时候穆婆子就说，这女子长大了不得了，不知道要祸害几个男人呢。"家俊不屑地说："听她穆婆子胡唪呢，那都是迷信。"不过他还是告诉她，以后尽量减少约会，免得风言风语。尽管露娃心里有一百个不愿意，但只要是家俊说的，她都认为是对的，都会同意。

国庆节这天，指挥部决定放半天假，让大家休息一下，整理整理内务。男人们来时都是老虎下山一张皮，没有换洗的衣服，也就没有什么内务可整理，女人们倒是可以洗洗刷刷，换换衣服。余家俊和大家商量，干脆给女人们放一整天假，活由男人代干，男人们表示没意见，女人就更加兴高采烈了。余家俊从男人堆里选出两个勉强能把饭做熟的，留下来做饭，替换一下翠翠和露娃，其他人依旧正常上工。韩秀芬说她身上不受活，要借放假去看病，余家俊没多想就同意了。

意想不到的事情还是发生了。第二天上午，韩秀芬还没回到工地上，余兴汉却跑到驻地，二话不说拉起露娃就往回拖。露娃哭叫着挣扎，怎奈得过余兴汉的力气，等翠翠跑到工地上叫来余家俊，露娃已不见了踪影。余家俊撵到原畔上，望着空荡荡的公路，心里涌起了一股巨大的痛苦。他清晰地知道，这一分别或许一辈子都不会再有相聚的机会了。

他没有力气抬起腿来，浑身的筋好像被抽走了，呆立了一阵子后，就把自己扑沓在公路边上，脑子里一片空白，啥都想不起来。

接下来的一段日子，余家俊整天铁青着脸，跟谁都不说话，只是拼命干活。别人宽慰他几句，他也只是低着头不吱声。翠翠发现余家俊的饭量减少了，走路身体都有些打晃，心里不禁暗暗着急。终于在十天头上，余家俊撑不住倒下了，发高烧说胡话，迷迷糊糊睡着醒不来，嘴唇上鼓起了一串水疱。

总指挥看了余家俊的病情，派人通知公社卫生院，让马上派大夫来。已经很久拒绝出诊的李汝松听说是余家俊病倒了，二话不说，背起药箱骑上自行车直奔工地而来。李汝松从翠翠那里了解了发病的原因，就知道是怎么回事了。打过针灌过药之后，李汝松没有离开，一直守在家俊身边。响午过后余家俊醒了，李汝松让他躺着别动，叫翠翠给他喂了一碗玉米面糊汤。这碗糊汤里有李汝松拿来的鸡蛋。吃过饭，李汝松又拿出一个很大的针管，给余家俊推了一管葡萄糖，过了一会儿，余家俊的精神就有了明显好转。李汝松让翠翠帮着把家俊扶到院里，靠在崖壁上晒太阳，他也坐在家俊身边陪着说话。

作为医生的李汝松，知道用什么方法抚慰一颗受伤的心。他说家常，举例子，讲道理，以至现身说法地宽慰，要让余家俊早点儿把心里的这个坎迈过去。直到日头西垂，工地收工时，李汝松才告辞离去。他把带来的十个鸡蛋两个大饼和一条纸烟交给翠翠，让她替余家俊收好。

7

露娃家正在紧锣密鼓地准备着露娃出嫁的事情。

那天,露娃被余兴汉生拉硬拽拖回家后,还是采取了以前的应对办法,哭闹和绝食。可是这一回,头一天她就觉出了情况不对。上一次绝食时,第一个晚上母亲就到窑里来,又是哄又是劝还唠叨了一堆父亲的不是。父亲虽然骂骂咧咧地在窑外晃悠,但她能感觉到他心里的焦躁与不安。这一次可不同了,她妈只是让妹妹端来一碗搅团放在炕棱上,连面都没闪一下。第二天,又是一碗搅团换走了头天的那一碗。睡在炕上的露娃难免心里有些发虚。一个农村女娃子,能以绝食抗争几天就已经打了天牌,还能拿出什么办法来对抗她的父母,以及她父母身后那股强大的世俗力量。余兴汉毕竟当了多年生产队长,二球表面的背后,藏着的是深深的农民的狡诈,她岂能是她老子的对手。再者,她也只是拿绝食吓唬吓唬她父母,并没有真想拿自己的生命开玩笑,她还想留着这副身体,寻找机会与她心爱的人一搭里过日子呢。

第三天傍晚,母亲端了一碗糊糊的糌糌饭进到窑里,爬到炕上抚着她的后背:"我娃饿恓惶咧,看这肩膀都不圆咧,快起来喝两口。"露娃硬撑着没动。她妈又说:"好我的娃呢嘛,你这不吃不喝的,把身体弄失踢咧,把你大你妈心疼死咃吗?"

"你要真的心疼你女子,就不要让我嫁人。"露娃鼓出这句话,头上的虚汗就出来了。

她妈用手掌给她擦着汗劝慰说:"我的瓜娃说的这瓜瓜话,咱女人生来就是要嫁人的,你不嫁人还能在娘家里守一辈子呀?再说咧,你大把那三千元礼钱早就花咧,你不嫁过去,咱家拿啥赔人家的彩礼钱呢,你不能看着把咱家卖光当净，没吃没喝地还账嘛。你就权当救咱一家子的命，我的娃乖，起来把汤喝咧。"说着话她妈把手从她脖子底下伸进去，把她扶起来。已经饿得头昏眼花的露娃，在她妈的臂弯里乖乖地把那碗糁糁饭喝了。

露娃虽然恢复了饮食，但并没有完全放弃抗争。这天晚上，体力刚刚恢复了一点儿的露娃就跟父亲拌起了嘴："你就是爱钱着卖你女子呢。"父亲也来了火气："我连你妈把你姊妹两个养活大，就是要靠你两个换我们后半截子的光阴呢，要不是这，养下你们咧欻咃吗？"余兴汉是余家磨坊有名的二球，从来口无遮拦，且满嘴的下三路，在家说话也没忌讳，影响得一家人除露娃外都是满嘴的糙话，村人背地里称其为一家子愣尿。露娃在这种家庭氛围中早已习惯了，有时候跟父亲说话也不管高低。

"彩礼钱你已经花上咧，嘴上该受活的也受活咧，这就对咧嘛，还急巴巴地把我往外打发呢，我在家里不还能帮你们干几天活吗？"露娃也梗起了脖子。

"你干锤子的活呢，你弄下的那丢人败兴的事情，是亏你们先人呢，是往我脸上尿尿呀！把你不赶紧打发咧，你还把娃娃养着娘家里呢！"余兴汉火气上蹿，摔碟子跸碗地发起飙来。"我今儿个把话给你娃说明白，这一回你嫁也得嫁，不嫁也得嫁，你活着是章家坡的人，死咧是章家坡的鬼。还想另嫁个别人，就让谁家娃把三千元给我拍下！"说完，抄起烟锅走了。

露娃真正陷入巨大的痛苦之中。父亲的高压，母亲的哄劝，弟弟妹妹的冷嘲热讽，以及村子里正在热传的风言风语，在她心里形成了浓厚沉重的阴影。她每天呆坐在院子里，朝着家俊家的崖畔瞭望，有时也能看到家俊父母进进出出，就是看不到她盼望着的那个熟悉的身影。她渴盼着家俊能来救她，可是她也明白，即便家俊来了，又怎能救得了她，三千元彩礼，父亲已经把门槛抬过腰了，能有几个人迈过来？他们毕竟姓着一个姓，又有个爷爷孙子的辈分横在那里，即便余家俊壳子硬，恐怕也背不起山一样的世俗观念的压力。这个年轻的弱女子，在八方无助的困境中挣扎了几天，在抗争与顺从的岔路口上，想蒙起脸向黑暗的深谷纵身一跃，但最终还是选择了顺从。

出嫁的日子一天天迫近，露娃的心情反倒渐渐平静下来，她已经豁出去了，做好了听天由命的准备。出嫁的前一天，她想把穿过的衣服洗一下，或者留给妹妹，或者留着回娘家时再穿，于是跟她妈招呼一声端着盆子去了沟里。

快吃后晌饭了，露娃还没回来，她妈着急了，心想这贼女子别跑了。赶紧让海娃去沟里叫露娃回来。海娃正巴望着锅里的吃食，很不情愿往沟里去。他妈说，你不叫去也能成，反正你姐不回来咱就不吃饭。海娃没辙，悻悻地往沟里去叫他姐。十二岁的海娃正是半大小子吃穷老子的时候，一天到晚就惦记着吃，而且跟他老子一样口无遮拦满嘴胡话。

露娃已经洗完了衣服，正撩着泉水洗脚。海娃没好气地喊："姐，妈叫你赶紧回家吃饭呢！"

"知道咧，海娃你将将等一下，我把脚洗毕咧咱就回。"露娃答应着，继续搓她的脚后跟。这时节天已经凉了，没法长时间把脚泡在水里。原上人挑一担水很费力，根本没有洗澡的机会，脚也是一年洗不了几回。露娃觉得，不管怎样，结婚总是自己一生中最大的一件事，应该把自己收拾得体体面面，不能带着一身垢痂出嫁。其实有些事应该是她妈的责任，在女儿出嫁前教她应该怎样怎样，但露娃妈这些天慌慌着把这些都忘了。露娃搓完脚又撸起裤腿洗腿，坐在沟坡上无聊等待的海娃不耐烦了：

"姐，妈叫着赶紧回家吃饭呢嘛，你没完没了地把个腿洗啥着呢，你还不抵把裤子脱咧坐到泉里头，把你那尻子洗一下。"

"你个坏尻胡啈啥呢，你看我不撕你那尻子嘴！"海娃不着调的浑话让露娃既恼火又伤心，她突然感到一股悲凉袭进了心里。海娃是在她脊背上长大的，父母下地劳动的时候，自己在家里经管着弟弟妹妹，吃喝拉撒都得靠她照顾，她既是姐姐又是保姆，可是自己抱大的弟弟，在她离家之前竟然对她说出这样的话来。继而联想到这些天父母的表现，使她突然间从心底里对这个家失去了留恋，她不能自抑地坐在泉边嘤嘤哭泣起来。见露娃翻了脸，海娃自知闯了祸，爬起身跑了，把露娃独自留在暗影四合的沟里。

心情阴郁的露娃回到家时，余兴汉正从窑院往外走，见露娃脸色阴得难看，就问："你这又咋咧？"露娃一下子爆发了："你把你儿好好管一下，要再不管，将来就是个进班房子的货！"余兴汉弄明白是怎么回事情后，粗糙地安慰她："对咧对咧，你不理视那坏尿，把那没边边的话就当放个屁。"

父亲的这种安慰，有还不如没有。这让露娃阴郁的心情又加上了一层愤恨。她完全没有了吃饭的心情，独自坐在院里默默垂泪。

掌灯的时候大舅来了。原上的风俗，舅舅是家里的重要客人，婚丧嫁娶等一应大事自是少不了的。尤其露娃的大舅，由于女儿女婿在油田工作，时不时接老爹过去住上一段日子，感受一下不同于地垄里刨光阴的生活，因而也就自觉地成了人前头的人，外甥女出嫁这样重大的事情，当然少不了这个重要角色。特别是前两年露娃去油田给表姐看娃娃的时候，和舅舅一起生活过一段时间，这就更加重了事情的分量，更显示出庄重的意义。舅舅的到来让露娃终于找到了一个可以述说的对象，于是扑在舅舅的肩头，把一肚子委屈一股脑儿地倒给了舅舅。外甥娃有了恓惶，舅舅自然就是外甥娃的腰杆子。听完露娃的述说，舅舅长叹一声，拍着露娃的肩膀道："好我的女子呢，你在这个家里过咧十几年，你大你妈是个啥尿式相你还不知道吗？你大看上去二球兮兮的，那都是装着唬人的，其实心里狡诈得很，真正是个钻钱眼眼的老财迷、滚刀肉，不要说你咧，只要价钱合适，他把他大他妈都能桌咧卖咧。"

大骂一通，算是给外甥女撑了腰，舅舅把露娃按坐在院里的木墩上，自己也拉过来一个木墩，爷儿俩坐在清凉的月光下慢慢说话。舅舅给她分析了眼前的状况，告诉她，她和余家俊是根本不可能的，他能把多少辈子传下来的传统风俗掀翻过？再者说了，穿衣吃饭量家当呢，就他余家俊家里的恓惶日子，能拿出三千元彩礼吗？而这三千元彩礼，不仅证明了章家坡人家的殷实，也证明了我们女子是桑树原上的人物尖尖。放着品麻的日子不过，去过那种缺吃少穿、一进门就伺候老人的日子，那不是瓜咧嘛。最后，舅舅以家有靠山大包大揽的口气说："我看是这，明儿你就先嫁咧，能过成就过，过不成就离，我让你姐在油矿上给你寻一个好小伙子，你大最操心的三千元也就不退咧。"

大灾之年无力大肆操办，嫁姑娘的一应程序都简单潦草地在入夜前进行完毕。第二天早上，一个丑陋的男人牵着一匹青灰大骡子，驮着满身簇新满腹苍凉而又泪流满面的露娃离开了家，离开了余家磨坊，也渐渐地离开了桑树原。

当雄健的骡子走完庄里的坡道踏上原畔的时候，露娃回头再望一眼家俊家门前正被一片浓雾锁定的空旷的崖畔和苍老的槐树，从心底里发出一声撕心裂肺的长叹："唉，好我的个人来——"

公社开展平田整地大会战的同时，各大队也掀起了平田整地的热潮，只是各队的这种热潮远没有公社会战的阵势。一是由于公社会战抽走了各队的精壮劳力，二是留在家里的社员只是靠那点救济粮过日子，半饱的肚子鼓不出旺盛的精力，所以，各队会战的场面上只是一片腰来腿不来的疲沓景象。

公社为了敦促各队平田整地工作的推进，形成全县一盘棋，抽调了十几个干部深入各大队做督导，并明确宣布，第二批救济粮视各队工作成效按等级发放，而等级的确定，驻队干部有主要发言权。派给余家磨坊的是一个姓秦的干部，据说这货原先是祁家庙往东那个村子里给猪配种的，捎带着干点劁猪骟狗的营生。他舅舅在县委食堂当厨子，走后门给他在公社谋了个以农代干的差事，这一回是第一次单独外放督阵一方工作，于是就有了钦差大臣的感觉，穿得新崭崭地来到余家磨坊。余有礼只是在干部刚来的那天闪了一面，就对这位油头粉面的钦差大臣有了几分轻视，交代余兴汉和刘玉国把派饭安顿好，再没理视过他。秦干部住在大队部，这次驻队时间较长，派饭就在东、西余家两队挨家轮换，每天交一斤粮票两毛钱，社员家吃什么就跟着吃什么。

秦干部每天抱个玻璃瓶子到地里来，来了也不干啥活，只是喝茶吃烟，再就是跟队长们谝传。刚来的那几天，他还满地里转悠，颐指气使地指责这里干得不对，那里干得不好，几天派饭吃下来，原本滋润的脸不滋润了，灰塌塌地没了精神，跟队长们凑在一起就呻唤："一天吃的这烂尻饭，把肠子都挖空咧，公社开会定救济粮的时候，我哪里有精神给你们争呢？"

他这话头一两次说，几个队长只当笑话听，还嬉笑着调侃他几句："毛主席说咧，干部要和广大群众打成一片，同吃同住同劳动呢，你这才同咧几天，就招不住拉稀咧。"可是说的次数一多，就引起了队长们的警觉，继而就的确有些震撼力了。几个队长私下里商量，这尻手里有定救济粮的发言权呢，不把这尻巴结好，在会上说几句坏话，把咱就弄失蹉咧，支书架口大，不理视这种毛毛虫，咱们要是再不理视，肯定会把这尻得罪了。你看这尻一副小人得志的嘴脸，咱还是宁得罪君子不得罪小人，把这货先伺候好。几个人商量的结果，是四个队每家把种麦剩下的麦种拿出来五斤，放到一家给这尻弄饭吃，他咥受活了，给咱多美言几句，咱多分些救济粮，那些损失也就回来了。他们怕招支书骂，没敢给余有礼说，只跟牛国辉通了气，牛国辉没有表示反对。二十斤麦种凑齐后，交给住得比较宽展，人又本分的刘玉林家，让每天一顿麦面一顿杂粮地给弄饭食。

刘玉林从消防队复员回来没几年，人很老实，手又巧，能干女人的针线活，娶的女人也是干净麻利。小两口住着原来余有礼家的三孔大窑，又没娃娃，把干部放在这里吃饭再合适不过。

几天可口的饭食之后，秦干部的脸上活泛了，在地边上晃悠着跟人说笑。人都熟了说话也就没有高低，刘玉国拿他开玩笑："我说秦干部，你一天穿个新衣裳，把个人家整得连瓜女婿一样，晃球啥着呢么，你还不抵把那一身皮脱咧，干两把活咋个项？"

"我是来督导工作的，又不是领上社员们干活的，我穿啥衣裳谁个还把我多瞅两眼半呢！"秦干部摇头晃脑，扬扬得意地回答。余兴汉说："我咋就不爱穿新衣裳，像把人绑住咧，别扭的。"秦干部接过话头："哎，我就爱穿个新衣裳。我看是这，你再做下新衣裳拿来我先穿，穿旧咧再给你还，咱都是熟人咧，身体使用费我就不要咧。"余兴汉嘿嘿着坏笑两声喊起来："你还把话说下咧，你嫖罢风还要让女人给你出身体使用费呢！你是不是猪嫖风的活干得时间长咧，弄成习惯咧。"这哪壶不开提哪壶的一句话，让秦干部有点儿挂不住了，脸腾地一红显出要翻脸的阵势。刘玉国赶紧打着哈哈把话岔开："余兴汉这厌就是不爱穿新衣裳，可是这个厌爱黏个新女人，老二穿新衣裳比老大穿得受活嘛。"一阵嘻嘻哈哈的说笑，把一场得罪人的风险化解了。

秦干部还有一大爱好，就是爱开会，每天吃晌午前都要把社员聚拢到一起，听他讲一阵话，说政治、说形势、说斗争，天上一句地下一句，听得人一头雾水，他自己恐怕也明白不了多少，还隔三岔五把"四类分子"等批斗对象拉出来批斗一回。这时候的批斗会，已远不如运动初期那样恢宏激烈，只是让那些人低头站在群众的对立面，几个固定的积极分子上来，把早已说过多少遍的车轱辘话再重复一遍。有时候也会节外生枝说出一些新问题，然而说着说着就把一场严肃的批斗会开成了玩笑。这样的批斗会最大的好处，就是大家可以坐下来休息一会儿，男人吃一锅烟，女人忙一会儿针线活，再就是拿批斗对象寻一回开心，缓解一下人们艰苦劳作中泼烦的心情。

平田整地进展到一个月，公社召集驻队干部开了一次汇报会，汇报各大队会战进展情况。十几个驻队干部分头从四乡八里赶到公社，十几个人都灰头土脸脸色寡淡，唯独秦干部衣裳光鲜脸色红润。十几个人先扎在一起打问情况，交流经验。秦干部扬扬自得地通报了自己的经验之后，就引起了别人极大的羡慕，有人夸他会办事情。

工作进展情况汇报后，结果大致相当，工作量最好的也就每人每天四方半，最差的平均三方。讨论救济粮分配等级时，大多数干部都摆出种种困难和理由，为自己所在大队争取一等救济粮，也有几个干部态度暧昧想说不想说的。轮到秦干部发言时，他面含得意地说，余家磨坊的光阴基本上不错，他驻队一个月，二十多天里每天都能吃一顿麦面，杂粮的那一顿也能吃饱。据他观察了解，社员基本都有饭吃，大队支书五十多岁的人了，走路还跟小伙子一样，干活也不失力。支书都这样，社员的日子也不会错，所以他觉得余家磨坊不应该和别的大队竞争，应该高风亮节，把一等救济粮分配给光阴较差的大队。

秦干部的高姿态发言，赢得了一片赞扬。如果这次会议是由公社书记朱开祥主持，或许会多问几句为什么，或者还会让秦干部拿出得出这种结论的实质性依据。然而那一天朱书记去县里开会，由副书记鲁旺达主持会议。余有礼平时不尿这个副书记，鲁旺达对余有礼早就心存芥蒂，连带着对余家磨坊也生了嫌隙，只是一直没有找到合适的机会敲打余有礼，这一次终于有了有力的依据握在手里，鲁书记当然就要抓住时机施以颜色了。于是鲁书记当场表扬了秦干部的高风亮节，在一片掌声和羡慕的眼神中，秦干部踌躇满志起来。结果评定下来，余家磨坊只得了三等救济粮。

这个评定结果在余家磨坊掀起了轩然大波，几个队长得到消息也都急眼了，好端端的一块干粮扔进粪坑里，溅起了这么一堆屎渣子，就一起到大队部找秦干部讨说法。可是队部门锁着，秦干部还没回来。几个队长急得打转转的时候，村里已经怨声四起，工地上的社员干脆撂下家什不干活了，有人吆喝着要去公社找秦干部，让他把二十斤麦种吐出来，也有人直接骂队长弄下这般卖尻子事情，人也没认下，钱也没挣下。

余有礼对集麦种的事情早有耳闻，只是没有言传，等着看这几个货挖的窟窿能下出什么蛆来。听闻村里的风言风语，知道事情闹大了，赶紧召集各队干部开会。开始余有礼还比较镇静，先让几个队长说清楚麦种是怎么回事，等几个人嗫嚅着把拿麦种巴结秦干部的过程说了，余有礼的火气一下子冲到了脑门，拍着桌子把几个队长骂了个狗血喷头，差点儿把大巴掌扇到他们脸上。他问牛国辉知不知道这事，牛国辉红头涨脑扭捏着承认，事先听说这事了，但考虑到这事生产队有自主权，就没有干涉。余有礼对大队长也没客气，吼道："自主个锤子呢，这么大的事情，你几个一勾兑就办咧，给我连个招呼都不打，你几个的头都让驴踢咧吗？拿麦子往那尻子窟窿里塞呢！那些个白眼狼平时都吃得脑满肠肥，我们要的就是把这些尻的肚子饿瘪，让他在公社会上叫唤一声饿失踢咧，可你这些闷尻还把麦子供上让日馕呢，这一下受活咧！"

余有礼很久没这样发火了，几个人被骂得垂头丧气，木呆呆勾着头咂烟锅。窑里的气氛还没平静下来，刘玉林媳妇日急慌忙地跑到大队部来询问秦干部的情况。刘玉国问她找秦干部干啥，刘玉林媳妇说秦干部欠她十元钱还没给。再问她干啥欠的钱，女人扭捏着不好说，大家也就明白是怎么回事了。这一阵子平田整地抓得很紧，社员们都是在地里吃晌午，只有驻队干部回村吃饭，吃完了休息一会儿再去地里。秦干部肯定是趁着这个机会将刘玉林媳妇勾搭了。余有礼突然意识到这是挽回败局的一次重要机会，就让刘玉国把刘玉林媳妇叫进来，他要坐实这些猜测。他沉着脸对刘玉林媳妇说，我问你些话，你老老实实地说，这达就这么几个人，都给你保密。刘玉林媳妇没经过这种阵势，紧张得浑身打着哆嗦。

下面要问的那些话，作为爷爷辈的余有礼是很难为情的，平时这样的事情他听都不齿于听，但是为了一村人的利益，他必须舍下脸来把事情弄清楚。他缓和了一下脸色问："那十元钱到底是咋么个事情？"

刘玉林媳妇脸红到了脖根，低着头嗫嚅着说："是他答应给我的。"

"你老实说，秦干部连你上炕咧吗？"余有礼追问了一句。

刘玉林媳妇羞臊得恨不能把头塞进裤裆里，扭捏了半天才点了点头。

"一共几回？"余有礼又追问一句。

"三回。"

余有礼长出了一口气："三回给十元，你就贱得很嘛！"

"他还答应给我抓一头猪娃子呢。"刘玉林媳妇抢着答了一句。

"对咧对咧，你赶紧回家去！"余有礼不耐烦地朝她挥了挥手。

余有礼抓起桌上的杯子仰脸喝了一口，漱了漱嘴，把水狠狠地喷到地上，一边用袖子擦着嘴一边恨恨地说："把他家的，问这些话，我的老脸烧得就像亏咧先人咧！"

了解了这些情况，余有礼更是气不打一处来，指着几个人的鼻子道："你们看一下，你们弄下的这些烂干事情，让社员们咋看咱们这一伙伙人呢！"之后又强迫自己调整了一下情绪，拿出当家人语重心长的语气说："咱们当基层干部的，有时候对上需要说一些空话套话，甚至假话屁话，那是为了应付，现在这个社会风气，不说假话弄不成事。但是对我们的社员，说话做事一定要实打实。我们的实质任务，就是要保护好这一方方群众的利益，要不然要下咱们这些干部干啥呢。这一回你们把麦种子让那狗日的吃咧，这是在庄户人心上抽筋呢，现在事情弄成这个屄样子，我们给社员们咋交代呢，把啥话说下呢？"

说完这些，也不宣布散会，扔下一班被骂得呆头鸟眼的队干部，掂上烟锅直奔公社找朱书记去讨说法。

朱开祥一向很卖余有礼的面子，见余有礼端着一副兴师问罪的架口找上门来，就知道一定是为救济粮分配的事情，赶紧泡上茶，让他先喝口茶歇歇腿，消消气，然后叫来鲁旺达当面询问情况。鲁旺达便拿来会议记录给朱书记看，并振振有词地强调，依据驻队干部的意见评定等次是公社党委的决定。余有礼一听就炸了："我不管你的啥决定，我就问你，给我们派下来的是个啥烂屄干部。"余有礼知道，一切依据都是从秦干部嘴里出来的，只要把这张嘴打烂，所有依据都就成了谎言。

接着余有礼把他了解到的秦干部如何只下地不干活，整天抱个茶杯，喝茶吃烟谝闲传；如何刚吃了两天派饭就招不住，给几个生产队长上话，说肚子都吃不饱哪里有精神给争取救济粮呢；几个队长为了巴结这个坏屄，如何背着他私底下凑了二十斤麦种给这坏屄开了小灶。这还不算完，这坏屄还如何在吃小灶的时候，把给他做饭的媳妇子勾引着上了炕，答应给人家钱和猪娃子，结果啥都没给就不见人了；等等，详细叙述了一遍。之后，余有礼直盯着鲁旺达道："救济粮等级评定这么大的事情，不征求我们贫下中农的意见，是有你们领导的考虑，我不好说啥，可是这么个品质败坏的白眼狼的话你们也当话听着，还当决策依据呢！这怕是从哪个方面都说不过去吧？全村人都喝着糊汤，把麦种子都给他吃咧，结果他一句话就把我们一村人都卖咧，你们觉得这事合适吗？"

听了余有礼讲述的情况，朱开祥感觉到了问题的严重性，鲁旺达也愣住了。以一个腐化干部的信口开河作为决策依据，损害贫下中农的基本利益，这个把柄被余有礼牢牢抓住了，如果让他闹到县里去，他们这个班子恐怕都得跟着受水。

余有礼的大嗓门惊动了整个公社，许多干部跑过来探头探脑地围观。秦干部正在公社里和干部们谝闲传，听到余有礼来兴师问罪，自知心里有愧，蹿起来就跑了。

朱开祥安慰了余有礼一阵子，并代表公社道了歉，表示是公社工作没有做好，出现了严重漏洞。然后对愣怔中还没醒过神来的鲁旺达做出指示：第一，立即对余有礼所反映的情况进行调查，如果情况属实，这个人要立即开除，不管他是什么渠道什么背景进来的，这样的人坚决不能留；第二，立即想办法调整救济粮分配方案，把余家磨坊的损失弥补回来。鲁旺达还有点儿不太情愿，强调分配方案已经报到县里和粮库了，调整起来牵扯面大，比较困难。朱开祥以不容置疑的口气说，办错了的事，困难再大也得想方设法改正过来，这毕竟牵扯到一个村子的生存，不是小事情。

余有礼撒完火放完炮，就以事不关己的神态喝着茶，悠闲地看着两个书记为自己的事情争执、商量。直到朱开祥压服了对方，鲁旺达按照朱书记的指示去安排这些工作，才满意地点点头，笑呵呵地对朱开祥说："我就知道这事不找你朱书记是弄不成的。对咧，我也不打扰领导们咧，我这就回呀。"说完一仰脖子喝完杯子里的茶，站起身朝朱开祥作了一揖，就沙达沙达地往外走。朱开祥一边安慰着，一直送到大门外。

　　几天之后，公社的一份通报送到了各个大队。通报表述了三层意思：其一，公社临时干部秦某，作风不正，生活腐化，驻队期间工作散漫，不守纪律，给驻地大队造成严重损失，在贫下中农和社员群众中造成恶劣影响，决定予以开除，遣返原籍劳动。其二，将余家磨坊大队的救济粮等级由三等调整为一等，但对余家磨坊给驻队干部开小灶的做法给予严肃批评。其三，公社副书记鲁旺达在未做调查研究的情况下，偏听偏信，造成严重工作失误，责成其在公社党委会上做深刻检查。

　　一场不大的风波，在余有礼一番看似轻描淡写的运作下风平浪静了，既除掉了与余家磨坊作对的蠹贼，挽回了余家磨坊的损失，也送给了朱开祥一个打击对立面的把柄，真可谓是一石三鸟。

8

　　公社的平田整地会战已见出了明显的成效，几层平展展的梯田，呈现在满原田地的包围中，煞是好看。每层梯田都有微微的仰角，内低外高呈放射状，地块外围的堰坎夯实修整得整齐划一，完全脱去了沟壑纵横龇牙咧嘴的旧貌，这样的田地在保水蓄养方面实在是无可挑剔。但有一点农人们心里都明白，也因此而心存疑虑，那就是土地平整之后，附着在地面表层的活土不足一拃厚，一犁下去就会翻起下面的死土，种子进入死土的垄沟，能不能发芽抽苗只能听天由命了。

那场大病之后，余家俊脸上的阴云虽然渐渐散去，但是从那以后他很少露出笑脸，话也很少，一双明净的眸子里时常露出一缕忧郁。每天只是没命地干活，吃完饭倒头就睡，几乎成了一个半哑子。这期间翠翠的男人又来过几次，带来一些村里的信息。露娃出嫁的消息，起先人们瞒着余家俊，但纸终究包不住火，余家俊还是听到了风声。不过得知这一消息后，余家俊的反应并不像大家担心的又病一场，而是一点儿异样的表情都没有，好像整个人从里到外都麻木了。

最早透露出这个信息的是张翠翠，她不忍心看着余家俊承受这么沉重的压力，索性把露娃出嫁的实情说给了他。说到露娃离家时那悲苦的神情，余家俊打断了她的话，轻轻地说，我都清楚了。余家俊那一晚夕的梦特别清晰，他看见露娃骑在那匹青骡子背上，回头张望着晨雾弥漫的他家的那处台地，脸上挂满泪水。骡子上原之后，她还不时地回头，直到骡子走过马具营往南拐去的时候，露娃还深深地朝着工地的方向望去一眼。而这个过程中，他仿佛就跟在露娃身后，像被魔住了一样，发不出一点儿声音，只能眼巴巴看着露娃渐行渐远。

一天下午，李汝松去粮库买粮，顺便来看望余家俊，两人坐在离工地不远的一棵核桃树下聊了很长时间。李汝松给余家俊讲了自己的一段恋爱经历。他在大学读书的时候，和同系的一个女生恋爱了三年。他们爱得很深，发誓要白头偕老。女孩的父母都是老革命，在上海住着独栋小楼。对于他们的恋情，女孩的父亲持坚决反对的态度，原因是他的家庭属于小资产阶级。毕业时，他因为家庭出身被分配到西北的这个小县，女孩则因阶级出身根正苗红，留在了上海的大医院。当时他很沮丧，觉得这是他们爱情的尽头了，但女孩却表示，一定要跟他在一起，哪怕放弃上海的分配指标。他们被美好的爱情鼓舞着，设计好了未来的生活，也商量好了女孩怎么从家里跑出来，怎么在车站会合。然而出发的那天，他在站台上等到车开，也没见到女孩的身影。他怀着一腔遭到背叛的凄凉来到桑树原上，把那一段撕心裂肺的爱深埋在心底。女儿两岁的那一年，他回家探亲时带着老婆孩子去了趟上海，从同学嘴里才知道，当时女同学已经打点好行装，准备和他一起西奔，但是她的父亲却把她锁在二楼房间里，让警卫员二十四小时看守着，直关了她一个星期。后来女同学嫁了一个海军军官，日子过得很不错。老同学问他要不要联络一下见见面，他想了想还是决定不见了。

讲完这段故事，李汝松拍着余家俊的肩膀说："小老弟，你眼下遇到的这点事情和我这些年的遭遇比起来又算得了啥呢，要把我那些事情搁你头上，还不把你压成一坨牛粪了？"李汝松告诉余家俊，应该跟他大伯学，不仅要学智谋和把握局势的能力，更主要的是要学什么事情都能扛得起放得下。李汝松讲故事说道理，主要目的是劝慰余家俊尽快从阴影中脱身出来，重新梳理安排自己的生活。李汝松走了以后，大家发现余家俊脸上僵硬的肌肉活泛了，甚至有了一点笑意，当天晚上还拿出纸烟来散给大家，和大家一起谝了很长时间。大家心里松了一下，这个人终于活过来了。

天渐渐凉了。会战开始时还属于秋老虎时节，大家来时都是穿着单衣单裤，现在虽然干活的时候觉不出凉，但到晚上就感觉冷了。平田整地正处于攻坚阶段，指挥部怕一放假人员不能马上聚拢，会耽误几天的工作进度，于是调来一辆拖拉机，让每队派一个人跟着拖拉机回村给大家取衣服，以保证上冻之前完成示范田的全部任务。

随着气温的下降，会战又一次进入艰难时期。不过这一次不是表现在工地上，而是在生活区里。女人们的窑洞门窗还有点儿遮拦，问题不大，把炕烧热就行。男人的窑里就惨了，没门没窗，没火没炕，只有一堆麦草。好在窑洞有冬暖夏凉的特性，晚上大家挤一挤，蜷曲在草堆里还能暂时对付几天，但是气温再降下去，就很难对付了。余家俊联络了几个队长，一起去跟指挥部交涉，强调如果再不采取措施解决保暖的问题，人就会成批病倒，到那时工地上就没人干活了。指挥部也知道问题的严重性，答应马上想办法解决。但答应是答应，解决这个问题可不像解决粮食问题那样简单，粮库里就存着现成的粮，只要路数通了立马就能兑现。解决取暖问题可就有难度了，农村都是烧炕，没有生炉子取暖的习惯，就连学校的教室都是干冻着，只有县乡机关才有煤炉，但指挥部没能力将那些炉子弄到工地上。有人提议用火盆取暖，但又怕煤烟闷死人，这个提议被否决了。

过了几天，指挥部给工地弄来两车麦草，分配给没有炕的窑洞，这样一来地上的麦草就有半尺来厚了，躺上去暄软舒服，也增强了保暖性。然而没过几天，暄软麦草的舒适感过去之后，寒意的侵袭就成了夜晚的主要话题。在工地上干一天活，出几身汗，晚上拱在麦草里盖一条薄被或一块毡片睡觉，的确有些寒号鸟的感觉。一天夜里，白毛风吼了半夜，第二天早上，地上撒下一层细密的雪糁子，空气潮湿而凛冽，院子里供大家洗脸的水桶，也漂上一层薄薄的冰花。虽然还没进入阳历十一月，原上的冬季已经提前降临了。

与同伴们一起在这样的生活环境下艰苦劳作，余家俊时常心里想，有人说中国的农民是最勤劳勇敢，最吃苦耐劳的，其实那只是对自身命运无可奈何的承受。谁不愿意过幸福的生活，谁不向往美好的日子？但是，积贫积弱的时代，摆在他们面前的现实就是这样，他们无力拒绝，只能默默地承受。就像这天早上，这群在寒窑中瑟缩了一夜的年轻农人，依然要扛起工具走向工地。

为了鼓舞士气，大喇叭里又开始了新一轮精神激励。"战天斗地学大寨，牺牲个人为国家"的口号喊得山响，然而工地上的疲沓，已经不是口号能激励起来的，人们喷嚏连天，鼻涕横流，严重影响了工程进度。

尽管余家俊和几个队长向指挥部提出了改善生活现状的强烈要求，然而这一次，公社没有完全按照指挥部提出的意见办，更没有照着余家俊他们要求的套路来，除了弄来一些破草帘子分发给各队挡挡门窗、垫垫身子外，伙食上没有任何动静。

又经过了十天艰难的日子，会战的任务基本完成，在一个简短的总结表彰会后，大会战在一片咳嗽和喷嚏声中宣告结束。余家俊抱着一面旌旗，带领着疲沓得像一团破棉絮似的突击队凯旋，他心里唯一庆幸的是，兑现了给大伯的承诺，没有伤着一个人。

9

余家俊回到家的第一件事，是挨了父亲的一个大嘴巴。

身心俱疲的余家俊连犟嘴的力气都没有，背着铺盖带着脸上的热辣冲进自己窑里，直接把自己撂展在炕上。在他的记忆里，父亲从来没有跟他动过手，也从来没有像今天这样凶狠过。他本想带着一颗受伤的心和一身疲惫，回到自己的窝里，安安静静地舔一舔伤口，享受一下家的温暖，然而父亲的一巴掌，不仅扇麻了他的脸，把他的心也扇木了。他躺在炕上，没有伤心，没有难过，没有痛苦，也没有困倦，甚至忘却了自己是在哪里。他眼睛直盯着窑顶，感觉自己变成了一缕空气、一个虚幻、一具冰凉的尸体，周身没有了任何知觉。

父亲扇完那记耳光还不解恨，狠狠地骂道："老余家几辈子先人的脸都让你个畜生抹咧。做下这么丢人败兴的事情，你还有脸回来呢，我连你妈的脊背都让人戳成窟窿咧！"

余有贤的叫骂，把正在做饭的家俊妈惹躁了，踮着小脚从灶窑里出来嚷道："你个老尻骂得还没完没了咧，我娃在外前下咧几十天苦，将将回到家里，连一句话都没说，就让你一巴掌打成个哑巴咧。我娃耷下啥大乱子咧，不就是连一个女娃子嘀逗咧两天嘛，老辈子人说，好男人要嫖九州十八县呢，这才是个多大的事情嘛，你就下狠手着打呢！"家俊妈一边嚷着，一边伤心地掉下了泪。

余有贤刚想说点什么，就被老婆子堵住了："再者说咧，娃都二十的人咧，连个媳妇还都没说下，二十岁的男人能不招惹女人吗？你要是给娃早早把媳妇娶下，能有这个事情吗？你没本事给娃娶媳妇，还有本事打娃咧。"

遭这一顿数落，余有贤勾头坐在院子里，像泄了气的皮球，不再言传了。家俊妈数落完老头子，就到家俊窑里，斜斜跨坐在炕沿上，伸手摸着家俊的脸，疼爱地念叨："这几十天把我娃累失蹋咧，看我娃恓惶的。"

余家俊一动不动地躺着，任母亲念叨抚摸，提不起一点力气回应一下。母亲解开扔在炕边上的铺盖卷，把那条脏得不成样子的被窝盖在家俊身上，还想陪着家俊说一会儿话，却猛然想起灶火上的事情，拍拍家俊："我娃先睡一会子，妈做饭去呀。"急急地下炕走了。

不知道过了多久，迷糊中的余家俊被摇醒。窑里已经点上了灯，炕棱上摆着一碗盖着洋芋丝的搅团，旁边还有醋和蒜泥。母亲拍着他："俊娃，起来吃饭咧。"就搂着他的肩膀把他扶起来。端起碗，余家俊才慢慢清醒过来，确凿地感受到了是在自己家里，母亲慈祥带笑的面孔就在眼前。他心里禁不住一阵发酸，眼眶就湿润了，他大大地吞了一口搅团，硬是把那股酸楚和着搅团吞咽下去，没有让母亲看出他的心绪。他平静地和母亲说着话，说一些家长里短的事情，为了避免引起不快，母子俩都回避着那件事情不谈。吃完饭，母亲又给他端来一盆热水，让他洗洗脸洗洗脚早点睡觉，这在农村可谓是近乎奢侈的待遇了。看着母亲瘦小的背影，余家俊还是没忍住掉下了几滴眼泪。

洗脸时，余家俊捎带着把积满汗渍和垢甲的身子擦了一把，顺便把许多天没离身的衣裳也换下来，这一来他倒一点儿困意也没有了。他来到院子里，父母的窑里已经灭了灯。天上扣着一口锅，院子里很黑也很静。他点了一支烟，坐在父亲常坐的那个树墩上，慢慢吸着。脑子里很乱，好像什么事情都有，又好像什么都想不起来，很多事情搅和在一起，就像许多电影镜头叠加在一起，理不清哪个跟哪个挨着。一根烟抽完，脑子里还是乱哄哄的，他干脆起身踅出院门，在门前的空地上转了一圈，不自觉地把脚步停在看露娃家最清楚的位置，朝着那个院子呆呆地张望。那个院子隐藏在一片黑暗中，只能隐约看到有一缕灯光从窗户里透出来。庄子里也静悄悄的，他的身子的晃动，引起一阵狗叫。这样呆望了一会儿，没有捕捉到一点儿他心里渴望的有关露娃的信息，他沿着坡道走到原上，围着学校转了一圈，又漫无目的地任由脚步信马由缰。

到了立冬时节，原上的风一阵紧似一阵，已经很有些寒意了。偶然间冷风吹开一团阴云，把天空擦晴一片，一弯月牙就露出来，和几颗星星一起闪烁着清冷的光。但这些清光照射不到地上，地面上依然黑到伸手仅能看到五指。近乎赤裸的原野上也是一片寂静，除了稀疏树条的沙沙声，再没有任何动静。余家俊幽灵一样游荡着，不由自主地沿着那个梦境走下去。不知不觉已经走到马具营村头的岔路口，公路从这里继续往西，往南有条能走架子车的小路，这条路一直蜿蜒到原边上，既可抵达县城，也可蜿蜒到露娃嫁去的那个村子。两条路都是他极为熟悉的，他在这个岔路口踟蹰着，不知道再往哪里去。悠然间，他好像听到了一阵骡马的铃铛声，紧接着就好像真的看到了，一匹骡子驮着人在夜幕下的那条小路上晃动，渐行渐远，一直远到完全被黑夜遮蔽。他使劲摇了摇头，又搓了一把脸，把这幻觉赶走，然后把脊背倚在路口的语录壁上，点上一根烟。抽了一会儿，脑子清爽了些，他知道这样的冬夜里原上有狼出没，就不敢再在这里晃悠，蹽开步子往回走。

进了村他还是不想回家，犹豫了一会儿，就去敲合作医疗站的门。陈化云早就睡着了，被一阵敲门声惊醒，以为来了病人，赶紧爬起来穿好衣裳点着灯。拉开窑门，见是余家俊垂头丧气地立在门外，陈化云松了一口气，将他拉进窑里。坐到炕上，余家俊才感觉到了冷，浑身不由自主地哆嗦起来，好在陈化云的炕烧得很热，不一会儿他身上的寒气就消散了。

一盏忽闪着昏黄的煤油灯旁，两个男人在炕上相对而坐，没有酒没有茶，只有一支烟锅和半包纸烟。几十天不见，陈化云觉得余家俊瘦了，也黑了，过去总是清澈的眼睛里，蒙上了一层忧郁。陈化云拿起烟锅揿烟的时候，余家俊已经把一根纸烟递到了他面前。点着烟抽着，陈化云问："这一向心里怕是很不受活吧？"余家俊低头叹一口气："唉，就像驴鞭戳到腔子里咧，木囊泼烦得再说不成。"陈化云也叹口气："余兴汉把他女子拉回来，村子里就吵红火咧，说啥话的都有呢。余兴汉倒是没说啥，他那个婆娘借着这个事情在原畔上跳着蹦子骂咧一回。好在有你大爹在那达戳着呢，村里人也不敢太过分，就是你大觉得脸上挂不住，有一回在路上碰上咧，跟我说道咧好一阵子。"余家俊把刚到家就挨了一个大嘴巴的事说了。"但愿这一巴掌能把我大的气消咧。"余家俊猛抽一口烟说。陈化云把这段时间村里的议论给余家俊大致说了一下，然后说："早些时候，有人还把韩家的那女子给你撮合呢，要我说，那女子根本不能要，心眼子瞎咧不说，还整下一身病，这一辈子怕是养不下个娃了。"

　　那天后晌，从工地跑回来的韩秀芬找陈化云看病，说好几个月没来月经了，肚子里像有一块石头，天天坠着疼。陈化云仔细号了脉，觉得这女子没命地干活，已经把身体搞坏了，如果能静养几年好好调理，或许还能恢复，如果还像现在这么干，用不了几年就垮了。但这话又不好明说，他就给开了方子抓了药，让她回去好好吃药。韩秀芬拿着药刚要出门，余兴汉跑进来要个止痛药，两人打照面的时候，余兴汉随口问了一句："听说会战弄得扎实得很，我的女子好着呢吗？"谁知道韩秀芬哪根筋不对了，鼻子里哼哼两声，阴阳怪气地甩下一句："你那女子好得再说不成，再过些日子，你怕是就要当外爷咧！"说着闪身就走。把余兴汉噎得愣怔了一下，药也不拿了，追出去问个明白。陈化云直觉得这事可能与余家俊有关，就跟出去看了一眼，见余兴汉在不远处叫住了韩秀芬，两人在那里说了好一阵子。第二天，余兴汉把露娃拉回来时，闲话已经在村里传开了。

听着陈化云讲述，余家俊只默默地抽烟，半晌不言传。他在考虑从明天起，将怎样面对村人的议论和自己的生活。陈化云劝他，事情已经过去了，别太在意，还得精精神神地活人，不过现在年龄也不小了，该考虑自己成家的事情了。余家俊叹息着，就这恓惶日子，拿啥娶媳妇呢。

半包纸烟抽完，已经是后半夜了，余家俊不想回家打扰父母，就在陈化云的炕上对付半晚上。虽然被窝小了一点儿，但毕竟是睡在炕上，比那麦草地铺还是舒服多了。

一觉醒来天已大亮，余家俊感到头昏沉沉的，浑身也软塌塌地没有力气。他让陈化云看看自己是不是病了，陈化云摸了一阵脉，说没啥病，这是疲劳过度以后的正常反应，好好休息两天就缓过来了。回到家，父亲已经放羊去了。母亲把早起做的糊汤热了一下给他盛好，让他趁热吃点儿。草草填完肚子，他仍感觉头蒙蒙的。母亲见他这种神态，摸摸他的头说："我娃这几天不上工咧，好好歇一下。"他在院里踅摸了一圈，想找点儿活干一下，水缸满着，家里确实没什么活可干。他妈说炕烧热了，让他再去睡一会儿，他就进到自己窑里，找出一本书来，准备躺下看一会儿书。上炕时发现，他的脏被窝和换下来的衣裳都被母亲收走了，给他换了一床干净的被窝。他知道，他外出以后，生产队按照大伯的意思，把他家出力气的事情都安排好了，水是饲养员饮牲口时捎带着驮来的，家里其他事情，让三妈帮凑着干一些，队里给记半劳力的工分。三妈虽然嘴碎，但干活是把好手，一段时间跟大伯家不太对付，但跟他妈一直处得很好，家里有什么大事小情，帮起忙来十分热心。正是因为有了这些安排，他才能没有后顾之忧地在外面干事。

躺在自家温暖的炕上，还没看上两页书，余家俊就昏沉沉地进入了梦乡，这一觉一直睡到了后晌。太阳快落山时，崖背上有人传话，支书叫余家俊去一下。听到大伯的召唤，余家俊心里不免有些紧张，他原本想过几天再与大伯见面，现在看来是躲不过去了。他懒洋洋地爬起来，擦了一把脸，揣着一颗忐忑的心去了大伯家。

自从有了这把圈椅，余有礼就添了两件嗜好，一是抽水烟，二是喝泡茶。他的那只白铜水烟壶，是当年土改时从川里一个财东家弄来的，是个有年成的老东西，只是拿回家来二十年就没咋用过。一来是那些年工作忙事情多，没工夫摆弄那个用起来很麻烦的东西；二来几个娃娃还没长大，家境不好，没地方淘换那价格不菲的水烟丝；再者，窝在炕上抱个水烟壶，那种感觉也不对。现在有了圈椅，他就改掉了进门上炕的习惯，把藏在箱底的这个宝贝家什找出来，跟大儿子送的一把紫砂茶壶配在一起，抽水烟，抿香茶，享受一下财东的感觉。一来二去就觉出了水烟配茶的好处，烟茶两样竟一样也放不下了。当然，出门时他还是掂着那支长杆烟袋，可一到家就捧上水烟壶。同时他又改掉了几十年捣罐罐茶的习惯，用一把紫砂壶泡出南方人喝茶的感觉来。

余家俊进门时，余有礼正坐在古董圈椅上抽水烟，两个手指从烟罐里捻出一缕油润金黄的烟丝，轻轻地捻成一团按在烟锅上，再拿起旁边的火纸轻轻一吹，就着火团咕噜咕噜抽三口，然后把烟锅提出一点再轻轻一吹，一个白色的烟灰团就跳出来。这一系列动作有条不紊，神态悠闲，业务已经十分熟练。余家俊过去只见过一根骨头棒子做的水烟锅，还没见过这种真正带水的烟壶，不由好奇心起，趁着大伯过足瘾后，将水烟壶放在条柜上，拿过来就嘬了一口。不承想竟把一股又苦又涩的水嘬到了嘴里，差点儿呛进嗓子，跑到院子里呕了半天，又拿清水漱了口才算安稳了。看着侄儿猴急的窘态，余有礼哈哈笑着："你个碎尿，啥啥都想试活一下，这一回让你娃挡上咧，这一口喝得美吗？"

虽然嘴里还很难受，余家俊心里踏实了，知道大伯叫他来不是要收拾他的，就放宽心若无其事地脱鞋上炕。这时他才发现，炕桌上摆着三盘菜，还有一壶黄酒，就问大伯："弄这些好吃的，是招呼谁个呢？"大伯端正一下神色回答道："招呼一个聂下瞎瞎事情的碎尿呢嘛。"正好大妈端着一碟炒鸡蛋进来，接过话头道："你大爹要把你娃好好奖励一下，让你娃发扬光大老余家的光荣传统呢！"大伯沉下脸刚要说什么，大妈把炒鸡蛋往炕桌上一放，招呼道："赶紧吃嘛还等啥呢。"大伯也就不再说什么，脱鞋上炕在上首位置坐定。大妈又拿来两个酒杯蹾在爷儿两人面前，瞅着家俊："你们弄咧多大的个事情嘛，看把娃苦成个啥咧。快好好吃，大妈今儿个给我娃好好补一下。"

　　余家俊给大伯和自己倒上酒，等着大伯吩咐。炕桌上的四样菜分别是两个苦盘，一盘炒蛋，一盆炖鸡，都是原上好年成时过年才能有的吃食。苦盘是这个地方的讲究，是将凉拌的萝卜丝、黄豆芽等堆放在盘中，用三指宽一巴掌长的肉片竖着将凉菜围裹起来，看起来像是一大盘肉，这也是原上席面上的主菜。这么些好吃食摆在面前，余家俊肚子里的馋虫早就被引出来了，尤其那盆清炖鸡，不时有香味扑面而来，勾引得他涎水含满了一嘴。

　　大伯端起酒杯冲他示意一下，一口干了一杯，余家俊也赶紧咽下口水端起酒杯，猛猛地来了一口。从过完年，他已经近一年没沾过酒了，这一口就觉得特别香甜。黄酒是原上农家必备的饮品，一般农家窑壁的吊板上，有三个坛子是必需的，一个淋醋，一个酿酒，一个渥浆水。有了这三样东西，就有了吃饭的佐料，即便没菜也照样过日子。家俊感到大伯家的酒不仅酿制品质高，而且酒里还掺了新鲜蜂蜜，喝起来特别滋润。

　　一杯酒下肚，余家俊抡起筷子不管不顾地吃上了。虽然这几十天在工地上有两个猪头垫底，到底是沾了些荤腥，但那油花子一样的肉渣渣，是解不了馋的，况且翠翠的手艺也不能与大妈相比，质和量上都差着行市。现在逮住这样的好饭，他哪有放松的道理。看着侄儿饿狼扑食似的大快朵颐，余有礼只是笑笑地咂摸着酒，心情舒畅地看着他不停地撩乱。这不禁让他想起自己年轻时的吃相，那时候根本没有这样的吃食，一个大海碗盛上什么是什么，往那里一蹾，不来三下是放不下碗的，那种风生水起的阵势才叫男人吃饭。眼前这个侄儿，体格上随了他母亲，远没有他们老弟兄三个威猛，吃饭的阵势也就差了成色。

余有礼又倒上一杯酒,喊着家俊:"俊娃,喝上两嘴咧再吃。你大妈说咧,今晚夕要好好给你娃补一下呢,东西还多着呢,都是你的,后头还有臊子面呢,慢慢吃。"余家俊回过神来,觉出了自己吃相的不雅,赶紧端起酒杯给大伯敬酒。余有礼端正了神色道:"你娃这一向才算是真正下咧一回苦,我虽然没去过那个坛场,但是那达的事情我都知道。公社那面给我传话咧,这一回你娃的表现很好,在一条原上把你儿娃子的形象立住咧,虽然身板子长得瓤了些,但到底还是咱老余家的后人,顶顶当当的男子汉!大爹为你高兴,你大你妈也为你高兴,来,咱爷儿两个干一杯。"说完一碰杯,仰脸干了。余家俊也干了,但并没有因了大伯的夸奖兴奋起来,而是颇为丧气地低了头:"大爹高兴,我相信是真的,可我大高兴啥呢,我刚一进门啥话没说就给我扇了一个饼,把我打得脸烧咧半晚夕。"余有礼哈哈一笑:"就你碎尿窊下的那烂干事情,扇一巴掌还把你给冤枉咧?"笑完后又把酒斟上,正色道:"你大就是脸皮子薄得很,别人说上两句就招不住咧,那是个啥事情嘛?再说咧,余兴汉家那女子,哪个小伙子见咧心里不动弹,年轻人嘛,干柴烈火,烧咧就烧咧,没窊下啥后果就对咧。不过这个事情对你怕是多少有些影响呢。"大伯最后这句话引起了余家俊的警觉,抬起脸看着大伯,等着后面的话。

余有礼拿过烟锅来,捺了一锅烟就着油灯点上,说:"前些日子,公社给我通报咧你在会战上的表现,我就把大队提拔你的报告给公社送过去咧,一共报咧三个职务,团支部书记、民兵连长、副大队长。前两天批复下来咧,前两个批咧,后一个没批,我估摸着有人在这个事情上说话咧,要不然,你既是县里的先进,又有现实表现,按照现在国家提拔年轻干部的情况,直接接我的班都很正常,但就在这达卡住咧。"

对于能不能提拔当干部,余家俊并不很上心,他觉得自己还年轻,只要有大伯在,那些位置早晚都是自己的,锅里的肉早吃晚吃都一样。于是他瞄准了眼前这些肉菜，现有的福现享上，管他妈嫁人不嫁人呢。余有礼吃了两口烟，继续说："我跟你大你妈商量咧，你也二十几的大小伙子咧，成家的事再不敢拖，赶紧把媳妇娶咧，别人也就没牙弹咧，今晚夕叫你过来，就是要跟你商量这个事情呢。"

一提起这事，余家俊就有些丧气，又把头低了嘟囔道："这事情跟我大我妈商量就对咧，跟我商量啥呢，日子过得这么恓惶，哪里有钱娶媳妇呢？"

"钱的事情不用你操心，你大手里紧还有我呢。主要是现在你们年轻人都要婚姻自主呢，我们先征求你的意见，你同意了我们再连你大你妈商量。"这时，大妈用一个木托盘端着两碗臊子面进来，余有礼对老婆子说："你先不忙咧，把你们女子的情况给俊娃说一下。"大妈把托盘放在炕沿上，从条柜上拿来一张一寸的照片递给余家俊说："这是你舅家的女子，今年十八咧，人聪明着呢，念过两年小学。性格跟咧我咧，针线茶饭都没麻达，就是连你一样，黑些瘦些。"余有礼哈哈一笑："黑些瘦些就对咧，老鸹落着猪身上，谁个也不笑话谁个。"大妈也扑哧一笑："你个老尸，嘴里就没个好话。咱俊娃黑是黑了些，眉眼长得还是俊着呢，一看就是你们老余家的种子。"余家俊听着他们说笑，也不插嘴，只管哇那一碗臊子面。大妈跨坐在炕沿上，跟余家俊说："前两年，有人给你撮合韩家那女子呢，我看着还能成，那女子身板子好，给你妈是个好帮手，这两年咋看着那娃脑子有问题咧，神神道道的。"余家俊把一碗面吞下肚里，腾出嘴来一脸不屑地说："把那六百工分，撂着猪圈里猪都不拱，我就是一辈子打光棍也不娶那货。"

"啥是个六百工分？"余有礼没听明白啥意思。余家俊嘿嘿一笑说："朝鲜电影里头的一个女人，连那货一样，就只是个出瞎力气的。"

"噢，朝鲜还有电影呢。"余有礼稀里糊涂地点点头，"对咧，咱不说她咧，你把相片子好好看一下，要是能成，就让你大妈给你大你妈和她娘家里说去。"余家俊就着煤油灯认真看了一下照片,一张瘦瘦的脸,梳着两条辫子,脑门上还有刘海,眉目还算清秀,但说不上漂亮。"我没啥说头,就看我大我妈是个啥意思。"余家俊把照片递还给大妈。

"那就对咧,剩下的事我们几个老人商量,你就再不操心咧。"余有礼吃完自己的那碗面,把碗递给老婆子说:"我看这碎屄还没吃饱,你再给下上一碗。"说着又去摸烟锅。余家俊赶紧溜下炕,把水烟壶捧过来,换下旱烟锅,看大伯抽水烟。

两碗臊子面下肚,余家俊已经脑满肠肥肚儿圆了,他也很想抽一根烟,但在大伯面前又不敢造次,只好抓耳挠腮地忍着。余有礼看出来这小子想干啥,趔身从炕柜里摸出一包纸烟扔给他:"你屄娃在我眼皮子底下还装呢,你大早就把你吃烟的事给我说咧,你还一老吃的都是好烟,你哪里的钱买下的?"余家俊见没法再装了,索性打开包装点上一根,说:"我哪里有钱买呢,都是李院长给下的。他不吃烟,别人送了好烟就给我拿来咧。"余有礼点点头:"嗯,你这一回算是交咧一个好朋友。"

爷儿俩对着吃烟,大妈已经把炕桌收拾了,没吃完的菜还留在桌上,又烫了一壶酒拿来,让爷儿俩敞开了喝。余有礼又过足一回烟瘾,放下水烟壶,示意余家俊再把酒倒上,慢慢地说:"你今年整二十咧,咱家里的事情有些你知道,有些你还不知道,你大那人一向话短,怕是也没给你说过啥,今晚夕大爹就给你拉一下咱们家里的家常。"

余家俊难得有机会和大伯这样聊家常,很开心地一边喝着酒,一边抽着烟,一边听大伯说古今。

10

　　桑树原处于陇东黄土高原中部地区，自然环境恶劣，历来就没出过几个像样的财东富户，只有原东头祁家庙的祁孝子家族，不知道哪朝哪代出过一位进士，做了几年户部观政，外放了一任县令，使家族红火了近百年。然而到土改时，两个分支的后人被定了地主，其中一个恶霸地主被镇压了。除此之外，生存在这条原上的几千户人家，不是守着几亩薄田面朝黄土背朝天，过着寡淡的日月，就是外出熬活打零工，操下苦的营生贴补家用。余家磨坊处在这条原的中段，既不靠山，也不近水，种地收粮，靠天吃饭，世代都没有富裕过。东队的刘姓还曾有过两户富农，而余姓人家基本上都是赤脚的穷汉。真正改变了一段命运的，是余有礼的父亲。

　　余有礼的祖上虽然不至于穷到吃不上饭，但也就是守着不知道哪代先人留下的几亩原坡地，过着几世单传的日子。到了他爷爷那一辈，老天开眼，总算打破了单传的纪录，有了两个儿子，大儿子取名尚文，二儿子取名尚武。两个儿子相差近两岁，但老二长到四五岁时就已分不出大小了，老二很快撵上老大，而且大有超过的势头。后来弟兄两个的脾性也完全跟着名字走了，大儿子尚文身体单薄，性格懦弱，下地干活情况不大，只喜欢读书写字弄古经。老二尚武却长得虎头虎脑，身板结实，一天到晚手脚不闲嘴不闲，上树掏鸟窝，下沟逮蛤蟆，有使不完的力气。兄弟俩一起念了两年私塾，尚文还想往下念，尚武却说什么都不念了，他受不了读书的那种拘束。余尚武天生勤快，家里地里的活计，什么都肯学，什么都肯做，十六七岁就已练就了一身种地的把式，而且还悄悄跑到川里，跟一位老拳棒手学艺，练了几套翻子劈挂，还弄了一个石锁放在院里，每天早起举锁练拳，时间一长在原上有了一些名声。兄弟俩虽然性格迥异，但感情笃厚，从小在村里玩耍，都是弟弟护着哥哥，兄弟俩一起干了什么错事要受惩罚，也是弟弟替哥哥挨揍。尚武十八岁那年，兄弟俩在父母面前做了分工，哥哥尚文在家帮着父亲操持家事，弟弟尚武农闲时外出打零工，为家里挣点儿活钱。这一来，这个心在四海的年轻庄稼汉，就有了名正言顺四处闯荡的机会。

原上庄稼汉外出打零工的，多是以麦客为主。麦收之前搭帮结伴，一气走到关中平原东头，然后掉头往回割，赶到自家麦子成熟的时候，一个多月的麦客生涯就算结束啦。余尚武起先也是跟着村里的汉子们出门当麦客，但干了两季，余尚武就不想再干这种下苦力的活计了，他靠着自己的一身本事，在收成季节给大户人家看家护院。这是既体面又轻省而且收入还高的活，往往还可以作为主家的座上宾，和主家同上一个炕桌吃饭，住单独的窑洞。由于他机敏果敢，功力扎实，又性情随和，乐于助人，不出两年就在一川两原赢得了好名声。百里内的首富孟财东家要延聘他做家丁的头儿，长久为其看家护院，并答应把家里长得最乖巧的丫头许给他。但余尚武称自己心野，受不得拘束，长久待在一个地方，会浑身不自在。再者自己虽然是一个无拘无束的野性子浪人，但娶媳妇的事情，必须得由父母做主，自己不敢随意成家，只答应帮财东训练好一队家丁，婉言谢绝了长期护院的好意。他给自己立了规矩，在一个地方最多住三个月，挣的钱粮够自己花销，再能贴补一些家用就行，绝不贪恋钱财和品麻的生活，而是要把大好时光用到游走四方，访师结友上。

余尚武外出的那一年，余尚文在家娶了媳妇。余尚武在外游走了三年，余尚文给家里添了两个女儿。虽说家里人气旺了，但他们的父母心里却不受活，没有男丁总觉着缺了一口气。二十一岁那年，余尚武正游走得意气风发、斗志昂扬，却被父母迫不及待地召唤回家，给他成了亲。父母巴望着这个体格健壮的后人，能多生几个男娃，给老余家传宗接代。余尚武自然不会辜负父母的期望，没出五年就把三个毛头小子齐刷刷摆到了炕头上，使得两位老人喜不自胜。完成了这项许多代人没有实现过的工程之后，余尚武把老婆孩子交给父母，自己又蹽开腿脚去追求自己的"事业"了。先前的几年，他只是农闲时节外出，春耕夏收，还要回归本土做地里场上的劳作。这会子完成了传宗大业，他就有充足的理由游走更远的地界了。

这一年夏收时节，陕西长武一带匪患频仍，余尚武受邀为一户财东训练家丁，一个多月时间，硬是把十几个游手好闲的农村二流子，调教成了一队敢拼敢打的丁勇。训练结束后，主家设宴庆功，余尚武多喝了两杯，席散之后在县城游逛时，遇见一伙提笼架鸟的泼皮无赖，在大街上干欺男霸女的勾当，余尚武看不过眼出面干涉，三拳两脚就把几个泼皮撂翻，领头的那个被打了个半死。不承想人家的姨夫是县警察局的局长，派出警察要捉拿他归案，得到消息他连夜逃脱跑回了家。这时候川里的孟财东种了几十亩瓜，被人偷得不行，听说余尚武回到了家里，就托人带话，央求他去给看看瓜田。他反正也没啥事，而且待在地里要比待在家里更安全一些，就答应了。

看瓜田是个很轻闲自在的活，白天在瓜田里转转，坐在树下吃烟喝茶，晚上在窝棚里睡觉，既不热也不累，一天三顿有人送吃喝，想吃什么瓜随手摘来就是。余尚武名声在外，自打他进了瓜地，蟊贼们就远远地躲开了，他的日子也就过得清闲自在，只是有点儿寂寞。这样的消停日子过了没几天，县城里的几个青年学生听说他在这里，就跑来拜师要跟他学拳脚，反正余尚武正闲得无聊，就在瓜地外面空地上开出一片场地，教一帮学生娃练劈挂。这一来白天也就不寂寞了，舒展舒展筋骨，晚夕睡得更踏实。看瓜是个短季营生，没过多久就到了抽秧时节。

余尚武收拾了自己的家当，跟孟财东辞了工，背着铺盖卷回了原上。在家待了半年，来年春播以后，才又开始外出游走。不过这一回出门，他抛弃了过去看家护院的营生，跟着山西的脚户，干起了走镖的生意。这可是既惊险痛快又大把挣钱的买卖，掂一把单刀，伴着驼帮马队出西口走草原，风里来雨里去，住野店睡通铺，大碗喝酒大块吃肉，豪爽得一如林中的响马、山间的草寇；威武得就像挥戟的霸王、西征的嫖姚。余尚武天生就是这种气质，这才算是真正的瞌睡遇着枕头了。走镖的过程中，他遍结四方好友，从单帮发展成了镖队。他知道转益多师的道理，走到哪里都不忘拜访高手，讨教功夫，在生意不断壮大的过程中，武功也不断精进，成了那一路上颇有名气的镖头。

这一干就是十年。后来的两年由于遇上抗日战争，走镖危险性增大，生意也越来越不好做，这时余尚武也已年近四十，便逐渐产生了退意。在走最后一趟镖时，先是遇上了日本飞机的轰炸，随后又遇到土匪的包围，几个镖师在奋战中丢了命，他只能丢弃货物，拼上性命护着受伤的货主，杀开一条血路逃回太原，在一家经常落脚的客栈里，伺候着货主养好了伤。临分别时，货主拿出一坛寄存在客栈的烟土送给他，以报救命之恩。余尚武断然拒绝，声言走镖人丢了货物理应赔偿的，货主不提赔偿，已经仁至义尽，怎敢再拿这么贵重的东西。货主好言劝慰，一切钱财都是身外之物，只有性命才是根本，留得青山在，不怕没柴烧，这条命是他余尚武拼着个人性命救下来的，就必须以救命之恩来报答。再者，眼下战事激烈，生意没法再做下去了，况且失镖也就断了镖师的活路，所以他务必要收下这点儿东西，回家换几亩地过好田园生活吧。

收官之役的惨败，使余尚武的心绪灰败到了极处，本希望以这趟生意，为自己十年的镖路生涯画上一个圆满的句号，不承想落得这么个结局。手下的兄弟抛尸荒野，货物被洗劫一空，在这样的时局和景况下，走镖一途与自己此生已再无缘分，他只能退隐江湖，回归故里了。

这正是朔风劲吹、冰雪覆地的三九寒天，余尚武脚蹬麻鞋，扎着绑腿，裹一领光面二毛皮筒子，怀抱着那个以生命换来的坛子，躲避开鬼子和土匪，顶着朔风孤身跋涉，于过年之前携带着一身风尘回到家里。

在随后的日子里，余尚武以那一坛子烟土换来二十亩好原地，真正过起了田舍郎的生活。父母谢世之后，孩子们也都长大了，到了该娶亲的年龄。三个儿子体格上都随了他的遗传，一个个长得高大威猛，膀大腰圆，都是干活的好把式。余尚武的三儿子出生没两年，哥哥余尚文也得了一个儿子，了了无后之忧，这时候也已长成了一个大小伙子。只是这个小子的脾性全然不随他的父亲，而活脱脱完全随了叔叔，除了身板没有三个堂兄猛势，性格上却比三个堂兄随得还劲大，以至于村人私下里猜疑，这娃是不是余尚武的种。

为了给三个儿子和一个侄儿安顿好各自成家的地方，余尚武与哥哥商量，他们现在居住的窑院将来留给侄儿，他的三个儿子在庄子里另选地方打窑。于是从那时起，做完地里的事情，余尚武就率领三儿一侄在选定的庄基地上劳作，凭着五把镢头两辆推车，以一年一个窑院的速度，三年完成了整个工程。这时候哥哥已经谢世，余尚武成了这个家庭唯一的掌柜。待三个儿子都各自成家以后，余尚武决定，把自家原先的几亩原坡地，捐给刚刚兴建的村学作为校产，再把后来购得的二十亩原地和几头牲口一分为五，儿子侄儿和自己各占一份，分家单过。这时候离全国解放还有三年，他这一分，就把一个十足的富农家庭，分成了五个下中农，以至于后世子孙不为田地所累，在以后也能堂堂正正活人。至于他那一身武功，便深藏起来，不许几个儿子染指，对于十里八乡想要拜师学艺的后生，也都婉言打发了，好像忘却了自己曾经的响亮名声。

大儿子余有礼也是个喜欢游走的主儿，但作为长子承担着家务的责任，不能像父亲那样游走四方。分家以后自己掌家了，便常到县城里赶集采买，交朋结友，一来二去就和县城街道上何记饭庄的大伙计交上了朋友，且情谊笃厚。解放以后，大伙计老金摇身一变，以地下党的身份成了副县长，土改开始后，就把余有礼抽调到县土改委员会帮忙，并入了党。土改结束后回到村里不久，就接替了村支书的位置，一干就是二十来年，成了全县资格最老的村支书。六十年代搞"四清"运动的时候，已成为地委副书记的老金有意把他调到县里工作，他与几个兄弟商量去与不去，大伯余尚文的儿子，也就是排行老八的余有权坚决反对，说他年龄大了，又没什么文化，到县里去大不了混个科长，还是个看人脸色给人帮套的角色，还不如守着这一方土地，宁当鸡头不当凤尾。余有礼采纳了八弟的意见，谢绝了老金的好意，留在了家乡的土地上。当然，自诩精明的老八也有短视的时候，他不曾料到，几年以后，知识分子成了"臭老九"。

余有礼问家俊，知道不知道他父亲的腿是怎么伤的？家俊说只知道是碌碡擦伤的，至于怎么擦的就不知道了，父母没说过。余有礼告诉家俊，那是他们弟兄几个还没有成亲的时候，媒人给说了南原上一个大户人家的女子，但没确定具体说给谁。女子来"看家"时，一溜三个小伙子一样地高大，一样地威猛，一下子也分不出大小来，女家就表示，三个小伙子都中意，男家决定跟哪一个都行。那女子长相不错，又是大户人家的女儿，知书达理，兄弟三个都有那份想法。余尚武一向讲究个公平，就让三个儿子商量出一个办法，自行决断。三个小伙子商量好，以比力气断输赢。他们把场上的三个碌碡立起来两个，相距一丈摆好，再把另一个碌碡抬到竖起的碌碡上。比赛规则是：把摞在上面的碌碡抱起来挪到另一个碌碡上，然后再抱回来，谁抱的趟数多谁就是赢家。老三抱了一趟就败下阵来，老大勉强抱了两趟，只有老二力气好，抱了三趟。可是放下的时候没抱稳，碌碡滑脱了，顺着腿面滑下来，把膝盖骨擦伤了。一只碌碡足有三四百斤，擦一下伤情就十分严重。老大老三把老二架回家里，请来原上的名医祁孝子诊治，内服外敷，针灸推拿各种方法都用上了。一百天以后，腿总算保住了，大夫说三年之内静养，不能用力，更不能干活。余家兄弟仁义，南原上的女子无疑就归到了老二名下，但只能等腿伤痊愈之后才能迎娶。

老二养伤的三年里，老大老三相继娶妻，等到老二腿伤痊愈迎娶新娘的时候，老大老三已经有了孩子。而老二结婚之后又好几年不见动静，直到解放以后才有了家俊这个独苗。

这一番"痛说革命家史"一直说到了半夜，余家俊这才对自家的近代家史有了一个较为完整的了解，不禁惊叹爷爷的精明与料事如神。他问大伯：

"我爷咋就知道几年以后有土改运动呢？要不是早早地把地分咧，咱现在都有个帽子戴呢。"余有礼摸摸下巴慢慢地说："你爷那个人深得很，他从小走南闯北，到底经见过大世面，又过了好多年刀刃上舔血的日子，对世事看得很透。回家以后，虽然嘴上啥都不说，但心里跟明镜一样，啥都清楚。"接着又说："你八大年轻的时候在外头闯荡了十年，想事情看问题都跟一般庄户人不一样。这就是人的见识，你娃还要好好地学见识呢。"

其实，有一件事情大伯没跟家俊说，搞土改的那会子，大伯在县城里和一个小媳妇有过一段瓜葛，这就是大妈话里话外带刺的根源。

休整了两天，余家俊带领着他的突击队，参与到大队的平田整地劳动中。这一群精干劳力的加入，无疑给那个疲沓的群体注入了一股活力。这二十个精壮劳力，虽然刚刚经历了几十天强体力劳动，身体上的疲劳还没有恢复过来，但在会战工地上，他们的肚子没有受到亏欠，年轻的活力依然存在。况且这些人在平田整地的工地上劳作了几十天，已经谙熟一切程序与做法，既能干又会干，有了这股力量的加入，对大队会战进度的提高势必起到有力的推动作用。牛国辉和几个生产队长都很高兴，一下子增加这一伙精壮劳力，自己的压力无疑就减轻了许多。只有余兴汉乌眼鸡似的，看见余家俊心里就起别扭。起初他憋着一肚子气，琢磨着拿出二球劲儿来，给余家俊踮点事干一仗，但转念一想，事情要是闹起来，谁都知道是为了啥，余家俊一个小伙子，不管和他家女子怎么了，都是人家占便宜，他挑头踮事到头来臊的是他自己的脸。再者余家俊现在正是红火的时候，县里的先进、公社的红人，背后又立着余有礼那座强有力的靠山，这时候跟他踮事，无疑是将不疼的手往磨眼里塞，弄不好闹个鼻青脸肿，里外不是人。面瓜心奸的余兴汉，这时候奸心战胜了二球劲，把自己肚子里的那股子邪气，自己想办法顺出去。好在他们不在一个生产队，并不是低头不见抬头见，老远看见绕着走就行了。

余家俊加入平田整地的第三天下午，余有礼到地里来召集大家开了一个会，这在会战以来还是第一次。平时地里的事情都是由牛国辉指挥，支书从未发过言。这一次余有礼是做好了准备的，他讲了一些时事之后，就开讲平田整地的意义和好处。他告诉人们，原上是靠天吃饭，农家肥有限，化肥又供应不足，所以蓄水保墒就是第一要务，而能保障水土不流失的唯一办法，就是平田整地。他将那天晚上和家俊闲谝时，余家俊对平田整地的看法都用上了。他说"农业学大寨"学啥呢？第一是学大寨人吃苦耐劳、战天斗地的精神，第二就是学大寨人怎样务劳自己的土地。地是靠人务劳的，侍弄土地是农民的本分，人哄地一时，地哄人一季，说的就是这个道理。他讲得慢条斯理，也讲得头头是道，社员们还是第一次听支书用科普讲座的方式给大家讲话，于新奇中明白了许多事理，于是会场上就少了平日的嘈杂。讲完这些之后，余有礼郑重宣布了对余家俊的任命，并宣布公社为了配合全国"备战备荒"和"深挖洞广积粮"运动，给各大队民兵连配备了十支步枪，他希望余家俊就任民兵连长之后，组织基干民兵抓紧训练，做出一个良好的姿态。

开完会，余有礼摇摆着他的烟荷包，背搭披手地走了。小伙子们知道余家俊有好纸烟，就逼着他拿出来大家分享。余兴汉暗自庆幸自己没有轻举妄动，否则肯定得弄个"癞蛤蟆过门槛，既蹾尻子又伤脸"的结果。

第二天早上，余家俊拿了大队出具的介绍信，带着几个伙伴到公社武装部去领枪。这是一批"小米加步枪"时期的枪械，多数已经锈得拉不开栓了，随枪发放的还有一小盒十发子弹，就是一支枪配一颗子弹。武装部长一再强调，子弹一定要保管好，不能和枪支放在一起，武装部随时都会来检查。关于枪锈得拉不开栓的问题，部长说膏点油，好好擦一擦就好了。余家俊说，今年遭了灾，人吃的油都没有一点点儿，到哪里找油擦枪呢？连哄带赖地让部长给点儿枪械油，部长被他赖得招不住，找了一个墨水瓶子给灌了些油。

一人背着几支枪从公社出来，这帮年轻人就有些精神抖擞、意气风发的感觉，昂头挺胸地在公路上迈正步，踢踏得尘土飞扬。走到马具营村外那个大转弯时，余靖远耐不住心里痒痒，跟余家俊说："碎爸，这会子原上没人，咱到前头的沟里搂上一火试活一下。"余家俊瞪他一眼："你真真是胡呻呢，一颗子弹就是一条人命，你搂上一火把你弄受活咧，我到哪达寻个人命去呢？要不然是这，你站到沟垴里当一回靶子，我们朝你搂上一火试活一下。"余靖远扮着鬼脸嘿嘿笑着说："那么大的子弹，一下把我就打成八牙子咧，我没瓜着，那事情咱坚决不弄！"

把枪背到了村里，立刻引得年轻人抓耳挠腮，热议纷纷，每个基干民兵都巴望着能捞到一支，给自己长长精神，但是一个连分配十杆枪，实在是狼多肉少，能落到哪十个人手里，还是一个大大的未知数。大队民兵连名义上是一个连，充其量也就一个加强排的建制，一共只有四十来人。这些年轻的庄稼汉，平日里除了劳动干活，就没有什么好玩的事情，除了锨把镢把犁把，手里就没有个可心的抓挠，何况男人对武器自有天生的喜好，一个个心里刺痒地垂涎着这几支枪。余家俊对枪也是情有独钟的，他的血脉中毕竟流淌着他爷爷的基因，使枪弄棍应是他们这个族群的天性。但他是连长，不能跟战士们争抢武器，他只能把心里的那股子刺痒压抑下去，思谋着拿出一个公平合理的办法，让大家都能满意。他和几个排长商量了一个持枪规则，每排持枪十天，然后整体移交，这样每个民兵一个多月就都能轮到一次。

武器配备停当，冬季训练就开始了。这其实是一个苦差事，每天天不亮，庄户人都还赖热炕的时候，民兵们就要集合到西队饲养站的崖背上，整队沿公路跑步半个钟头，然后到场院里列队，请一个解放前在正规军里当过兵的老积极分子操练队列。刚背上步枪的十个民兵，一个个精神抖擞，口令喊得山响，还扛着红缨枪的，就显得疲沓了。这样训练半个钟头，等队长吹起了上工的哨子，民兵就解散队列，回各队参加劳动。到了会战工地上，持枪的民兵学着电影上的样子，把枪三支一组呈三角形立住，地头上就增添了一道诱人的风景。

余家俊带领着队伍早晨训练，然后再到会战工地上冲锋陷阵的时候，给他说媒提亲的事情也在紧锣密鼓地进行着。大伯特意将他父母邀到家里，和媒人商量了两回。大妈娘家的亲侄女，嫁给婆家的亲侄子，亲上加亲，女方家对彩礼只是提了一个象征性的要求，五百元就行。大家很不好意思地觉得合适表示认可，大伯当即拿出六百元交给媒人，五百元彩礼，另外一百元给女娃赶紧做两身像样的衣裳。大伯大妈的意见是，既然两家说定了，就尽快把事情办了，于是确定年初六为结婚的日子。

余家俊被告知这一消息时，啥话都没说，表示了默认，只是心里愤愤地暗想，运动已经搞了四五年，"破四旧"也破了很长时间了，怎么就没把彩礼这个"旧"破掉，让钱堆出一个个难心的门槛？

余有礼搬到原上新窑院居住以后，二弟余有贤就是暖窑的那天来了一次，此后再没进过这个院子，有什么事都是余家俊从中传话。这次为了余家俊的婚事，老哥儿俩又在一个炕头上坐下来，喝点酒说点家常。余有礼对这个二弟特别心疼，也特别同情，正当年轻力壮的时候伤了腿，炕上躺了三年，不仅把一身好体力消耗了，性格也起了很大变化。过去的余有贤完全秉承了父亲的脾性，身体强健，一身豪气，在兄弟三个中最为强悍，再硬挣的力气活都没怯过，事事都冲在前头。有一年因为地界的事情，和邻村十几个小伙子发生了冲突，余家三兄弟面对以多欺少气势汹汹的一伙人，没有一点儿胆怯，余有贤一人就撂翻了七八个，弟兄三个硬是把十几个壮汉打得落荒而逃。然而，炕上躺了三年之后，余有贤身上起了巨大的变化，身体瘦弱了，过去的一身豪气没有了踪影，个性竟像了他们的大伯，沉默内向，优柔而怯懦了。余有礼时常慨叹，看来人的个性并不是生就不变的，强悍与怯懦，也并不是天造地设、泾渭分明的，而只是一个硬币的两个面，就看哪个面朝了上。

余有礼让人把老三余有志也叫来，拿出一瓶二儿子孝敬的西凤酒，老妯娌俩一起下厨做了几个菜，哥儿三个一边喝酒叙旧，一边对家俊的结婚事宜做了详细安排。老三余有志小的时候调皮捣蛋，长大以后变得木讷了，平时话不多，今天喝了几杯酒，一下子又恢复成一个农村莽汉的样子，高喉大嗓像跟人吵架，天上一句地下一句地抢着说话，还时不时地"妙语连珠"，惹得老哥儿两个拍案大笑。

这是多年没有的情景了，在这个寒意渐浓的初冬的傍晚，弟兄几个好像又回到了少年和青年时期，毫无隔阂地敞开心扉，倾吐出多年的喜悦与苦闷。余有贤仍对家俊和露娃的事情给他蒙羞耿耿于怀，老三嬉笑着吼道："你忘咧那一年，咱两个到县城里跟集呢，你看着人家女学生长得乖，涎水嗒吸地悄悄念咯着，要是能连这个女娃子睡一晚夕，明儿早起死咧都不亏。你见着个俊女子心里都胡思谋呢，咱俊娃跟个女娃子嘀逗一下就不成咧？"一句话呛得余有贤满脸通红，指着老三笑骂："你个碎尿，都这岁数咧还揭人短呢，老没个正经。"兄弟几个的一阵说笑，让余有贤心里的一团阴云逐渐散去了，赶到余家俊收工以后赶过来蹭饭时，老哥儿三个已经酒意醺醺了。

回到家，余有贤跟儿子商量，彩礼钱、衣裳钱你大爹都给拿了，结婚待客的事情就不能再让你大爹操心，咱得自己操办。但是待客就得吃饭，家里一点点儿麦子都没有，总不能拿玉米面高粱面待客吧？这的确是一个难心的问题，爷儿俩商量了半晚夕，也没商量出个结果。正好老八余有权听说余家俊定了亲，过来看看有没有需要帮忙的事情，听了爷儿俩的难心，老八一笑说："就这算啥难心事呢，我听说东面原上川里今年收成好得很，邀上几个人到那达背一回粮，回来咱们再搭凑一下就够咧，结个婚嘛，能吃多少粮？咱们年轻的时候又不是没跑过那路，隔三岔五的年馑就得跑出去背粮。"一句话点醒了爷儿俩，顿时觉得一河水开了。

几个人正说着闲话，一个身影推门进来，家俊定睛一看，是三叔的小儿子余家华，不禁心里高兴："哎呀，是老五，你咋这会子就回来咧？"余家华先跟两位长辈见了礼，才说："明年春上就毕业了，现在就是准备毕业考试，学校给我们提前放了假，我今儿后响刚回来。"

余家华小余家俊一岁，比余家俊长得结实，个头虽然不算高，但还是继承了爷爷的基因，膀阔腰圆，一看就有把子力气。余家华在省城石油技术学校读中专，暑假的时候，学校组织去大庆油田实习劳动，整个暑期都在东北，赶到放寒假的时候，已经一年没有回过家了。当他趁着寒假匆匆回到家乡时，迎头赶上的，却是一场几十年不遇的大饥荒。家俊这一辈人数多，没有再搞大排行，只是一个爷爷的堂兄弟按年龄排了序，大伯的两个儿子是老大老二，三叔的大儿子余家庆排老三，余家俊老四，余家华老五。听说家俊要娶媳妇了，余家华就兴奋起来，好像自己要当新郎一样。说到背粮的事情，余家华更来了兴头，声明第一个参加，反正地里又没活干，闲着也是闲着。这样一来余家俊就有了一个强有力的帮手。

第二天早上，民兵训练结束，余家俊没有上工，而是直接去了公社农机站找他的同学王宇。前些日子碰到王宇，说到家里的饥荒，王宇说父母和孩子已经一年没见过麦面了，他这两年存了百十元钱，想买点儿麦子，可是一川两原有钱也买不到，他思谋着约上几个人到东面地界去背一趟粮，问他能不能去。当时余家俊刚从会战工地回来，家里一摊子事，这事也就放下了。他找王宇是有两层意思：一是看看他还有没有出去背粮的愿望，如果已经买过了，就打问一下哪里好买，省得跑冤枉路。再一个意思，他想出去背粮，可家里没有几块钱，看能不能先从王宇这里借一点。王宇正在上班，明白了余家俊的来意很是高兴，说他正惆怅着怎么弄点儿麦子，让父母孩子过个年。至于借钱，王宇说没问题，走的时候多带上几十元就行了。王宇说："这一趟出去走到哪里没个准头，就咱两个怕是不成，得多约上几个人，好相互照应。"余家俊告诉他堂弟能去，打算再约两个人，五六个人一起出门热闹。王宇很兴奋，说下班回家就做准备，啥时候走通知他就行。跟王宇敲定了事情，余家俊心里就踏实了。

吃过晚饭，余家俊到大伯家，把出去背粮的想法跟大伯说了，余有礼沉吟了片刻,说:"现在不像解放前,粮食可以随意买卖,这两年县里公社对外出倒买倒卖粮食抓得很紧,把这叫投机倒把。外出背粮,一定要悄悄地去,不能声张。"接着又说:"背粮是个苦活,走的路又远,一两个人肯定不行,得多约上几个人一搭里去,但是又不能约同村的人。"余家俊告诉大伯,老五回来了,想跟他出去转转,他的一个同学也可以一起去。听了这些,余有礼显然放心多了。简单问了一下老五的情况,余有礼又说:"其实不出去背粮,咱自家搭凑一下也能把事情办咧,实在不行我让你二哥过年回家的时候带上些麦面。"家俊就把父亲再不能给大伯添麻烦的意思说了,余有礼哈哈一笑:"你大这人,咋就跟你大爷一模一样咧。不过也对,你们这些娃娃没咋受过苦,成人之前受一回苦也有好处。不过你们这身板子,比我们年轻时候瓢得远,可不敢贪多,背上百十斤就成咧,远路无轻载,知道吗!"临出门时余有礼又叮嘱家俊:"村里的男人再不要张罗,看一下日子过得恓惶的人家,女人能出去的带上两个,女人出门不太惹眼。再一个,走的时候不要扎堆,等出了咱这地界再往一搭里凑。路上还得小心,遇上检查的得绕着走。"

已经进入严冬季节,原上的白毛风吹得呼呼响,土地已经冻结,平田整地只能留待明年。大队匆匆结束了会战,社员们休息两天,丢下镢头铁锨,换上扁担箩筐,开始往地里送粪。民兵训练也因寒冷而暂停了,余家俊他们正好趁这个时节悄悄启程。

余家俊约了本村的仓娃媳妇和旺财媳妇一同出行,这两个女人都是三十岁左右,正是身强体壮的年龄,能跑能颠有把子力气。余家俊交代好两个女人先走,他和堂弟随后,过了祁家庙以后再会合。头天晚上他和老五就做好了一应准备,第二天天不亮,背着口袋卷和一挎包干粮,一人夹一根打狗棍出了门。

他们沿着公路往东,两个钟头以后过了祁家庙,王宇和两个女人已经等在那里,大家会合一处继续往东开拔。

早上的风刮得很紧,有穿透棉袄的力量,好在是西北风,对他们行走有一定助推作用。太阳还没出来,赤裸的原野上飘浮着的那层淡淡的白雾,早已被风撕碎驱逐,树是枯黄的,草是枯黄的,土地是枯黄的,打眼望去是一世界的灰黄。一行人早起没顾上吃东西,饿着肚子赶路,刚凑到一起时还说说笑笑走得蛮有精神,时间一长就有点儿沉闷而散乱,两个女人的脚步先慢了下来。直到太阳升到头顶,才从原上走到川里,几个人已经又饥又乏,脚底下打踹了。好不容易到了泾县县城,便在一个商店门口的水泥台阶上坐下来歇歇脚。

泾县县城也是很小,就一条不长的街道,但这里毕竟是县城,比乡村还是繁华多了,有一家商店、一个邮局和一家饭馆。一行人已经饿得前胸贴了后背,口袋里的钱是用来买救命粮的,下饭馆的事根本不敢想。余家俊掏出母亲装给他的掺了野菜的玉米面窝窝头,想啃上几口压压饥,可是咬了几下都没咬动,菜窝窝早已冻成了冰疙瘩。王宇提议到对面饭馆里要碗面汤泡馍吃,几个人就爬起来往饭馆里去。

掀开油腻的棉布门帘,里面是一个有五六张桌子的店堂,迎门对面的墙上开着两个两尺见方的小窗口,一个明显是出饭菜的,另一个窗口露出一张胖大的圆脸。饭馆里很冷清,只有一只瘦狗在店堂里溜溜达达觅食。余家俊让大家在一张桌子周围坐下,自己踅到有人的窗口往里张望。里面坐着的是个很胖的中年女人,穿一件分不出什么颜色的罩衣,一顶同样色彩丰富的工作帽斜斜地扣在脑门上。见他们进来,只是瞪着一双浑浊的眼珠子瞅着他们,同时"噗儿噗儿"地吐着瓜子皮,脸上一点儿表情都没有。余家俊满脸堆笑地冲女人说:"大嫂,我们走路走渴咧,给些面汤喝一下能行吗?"

女人隔着窗口瞅了余家俊一眼,抽抽鼻子,从牙缝里挤出两个字:"没有。"掉转头不再理会他。余家俊老着脸又叫了声大嫂,可还没等他说话,女人转过脸将一颗瓜子皮差点吐到他脸上,然后连珠炮似的叫道:"天天都有人要面汤呢,我们能招住吗?我们这达有规定呢,买一碗面带一碗汤,想喝汤就买面,不买面就不要想喝汤!"

余家俊碰了一鼻子灰,心里窝火透了。在这人生地不熟的地方,他们不能像在自己县里,拿出红卫兵的二劲耍横,看着胖女人的那副样子,心想这样的人再央求也没用,闷着一肚子窝囊气招呼大家出了店门。

已经是下午了,大家水米未打牙,肚子里咕噜咕噜山响。大家商议,在城里要点汤水不容易,不如到村子里找个人家,于是大家出了县城,顺着川道往东走。

可是连过了几个村子,遇到的都是警惕的眼光和冷漠的表情。几个人实在走不动了,在一个村口上坐下来休息。这时候,一个干部模样的中年男人走过来,这人见他们外乡人的样子,虎视眈眈地瞅着他们,一副要拿他们见官的架势。余家华赶忙堆起笑脸上前说明了原委,并打问在哪里能找点热水喝,男人的脸色才活泛了些,告诉他们,从这里往前再走五里路有个中学,那里有茶炉房,肯定有开水。几个人将信将疑按照指点往前找,走了没多久,果然看到一片围墙围起的房子,才相信那男人没有骗他们。

学校已经放假了,只有一个老教师留守着。起初老教师表情僵硬地将他们挡在大门外,透过厚厚的眼镜片,疑惑地上下打量着他们,没有一点儿热情。大家心里不免紧张,生怕再遇上一个冷蛋子碰一鼻子灰。余家华心眼活泛,抢先把他们三个男人给老教师做了个介绍,特别介绍了余家俊是县里的先进模范,参加过地区表彰大会。老教师的表情才活泛了一些,把他们让进院子,说他的一个学生也参加了那次大会,说出名字问余家俊是否认识。老教师说的那个人当时和余家俊在一个组,处得很熟络,一经说开关系就拉近了许多。老教师把他们领到自己的房间里围着炉子坐下，拿出茶杯倒上开水，让他们先喝点热水暖暖身子，又拿出一个铝锅淘了小米，在火炉上熬米汤，说这么冷的天又走了长路，光喝开水吃馍馍怎么能行，喝些米汤才是正经的。几个人很感激，感谢的话说了一堆。

老教师的房间不大，几个人进来就塞满了，连个转身的地方都没有。也就半个钟头，米汤熬好了，老教师从柜子里拿出几个碗，用开水细细地烫了给他们盛米汤。在此之前，他们已经把自带的干粮拿出来放到炉台上烤着，这会子干粮也烤热了，几个人一边吸溜着米汤，一边吞咽着干粮，吃得风生水起。老教师又从柜子里拿出一罐头瓶咸菜让他们就着吃，这就更把胃口打开了。

吃饱喝足天色已经向晚，老教师看出来他们今晚落脚的地方还没有着落，就打开这排房子顶头的一个房间，说这是一间学生宿舍，炕小了一些，不过五个人挤一挤还能睡下。他叹口气说："要是再有一间房，你们分开睡就方便了，可是只有这一间能睡人，你们出门人凑合一晚夕。"随后招呼两个女人跟他去取些草芥子，把炕煨上。两个女人干这个都是轻车熟路，不一会儿炕洞里就冒出了袅袅青烟。两个女人烧炕的时候，三个男人在校园里转了转，感觉这个学校和桑树中学有点像，也是一个四合院，后边几排教室，只是比桑树中学规整得漂亮一些，可见这里的经济状况要比原上好。炕烧热后两个女人就先上炕歇了，没有被窝，只能把口袋解开来盖上，把鞋脱下来当枕头，条件虽然简陋了一些，但出门在外能有这么个暖和地方睡一晚上，就算烧了高香了。

三个男人又到老教师房子里聊天。老教师给他们泡了茶，余家俊也拿出纸烟来给老教师敬上，大家喝着茶抽着烟，说了原上的旱情，又说到这次外出背粮。老教师感叹着，家里难，出门更难。老教师告诉他们，这个地界今年虽然没有遭灾，但年成也不是很好，而且这里管得很严，农民就是有余粮，也轻易不敢卖。他们最好再往东，到长庆地界去看看，遇上一个好些的村子,一下子就解决了,省得东跑西颠。扯起古今,老教师说到了桑树原上的余尚武,余家俊眼睛一亮说,那是我爷。老教师的眼睛里也放出了光,惊讶道:"你两个就是余尚武的孙子?你们的爷在我们这一带名声可大得很,那真正是个顶天立地的汉子!"他指着余家华说:"你这身板子连你爷像些呢,就是汉仗小了些。"又指着余家俊笑着说:"你这小伙子连你爷比起来,错得就远了。不过你的名声也不小,我都听着过。"

老教师说他很年轻的时候,在一个财东的庄园里,见过余尚武和几个壮汉角力,几个壮汉同时围攻,却被余尚武三下五除二给撂翻了,都看不清用了啥招数。还说那些年这里的土匪闹得欢腾,经常有人家被抢,可是只要余尚武来了,就能平静好一阵子。说到高兴处老教师竖起大拇指赞扬,桑树原还真正是个藏龙卧虎的地方。说着说着天就晚了,老教师突然醒过神来,脸含歉意地说:"你看,这老汉一谝开就把啥事都忘了,你们是走了远路的人,明天还要赶路呢,咱把话头扎住,你们赶紧过去睡觉。"

两个女人已经睡熟了,他们摸黑上炕盖着口袋和衣躺下。炕是很小,有点儿挤,不过烧得很热,屋里也挺暖和,余家俊睡在中间,两边有人挤着,觉得很舒服。睡到半夜,好像做梦一样,余家俊迷迷糊糊觉得有个手在他身上摸索,又把他的一只手拉到一个柔软的地方。一觉醒来天已蒙蒙亮了,借着窗户里透进的一点光亮,余家俊看到,身边的旺财媳妇睡得敞胸露怀。他招呼大家起身,从井里绞上一桶水,让大家洗脸。井水一点儿也不凉,像原上的泉水一样温乎乎的,几个人也就认真洗了一把。这时候老教师也开了门,招呼说米汤熬好了,吃点东西再上路。几个人又聚拢到老教师房间里,喝着米汤吃了烤热的干粮。

辞别老教师,按照指点继续往东赶路。走出去没多远,旺财媳妇凑到家俊身边悄悄问:"他碎爸,昨晚夕没把你吓下吧?我这毛病瞎得很,晚夕没个手揣着就睡不安稳。"说完自己嘿嘿地笑了。余家俊这才想起,夜里迷迷糊糊的感觉不是梦境。余家华凑过来问:"你两个说啥着呢?"余家俊吭吭两声说:"嫂子说你黑夜里屁多得很,你是不是吃得多咧?"余家华撇撇嘴:"胡谝啥呢。"

以后的两天里,余家俊都是把余家华支到前头,自己再不肯在前面出头,按照他的话说,宁肯到河沟里砸冰取水,喝冰水啃冻馍,也不到别人家门前低声下气乞讨了。这时他真正体会到了乞食的痛苦与悲哀。

同行的两个妇女到底脸皮老些,走到一个地方必要找人家求点吃喝。这几天大家也不再难为余家俊,走到哪里都是两个妇女出面,让几个男人躲在后面,余家俊因受伤而苍凉了的心稍许有了一些温暖。就这样,他们白天漫无目标地打问买粮,晚上找个村里的饲养站或看场的房子对付一宿。这年遭灾的面积很大,几天里走过的地方,虽不像他们家里那样断粮,但也没有什么富余。能要口吃的就不错了,买粮干脆不可能。

又走了一天,过了一条河,到了长庆境内的一个村子。这几天他们其实走了一个大大的圈子,又回到了离泾县不远的地方。这里的情况看来比河南边的泾县要好一些。他们敲开村头一户人家的门,当家的是一个五十多岁的老太太,慈眉善目,十分和蔼。听说是遭了灾出来买粮的,对他们很是热情,推着拉着让上炕,不一会儿端出了热水和一盘馍,让他们先垫垫肚子,暖暖身子。好多天没遇上这么好的人家,有点儿做梦的感觉。老太太生得白净,窑里也收拾得很亮堂。她一边劝他们喝水吃馍,一边笑着说:"到了我家就不要见外,你们出门人不容易。像这几个小伙子,怕是要些吃喝都拉不下脸。你们的心情我都知道,前些年我也像你们一样拉着棍棍在外头跑过,知道人到了难处是个啥味道。"

老太太出去了一会儿,转回来说:"今晚夕你们将就着在我这达凑合一夜,明儿早起我给你们找人买粮。"

第二天早上,老人领着他们去村里买粮。这地方今年没遭灾,收成挺好,几乎家家都有余粮。不大一会儿,几个人的口袋都装满了。就这样,老人还一个劲儿抱歉说:"要不是过年小儿子结婚,你们也不用往别人家跑,从我家拿上就对咧。"并留他们吃了早饭再走。

事情办得很顺利，本该是高兴的，可是余家俊却高兴不起来，一件事情让他心里很不舒服。上午称完粮食，两个女人趁着卖主出去找零钱的机会，从人家的粮囤里抓了几把麦子装进大襟口袋里，余家俊正想让她们放回去，卖主进来了，他再不好说啥，这种小家子气的贪婪，让他感到很是厌恶。

早饭后，五个人每人背上百十斤货真价实的粮食，千恩万谢地告别老人，打道回府。不知是两顿热饭吃饱了肚子，还是背上有粮心里踏实，一连几天的沉闷没有了，一路说笑很是开心，很有些负者歌于途的感觉。

天色将晚时，一行人赶到了泾县县城，准备在这里休息一会儿，买点东西吃了赶夜路回家。谁知刚在饭馆里坐定，几个胳膊上戴红箍的人将他们围了起来，不由分说逼他们跟着走一趟，原来他们一进县城就被人家盯上了。他们不知道什么地方犯了错，莫名其妙地被带进了一个院子。戴红箍的人让他们把东西放在一个小屋里，然后带他们走进一间大屋。

屋里有几个人正在喝酒，烟雾和着酒气充塞了屋里的各个角落，使电灯下的一切都变得朦朦胧胧。屋子正中生着一个汽油桶改制的铁炉，火苗呼呼地冒着，烤得屋里很热。火口上坐着一把特大的被煤烟熏得黢黑的铁茶壶，正沸沸地冒着热气。那白白的热气腾起两尺多高，便和灰蒙蒙的烟雾混合在一起，于是也就被染成了灰色。

呼啦啦进来五六个生人，并没有引起屋里人的注意，只是转过脸来瞥了一眼，依旧围着那张脏乎乎的桌子继续吆五喝六地划拳喝酒。带他们进来的人也扔下他们凑过去喝酒，一时间没人搭理他们。在天寒地冻的外面劳累了一天，猛然间进到这么一个暖和地方，余家俊感到周身舒坦，也不管将会发生什么事情，拉着王宇在靠墙的一只长条椅上坐下，闭上眼睛悄悄地打盹。

过了一阵，那些人酒喝足了，一个像是头头的人站起来，指着余家俊几个，问带他们进来的人："这几个人是咋么个事情？"

"倒卖粮食的。"那人回答。

余家俊禁不住打了个激灵，原来他们是被当成投机倒把的给抓了。一股怒气从心底猛然涌起，他忽地站起身来，冲着那人喊道："谁个说我们是倒粮的？"

这一喊，几乎所有的目光都集中到了余家俊身上。那个头头朝他凑近两步，从头到脚打量了一番，然后问："你说你是个干什么的？"

"家里遭灾断粮咧，我们出来买些粮，救一下一家人的性命。"余家俊不愿多惹麻烦，尽量把口气放得缓和一些，企望得到这些人的同情。然而那个头头用恶狠狠的眼光盯着他，嘴角一咧，冷笑两声："你屄满嘴胡呻，毛主席领导下的社会主义国家形势一片大好，哪里还有遭灾断粮的事情，这纯粹是给革命形势抹黑。还买粮食呢，你们就不是我们泾县人，为啥这么晚咧还在这达乱转呢？"

"我们……"余家俊刚要申辩，头头打断了他的话头："肯定不是好人！"随即对旁边的几个人努努嘴："粮食没收，把人送给棒棒队，让他们处理。"

棒棒队是那个时期的特殊产品。运动后期社会秩序混乱，地方政府和公安部门从各单位和乡镇街道抽调一些人力，组织成一个名叫民兵小分队的类似于后来城管的队伍，协助公安部门维持社会治安。由于表现好、有技术的人要抓革命促生产，所以各单位就把一些游手好闲、吊儿郎当的人派到了民兵小分队。这些人没资格配枪，每人只配一根一尺多长，直径一寸多的木棒，于是老百姓将这个队伍称为"棒棒队"。余家华在省城早就听过这个名声，一听说要送棒棒队，心里不禁一阵发麻。他心想不管怎样也得在这里把事情弄清楚，不然到了棒棒队，除了皮肉受苦外，别的什么也得不到。于是余家华紧赶拦在余家俊前面，掏出学生证递过去说："我们不是坏人，我是省城石油技校的学生，回家度假的。家里确实没有粮咧，才和乡亲们结伴出来找些粮的，不信你们可以调查。"

可能是余家华的证件起了作用，那些人不急于把他们送棒棒队了。还是那个头头，拿起余家华的学生证，仔细对照了相片，接着像审犯人一样问了每个人的姓名、家庭情况及工作单位。别人都照实说了，唯独王宇不敢暴露公职身份，编了个假名搪塞。

问明了情况，那个头头接着说："倒卖粮食是犯法的，知道吗，唵？我再强调一遍，现在是形势一派大好，哪有什么断粮的事情呢，这是阶级斗争新动向嘛。看在你是个学生，就不追究你们咧，不过粮食还是得没收。好咧，没你们的事了，走吧。"

"可我们……粮食……"余家俊他们真是急眼了，语无伦次地还没有说清什么话，那些人就一拥而上，连推带搡地把他们送出了大门，哐当一声把门锁上了。他们极力敲门、叫喊，里面毫无动静，好像什么事情都没发生似的。敲得急了，里面一个戴红箍的龇着牙恶声道："要是再敲，把你们统统送棒棒队，让你们尝一下棒棒的味道，快滚！"

夜幕笼罩着大地，冷风裹着疏疏落落的雪花打着旋儿从身旁掠过，带起地上的尘土直往领口、袖口里钻。余家俊他们无望地离开那个院门，漫无目的地在街上溜达。

街上静悄悄的，所有店铺都关了门。偶尔有一辆汽车驶过，带起一阵灰尘。一条街道上只有昏暗的路灯还亮着，勾勒出一会儿长一会儿短的影子陪伴着他们。疲乏和饥饿一阵阵袭来，加上穿街的寒风，使他们本来就已冰凉的心更加寒冷了。两个女人呜呜地哭起来，几个男人心里也鸾乱成一团麻。愤恨、屈辱、凄凉、惆怅一同涌上心头，余家俊也真想找个地方哭一场，但是不行，他知道，在这伙人中，他和家华是主心骨，他要是一乱方寸，两个女人非跳河不可。他们漫无目的地走着，谁也不说话。转悠到县城外的长途车站时，王宇灵机一动，告诉余家俊，他有个同学的哥哥在车站工作，不妨去找找，说不定能给帮点儿忙。

王宇把大家领到候车室安顿下来，拉着余家俊去找人。同学的哥哥正好当班，听了他们的情况很是同情，答应马上找门路帮他们把粮食要回来。他把手头的工作给别人交代了一下，就带着王宇和余家俊往街道里去。先是找了一个朋友，朋友说跟那帮子人没有来往，帮不上忙。接着又去找同学的姐姐，直到十点多，才把情况打听清楚，粮食已经被作为罚没物送到了粮站，锁在粮站的房子里还没有入仓，如果今晚没办法弄出来，明天早上一经入仓，那就谁都没有办法了。同学的姐姐又领着他们去找粮站仓库保管员。起先保管员说，纠察队送来的东西他不敢私下里放掉，让他们另想办法。他们急切地讲述了家里的困境，大姐也帮着苦苦哀求，终于打动了保管员。他出主意，等到后半夜，另一个值班的人睡死了，他把那个房间的门打开，让他们自己把粮食偷出来。有了这个主意，几个人心里总算实落了一点。同学的哥哥帮着找了辆架子车，让家俊他俩先拉回车站，等待后半夜一起行动。

一伙人如坐针毡地熬到了夜里一点，同学的哥哥来了，招呼一声，大家就相跟着向粮站进发。这时候，天上飘起了雪花，不知怎的，余家俊的心突然狂跳起来，浑身的肌肉也跟着绷紧了，甚至有些颤抖，好像真的去做贼一样。他偷眼看看别人，发现他们也和他一样紧张。余家俊心里不禁涌起一股愤慨：哪里见过这么荒唐的事情，自己要用做贼的方式，取回原本属于自己的东西，这个世界真是无奇不有。心里有了这种愤慨，紧张的情绪反而淡了下去。

悄悄摸进粮站时，保管员已经把房门打开了，暗中向他们指了指房门就进了屋。他们轻轻推开房门，摸黑进去，借着窗口透进的一点儿微光隐约看见他们的粮食口袋就堆在门边上。他们好像突然见到了久别的亲人似的扑过去，快要冻僵的脸上有热乎乎的东西流了下来。他们丝毫不敢耽搁，几个男人悄无声息地把粮食扛到外面，装上架子车，拉起来就跑。

一丫子撒出去五六里路，实在跑不动了，才敢把脚步慢下来。同学的哥哥停住脚，他不能再远送了，只能就此分手。于是帮着大家把粮食卸下来，又一个个帮着捆好背绳。

几个男人握着大哥的手想说些感谢的话，可嗓子眼里好像卡了什么东西，一句话也说不出来。只是直直地望着大哥那张被夜色遮掩得朦朦胧胧的脸。大哥拉着架子车走了，身影立刻隐没在浓重的夜色里。雪渐渐大了，天地间突然泛起了一片森森白光。

几个人站在路上，透过雪幕目送着大哥走远，也让自己稍稍缓口气，然后各自背起粮食，顶着雪花顺着感觉连夜赶路。天快亮时，他们走到了原脚下，这时候雪也小了。要是不出意外，从走过的路程算，这里离家应该还有大半天路程。可是他们在慌不择路的时候，黑灯瞎火地又走了不少弯路，这就把回家的路拉长了。大家已经累得东倒西歪，找了一个背风的山窝，卸下粮食坐下来休息。刚坐下时大家还都满身热气，可时间不长汗一下去就冷得不行了，被汗水浸湿了的棉衣成了一个冰冷的壳裹在身上，内冰外冷使人很难承受。余家俊把两个男人叫起满地里拢柴草，生个火取暖。好在跟前有许多枯草灌木，没费多大劲就折下许多树枝，架在枯草和风拉叶上，拢起一个火堆。火一燃起来就舒服多了，大家连话都懒得说，取出干粮就着火烤一烤干咽，吃了没几口，竟都倚着口袋睡着了。

余家俊被一阵寒冷激醒的时候，天已麻亮了。他觉得浑身都不对劲，一会儿燥热一会儿冰冷，牙齿忍不住嗒嗒地叩响，像打摆子一样。等大家陆续醒来后，发现余家俊的脸红得跟关公一样，身子却软得像一摊牛粪扑沓在那里。大家着急了，一时不知如何是好。余家华让大家不要慌，稳住情绪，吩咐两个女人看好粮食和他四哥，他和王宇分头到附近找一找看有没有村庄，只要找到村子，找到人家，事情就好办了。也就两袋烟工夫，两个人回来了，王宇那边一无所获，余家华在离这里不远的半原坡上找到了一个场院，他觉得场屋里分明有人，但却叫不开门，不过场院里有个大麦草垛可以暂时栖身。他让两个女人继续看着粮食，和王宇先把余家俊送到场上。

两人架着瘫软的余家俊到了场上，也不再去敲场屋门，一起动手在搭得很瓷实的麦草垛上掏了一个洞，把余家俊塞了进去，又用麦草把身体周围塞严实，只留个头在外面。安顿好余家俊，两人又反身去背粮。这一番折腾，把几个人弄得热气腾腾，竟然没感觉到早上的寒意。

大家把身子埋在麦草堆里休息了一会儿，余家华又爬起来去敲场屋门。这回门开了，一个五十岁左右的男人骂骂咧咧地出现在门口："弄啥呢弄啥呢，一大早的，敲的个啥！"余家华赶紧又是作揖又是赔笑，把事情的原委说了，央告人家能不能让病人到屋里炕上躺一会儿。那男人断然拒绝："场屋里有粮食呢，不能让外人进去。"随后又缓和了语气问是什么人病了。余家华告诉那男人，他哥遇了风寒打摆子呢。那人跟着余家华过来，看见麦草垛下只露个头的余家俊，忍不住笑了起来："你们这办法还想得美，这就是五指山底下的孙猴子嘛。"一说一笑气氛就缓和了，那男人摸了一下余家俊的脑门，说这还病得劲大，都烫手呢。他告诉余家华，这个村子比较偏僻，离公社有二十里路，跟前没有医院，不过村里有个土郎中，能看些小病，不妨叫来给看看。余家华问村子在哪里，那人指指场屋背后，就在那边崖坎下面。余家华问明情况赶紧跑到村里去找人，不大工夫领着一位六十来岁、面色红润的老人来到场上，随行的还有几个土猴一样的娃娃。

老人看了看余家俊的脸色，摸了摸他的额头，家俊的脸这会子已经不红了，又抻出胳膊号了号脉，说没啥大问题，急火攻心又受了寒，放一放血明天就好了。随后打开腰里一个小皮包，从里面抽出一根粗针扎在衣襟上，招呼余家华帮忙把家俊的棉袄袖子撸上去，双手从肘弯往下捋，一直捋到每一根指头，然后用一根线把指头扎住，再用那根粗针挨个在指头上放出一滴紫黑的血。两只手的血放完以后，老人舒了口气，叮嘱余家华不能再让病人受凉。说着话老人把手伸进余家俊身边摸了摸，笑笑说这办法不错，比炕上还暖和。余家华说，实在没法子了，才想出这么个招数。老人说不管啥法子，只要不透风就行。余家华要给老人钱，老人一摆手拒绝了："举手之劳嘛，要啥钱呢，谁还没有个难处。"掖起小皮包准备要走，但又收住脚步对余家华说："你们怕是还没吃饭吧？是这，我先回去熬上一锅米汤，等一会儿你几个轮换着到我家里来，喝一口米汤，把肚子垫一下，你几个可不敢再病下。"余家华赶紧客气地推辞:"老爸你看唎病连钱都不要,咋再好意思麻烦你呢。"老人说:"再不客气,干粮你们自备,我就供一碗米汤。出门人就害怕遇上事情,一点点难心就能把人弄失蹋唎。"说完,倒背着手颠颠地走了。

  既然老人这么说了,余家华心想也就不再客气,出门在外光讲客气就得遭罪。约莫过了半个钟头,余家华让王宇看着余家俊,自己领着两个女人到老人家去。几个人吃完以后,提了一罐米汤来到场上,王宇吃饭的时候,余家华用小勺给余家俊喂了一碗稠米汤。放血以后余家俊的病情果然有了很大好转,不发烧了,也不觉得冷了,只是浑身还没劲。喝完米汤,余家俊说他身上没汗了,余家华扶他出来尿了泡尿,再和王宇合力把他塞回麦草洞里,让他继续睡觉。这里虽然没有热炕供他们睡觉,但在这山高皇帝远的地方,再不用担心有人没收粮食,毕竟离自己的地界已经不远,心里也就踏实下来,只是余家俊走不了,大家谁都不能走,只能在这个场院里干等着。两个女人窝在麦草堆里,拉一会儿是非睡一会儿觉,王宇和余家华在日头底下"下方",厮杀得难解难分。

  傍晚时分,老人又提着一大罐跌疙瘩来到场上,让他们吃了暖和暖和好睡觉,余家俊也爬出来吃了一碗。老人又号了号余家俊的脉,很宽心地说,没麻达,明儿个早起就能走了。老人走了以后,看场人也吃完晚饭回来了,蹴在门槛上哑着烟锅和他们有一搭没一搭地闲谝。余家华和他套了一会儿近乎,问他能不能让余家俊进屋里睡一晚上,看场人说,炕上倒是还能睡下两个人,就是没啥盖的,不过你们到底是啥路数上的人,咱又不摸底,场屋里有粮食呢,生人进去总不放心嘛,这是队里的规定,咱也没办法。说着话夜幕就降临了,临睡觉前,看场人站在门口犹豫了一阵然后说,你几个男人就在麦草堆里凑合一晚上,两个女人要是想睡炕了,就到屋里来。余家华正准备阻止,两个女人已经爬起来往屋门口去了,余家华也只能作罢。

  余家华和王宇用麦草把粮食埋起来,也在麦草垛上掏出洞来把自己埋进去，他们感觉这的确比睡在炕上舒服，软软的一点儿都不冷，不一会儿几个人都睡着了。

天亮以后，王宇和余家华在清冷的场院里活动活动腿脚，暖和的草洞里虽然睡得很好，但毕竟伸展不开腿脚，睡得有点儿腰酸背疼腿发麻。余家俊还迷迷糊糊地睡着，两个女人也还没出来。太阳冒出头，两个女人从场屋出来，看场人要回家吃饭，锁了屋门走了。余家华思谋着，要是四哥今天能走动，就该动身了，便叮嘱两个女人看好粮食和家俊，他和王宇到周边走走探探路，再去跟老人辞个行，表示一下谢意。

两个女人坐在阳光中的草窝里扯闲篇。旺财媳妇说："这一回出来，咱两个买的都是玉米，你看见了吗？那场屋里堆的都是麦子，要是今儿晚夕不走，咱哄着让那老尿给咱装些麦子。"仓娃媳妇惊讶地说："那能行吗？那麦子堆上都拓了印版子，你可不敢胡整。"

两个人的这段对话，被刚刚醒来还在迷糊中的余家俊听到了，余家俊一个激灵爬起来，心想不管身体怎么样，必须马上离开这里，不然那两个女人会给他们招祸的。正好余家华和王宇也回来了，余家俊活动活动身体，感觉体力已经基本恢复，就招呼大家背起各自的口袋上路。

起初是一段平路，余家俊虽然脚下有点儿发软，走得还算可以，赶到往原上走时，两条腿就有些抖颤了。余家华要把他口袋里的粮食匀一些到自己这边，余家俊说啥都不肯，说老五背得已经够多啦，再加分量会累出病来。大家走走歇歇，歇歇走走，总算爬完了那段坡道，接下来就是一马平原了。他们原本应该沿着川道一直走到祁家庙附近再上原，但黑灯瞎火地走了逆方向的弯路，结果从最东头上了原，离家到底还有多少路程，谁也说不上。早上没吃东西就上了路，接近中午时，大家已经饿得前胸贴后背了。看见前面远处有个场院，就脚下加力，往那里去歇脚。

有场就有麦草垛，这在北方农村是普遍规律。场上没人，场屋也锁着，四周静悄悄看不到个人影。几个人奔到场上，仰身瘫坐到草堆上，一个个都觉得头昏眼麻瞌睡多。休息了好一阵子，余家华对两个女人说："你两个昨晚夕热炕上睡受活咧，这会子你两个劳动一下，到庄子里给咱弄些热乎汤水？"两个女人虽然不愿接受余家华的指挥，但还是爬起身来往村里去了。过了很长时间，两个女人提着一个大罐子，还拿着碗筷，满脸兴奋地来到场上，说村里一个人家娶媳妇，全村人都在那里吃席，她两个帮着洗了一阵子碗，人家就给收拾了这一罐子东西。余家华捧起罐子看了一眼，禁不住笑出声来，这无异于一罐子烩菜，里面内容很丰富，大家赶紧摆开碗筷一阵风卷残云，余家俊觉得这残羹剩菜比大妈的臊子面还香。垫饱了肚子，两个女人去送还家什，余家华找人打问了路，知道这里离家还有半天路程。余家俊让大家好好休息，缓好了再走。他们背着粮食，大白天不能在自己那一方地界上行走，即便到了村跟前，也得等到天黑尽了才能进村。

大家窝在麦草堆里谝着闲传，余家俊猛然想起，他已经两天没抽烟了，赶紧摸出烟来给王宇和家华散烟，两人都拒绝了，他就自己点起一根美美地抽起来。大家谝着这几天的经历，竟有些唐僧取经八十一难的感觉。余家华感慨地说："咱要是有我爷的那本事，就不遭这罪了。"

两根烟抽完，余家俊感到体力完全恢复了，等到太阳已经偏西，就招呼大家起身继续赶路。有了这顿热汤饭垫底，又休息了几个钟头，大家的精神就抖擞起来，脚下也就有了力度。天色向晚的时候，已经走到离祁家庙不远的地方，王宇的家就在前面的村子里。到了一个岔路口，王宇站住脚步，不无感慨地对大家说，这趟背粮，虽然只是短短的几天，可是经历的好的坏的事情，好像比以往一两年经历的都多，说不定这还真是人生的一笔财富呢。

天色黑尽时，他们终于走进了自己的村子，大家都不再言传，悄悄地各自回家。

12

小年以后,生产队就不劳动了。今年这样的年景,也没有多少年事要准备,年轻人们没事可干,只能凑在一起掀牛九打扑克,打到兴起时,废寝忘食,直打得天昏地暗,不分东南西北。余家俊这天实在打不动了,到合作医疗站找陈化云闲谝。快过年了,来看病的人很少,医疗站里很清闲。陈化云说,前两天他给马具营的支书看了病,马支书给了一窝窝沱茶,他们尝一下。说着,找出木炭,在炕头上点燃熬茶的小泥炉,架上一个铁皮壶烧水,又从药柜下层取出一把细瓷茶壶和两个茶杯,放在炕桌上,再把那个细绵纸包了几层,像窝窝头一样的沱茶掰下一小块,放进茶壶里。一会儿水开了,余家俊提起水壶,把开水冲进茶壶里,顿时,一股浓郁的香气扑面而来,弥漫了周围的空气。余家俊赞赏道:"这一套瓷器讲究嘛,这茶也香得很。"过去他们只是听说过云南的沱茶,云南是个什么样子没见过,沱茶就更没喝过了。

两人盘腿坐在炕桌两边,抽着烟,喝着茶,谝着闲传。炕是热的,又有了炉火,窑里暖洋洋的有如春天般的感觉。虽然距离上次在这炕上的交谈还为时不远,但心境已经全然不同了。余家俊给陈化云讲起了前些天外出背粮的经历,讲得一波三折颇具传奇。正聊得高兴,韩家泉的一个小媳妇掀开门帘探进脑袋,怯生生地要找陈化云看病。陈化云招呼进来,问她怎么了。她说头疼,浑身冷得不行。陈化云号脉后说:"感冒咧,发烧着呢,吃两剂藿香正气散就好咧。"下地坐到桌前给她开方子。余家俊喝了一肚子茶,这会儿有点儿内急,跑出去撒尿。等他回来,陈化云已经开好了方子准备抓药,他问那女人:"会熬汤药吗?"

"没熬过。"小媳妇低着头,还是怯生生的。

"不会熬汤药，那就吃西药吧。"陈化云把开好的中药方子揉了，又重新开西药方子。拿完药后陈化云想了一下说："这过年价嘛，吃药慢得很，打个针好得快些。"又问："打过针吗？"

"种过牛痘，针没打过。"小媳妇回答，接着问了一句，"往哪达打呢？"

"往尻子上打。"陈化云一边取药一边说，"你把裤子脱咧，趴到炕沿边上。"

"打针还要脱裤子呢吗？"小媳妇红了脸怯生生地问。

"看你说的，不脱裤子隔着个棉裤咋么打呢。"陈化云笑笑说。

陈化云往针管里抽药剂的时候，那小媳妇已经满脸涨得通红，看看陈化云又看看余家俊，扭捏着慢腾腾地走到炕边，解开裤带站了一会儿，猛然把裤子褪到了腿弯里，光着屁股趴在了炕沿上。这一下让余家俊吃惊不小，都这年代了，竟然还有这么无知的人。陈化云还是老到，冲余家俊笑一笑，也不吭声，过去把针打完说："好咧，裤子穿上走。"小媳妇像得了赦令一样提起裤子低头跑了。

两人重又回坐到炕上继续喝茶。陈化云跟余家俊说："这两年这事情已经少咧，前些年县医院、公社医院里，男人们都弄这笑话呢。"

又谝了一会儿余家俊结婚的事情，猛然听到窑院里传来叫骂声："陈化云，你把我媳妇尻子看咧，我把你贼腿卸折呢！"

余家俊掀开门帘一看，刚才那个小媳妇的男人拖着一把铁锨，在窑院里跳着蹦子骂人。陈化云要出去，余家俊怕他吃亏赶紧拦住他，自己出去制止那人的叫骂。那男人是基干民兵连的一员，见出来的是余家俊，气势就不自觉降了下来。可是他的一阵叫骂，已经招来了一帮看热闹的。弄明白是怎么回事，就有人出来劝解了："对咧，对咧，你的那瓜媳妇自家脱咧嘛，又不是良医给脱的，你骂良医弄啥呢。回去给你瓜媳妇好好教一下，打个针嘛，往下抹一下就对咧嘛，还满面子弄圆咧整呢。"旁边有人跟着起哄："就是的么，良医把你媳妇又没弄个啥，你骂啥呢么。"在众人的哄笑中，那男人也自知理亏，臊眉耷眼地夹着铁锨走了。看看天色已晚，陈化云也该回家了，余家俊帮着灭了炉火，洗涮了茶具，等陈化云锁了门，相陪着走上那条坡道，然后分手各自回家。

　　晚饭时候，父亲和家俊说起了婚事准备的情况，父亲说，他本来想把婚事办得热闹一些，但今年这个情况没办法大整，只能按照最简单的方式，请亲戚朋友邻里乡亲坐个流水席。粗略估算一下，得有二百人，一人按一斤麦子算，也得两百斤。这次家俊背回来一百二十斤，家华的一百二十斤放下了一半，加起来也就一百八十斤。从现在到十五，家里总还得吃点，这样算下来，看见的就有五十斤缺口。余有贤点上一锅旱烟咂了两口，接着说："尽管你大爹说，缺多少他兜底，但我思谋着，还是少给你大爹添麻烦。你两个哥都是在外前结的婚，咱也没帮上啥忙。"余有贤两眼盯着烟锅里一明一暗的火，脸上堆起了惆怅。余家俊也一时想不出什么好办法，对坐了一会儿说："先不急，还有几天时间呢，咱再想一下办法。"下炕穿鞋准备回自己窑里睡觉。父亲说："明儿再不要出去逛咧，把你三大家的驴拉过来，把那些麦子磨咧，让你妈赶紧招呼人帮着擀面蒸馍馍，今儿都二十七咧。"

　　第二天上午，太阳出来后，余家俊先把麦子放到一个大盆里淘了，又铺开两张席子把麦子摊开来晾着，刨了两口早饭，就到隔壁三叔家把驴牵过来，套到磨道里开始磨面。这个活余家俊干得十分熟练，从上磨到罗面都干得得心应手。他从小就跟着母亲推磨，起先是抱着磨棍在磨道里转，后来大伯和三叔家都有驴了，才把他从磨道里解放出来。他还记得第一次学着推磨的情景，母亲帮他拴好了磨绳，穿上一根磨棍让他抱着棍子推，他试了一下，石磨不重，能推得动，就推着转起来。第一次走进磨道，还不知道磨道的深浅，母亲告诉他，仰起头慢慢走，但他觉得好玩，根本没把母亲的话当回事，顺着惯性推着就是一阵小跑。不承想推了还不到一顿饭工夫，就受不了了，只觉得天旋地转，肠胃也跟着一阵翻江倒海，扔下磨棍，跌跌撞撞扑到窑院外，就是一阵呕吐，刚刚吃下去的东西一点儿都没存住。母亲随后跟出来，一边给他捶背一边抱怨："让你慢些，就是不听话。"三妈站在院墙豁口处笑话他："这屄娃一点点情况都没有，这才推咧几圈圈嘛，就招不住咧。"说着，回头喊她儿子："庆娃，庆娃，你兄弟弄不成咧，快帮你二妈把磨推咧。"

拉碾子推磨不能算是农活，但是农村生活中必不可少的一项劳动。活虽然不是很重很累，但走在直径不足两米的磨道圈里，那种单调寂寞，以及时间一长便引来的头晕恶心，总让人十分难耐。第一次推磨之后，接下来又推了几次，虽然已渐渐适应，不再那么晕了，但他对这个活从第一次就产生了一种敏感和恐惧，只要一见到母亲淘粮，他的头皮就开始发麻。那几年里，他总是想方设法逃脱这份差事，可总也脱不了被遮了眼睛的驴一样的命运。不承想，这份让他十分腻烦的活计，却在他的后半生里为他开辟了一条生存的路。这是后话。

余家俊正忙着罗面，一个六七岁的娃娃拿着一把麻皮子跑进来找他，这是他三哥的儿子。娃娃蹭到他跟前："四大，你给我搓个鞭子。"余家俊问："搓个鞭子弄啥呢？"娃娃翻着眼睛说："我爷说咧，今年没钱买炮，甩个鞭子弄些响动。"余家俊腾出手来摸了一下娃娃的头，说："你看四大忙着呢，让你大大（即叔叔）给你搓去。"娃娃偎着他说："我大大没在，你就给我搓一个嘛。"余家俊有点儿不耐烦了："你没看我正忙着呢吗。"娃娃瞅着他嘟着嘴说："这驴是我们家的，驴能给你推磨，你就不能给我搓个鞭子？"余家俊又好气又好笑："嗨，你这个碎屄还分得清得很。"家俊妈听到动静跑过来，把娃娃揽到怀里说："噢，我娃要搓个鞭子呢么，我给你说，你四大那手笨得连脚一样，他就不会搓个鞭子。你二爷搓得好，等后晌你二爷放羊回来咧，让他给我娃搓一个响响的鞭子。"这才把娃娃哄走了。

接近后晌，李汝松来了，自行车上驮来一袋国库粮的面粉，这让余家俊喜出望外。李汝松说："听说你要结婚了，想着家里肯定缺麦少面，正好我的粮本上还存了两袋，一袋给你，一袋给孩子的外爷，起不了多大作用，能帮多少算多少吧。"余家俊说："你老兄真正是雪里送炭哪。"接着就把自己出去背粮以及还有些缺口的事告诉了李汝松，又说："既然你已经知道了，我就不再单独邀请了，到时候你一定来。"李汝松哈哈笑着说："那是肯定的，你好不容易要结婚了，我能不来贺喜吗？"余家俊要留他吃过饭再走，李汝松说还要回去给孩子们做饭，推起自行车就走了。送走李汝松，余家俊长长地舒了一口气，心说，这真是没娘娃天照应呢，正惆怅着麦面的缺口呢，这缺口就补上了。

接下来的两天，余家俊倒是没啥事情了，母亲和大妈三妈一起领着一帮村里的巧手女人，擀长面、蒸馍馍、拆被窝、洗衣裳，忙得不亦乐乎。年二十九那天，二哥从宝鸡回来了。弟兄几个两三年没见了，凑在一起热闹了一天。二哥已经升了教导员，正经的军官，相当于公社书记了。二哥告诉家俊，大哥学校家里一摊子事，走不开，让他无论如何得回趟家，代表弟兄俩给老四祝贺。二哥拿出一百元钱来，说："这是大哥二哥给你的礼钱，搭凑着买些结婚用的东西。"家俊恭恭敬敬地向两个哥哥表示了谢意，把钱装了起来。二十世纪七十年代初，一百元相当于他一年的劳动所得，是真能当钱用的。二哥又冲家华说："下一步就看华娃这个垫垫窝啥时候娶媳妇了，但愿那时候二哥的官再当大些，能给你多帮凑些。"家华笑着说："不用等到那时候，现在照这个数字给咧就对咧。"二哥打他一巴掌："这碎尿贼得很嘛。"

大年初一早上，大家换上干净衣裳，二哥带头，族里的年轻人凑在一起，从大伯家开始，逐个给长辈磕头，这一圈磕下来，就到了吃晌午饭的时候，三家人聚到大伯家里过初一。老兄弟三个在正窑里，小兄弟四个在二哥住的偏窑里，三个妈在灶窑里忙活着。这是这个大家庭好多年没有的情景了。吃饭之前，二哥先给三个弟弟派发过年的礼物。二哥这趟回家破费很大，给家里所有人都带了礼物，给三家长辈的礼物由大伯分配，小弟兄三个的，二哥自己分配。二哥给两个叔叔的，是一人一件羔子皮坎肩。老哥儿俩很高兴，当下就穿上了。他们这边，给老三的是一条"大前门"纸烟，老四老五，一人一顶崭新的军帽。几个人拿到礼物各自高兴，尤其老五更是喜不自胜。黄军帽当时在农村只是感到时髦，但在省城意义可就大了，有一顶新军帽戴在头上，受羡慕的程度，绝不亚于后来有钱汉们穿着"皮尔·卡丹"，省城还发生过几起因为抢军帽杀人的案子。二哥又拿出一支军用强光手电筒递给余家俊，说他这个当连长的，夜晚训练用得着。分配完礼物，菜也上来了，二哥打开西凤酒给弟兄几个倒上。

喝烧酒家俊和家华都不太行，只有老三家庆量大。老三在弟兄五个中最具爷爷的神采，四方脸膛，高大威猛，一身肌肉疙瘩。他在公社铁匠铺里当铁匠，平日里早出晚归，话语不多，可是喝起酒来没人能抵得过。兄弟几个刚喝了两杯，院子里传来一声粗喉大嗓的喊叫："哈哈，一家子人喝酒着呢，烧酒味道漫咧一庄子，也不说把老八叫一下！"大家一听就知道，是八叔余有权凑热闹来了。家安赶紧下炕迎出去，把八叔引进正窑。家安回来还没坐下，八叔那边又喊上了："家安，家安，你过来。"家安又赶紧跑过去。八叔指着两个老哥穿的羔子皮坎肩嚷道："你个尻娃，给这两个老家伙买羔子皮背心子呢，就没说给你八大也弄上一件子，八大不是大吗？"家安赶忙赔着笑脸道歉："哎呀，我真正该打，看着这皮不错就买了两件，咋就把咱混世魔王的八大给忘咧。"说着从柜子里拿出一条"红牡丹"双手捧上，道："请你老人家赏脸，把这个笑纳咧。"余有权接过烟，在手里掂了掂，面露委屈地说："这个才值五元钱，那一件子至少也得五十，这错得钱远嘛。"逗得老哥儿几个笑起来，数落着老八原来还是个钱串子。

家安回到这边，家庆已经把大半瓶酒喝下去了，大家继续喝酒说笑。家安对家俊说："老四，你本来是咱兄弟五个里最灵性的，也应该最有出息，可是赶上的机遇不好，学没上完就遇上运动，你又不是那种逞勇斗狠的性格，成不了造反精英，现在反倒成了咱五个中最辛苦的一个。我给你说，那些虚名虽然眼前能给你带来一些好处，但终究没有多大用处，成家以后，你还得想些办法，尽可能早些离开庄稼地，打牛后半截的事情不应该是你干一辈子的。"余家俊满不在乎地说："咱在村里有大爹撑着呢，大爹说咧，这两年就把我的事情安排好。"家安正色道："老四，你这想法不对，有些事情你大爹能办到，有些事情是你大爹办不到的，我和大哥如果不出去自己打拼，你大爹能给大哥安排大学老师吗？能给我安排营级干部吗？记住，权力能保你一时，但保不了你一世，自己的事情还是要靠自己努力呢。这不只是我自己的看法，也是大哥的意思。"余家俊自觉有些气短，也觉得二哥说得很有道理，只能点头答应。

到了初五，接亲的事情已准备就绪，下午余家俊又找到饲养员，再次敲定一下第二天一早牵骡子的事。去年初，生产队新买了一匹黑骡子，当宝贝一样喂着，养得油光锃亮，即便今年人饿肚子的时候，骡子都没受到委屈，平时谁想私用一下门儿都没有。这回余有礼发了话，刘玉国才同意让去娶亲。大妈的娘家离这里比较远，有二十里地，必须早起六点以前出发，才能保证十点以前把新媳妇接到家，所以饲养员得早早地把骡子喂饱。

回到家，母亲拿出结婚的新衣裳让家俊试试，这是母亲手工缝制的一套蓝卡其布衣服。余家俊到自己窑里换好衣裳，过来让大家看，家华看着家俊啧啧赞叹："四哥这一身衣裳美得很，穿着不像瓜女婿，像个县委书记。"余家俊心里就有了美滋滋的感觉。

晚上睡觉的时候，家华没有回家，在"新房"里给家俊压炕，明天早起他还要作为伴郎陪着余家俊去娶亲。家俊妈跟家华说："华娃，你还是个童男子，今黑夜给四哥炕上美美地尿上一泡。"家华嘿嘿笑着："二妈看你说的，我都多大的人咧，还能尿炕吗？"转身对余家俊说："今儿晚夕我替你压这个炕，从明儿起，你就要睡双人炕，再想连我们耍就不容易咧。"

13

鸡刚叫头遍，余家俊就被他妈叫醒，他爬起来又去叫醒了家华。两人洗了脸，吃了几口早饭，家华背起娶亲用的物品，那是要送给新媳妇娘家的四色礼，家俊肩膀上搭一条红面的被窝，那是要搭在鞍子上，让新娘子的屁股少受些罪。

两人摸黑出门，先去饲养站牵骡子，饲养员已经把骡子喂饱了等着他们。弟兄两个把一朵红布扎成的花绑到骡子的额颅上，再把一串铃铛挂在骡子脖子上，然后备好鞍子牵骡子出门。骡子被脑门和脖子上的两样东西弄得有点傻，懵懵懂懂步子迈得都有点儿散乱。临出门饲养员还叮嘱，路上不要急，悠着劲儿走，去的时候就不要骑了，让它省着点劲儿。还叮嘱千万不敢丢开缰绳，这骡子骚，看见别的牲口就胡骚情呢。走热的时候不敢饮冷水，宁肯让它渴着。余家俊一一应承着，牵了骡子上路。

过去娶亲，有钱人家用花轿，中等人家用骡马，平常人家一头驴。有钱人家还要雇上响器班子，笙箫唢呐嘀嘀嗒嗒地一路跟随，显得红火热闹。自从运动开始以后，响器班子作为"四旧"被破除了，花轿也没人敢用，娶亲的程序简单到一头驴把人驮来就是，这倒很是减轻了人力物力。

天还没亮，漫天的星星还在幽蓝色的背景下眨巴眨巴地闪烁着，道路两边的田地里，早晨的薄雾已经升起，在离地一尺来高的地方飘浮着，人走在薄雾中，恍惚间就有些腾云驾雾飘飘欲仙的感觉。有雾的时候就没有风，原野上很安静，只有骡子的铃铛和蹄声，冲撞着这一片静谧。所有的物品都搭在骡子背上，兄弟俩空手夿拳走得很轻松。余家俊掏出纸烟递给家华一支，余家华推开他的手说："我还是不碰这个，家里给的那些钱刚够吃饭的，哪里有钱买烟呢。"余家俊自己点上抽着，一明一暗的烟头不时映出一张没啥表情的脸。余家华打趣地问:"四哥,你这会子是不是急得很?"余家俊说:"好好走路着呢,急地个啥?"余家华说:"我思谋着,你这会子急着赶紧把媳妇娶回去,急着盼天黑呢。"余家俊笑骂:"你个碎尿,在学校里都学咧些啥,啥啥都知道,经验丰富得很嘛。"余家华争辩道:"我都多大的人咧,这些都不懂,不就瓜咧嘛。这两年你还不赶紧娶媳妇,我都替你着急呢。"余家俊说:"我娶不娶媳妇你着的啥急,真正是鸡儿不叫鸣,把狗急得跨爪子呢。"余家华嚷道:"我当然着急呢,你要当个老光棍,还把我娶媳妇的路挡了呢,咱不能隔着锅台上炕嘛。"

回来的时候,有了送亲的人,一路上就热闹多了。骡子这一路走下来,也适应了铃铛的节奏,舒展开四蹄踏着铃铛的节奏走得精神抖擞。余家俊在前面牵着骡子走得昂首挺胸,他很想回头看一看阳光下的新娘子是个什么样子,但又怕娘家人笑话,终究没好意思回头。其实,即使他回了头,充其量也就看到一截被臃肿的红棉袄裹着的身躯,新娘子的头脸被一顶红盖头遮得严严实实,根本看不见个眉眼。人走得精神,骡子也给力,晌午之前已经把新媳妇娶进了村子。

大门外早已堆起了草堆,只等新娘子一到就点火。二哥特意跑到供销社买了两挂鞭炮,等新媳妇进门时增加些气氛。接亲送亲的队伍在一群孩子的簇拥下到了门前,鞭炮炸响了,火堆点燃了,新娘的舅舅把盖着盖头的新娘子从骡子背上抱下来,跨过火堆直接送到作为新房的窑里,院子里的席面也就随之开始了。新娘子在窑里被几个女人围着开脸的时候,余有礼代表家人说了几句话,余家俊就开始给几张主要席面上的客人敬酒。这一番流水席从晌午一直开到了夜幕降临。

席散以后,帮忙的人们收拾着院子里的一片狼藉,年轻人则开始了他们的节目。这时候,新娘子的盖头已经被掀开,原本偏黑的面皮在昏黄的灯光和红棉袄的映衬下,显得红润了,再加上羞涩,便显出了几分妩媚。偌大的窑洞只有炕棱上一点豆粒般大的煤油灯火,两个新人坐在炕上,窑垴里是漆黑一片，什么也看不见。农村里闹房，没有什么新鲜节目，只是逼着他们咬麻钱、喝拌汤、捉擀杖等，就是在娱乐极其匮乏的境况下，大快朵颐之后寻找一个情感宣泄的窗口，借着别人的洞房撒一回自己的野。被窝里藏着一些核桃和枣，几个小子就在被窝里乱摸一气，一边摸着一边嘴里念叨："要要核桃要要枣，儿子多来女子少；揭开毡，养个儿子能当官；揭开被，养个女子会掌柜。"当过消防队员的刘玉林粗通文墨，写了一首歪诗抄在一张纸上，几个小伙子拿了让余家俊念。家俊不念，坏小子们就在他后脖颈子上扇巴掌。折腾了半天，余家俊还是不念，后脖颈子就被扇红了。新娘子看着心疼，一把抢过纸来说："他不念拿来我念。"就一板一眼地连续念了两遍。女人一旦大方起来，小伙子们就傻眼了，再也玩不出什么新的花样。

闹房的人们散去之后，余家俊闩上窑门，端起油灯照着亮，把犄角旮旯都看了一遍才上炕。新娘子扒开他的领子看后脖颈子，问疼不疼。余家俊顺手搓了一把，轻描淡写地说："耍笑的嘛，没有个啥。"两人在油灯下说了一阵子话，这会儿余家俊才认真地端详了新媳妇的长相，觉得这张瘦瘦的小脸其实还是很受看的。吹灯之后，两人在黑暗中各自宽衣，当两个赤裸的身体交缠在一起时，余家俊才发现，新媳妇不光身体纤瘦，那一对乳房也小，就像两个窝窝头，远没有露娃那样丰满圆润、魅力四射，余家俊心里不禁有些失落。新婚之夜在一种慌乱、紧张、懵懂、失落的境况中稀里糊涂地过去了。

天刚蒙蒙亮，余家俊隐约听到灶窑里传来风箱的声音，看看身边没有人，知道媳妇已经起身做早饭了，于是也就穿衣下炕，到院子里呼吸一下清冷的新鲜空气。今天是初七，按照农村的讲究是"人日"，以往年过到这会子就该上工了，今年景况特殊，年假要放到十五以后。一会儿，父母也起来了，余家俊就拉着媳妇去给公公婆婆请安。家里有了帮手，家俊妈自是喜欢，吩咐媳妇没必要起那么早，年冬里又不上工，早上还是多睡一会儿。接着就给新媳妇交代以后家里的各种事项，媳妇低头站在炕沿前，婆婆说一句点一下头，有时轻轻回一句："我妈给我交代过。"婆婆吩咐完了，媳妇又去灶窑里做饭，家俊妈吩咐家俊，把昨天客人们送来的贺礼整理一下。村里人送的礼品，都是按照常规，一顶帽子、一条毛巾，或一个搪瓷脸盆。清点下来，五十一顶帽子、十八个脸盆、二十二条毛巾，还有二十几面小镜子。客人中随礼最重的是李汝松，一袋麦面之外又送了五十元钱，这可是他多半个月的工资，在桑树原上是一个大得让人眼热的数字。

　　咂着烟锅半晌没言传的父亲，这会子发开了感慨："俊娃，要说你这二十年办下的最亮豁的事情，就是交了李汝松这么一个朋友，你也就把人家背咧不到二里路，这个人就把恩记下咧，大事小事没有不上心的，你算一下，这才一年的工夫，你从人家那达得了多少好处？"余家俊跨坐在炕沿上，听父亲说话。"俊娃你记下，"余有贤磕了烟锅又装上，继续说，"虽说现在李院长是回报你着呢，可人家这是以德报恩，以恩报德，咱们在承受人家回报的时候，也真正受了人家的恩德。滴水之恩涌泉相报咱们可能做不到，但是傍七傍八咱们还是要做到呢。"

　　余有贤还想继续说下去，儿媳妇一个木托盘端着饭进来，打断了他的话匣子。余家俊赶紧安放好炕桌，让媳妇把饭摆上。早饭是用昨天剩下的臊子汤下的汤面，面擀得很筋道，细细地切成菱形的旗花子。一托盘端来的是三个碗，还有辣子、醋。放下饭后儿媳妇就要退出，这时候老公公发话了："俊娃家的，去把你的饭端过来，从今往后，咱一家四口人就一个炕桌子吃饭，再不弄那女人不上桌子的事情。"新媳妇还有点儿发愣，余家俊赶紧示意她去端饭，新媳妇这才往灶窑里跑。

　　娶了媳妇成了家，余家俊自然而然地觉得自己长大成人了，吃过早饭领着媳妇到长辈家认亲的时候，自然收敛起以往在长辈跟前的猴性，端出一副"狗戴帽子装大人"的样子招摇过市，惹得好几家的狗都冲他汪汪叫。

　　"人七"过后接连下了两场雪，给过冬的麦子和等待开春后耕种的田地备足了墒情，农民心头的焦虑解除了，剩下的只是祈祷老天爷今年再不要日弄人，春夏都能风调雨顺，让庄户人家过上几天舒心日子。

原上讲究小年大十五，其实并不是真的以为十五就比除夕、初一更重要，而大小的实质在于场面。过年都是一家一户关起门来自家过，即使走亲访友，那也是私人的聚会，没有什么场面可言。而十五则是公共性的，是要走出去，耍社火、唱大戏，制造一种宏大的场面，形成一种集体的狂欢，把整个过年的氛围推向最后的高潮。桑树原上原本就没有什么可观的社火竞技，尤其近几年来，所有的神神鬼鬼、官官宦宦、传统故事、传说人物等等，都被作为"封、资、修"而被革命的铁帚所荡涤，还能够拿出来娱乐一下大众的，就是一些就革命而言无伤大雅的民间风俗了。

桑树原上有一种民间风俗，叫"点灯"，就是当年出嫁的女子，正月十五元宵之夜，携夫婿回娘家举行的一种近似于年终回门，与父母作正式告别的仪式。这个仪式举行以后，嫁出去的女儿除了春节拜年，或娘家有重大事情须参加以外，就不能随意回娘家了。若是不逢年节就往娘家跑，在别人看来，不是婆家遭了难，便是夫妻之间出了问题。

"点灯"对于娘家来说是一件大事，须在头一天就邀集村里的巧妇，帮忙制作各种花样的面灯，上锅蒸熟后搓上灯捻，注上清油，以备所用。面灯是由专事酿造米酒用的酒谷面掺了麦面做成，灯的数量多少，显示着娘家的富足程度。当圆月升起之时，便将自家或从左邻右舍借来的桌子板凳搬到窑院里，呈台阶状一层层叠摞起来，在每一层的边沿摆上灯盏，再逐一点燃，形成一座金字塔形状的灯塔。一般方桌下的条凳上和方桌边沿摆放的，都是做工比较简单的茶盅形捏了花边的筒灯，越往高处，灯的花色越漂亮，最上面一层的小方凳上，是一只上了颜色的盘坐的面猴。面猴身上有七个灯捻，分布在头顶、双肩、双臂和两膝。面猴是专供女婿端的，称作"新女婿背猴"，取"马上封侯"的吉意。

这一年由于遭灾，全村出嫁的女子就露娃一个，所以，十五的"点灯"，余兴汉家就成了全村唯一的目标，大人娃娃们都巴望着在那个院落里热闹一回，顺便弄些吃食受活一下口舌。

有露娃富庶婆家的大力帮衬，余兴汉家这次"点灯"的仪式，就着力要弄得红火奢华。从十四早起，村里的一帮巧妇就会集到余兴汉家的窑院里，施展各自的技能制作翻新的花样，于是那个院落就成了全村的焦点，大人喊，孩子闹，驴欢狗叫地热闹成了一锅沸腾的粥。

余家俊从头天晚上开始就有些魂不守舍，他媳妇明显感受到他心不在焉的潦草，收拾着自己的时候，嘴里忍不住念叨："人家明儿黑咧才'点灯'呢，把你急得这会子心里草就长下一尺长。"余家俊没搭理媳妇的唠叨，翻身睡了。第二天早起，他到沟里挑了两担水，吃完晌午，就揣了一包烟，蹴在门前空地的边沿上，朝着露娃家的院子瞭望，渴望着从进进出出忙忙碌碌的女人堆里，看到那个渴望已久的熟悉的身影。偶然间，他也瞭到了穿着大红棉袄的露娃的影子，引得他心跳加速，但是那个影子好像在有意躲避着他的瞭望，倏忽一闪就不见了。虽然直线距离也就百十来米，但现实摆在他面前的距离，却如同牛郎织女隔天河相望一般。心里的巨大失落是无法弥补的，他只能追忆藏匿于记忆深处的那些幸福的碎片，聊以陶醉悲苦的灵魂。

然而，漫无边际的遐想，不仅没能冲淡心中的悲凉与苦闷，反而勾起了一阵阵椎心的刺痛。他急切地想看到露娃此时的神情，看一看与那个烂干男人共同生活了几个月的露娃，现在变成了什么样子。他主观地想象着，露娃一定瘦了，脸色灰黄，眼窝下陷，为了给她父母撑面子，也给自己撑面子，在内心包着一窝苦水的景况下，还要在人前强颜欢笑。他说不清这时候的露娃该是一种什么样的心情，心里不由得涌起一阵愤恨，恨那传统的世俗，为什么要筑起一道彩礼的高墙，把一对有情人生生拆散。恨这场运动，为什么在高调破"四旧"时候，独独不把这种旧传统扫除干净。恨余兴汉只认钱不认人，把自己的亲生骨肉当牲口出卖，推向火坑。甚至恨自己的父亲没有爷爷那样的本事，为他创造出一份足以可以在人前说话的财富，以至于自己的心爱，成了别人炕上的人。然而，他又觉得这些恨全然没有道理，这个世界不是为他而缔造的，所以他没有资格要求这个世界为他承担义务，他充其量只能怨恨自己生不逢时，没有赶上适合自己的好的生存环境。

　　他继而想象着，如果今天在那个窑院里"点灯"的另一个主角换成了他，那露娃的境况又是一个什么样子？他眼前幻化出一个场景，红袄蓝裤的露娃，脚下如生风一样在窑里窑外穿梭，脸色如阳光一样灿烂，脸上的笑容也是发自内心的美艳，村里的众人都向他们投来羡慕的神情，两家的父母脸上也露出孩童般的欢悦。他这样漫无定势地胡思乱想着，一会儿愤懑，一会儿欢悦，一会儿悲凉，一会儿舒心，就像一个夜游的癔症患者，游荡在自己的梦境之中。

　　一个海碗送到了眼前，猛然打断了他的思路，他一个激灵，从梦幻中清醒过来，这才发现已经到了吃后晌饭的时候。海碗里是满满一碗臊子面，送饭的人嘴里念叨着："直直瞅咧一天咧还没瞅够。先把饭吃咧才能有精神把眼睛睁大些再瞅。你该是让你二哥给你捎上一个望远镜，就跟在眼跟前一样，瞅得真真的。"余家俊脸上一阵尴尬，啥话没说，接过碗就回了家。

　　天黑以后，热闹中心的氛围渐趋高潮，嘈杂的声浪越过围墙飘进窑里，余家俊收敛住心猿意马，把自己稳定在炕垴里，用一本书遮掩了一切真情与假象。

　　月亮升起时，余兴汉家窑院里更加热闹了，所有的灯盏摆好点燃以后，人们便惊叹场面的红火和灯盏的漂亮。这时候，一对主角也从窑里出来，正式登场了。露娃穿一件剪裁得体的红绸子棉袄、蓝布裤子，脚下是一双黑色丁字皮鞋。这身穿戴配上她丰腴的身材、白净的脸庞，更加显得光彩照人。只是人们没有从露娃眉眼中看到应有的喜悦，挂在脸上的笑意，如同谎话一样是编出来的。然而真实的是那个女婿，确如人们所说的那样不受看。矮矮的个子，走路一摇一摆，总好像地面不平，腰腿胳膊没有一处直溜，他跪在灯塔前烧完纸，摘下帽子磕头时，人们发现他还是个瘌头。许多人以前没见过露娃女婿，今天一见，不禁大为失望，感叹的已经不是鲜花插在牛粪上的问题，简直就是一棵好白菜生生地让猪给拱了。

女婿人虽然不怎么样，"点灯"仪式的场面还是很热闹，摆灯、注油、点灯等一应事宜都做得庄严而又认真。村里男女老幼来了几十口子，在执事的人们做着一切准备工作的时候，闲人们便散落在各处说笑嬉闹。有人在大门外面甩响鞭，孩子们甩着呲花的捻子满院子乱跑，不时地碰倒凳子弄翻了灯，便招来大人的一顿喝骂。

大人们个子高，只拣高层花样漂亮的灯抢，孩子们便一窝蜂地抢条凳和方桌上的筒灯。有人两手一捧便捧起五六个，灯打翻了烧了手也不在乎。许多孩子抢到手就吃上了。

抢完了灯，大家帮着把桌子板凳撤开，腾出场地，又把早已备好的柴草抱到场地中央，点起火堆。火苗一下子蹿起一人多高，火堆前跃跃欲试的露娃女婿胆怯了，不敢往前冲，只等第一波火焰降下以后，才摇摆着身子助跑几步跳过了火堆，随后露娃也一跃而过，然后大人娃娃们哄闹着来来回回地跳腾，直到火焰完全消失，又呼喊着拍火花。当所有仪式全部结束，夜已经深了，人们还意犹未尽地不愿马上离去。露娃女婿从窑里拿出一包水果糖，拆开来往人们头顶上抛撒，人们又一次借着月光发起一阵哄抢。大人们抢到手都装进口袋里，娃娃们抢到手就迫不及待地往嘴里塞。院子里已经不再是单纯的叫好，而是有哭有笑有打有闹了。口袋里塞满东西的人们顶着圆月，披着月光各自回家的时候，还不忘相互嘀咕一句："这个女婿娃人烂干咧些，不过事情弄得还不烂干。"

这或许是余家磨坊告别灾荒之年的最后一夜狂欢，或许也是露娃那段畸形婚姻接近尾声的最后的绝唱。

14

一场春雨之后,趴伏在冻土层上,覆盖在残雪之下蛰伏了一冬的麦苗便挺起了腰杆发出了新芽。不经意间,原坡上、梁峁上,以及村子周边的山地里,已显现出一片鲜嫩的绿意。这时,杏花正在孕蕾,柳条刚刚透出一抹鹅黄,漫山遍野便只有这清新的嫩绿主宰着,昭示着春的到来。冬小麦的发芽生长是在无声无息中迅速进行的,今天还是一片青灰,明天就是一片新绿,那鲜嫩的新绿特别抢眼、特别舒心,让人看到了生的希望。

连续几天,日头都特别好,气温也就猛然间回升了,在这温润的早春里,蛰伏了一冬的庄户人,也像从冬眠中猛醒过来,抖落一身浮尘,脱去灾年的疲惫,扒掉捂了一冬天的笨重的棉袄,撤去棉袄里的棉絮,将棉袄改成春秋的夹袄,换了一个新人一样,浑身轻松地踩着铁锨,挥着镢头,忽闪着扁担,起圈,送粪,以备春耕。随着麦苗返青,桃红杏白,田埂上、崖坎边、沟坡里野草野菜也都疯长起来,这无疑给人们的肚子又提供了一份保障,只要地里能长,不怕囤里没粮,"瓜菜代"说的就是这种情况。

春天的脚步是很轻快的,稍不留意就改变了眼前的景象。虽然西北黄土高原上没有江南山泼黛、水揉蓝、翠相挽的景致,但毕竟春意融融非冬景了。赶到清明前后,原坡上、山地里,已经是一片繁忙。这个时候,运动的主要方向已经转到了"抓革命促生产"方面来,生产队读报纸,社员家里的有线广播,都是一色的"战天斗地学大寨,披荆斩棘夺高产"的口号,其他的一切事情好像都被淡化出局。余家俊的热度这时候也降温了,从秋到冬再到春,他再没有外出学习过,与一般农民有所不同的是,还要领着民兵训练。

忙完春种春播,将灾后的生产生活调整到正常轨道上,余有礼又开始盘算大队班子和余家俊的事情。早在去年会战之前，余有礼就让余家俊写了入党申请书，并迅速进入考察期。那时候没有预备党员一说，只要考察通过就直接入党。半年考察期结束，大队党支部就把准备吸纳的四个入党积极分子一批报到公社党委。批复很快下来了，同意接纳其中三个人为新党员，另外一人继续考察，一年后再报。新吸纳的三个人是：民兵连长、团支部书记余家俊，牛国辉的本家侄子、西队的青年积极分子牛景业，韩家泉的铁姑娘韩秀芬。

牛景业可是余家磨坊的一道风景：二十来岁还没有结婚，说话行事与庄户人家的小伙子大相径庭，全然一副女人的做派，用农村的说法叫"二尾子"，平时说话爱翻白眼，走路水上漂，见了不愿打招呼的人，嘴一撇，眼一斜，扭达扭达就过去了。这小子没咋念过书，小学有没有毕业都很难说，但从运动开始以来，就成了积极分子，经常像打了鸡血似的端着一副泼妇的架口，参加除武斗以外的所有批判斗争，以积极的表现得到了公社书记的青睐。加之他的父亲在外地工作，家境较好，还有一个本家叔叔在地委当了副部长，于是在村里就有了优越的感觉，成了余家磨坊的人物尖尖。这小子有个很大的爱好，就是趴斗争对象家的崖背，看晚夕里有谁与这些人勾结，从而寻找阶级斗争新动向，然后将搜寻到的线索越级汇报给公社书记，作为开展阶级斗争的依据。后来这小子进了大队班子，又添了一个新毛病，和牛国辉一起偷拆私人信件，这是后话。

余家俊现在的职务，原本是牛国辉给他这个侄儿预备的，只等着入党以后就走马上任。没想到余家俊的事迹横空出世，得到了县委的认可，被塑造成桑树原上的先进模范，硬生生地插了一杠子，使眼看到手的甜馍馍换了主人，这无疑让牛国辉丧气，远在地委的副部长心里恐怕也不太受活。牛景业就更不用说了，心里灰败得一塌糊涂，白眼仁翻得差点儿回不到原位，风摆杨柳的腰身也跟着塌陷了，一年时间没有了声气。

入党宣誓以后，几个新党员就获得了又一条新的生命——政治生命，这就不能等同于普通老百姓，而成了人民中的先进分子。余有礼领誓结束后，立马召集支部会议，讨论人事安排。余有礼提议，将现任大队文书韩广才提升为大队党支部副书记，由余家俊接替半脱产的大队文书一职。这一提议没有遇到任何异议，全体举手通过，于是由此产生报告，上报公社党委。

一般来说，公社的书记主任对各大队人员状况都很熟悉，对每个人的品行能力都了然于心，这一类的报告少则三天，多则五天就会有批复。然而这一次，半个月过去了，没有任何动静。余有礼觉出味道不对，就掂上烟袋锅到公社找朱开祥问个究竟。朱开祥自是一番好烟好茶款待，就是避而不谈报告的事情。然而他心里也清楚，就眼前这位老兄，嘴里叼个屎橛子麻花都换不下来的个性，绕弯子是绕不过去的，他只是在绕的过程中考虑好怎么把话说圆了。余有礼很有耐心，慢条斯理地抽着烟喝着茶等着他绕，等他把圈圈绕圆了，还是一句话直奔核心："你就给我个实话，问题到底出在啥地方？"朱开祥看实在绕不过去，只好说："家俊这个年轻人啥啥都没说的，我也很喜欢，既是全县的先进，在会战工地上也是一面鲜明的旗帜，起到了很好的积极带头作用。只是嘛，有人反映这娃娃的生活作风有些问题呢。"

"噢，对咧，"余有礼抬起眼睛望着顶棚，做出一副如梦方醒的神态，"我记着这娃以前没接触过女娃子，二十岁咧，才谈咧一次恋爱，我今儿才知道，这年轻人自由恋爱是生活作风问题。"他把目光从顶棚上挪下来，直视着朱开祥继续说："那破'四旧'树新风说的又是个啥事情，我就有些不太明白咧，是要把自由恋爱破除掉，再树立起父母之命媒妁之言和包办婚姻、买卖婚姻的新风呢吗？"

朱开祥让噎了一下，面露尴尬地说："哎呀老哥，你不要胡想，这只是群众的反映，之所以没有及时批复，是公社准备就这件事情进行调查，事情弄清楚了，也好给年轻人一个清白嘛。"

"就这么个事情有啥可调查的，"这时候，一股愠怒遮到余有礼脸上，"事情就发生在会战工地上，前后也就十来天，既不是强霸民女，也不是买卖婚姻，更没有造成什么不良后果，现在那个女娃子已经出嫁咧，余家俊也娶媳妇咧，人家两家子人都没个争竞，反映情况的那个群众是不是闲得没事干咧，锅台上挖窟窿下蛆呢？"还没等朱开祥接上话，余有礼调整了一下情绪，又正色道："现在党和国家正提倡老中青三结合，就是要尽快把年轻有为的人帮助扶持到合适的岗位上，我们年龄都不小咧，总不能因为这样的造谣生事，就把一个年轻人的前途给断送掉吧？"朱开祥赶紧赔上笑脸："好我的老哥呢，我哪里敢挡你的道，断年轻人的途呢，只是有些话我不好直说。"

余有礼摆摆手，挡住了朱开祥的话头，说："话说到这达就对咧，我到你这达来，就是把心里的猜想落实一下，有些事情你不好说我也清楚是怎么回事，好了，我也不给你找难心，事情咱们慢慢地解决。"

往回走的路上，余有礼已经把事情理清楚了。这事虽然开头是韩秀芬搅和的，但后来被牛家人利用起来，成了对付他的一个招数。朱开祥的不好说，明摆着与地委的副部长有关。他倒要好好琢磨琢磨，怎么与这么大的一股力量抗衡，既不伤害到自己，又要把事情做成。

吃过晚饭，正准备泡上一壶茶享受一会儿，小学校长陈汉荣突然造访。虽然学校与余有礼家只隔了一条村路，也就几十米的距离，可是陈汉荣除了过年的时候受邀来做过几次客，从来没有主动上过门，既然晚上造访，肯定有重要的事情。寒暄几句之后，陈汉荣就把话头转到了正题。陈汉荣告诉余有礼，民办教师牛国良身体彻底垮了，已经上不了课，他自己提出申请，要学校赶快找人接替他。余有礼虽然略感意外，但心里清楚，牛国良的身体这两年确实一年不如一年。当初让腿有残疾的牛国良当民办教师，完全是因为照顾他不能下地劳动。牛国良是牛景业的亲叔叔，自小患了小儿麻痹，一条腿不能动，勉强上完了小学，由于初中设在六七里以外的桑树原中学，他根本去不了，只能辍学。不过这个人很有毅力，自己坚持在家学习珠算，打得一手好算盘。起先生产队让他当会计，可是会计没有脱产的，他只是记账算账，拿不了全劳力的工分，没办法养活自己。幸好余家村小学自开办以来就设在余家磨坊，由于学校在很多方面都需要所在大队的支持，县文教局就把一个民办教师的名额固定在余家磨坊大队，由大队确定人选，向县文教局报备即可。民办教师虽然没有脱离农民的身份，但是每月有十七元工资，给队里交十二元，记全劳力工分，自己还能落下五元，这在当时的农村，可是个让人羡慕的肥差，好几个健康人都觊觎这个位置，并为此展开了一场竞争。最终还是余有礼拍板，叫只有小学文化程度的牛国良当了这个民办教师。

牛国良的身体本来就差，手里每月有了五元现钱，心就花哨起来，和村里一个女娃子勾搭上，时不时地苟且一回。也许是三十来岁还没结婚，干靠得久了，于是抓住好的不知道饱的，一来二去弄出个肾病，身体就越来越不行了，坐着上课都很吃力，已经没办法完成教学任务。现在看来，只能尽快选出合适的人把他替换下来，作为"五保户"由队里养起来，反正他就一个人，也没什么拖累。

和陈汉荣商量完牛国良的事情，余有礼心里猛然动了一下，送走陈汉荣，立马去了二弟家。余有礼把二弟和家俊两口子叫到一起，告诉他们，现在有一个民办教师的空缺，看家俊愿意当教师，还是想继续努力进大队当干部。余家俊还在掂量两个位置孰优孰劣的时候，余有贤脸上立马灿烂起来，拍着大腿说："当啥连长咧文书咧的，那都是逛鬼们干的么，正经当个先生，才是最光彩、最不亏先人的事情！"家俊媳妇也抢到家俊前面表态："姑父，我大说得对对的，当先生比干啥都好，全脱产，全工分，一个月还有几块现钱。不光是这，他爱念书，当先生还能有个地方名正言顺地念书。"余有礼哈哈一笑说："我们这女子连你娘娘一样，有见识得很，这念过书跟没念过书的就是不一样。"还没等到余家俊表态，这事已经敲定了。在余家俊看来，当教师似乎更合他的胃口，全脱产不说，一年还有两个假期，自留地里的活一点儿也不耽误，而且再不用操心别人的事，再不用带头冲锋陷阵地下苦了，应该说是农村里最好的差事，也正应了二哥说的脱离打牛后半截的日子。

　　三下五除二商定了这件事情，余有礼舒了一口气，眼前遇到的那道不太好解的难题迎刃而解了。他原本准备的种种与那股力量抗衡的办法与谋略，全都失去了意义，他也不用再为这些事情煞费苦心。他心想，与其受制于那股力量，还不如在自己的权力范围之内做事，你总不能跑到我的一亩三分地上，来干预我的工作吧？原本一个大队文书，党支部是有权决定的，只是因为牵扯到一个副支书的任命，就捎带着一起报上去，没承想多此一举倒弄来了麻烦，把一锅饭给做夹生了。民办教师的事情，是大队权力范围之内的，由大队确定人选后，给县文教局备案就行，无须通过公社批准。

　　这一回余有礼吸取了教训，决定以快刀斩乱麻的手段，在一天之内解决问题，不给任何人捣乱的机会。第二天一早，他跟牛国辉碰了一下头，把昨晚夕陈汉荣来访的情况和他晚上考虑好的竞选办法简单告知了牛国辉，然后派人到各生产队公布竞选民办教师的事情，全大队自觉有能力教书的人都可以报名参选，当天晚上支部开会确定人选。安排好这些之后，余有礼一屁股稳坐在大队部的桌子前，抽着烟喝着茶哪里都不去，就守着那部手摇电话机，防止消息外泄。队部里就剩下余有礼和牛国辉两个人时，牛国辉讨好地给余有礼递上一根纸烟，跟余有礼商量，这个缺能不能让他家里的顶上？余有礼面露喜色地说，现在学校里就缺好老师，只要有这个能力当然是好事，赶紧把名报上，参加竞选。牛国辉碰了一个软钉子，怏怏起身，回家跟老婆商量去了。

　　一天时间，连余家俊在内有六个人报名参选。余有礼在大队部吃完晚饭，支部成员也都到齐了，现有班子再加三个委员一共七个人。余有礼简单介绍了一下牛国良的身体状况，然后说："这件事情之所以弄得这么急，主要是娃娃们的课不能耽误，我们这达弄紧一些，尽快把人补上，就给学校减轻了压力，其实这也是为了我们的娃娃。以前牛国良当老师，一是他算盘打得好，二是照顾他的身体。陈校长曾经找过我几次，说牛国良知识面太窄，不适合当小学老师，身体又不顶当，时不时地就脱课，可是人家自己没有提出来，咱们也不好换人，只能这么凑合着。这一回既然换人，就要从身体、学历、性格、知识面、思想品质等方面做综合考虑，给学校选出一个德智体都合格的真正的好老师。"接着就把竞选规则给大家做了一个说明。办法很简单，由大队文书把每个人的情况介绍一遍，与会人员每人一票，投给自己认为满意的人。

工夫不大，六个人的情况介绍完了。其实都在一个村里生活着，就是不做介绍，谁还不知道谁是块什么料？只不过这是竞选程序，必须走的。六个人中，余家俊的条件远远高于其他五个人，仅学历一项，余家俊是高一辍学，陈安福是初中肄业，另外四个都是小学毕业，这在硬件上就占了头筹。再加上余家俊身上的光环和在会战工地上的表现，有些人就想，这样的条件直接接替支书都没啥麻达，接替一个民办教师，确实有些屈才。

文书韩广才拿出一张纸裁成六块，依次写上六个人的名字摆在桌面上，余有礼掏出一盒洋火，给每人发了一根。文书宣布投票开始，余有礼首先把手里的洋火棍按在了余家俊的名字上，然后示意牛国辉投票。牛国辉迟疑了一下，把洋火棍放到他老婆的名字上。余有礼站起身，对牛国辉说："让大家想好了再投票，这会子没咱俩的事咧，咱两个先回避一下。"就拉着牛国辉出了门。两人谁也没说话，在黑暗中站了一袋烟工夫，再反身进窑，投票已经结束，结果是：余家俊四票，陈安福一票，余靖远一票，牛国辉老婆一票，其余两个人零票。投票结果摆在这里，别的啥话都不用说了。余有礼给文书交代，明天一早就到县里去，把文教局备案的事情办好，然后宣布散会。

余有礼看着韩广才起草好备案报告，又翻腾出一张民办教师推荐表，填写好并盖了大队的公章，看看时间已晚，估摸着电话已经打不通了，这才伸伸懒腰准备回家。韩广才早就明白余有礼的心思，会心地笑着对余有礼说："支书你就放心回去睡觉，今晚夕我就不回咧，我在这达守着，没人敢胡骚情。"余有礼哈哈一笑，拍拍文书的肩膀，抄起烟锅出门回家。

早上起来，韩广才没等余有礼过来，就拿着准备好的材料去找陈校长。陈汉荣没想到余有礼这么雷厉风行，很是感动。韩广才让他在推荐表上签字盖章，陈汉荣一看选出的人是余家俊，更是十分高兴，马上签了字盖了章，并在"推荐意见"一栏中写了一大段好话。

文教局的人对余家俊很熟悉，且很有好感，看到他的事情，二话不说就把备案办妥，立马写好教师聘书，找局长签字盖章，赶中午下班前，韩广才就带着聘书往回走了。当天下午，余有礼招呼人手，先把牛国良弄回家安顿好，再把牛国良住过的房间做了个彻底的大扫除，晚饭前就让余家俊搬了进去。两天之内干净利落地办成了这件事，而且办得有条不紊有理有据，余有礼心里这才踏实了。这回又是一箭三雕，既安顿好了余家俊，解了自己的困境，又实实在在地给牛国辉来了一个大窝脖，而且陈校长也十分满意。余有礼心想，我已经把生米做成熟饭了，看谁个有本事再把事情翻过来。现在家俊的事情已经安排妥当，剩下的就是找机会消停修理那些骚皮的毛鬼神。

虽然是从这个院子走出去的，对这个院子的格局再熟悉不过，但毕竟已经离开好多年了，民办教师余家俊以新的身份重新进入这个院子时，仍不免感到一点儿陌生、一点儿新鲜，甚至还有一点儿进入一个新环境时的激动。给他腾出来的那个房间他也是熟悉的，那时候他经常靠在临窗的桌子边上，看老师写大字、改作业。这个房间不大，也就七八个平方米，一个单人小炕、两个木制文件柜、一张书桌一把椅子，就占据了大部分地方，屋子中间仅能放下一个冬天取暖的炉子。学校一共四个老师，每人一间这样的小屋，既是办公室又是宿舍。在这一点上，民办教师和公派教师是同一待遇，所不同的是公派教师拿工资吃国库粮，民办教师拿补贴吃农家饭。牛国良烟瘾很大，还喝罐罐茶，房间已经被熏得黑麻咕咚，虽然做了打扫，仍有一股呛人的烟熏味。这个房间是这一排的最南头，中间是教语文的刘老师，北头是校长陈汉荣，还有一位马老师，房间在南面那间教室边上。余家俊放下自己的东西，就依次到三位老师的房间拜了码头。这三位老师都是公派的，他是唯一的民办教师。

余家俊刚归置好自己的东西，校长陈汉荣就踅进他的房间，把教学大纲和一沓教材交给他。余家俊赶紧拿出纸烟给陈汉荣点上，请陈汉荣坐在椅子上，自己坐在炕沿边，两人面对面说话。陈汉荣是沟对面鹿家湾的人，四十多岁，已经有二十多年教龄，在这个学校当校长也有五六年了。这人性格有些豪横，和马老师还能过得去，和刘老师却是对头，三句话就能吵起来。余家俊和他很熟悉，以前没事的时候经常到学校来跟他下一盘棋，相互的挖苦嘲弄也是常事。不过现在余家俊成了教师，两人成了上下级关系，余家俊就显出了应有的尊重。陈汉荣咂着纸烟说："你们余家磨坊就没有几个念书的人，我老早瞅下的就是个你，可是你去年把名声弄大咧，我就不敢再思谋咧，没想到峰回路转，还是把你弄到这达来咧，这就合适得很嘛。"余家俊笑一笑谦逊地说："唉，我一个高中还没念完的半吊子学生，来给娃娃们当老师，心里慌慌的，怕是有辱为人师表呢。"陈汉荣哈哈一笑："你看你说的这话，高中生教小学生这是名正言顺的，咱们桑树中学的老师还不都是中专生、高中生吗？咱这一条原上，除了李汝松一个正牌大学生，你看还有哪个上过大学？"

说了一阵子闲话，陈汉荣把话头引到正题上："今儿个正好是个礼拜一，你用一个礼拜时间，把教学大纲和教材都熟悉一下，下个礼拜一正式上课。去年的那个情况，各年级的课程都压下了不少，今年要好好撵一下，赶年底前把教学任务补齐。等饭吃毕咧咱几个开个小会，把任务重新分配一下，你是新人，给咱带一些新气象来。"

回家吃过晚饭，余家俊又赶紧回到学校，此时几个老师都已经吃完了，正坐在院子里谝闲传。余家俊也搬了把椅子出来，四个人就在院子里开会。陈汉荣首先代表余家磨坊小学，对余家俊加入教师队伍表示欢迎，然后郑重其事地把每个人都做了一番介绍。虽然大家都很熟悉，但这个过场还是必要的。接下来就是把教学任务重新做了一下分配：余家俊代一、二、三年级的语文，外加五年级的政治；刘老师代四、五年级语文；陈汉荣自己代一、二、三年级的算术，外加五年级的农业常识；马老师代四、五年级算术。任务分配完毕后，陈汉荣又强调了一下今年赶教学进度的事情，就散会各自回房休息。

对于余家俊来说，熟悉教学大纲和备课都不是什么难事，三天时间就把这些事情都弄妥当了。眼里看着小学课本，耳朵里听着学生们拉着长腔唱读课文的声音，他的脑海里时不时就闪现出十年前自己读小学时的情景，有时猛然间还会进入到"风声雨声读书声，声声入耳；家事国事天下，事事事关心"的境界中。虽然已经离开这个院子近十年了，但从几天的观察来看，教学还是沿袭着过去的方法，没有什么大的改变，这样，他的心里就踏实了，他可以先用老师教他的方法，把课程顶下来，等把全过程都熟悉了，慢慢地再考虑方法的变革。

天气已经暖和起来，队里那几十只从冬天勉强活过来的绵羊，又开始上膘活跃起来。临近绵羊换毛的时候，羊倌们要抽出一天时间，把羊群赶到川里，在河水中把羊一只只洗干净，让队里派人剪毛。从这里到县川得走二十多里山路，而且还要站在淹没大腿的河水中一只只地洗羊，这些事情腿脚有毛病的余有贤是干不了的，只能由余家俊替代完成。这天正好是个礼拜天，余家俊不用请假，就和东、西两队的四个羊倌一起，赶着五六十只羊到河里去洗。自从当上老师，余家俊就把平时劳动穿的平布便衣换下来，又穿上高中时常穿的蓝卡其布制服，制服左上面的口袋里还别着一支自来水笔。这天走得匆忙，余家俊穿着这身行头，背上他的黄挎包就出了门。

原上的景致已经大变，麦苗已经拔节，长到一尺多高，玉米、洋芋也已经出苗，放眼望去，原面上、梁峁上、沟壑里，到处都是一片绿意，原畔上、荒坡里，杂草间盛开的各色野花，点缀在绿草中显出勃勃生机，与去年的景象形成了极大反差。早上的薄雾正在散去，空气中弥漫着淡淡的清香，尽管羊群过后就泛起一阵尘土，留下一片腥臊，但晨风很快就掠去这些杂质，把清新的空气弥补过来。

沿着公路绕过马具营，羊群一路往南走去。羊们一边走路一边在路边的荒坡里觅食，行走的速度就慢了下来。西队的云云娃是几个羊倌中的小跑，他甩个响鞭，把几只探头麦田的羊拦回来，回头就打趣余家俊："我说俊娃爷，县长下乡的咱见过，可是先生赶羊的咱还没见过，你老人家今儿个让我们开眼咧，你这一身'二尺五'（制服的别称）往羊群里一站，那就精神得没边边嘛。"说着话把一把羊铲架到余家俊肩上，"你再把这个扛上，就更有个看头咧。"他这一闹腾，把几个人逗得高兴起来，说笑声也就跟着稠了。余家俊看看自己这身打扮，再看看身边的羊群，自己也觉得很不搭调，于是自我解嘲地笑道："你个碎尿知道个啥，这才真正叫洋学生放羊。"这时候太阳出来气温也升高了，余家俊干脆把外衣脱下来装进挎包，只穿一件白洋布衬衫，再把长把羊铲扛到肩上，故意做出昂头挺胸的样子："你们看，这会子合适咧吧？"

说说笑笑，路就走得轻松，不知不觉已经快到原边，再往前就是一路下坡了。这时候，余家俊看到目光所及的原畔上冒出一个人头来，随着距离渐近看出好像是个女人。起初他没太在意，人从坡下上来，必然是先见头再见身。然而当对面的身影逐渐增大，已经露出大半个身子时，他的心猛然一震，紧接着就狂跳起来。这个身影太熟悉了，正是他魂牵梦绕、日思夜想、近一年未能得见的露娃。露娃显然也认出了他们，收住脚步愣怔地站在路边，两道眼光直直地向余家俊射来，挎在胳膊上的包袱悄然滑落到脚边。余家俊好像猛然坠入梦魇之中，恍然不知所措。再接近几步，他明显地发现露娃瘦了，脸上满是恓惶与憔悴。当他们相隔两三米面对面站定的时候，余家俊看到，露娃的眼窝深了，那双时时出现在梦中的漂亮的眼睛里正盈满了泪水。他们谁也没有言声，就这样怔怔地互望着，好像要用眼神倾诉心底的哀怨、痛苦、悲愤、相思。正当余家俊猛醒过来，紧走两步要向露娃发声时，露娃却弯腰拾起脚边的包袱，从胸腔里发出一阵压抑的悲声："好我的个人呾！"就与他擦肩而过，快步跑走了。

望着露娃远去的背影，余家俊的身心又一次坠入五里雾中，他觉得自己的身体飘然而起，又猛然间从原边直坠沟底。他浑身失力地瘫坐在路边，一股巨大的失落感控制了他的每一条神经，使他六神无主，动弹不得。

他们两人四目相对的时候，其他几个羊倌知趣地背转身，赶着羊群默默离开，把这个四野空旷的天地留给两个有情人。走下一段坡路，旁边是一大片荒坡地，西队的羊倌焕子招呼大家把羊拦住等一等。几个人坐在那里吃了一锅烟，还不见余家俊撵上来，焕子心里有点嘀咕，让其他人赶着羊群先慢慢走，他回转身去看一眼。

焕子是西队老队长余怀康的大儿子，四十多岁，右脚有点儿跛，走路不是很灵便，但身体结实。焕子爱摆弄个猎枪，时常扛一支长铳，放羊的间隙干点儿搂草打兔子的事情，整点儿野味改善生活。焕子走上原坡，看见露娃的身影已经离去很远，而余家俊却还灰头土脸地塌坐在路边，就知道眼前的情况和他们的想象出现了偏差。他走到余家俊身边，蹲下身子拍拍余家俊的肩膀："他碎爷，过去的事情就让过去吧，咱还得往前走，过自家的光阴呢。"扶起余家俊，架着他往原坡下走。一路上余家俊又没话了，尽管几个人有意要逗起他的情绪，可他总是像丢了魂一样提不起精神来，洗羊的时候也是心不在焉，把自己弄翻在河里好几次，整得一身汤水。

一群绵羊在荒芜的黄土原地上熬过一年，风里雨里泥里雪里，身上早已失去了原有的颜色，变成了灰不灰黄不黄油腻腻的一团。经过河水的漂洗，立马又恢复了白云般的本色。太阳偏西后，濯洗干净、焕然一新的羊群，像一片片白云在黄土地上，在草坡绿苗间缓缓飘浮，给天地间平添了一抹亮色。而白云包围之中的余家俊的心，也像云朵一般飘浮着，找不着脚踏实地的感觉。

15

露娃嫁到章家坡的第一天起,就没打算跟这个男人好好过日子,只是迫于那三千元彩礼和父亲的压力,不得不委曲求全地过这种无情无爱赤裸裸买卖性质的婚姻生活。村里了解情况的人说,那个村子在原边上,有原地有坡地,也有水川地,可以旱涝保收,整体生活水平比余家磨坊好得多。露娃的公公当着矿长,一个月有八十多元工资,一家人的光阴在这个村子里又拔了头筹。这家人做饭煨炕都不用柴草,一律烧煤,冬天还有火炉子取暖。这样的日子放在原上,简直跟王母宫里的娘娘有得一拼。那个男人虽然烂干些,干不来什么正经事情,可他的两个哥哥却都很硬棒,自留地里的活从来不用他妈操心,春种夏收、除草追肥,每一样都做得干净利落,而且驮水都是那匹青灰骡子的事情。露娃嫁过去以后,婆婆疼惜她,除了做饭,不让她干下力气的活,没事就坐在炕上听婆婆说古今,跟婆婆学纺线。按理说这样品麻的日子是打着灯笼也难找到的,可露娃就是不愿意跟那个人过,动不动就往娘家跑。也有一种说法,露娃没出嫁时在会战工地上已经让余家俊破了身,心里总惦记着余家俊,便不肯好好安心过日子。

露娃的性格并不难缠,开朗中还带着一点儿野性的小浪漫,毕竟在油田区域住过几年,多少沾了一些工人阶级的气息,到了婆家不几天,就和婆婆以及两个妯娌相处得很和睦,只是白天跟婆婆嫂子说说笑笑提起来的好心绪,一到晚夕就被那个烂干人糟蹋了。起初婆婆偷听过几次窗根,听见露娃的呻唤,还以为是年轻人受活得忘形了,慢慢地才知道这里面另有蹊跷。婚后不久露娃就闹着要离婚,婆婆妯娌总是好言相劝,并施以小惠,而且余兴汉舍不下那些彩礼,每回露娃回娘家诉说冤屈,都是恶语相加,赶女儿出门。露娃每回都是慌慌张张地来，抽抽泣泣地去。

举行过"点灯"仪式后，露娃仍然不愿跟那癞汉安心过日子，时不时就跑了。一天早上天刚亮，走到村边的人就看到露娃女婿弯着腰，夹一把铁锨朝村里走来，逢人就问："你见露娃回来咧吗？"被问到的人都一脸茫然，摇头说不知道。

那一次，露娃已经走了好几天了，但没回娘家，谁都不知道她去了哪里。女婿找不到人，便在丈人家连哭带闹地折腾了一场，没高没低地说出一些让老丈人既蹩尻子又伤脸的话，把余兴汉气得蹦子跳了两尺高。于是村里便又有了议论，而且多是指责露娃不该弹嫌男人的丑陋，更不该一个女人家抛头露面地满世界乱跑，到外面去丢人卖骚。有人在干活的时候对露娃的妹妹晓娃说："晓娃，你娃可不敢学你姐，放着那品麻的日子不好好过，跑出去再弄下些丢人败兴的事情，真真就是扇你大的脸呢。"

晓娃一脸不屑地撇一下嘴："我就是一辈子不嫁人，也不弄她那日鬼捣棒槌的烂尿事情。"她这被余兴汉熏染得口没遮拦的二话，让人们感觉又可气又好笑，便以一阵哄笑把话题遮过去。

章家坡知道情况的人传话说，露娃婆家日子过得殷实，然而她那个女婿却是个无用的男人，在炕上基本干不了正事，急了只会连抓带咬，常把露娃身上抓烂。若是哪天兴奋了，就把露娃按趴在炕上拿鞋底抽屁股，露娃的屁股上腿上常被打得青一块紫一块。就是因为受不了这样的虐待，露娃才常往娘家跑。但次数多了，余兴汉又不待见，硬逼着撵回去。

露娃女婿来娘家闹的那一回，露娃从县城坐上班车，稀里糊涂地跑到了地区所在的城里。没进过城的露娃在那里没有亲戚，没有朋友，人生地不熟，两眼一抹黑，她又没有介绍信，住不上旅店，没有粮票连饭都吃不上。在那里待不下去，她就拦了一辆拉煤的汽车到了煤矿，在她两姨姐家里住下来。她原本希望能在煤矿上找个活干，不再回去，彻底摆脱那个癞汉的纠缠。但是这个年代，没有当地户口想要找个临时工，是非常困难的，而且亲戚家也不是长期落脚的地方。实在没有办法，几天以后，她只好硬着头皮回娘家，结果遭到父亲一顿臭骂，然后又硬逼着送了回去。

与余家俊半路相逢的这一回，露娃是铁了心再不回婆家了。她已经谋划好了，在娘家能住就住下来，实在不行，拿几件换洗的衣裳远走高飞，到油田上找表姐去。舅舅不是说过吗，让表姐在油田给她找一个好人家。她并不需要帮她找人家，只要能有一个落脚的地方就行，其他的事情她自己慢慢都能解决。没想到半路上遇到了她魂灵子都想着的那个人，把她的心绪一下子全都弄乱了。她多么想能有机会和她心爱的人相拥着，痛快地流一次眼泪，痛快地诉说一下相思，倾吐一下衷肠，但是当他们相对而立近在咫尺的时候，她的心胸却完全被一股巨大的悲痛充塞了，以至于痛苦得说不出一句话来。余家俊向她靠近的时候，她感到内心的痛苦已经压抑不住地上下翻滚，马上就要喷薄而出。但她极不愿意在这阳光明媚的原野上、在同村人面前，让自己翻江倒海的痛苦肆意横流，让他和她都没有办法收拾，于是她只能逃跑，跑得越快越好，越远越好。她跑出去很远，回身已经看不到他们的影子，才感到浑身乏力，神情飘忽。她拖着脚步躲到一道背人的田坎下，敞开喉咙掏心挖肺地痛哭了一场，直哭得昏天黑地、日月无光。

这一场痛哭，好像把近一年来拥塞在心里的委屈、苦闷、愤懑、悲伤全部倒腾出来了，顿时感到轻松了许多。继续往家走着，露娃想，尽管他们之间已经有了重重阻隔，而且人言可畏，闲话如山，但只要在一个村里住着，就没有见不到面的。哪怕拉不上话话招一招手，到不得近前瞭一瞭人，也比孤独一人苦苦相思要好一些。

这一回在娘家住了几天，倒是比较安定，父亲没有像以前那样骂骂咧咧恶语相向。虽然晓娃偶尔撂两句二话，但对她的情绪不会有什么影响，她干脆替她妈下地干活，让她妈专职在家做饭。这一天，女劳力在场院跟前的一片谷子地里锄草，一帮婆娘干累了，跑到场上坐在麦草垛下休息，几个女人问起露娃在婆家的情况，还有人当面数落露娃要守女人本分，不能动不动就往娘家跑。露娃就在麦草垛旁当着好几个人的面，解开衣裳让她们看她身上的伤。只见肚子上、肩膀上、乳房上到处都有新的旧的抠疤咬痕，于是引起这些女人的一片唏嘘，当时就有人骂了起来："你大余兴汉真真是亏先人呢，就是再爱钱，也不能把自家的女子往那么个厌货手里送么，让好好个乖乖女娃遭得这罪，坏天良呢么！"这事很快就在村里传开了，既传到了余家俊的耳朵里，也传到了露娃父母和弟妹的耳朵里，同样一句话，传到每个人耳朵里，在心中引起的反应却是大不相同的。

  余家俊得知这一信息后，内心的痛苦和愤懑自不必说，情绪低落了几天后，这天晚上他终于忍不住对妻子菊梅说，他必须和露娃见一面，说一说离开后的事情，要不然他会憋疯的。菊梅起初没有言传，静静地看着他。余家俊以为她心里有了醋意，正要给她敞开了讲讲道理，菊梅却轻轻叹了口气说："唉，那么好的一个女子嫁咧那么一个烂厌货，真真是把一朵鲜花黏到狗屎堆里咧，造的这是啥孽嘛。你把那女子好好劝一下，让她把心里放松活些，千万不敢憋屈下个病。"有了菊梅这话，余家俊心里松泛了，他让海娃给露娃带话，让她晚饭以后到学校来一下，他有话要说。

  傍晚吃过饭，余家俊就去了学校，不一会儿露娃也来了。老师们都知道他俩的事情，纷纷进屋回避。余家俊却有意把椅子搬出来让露娃坐，自己坐在房檐台上，两人就在院子里大大方方地说话。刚见面时的紧张与慌乱，在搬椅子让座的过程中消退了，两人又像回到了过去一样，无拘无束敞开了说笑，当然说笑中也少不了相互的询问、安慰和鼓励。天黑了，余家俊把罩子灯端到窗台上，两人就在灯影里继续聊。几个老师听着他们谝得兴高采烈，而且又不是什么背人的话，也就开门出来凑热闹，这一谝就谝了几个钟头。

  天很黑，余家俊拿出手电筒送露娃回家，走到大队部旁边的羊圈跟前，确信周边没人，他们才深深地拥抱了一下。露娃在余家俊的嘴唇上咬了一口，转身跑走了。余家俊站在那里，目送着露娃的身影消失在黑暗之中。他不敢抬手触摸被咬过的嘴唇，他愿意把这种疼疼的快感永远保留下去。

过了没多久，露娃的女婿又来找人，余兴汉抡起巴掌，把女婿打得原地转了两个圈，又扯开嗓子臭骂了一通，并让海娃拿铁锹把女婿拍出了家门。这一回露娃才算在娘家住安稳了。

余家俊当了一段时间老师，感觉很好。刚到学校的第一个月，由于要熟悉教材，还要备课，他就多数时间住在学校，礼拜六礼拜天回家住。进入学校没几天，他就明显感觉到几个老师之间微妙的关系。陈汉荣是个很强势的人，甚至有些霸道，啥事都要由他独断专行，而且紧跟形势，满脑子的阶级斗争。马老师是个绵性子，不争强也不好胜，每天认真做完自己的工作，别的事不太操心，与人交往也是慢条斯理不温不火。陈与马的关系说不上远近，有事说事，没事各自消停。还有一位刘老师，是公社所在地那个村子的人，高个子，人长得很结实，能写一笔柳体楷书，全校学生写仿（大楷）的印格多是出自他的手笔。刘老师是个直性子，说话没遮拦，是那种传统的教书先生的做派。他认为学生的第一要务就是学习，书念不好别的都是扯淡，他很不赞成把小学生拉进运动中来，动不动就开会学习，他也不太吃陈汉荣那一套，三句话不对就顶撞起来。时间稍长一点，余家俊发现他们之间其实并没有什么个人恩怨，主要是思想观念不同，导致价值取向产生了差异，于是观点也就格格不入。按照当时的形势，刘老师这种思想意识是要受到批判的，好在他是烈士后代，根红苗正，即便口无遮拦，只要不犯大忌，谁也拿他没辙。

一段时间，在陈校长安排下，学校经常开展"讲用"活动，就是让学生们抡圆了自己夸自己怎样活学活用毛主席著作，怎样做好人好事。不仅各个班搞，学校也搞。刘老师坚决反对在他的班上搞"讲用"，他的理由是，学生的任务就是学习，搞大批判搞"讲用"那是大人的事情，跟学生没关系。余家俊是这方面的老手了，不仅讲到一川两原，还讲到了地区，他听了一回学生的"讲用"，觉得这简直就是瞎胡闹。

有一次，一、二年级开"讲用"会，陈校长点名让高年级家庭出身不好的学生也参加，美其名曰让他们接受教育，改造思想。

这本来是一场让大家放开了自己夸自己的活动，由于一个叫安娃的学生尿憋急了，又不敢报告上厕所，尿了一裤子，引起一片哗然。于是生动的"讲用"会就变成了严肃的忆苦思甜会。一个二年级的学生首先发言："旧社会，我们吃的汤汤、喝的水水，穿的烂毡片片、烂口袋片片。今天，安娃穿的窝窝（棉鞋）、穿的棉裤，还放裤子上尿呢。没咧。"他这一挑头，又把忆苦思甜引到了对安娃不知苦和甜的批评上。

开完会后，刘老师把几个他认为的好学生叫到他的房子里，很生气地说："以后再叫你们开这个会你们不去，实在不行就请假，在家里看上半天书，哪怕干上半天活都比这强。我就这么几个好学生，还都给我弄失蹋咧呢。"

通过几件事情，余家俊对学校的情况以及人缘关系心里已经有了数，知道该怎样和几个老师相处了。

16

麦收季节到了眼前。

在所有的农活中，夏收割麦无疑是最苦最累的一项。头顶炎炎烈日，蹲在麦垄间，上面烤，下面蒸，在挥镰收割的同时也挥汗如雨。

学校里放了农忙假，全村男女老少只要能干活的，统统下了麦田。这是从龙王爷嘴里夺粮的季节，有一分力就得出一分力。去年一年的饥荒，人们几乎没有见到麦面，看到眼前唾手可得的麦子，眼睛里都闪出绿光，就好像饿狼瞅着肥羊一样，恨不得立马填进肚子里。余家俊虽然是在农村长大的，大多数农活也还能干,但是这割麦子的活从小就没咋干过,队里就派他拉着架子车搞运输。这个活虽然也不轻松,但毕竟不用窝在麦趟子里受那份罪。

十几天农忙假将要结束,余家俊也累得浑身像散了架一样。菊梅从小就干惯了这些活路,身体没有多大反应,一天麦子割下来,回家还能帮着他妈做饭。父亲教训余家俊:"你娃就没好好下过这苦,还要好好地在麦趟子里学见识呢。我们年轻的那会子,麦季里都要掂上镰刀走关中当麦客子,从关中平原东头子一直割回到原上,那得下多大的苦。其实咱家里不缺那几个钱,主要是磨下性子服下苦,你就真正成庄稼把式咧。那时候我们弟兄三个都是有了名声的麦客子,走到哪达东家都是出最高的价钱。"

虽然割麦子是一项极苦极累的活,但是面对好于往年的收成,社员们的内心是愉悦的。要说村里割麦的把式,余有权无疑是最厉害的,虽然已经四十多岁,但动作仍然极为潇洒,不仅手下极快,而且嘴也不闲着,不是拿根娃几个人开涮,就是扯开嗓子唱歌。他不知道从哪里学来了一首《燕麦青》,从正月唱到腊月,曲调悠扬而苍凉,就如艳阳下一缕消暑的清风,听得人心里凉凉的。

余有权的老顽童性格在哪里都不会改变,好像对没有经历过的事情都充满好奇。为了满足好奇心,他年轻时外出闯荡,四处游走了好些年,人到中年儿女都长起来了,还是揣着一颗童心。一天下午休息的时候,大家围在水桶边一边磨镰一边胡扯。余有权给大家讲一个故事,说是从前有一个麦客子,在关中平原割了一季麦子挣了钱回家,走得大汗淋漓,焦渴难耐,远远看见前面有条河,就急奔过去。到了河边,他顺手把掂着的镰刀挂在脖子上就洗手洗脸,一阵洗痛快了,错把脖子上挂着的镰刀当成了汗巾,猛地往下一扯,嘣地一下把头割下来了,等趴下身子要喝水时却怎么都喝不上,嘴没有了,他爬起来找嘴,眼睛也没有了,这人一下子急火攻心,气死在了河边上。

大家听完哄笑着说,八爷胡㖊呢,头割了还不死,还能趴下喝水?闹腾了一阵，不知怎么就说到了上吊。余有权说："听人说人死的那一会儿受活得很，你们谁个知道上吊是咋么个感觉？"

大家嘻嘻哈哈你说这样，我说那样，莫衷一是。根娃出了个主意："谁个都没试活过，不知道上吊是咋么回子事，咱让八爷试活一下嘛。"说着，找了根捆草的绳子拴在树杈上，怂恿着八爷试试，众人也都跟着起哄。余有权架不住怂恿，好奇心被逗起来了。他走到树下，抓住绳子拽了拽，感觉拴得很结实，就对大家说："我听人说，吊上去不成了的时候肩膀就塌咧，你们看我肩膀一塌，就赶紧往下取，可不敢耽搁。"

"知道，知道，不把你真个往死里吊。"众人一边嬉笑着，一边哄唆着余有权往绳子底下站。

几个人把余有权抬起来往绳套里送，脑袋伸进绳套后，他试图用双手去抓绳索，但就在这时大家松手了，只见八爷的身子往下一沉，两个肩膀自然下垂了。女人们吓得尖叫起来，喊叫着让赶紧放下来，根娃站在八爷跟前，仰头看着说："这老尿装着呢，再等一会儿。"

大家一片寂静，所有的目光都集中在余有权脸上。也就十几秒的工夫，大家看到余有权的眼睛往上一翻，脸突然紫了。情知不妙，几个小伙子赶紧把他放了下来，这会儿八爷已经没气了，浑身软得出奇。这天正好东队的人也在不远处割麦，这边把人往绳套里送的时候，那边也有人跑过来看热闹。大家把余有权放倒后，东队的刘玉林赶紧跑过来，猛按八爷的胸部。刘玉林在消防队学过一些急救知识，按了好一会儿，余有权胸腔里咕噜一声，吐出一口气，慢慢睁开了眼睛，大家这才松了口气。有人埋怨根娃："我说快放快放，根娃这尿还说等一下，险些乎把老家伙真的吊死咧。"

"我还当老尿装着呢，谁个知道这么快就不成咧，这老尿也太不顶劲咧。"根娃粗着脖子争辩。

余有权静静地躺在那里，好像刚出完大力累瘫了一样，别人说的这些似乎都与他无关。大约两袋烟工夫，余有权慢慢坐起来，活动了一会儿脖子，又慢慢站起来，仰头看了看还挂在树杈上的吊过他的绳子，然后拾起地上一把镰刀，突然向根娃扑过去："你个狗日的，还把我老命要咧呢！"根娃吓得转身就跑。这时，人们才放心地发出一阵嬉笑声。

晚上吃饭的时候，余家俊把这事说给他父母听，菊梅仍心有余悸地在旁边说："八大弄的这是啥事情嘛，把人都吓死咧。"他妈恨恨地说："老八那个逛鬼尽出些古怪，都这岁数咧还按不住个轻重，还把个人家往死里弄开咧。"父亲点着烟锅慢慢咂着对余家俊两口子说："你八大那人你们不知道，连你爷是一个性格，心大得很，就不是这个庄子里能卧下的，只不过现在时候不对，窝在家里头不能出去，他这么弄古怪是心里实实地太木囊咧，个人给个人寻刺激呢。"

这天晚上，余有权在家里也不好过，被老婆翻了脸臭骂了一通。后来有人问余有权，吊上去是咋么个感觉？余有权摇着头说："把他家的，有啥感觉呢，脖子一疼啥啥都不知道咧。唉，人假假的。"

麦收过后，整个原地突然间低了一截。打眼望去，除了正在拔节的玉米更显出油油的绿色，原先麦浪翻滚的田地里，只剩下一片片在阳光下泛着白光的麦茬。人欢马叫的夏季抢收之后，紧接着，原坡地上又一次呈现出耕牛遍地走的景象。

等这一阶段小忙之后，便迎来一个短期的农闲季节。这时候，各个生产队也就开始晒场打碾了。这时节，应该说是一年中除过年之外最美好的季节。虽然生产队的麦子还没有打碾分配，可各家自留地里的新麦子已经上了案板。吃饱了长面与新麦面馍馍的人们，丢弃了一春的困乏，脸上泛起满足的红润。于是场院上地埂边也就自然漾起一派收成之后的喜悦气氛。牛哞与人欢不时响起，昭示着夏收的成果已经到了囤边。

然而，人一旦吃饱了肚子就容易生事，给这一派和谐的氛围造出一些不和谐来。农忙假结束这天，余家俊晚上没有回家，住在学校给学生准备考试卷子。第二天早上天还没亮,他被一阵激烈嘈杂的声音惊醒,坐起身听了听,好像是呼喊打斗声,声音就在院墙外面,而且一阵紧似一阵。他赶紧穿鞋跑出去,猛然间就被眼前的阵势惊呆了,黑影里一场械斗正打得难解难分,也看不清是谁和谁。他仔细分辨了一会儿,才看清是西队的余兴豪、余兴杰兄弟两个,拿着镢头把联手打他们的族兄余兴敖。余兴敖的儿子满仓虽然已是二十多岁的小伙子,长得也是膀大腰圆,可是面对两个如狼似虎的叔叔却不敢出手,只是嘴里不停地叫着大大,挡了这个又劝那个。余兴敖手里的一把铁锨,挡不住两条镢把的左右攻击,几次都被打倒在地。余家俊看清了情况,一股怒火就升了起来,哪有这样欺负人的,两个打一个,还招招都下死手。于是不顾自己的安危,大吼一声冲上去拉架。但他那个小身板哪能拦住两个壮汉的冲击,慌乱中自己的屁股上挨了一家伙,差点儿被打趴下。

械斗持续了几十分钟,直到天渐渐亮了,上工的人们都出来了,才在众人的劝解下平息了。就在这年春天,不到一个月的时间里,余兴豪连续两次殴打了与他同宗的老哥余兴敖。第一回打架是在饲养站,余兴豪把余兴敖撂翻,抓住余兴敖的两条腿拖着走,把余兴敖的脊背蹭掉了一大块皮肉。这一回械斗是怎么引起的没人知道,但这一回余兴敖被兄弟两人联手打坏了,躺在地上不能动弹。满仓把他父亲背回家,就去找陈化云来给治伤。余家俊下午放学后去看了一下,余兴敖两条腿缠着纱布躺在炕上,脸颊和胳膊上也有瘀血。陈化云说,这伤至少得躺一个月。当时村里有人议论,余兴敖的力气原本好得很,余兴豪未必是他的对手,只是挨批斗的人不敢还手,只能死挨着。而余兴豪兄弟也正是看好了这一点,才敢下此死手。

余兴敖在西队属于比较富裕的人家,人口少劳力壮,还养着一头不错的白驴,推磨驮水可以省去很多人力。余兴敖乐于给人帮忙,谁家有事用个驴什么的,也都很大方,在村里人缘不错。只是许多年前家里遇上困难时,偷过队里的粮食,就成了有前科的人,运动一来就被揪出来成了牛鬼蛇神。他家与余兴豪本是同宗,刚出五服不远,还是很近的本家,可是两家总好像有解不开的疙瘩，时不时就有怨怼。余兴豪是队里的饲养员，牲口喂得挺好，就是为人不成，今天和这个拌嘴，明天和那个嚷仗，凭着一身蛮力和野性子打七个撞八个，在村里树敌颇多，人们都不愿招惹他，对他敬而远之。这次事件在村里引起的震动不小，人们对此议论纷纷，不管事情的起因如何，天不亮就打架，而且是锨把相向，这分明是要置人于死地，情节过于恶劣。

傍晚吃过饭，余家俊到大伯家去，把早上看到的情况和村里人的议论跟大伯说了。余家俊问大伯，出了这样的事情，他怎么不出面过问一下？大伯看他一眼，咕噜噜抽着水烟没言传。余家俊有些着急："余兴豪那坏尿现在张狂得没边边咧，你再不收拾一下，那尿粘上些鸡毛就要上天呀！"余有礼慢条斯理地又抽了两锅水烟，放下烟壶，端起茶碗喝了一口才说："你娃不知道这里头的事情，着啥急呢。"余家俊还是有些激愤不平："两家子有啥仇呢，下这狠手，把人都打残咧。这股子歪风不煞一下，村里就没个规矩咧。"余有礼看着侄儿愤愤的样子，心里自是喜欢，笑笑说："俊娃你这愤世不平、嫉恶如仇的性格很好，是你爷的孙娃子。可是要办一件事情，首先要把事情的根底弄清楚，还要瞅准机会，才能把事情办好；如果只凭着一股子血性，糊里糊涂地整，不仅事情办不成，弄得不好可能还把自家装进去。这两家子的仇结得远咧，总要解一下的。"

余兴豪的父亲余老四解放前干过土匪，不过他干的不是啸聚山林杀人越货的那种，而是平时在家种地，过老百姓的普通日子，有了买卖，头领发出信息便相聚行事。解放前两三年，余老四参与了一桩大生意，拿回家好多值钱的东西，凭这些东西，一家人十年光阴不用犯愁。可没想到，余老四回家没几天，就被县里的警察抄了窝，赃物和人一起被押解到县警局的班房子里，那一顿审讯把腿都打折了，就那样瘸着腿在牢里蹲到解放后才被放出来。余老四被抓的时候，余兴敖正在县城的棺材铺里当相公，经常往来于县城和家里。余老四一家人怀疑是余兴敖出卖了余老四，致使他们家遭受了那么大的罪孽。解放后的前十几年，镇反、肃反等各种运动频繁，每回都有很强大的打击力度，余老四戴着坏分子帽子，而余兴敖是贫农成分，一家人想报仇却不敢轻举妄动，直到现在余兴敖被揪出来，也成了阶级敌人，余兴豪兄弟才有了报仇的机会。至于那件事情究竟是不是余兴敖告的密，只有余兴敖自己清楚，别人无从知晓，但两家的仇却结牢了。

　　余有礼讲了这些往事之后说："你来之前，已经有好几个人来过咧，都让我整治一下这两个坏尿呢。可是现在余兴敖是个批斗对象，在阶级敌人窝窝里装着呢，我咋么管呢？会上骂一顿不解决啥问题，收拾劲大咧，就会有人挖窟窿下蛆，说我包庇阶级敌人，打击贫下中农。"余家俊着急地问："那这个事情就放下不管咧？"余有礼摸摸下巴上粗糙的胡子茬儿，说："这事不能着急，那两个鬼子尿的毛病我清楚得很，外头的气撒完咧，内窝子里就该整咧，你等着，瞅准一个好机会，看我咋收拾他们。"

　　麦子上场的时候，最是男男女女打情骂俏、挑逗煽情的时节。新麦喂饱了肚子，穿得又单薄，活也轻松，而且还有大段的空闲，这就给年轻的或已经不年轻的男女们留足了胡闹的时间。村里的娱乐多半来自下三路，不论男女调笑起来就没遮没拦，一张嘴就能让青春少女的脸红到耳朵根。露娃混在这样的一堆人里，起初很不适应，常被那些荤话搞得面红耳赤，但时间一长也就无所谓了。

　　露娃自从春上回到娘家，再也没有遭到婆家的干扰，清清静静地已经住了一个多月。这期间她那个烂干女婿来过几次，但都不敢进门，趴在崖背上喊两声说几句，露娃不搭理，也就灰塌塌地走了。一个多月里，露娃除了割麦那些日子在家负责做饭，其他时间都是替她妈上工，让她妈在家里休息。村里人都知道了露娃的遭遇，对这个女娃有了同情，也就不再笑话她常住娘家，露娃也就像回到了出嫁前，又成了这里的社员。

　　那天下午，队长开会去了，不在场上，大家就闹得有些邪乎。牛根娃不知咋地抓了一把麦衣，塞进旺财媳妇的裤腰里。旺财媳妇原本就骚，你不招她她都会招你，你既然主动找上门来，岂能得以轻饶。结果一声呼号招来了好几个年轻媳妇一起围攻根娃。这些媳妇有一招绝活，就是专扒男人的裤子，不论是谁只要撞到她们手里，不一会儿便被压倒在麦草堆上，当众扒了裤子。根娃知道这些婆娘的厉害，挣脱围攻就往玉米地里跑，婆娘们哪能轻易放过，呼啦一下扑上去，就把根娃按倒在玉米地里。这时节玉米已经一人高了，场上的人们只看到玉米秆子乱晃，好半天不见人出来。又过了一会儿，几个婆娘才蔫蔫地出来。若在平常，婆娘们取胜之后总是兴高采烈地喊叫一阵子，但这一回几个人都臊眉耷眼的脸上露出几分羞涩。人们还没弄明白是怎么回事，场院另一头余兴杰跟他嫂子打起来了，人们的注意力一下子就被吸引过去。

原来叔嫂两人为了养活老人的事争吵起来。他们的父母原本是跟着余兴杰过的，费用由弟兄两个分摊。两年前，他们被打成"四类分子"的父亲招不住批斗，从羊圈的崖背上跳下来，摔成了重伤，躺在炕上不到一年，就嘴里念叨着"牛国辉拿舌头把我杀咧"的话咽了气。只剩下一个老妈后，余兴豪就不愿意再分摊了，理由是老人的窑院他兄弟占着，应该由他养活老妈。但余兴杰也有他的道理，原来都是分摊的，现在负担轻了，就更应该分摊。笨嘴拙舌的余兴杰吵不过嫂子，躁得不行，抄起一把木锨，抽了嫂子两锨把。吃了亏的嫂子声言让他等着，便扭达扭达回家了。不一会儿，余兴豪怒气冲冲地跑上场院，拉住他兄弟就打。余兴杰根本不是他哥的对手，三下两下就被摆翻在地。余兴豪一条腿跪压在弟弟腰间，一只手按住脑袋，照着耳门子就是几拳，直打得余兴杰鼻口流血。接着余兴豪又一手揽腰，一手抱腿，把余兴杰抱起来接连来了几个屁股蹾。

俗话说："三打不如一蹾。"这几下可真把余兴杰蹾坏了，躺在地上半天爬不起来。

过了一会儿，余兴杰缓过劲来，爬起来又向他哥扑去，两人便又扭打在一起。这时两个媳妇也参与了战斗。她们两人攻击的目标主要是各自男人对手的衣裳。村里人有一种意识，皮肉是自生的，衣裳是钱买的，皮肉破了自己能长上，衣裳破了就得做新的，而做一件衣裳是家庭中一项重大开支，所以在打架冲突中，撕扯衣裳是最解恨的方式。整个扭打过程中，当哥的始终占着上风，背部暴露的目标就大一些，留给弟媳妇进攻的机会也就多了一些，不一会儿就被弟媳妇扯了个精光。余兴杰打不过他哥，一直处于败落的下风后退的态势，留给嫂子的进攻机会也就相对少了一些，衣裳虽然被撕了，裤衩子还在身上。这时候，余兴杰一个闪失，被他哥夹住了脖子，一下子失去了战斗力。随着余兴豪猛力转身，余兴杰几乎被甩起来。情急之中，余兴杰左手抠住他哥的光屁股，右手一把攥住他哥裆里的那个东西，一下子把那玩意儿扯得有半尺多长。这一招让余兴豪顿然失去了斗志，凶猛的气势也猛然间萎蔫了。只见他满头是汗，脸色煞白，定定地站在那里任兄弟扯着，动不了啦。

　　这时候，人们才拥上去，把兄弟两个拉扯开来。余兴杰被人推到麦草堆上休息。没人去拉余兴豪，他自己弯下腰，撅着个黑黢黢的光屁股，双手扶着膝盖站了好一会儿，然后甩着裆里那堆黑黢黢的东西，踩着翻耕过的田地一颠一颠地回了家。

　　就在他们打得热火朝天的时候，已经有人把消息传递给了正在大队部开会的支书，余有礼带着参会的一班人来到了场上。大致了解了一下情况，就打发人到学校去把余家俊叫来。余家俊正在他的小屋里批改作业，听到来人传唤，撂下手里的活跟着跑过来，刚进场院就听见大伯的喊声："俊娃，你现在还是民兵连长，赶紧把你的民兵集合到这达来！"余家俊来不及细问，找人分头到各队去招呼民兵。不到半个钟头，几个生产队的基干民兵陆续赶了过来，有的背着枪，有的甩着两只空手。自从余家俊当了老师以后，民兵训练就停止了，民兵们也就放了羊，这会子猛然集合就慌乱得不成样子。余家俊集合整理一下这帮散兵游勇，列好队伍听支书指示。余有礼走到队前，把手里的两根绳子交给前列的民兵，说："就一句话，就在刚才，余兴豪弟兄两个在场上打锤,严重破坏了抓革命促生产的大好形势,我命令你们把这两个坏尿绑咧,拉到场院上来。"

这一帮散兵游勇平时除了劳动无所事事都憋得难受,遇上这样大显身手的机会,一个个摩拳擦掌跃跃欲试。几个人先扑过去把躺在麦草堆上还没缓过劲的余兴杰绑了,另有十几个人直奔余兴豪家。

刚刚大获全胜的余兴豪回到家,翻腾出一条大裤衩子穿上,点了一锅烟躺在炕上正要好好休息一会儿,突然间窑里闯进来一帮子人,他吃了一惊,刚要起身问话,这帮人却二话不说,扑上来就将他掀翻在地。余兴豪起初还想挣扎,但猛虎难敌群狼,被一帮二货几枪托子就打蔫了。余兴豪平时打七个撞八个树敌太多,积怨太深,逮着这样的机会还不得好好整治一下,于是这一绳子扎下去就没了轻重,直接把尿都捆出来了,刚穿上的大裤衩子尿湿了一大片。

两个捆得像死猪一样的家伙被带到场上时,东、西两队的社员也都陆续会集过来,余有礼宣布开一个临时现场会,以这兄弟两人打架事件为典型,整治一下村里的歪风邪气。刚开始余兴豪很不服气,嚷嚷着兄弟两个打锤是他们自己的家事,别人管不着。余有礼训斥道:"你们个人家里的事情,你们把门关住往死里整,没人管你们那些烂事,但是你们公然在劳动场所打得你死我活,把一场好好的劳动给搅和咧,这就是破坏抓革命促生产,破坏革命的大好形势。"这几句话把余兴豪镇住了,刚才还涨红的脸突然就变得煞白了。他知道支书后面这两句话的分量,砸到身上可不是闹着玩的,特别是在"一打三反"运动的过程中,单凭破坏抓革命促生产这一条,弄到班房子里蹲几天是很随便的。余有礼顿了顿又说:"这些年你娃仗着身板子硬,力气大,欺行霸市,打这个,骂那个,还没有王法咧,你就日能得上天呀,今儿不把你两个坏尿好好整治一下,你还不知道马王爷长着三只眼。我把话给你两个说白咧,今儿个乖乖地低头认错,争取乡亲们的原谅,获得宽大处理,这事就算过去咧,你两个要是不老实,就把你坏尿揪出来,戴上坏分子帽子，连'四类分子'一搭里管制劳动；再不成县城里的班房子还没满呢，你就到那达去吃几天牢饭！"

这一来余兴豪彻底尿了，嘴里叫着大大，让说啥就说啥，最后连喂牲口时克扣牲口料的事情都交代了。

一场临时现场会一直开到日落西山、鸦雀回巢。几个民兵解开捆绑的绳索时，平时威武豪横的兄弟俩都软得立不住筒子了，余兴豪不知道是被绳子扎屎了，还是被他兄弟捏坏了家什，一场会下来尿水子就没断过。从那以后一年多时间里，余兴豪一直夹着尻子，再没张狂过。

露娃这一个下午真是经历了一回人生面面观。虽然她是这个村子长大的，但过去很少参加集体劳动，再加上又外出了几年，对村里的劳动生活并不十分了解，像这样男女间肆无忌惮地调笑胡闹，以及兄弟间下死手互殴，都让她十分震惊。刚看到打架时，她的心揪成了一团，害怕得不行。直到余有礼出现在场上，她的心才安稳了下来。后来看到余家俊领着民兵捆绑批斗余兴豪兄弟，她又为余家俊的威风凛凛偷偷地高兴。自从那次畅谈之后，他们已经很久没有照面了。尽管他们已经约定，不再打扰对方的生活，但心里的那份牵挂还是轻易放不下。虽然眼前整个过程中余家俊忙于公事，没有机会和她招呼，但是他的精神状态还是让她满意的。将要走出场院的时候，她感觉到余家俊的眼光朝她这边投射过来，便冲他竖了一下大拇指，她看到他的脸上露出了憨憨的笑意。

17

自从余家俊当了民办教师，余有礼好像忘了大队里团支部书记和文书的事情了，他只是在麦子拔节之前催促着公社，将副支书的任命批下来，其他的事情都一股脑儿地抛在了一边。牛国辉试探地问了两回，余有礼都以麦收前实在太忙，先以抓革命促生产为重，其他的事情都等麦收后再议，就把事情放下横不提竖不提了。

自从夏收以来，村里的事情的确很多，抢收抢种、秋田追肥这些日常工作之外，骛乱事情也层出不穷。刚刚收拾完余兴豪兄弟两个，几个生产队的场院上又不安宁了。一年里饿急了眼的社员，看见满场新麦子，没有不眼红的，尤其女人堆里，偷粮之风盛起。鞋壳朗里、裤腿脚里，都成了藏粮食的地方，有些女人干脆在裤裆里缝一个口袋，逮着机会就装一把。那段时间，但凡在场院干活的人，几乎都在偷摸，基本没有走空的。几个生产队都制定了严格规定，不论男人女人，收工时一律脱鞋，解开裤脚绑腿，把麦子搕尽倒完再走。然而即使这样，仍然断绝不了偷粮行为。余有礼把几个生产队长叫到一起，下了死令，必须严厉遏制这股风气，要是明天还刹不住这股子歪风，你们几个队长就都回家抱娃娃去。

第二天傍晚收工时，余兴汉带着几个人出现在场院里。要求女人们把藏在裤裆里的麦子倒下再走。几个中年妇女带头起了哄，一个说："队长，你把你老婆看咧几十年咧，还没看够吗，还要看我们的呢。"另一个又接上来："长的都是一个尿势相，没个啥看头。"随即就是一阵放浪的嬉笑。

余兴汉打发走自己的两个女儿，虎着脸站在那里，无论对方说什么，只是一副不留下麦子就别想走出场院的架势。这样相持了好半天，女人们着急了，嚷嚷着要回家做饭。长余兴汉一辈的牛子妈耐不住劲，首先向余兴汉发难。她走到余兴汉跟前，撩起衣襟就解裤带："你不是要看呢吗，我脱咧，你把头塞老娘裆里看一下有没有。"说着就要往下抹裤子。她毕竟是长辈，当众这么干，无疑在扇余兴汉的脸。余兴汉一句话不说，掉转头背着手走了。在他身后，又是一阵更加放浪的哄笑。尽管平时余兴汉以二球著称，但在一群泼妇面前也只好甘拜下风。

女人们以为这一下把余兴汉治住了，第二天便肆无忌惮地装起了麦子。

然而收工的时候,余兴汉又一次来到场上,这回不仅多了几个基干民兵,还多了一个从公社来的女干部,这一来女人们傻眼啦。余兴汉指挥着民兵们,把但凡有偷麦子嫌疑的女人一个个吆赶到场屋门前,挨个儿进屋站在一个大簸篮里,由女干部监督着脱了裤子倒麦子。女干部年龄不大,但人很厉害,你要不脱,她上手就给你扒。以牛子妈为首的几个被扒过裤子的女人,聚集在场院与学校之间的村路上,跳着脚大骂,把一肚子毒怨都冲着女干部泼洒出去,招招不离下三路,直到余有礼路过怒吼一声,这才把一帮撒泼女人驱散。

这种场景,三十多年后在一部历史题材的电视剧中又重现了一回,不知道剧中的那个情节,是不是从现实生活中得到的启迪。不过这一招果然管用,场上偷麦子的风气得到了有效扼制。

可怜之人必有可恨之处,这话真是不假。饿肚子的时候,一个个可怜得像鬼子尿一样,刚刚吃了几天饱饭,就挖窟窿下蛆地要干点出格的事情。队里的麦子刚分了头一茬,就有人开始摇碗子押宝,干起了赌博的勾当。没过几天就把村里的许多男人勾引得猴急心跳,等不到天黑。而像旺财媳妇那样的几个骚情女人,也逮住这难得的机会勾引野汉子,给自己找一份开心受活。当然她们瞄准的对象,就是那个"跟驴驹子一样"的老光棍根娃,都想试活一下根娃的家什和自己的男人有什么不一样。

这些偷鸡摸狗的烂事,自然避不开余有礼的耳目,起初余有礼没太在意,觉着大家都不容易,当了近一年的活死人,现在总算活泛起来了,要就要一下,驱一驱身上心里的晦气,过几天舒心的日子。但是当他风闻这些事情愈演愈烈,以致要影响到村人的生产生活时,立马表现出极大的愤怒:这还了得,一点儿规矩都没有了,社会主义新农村让这些失八欻弄成个啥样子,吃喝嫖赌都占全了!他马上让人通知支部成员到大队部开会,通报情况并研究整治办法。

余有礼对设局聚赌是深恶痛绝的,而这深恶痛绝是有历史渊源的。他自小就听爷爷说,余家祖上出过两个赌博轱辘子,一个是只进不出的钱串子,一个是只出不进的败家子。钱串子先人是个赌神,凭着一个碗子走天下,逢赌必赢,赢了粮食赢银子,赢了牲口又赢地,十年间赢了个盆满钵满,愣是把一个平民之家弄成了一条原上的富户。可是输家们也不是善茬儿,他们合起伙来勾结了土匪,在钱串子背着钱褡子回家的路上将他绑了票,十年的"劳动所得"全都做了赎金,最终落了个撕票的结果。败家子先人同样也是豪赌,只不过他是个地地道道的背时鬼,逢赌必输,越是急于翻本,陷得就越深。自从染上这个毛病,四五年的工夫,就把上两三辈子辛辛苦苦积攒下来的家业输光当净,最后饿死在异乡一个破废窑洞里。从余有礼太爷那一辈起,余家的家规里就加上了这样一句话:余家子孙有涉赌者,断其一指逐出家门。这个家训一直赫然写在余家谱牒的序言之中,给后世家族起着严厉的警示。解放前,家族谱牒与祖先牌位一起,供奉在作为家祠的一孔窑里,供后世膜拜。解放后这些都作为"封、资、修"的残渣余孽被扫除了,余尚武在世时,每年三十晚夕偷偷拿出来供上一炷香,带领家人磕头祭拜一番。虽然族谱藏起来了,但家训中的这段文字早已深深镌刻在余有礼的心里,使他一生不敢忘记。

已是下午时分,支部成员聚拢以后,余有礼先让大家把听到的情况碰一碰,然后商讨整治办法。大家七嘴八舌议论了半天,也没有议出个所以然来,还有人说社员们苦熬了一年,好不容易松一口气,要就让耍几天么,反正输了赢了都是他们个人家的事情,给队里找不上麻烦。余有礼立马严厉制止了这种说法,要求大家必须把思想集中到严厉打击绝不手软这一框架之下,统一思想统一行动。随后也不再征求大家的意见,按照自己的想法进行了具体部署:支部成员回去后,立即摸清各村赌博窝点的情况,天黑之前到大队部集中汇报,由牛国辉召集没有参与过赌博的基干民兵组成清查组,准备查抄各村的赌博窝点,缉拿所有参赌人员。余有礼告诫大家,这次行动必须严格保密,如果有谁走漏了风声,一经查清就与赌博分子同罪,受到同样的惩罚。组织民兵的过程中，也不能透露信息，行动之前要绝对保密，争取一战成功。

牛国辉本想推脱责任，问余有礼，组织民兵应该是民兵连长的事情，为啥不让余家俊挑头？余有礼笑着说，这样的行动都是在半夜里，一弄就是一夜，余家俊领头干肯定没问题，可是第二天娃娃们的课咋上呢？总不能让娃娃们放羊吧？我看还是你辛苦一下，你办事到底比年轻人稳妥些。余有礼把话说到这个分上，牛国辉也就没话可说了。

当天夜里，支部成员分头带领基干民兵直捣各村设局赌博的窝点，一举端掉了五个赌窝，抓获参赌社员三十多人，其中还有三个外村人。余有礼下令将三个外村人绑了，待天亮后送交公社派出所。本村的赌徒都押到大队部，等候处理。一下子弄来三十多个人，大队部的窑里根本挤不下，就在窑前的空地上蹲下一大片。

这段时间，正好毛主席发表了"深挖洞，广积粮，不称霸"的最高指示，全国各地都掀起了一场深挖洞的热潮，余家磨坊也不甘落后，正准备在各村择地开挖防空洞，以积极响应党中央的号召。经大队党支部连夜研究决定，这个任务就砸在这些赌徒头上，以示惩罚。挖洞期间不计工分，工程完毕惩罚结束。各生产队可根据挖洞的难易程度设定每天的工作量，必须保质保量完成，完不成的晚上加班加点。这一来这帮二货可就惨了，挖防空洞和打窑一样是强体力活，而且有很高的危险性，不计工分不管饭，还要干强体力活，真是赔了夫人又折兵，自留地里打下的那点儿麦子算是白瞎了。

这一回抓赌，西队老队长余怀康和大儿子焕子一起被捂在里面。焕子是个羊倌，无所谓丢人不丢人，下一段苦力也就罢了。老队长余怀康在村里是头面人物，这一回真是"癞蛤蟆过门槛，既蹾尻子又伤脸"。在余有礼的震怒之下，他这个副队长肯定是干不成了，而且还要跟着一帮赌博轱辘子去下苦力，一张老脸真不知道该往哪里搁。对这一事件，余有礼已经有言在先：这是整治伤风败俗、打击歪风邪气的一大战役，对参赌者的惩戒一视同仁，谁都不许说情，不许搞特殊，更不许逃避惩戒。

在人们的印象中，自从运动开始以来，余有礼一直是以平和的心态和方式处理村里的事情，即使在武斗、抄家、大揪斗、破"四旧"的过程中，他也是尽力压制造反派的行动，维持着村里的稳定。虽然有几个年轻人也曾扛着马刀吆喝着要革命，要造反，要斗争，也揪斗了一些人，但并没有因此影响到村里正常的生产生活秩序，他以柔克刚地化解了许多矛盾，几年中村里没有发生过武斗或打砸抢之类的恶性事件。那时候人们感觉到的是他身上的圆滑与老到，觉得在他身上好像已经没有了土改时期的虎虎生气，那股子威风与霸气也随着岁月的流逝而渐行散淡，以至于随风消散。有人说，老虎老了牙都掉呢，余大拿到底老了。然而眼前对这一系列事情的处置，人们猛然发现，威风与霸气一直就在这个人身上，只是不轻易显露罢了，余大拿还是原来那个余大拿，只不过老虎不发威，让人们当成病猫了。余家俊也从这几件事情中领略了大伯的霹雳手段，不得不为大伯的沉稳与果断折服。

麦场上刚刚收拾清楚没几天，一场大雨袭击了桑树原。虽然大面积的秋田和刚刚出苗的小秋作物，经过一个麦季的晴天，雨水正逢其时，但是荒坡野地以及沟壑间，无法吸纳的雨水迅速汇集，形成了一股声势浩大的山洪，在沟里咆哮奔腾了好一阵子，摧枯拉朽地扫荡了整个沟底。余有权经过三四年辛苦努力，在山泉下祖先们曾经设立磨坊的沟渠两旁开发出的一块块菜地，半个钟头之内全线崩溃，恢复成了原来的面貌。这对余有权的打击，无异于兜头一闷棍，打得他眼花缭乱、胸闷气短，一时间分不清东南西北，躺在炕上呻呻唤唤叫苦连天。

这天晚饭以后，余有礼溜溜达达地趔到老八家里，照着余有权的屁股就是一巴掌。正在梦周公的余有权被惊得一跃而起，正待发作，睁眼看清是大哥立在面前，就把刚刚涌起的火气收敛了下去。

"对咧对咧，这都睡了几天咧，还装死狗呢吗？"余有礼说着，一偏腿跨坐在炕沿上。余有权双手搓把脸让自己清醒了一点儿，也不说话，两眼直勾勾地盯着余有礼。"咋咧,还跟上周公周游列国着呢,游到女儿国了吗?"余有礼开了一句玩笑,取下烟袋锅从烟荷包里搵烟点烟。余有权这才撇了一下嘴,没好气地道:"我这心里木囊得就像驴鞭戳到腔子里咧,你还有心思开玩笑呢。"余有礼佯装生气地瞪起眼睛:"你看你这些出息,天灾人祸的事情,睡上两天把心乏解一下就对咧,还把你木囊死吧。"没想到余有权还真生气了,也瞪起眼睛道:"你余老大站下拉屎腰不疼,那一亩多地我费咧三年工夫才务劳成,一场山洪就刨咧,我不心疼不木囊吗?你余大拿在村里把威风耍完咧,还要在我这达耍一折子呢吗?我给你说,我可不尿你那一壶。"余有礼哈哈笑着:"你余老八真正是桑树原上的人物尖尖,你的眼窝里夹过谁个,我的这一壶还是我个人尿,你把你的那一泡就憋着。"

兄弟两个在窑里说话,老八媳妇听到大哥的声音,泡了一杯茯茶端过来,对老大说:"大哥你看嘛,直直睡咧三天咧,就像死咧娘老子一样。我说你睡着能把那些地睡回来吗,老天爷给你刨咧的,你还跟老天爷打一仗呢。"余有权不耐烦地挥挥手:"走走走,男人们说话呢,女人家插的啥嘴,去把你该干的事情干去。"

赶走了老婆,余有权的心情平静了一些,这才坐正了身子,把炕棱上的烟笸箩拉过来装烟吃烟。余有礼端起茶杯呷了一口,心平气和地说:"这几年你一门心思务劳你的那些个菜地呢,我也不好打扰你,给村里提供些菜,增加些收入都是好事情。这一回天灾人祸把地给你刨咧,你也就把那念想断咧,回队里来干些正经事情。"老八又瞪起眼睛:"咋咧,我干的那事情还不正经咧?"余有礼见这位老弟端着一副抬杠的架势,知道不能跟他硬戗,就转了话题:"前些日子抓赌,没想到把怀康爷父两个一搭里捂住咧,我正在火头上,就把他那个副队长当场撤咧。咱们都知道,余兴汉那尿是个失八欻,怀康当个副队长不管能力强不强,总还能起个制衡作用,那尿还不至于放脱咧胡整,现在没有怀康咧,让这尿一个人甩,怕是有问题呢。"余有礼喝了一口茶,接着说:"从全大队的情况看,西队的这些人狡诈些,烂尿事情也就多些。你听说了吗,根娃这厮最近红火得很,还行市见长,经常有油饼子吃呢。"余有权嘿嘿地坏笑两声:"把那烂厮事情有啥打听头呢,根娃能让女人们娱乐一阵子,也不是啥太坏的事情。权当天快冷咧,他就是个发帽子的。"余有礼哈哈一笑:"你这逛鬼嘴里啥时间能有个正经话。"然后正色道:"再不要胡㖏,我跟你说正经事情呢。我的意思是,沟里的地已经没有咧,你就把你那坛场拾掇过,回到队里来,把怀康的那个缺顶上你看咋个项?"余有权头摇得跟拨浪鼓一样,撇着嘴不屑地说:"我没事干咧弄那事情呢,当个生产队长么还是个副的,你快把你那白话收拾好,该害谁个咧害谁个去,我没时间连你谝闲传,我还睡呀。"说着作势就要往下躺。

余有礼咂着烟锅慢悠悠地说:"你余老八的本事我清楚么,大得当个县长怕是都挡不住,我记得你年轻的那会子,见天扯着个脖子唱我们是共产主义接班人呢,可是你这个接班人,几十年咧还没接上个班,也没人来请咱去当个县长,咱还就得在现眼前的这些地里刨生活呢,你就是有日天的本事,在咱这刨地的坛场上使不上力。"这一席风凉话把余有权说臊了,又恢复了坐姿,垂头丧气地拾起烟锅来。看着老八的躁气被打下去了,余有礼又拿出说正事的神态:"余兴汉这厮人虽然失八欻,就是你说的愚而诈,不过他把这个队还能提住,大方向上不会出啥问题,可就是不能让他一个人提上了甩。我把这个队里的人捋抹咧一下,也就你一个能把他唬住,所以我就想,你先在这达屈就上一段时间,等我把牛国辉这一尊神搬走咧以后,你就正儿八经地把大队长当上,到那时候,你把俊娃好好带几年,咱们的班就有人接咧。说到底,还是咱们自己的娃娃让人放心。"

余有礼的这些心思,余有权其实早已知晓,余有礼曾不止一次向他透露过心迹,只不过他对这些事情不感兴趣,听完也就完了,不往心里去。他是个心很大的人,就像余有礼说的,不是桑树原上能卧下的。早在十几年前他还不到三十岁的时候,就对农村大炼钢铁、办公共食堂产生了厌烦,把老婆娃娃交代给余有礼,自己学着二叔的做派闯荡世界去了。他先去了庆阳,董志原虽然大，但毕竟还是个原，天地不够开阔，于是又去了宝鸡、西安，然后又从内蒙古边缘一路浪到了宁夏，在银川落下了脚。起初他是凭着一身务劳庄稼的好把式和一手打窑立庄子的手艺闯世界的，渐渐地对园艺果木产生了兴趣。余有权是个聪明人，学什么上手都很快，在西安一个果园里干了一年多时间，就连偷带抢地学会了不少园艺技术，俨然一个像模像样的园艺师。到银川以后，正赶上果树修枝季节，余有权被一个果园雇去干活，他熟练的手艺和干净利落的做事风格，被一位来参观的老将军看中了，邀请他到家里帮着打理果树花园。当时正是"三年困难时期"，饿殍遍野的时候，这样的差事是打着灯笼也难找到的，余有权二话不说，立马收拾了他的铺盖卷就跟老将军走。老将军示意他把那个破铺盖卷扔了，说家里有房子给他住，一应设施齐全，用不着他这个铺盖卷了。余有权忍着心疼扔掉铺盖卷，拍打干净身上的尘土，跟着将军上了小卧车，看了一路戈壁沙漠和绿洲，进入了银川城边上一个很大的庄园。

到这里余有权才知道，将军是这个省级区域的军事头脑人物，可以说是封疆大吏。将军即将离休，国家把过去一个军阀的庄园拨给了他，供他颐养天年。这个庄园有四五十亩地，一栋很大的西式别墅，旁边不远处还有一排供工作人员居住的平房，庄园里有花园，有果园，有菜地，绿荫匝地，草木葱茏。老军人好像都有一个共同爱好，就是养鸡，所以园子里头还新建了一个能养百十只鸡的鸡舍。在这里，余有权知道了小卧车的感觉，知道了住单间睡软床的受活，知道了厨子饭菜的味道和抽水马桶的舒服，总之，在这里他才品味到了人生的另一种滋味。起初余有权只是负责果木和花园，后来菜地和鸡舍也归他管理，他成了园子里的工头。余有权人很本分，有眼色，又天生勤快，这些都很得老将军和他家人的赏识，两年以后他就成了庄园的总管，成了体制外的生活秘书。后边的几年里，余有权拿着排级干部的工资，吃着干部的小灶，可以说比当年二叔过的日子还品麻。老将军曾推心置腹地跟余有权说，只要他活着，这个园子里就有他小余子的位置。再干上两年，他跟当地政府要求，把他的户口转过来，弄成正式工人，把家小都可以带出来。

两年之后，正当老将军对余有权有了彻底的信任，指派秘书开始运作他的户口和工作指标时，轰轰烈烈的运动开始了。威风八面的老将军，一夜之间成了走资派，被打翻在地，戴上高帽子游街批斗。时隔不久，庄园被红卫兵占领，将军一家被扫地出门，一帮工作人员也都作鸟兽散。当时全国已经乱了，到处是文攻武卫，再想找工作已无可能。造反团体的头头劝他留下来，一起揭批老将军的反革命罪行，余有权扔下一句"亏你们先人呢"，就背起他不错的铺盖卷，带上一大堆私人物品，离开庄园打道回府。

辗转到家后，村子里虽然有大哥维持着，不像外面那样鹜乱，也没有掀起武斗，但破"四旧"批斗会还是经常不断。各家的祖先牌位都被砸了，稍微好看一点的门楼上的屋脊六兽也被铲除，原有的"四类分子"之外，还揪出了一批新的"牛鬼蛇神"，三天一小批，五天一大斗，地里的活没人上心，全干了这些事情。余有权打心眼里腻烦这种不着调的哄闹，想找一块清净的地方把自己躲起来，与这乱哄哄的世界隔绝。他在庄子前面的沟底踅摸到了这么一块地方，可以开出一亩多地。这个地方往上的一条沟岔里，有一眼山泉，是余家磨坊和韩家泉两个村子人畜共用的水源，泉眼有茶杯一样粗，一年四季清泉奔涌，夏季清凉，冬季温热，比后来市场上的任何矿泉水都好。只是当时没有技术，无法把这么好的泉水提取到原上，只能任其沿溪流淌。这条溪流流经沟底的两边，就是余有权看好的开荒种菜的地方。

余有权先跟大哥说了自己的想法，征得了同意，然后又跟生产队长余兴汉商量了具体的实施办法。其实余兴汉巴不得余有权有个事情干，不要掺和队里的事情。他深知这个八爷不是个省油的灯，眼睛里向来不揉沙子，而且在村里又有很强的号召力，有时候比那个老谋深算的余有礼还难对付，要是跟他争竞起来，自己根本不是对手，所以两人商量一拍即合。条件是，开荒种管一应事情由余有权一人负责，自负盈亏，队里给记全劳力工分，收获所得三七开，队里拿大头，个人拿小头，每年除春种夏收农忙季节余有权参加队里的集体劳动外，其余时间自行支配。第一年属于开荒期，从第二年起计算上缴任务，若不能完成下达的指标，缺额部分由承包者承担。这或许就是后来联产承包责任制的雏形。

　　从那时候起，余有权就把一门心思全都放到了沟里，开荒垦田，围堰筑坝，耕作施肥，播种灌溉，施展开他的十八般武艺，精心营造他的这块小天地。一年垦荒三年耕耘，四年的时间，余有权在这个远离喧嚣的沟底，优哉游哉地过着"不知有汉，无论魏晋"的桃花源般的日子。然而，天有不测风云，一场大雨半个钟头之内就把他三四年的心血一扫而光，把他刚刚做起来的美梦打了个粉碎，这怎能不让他捶胸顿足指天骂地。他自己也清楚，让他再花几年时间和精力，重新开辟那片小天地，他已经没有那个心劲了，所以只能听天由命地接受大哥的意见，回到队里干那个人嫌狗不爱的副队长。

　　兄弟两个到这会子才算走到一条巷子里。余有礼把目前面临的状况和对今后几年的打算，掰开揉碎地给余有权细细说道一遍，尤其是今年春上关于余家俊事情的受阻而引起的怀疑，促使他决心要出手打压牛家势力的想法，都一股脑儿倒给了老八。余有权也就此说了自己的看法，并提出了不骄不躁见机行事的建议。老八跟大哥开了一句玩笑："人都说一把手连二把手尿不到一个壶里，其实根本的原因是一把手把壶尿满咧，二把手憋得跳蹦子呢，没地方尿去，只能瞅机会给一把手踔卵子。"余有礼哈哈一阵大笑："能把事情看到这一步，说明你老八把人世上的事情悟得差不多咧。"

　　余有权上任后干的第一件事，就是把牛根娃送到赌博轱辘子的队伍里，去干挖洞的苦差。抓赌以前的那段日子，村子简直有些不像话了，各色人等赌的赌嫖的嫖，把个原本宁静的原上村落，扇乎成了斗兽场。只是抓赌容易抓嫖难，不可能夜夜盯梢各个击破，只能抓一两个典型给予震慑。这里边牛根娃干得最红火，几乎把自己弄成男妓并以此为职业。打击根娃一来给那些人敲响警钟让其自行收敛，二来以此给牛家人上点颜色。

这个村子原本是余姓和刘姓的地盘，不知道什么时候，一户逃荒过来的人家在这里站住了脚，日趋繁衍，渐渐形成了一个颇具规模的族群。刘姓人家多数都有祖传的田地，日子过得比较安稳，余姓人家多为贫困户，要不断地增加土地的占有量才能维持生活的平衡。原上本来土地资源不够丰富，随着人口的增加，对荒地开发的需求量也就不断提升，在这个过程中，为了争夺荒地，余牛两姓人家曾有过几次大规模械斗。牛姓毕竟是外来户，且人丁不旺，几次械斗都以落败收场，所以几十年来一直生活在余姓的阴影里。近些年，牛姓人家开始注重念书，还真出了几个到外地工作的，特别是出了一位在地区当官的，于是牛姓就逐渐地牛起来了，不太把余姓人往眼窝里夹，这便让余家人有了吃苍蝇的感觉，只是这种感觉拿不到台面上而已。

牛根娃过去在村人眼里，除了身板子结实以外，浑身上下再没有什么可取之处，一张扁脸好像小时候被他妈不小心坐了一屁股，只有一个小鼻头往上翘着，时时露出一脸憨气。眼睛虽然不算小，但是烂了一圈眼窝，总好像有擦不完的苍蝇屎。根娃家兄弟三个，根娃排行老二，他哥比他大七八岁，念过书，初中毕业被招工到青海去工作，他嫂子带着几个娃在村里。过去老大时不时寄钱回来，家里日子还可以，早几年父母过世以后，兄弟三个虽然还在一个窑院里生活，但已经分开单过了。分家以后，嫂子家的日子自是更进了一步，根娃和老三就过得有了上顿没下顿了。两年前老三娶了一个稍微有点智障的女人成了自己的家，只有根娃还一个人吃饱全家不饿地单甩着。自从被几个婆娘扒掉裤子以后，过去给人骚情都没人理视的老光棍，竟然意想不到地迎来了一段性福生活。旺财媳妇趁着旺财参与赌博夜不归宿时，把根娃招到家里去，第二天就把自己的感受说给了仓娃媳妇。这两个女人自从经过了一个炕上的事情以后，自然就成了无话不说的闺密。

这个信息一经传出，就把根娃的生活状况进行了一次颠覆性的改变。天天入洞房、夜夜做新郎成了这二货幸福日子的常态。当第三个女人把他引进家门后，这女人刚炸的一盆油饼吸引了根娃的注意，根娃称肚子饿了整不动,要吃个油饼提提精神。女人就把一盆油饼端到他面前让他吃,没想到这小子抓住好的不知道饱的,狼吞虎咽地一气吃了六个才住手。完事之后女人心疼地骂道:"你个驴日的,便宜让你占大咧。"

从这一回经验,根娃摸清了女人们的道行,便明明白白地涨了行市,没有油饼子休想上炕。这一来根娃抖起来了,没过多久就面色红润,腮帮子添肉,整个一副气血通泰秋阳还春的架势。根娃的名声也随着行市传到了村外,附近的几个村子也都有了根娃的洞房,光棍汉开始吹牛,要挺着一杆老枪游走世界,就像当年的余二爷一样,走他个九州十八县。

余有权和余兴汉商量好,又邀了两个年龄较大做事稳重的党员,一起把根娃唤来进行一次集体谈话,从这里遏制村里的伤风败俗现象。他们没有叫民兵排长等年轻人参与,是因为这事牵扯的都是二三十岁的女人,没谈话之前还不知道会牵扯到谁,一旦有当事人的家人在场,事情就尴尬了。根娃来了以后,还以为是叫他来开会的,美滋滋地坐下,掏出一包纸烟给大家散。根娃平时最大的愿望是当个二队长,就是给队长当个跟班,在队长的指挥下跑跑腿,吆喝吆喝别人,所以一听说叫他开会就特别兴奋。余兴汉接过纸烟放在鼻子下闻了闻,说:"你尻这一向日子过得滋润得很嘛,脸蛋子都吃成尻蛋子咧。"根娃嘿嘿笑着,颇为得意地说:"就过咧几天品麻日子,你就见不得穷汉家娃娃喝米汤咧。吃上一杆子纸烟,让你的嘴受活一下。"余兴汉乜斜着眼睛揶揄道:"我闻着这烟咋一股臊气子。"根娃似乎听出来话音不对,但还是觍着脸笑着说:"你吃烟就对咧,烟味道正着呢。"余兴汉把烟放在一边,盯着根娃说:"你这一向嫖红火咧,在村里搡倒一大片不说,还跑到外村里嫖去呢,你就不害怕把你娃的腰杆子闪折吗?"余兴汉一向以口无遮拦的二球形象示人,村里人也都习惯了他的胡说八道,所以根娃也就不把他的话当回事,面露自得地炫耀说:"我在底下呢,咱不费那劲。"

这时候,余有权摆下脸来敲敲桌子发话了:"牛根娃,今儿个把你叫来,不是听你胡谝传的,最近村里出现的这些伤风败俗现象,就是你娃起的带头作用,现在'一打三反'运动还正在风头上呢,我们不能看着你娃往犯罪的路上走,今儿我们老几个连你谈一次话,你把你这些日子弄下的事情一五一十地都说道一下。说得好,咱们跟大队支部商量个处理办法,自行解决;说得不好,咱就往公社一报,作为一个典型一绳子扎到班房子里,让你娃吃几天牢饭,把你吃胀咧的那些油饼子好好消化一下,咋么个项,你个人掂量。"

余有权的这段话根娃明白无误地听清楚了。他虽然经常跟余有权爷爷孙子没大小地斗嘴,但还是打心眼里对这位八爷有所忌惮,别看这位爷平时开起玩笑来没大没小没正形,跟个老顽童似的,一旦虎下脸来收拾人,不欺你一层皮不算完事。于是一股子凉气从根娃的屁股底下升起,穿过脊背直抵百会,以至于哆嗦得连纸烟都拿不住了。根娃从小没念过书,又有点缺心眼,经这一喝唬早都吓出尿来了,便一通竹筒倒豆子,连自己跌跋了几回牛的事情都说了出来。

第二天起,牛根娃扛起镢头加入到挖洞的行列。一时间甚嚣尘上的歪风戛然而止,村子里又恢复了往日的平静。

18

余家俊结婚已经半年多了,菊梅的肚子依然见不着一点儿动静。家俊妈着急了,生怕儿媳妇也跟自己年轻时候一样,几年不见动静,断了自己抱孙子的念想,时不时瞅着儿媳妇的肚子念叨:"你这是个啥地么,光见撒种不见长苗。"说得儿媳妇满脸通红,羞愧难当。余家俊也领着媳妇找陈化云号过脉,陈化云说他学艺不精,看不出个所以然来。两人也去找过李汝松,看西医有没有办法。李汝松开着玩笑说,我是个外科医生,不要的东西往外取是我的拿手戏，没有的东西往里添，我真没这个本事。他建议两人到县医院或者地区医院，做个系统检查，看看问题到底出在哪里。家俊大妈也很着急，亲事是她给牵的线，不会养娃可是个大问题，于是悄悄跑来跟家俊妈商量，让家俊偷偷到龙泉寺去烧个香，让神仙保佑给这一支子人家留下一股血脉。家俊妈感觉这是个好主意，就催促家俊赶紧去把这项重要事情办了。

这天初一逢集，又正好是个礼拜天，家俊装了一口袋猪饲料，到集上卖了置办些香火，晚上到龙泉寺去上香。余家俊扒拉了几口早饭，就扛起口袋加入到赶集的人流中。

县城集市的规模比较大，从县城东头，沿着那条先南北后东西的曲尺形街道一路延伸，直到县政府门前自然形成的广场上，由此再往北延展，接近河边的那片树林。余家俊扛着一口袋猪饲料，赶二十里山路到达县城时，正是集市最红火的时候。他没有往街道里面去，直接在广场边缘找了一个位置，打开口袋露出里面的东西，供人挑选。猪饲料虽然不重，但扛着一大口袋走二十里山路，还是要消耗很大体力的。他在口袋跟前蹲下来，从背包里掏出一杆一拃来长的小烟锅，点上烟跟旁边的人们闲谝。可谈的话题很宽泛，什么事情都能热热闹闹谝上一阵子。余家俊当了老师以后，没有时间往外跑，除了带媳妇找过一回李汝松，再没有到李院长那里闲坐过，自然也就没有纸烟抽了，他花两块钱买了一个烟锅，让菊梅给他做了一个烟荷包，正正经经装起了大人的样子。今天为了能快速成交卖出东西，他特意装了一口袋质量较好的荞麦花饲料。他的旁边隔一个摊位正好是个卖猪娃子的，看了他的货就要买下来。两人商量好价钱，倒换了口袋，就把一桩买卖做成了。

卖完猪饲料，看看天色尚早，余家俊就往街道里去，找他住在县城的同学，探询上龙泉寺的路径。运动开始以后，龙泉寺作为全县"封、资、修"的典型代表，首先受到造反派的冲击，从那以后游人绝迹，香火灭绝，山上的泉水肆无忌惮地顺坡而下，原来上山的路已经找不到踪影。余家俊在县中上学的时候，常常站在操场边上向龙泉寺隔河瞭望，半山的树影中远远能看到亭台楼阁、雕梁画栋的影子，还能看到几头牛在那里晃荡。他几次约了同学想爬上去看看，可是山脚下到处都是被山泉水泡软的稀泥，根本无处下脚，几次预谋都没有成功。现在要上去，必须找人问清楚路径。

找到同学说明了意图，同学说那得后晌以后或晚上再去，否则被人发现还不得被当作反面典型拉出来批斗。余家俊让同学带他去探探路，后晌他自己上山。于是同学带着他在山岇的旁侧找到一条小路，告诉他这条小路没被淹过，可以一直走上去，他们经常从这里上山汲泉水，没有麻达。

从山上下来还不到中午，余家俊请同学在街道拐角处的饭馆里吃了碗臊子面。同学打趣地说，看来还是要挣钱呢，要不然就得饿肚子，现在可吃不上那个时候的霸王餐了，于是就引起了一阵愉快的回忆。吃完之后离后晌还有很长时间，同学陪着他漫无目的地在街市上瞎逛。他们从县府门前往东，一直逛到了城边，再往前走过一座小桥就到了县中学跟前，他们又掉头往回走。

再转回到县政府门前的广场上，余家俊一路发现了一个好几年都没有过的现象，卖小吃卖耍货的摊子明目张胆地摆在了集市上，招徕着过往的人们。余家俊问同学："这在以前都是资本主义尾巴，现在咋都出来咧，不割尾巴了吗？"他很长时间没到县城赶集，对这些变化一下子还反应不过来。同学对此也是稀里糊涂，模棱两可地应付着，说不出个所以然来。

日头已经偏西，同学说该回去了。余家俊反正要等天黑，这会子无所事事，又陪着同学往街道里走。进了街道他才猛然想起，最主要的一件事情还没办，就让同学领着在一个小巷深处的人家采买了香火纸烛。走过新华书店，街道边是一个很深很窄的院子，余家俊突然心有所动，问同学："你还记得那一年咱们在这里卸车的事情吗？"同学笑笑说："那时候干的瓜娃子事情还能忘了吗？为挣一块钱险些乎累趴下。"

和同学分手后，余家俊到书店逛了一圈，除了毛著和鲁迅的书再没有什么可看的书。他又踅出来，坐在书店外面的一个石墩子上掏出烟袋抽烟。

一阵烟瘾过足，余家俊突然又想起了另外一件事情，磕了烟锅起身往河边跑。他知道离这里不远，一处河滩的湿地里长着一片芦苇，他要采些苇叶带回去。刚才在集市上看到许多小吃摊子，证明"割资本主义尾巴"的政策可能有所松动，于是脑子里就冒出来一个计划，要沾沾政策的光，搞点自己的小副业。

原上人不知道蚊子咬了是啥感觉，余家俊不知深浅地挽起裤腿蹚进芦苇丛中时，根本不知道芦苇丛里有蚊子，而且蚊子还会咬人。等他采够了所需苇叶退上河岸，衣服没遮住的地方已经让蚊子咬了一连串，刺痒难平地隆起了一堆红包。他忍着钻心的奇痒，把苇叶装进饲料口袋，一边挠着满身的疙瘩，一边奔龙泉寺去。

在这里生活了二十多年，他以前从没上过龙泉寺。这是一个很奇特的地方，旁边的原坡都是光秃秃的裸原黄土，没有多少草，更没有多少树，千姿百态的沟壑嶙峋着显示出裸原的狰狞，而唯独这个山岇里植被繁茂浓荫密集，清泉泠泠气候温润。山上被破坏得很严重，所有的亭台楼阁都缺胳膊断腿地成了残废，泥塑的佛像都被砸烂，胎泥散落一地，佛龛里依山凿刻的法身也被敲打得残缺不齐，一层平台上狼藉一片。余家俊按照售卖香火的老奶奶的指点，找到了求子的佛龛，在佛龛下打扫出一块地方，把香烛点上，烧了黄表纸，虔敬地趴下磕了三个响头。他之所以选择后晌太阳还有斜射的时候来烧香，是经过了一番考虑的。晚上来虽然安静，但是一个人黑灯瞎火地独涉神鬼之地，神神怪怪毕竟瘆得慌。还有一点，晚上烧完纸他还得单身一人走二十里山路，现在玉米已经长得很高，玉米地里会有狼出没，晚上走夜路很是危险。而这个时间烧纸，阳光斜射着，能阻挡山下人们的视线，不易发现火光，安全性相对更高一些。烧完香火消消停停往回走，天黑之前就能到家。

要等香烧完以后包些香灰回去给媳妇喝，香烛燃烧的时候余家俊就坐在旁边等着。蚊子咬的疙瘩痒得不行，他就用凛冽的泉水擦洗，然后又用唾沫搓。折腾了一会子,又把口袋里的苇叶拿出来在泉水里洗了,铺在石板上晾着。

余家俊采苇叶是为了包粽子。桑树原,乃至于整个县里恐怕自古就没有包粽子的习惯,余家俊想包粽子,完全是因街上的小吃摊而忽发的奇想,思谋着给这些摊点增加一点新的花样。

端午节头天晚上,他妈蒸好了晶糕,让他给西队下放来的那户人家送一份,表一表乡情,他就灌了一瓶自酿的黄酒,端一块晶糕送过去。

这户人家的男人原是省城有名的中医,"清理阶级队伍"时被关了"牛棚",后来被发配到这里劳动改造。春季之后的那段时间,这家正上五年级的儿子嫌队里给的工分太少,跟着余家俊的父亲去割柴。余有贤想通过这个渠道,让余家俊跟着这家的男人学学中医,多留一条生活的后路,就让余家俊多和人家接触。余家俊明白父亲的这层意思,在学校里也就尽可能地照顾那个男娃。余家俊房间的一个木柜里放着好多小人书,那个娃娃常找他借书看,一来二去就混熟了,所以送点晶糕,也就成了顺理成章的事情。

进门的时候,这家的女主人正在油灯下包粽子。余家俊没见过这种东西,很稀罕地坐在旁边看,又跟人家请教做法。这家人很好客,耐心地告诉他怎样蒸苇叶,怎样泡米,怎样包,怎样捆扎。余家俊是个聪明人,看了没多一会儿心里就有底了。

过了几天他又过去,从包里掏出两个粽子递给这家婶子,让看看对不对。那天他觉着学得差不多了,便要了几条苇叶,回家按照方法试着包了几回。这家婶子说包得挺像样,尝过后认为味道也不错,连夸他能干。其实当时他捆的粽子,就跟他指挥民兵捆余兴豪兄弟一样。后来他又拿这些粽叶反复包了几次,终于掌握了要领。他原本只是想学会了这个手艺,明年端午露一手让大家尝尝新,今天他却从集市上看到了一个可以赚钱的途径。

硬着头皮在这残败萧索的神鬼之地等待香烛彻底烧完,余家俊仔细抷了香灰包好,又清除掉烧过香火的痕迹,这才拿起他的东西下山回家。

一个礼拜天，余家俊叫那个城里娃跟他一块儿去赶集。城里娃起初不愿去，他从来没和余家俊出去浪过，虽然也找余家俊借过书看，遇到陈校长找碴儿的时候，余家俊也能出面和把稀泥，但他总觉得这个半道上来的老师，年龄不大，架口挺正，老是不苟言笑地板着一张黑脸，所以心里跟他并不怎么亲近。跟着余家俊到了他家才知道，余家俊蒸了几锅粽子，想让城里娃帮他到集上去卖。他说他脸皮薄不好意思吆喝，城里娃卖过东西，会喊叫。其实城里娃也知道，他是怕让人看见他在集市上卖东西，影响他当老师的形象。他俩说好，到了集上由城里娃叫卖，挣的钱分给城里娃一成。为了以后跟他借书方便，城里娃爽快地答应了。

这年月，原上根本没见过大米，更不要说糯米了。余家俊的粽子是用结婚时亲戚送的小米、黄米和酒米合起来做的，每只粽子里还包了两颗红枣。虽说吃粽子的季节不对，但这一背斗粽子到了北川花牌楼集上，还真成了稀罕物件。许多人为了尝新鲜，你三只，他五只，不到两个钟头就卖完了。他俩的分工是，城里娃叫卖，余家俊收钱，但最终究竟卖了多少钱城里娃不知道，而他得到的回报是，余家俊把他领到一个小饭馆里，给他们各自要了一碗臊子面，外加一碟胡萝卜丝和二两散酒。他们狼吞虎咽地打扫完那碗面，余家俊请城里娃喝了几口辛辣的散酒，还给他点上一支"海河"牌香烟，教他怎么抽。

之所以选择花牌楼，是因为余家俊怕去县城被文教局的人看到，给他造成不好的影响。花牌楼集市规模远不及县城，就是从商店门前到国道边上一块东西长约百米、南北宽约三十米的空地上呈"工"字形摆开各种摊点。

南原上的人赶集，都是从南面坡上下来，走完坡路就进了街道。集市街口，右手边是一块洼地，长着很多树，是赶集的人们拴牲口和交易牲口的地方；左手边就是集市。去这里路途较之去县城要近许多，南原上的人多去花牌楼赶集。花牌楼其实没有花，只不过是过去官道中途一个歇脚的地方。据说过去这里曾设有驿站，无论官民，只要从这条路上过往，都在这里打尖歇息。驻足的人多了就有了许多商机，于是饭铺旅店、酒肆茶楼也就在这里落脚，渐次形成了一个热闹繁华的去处。在这些店铺买卖中，最为出名的是一家名叫花牌楼的妓院，久而久之这个地方就被人叫成了花牌楼。如今虽然妓院没有了，这块地方也失去了往日的繁华，但名称却留了下来，走长路的汽车歇脚的功能也一并保留了下来，去地区的长途班车在这里也有一站，跑长途运输的汽车司机也依旧在这里打尖休息。

卖完粽子吃完饭，他俩一身轻松地往回走。城里娃抿了两口酒，不胜酒力，腿脚发软，走得有些吃力，上到半坡走到一片梨树跟前时他却来了精神，看看近旁没人，猴子一样爬上树，抓住树枝使劲一摇，噼里啪啦摇落下许多半生不熟的梨。他从树上跳下来，快速地把梨拾进背篼，满心欢喜地一蹦一跳往前跑去。从这一系列动作看，这小家伙干这活不是一次两次了，已经达到了惯偷的水平。余家俊看着他一蹦一跳的背影，不禁哑然失笑：真是少年不知愁滋味呀。

刚跑到一个转弯处，前面是一段小下坡，小路中间陷下了一个大坑，小家伙赶紧收步，一脚踏在了坑边沿上。就在他脚步落地的一刹那，一条一米多长的花蛇唰的一下展开身体，从坑里蹿出来，吓得他腿一软，差点顺着山坡骨碌下去。余家俊反应极快地从路边抄起土块向蛇砸去，但蛇一转眼间就不见了，余家俊心里不免有些遗憾，眼看到手的几块钱又飞了。

香灰喝下去两个月了，菊梅的肚子依然不见动静，一如平常一样，没有一点儿异常。余家俊有点儿沉不住气了，又去找陈化云商量。余家俊告诉陈化云，李院长建议到县医院或者地区医院，给两个人都做个系统检查，看问题出在哪里。陈化云思谋了一会子说："李院长说得对着呢，只有检查了才能知道病在啥地方。可是咱们的县医院跟公社卫生院差不多，也没有啥先进设备。到地区医院去，连检查带住宿吃饭车费，得花多少钱？怕是没有一二百下不来。这还光是检查，后面还有治疗，这个窟窿就不知道有多深了，你能招得住吗？"这一番实打实的话把余家俊说傻了。这时候农村刚刚实现了合作医疗，维持一般疾病的医治，如果进城看病，还得自掏腰包，尤其这种检查，是没有地方报销的。按照当时的工值，全劳力的十分工，也就三毛来钱，一两百元，简直就是一个天文数字，原本心里就木囊的余家俊，被这话说得脸上罩上了一层愁云。沉闷了一阵子，陈化云低声跟余家俊说："哎，城里下来的那个老张，在省城是有名的中医，省上的大领导都找他看病呢，咱们就在眼皮子跟前，你看能不能求一下，说不定就有办法呢。"余家俊脸上显出迟疑说："这事我也知道，还有意跟他们接触过，端午节我给送过一回晶糕，还让他们娃帮我卖过一回粽子。一家子人倒是和气得很，可他是下放劳动改造的，不让乱说乱动。再说咧，西队的那些尸把人监视得紧，稍微有个动静就汇报呢，在这个处境下人家敢给咱看病吗？"陈化云叹口气："把这一家人放到哪个庄子里，都比西队好些，不知道咋弄着呢，西队的人连东队的人就不一样，余家人蛮，牛家人诈，在这个窝窝里这一家子就难肠咧。"

这是秋日的傍晚，满世界都飘散着玉米成熟时散发出的气息，清爽中裹着淡淡的馨甜。两个男人原本是坐在院子里闲谝的，由于要说一些不愿被别人听到的话，就起身进了窑洞，点上煤油灯盘坐在炕上继续商量他们的事情。陈化云说："这多半年我到老张家去过的次数多些，我试探着问过两回看病的事情，人家还是给说呢。韩庄里那个碎娃肚子拉得搂不住，我把情况给说咧一下，人家说了几味药，吃咧三服就止住咧。"余家俊颇有同感地点点头："那人一看就是爽气的，你记着呢吗，刚来的那会子，拿'大前门'纸烟给人散，一散一盒子，一散一盒子。西队的那些尸们把人家纸烟吃完咧，反过头批判会上还说人家拉拢腐蚀贫下中农。你不骚情地往人家里跑，人家能把纸烟送到你门子上吗？"

余家俊说："那人我接触不多，一共到他家去过三回，不过从面相上看那人心善，咱们求到门上，说不定就给看呢。我就怕现在的政治环境底下，给人家惹下麻达。"陈化云想一想说："我看那人不是个很怕事情的，咱只要悄悄地不让旁人知道，就不会有多大事情。真要惹下麻达，让你大爷出面处理。"余家俊眼里闪出亮光，拍拍腿说："对咧，就这么弄。"

　　天黑了不算太久，他俩决定这会子就去，先把情况说一下，看看有没有进行下一步的可能。陈化云让余家俊先出去，仔细看一下张家崖背上趴人了没有，他曾多次看到有人趴在崖背上往下探头，监视着人家。余家俊出去看了一会儿，确信没有人，两人就快步向不远处的那个院子里走去。

　　这是一个四口之家，一盏罩子灯很亮堂。老张和儿子在炕棱跟前看书，女儿在锅台那边帮着她妈拆毛衣。一家人对夜晚造访的客人很热情，老张的儿子问余家俊，是不是又要卖粽子？他们说明来意后，老张脸上严肃起来，想了想说："按道理医者仁心，大夫看到病人，就得想办法治病，不考虑别的。可是现在的情况让我很无奈，我想给人解除病痛，人家却说我别有用心，我能怎么办？"陈化云又把情况更详细地说了一下，老张对陈化云还是比较信任的，再没有过多推辞，只是让他们考虑一下在哪里看病比较稳妥。陈化云建议还是到医疗站去，大家都去那里看病拿药名正言顺。于是商量好，明天吃晌午的时候，余家俊提前把媳妇带到医疗站等着，老张吃完饭假装肚子疼，到医疗站找药，陈化云负责望风，有人来尽可能在外面打发走。这一番安排，把个看病弄得像搞地下工作，充满了神秘与危险。老张妻子提醒他们，尽量别惹出麻烦来。

　　按照事先安排，第二天一切都很顺利，整个过程没有旁人打搅。号完脉老张告诉余家俊，没啥大问题，小的时候营养不良，发育不是很好，影响到输卵管，不过要认真吃一个月药。先开了一个方子吃十剂，吃完以后再换方子。

19

转眼到了秋收秋播时节,这是余有权上任副队长以后的第一个忙季。新官上任三把火,第一把烧到根娃头上,惹得一些女人暗自怨恨。第二把火就该烧到看秋粮上。看秋之前,余有权召集全队社员开了会,一是安排看秋事宜,把所有青壮劳力全部分班分组,安排到具体的地块分工包干,力争把损失降到最低。二是强调全村的狗必须拴住,谁家的狗谁看好,要是还跑出去祸害庄稼,狗打死了吃肉,主人还得赔偿损失。正是玉米凝浆的时候,玉米地里便搭起一个个窝棚,扛着铁叉和棍棒的精壮汉子日夜值守其间,防止狗吃人偷。玉米地里偶尔有狼出没,所以看玉米只派小伙子和中年人,女人和娃娃是不让参与的。看玉米防人倒是好办,耳朵勤点腿勤点就行,狗是很难防的,这个村的狗拴了,那个村的狗没拴,庄户人家没铁绳,狗们吃惯了的嘴,遛惯了的腿,哪是一根麻绳能拴住的,所以常能看到脖子上挂着半截绳子的狗满地里溜达,当然这些狗离死也就不远了。

看秋田最大的好处,是可以名正言顺地烧棒棒和毛豆吃。玉米地里都间种着黄豆和麻籽,玉米凝浆的时候,麻籽和黄豆也就成熟了,那带着绿皮的毛豆角和新鲜的玉米在这时节是最好吃的。特别是把玉米棒子带着皮用柴草火烧出来,或是把一掐还出水的玉米粒轻轻剥下来,用铁锹架在火上炒一下,那味道真是特别香,比煮出来的棒棒好吃得多。一些女人和半大小子总惦着那一口,有事没事就在地边上转悠,看到哪里冒起烟来,就跑过去蹭吃。

这天放学后,余家俊到陈化云家取了药,走过村子北边一片玉米地,发现玉米地深处飘升起一缕青烟,他知道那里有人烧棒棒。他犹豫着是朝着冒烟的地方钻过去,弄一个烧棒棒吃,还是忍下这一口,赶紧回家熬药。还没拿定主意，就听青纱帐里传来一声招呼："俊娃大大，棒棒将将烧好，过来咥上一个再走。"接着就钻出一个高大的汉子。余家俊看清是余兴敖的儿子满仓，就笑问："你在这达看地着呢？"满仓把一柄两股叉拄在地上，用下巴颏儿扫指着一片玉米地说："你的那八大把人跟蹚贼一样，两个人要招呼这么一大片呢，白天黑夜不得松泛。"说着话领着家俊往玉米深处走。这里有一块长着几棵柏树的坟地，离坟地不远处搭着一个窝棚。老队长的小儿子林子，正光着上半身坐在窝棚边的草堆上，用铁叉串着几个棒棒在火上烧。看到余家俊过来，林子从身边扯出一条口袋扔到窝棚外面让余家俊坐，嘴里还打趣着："余老师大驾光临，到这玉米地里尝新鲜来咧？"余家俊在口袋上坐了，也打趣道："你这弄咧个好事情，光吃不干活，就在这达养膘着呢。"

林子虽然长得膀大腰圆，完全是一个大小伙子样子了，可他的年龄并不大，还不到十七岁。本来这次看秋没他什么事，只因为老队长和焕子都被弄去挖洞了，这才让他顶替他哥的缺参加看秋。胡诌了一阵子闲传，棒棒烤熟了，满仓把苞谷皮烧焦了的棒棒从铁叉上褪下来，放在草堆上晾着，又串上几个放到火堆上烤。待把铁叉支稳，他就把烤好的分了几个人吃。玉米的包皮已经烧透了，玉米粒上也有了烧烤的焦痕。他们烤玉米的火是用柏树枝子烧的，棒棒就有一种特别的香味。

一边啃着棒棒，余家俊问满仓他父亲的身体怎么样了，满仓叹口气幽幽地说："五十多的人咧挨那么一顿打，心里身上一时半会儿过不来。现在别的地方都好咧，就是腿还不顶当，我看怕是落下连二爷一样的病呢。"停了一会儿又说："唉，人瓤咧狗都欺负呢，要不是你们爷父们出面，大爷把那弟兄两个收拾那一下，还不知道打成啥样子呢，弄不好把我大的命都要咧呢。"余家俊又问林子家里的情况，林子没心没肺地嘻嘻笑着说："老汉这一回把人丢大咧，在外前臊眉耷眼的，回到家里又让我妈唠叨得没脾气，背时地再说不成。"

一个棒棒啃完,天快黑了,余家俊站起身拍拍屁股要回家,林子非要拉住他再谝一会儿,想想回去还得熬药,余家俊顺手掂了两个烤好的棒棒就出了玉米地。

秋粮陆续上场了,首先开打的是谷子和糜子。这一年夏收打完场后,大队就在西队场院边上盖起了一排新房子,赶到秋粮上场的时候,大队部和合作医疗站都搬到了这里。虽然场上干活的人不多,但是到大队办事或是到医疗站看病抓药的人却是常来常往,不时都有打招呼开玩笑的,倒也不显得冷清。

谷子上场后玉米收割前的空当,荏就成熟可以收割了。荏是很好的油料作物,出油率比麻籽高,和油菜籽差不多。这东西打下来就能吃,而且很香。荏的产量很少,是全村食用油的主要来源,所以生产队有严格规定,打荏的时候吃点可以,但绝对不许装,一旦发现谁偷荏,将会严肃处理。

夏收打场时被扒过裤子的牛子妈,这两天被安排和几个女人在场上围坐在两个碌碡边上摔荏。牛子家很穷,常常饥一顿饱一顿,更别说油水了。这个嘴馋的女人守着这堆有油水的东西,焉有轻易放过的道理,两手忙活的同时嘴也没闲着。一起干活的女人劝她少吃点,说这东西吃多了滑肠拉肚子,一通跑肚后吃再多都没了。但她根本不听,一会儿就往嘴里塞一把。她那贫瘠了半辈子的肚肠,哪能享受得了这种油灌满肠的富贵,当天晚上就不停地往圈里跑,即便这样,第二天照吃不误。结果到了下午,她的后闸门就失灵了,肚子里的油水在她不知不觉的时候如山泉一样汩汩流出。别人闻着气味查找原因,她才发现自己的屁股底下已经湿了一片,臊得她抬屁股就往家跑,还没跑出场院,源源不断的油水顺着腿流到了鞋壳朗里,趿溜趿溜滑得走不了路。她情急之下脱了鞋,洒一路鲜黄的油水跑回家去。看到这些,差点把余有权鼻子气歪了,冲那女人的背影骂了一通还不够,差人把牛子大叫来大骂了一回这才完事。余有权警告摔荏的女人们,谁要再敢这么偷吃,就让她男人挖洞赔工。

秋收是喜悦的，没有比看着黄澄澄的粮食，左一堆右一堆地堆积在场上更让人舒心的事情了，但整个秋收过程中，也有让人头痛的事情。就拿收玉米来说吧，从劳动强度而言，比割麦子要轻松许多，但烦人的是掰玉米棒棒。玉米割倒以后，大家就提个筐，蹲在地里掰棒棒。掰玉米先得把棒棒外面的包皮撕开，再把棒棒擓下来。若是直接用手撕，用不了多长时间，指甲缝就得开裂。干这个活时，庄户人都是随手带一个大钉子，先把包皮扎透挑开，然后两手一撕。就这样一天下来，两只手都被勒得生疼，连筷子都拿不住。

今年不知哪个混蛋出的馊主意，要求社员们夜战，就是夜里把玉米秆割倒，白天掰棒棒。这时节白天已经短了，晚饭刚吃完，队长就吹哨子了。刚开始觉得晚上干活还可以，天气凉爽，可到半夜露水一下来，被露水打湿的玉米秸秆，冰凉凉黏糊糊，抓上去很难受。夜战的第三个晚上，大家就有点儿受不了。那天是在老坟洼一带割玉米。这里的地不平，高一块低一块。几个偷懒的半大小子想借着尿尿的机会，找个背人的地方休息一会儿。反正是在夜里，少一个人谁也发现不了。几个人提着镰刀走到一个低洼处，发现那里堆了一大堆玉米秸秆。几个人心里奇怪：谁闲得没事，把玉米秆子堆起来了？也没细想，自然而然地走到秸秆堆前，冲着秸秆堆撒起尿来。刚尿了一半，猛然听到一声叫喊，秸秆堆一翻，站起一个人来，几个小子吓得往后倒退了好几步，差点跌坐在玉米茬子上。大家定神一看，原来是余靖远。

"你们些个坏尿，往我头上尿呢！"余靖远也看清了几个人是谁，一边骂着，跳过来想打人。几个小子忍不住笑着往后退，同时用镰刀指着余靖远威胁道："你尿再打，我们就喊叫得让人都知道，看你这尿弄啥着呢。"这时他们已经看清了，秸秆堆上还坐着一个人，正在整理衣服，是牛景业的妹妹牛景兰，一个还没出嫁的女娃子。

这句话还真把余靖远唬住了，哈哈一笑说："对咧，对咧，可不敢跟人说。"一个小子忍不住笑道："你放心，我们不跟人说。你这屁把我吓得尿都没尿完。"

趁着几个人说话，牛景兰低着头跑了。余靖远拉着几个人坐了一会儿，让他们学着抽了一根烟，才又回去割玉米，临分手时还一再吩咐，刚才啥啥都没看见。

这样的夜战又持续了三天，所有人都受不了了。首先是余有权不干了，他认为干革命不是要人命，庄稼活这么干，就是那倒灶鬼吃了上顿不管下顿，过了今天没有明天的做法，把人都累翻在这一站上，下一站的活谁干呢。他先站出来叫骂："哪个坏屁出下的这瞎主意，人又不是牲口，能这么使唤吗？老子今儿晚夕睡呀，说啥都不干咧。"队长这么一说，大家伙也都放大胆子跟着嚷嚷起来，除了牛景业撇着娘娘腔还要坚持，其他人都异口同声坚决反对继续夜战。其实余兴汉干了一个晚上就想找理由溜号，可是有余有权在那里盯着，他也不敢过于造次。若搁往常，他最多领头干一晚上，后面的几天，吹完哨子之后，把带头的任务交给根娃，自己就回家了。这一回他硬着头皮顶了几天，也感觉招架不住了。

第二天早上，余有权跑到大哥跟前发牢骚，余有礼笑眯眯地把烟管箩推到他跟前，又给他沏上一杯茶，慢悠悠地道："坐凉房子的给晒日头的定规矩呢，坐板凳喝茶的给撅尻子下苦的量尺码呢，这就是世道。以前没有这些说头，庄稼也种得好好的，说头越多就越鹜乱咧。有些事情不要太当真，能干咧对付着干一下，不能干就撂过不管咧。"余有权自然知道大哥的意思，但还是忍不住愤愤地骂了两句："那些坏屁的脑门子让驴踢咧，把人当磨着连轴转呢。一天坐着房子里头不干人事，尽给下苦人使绊子呢。"余有礼赶紧打断他的话头："对咧对咧，赶紧喝茶，这话外人前可不敢说。"

秋天就是个多事的季节，光天化日之下就会有怪事发生。这天晌午饭后，一帮女人结伴到老坟洼秋粮田里挖茬茬，就是挖玉米的根。这帮女人一边谝着闲传拉着是非,一边争先恐后地抢着镢头,东家长西家短正谝得兴奋,牛景兰突然撂下镢头跑到塄坎上,挥着手变了一种腔调跟大家打招呼:"你们都挖苤苴着呢?看着了吗,都快刨到先人头上咧还挖呢,坐下歇一阵子,等人散咧再挖。"接着就盘腿坐在塄坎边上。大家都觉得奇怪,这个一向话少、从来都不胡言传的女子,今天这是哪根筋出毛病了,怎么忽然冒这怪声开这玩笑呢?就有人跟她耍笑:"兰娃子,你是不是这岁数咧还没嫁人,憋下病咧,瓜女子想家什呢?"旁边一帮女人也跟着起哄:"就是的,前半夜想得睡不着觉,后半夜想得翻不过身,想瓜咧。"过了一会儿,大家觉出了不对,景兰坐在那里搔首弄姿,脸上一副怪怪的神态。眉眼间骚情了一阵子的景兰又说话了:"你们光就在这达刨呢,你都知道这是啥地方吗?这是你们先人的庄子,在先人头上咥活要遭报应呢。你们看,你们先人都站着那达瞅你们着呢。"说着,举起胳膊划拉了周围一大片。

这一席大白天的鬼话,说得女人们汗毛都竖起来了,赶紧撂下镢头聚成一堆,打发一个腿脚利索的回村去叫人。景兰还在那里"传"着(当地人把人说鬼话叫"传"),一会儿站起来一会儿坐下,手舞足蹈喋喋不休。女人们聚成堆后胆子壮了一些,才敢仔细听听她到底"传"了些啥。说是路过这里没盘缠了,看着这里是个老庄子,住的人多,就想让这里的乡党们凑点盘缠。回村的人不大工夫便拿了烧纸领着人来了。东队一个懂阴阳的烧过纸,泼散过后,景兰突然身子一歪倒在塄坎上,大家连忙搭手给送回家去。可是过了不久,景兰又"传"开了。

女人们回去问了家里人,才知道老坟洼过去就是一片老坟地,解放以后开荒垦地,把老坟地平了种上庄稼。这一片洼地很大,和韩庄连在一起。那几个看到余靖远和景兰钻玉米堆堆的半大小子议论,是不是他们在先人头上咥活把先人惹躁了,但是惮于余靖远的拳头,他们没敢把事情说出去。

景兰是个与她哥性格完全不同的安稳女娃,身材高挑,白白净净,也挺丰满,平时总是一副温顺的样子,话很少,与人闲聊也总是笑眯眯的,从没见她与谁有过争吵。家里很早给她定了婆家，可她并不喜欢那个人。村里传说她和余靖远是相好，一直谋算着嫁给余靖远。余靖远家里也已经给他相中了媳妇，尽管余靖远几次闹着要求退婚，可他父亲怕糟蹋了那些彩礼，坚决不允。景兰家也同样坚持那桩婚事，认为女人就得嫁远些，嫁在本村，娘家婆家低头不见抬头见，总不是个事情。于是就有人看到景兰和余靖远幽会，据说她还被余靖远引上到陈家坪半山的小窑里过过夜。

这次招邪对景兰的身体损坏很大，原本结实的体格急剧消瘦，病恹恹地打不起精神。那天上午，队长安排给地里送肥，大家挑了扁担往饲养站走，刚到村口，景兰突然扔了担子，掉头急匆匆往家跑，紧接着她家窑院里就有喊叫声传出来："瞎咧，景兰又'传'开咧！"有人跑去观看，只见景兰像城里人一样垂腿坐在炕沿上，花哨着眉眼，一边翘着兰花指比画，一边用上海味道的普通话说："我是原坡下面的上海知青，那个流氓把我强奸了以后，又把我勒死了。"景兰从小没离开过村子，只会说当地方言，上海话听都没听过，这种腔调让人们感到诧异。

窑门口围了好多人，有胆子大的问她："谁个把你强奸下地？"她一脸茫然地说："我不知道，他是从背后抱住我，又把我的衣服撩起来蒙了我的头。"接着，又花哨起眼神说："再说啦，我当时是闭着眼睛的，那种事情怎么好意思睁着眼睛看的啦。"随即又变出恨恨的声音："哼，我要是知道是谁，早弄死他了！"那脸上的表情和动作完全不是景兰平时的样子，看得人们脊背后面直发凉，头发也一乍一乍的。

景兰妈慌得不知道该咋办，赶紧打发人去找她哥。胆子大的又问她要干什么，她说，想回老家回不去，只能满原上转悠，请人们帮她到龙泉寺上香，求山神放她回上海去。景兰从小没上过学，根本不识字，可是"传"着的时候，顺手拿起炕上的半张报纸，用上海味的普通话念了起来。

有人建议去找阴阳，牛景业回来后不让找阴阳，让找大夫，就有人跑到医疗站请陈化云。

陈化云进门时咳嗽了一声，正在地上扭着身子念报纸的景兰一蹦子跳上炕，蹲在炕垴里不吱声了。陈化云坐在炕沿上，跟她对着话时，猛然伸手拉过她的胳膊，掐住脉门使劲按了一下。景兰尖叫一声跳下炕来，一手掐腰，一手指着陈化云吼起来："我以为请了个什么神呢，原来是个半吊子大夫。我就是不走，看你能拿我怎么样。"她的声音与脸上的表情更不是平时的景兰了。

陈化云拿她没辙，家里人只好又请来村里的阴阳。阴阳先是拿了一个饭碗，盛了半碗水，又拿三支筷子，两头沾了水后，在碗里啪地一戳就立住了，然后用红线绳把筷子扎起来，又抡起切刀朝筷子拦腰砍去。阴阳做着这些的时候，景兰坐在炕上，嘴里哼哼着，满脸不屑地看着。

这办法不灵，阴阳又换别的办法。嘴里念叨着，从一个布袋里掏出一叠黄纸，点着了往她头上和身上燎，景兰缩着身子往炕垴里躲。阴阳又从口袋里抓出黑豆往她身上和炕上摔打，接着又拿桃枝一顿猛抽。这一下景兰蔫了，身子一歪躺倒在炕上，再也叫不言传。这一回连"传"带闹折腾了半天半晚上，躺倒后，景兰睡了整整两天才缓过劲来。

景兰这边刚刚有点好转，蛮牛的嫂子又着上了。蛮牛的哥在公社农技站工作，一个礼拜回一趟家。这天蛮牛的嫂子到农技站找他哥，后响回家来，走到村头时感觉不对劲，赶紧往家跑，刚进家门就"传"开了，还是那个上海味的普通话，还是骚情着眉眼乱说。这一次闹得时间不长，十几分钟就过去了，不过那个邪气说了，还要在这里逗留些日子，等入冬后她就能走了。果然没过几天，景兰又闹腾开了。这一次闹腾得更加邪乎，据说又勾搭了另一股邪气一起闹。村里人说这得请"法官"来禳治，可是牛景业坚决不同意，说在破"四旧"树新风的大好形势下干这种弄神捉鬼的事情，是跟革命潮流作对，我们贫下中农革命家庭要以革命正气压倒歪风邪气，不能助长封建迷信。眼看着景兰连续几天越闹越厉害，以至于女人们不敢单独行动，娃娃晚上不敢出门，整个村子都人心惶惶。这种情况大队小队都没法表态，只能任其发展。景兰妈实在撑不住了，拿桃树枝子把景兰打睡下后，在院子里跳着脚骂起来："我说景业哎，你的心让狼叼咧，你亲妹子都不像人咧，你还挡住不让弄，你光顾你个人当官呢耍人呢，家里人的死活都不顾咧，我养下你这么个杂厾还不抵养个狗！"就这，牛景业还是不为所动。

牛家人实在看不下去，背着牛景业商量出一个计划，找个由头把牛景业打发出去，然后请"法官"禳治。人们打听到老爷山里有一个"法官"很神，就打发人去告知住在老爷山下的牛景业的舅舅让就近打问，如果有了眉目，"法官"来的时候就把景业支出去，不要在家骚摊子。很快结果传来了，牛景业的舅舅跟那个"法官"有过交往，能请得动。于是确定了时间，打发牛景业到地区去找他本家叔叔，商量这事怎么办。牛景业前脚离家，"法官"后脚就进了门。"法官"长得奇特，瘦高身材，穿一身黑布衣裤，脚下蹬一双麻鞋，头发如道士一样挽在头顶，额颅眉骨突出，眼窝鼻梁塌陷，前翘的下巴上留一缕一拃长的黄胡子。"法官"进门之后，把家里所有人都撵出去，关门闭户在里面作法。也不知道他用的什么办法，众人在墙外只听到喝唬抽打的声音和景兰的怪叫，间或还有小锣和铃铛的声音。将近两个钟头，"法官"打开院门，人们看到那张鞋拔子般清瘦的弯脸上满是汗水，手里提着一个红布包着的小罐罐。"法官"交代说，两个魂都抓了，他这就去龙泉寺祭奠，让冤魂早点回归故里。说完脚步矫健地走了。人们拥到窑里观看，窑里窑外一片狼藉，景兰斜躺在炕上睡得跟死人一样。

有好事的人专门跑到南川原根下打问，果然曾经有一个上海女知青在山脚下的树林里上了吊。自那以后，景兰虽然再没"传"过，但精神明显恍惚，眼神也常显呆滞。村里人都说这是余靖远造的孽，把人家半夜里引到山里去，染上不干净的才遭到这份孽。

事情过后蛮牛的嫂子给人描述了她事发过程的感受：她正在公路上走着，眼看就要到村头了，突然感觉被人从背后抱了一下，紧跟着浑身就像泼了冷水，冷得往骨头里渗，脑门子上像箍了紧箍咒，把头往破里勒。她心里害怕，赶紧往回跑，一路上就觉得耳朵边有一种怪怪的笑声，赶她跨进院门就啥啥都不知道了。等到醒来，好像睡了一觉，浑身把筋抽了一样，乏得没有一点点力气。这些事情，今天看来似有些迷信，但却是那些年实实在在发生的事，不信者，置之一笑可也。

在这个多事之秋，余家俊在学校还遇上一件奇怪的事情，让他百思不得其解。学校南门外的空地是一片菜园，种了辣椒、萝卜和倭瓜等蔬菜。今年年成好，风调雨顺，园子里的各类蔬菜都有喜人的长势。好像不经意间，十几个倭瓜已经长到拳头大了。以后的一个月中，那些倭瓜像施了魔法一样地疯长，竟比一般的倭瓜大出一倍，而且形状和颜色都非常好看。陈校长高兴了，天天围着菜园子转，像照顾先人一样呵护着，不许任何人动，还常常喜嗒嗒地念叨："把他家的，今年怪咧，倭瓜长得这么大，就像变咧种咧，这一回冬天就不愁没菜吃咧。"然而，等到倭瓜成熟的时候，老师们遇到了比倭瓜疯长更奇怪的事情：一个个直径都在一尺以上、油光发亮的金皮大倭瓜，切开后竟然全是黑瓤，根本没法吃。气得校长连着几天跳脚乱骂。

余家俊觉得这是一件非常怪诞的事情，倭瓜从心里烂，这种怪事以前听都没听说过，他又联想到夏季麦收时节，蛮牛家院子里的那棵大杏树在没有任何预兆的情况下，突然间就枯死了。那棵树当时正结了一树杏子，头天还好好的，突然叶子开始打蔫儿，第二天第三天，满树还未熟透的杏子噼里啪啦往下掉，树叶也随之一片片飘落。再几天以后，树上的杏子和叶子几乎全部落完，入冬一般只剩下光秃秃的枝丫。那些天，蛮牛家请了好几个会务弄果树的人来看，甚至让蛮牛的哥请了农技站的技术员来检查，可谁都找不出问题所在，也就无法施以救援，那棵杏树枯死了。

这些怪诞的事情，与村里近来的这些鸳乱事纠结在一起萦绕在心里，让余家俊闷头涨脑摸不清个头绪。老辈子人说大灾之后必有大疫，从去年灾情过后到今年，倒是一直没有出现疫情，可是这不断出现的古怪，是不是也是疫情的另一种表现，让人心里比去年面对灾情时还要鸳乱，总是有些空空落落、急急慌慌的感觉。然而他没有预料到,还有更大的怪事就要发生,只是也没有任何预兆。

20

秋收秋播即将结束,新一轮平田整地又要开始了,在这个间隙,东、西两个生产队把积攒了几年的羊毛拿出来,搭伙请了匠人织口袋擀毡,给队里增加一点固定资产。匠人的坛场就设在露娃家崖背上那块有近百米长的空地上。

前两天露娃身上来了事,她妈让她在家歇着,自己去场上干活。露娃在家做完饭无所事事,爬到炕上想歇一会儿,可是崖背上弹羊毛的弓子弹出的"噔噔"的声音,搅得她睡不安稳,她干脆起身到崖背上看匠人们弹羊毛、捻毛线。

露娃这次回娘家,一气住了几个月,住得很清闲,以致清闲得有些无聊。露娃觉得弹羊毛没啥看头,跟弹棉花一样,到处都能见到,而且荡起的灰尘夹杂着呛人的羊膻味,很讨厌地乱飞,弹羊毛的匠人就把自己弄得白毛贼一样。她觉得还是捻线好看些,一个人坐在纺车一样的机子跟前,转着摇把绞着机子上的几个萝卜头一样的东西一起旋转,两个人腋窝里夹一卷弹好的羊毛,到机子跟前,两手分别扯出一点羊毛往那萝卜头上一黏,然后开始倒退,两根香一样细的毛线就出现了。随着他们越退越远,那细匀的毛线就越扯越长,一直扯到三四十米开外,取下挂在腰里的一个木拐子,一边往前走,一边把毛线缠到木拐上,一直走到纺车跟前,再重新后退。看似一趟结束再一次开始,其实线是不断的。

露娃嫁到章家坡以后,婆婆教过她纺线,她也很喜欢学,可是半年时间还是不得要领，捻出来的线还是粗的粗、细的细，总是不够匀称。在她这个女人手里都弄不好的事情，眼前两个傻大黑粗的男人却干得那么熟练，几十米长的线拉出来匀匀称称一码子粗细，这让露娃很是羡慕。摇机子的是一个身材瘦高白白净净的年轻人，眉眼长得挺俊，跟余家俊有些像，只是比余家俊个头高，面皮白。起先他不说话，看见她只是冲她点点头微微笑一笑。露娃看得时间长了，并凑到跟前伸头探寻机子头上的奥秘，他才说了一句话："你长得真好看。"

小伙子张嘴就来这么一句话，露娃感到十分诧异。在桑树原，小伙子跟女人这么说话，除非相爱，否则就是不怀好意；而且他的口音也怪怪的，不像这个地方的人。露娃一时羞红了脸，嗔怪道："你这人咋这么说话呢，胡呻。"

小伙子并不显得尴尬，只是笑得更开了一些："哦，对不起，我忘了地方风俗了。不过我说的是真心话，没有别的意思。"露娃发现他笑起来牙齿很白，不像原上的男人不是黄牙就是烟熏火燎的黑牙。尽管他说话不合这里的规矩，但女娃子被人夸长得好看，嘴上伴嗔着，心里还是受活的。

露娃问小伙子："你好像不是咱原上人，你们是哪达的？"小伙子还是先笑一笑，说："是呀，我们本身就不是这道原上的人，我们是东面那个大原上的。"尽管他努力撇着原上的腔调，但口音里还是有一种这个地方没有但露娃确实听到过的调调。

已近正午，小伙子整个儿晒在秋日的阳光下，这时的阳光已经没有了威力，但还是有些热度的。露娃站在老槐树下的树荫里，背靠着粗大的树干挺舒服，感觉不出热，但置身在太阳直射下，就会有些不舒服。

小伙子伸手解开身上那件洗得发白的黄军服的纽扣，想把上衣脱下来，可是他手里的摇把不能停，只能一手摇着另一只手甩着，想把袖子甩出来。露娃看他挺费劲，就走过去接过摇把替他摇着，让他腾出手把衣裳脱掉。小伙子脱衣裳的时候，露娃闻到一阵很好闻的香胰子味道。香胰子的味道她在油田的时候是闻惯了的，到现在她也还经常用香胰子，只是回到原上来以后，她再没从别人身上闻到过。小伙子身上的香胰子味道似乎更特别一些，是她过去没有闻到过的。

小伙子脱下外衣，很细心地折叠了放在身边的口袋上，嘴里说着谢谢，又把摇把接过去，继续坐下来摇车。露娃又回到槐树底下，她发现脱下外套只穿一件干净白衬衣的小伙子好像更精神了一些。其实小伙子并不瘦，肩膀也挺宽，而且还有一股子城里人说的帅气。

两个捻线的又完成了一趟，回身到了纺车跟前，他俩就不说话了。等他们退得远一点儿了，露娃又问小伙子："我听着你的口音怪怪的，你就不是这方圆左右的人，好像是南边的？"她在油田接触过许多外地人，南方的北方的都有，她觉得他的口音里就有南方人的味道。有了一次帮忙，他们也就算是熟悉了，小伙子告诉她，他是上海人，到这里来插队的。听说是上海人，露娃一下子恍悟了，他口音中那似曾相识的腔调，正和那个女鬼的腔调一样。想到他和女鬼的一致，露娃忍不住笑了起来。小伙子有些莫名其妙："你笑什么，上海人有什么好笑的？"露娃笑着说："前些日子我们这达将将捉了个上海女鬼，这会子又来了一个上海男鬼，你说巧不巧？"

小伙子更加莫名其妙了："什么上海男鬼上海女鬼的，你乱七八糟说的什么？"脸上有些生气的样子。露娃见他脸色不对，便忍住笑，往跟前凑了凑，把前些日子村里发生的事情说给他听。小伙子眼睛瞪得溜圆，一脸惊奇地说："哎呀，过去只是听说有这样的事情，这里还真的发生过呀？你没骗我吧，你真的见到啦？"露娃就把当时看到的场景添油加醋地说了一番。小伙子低头思谋了一阵子，说："看来我们那个同乡死得实在太冤枉了，这就叫阴魂不散。"稍稍停顿了一下又问："这个案子破了没有？凶手抓到了吗？"露娃告诉他，村里人专门到那个地方打听过，案子的结果是上吊自杀。小伙子有些愤愤地说："这肯定是公安部门不作为，没有认真破案，根据这些情况，完全应该考虑是把人勒死以后再挂到树上，制造一个假现场嘛。"露娃说:"破案子的事情咱不懂,不过我看你倒适合当个公安。"小伙子咧嘴一笑:"我当啥公安呢,也就随便一说。不过我觉得这件事情你们应该往上反映,最好能让重新破案。"露娃说:"反映啥呢,那都是些鬼话,谁个还把鬼话当真呢。再说咧,现在正'一打三反'着呢,把这往上反映不是寻着挨锤锤呢吗?"小伙子不服气地说:"有时候真理未必是真实的,而鬼话往往能道出实情。"露娃哈哈笑起来:"我听着你这话就像鬼话,我就听不懂么。"

捻线的人再一次退远,小伙子侧身从裤子口袋里掏出一个东西朝露娃扔过来,露娃一把没接住,弯腰拾起来,是一块糖。这块糖看起来在口袋里装得时间长了,包裹纸都有些起毛。对糖果露娃并不陌生,只是手里的这种糖她没吃过,包装纸上画着一个大耳朵兔子,剥开纸里面是一个白色的棒棒。露娃把糖放进嘴里,不一会儿就觉得有如一团鲜花从舌面上跑过,一种奇异的香甜弥漫了整个口腔,以至于她惊奇得差点儿叫出声来。她细细品尝了一会儿这种从未感受过的香甜,然后问小伙子:"你这糖咋这么香呢?"小伙子很得意地扬扬头:"这是上海的大白兔奶糖,全国最好吃的糖果,很难买到的。"

嘴里咂摸着糖果的香甜,露娃就想起了在油田的那些日子。那时候虽说看娃娃做饭事情挺多,可是生活很热闹,经常可以抱着娃娃跟表姐浪商店,还能看电影看戏,不像这里的日子,平淡单调得像一碗白水,除了看看匠人们干活,再就没有个啥看头。两个捻线的匠人已经把一个线拐子缠满了,腋窝里夹着的羊毛卷子也只剩下了一点点儿,他们停下手里的活,到树荫底下休息。弹羊毛的老匠人也带着一身羊毛和一股子羊膻气凑过来吃烟,小伙子赶紧把小泥炉上烧着的水壶提过来,给每个人泡茶的罐头瓶子里沏水。露娃闻不得那股子羊膻味道,看看日头已经偏西,也该回去准备后晌饭了,就不辞而别回了家。

第二天吃过晌午,弹羊毛的声音又向露娃发出了召唤。她特意换了一件好看点儿的衣裳，出门时顺手把墙根下一个已经成熟的葵花盘子拽下来，嗑着葵花籽往崖背上去。这个葵花是个黑盘，没几下子就把嘴和手都染黑了，露娃也没在乎，继续嗑着。今天天气比昨天热一些，小伙子已经脱了外衣，只穿了白衬衣坐在那里摇车。看见她举了一下手，嘴里"哈哎"了一声。已经有了昨天的交谈，今天就如熟人一样扯开了。小伙子问露娃，别人都劳动去了，她怎么成天在家待着没事干。露娃告诉他自己是回娘家来的，本来可以替她妈去劳动，可是前两天身体不舒坦，就在家里做饭。小伙子瞪大眼睛惊奇地看着她说，你都结婚了？一点儿都看不出来。露娃说她都结婚一年了，又问结婚不结婚还能看出来。小伙子说那当然，会看的人从眼神就能看出来。露娃问他怎么看，小伙子说，从理论上说，不管男人还是女人，只有经历过异性之后才能成熟，这是自然规律。成熟的人眼睛里流露出的自然是成熟的目光，而不成熟的人，不管年龄多大，眼睛里总还会有一点稚气，装是装不出来的。

他说的这些露娃根本听不明白，就装出恍然大悟的表情故作深沉地说："噢，前脚刚捉了一个女的，这会子又来咧一个男的，原来你们上海人都是些说鬼话的嘛。"说完，自己先忍不住笑起来。小伙子显然有些不高兴，但没有生气，就把话岔开了："算了，不跟你说这些了，反正你也听不懂，咱们说点儿别的吧。"接着他们就谝了一阵子村里的事情和小伙子在外游走的见闻。

太阳又到了正天空，气温又升高了一些。秋季的天空特别清亮通透，瓦蓝瓦蓝的天空下面，一团一团的白云，像刚刚弹好的羊毛片片款款地飘着。远山近岭庄稼收割后而裸露的土地，在秋日的阳光下也不显得枯燥，而是一片润润的气息。头顶的大槐树上，一只喜鹊要抢占红嘴鸦的窝巢而双方打得不可开交，直接影响到他们说话。过了一阵子，红嘴鸦打不过喜鹊，丢下自己的窝巢落荒而走，头顶上才安静了。小伙子一本正经地跟露娃说："我给你提个意见好不好？"露娃觉得很有意思，点点头睁大眼睛等着他的意见。小伙子指一指露娃说："你是个挺漂亮的女孩，看上去也很有气质，我建议你不要随便吃这些乱七八糟的东西，你自己照照镜子看看，把个嘴吃得像乌鸡屁股一样，多难看哪。"露娃瞪起了眼睛，掰下一块葵花盘子朝他打过去。小伙子一闪没打着，他摇晃着身子，得意于报了她刚才骂上海人的一箭之仇。露娃生气地翻了他一眼，靠在树干上继续嗑着葵花子，好半天没声气。

看着露娃不再吭气，小伙子有点儿不好意思，嗫嚅地问她："你生气啦？那我向你道歉，对不起啊。不过我说的也是实话。"说着，把摇把倒到左手，右手举上额头向她行了个礼，并把两个眼珠对到一起，做了一个很怪的表情。

看着他这一系列动作，露娃忍不住喷出一声笑："你们城里人就把对不起当话说呢，贫嘴薄舌地，说的都是日弄人的鬼话。"

看着露娃露出了笑脸，小伙子也就释然了。经过两天的闲诌，露娃对这个小伙子很有些好感，感觉跟他胡诌不用有啥拘束，想说啥就说啥，诌完了心里很轻松很舒服，特别是他说的那些她听不太明白的话，感觉他很有知识，而且还自然而然地带着一种城里人的洒脱。她自小到大接触到的基本都是没有多少文化的农民，虽然也曾浮光掠影地走过一趟外地，但并没与人有过实质性的交往，余家俊是她亲密接触过的最有文化的一个，但余家俊到底也是在农村长大，没有见识过大世面的农村文化人，而且她和余家俊之间，说话还是有所把控的，并不是想说啥就说啥，毕竟爱和随便不是同义词。而跟眼前这个人瞎诌，让她身心都很放松。

小伙子告诉露娃，他姓叶，叫叶维新，父亲是上海一所大学的教授，母亲是学校医院的医生，他有个姐姐嫁了个海员，海员一出海就是几个月甚至半年，姐姐就像没结婚一样常年在娘家待着。运动中他父母受了一点冲击，但很快就解放了，现在家里生活基本安定，就他一个在偏远的西北高原插队，父母很心疼，经常给他寄一些海员姐夫从国外带回来的别人没见过的东西。露娃问他插队的情况,他说他们一个大队的知青集中在一个点上,一共十五个人,十个男的五个女的,多数是上海人,也有几个安徽和江苏的。十几个年轻人在一起生活,本来应该是很开心的,但是从大城市一下子到了贫瘠的山村里,心理落差太大,而且那里又没有什么文化娱乐,生活过得很枯燥。这一回是他实在在村里待不住了,央求支书放他出来,跟着几个匠人浪一圈。他们这一趟出来已经两个月了,这里可能是最后一站,这点儿活干完以后就该回去了。

露娃问他用的是什么胰子,味道很特别。小叶说那是他姐夫从香港带回来的"力士"牌香皂,内地没有,很抢手的。他现在的这一块用了没几天,如果她喜欢,明天切一半给她。露娃当时也没在意,他那么一说她就那么一听。没想到翻过天他果然把一个纸包给了她,同时给她的还有三块大白兔奶糖。露娃不知道该说什么好,只是红了脸接受了。她把糖果装进口袋,打开纸包一看,哪里是一半,分明是一多半,白润细腻,清香扑鼻。这种味道不要说一个农村女孩感觉特别,到了二十世纪七十年代末八十年代初,这种味道几乎风靡了整个中国大陆,有钱人趋之若鹜,在香水还没有完全兴起的时候,几乎成了一种无形的身份的象征。露娃心里喜欢,暗自感慨小伙子的大方。因为有了这样的交集,露娃对叶维新不仅解除了心理的防线,而且从内心有了一种信任和靠近,他问啥也就如实地告诉他。

叶维新问起露娃的家庭情况,露娃告诉他,她嫁在原边上的章家坡,家里光阴挺好,只是她不喜欢那个男人,所以住在娘家不愿回去。小叶问:"你们恋爱了多长时间,怎么结婚不到一年就不喜欢了?"露娃咯咯地笑着说:"哪里有啥恋爱呢,你还当是你们上海人呢。"她如实地告诉叶维新,结婚之前她跟那个男人只闪过一面。小叶瞪大眼睛看着她,很吃惊地问:"你是包办婚姻呀?"露娃说:"这有啥大惊小怪的,这一川两原不都是父母包办的吗?"小叶又问:"是不是还要好多彩礼?"露娃点点头:"好像是吧。"叶维新一下子严肃起来,很有些气愤地说:'你这么特别的一个女孩,怎么也陷到买卖婚姻的泥淖里,这何止是鲜花插在牛粪上,简直是对人性的摧残!"

小叶一着急上海口音更浓,露娃也就更听不明白他说了些啥,但有一句她听明白了,是说买卖婚姻对人性的摧残。她很同意这句话,因为她就是深受其害的例证。尽管她不知道人性是个啥,也不太明白摧残的含义,但总归都是跟祸害人有关的吧。

心情平静下来之后,叶维新很诚恳地告诉露娃,他这一回走了许多地方,还真没有见过像露娃这样又漂亮又清纯的女孩子,她很特别,不像黄土高原上生长的,就像城市里的小女人。在他们上海,买卖婚姻早已被废除,是绝对不容许的,而在这里,像她这样的女孩竟然成了买卖婚姻的牺牲品,这太让人愤慨啦。他鼓励她抗争,以离婚争取自己的自由。她知道,他说的这些都是为了她好,可是她一个弱女子怎么能抗争得过?她也曾为此做出过种种努力和尝试,但终究还是要沿着那条老路走下去。

接下来的两天,线纺完了,匠人们开始擀毡织口袋,叶维新也就不能只在一个地方待着不动,而是跑过来跑过去地给两方打下手,他们的交谈也就不那么顺畅。老匠人好像有意不让他们说话,只要叶维新凑过来说两句,那边就会厉声高叫让他立马去干啥,露娃只能怏怏地回家。

白天和小叶谝完了,晚上睡在炕上露娃也还思谋这些事情,她确认自己就是那个被摧残的牺牲品,是苟且偷生于这个人世间的可怜虫。跟那样一个烂干男人一搭里过日子,她常常有一种趴在猪圈里的感觉,不说别的,光是那男人的一张臭嘴就能把人熏死,更不要说晚上那些让她无法忍受的野蛮行径。想到这里,她就开始怨恨自己的父亲,他无疑就是买卖婚姻的典范,为了要钱,不惜把亲生女儿往火坑里送。这样越想越气,就恨不能立马远走高飞,永远离开这个对她来说已经没有多少亲情可留恋的所谓的家。想着想着她就忍不住涕泗滂沱,把枕头弄湿一大片。

妹妹发现了她的香胰子,争着抢着要用一下,给她洗洗脸,她还要洗手帕，洗了手帕还要洗布衫，恨不得一天就把一块胰子用完，这让露娃极其厌恶。那天她把三块奶糖拿回家，自己留了一块，拿出两块用刀切成四段分给家里人尝尝，贼尿海娃发现她还有一块，硬是从她口袋里抢走了。她觉得她到婆家是牺牲品，在娘家同样也是牺牲品，她怎么样才能逃脱牺牲品的命运呢？

　　这一天，县放映队在邻村放电影，叶维新问露娃去不去看，露娃说她想去又不想去的，叶维新说那就去吧，反正闲着也是闲着，露娃就答应晚上去。吃过晚饭收拾了碗筷，天已经快黑了，晓娃和海娃早已跑得不见影子，露娃也就换了衣裳往邻村跑。这里到邻村有四五里路，露娃赶到时天已黑尽了，电影也已经开演。看电影的人很多，除了银幕那一点点亮，周围是黑压压的一大片，根本分不清谁是谁。露娃不愿意挤到人堆里闻那旱烟和汗臭的味道，就在场子边上人少的地方站着看。银幕上演的是《南征北战》，一部老掉牙的片子，她都看过好几回了。黑灯瞎火地也看不见叶维新在哪里，她孤独地站在人堆外面，觉得有些无聊，她又不敢独自回去，只能耐着性子，等看完了跟着人群一起走。

　　忽然，她的鼻子警觉地告诉她，有熟人靠过来啦。果然那股香胰子味道就在她身边弥散开来，她实实在在地感觉到，一个温热的身体从背后靠过来，两只手一下子蒙住了她的眼睛。尽管她心里已经有所准备，不至于像遭到突然袭击那样慌乱，但她仍然浑身一颤，惊呆了似的僵在那里。她生怕这些举动被旁人看见，迅速挣脱他的双手，揉揉眼睛让视觉尽快回复。好在旁边一片漆黑，谁也看不见谁，她才放下心来，回身打了他一下，悄悄骂了一句："你吓人捣怪的，作死呀！"

　　叶维新嘿嘿笑着，在她身边站定，然后把一个东西塞到她手里，附身在她耳边说："吃吧，这个是高粱饴。"露娃捏了捏那个东西，软软的很有弹性。剥开糖纸放进嘴里，起先没有什么味道，慢慢地渗出一些香甜，没有大白兔那样浓厚，是那种平稳散淡，但同样也是让人很舒服的味道。嘴里吮吸着软糖，露娃突然觉出了一阵接吻的感觉。她被这一闪而过的念头吓了一跳，心里有些慌慌的，脸也有些发烧。好在天黑，谁也看不出她表情的变化，不至于露出丑态。

一块软糖含完的时候，露娃感觉到叶维新悄悄拉起她的手，又塞了一个东西在她手里，并又一次附在她耳边说："这个是巧克力，外国货，你尝尝，国内很难见到的。"

天太黑，看不出这东西长什么样子，但她知道，从他手里出来的东西都是极好吃的，于是毫无顾忌地放进嘴里。然而这一回露娃愣住了，这东西的感觉好像不是很妙，就像烧煳了的锅伽伽，有些甜，又有些苦，反正是一股怪怪的味道。她问他："这味道咋怪怪的，不太好吃。"他说："刚开始可能不适应，慢慢地就觉得好吃啦。"

他的话音刚落，旁边有人说话了："哎，这是一股子啥味道，咋这么香呢？"马上就有人应和着："就是的，没闻过的怪怪的味道。"他们俩偷偷一笑，叶维新拉着露娃往场外挪了挪，离那些人再远一些。这时候露娃感觉到了，巧克力的香甜比大白兔更厚更浓，很霸道地占据了整个味觉系统。

露娃感觉到叶维新的肩膀靠在了她身上，一只胳膊顺势揽住了她的腰，把她往那个身体拉近。她还没来得及做出反应，前面的银幕上一阵乱闪，放映机那里亮起了灯，放映员要换片子了，那只手赶忙撤了下去。

电影一停，吃烟的、尿尿的、谝传的就忙活一阵子。有人还惦记着刚才的味道："将将那到底是个啥味道，蹿蹿地忽的一下就过去咧。"另一个说："从来没闻过，怕是王母娘娘从这达过咧一下。"那个说："看你谝的那传，王母娘娘还撑着这达看电影呢。"

电影重新放映，周围又归于黑暗和安静。那只手又悄悄揽过来了，而且这一回更大胆，手掌直接抚到她的胸脯上。露娃的第一反应是推开那只手，但是她的脑子里突然闪现出余家俊触摸时的情景，身子不由自主地软了下来，不仅没能推开那只手，头反而主动靠在了身后的肩膀上。

停了一会儿，露娃感觉那只手在示意她往场外挪，她竟然像被魇住了一样，身不由己地随着他的示意移动。起初这种移动是缓慢的，离开电影场地有了一定距离以后，叶维新就大胆地拥着她快步往黑暗里走去。刚刚走下一段坡路，叶维新猛然将她拥入怀中，同时向她俯下脸来，露娃好像早就等待着这一刻，自然地仰起脸把嘴迎了上去。

一阵狂吻之后，叶维新松开怀抱，又拉着露娃继续往前走。天很黑，连一点儿星光都没有，除了眼前隐隐发白的路，什么都看不见。露娃觉得很奇怪，从小在这里长大的她，这样的黑夜里都已经弄不清方向了，可叶维新却像探过路踩过点一样，毫不犹豫地架着她快步往前走，不大一会儿就把她领进了一个场院。她刚刚看清是到了两个麦草垛中间，就被扑倒在草堆上。露娃没有一点儿反抗，仍然像早已等待着这一刻一样完全放松了自己，任凭那双手那张脸在她身体上下摸索游走。她感觉到了一阵刺疼，忍不住呻唤了一下，继而那一阵痛感就被另一种感觉覆盖了。

一切风平浪静之后，一个清晰的念头呈现在露娃的脑子里，原来男人女人还有这样的事情，她这一年日子真是白过了。叶维新从衣服口袋里掏出一些绵纸替她擦拭，惊奇地低声喊道："你怎么还是处女？"

叶维新太震惊了，一个已经结婚一年的女人竟然还是处女，这简直就是天方夜谭。露娃没法跟他说自己那个烂干男人的作为，只能把心里涌起的一堆酸楚强咽下去。他们各自收拾干净穿好衣服，那边的电影也散场了，小路上传来杂乱的脚步声。叶维新在露娃脸上亲了一下，让她混进人群先走，他等一会儿再走，以免让人发现他们的踪迹。

这一夜，露娃如同浴火重生一般，遭遇了人生的一次重大洗礼。许多细节她回忆不起来了，记忆中留下的只是那如仙如魔要死要活的升腾与沉降，那巨大的快乐仿佛把她送到了天堂般的境地，她觉得，这种快乐是值得用生命换取的，哪怕为此受尽世间的千般苦万般罪也在所不辞。她怀着这样的心情进入了梦乡，这一夜露娃睡得很踏实。

第二天上午，露娃家来了一帮客人，阵容很强大，有那个男人的父亲，还有两个哥哥和嫂子。当然他们不是来打架的，而是带着礼物来赔礼道歉的。老亲家第一次登门，露娃的父母自然要热情招呼。吃了面喝了酒以后，自然要说到孩子的事情。这一次余兴汉没有像往常那样瞪着眼睛逼露娃回去，而是使出了他愚而诈的本能，说了一个婉转的活话，让她妈好好劝劝女子，等娃想通了就送她回去。

婆家人一走，露娃就去找叶维新，要把事情告诉给他。老匠人去跟队里结账，叶维新正在和两个匠人收拾东西，准备明天打道回府。叶维新跟露娃说，这里不是说话的地方，约好晚上再去那个场上商量。

当天晚上，放映队跨过余家磨坊，到马具营西南面的一个村子放映，他俩借着看电影的名义，南辕北辙地趁黑跑到昨天那个场上。好在秋收之后场光屋净，没必要派人看守，况且人们都撵去看电影了，村落里都是静悄悄的。他们分头赶到的时候，夜幕已经把场院笼罩得严严实实，四周一片寂静，只有熬不过冬天的秋虫，提早发出绝望的哀鸣。干柴烈火再一次碰撞，必然迫不及待地云雨一番，然后才相拥着，消停地商量事情。

露娃把婆家来人的情况跟叶维新完整述说了一遍，叶维新思索了一会儿，问她有什么打算。露娃说她能有什么打算，她的打算就是坚决不回去。叶维新说好，只要你有这个决心就好，坚决不再做买卖婚姻的牺牲品，坚决和封建残余决裂。露娃搂住叶维新的脖子说，反正这辈子打死我都不回那个家里，你得想办法让我不回去。叶维新沉吟着，想个什么办法呢？露娃等不到他的回音，急切地说，从昨黑夜起，我就是你的人啦，我干脆跟上你跑，让他们没处寻去。叶维新惊了一下，又马上镇定下来。他伸手揽住露娃，把嘴凑到她耳边问，你真是这么想的？得到露娃的肯定答复后，叶维新显得很兴奋："其实我早就想让你和我一起走，只是怕你舍不得离开家，所以没敢说，既然你已经下定决心了，那咱们就一起私奔，这也是我们向封建残余正式宣战。"

叶维新考虑了一会儿，然后就给露娃交代具体的出走办法。他告诉露娃，他们在这里的活已经干完结了账，明天上午离开村子。原本他们是要直接回家的，临时又接了一个活，还得干四五天，他让露娃五天以后，也就是他们走后第六天早上，带上过冬的衣物离家出走，他在祁家庙东边那个村子外面等着她。他们走后，露娃要多在村里露面，让人们都知道她在村里，她的出走与他们没有任何关系，以免怀疑到他们的行踪。

一切都按照叶维新的计划推进。第二天上午匠人们离开的时候，露娃正端了一盆衣裳到沟里去洗，当众挥手和他们道别，并大张旗鼓地在院子里晾晒衣裳。接下来的几天里，露娃又替她妈上工去了，并且早上上工之前和傍晚下工之后，都特意在村里转一圈。像往常一样连续上了五天工后，这天晚上，趁着家人已经入睡，露娃悄悄整理好自己的东西，她特意把那半块香胰子放在炕棱上显眼的位置，把它留给晓娃。她没有什么文化，没办法给她父母留下一封告别信，只是把一张写着"我不会死，不要寻我"八个字的纸压在枕头下面，让她父母知道她不会去死，只是远走高飞了。

这一夜如平常一样平静地度过，她的心绪竟也如平常一样平稳。她也想了一些事情，但都想得不深。她想到已经结婚的余家俊为了生娃跑前跑后求医问药，想到晓娃独自占有香胰子后开心的样子，甚至想到那个男人从此再也见不到她捶胸顿足的丑模样，可是她唯独不敢想，寻不着她之后父母会怎样，父母怎样跟人家交涉彩礼的事情。夜晚很快过去了，天刚有点麻她就爬起来，悄悄开了窑门，又轻轻开了院门，确定了家人还没睡醒，这才折回身拿起准备好的东西，悄悄溜出大门，义无反顾地朝村外奔去。

匠人一行离开余家磨坊，一路往东去了十里外的一个村子。一辆架子车拉着他们所有的家当，叶维新背着他的挎包甩手走在架子车边上，心不在焉地不时回头往后看。老匠人看着就起了疑心，问道："叶家娃，我看你心里像是有啥事情呢，你娃是不是趸下啥麻达咧？"叶维新仰脸一笑说："我能趸什么麻达，咱们天天都在一起，你看着我趸什么麻达啦？"老匠人说："没麻达就好，咱们出门卖手艺的人，最重要的是行事要干净，绝对不能弄那偷鸡摸狗的事情，要不然一锤子买卖，个人家把生路就断咧。"叶维新很有底气地回答："你放心吧，我没啥事情。"

他脸上还是笑着，但笑得有些勉强。停了一下，老匠人又说："前些日子你连队长家那女子黏得紧，那就不是啥好事情，咱出门人最怕的就是跟女人说不清楚。"叶维新说："我们就是谝几句闲传，那有啥嘛。"

拉架子车的匠人这时回头瞅叶维新一眼开了腔："小叶，连着两晚夕，你看电影回来的时间，身上都粘下麦草着呢，我就觉谋着奇怪，看电影嘛，咋还躺在麦草堆里看呢？"

叶维新心里猛然一动，脸唰的一下红了，他赶紧掩饰："那，那怕是风刮到身上的吧？"

拉车匠人一撇嘴："你谝啥传呢，这两天晚夕哪里有个风呢？再说咧，就是再大的风也不可能把麦草贴到人身上，咱都是庄户人，谁个没在草堆里卧过。"

叶维新被人揭了底，心里有些慌乱，一时不知该说啥好。

这时老匠人又发话了："你娃是个精明娃，可是太过精明就把瞎事趸下咧。"

一旁走着一直没声气的匠人，这会子一脸坏笑地接过了话头："那么乖的个女娃子，谁个都招不住，大咧的娃娃么让拐去。反正咱们已经走脱咧，离开地边，就不怕县官。叶家娃，你记着明年这时间到这达拾娃娃来。"

年轻匠人刚笑了两声，就被老匠人的呵斥阻断了："你狗日的贫嘴薄舌地胡咻啥呢，我说的是咱们行当里的规矩。你们知道队长家的那乖女子嫁人咧吗？"叶维新怕别人再胡说八道，赶紧接过话头说："嫁人都一年啦。"老匠人哦了一声，松了口气："那倒问题不大，要是个黄花姑娘，你娃就麻达咧。"

这几句话分明已经把叶维新安顿到了嫖客的行列，叶维新尽管心里很不受用，但这会儿他没心思也觉得没必要和他们争辩，就自顾自地走路，不再言声。

四天以后，叶维新他们干完了那个村子的活，当天下午从原上下去到了泾县。老匠人说下了两个多月苦，今晚夕咱们下馆子咥一顿好的，把咱自己犒劳一下，四个人就进了县城的国营饭馆。这里无非有馍有面，再加头蹄卤肉。几个人要了面要了肉饱餐一顿，天黑前赶到城外一家车马店，在充斥着汗味烟味和脚臭味的大通炕上睡了一夜。

第二天早上，叶维新给老匠人说，要到附近的知青点去会会朋友，晚一两天回去。老匠人仍然用怀疑的眼神看着他说："小伙子，会个朋友倒没啥问题，有一句老话我可给你娃说明白，宁拆十座庙，不拆一门亲，招祸的事情可不敢干，那可遭报应呢！"说完大家分手各自东西。

叶维新在县城闲逛了一天，傍晚踅到招待所，拿出上山下乡证登记住了一夜，借着招待所的洗浴间，把多少天积攒的污垢彻底清洗了一下。天刚放亮他就爬起来，没有退房就出了门，顺着原路返回去迎接露娃。在头一天的闲逛中，他已经把如何安顿露娃的办法想清楚了，同时也跟招待所套上了关系，为露娃晚上的住宿打好了基础。

其实老匠人把他安顿到嫖客行列里一点儿都没有错，这一帮老江湖，什么事情没经见过，什么事都瞒不过他们的眼睛。刚开始接触露娃时，他就被露娃丰满漂亮的姿色吸引了，知道露娃已经嫁人，他就放心大胆子施展开他的技巧，向这个不谙世事的农村女娃发起了攻击。他的想法很简单，已婚女人，多一下少一下谁也看不出来，尝一下新鲜解一下心慌，然后施以小恩小惠拍屁股走人，谁也别说吃亏占便宜。可是当他知道露娃还是处女，心里就有了一定的压力，一下子想不清楚这事该怎么收场。他知道，按照前面的想法拍屁股走人肯定是不行的，弄不好会折腾出人命。等到露娃明确表示愿意和他私奔的时候，他便突然下定决心带她走。

　　他是做了两手打算的，一是私奔成功，而且他又扎根农村回不了上海，捡一个这样的女孩做老婆，真是打着灯笼也难找到的好事，尽管露娃再嫁给他表面看是二婚，可是初夜已经被他占有了，总归是不吃亏的；二是私奔不成功，被婆家人找上门来，他还可以拿出知识青年的身份，以向买卖婚姻挑战的理由赢得官方的支持，从而站在道德的制高点上，获得道义上的胜利。说不定那样一来，他还能在政治上火一把。基于这两种想法，他便有了理直气壮的感觉。虽然这两天的行踪已经被几个老江湖识破，但生米已经做成了熟饭，早晚人们都会知道真相，也就无所谓了。

　　接近中午，叶维新已经赶到约定的地点，露娃还没有到来。路边有一个大涝坝，长着一圈柳树，他在一棵柳树下落座，从包里掏出一本书来看。秋粮收过的原野上一片赤裸，连个兔子都藏不住，一眼能望出去很远。过了不久，他抬头向路上望了一眼，一个身影进入了他的视野，他把书装起来，站起身拍打了身上的尘土，走到路边朝着那个身影招手。

　　吃过晌午，菊梅和家庆媳妇站在门前空地的崖坎边上斗嘴。村里妯娌间斗嘴，除了拿对方男人开玩笑，再也说不出什么有质量的话。两个媳妇正斗得高兴，没发觉家俊妈从院门里出来。"你两个不要脸的货，不说在家里做些活，吃胀咧在这达勾斗着呢！"老婆婆的一声喝骂，吓得两个媳妇掉屁股颠颠地往回跑。

　　自从吃了张大夫的药，菊梅感觉自己的身体起了很大变化，首先是饭量好了，精神也好了，劳动一天回来不再像以前那么累。还有一点变化她自己都有些不好意思，以前上炕，家俊想来就来，不想来就睡，她好像无所谓，可是这些日子她自己有了想法，有时候觉得等不到天黑，她感觉她的地里有了蠢蠢欲动的动向。

余家俊也感觉到了菊梅的变化，首先是脸色比以前好看多了，过去菊梅的脸色是干燥灰暗的，所以看上去黑。现在脸上滋润了，还有了红晕，竟然比过去白了许多。再一点就是她那两个窝窝头一样的乳房，像发面一样悄悄发了起来。还有一点很神奇，过去两人弄事，菊梅只是应付差事，现在竟然像睡醒了似的，有了积极的回应。

这天晚上，批改学生作业和期中试卷，连续在学校住了几天的余家俊回到家，上炕后就急巴巴地朝媳妇凑过去，菊梅让他先等一下，说有事情要告诉他。她说她身上的事过了十几天了还没来，是不是有情况了？余家俊一听这话马上严肃起来，那还是小心些，就缩回到自己那边，只是伸出一只手，像抚摸一件易碎品一样摸着她的肚子说，你这块盐碱地长个苗苗不容易，可再不敢胡整。弄得菊梅后悔自己沉不住气，把话说得早了些。

又过了十来天，菊梅的月事还是没来，这回是余家俊沉不住气了，慌慌张张地把陈化云找来，让他看看是不是有喜脉。陈化云认真号了腕脉，又在双手的中指根摸了一会，不太肯定地说像是喜脉，不过他还得再去问问张先生才能确定。

正当余家俊为子嗣有望而兴奋的时候，一个重大消息震惊了余家俊，继而也震惊了整个村子：露娃不见啦！

最早发现露娃不在，是在吃晌午饭的时候。一家人下工回来吃饭，露娃没回来，家里也不见人影。她妈问晓娃，你姐咋没回来？晓娃说她姐根本没去上工，她还以为在家做饭呢。她妈想，这女子在家待得时间长了，待泼烦了，可能是跑到谁家串门子，把上工的事忘了。嘴上骂了一句这厌女子，也没太在意，吃完晌午饭自己去上工。后晌收工回来，家里冰锅冷灶，露娃依然不见人影。她妈感觉奇怪了,这贼女子野到哪里去了,一天都不着家。就喊海娃到村里去找一下,特别叮嘱到学校和场上去看一眼。她怀疑露娃又去了余家俊那里,两人谝昏了头。

海娃扯着嗓子满村里喊了一遍,又跑到学校和场院看了,还是不见人。海娃多了个心眼,跑到余家俊家看了一眼,余家俊正在家里吃饭,不可能和露娃在一起。她妈有点心慌,一家人草草吃完饭,余兴汉撂下饭碗就往外走,露娃妈又打发晓娃和海娃分头到韩家庄和陈家拐几个和露娃有交往的人家去找找。天黑尽时两人回来汇报,没有任何结果。露娃妈真慌了,和两个娃一起到露娃的窑里,点上灯仔细观察,看能不能发现什么线索。

晓娃进窑后,一眼就看见了放在炕棱上的那半块香胰子,心里就猛然动了一下。那可是露娃的宝贝,这几天一直藏得很私密,她想偷着用一下都找不着,现在就放在这么显眼的地方,分明是要让她看到的,立马意识到露娃是离家出走了。再翻看露娃的衣物,能穿的都不见了,这更证实了她的猜测。晓娃顺手拉了一下露娃的枕头,发现枕头下压着一张纸,写着"我不会死,不要寻我"八个字。露娃应该是离家出走了,不回来了。

这一发现像一颗炸雷在她妈头顶上炸响,让她险些晕过去。她赶紧让海娃把余兴汉找回来,商量到哪里去找人。

一家人像热锅上的蚂蚁鹜乱了一晚上,第二天早起,余兴汉吩咐家人先分两路去外面寻找。第一路海娃到露娃婆家看看,是不是婆家来人给接走了;第二路晓娃跟她妈回一趟娘家,看看是不是去了舅舅家。如果这两个地方都没有,那这贼女子就是跑远了。

果然不出所料,傍晚两路人回来,皆是一无所获。舅舅那边舅舅和舅妈都到女儿那里去了,只有儿媳妇在家,这儿媳妇除了说没见着露娃,别的问啥都不知道。海娃甚至跑到县城转了一圈,也没发现任何踪迹。这时候,村里人也听到了风声,好多人跑来打问情况。

余有权跟余兴汉说,一般来讲,人丢了超过一天一夜就成了失踪案,公安就应该出面寻找，这都快两天两夜了，应该给公安局报案，公安查找总比自己瞎蒙要好得多。余兴汉觉得有道理，赶忙找出户口本，撒丫子往公社跑。

立案倒是很顺利，警察详细询问了前前后后的情况，又马上给余兴汉提供的油田和煤矿两个有可能去的亲戚方面的公安打了电话，要求协查。这些事情弄完以后，警察就让余兴汉回家等消息。警察说，只要人不出问题，不要被人谋害就不会有啥麻达，说不定过几天就回来了。现在年轻人离家出走的很多，心里稍微有些不舒坦就出走，在外面浪上一年半载，碰上一头疙瘩回来。警察安慰余兴汉不要着急，公安会全力以赴。

警察说得没错，派出所平时的任务，就是抓个贼平息个打架斗殴什么的，基本没有什么案子可办，每天待在所里喝茶谝传无所事事，也憋闷得慌，接到这样的案子，就有可能出趟差，到外面去走走，所以就有较高的积极性。可是这时候的公安，一没有监控设备，二没有交通通信工具，就是一部电话一辆自行车，而且又不是刑侦出身，能破个啥案子，所谓回家等消息，无异于回家慢慢忘了吧。

过了两天倒是有了一点儿消息：邻县煤矿的表姐家没见到人，说是如果来了就会通知家里。油田那边的回答是，那夫妇俩年初就已经调到大港油田，全家都已去了天津。

两条最有希望的线索都断了。几天过去了，自己找，活不见人死不见尸，公安那边也成了一桩悬案。任何事情都是热乎几天就渐渐冷却了，露娃失踪的事情也不外乎如此。全村人忙活着找了几天，把方圆十几里的村村落落沟沟岔岔都找了个遍，只差上穷碧落下黄泉了，但仍是四野茫茫皆不见，人们的热情也就渐渐降温了。有人提出过一种猜测，会不会是跟着口袋匠跑了，有人看见那几天露娃和那个上海鸭子匠人黏得紧，天天一搭里谝传呢。但还是被多数意见否决了，大多数村里人都看到，匠人们走的时候露娃就在村里，五六天以后才不见的，这时候匠人们早都回家了，应该跟匠人没有关系，况且匠人们是一行四人，老匠人又是个有声望且很古板的人，绝不可能和年轻人串通一气拐带妇女，于是议论也就渐渐失去了热度。

露娃的失踪给余家俊心里堆积了一团阴影，由于此前他俩的事情牵扯到两个家庭，他不便出面参与寻找，但他心里有一种强烈的怀疑，露娃就是跟那个匠人走的。他太了解露娃了，她就是死，也不愿意和那个烂干男人厮守一辈子，她心里所向往的，恰恰就是那个上海人描述给她的，而且露娃心里是有些野性的，跟他就曾说过私奔的话，对于离家出走她早有心理准备。他犹豫着要不要把他的怀疑说出来，经过再三考虑，他还是决定不说。他知道，如果人们认同他的猜测，按照这种思路把露娃找回来，她就会在余兴汉的强迫下被遣送回婆家，过那种生不如死的日子，她将会在郁闷中度过一生。如果从此找不到她，对她来说未必是一件坏事，她可以按照她自己的想法去寻求她所需要的生活。小鸟放归自然，纵然有生存的风险，总比圈在笼子里要好得多。于是，这种猜测被他深深藏在心底。

露娃已经走得七零八落，脚底下拌蒜了，斜挎在肩背上的包袱也就越来越显沉重。汗水浸湿了脊背，头发也一缕一缕地贴在额颅和脖颈上。按说农村女人一气走个十几里路不算啥事，不至于灰败如此。可是露娃昨黑夜毕竟心里有事，一晚夕没睡踏实，早上爬起来连口凉水都没顾上喝，就急急慌慌出了门。走上公路时天还没亮，一路提心吊胆栽跤爬扑急蹽蹽赶了二三十里路，肚子饿且不说，嗓子眼里早已冒了烟。老远看见路边上站着一个人，像是叶维新的样子，心里一热，脚底下竟失了力气，扑沓在路边上，站不起来了。

叶维新连忙跑过去扶起浑身疲软的露娃，把她架到涝坝边的树下，卸下肩背上的包袱让她坐下，又拿过来一只灌满水的行军壶让她喝几口。露娃仰起脖子一气灌下去小半壶，这才长出一口气，心里舒服多了，脸上也就有了活泛的神气："我的个天神神，嗓子眼眼里就像着火咧。"

叶维新一直笑笑地看着她，等她缓口气才说："看你这丢盔卸甲的样子，哪里是原上跑大的农家女，分明就是一个地主家的大小姐嘛。"露娃掏出手绢擦着脸上脖子上的汗，半嗔半娇地嚷道："你还笑话我呢，我长这么大，啥时间走过这么长的路，就像永远都走不到个头。再说咧，我早起连一口水都没喝，黑麻咕咚跑得栽跤爬扑，一气子走咧几十里。"

叶维新替她拍拍身上的尘土，用哄孩子的绵软口吻道："哦，我知道了，跑这几十里路，我的宝宝跑渴了，也跑饿了，赶紧给我的宝宝拿吃的。"说着从包里掏出一个麦面烧饼，用小刀破开，又拿出一包咸菜，撕开了把咸菜夹在饼里递给露娃，让她就着水吃。

或许是从来没有听到过宝宝这样的称谓，或许是从来没有受到这样的呵护，露娃拿着大饼竟然忍不住泪眼婆娑，双肩一抽一抽地呜咽起来。叶维新吓了一跳，不知道哪里出了问题让她伤心起来，蹲在跟前抚着肩膀问她怎么了。露娃身体前倾把头靠到他的肩上轻声告诉他，没有啥，就是心里激动得很。叶维新这才释然，用手抚着她的脊背安慰着，催她赶紧吃。这时候，太阳已到中天，叶维新也感觉饿了，又拿出一个烧饼夹了咸菜自己吃。两人垫完肚子，交换着把一壶水喝光，感到有了精神，就起身继续赶路。

这段路再不用着急，两个人走得四平八稳。露娃的包袱转移到叶维新肩上，甩着两只空手也就不觉得太累，叶维新一个大小伙子，拿这点东西根本不在话下，走得也不拖沓。下午两点来钟，他们到了泾县县城。看看时间还早，叶维新说要给露娃置办一些东西，领着露娃进到街道上的那家百货商店，先挑了一个土黄色的帆布手提旅行包，又给露娃买了一条薄围巾，再就是喝水的搪瓷缸子，以及牙膏、牙刷、梳子、镜子、毛巾等。

置办齐这些生活必需的东西，叶维新又领着露娃进了他去过的那家国营饭馆，要了臊子面和一小盘猪头肉。吃着饭叶维新给露娃交代，等一会儿登记住店时，她跟任何人都不要说话，假装听不懂这里的口音，他用上海话跟她说话，她就只管点头，别的啥都不用管，一切事情都由他来交涉。交代完这些，叶维新又叮嘱露娃要学会刷牙，上海人没有不刷牙的。

吃完饭，叶维新把露娃包袱里的东西全都装进旅行包，又让露娃对着小镜子把头发认真梳理了一下，再把围巾搭到脖颈上。经过一番捯饬，原本就不太像农村人的露娃，就真的有了几分城里人的意思。

叶维新昨天跟服务员套瓷，已经给今天的住宿打好了基础，登记的时候，服务员只是简单问了一下姓名籍贯以及他们俩的关系等，再没问什么。这时候还没有身份证，也不用证明你就是你，叶维新按照事先编好的一套说辞一一做了回答，服务员就给开了床铺，两人分别住在男间女间的大房间里。安排好住宿天已擦黑，叶维新招呼露娃到街道上走一走，两人一起出了店门。

他们沿着那条不长的街道走到头，又沿着原路溜达回来。露娃问叶维新刚才都跟人家说了些啥，就轻易地登记上房间了。叶维新告诉她，昨天他已经跟服务员打好招呼，说他姐姐来知青点看他，坐长途汽车到这里，当天赶不回去，需要住宿，因为是私人的事情，没有单位介绍信，只能凭他的知青证登记，好在是分开住大房间，情况不太复杂。他之所以不让她说话，就是怕她一张嘴露了馅儿，把事情弄砸了。听了这些露娃就笑了，站在路灯底下让叶维新看她像不像他姐姐，硬逼着叶维新叫一声姐姐。他们没有意识到，他们肩并肩在夜幕降临的街道上瞎逛，就已经给这个人口不算稠密的小县城制造了一道风景，吸引了许多人的目光。

第一次睡在几个人合住的陌生环境，露娃一下子睡不着，尽管已经很疲惫了，但是屋里屋外不时生发出的响动，还是搅扰着她没法静下心来，于是脑子里就堆满了事情。她首先想到的是，这会子父母应该已经发现了她的出走，家里可能已经乱成一锅粥了。他们是不是看到了她留下的字条，会不会满原上找她，她好像看到父亲跳着蹦子乱骂，母亲拍着炕棱哭叫。她心里有些发虚，并且一阵一阵地抽搐，父母养活她这些年不容易，她说走就走，连个招呼都不打，还留下几千元的彩礼债让父母去纠缠，她觉得对不起父母。

但是她马上又想到，这一切都是父母一手造成的，为了彩礼，把她嫁给那么一个烂干男人，就像把她撂到猪圈里不管了，让她一辈子的光阴就在那个猪圈一样的炕上消磨过去。如果不是婆家又来要人，而父亲又放出了活话，她也不会这么急着往外跑，她就怕父亲哪天一不高兴又把她撵回去，她就真正没有活路了。接着又想到叶维新，她把自己的心和身体都交给这个刚刚认识几天的人，是不是过于草率了，这个男人能靠得住吗？那天相约私奔，是不是过于天真和冲动，这一步鲁莽地走出去，她的眼前还是一抹黑，前面到底是平路还是沟坎都无法预料，她对他的了解仅仅只是个皮毛，尽管她已经把身子给了他，他也带给了她从未有过的快乐，但毕竟他们认识才十多天，她所了解到的他的一切，都是听他自己说的，没有一点儿是她亲眼所见。但是经过一下午的事情，她对叶维新的信任又增加了许多，她觉得，这个男人虽然和她一样年轻，但明显是经见过大世面的，不仅大方体贴，做事细心，考虑周全，办事能力很强，而且人又长得周正体面，浑身都透出一股子城里人的帅气，一举一动都能让她倾心。她想，让她遇上这个人，也许是老天爷对她的眷顾，是要弥补她婚姻生活上的亏欠，既然她已经把自己的一切都交给这个人了，那就听天由命地走下去，哪怕只能跟他过一年半载，甚至几个月她都心满意足绝不后悔。之后她又想到余家俊，不知道他听到她出走的消息后会是什么感觉。自从那天在学校敞开交谈之后，她虽然还一下子断不了对他的牵挂，但是感觉压在心里的那块重腾腾的东西渐渐消失了，心情也渐渐舒畅了，于是也就有了移情别恋的心思和勇气。她想，她的出走一定会给家俊的心里造成一些痛苦，但他肯定不会像一般村人那样卑贬她的行为，说不定还会暗暗赞同她的做法，他太了解她的心思了，他知道她想要什么，只是他同样也被世俗传统压抑着，没有能力给她所需要的东西。

这些鸳乱的思绪不断地在脑子里穿插交缠，她就感觉天已经亮了，房子里的人都在往外走，她心里有些着急：大家都走了，叶维新怎么不来叫她，是不是撂下她自己走了？她赶紧爬起来往外跑，到了街上，看见很多人都朝着一个方向走,她裹在人群里寻找着叶维新,猛然间看见叶维新站在街边上,正笑眯眯地向她招手,她正想埋怨他不招呼一声就自己先跑出来,他却拉起她的手往县城外面跑。

街道好像和昨天不一样了,她没有看到饭馆和商店。跑出这条窄长的街道,眼前就是她看惯了的黄土原坡,再往前走,眼前的景致渐渐起了变化,好像进入了一个宽阔的川道,两边的黄土原坡变成了满是绿树的起伏的山峦,她回头张望了一下,周边也都成了一片从未见过的碧水青山,一条平展展的马路弯弯地指向很远处一片隐约可见的地方。

那里像是一个大城市,隐约中有很多楼房,霞光灿烂,祥云曼舞。她问叶维新那是啥地方,叶维新说那就是要带她去的地方。叶维新拉着她跑得很快,她觉得她的身子变得很轻,像要飞起来一样。

一阵阵清爽的风扑面而来,身边不时有漂亮的花丛树木掠过,前面的路面上,时不时地有叫不上名字的小动物和他们一起奔跑,这地方太美了,让她有了陶醉的感觉。她不想跑了,要停下来好好地欣赏一下这里的风景,可是叶维新跟她说,前面是个大城市,风景比这里还要美,而且还有动物园和大商店,有很多很多她没有见过的东西。叶维新揽住她的腰,她的身子就更轻快了。

眼见着就要接近那个海市蜃楼一样高楼林立的地方,突然间天空变了颜色,祥云飘散了,霞光暗淡了,风也变得阴冷,眼见着一场暴雨骤然间降临。突然,右面一道山坡上,一股浩大的洪水裹挟着泥石树木奔涌而下,一下子就把川地变成了一片汪洋,他们也一下子被卷到奔涌的洪水中。她挣扎着从水里冒出头来,叶维新却不见啦,头顶上传来一阵狞厉的怪笑。她抬头一看,那个烂杆男人拿着一把铁锨正在给山洪扒口子,看着洪水越来越大,嘴里就发出一阵阵怪笑。她被一阵巨大的恐惧笼罩,玩命地在水中挣扎。这时候,一个树枝扎成的筏子从远处漂来,一个人站在上面向她呼喊,她仔细一看,竟是余家俊,就不顾一切地挣扎着向筏子靠近。就在余家俊已经到了跟前，手里的长杆向她伸过来的时候，一个浪头猛然间把筏子掀翻了，余家俊的身体被高高抛起，朝她的头上砸过来，她吓得惊叫一声就被卷入浪头底下。

耳边突然传来一声厉喝："黑更半夜地喊叫啥着呢，还让不让人睡觉咧！"

露娃猛然惊醒，原来是一场噩梦，她竟在梦中叫出了声音，惊扰了同屋的人。她没敢吭声，悄悄把头蒙起来，觉得身上出了一层细汗。这样迷迷糊糊挨到天亮，她刚起床穿好衣裳，叶维新就来敲门叫她去洗脸。

叶维新端着一个脸盆，肩膀上搭着毛巾把她领进洗漱间。这里有一条很长的水泥槽子，墙上装着一排水龙头，已经有几个人在那里洗脸，房间里一片水声，她学着叶维新的样子先刷牙后洗脸。早几年她在油田刷过牙，回家以后仍保持着这个习惯，可是父亲看不惯，骂她出门没几天学了一身撩撩子劲，把个嘴里捣得沫沫子淌呢，恶心不恶心，把你那东西赶紧拾掇过，再不要让我看着！她只好把那一套东西收拾起来再没用过。很久没刷过牙，这一刷竟然出血了。

洗漱完毕，他们收拾东西退房离开招待所，到昨天吃饭的馆子里吃早饭。叶维新给他们一人买了两个小花卷一碗小米稀饭，外加一碟咸菜。吃完以后，叶维新让露娃在这里坐一会儿，他去买点东西，就一个人出去了。

工夫不大叶维新回来，拿着两瓶酒一条烟。露娃问他买这干啥，叶维新笑一笑说："这是你的敲门砖，有了这个你才能有地方安身。"见她没听明白，就直接告诉她，这是送给支书的，他带她回去，一切都得靠支书安排。露娃心里就有些感动，觉得叶维新对她是用心的。叶维新抬起手腕看了看表说，在这里再坐半个钟头就去汽车站，有一趟去他那里的班车。利用这一点儿时间，叶维新教露娃到了那里怎么跟支书说她的情况，要把买卖婚姻对她的残害说得生动一些，以引起支书的同情。叶维新把教她的话说了两遍，露娃都一一记在心里。

汽车站不远，走出街道不一会儿就到了。临马路一排平房是售票处、候车室、办公室等，平房后面是一个很大的院子，停着好多辆长途汽车。候车室和院子里到处都是人，空气中弥漫着浓重的汗腥味和旱烟味，院子里是土地，汽车一走就卷起一阵尘埃。叶维新买好车票，他们要坐的那辆车也就开始发动了，人们争先恐后往车跟前拥，叶维新利索，抢先挤到了车门前，露娃挤上车时，叶维新已经占好了两个座位。车厢里很拥挤，过道里都站满了人。叶维新让露娃坐在靠窗的座位上，自己用身体阻挡着不时拥过来的腿和屁股。

天气很好，虽然已过中秋，太阳一出来就暖融融的，没有一点儿寒意。汽车沿着川道往东行驶，扑入视野的是一片片黄绿错综的田地，黄的是留待来年春播的秋田，绿的是刚刚爬出地表的麦苗，黄与绿主宰着无尽延伸的土地，显示出无尽蓬勃的生机。走了一个多小时，汽车开始吭哧吭哧地爬坡，随着汽车的不断升高，视野就越发开阔，一眼能望出几十里地。叶维新告诉露娃，已经到了他们的县界，再走一会儿就该下车了。

汽车驶上原顶走了不久，在路边一个站牌跟前停下来，叶维新背起包裹带着露娃从人堆里挤过去下了车。汽车卷起一阵尘土开走后，叶维新重新整理了包裹，把他装着烟酒的挎包和露娃的旅行包连在一起，前一搭后一搭背在肩上，让露娃空着手走。由于不是急着赶路，他们走得很平缓。

太阳渐渐升到头顶，热度也就增强了，两人都有点微微出汗。露娃问还有多远，叶维新说最多还有十里路。他又看了一下手表说，休息一会儿再走，赶中午也能到，他们就在几棵大树跟前坐下来休息。

露娃以前见过别人戴手表，可是从来没仔细看过，她拉起叶维新的胳膊认真看了一阵子，觉得这个东西很神奇，"铮铮铮"地跳着不停歇，就问叶维新，这么心疼的手表怕得几十元钱吧？叶维新哈哈大笑起来，拍着她的头说，几十元也就看一眼，差得太远啦。露娃瞪大眼睛诧异地问，几十元钱就够看一眼，那得多少钱才能买下？叶维新告诉露娃，这块表是欧米茄，是世界名表，运动之前他父亲托未过门的女婿从国外带回来的，当时的价格值三千多元人民币。

露娃的眼珠子都快掉出来了，她惊叹道："我的个天神神，在我们这达三千元能买下个我，在你们那达三千元就买个这，除了看个时间还能弄个啥？"叶维新也猛然醒悟，点头笑道："对对对，这块手表正好能抵你的彩礼。"

叶维新告诉露娃，他父亲是一级教授，母亲是副主任医师，收入都很高，姐姐已经工作，只有他一个人上学，家里没有什么拖累，日子过得很富裕。上海人讲究排场，家里的东西很多是外国货，他家有两辆自行车，一辆"蓝翎"，一辆"飞利浦"。还有收音机什么的都是进口货，像他父亲这样的人，花三千元买块手表是很正常的。运动开始以后，父亲担心手表被造反派打砸抢了，就把表交给已经参加红卫兵组织的他保管，造反武斗结束之后，他们这些红卫兵开始上山下乡，临走的时候他要把手表还给父亲，父亲还是让他戴着，说一旦遇上危难，可以换钱保命，他就戴着这个值钱的东西来到这里，现在想想时间过得真快，也就一转眼的工夫，这块表已经跟着他五年了。

休息得差不多了，他们起身继续赶路。一边走着叶维新又给露娃讲了许多上海的事情，露娃觉得那个她没有见识过的地方过的是天堂一样的日子，是不是就像昨晚夕梦里望见的那个地方。

这个原很高很开阔，比桑树原大得多，举目望去看不到原边。原上的植被和土地状况也比桑树原好，满原上麦地多于秋田，到处都有果树。一路走来露娃心想，这里的光阴一定比桑树原好一些。又走了半个多钟头，他们走到了原畔上，这里是一个很大的山塆，原顶到川地的坡度很缓，不像桑树原那样直上直下。叶维新指着山塆对面半山腰里的一个村庄对露娃说，那里就是他们的村子，叫迎风坡。

22

菊梅的肚子终于有了反应。当第一缕寒气掠过桑树原的时候，菊梅开始了轻微的干呕，没过多长时间，就吃什么吐什么，恨不得把苦胆都吐出来。家俊妈脸上有了笑意："盐碱地里总算长苗苗咧！"

余家俊看着菊梅被妊娠反应折腾得黄瘦的脸，心里既喜悦又焦虑，这才稍稍把露娃出走给他心里带来的阴影冲淡了些许。他跑去找陈化云，问有没有解决呕吐的办法，陈化云开玩笑说："那是你娃趸下的事情，只能让你娃解决，要想不吐，唯一的办法就是把这碎尿取咧。"余家俊叫起来："我忙活了大半年，就是为了个这，把娃取咧，我后半辈子靠谁去呢？"看着余家俊急赤白脸的样子，平时不苟言笑的陈化云也忍不住笑起来。

余家俊又问有没有办法让吐得松缓一点，陈化云说只有一个办法，就是少食多餐，一天多吃几回，一回少吃一点儿，还要补充营养，要不然胎儿发育会受影响。

之后两人又说起露娃失踪的事情，余家俊把他的分析有所保留地说给陈化云，陈化云叹口气说，你说的情况可能最靠近事实，毕竟这个村里只有你和那女子交过心，最知道她的心思。逃婚是自古以来就有的对买卖婚姻一种有效的抗争办法，可是结果好的并不多见。余兴汉家这女子尻子一拍跑了，现在看来是跑成了，可是给她大趸下的麻达还在后头呢，至于她个人将后的日子是个啥情况，那就更难说了。

陈化云说着的时候，余家俊咂着烟锅眼神有些发呆，陈化云说完一会儿了，他还没有反应过来。陈化云会心地一笑道："都过去这些日子咧，你心里还是没放下那一头子。"听到这句话，余家俊脸上倏忽掠过一道忧虑，说："这一段日子光就操心了养娃的事情，把这事都忘咧，你说现在社会这么乱么，她一个女娃子跑出去，得遇上多少难心事情，唉，一想起来心里就鹜乱得很。"

陈化云不愿意在这件事情上和他没完没了地扯，有意把话题岔开："个人有个人的命呢，你也再不操心咧。现在娃已经怀上了，我觉得你倒应该考虑一下怎么感谢先生呢。"

这句话把余家俊点醒了，他一拍大腿："你说得着着地，这一向光顾着操心婆娘娃娃，把这大事情都丢到脑子后头咧，你说咱把良医咋么感谢一下呢？"陈化云思谋了一下说："我觉得张先生不是个计较人，咱有个礼性就对咧，庄户人家能拿个啥，一瓶黄酒几颗鸡蛋就能成。"余家俊说家里正好凑足了十个鸡蛋，他妈让他到供销社去换些煤油换些盐，那就不去了，先拿这些鸡蛋谢良医。

余家俊又央求陈化云晚上和他一起去老张家，陈化云觉着表示谢意一个人去就行了，没必要整么么大动静招人眼目。余家俊说起头是两人一搭里去的，现在还是两个人去显得郑重些，陈化云再没话说，只能答应。看看天已擦黑，余家俊邀陈化云到家里吃饭，陈化云也不客气，随着余家俊一起回家。

吃过晚饭天已黑尽，余家俊灌了一瓶黄酒，又把埋在草窝笸箩里的十个鸡蛋款款地装到布袋里，陈化云也从炕上下来穿好鞋。走到门口，余家俊又反身回去，从布袋里掏出两个鸡蛋塞回笸箩里。他妈看着他会心地笑骂了一句："这尿娃还是个虮子皮！"

走到村路分岔的槐树下，余家俊让陈化云在这里等一下，自己快步蹽到张家崖背上，四下里观察了一番，证实崖背上确凿没人监视，这才跑回来扶着陈化云摸进了张家院子。

其实，这个巴掌大的村里，一个人咳嗽，半个村子都能听着，什么事情都是隐瞒不住的。早在菊梅刚刚出现妊娠反应的时候，人们在议论盐碱地长出苗苗的同时，已经猜出了其中的端倪。谁都知道，自从祁孝子去世后，桑树原上再没有像样的良医。虽然余家俊和李汝松是救命的关系，但李汝松是个外科医生，开刀打针本事大着呢，可中医的那一套他还是不太行，于是，人们自然而然就想到了从城里下放的老张。村里有几个久治不愈的老病号曾找家俊妈打探消息，在没有得到确凿回答的情况下，冒着被拒绝伤脸的风险找上门去求医。起初老张是婉言拒绝的，声明自己是下放劳动改造人员，不能以自己的技能拉拢腐蚀贫下中农。他劝那些找上门来的病人，还是到医院去治，免得给自己和别人招惹麻烦。然而每每看着那些身患重病又求治无门的乡亲失望而去的背影，老张心里总禁不住涌起一股酸楚，"医者仁心""医者父母心"的行医理念不时地噬咬着他的心。当陈化云陪着余家俊找上门来时，他觉得陈化云这位同道是个靠谱的人，应该不会招惹什么麻烦，而且余家俊又是支书的打心锤锤，解决余家俊的问题就等于解决了支书的问题，就冒着政治风险小出了一手，没想到纸里终究包不住火，一下子就招来了许多求医的人。

　　一天晚上，余有权突然胃痛，疼得满头是汗直不起腰来，他女人害怕了，赶紧打发孩子去医疗站找陈化云，恰巧那天陈化云回家去了，医疗站没人。余有权疼得招不住，挣扎着跑到老张家问有没有止痛的药。老张给他号了号脉说应该是胃痉挛，没啥大问题，先倒了杯热水让余有权喝了几口，然后从箱子里拿出一个玻璃瓶子，用一个长把小勺挖了一勺药面子让余有权喝下去。药面子很苦，余有权喝了一杯水才把它冲下去，嘴里还苦苦的很难受，要不是胃疼得要命，他有可能喝不下去。老张让他坐一会儿观察一下再走，就把烟笸箩拉到他跟前。余有权弯腰曲背地佝偻在炕沿上，勉强装上一锅烟，慢慢咂着和老张谝几句闲话。

　　一锅烟咂完，余有权很自然地又装上了第二锅，咂了几口后，腰渐渐直了，说话有了底气，原本煞白的脸色也逐渐有了血色。余有权猛然反应过来，问老张吃的这是啥药，这么一会子就不疼了，简直是神药嘛。老张笑一笑说，这是自己配制的胃药，对多种胃病都有良好的疗效，尤其对胃痛有特效，一般十五到二十分钟就能缓解疼痛。余有权点着头说，怪不得呢，将将还疼得像把肠肠肚肚都扯烂了，两锅烟的工夫就不疼了，这怕就叫药到病除吧。

　　两人聊着闲话，就扯到了村里人看病难的问题上。余有权慨叹道，虽说现如今农村有了合作医疗，可各村的赤脚医生也就只能治个头疼脑热跑肚拉稀，大一点儿的病还得上医院，医院里多数是西医，动不动就是挂瓶子开刀，咱农民又没有城里人的公费医疗，自己掏不起钱不说，就是能凑上些钱做个手术，一动刀子把元气放了，这苦焦的日子拿啥补呢？病能不能治好还两说，身体补不起来后半辈子就失踢了。早些年祁家庙有个有名的良医，一条原上的人还没有太大麻达，现在算起来祁孝子死了十几年了，原上人害个大病就再没指望了。唉，咱农民的日子过得孽障得很。

　　话说到这里，自然引到给村里人治病的事情上。老张知道余有权和余家俊是叔侄关系，他给家俊媳妇看病的事情迟早瞒不过这位精明的余老八，于是便向余有权坦承了给家俊媳妇看病的经过。

　　余有权说，怪不得这半年时间那媳妇子像施了化肥的苗苗，变化那么大，他就思谋着肯定是找高人给调治了。他曾问过余家俊，虽然这屄娃死活不给他说是怎么把病治好的，但他也已经猜到了几分，在咱这一川两原，除了你这位省城下来的名医，再谁能有这本事？老张告诉余有权，家俊媳妇怀孕以后，有好多人找上门来看病，可他一个被遣送下放的人，哪敢把不疼的手往磨眼里塞，大张旗鼓地招惹是非，只能冷着脸把人打发了。有些人或许能理解他的苦衷，有些人可能就会因此对他产生记恨，为此他心里很是纠结。

　　余有权说，咱这村里有些狡诈人呢，你说的这情况肯定会有，这就像一碗肥肉放在眼跟前就是吃不到嘴里，心里能不躁吗。可现如今这社会环境，把人心人性都日弄翻了，该弄的事情不能弄，不该弄的事情天天弄着呢，这都是啥情况嘛。

老张不敢接他这个话茬儿,但又不好阻止他,只能把话头再拉回到治病上:按理说,咱学的这点本事就是治病救人的,所谓医者父母心,就是说大夫看病人,就像父母看自己的孩子一样,要想方设法把病治好,不能让病放任下去。看着那些来求医的人被疾病折腾得不能干活,家里穷得只有一张炕席,我心里也很难受,可是现在这种情况下,我也真是无能为力。

余有权说,你的处境你的苦衷我都能理解,现在就这形势,谁也没办法。咱这个地方本来就穷得没边边,一个全工才三四毛钱,一家子有两个壮劳力才能对凑着把肚子吃饱,要是再有个病人,一家子的光阴就完完地了。你也看着呢,这会子原上白毛风都起来了,还有那么多人只是一条单裤子,光脚片子穿一双烂布鞋,这烂干日子哪里还有钱看病呢,唉,孽障得都说不成。

余有权咂着烟锅沉默了好一会儿,然后抬起眼来看着老张说,我就是个副队长,没啥权力,也不能给你保证个啥,不过我还是希望你能给咱村里人惜个孽障,把你的医术在咱这达施展出来,把咱的病人拯救一下。

老张心有不安地问,要是招来麻烦怎么办?余有权在炕沿上磕着烟锅,仿佛以此加重语气说,治病救人,这本身就是积德行善的事情,就是有哪个坏尿反映,又能把人怎么样。我看是这,明儿个我给我们老大把招呼打到,有啥事情了让他给兜着些。

老张还是有些忧虑,支书能为我出头说话?余有权哈哈一笑说,这你就不知道了,我们老大最心疼的就是俊娃我们那侄儿,你把老二家的大问题给解决了,他虽然嘴上不说,心里肯定是感激你的。我们老大的心思我最清楚,你看他虽然表面上霸气得很,可并不是一根筋的死脑筋,啥啥事情心里都明白,咱说的这事,你让他明确表态支持,肯定不可能,可是只要他不言传,就是对你的支持。

老张还有些犹豫地想说些啥,余有权挥手拦住了他,用坚定的口气安慰道，这事你就放心，我余老八虽然只是个副队长，没有啥权力地位，可是在这个村里能惹过我的人还没有，就是余老大不愿意出头，我余老八也能把场面撑住。再者说了，治病救人是天大的善事，违反哪一条政策法律了？我就不信给贫下中农治病还能把你弄到班房子里去。

话说到这个分上，老张也就再没有理由推辞了。

两个孩子都睡了，老张和妻子躺在炕上悄悄商量，这事到底该怎么办。

妻子说，虽然余有权说的话都在理，可他毕竟只是个副队长，能不能做了支书的主，说话能不能算数。老张说，咱们虽然来的时间不长，可也能看出来，在这个村里余家的势力还是蛮大的，余有权这个人说话办事也挺靠谱，不是那种胡吹冒撂的人，咱不妨试一下，就像余有权说的，给人治病还能治到班房子里去？妻子说，理是这么个理，可是现在谁能跟咱论理。老张感叹说，你看这里的人，缺吃少穿又疾病缠身，确实很可怜，咱有这本事不能出手相救，心里总不落忍。妻子说，我看着也怪可怜的，可现在咱是有问题的人，多一事不如少一事，我真怕再招惹出麻烦来，咱的日子就更难过了。老张说，我原本也是这么想的，多一事不如少一事，看着了权当没看着，可是刚才余有权把话说到这分上，咱要是再推辞，会不会又把余有权得罪了？妻子叹口气，唉，真难哪！

老张翻了个身沉默了一会儿，仿佛下了大决心似的说，咱豁出去试一把，看谁能把咱怎么样，实在不行，咱收手不看不就得了。妻子心有余悸地说，那就试试吧。

过了几天，有人拿着方子到医疗站找陈化云抓药，陈化云一眼就认出是老张的笔迹，心里不免暗暗一惊，就有意问病人这是找谁看的，病人说是找城里来的老张看的。陈化云看着方子觉得很奇怪，话就随口说了出来，老张咋敢给人看病了呢？病人说他也不知道，以前他曾找过两回，都被回绝了，这一回他又厚着脸去找，老张二话没说就给看了，可能是惜他的孽障呢。

抓药的时候陈化云多出了一个心眼，他详细询问了病人的情况，又号了脉，然后把药方抄了一遍，把原方子留下，把新抄的方子交给病人，并叮嘱病人如果有人问起，不要说是老张给看的。病人不解地问这是为啥，陈化云说你瓜了吗，人家惜咱孽障着给咱看病呢，咱不能给人家添麻烦嘛。病人连说能成能成，听你的话。

病人走后，陈化云跑到对面的学校叫余家俊出来，把刚才的情况跟余家俊说了。余家俊也觉得奇怪，问陈化云会不会是先生给咱看病的事让人知道了，拿这个要挟硬箍住让看的，陈化云说这只是一种可能，说不定还会有别的原因。余家俊思谋了一下说："我看是这，今晚夕我到八大那达侧面打问一下，看他知道不知道有啥情况。"陈化云说："就是的，赶紧把情况了解清楚，千万不敢给张先生惹下麻达。"

在家吃过晚饭，余家俊去学校之前先往八叔家绕了一腿。八叔也刚吃完饭，倚在被窝上哑着烟锅哼乱弹。家俊进来，八叔躺着没动，八妈招呼着要给盛饭，家俊说吃过饭了，过来跟八大闲谝几句。

八妈收拾完炕桌出去了，八叔才欠欠身示意余家俊坐下，嘴里叨叨着，你尿娃自从当了教员，就没跨过你八大的门。余家俊斜跨在炕沿上也拿出烟锅点上，嬉笑着说，你老人家一天种菜呢、上吊呢、抓嫖呢，忙得跟国家总理一样，我不远远地闪着，哪里还敢打搅你。

他们虽然是叔侄，由于余有权一向没正形，家俊在八叔跟前说话也就没有顾忌，想说啥就说啥。余有权咧嘴一笑，这尿娃的一张嘴咋就没随你大，看把你八大说成个啥咧。叔侄俩嬉笑着闲谝了一阵子，余有权端正了神色问："你怕不是来闲谝的吧？有啥事情你就说。"余家俊想，他们叔侄之间没有什么事情不能直说，没必要绕着弯子侧面打听，就直接把事情端了出来："今儿后响，有人拿着老张开的方子，找陈化云抓药呢，陈化云让打问一下这是咋么个事情？"

余家俊沉吟了一下接着说："今儿我给你说实话，我家里的病就是老张给看好的。我就思谋着，会不会是那个人知道我们看病的事情，抓住这个硬箍住让张先生给看病呢？"余有权没有马上应声，咂了几口烟之后才慢条斯理地说："这里头不存在箍住不箍住的事情，周瑜打黄盖，一个愿打一个愿挨，老张能给人看病还是我动员下的。"接着就把那天晚上的情况给余家俊简单说了一下。

余家俊有些紧张地瞪大了眼睛："八大，你这不是给人招祸呢吗！"

余有权觉得侄娃子有些小题大做了，磕了烟锅慢悠悠地说："治病救人这是积德行善的事情么，招啥祸呢？对老张来说，给人看病是尽了他当大夫的本分；对咱社员来说，能让省城的名医看病，是咱的福分。这还要感谢党的政策呢，不是党的政策，省城的名医不在省城里蹴着，还跑到咱们这穷原上给人看病呢。"

余有权停顿一下，又挖了一锅烟点上说："再者说咧，守着这么一个良医不让给人看病，就像一群肚子饿得稀里哗啦的人，守着一桌子好吃食就是不让吃，你说时间长咧心里躁不躁，心里躁得按不住咧是不是就滋事呢？既然老天爷已经把老张安顿到咱这达咧，这也是缘分，就让他给咱解决些实质问题。"余家俊还是心有不安："要是哪个坏尿把这事反映了，上头找麻达咋办呢？"余有权以满不在乎的口气说："这事情你就再不操心咧，我跟你大爹已经打过招呼，现在我们就睁一只眼闭一只眼，知道了权当不知道，一旦有啥事情，让你大爹给兜着些。"

尽管余有权话说得比较轻松，余家俊心里还是不太踏实。

随后的一段日子，拿着方子到医疗站抓药的人逐渐多了起来。陈化云还是用那个办法，详细询问病情，再号脉抄方子，把原方留下，把他抄写的方子交还病人，并不忘叮嘱那一番话。陈化云之所以这么做，是有两个方面的目的：一是为老张销毁"罪证"，一旦上面问罪下来，给他来个有人无"赃"，死无对证。二是把这些方子与病症对照研习，从中摸索治病的门道。他每天闲下来就拿出病情询问笔录，跟方子对照着琢磨，有不明白的地方晚上就到老张家去讨教。赶到年跟前，陈化云已经收集了厚厚一沓方子了。

  陈化云觉得这一段时间的研习，自己受益颇大，悟到了许多过去弄不明白的医理，有些难解的问题，经张先生一点拨立马就明白啦。只是有一点儿不太美气，就是每回去张家讨教，总是先要谝一阵子闲话，绕一个弯子才能进入正题，有些偷嘴的感觉，名不正言不顺。

  这一天余家俊到医疗站来闲谝，陈化云就把这些日子自己的受益和心里的困惑跟余家俊说了，余家俊思谋了一会儿说，干脆咱两个把张先生拜个师父，正儿八经地跟上学医，请教问题就不用再绕弯弯了。陈化云说，这当然是最好的办法，就是不知道张先生能不能答应。余家俊说，其实这个事情我大都思谋咧快一年咧，就是没有个合适的机会。你没试过咋能知道答应不答应，咱两个不妨试活一下。陈化云沉吟了一会儿说，我觉谋着这事不能着急，拜师要寻个机会呢，我看是这，过年的时候咱两个去给先生拜个年，趁着高兴把事情说了，过年着呢，他就是不答应也不至于把咱两个撵出来。余家俊也同意陈化云的想法，他们就盼着年关早点来临。

  自从露娃出走以后，余兴汉的生活就陷入一片鸳乱之中。先是日急慌忙地找人，但许多天过去了，公安和自家都没有得到任何音信。尽管余兴汉表面上二球得劲大，但这种活不见人死不见尸地没着落，也弄得他心里憋闷得不行。再加上老婆一到晚上哭哭啼啼、寻死觅活，就更让他烦躁，而最难心的事情是要对付露娃婆家的人。

  露娃婆家得知露娃失踪的信息，再来时就没有了以前的谦恭与客气，直接露出了农村富户的狰狞，特别那两个哥哥，一脸汹汹的霸气，一句话不对就拿出拳脚相向的架势。人家不说露娃是离家出走，只说是把人藏起来了，不把人交出来绝不善罢甘休，纵使余兴汉摆出二球加滚刀肉的架口，也总是落败下风。婆家人第二次来时撂下了狠话，限时一个月把人送回去，不然这个媳妇他们不要了，彩礼全额退还。

这对余兴汉来说是最要命的，别看余兴汉平日里牛气哄哄，那都是有队长的权力支撑着，一旦离开了他的权力范围，面对比他还二的货色时，他还是有些尻子松。虽然他和余有权一起搭班子并不和睦，时常因副队长压他队长一头，让他心里极不痛快，但是遇上这么重大的事情，他就不能不低下头来，向那位见多识广的八爷求助。

余有权打心眼里看不起这个二货，但毕竟在一个村里生活，姓着一个余，又论着爷爷孙子的辈分，所以在他遇上难心的时候，也就真心实意地给他帮忙出主意。余有权告诉余兴汉，这事不能总是打嘴仗，能好说好散也就罢了，实在谈不拢就打官司。据他对法律的了解，买卖婚姻是不受法律保护的，尤其像露娃这种婚姻，法律一般都倾向女方。再者，婚姻时间超过一年，同居时间超过半年，就证明婚姻已经成立，不存在骗婚问题。他让余兴汉记住，再次谈判的时候就把这些端出来，让对方自己拿主意，看是好说好商量还是打官司。事情一旦进入法律程序，什么时候判决下来就很难说了，拖个一年两年、三年四年都很正常，看谁能熬得过谁，而且一旦开始打官司，对方就不能再到家里来纠缠了。

过了几天，露娃婆家人又来了，这一回亲友团阵容强大，由烂干男人的矿长父亲领头，不仅烂干男人和哥哥嫂子一并来了，还来了几个亲戚，一共十几个人。炕上坐不下，只把老亲家让到炕上，与余兴汉隔着炕桌相对而坐，其他人门里门外站了一地。余有权怕双方谈不拢打起来，余兴汉家没人吃了亏，就派了七八个壮小伙子去助阵。这一来，窑院里热闹的状况就不亚于"点灯"那天了。

谈判一开始对方就提出，如果还是这样活不见人死不见尸，他们就等不及了，要求退婚。

他们不说离婚而是说退婚，显然是有人给支了招，退婚的条件就是全额退还彩礼。余兴汉说，你们还把话给说下咧，你当这是买衣裳买鞋呢，不称心了退货呢，我们的黄花女子让你们弄成婆娘了，还给你全额退钱呢。

这时候,那个烂干男人就站在炕跟前他大身边,余兴汉的话还没说完,他就梗起脖子嚷开了:"把啥弄成婆娘咧,我就没真正弄过一回。"话音没落,他大一个戳脖子扇过去,把这小子打了一个趔趄,要不是旁边有人挡着,准定一头栽在炕下,引得窑外一阵哄笑。

这句话正好被余兴汉抓住了把柄,一拍炕桌拉下脸来说:"你还把屁跱下咧,在你们炕上睡咧一年,你说没弄过,咋咧,还让我当大的验一下呢吗?再者说咧,要是真的像你这瓜㞞说的,那就不是我们把你们亏咧,是你们把我们女子亏完咧!"

一看余兴汉抓住把柄翻了脸,老亲家赶紧拿出纸烟递上,让他消消气。老亲家领教过余兴汉得理不让人的滚刀肉阵势,生怕让这个把柄弄得事情谈不下去。然而,余兴汉真就抓住把柄得理不让人了。

余兴汉点上烟压了压火气,然后对老亲家说:"咱都是过来人,真正像你儿说的这么个情况,我觉得这婚就该离。我们那么乖的个女子,在桑树原上不敢说是人物尖尖,也是人见人爱的,嫁到你们家里才一年时间,就让你们揉捏成那么个样子咧,这叫个啥来着?对,叫性虐待。我娃往娘家里跑,甚至于逃婚,根本原因就在这达呢,这一切都是你们一手造成的。"

谈判到了这个分上,眼见着是谈不下去了。对方为了挽回局面又提出了退一步的意见,彩礼退回两千元。这个意见刚一说出,余兴汉还没有表态,对方的二儿媳不高兴了,把嘴一撇道:"这才半年时间就一千元,镶给金边子着呢吗?"大儿子赶紧出面制止:"对咧对咧,再不说咧,一千元权当我们弟兄几个嫖咧风咧。"这一下老大媳妇不干了,扯住老大嚷道:"你还日能得上天呀,拿一千元嫖风呢!"

内窝子里一乱,这事就更没办法谈下去了,老亲家气得一拍炕桌骂道:"把你们那×嘴都给我夹住,一帮子成事不足败事有余的东西,不说话能把你们当哑巴卖咧吗!"余兴汉这时候更是理直气壮:"这个事情在咱们这达扯不清楚,你们也都再不要胡呻,我看咱们还是直接到法院打官司,法院怎么判咱们就怎么弄。"老亲家见事情弄到这一步，再没有什么话好说，下炕穿鞋领着一帮人在一片哄笑声中铩羽而归。

这一仗虽然以余兴汉的全面胜利而告终，但毕竟事情还没有解决，那颗悬着的心仍然没有着落，还是有些慌慌的。天气逐渐冷了，平田整地工地上还要再努一把力，争取在上冻之前圆满完成今年的任务，于是余兴汉只能以工地上的吆五喝六来冲淡心里的木囊。

23

天过正午，叶维新背着包裹领着露娃走进了迎风坡村。社员们上工去了，村子里很安静，除了几声鸡鸣几声狗叫，基本看不到人影。这个村子很大，有一百五六十户人家，上下分七八层窑院台地，每层都有一二十家窑院。这里也像余家磨坊一样，沿着山形形成一个先坐北朝南，再坐东朝西的大转弯，不过这个转弯很大，像一把圈椅的靠背。这里坡度很缓，每层台地都很宽敞，家家窑院前都有场院般的空地，开着菜地，种着果树，一个村子就占据了很大一片地方。村子正中最高的地方，有一座土楼一样的两层建筑，据说那是解放前建的魁星阁。

知青点在最高一层台地的最西头，是一个和整个村子隔开一段距离的独立的窑院。院子很大，呈曲尺形。进院门迎面是三孔正窑，左手边是三孔偏窑，院子中间有一个废弃的大碾盘，光滑的盘面由于年深日久，已经形成了厚厚的包浆。院门边的围墙里有一棵梧桐树，树荫能遮蔽半个院子。这里的窑洞与桑树原稍有不同，窑洞前墙不是很厚，窗户开得很大，与门连为一体，窑里就显得干爽明亮，不像桑树原上只开一个小窗洞。三孔正窑里都有一盘能睡六七个人的大炕。十五个知青就住在这三孔窑里。男的住中间和东头的两孔，女的住西头的一孔。三孔偏窑依次是灶窑、杂物窑和圈窑。

叶维新领着露娃到了知青点，这里也和村子里一样悄无声息，院门和窑门都锁着，知青们都下地干活去了。叶维新开了院门把背在身上的包包蛋蛋放在碾盘上，又去开自己居住的窑门。本来他是想招呼露娃进窑休息的，可在推开窑门的一瞬间他没有向前，而是往后退了一步，同时抬起手在鼻子前面扇着，转过身抱歉地对露娃说，这些家伙真不像话，把窑里整得跟猪圈一样，根本没法进人。

露娃好奇地跑过去往窑里探了一下头，就闻到一股很难闻的气味。宽敞的炕上几条被窝都没有叠，就那么随意地在炕上翻卷着。炕下的地上扔着好些破鞋烂袜子，整个窑里像被土匪抢过一样。叶维新不好意思让露娃看到这种窝囊局面，招呼她到碾盘跟前的木墩上坐下。

露娃走得有些热了，解下围在头上挡尘的围巾，把身上的尘土拍打一阵子，才款款坐下。叶维新从包里掏出早上在饭馆买的干粮让露娃垫垫肚子，拿起水壶摇了摇，一点儿水都没有了，就到灶窑里找水，灶窑里的几个暖瓶也都空空如也，灶台周边摆着一堆碗筷，都还没有清洗。他正准备把灶台清理一下点火烧水，就听见大门外有了动静，接着一个小伙子挑着一担水进了院子。叶维新从灶窑里出来冲小伙子喊了一声："嗨，晓丹，今儿个该你做饭啦？"小伙子也兴奋地应了一句："哈，小叶你回来啦！"就把水挑进了灶窑。

叶维新帮着小伙子把水倒进缸里，一起出来。小伙子指着露娃问叶维新："这位是？"叶维新把他拉到露娃跟前说："我给你们介绍一下，这是李晓丹，安徽的知青。"又指着露娃说："这位是余露露，我给咱们请的做饭的人，你看怎么样？"李晓丹兴奋得跳了起来："哎呀，这太好啦，我们总算可以解脱啦，这么漂亮的姑娘来给我们做饭，我们太幸福啦！"

叶维新在李晓丹屁股上拍了一巴掌："别光兴奋，我俩走了几十里路连口水都没喝，赶紧给我们烧点儿热水。"李晓丹应了一声转身进窑去烧水。

不大一会儿，李晓丹端着两碗开水送到碾盘跟前，叶维新和露娃起身接过来放在碾盘上。叶维新慢慢吹着开水笑骂道："你们这帮仔猪，看把窑里弄成啥样子了，插不进脚去不说，还臭气熏天，那还是人住的地方吗？你一会儿把窑里收拾一下，别让新来的人笑话。"李晓丹还是笑嘻嘻地说："你一走这帮仔猪就不叠被子不洗脚了，能有啥办法。"说着就到窑里去收拾。

叶维新把知青点的情况给露娃做了进一步介绍，告诉她先以做饭的名义安顿下来，以后的事情慢慢再说。露娃好不容易逃离了那个烂干男人，又和心爱的人在一起，只要有个地方可以安身就很满足了，没有什么过高的要求，叶维新怎么安排她都是放心的、高兴的。两人一边说着话，一边就着开水把干粮吃了。

李晓丹收拾完窑里，也过来坐在碾盘跟前，跟他们闲聊。叶维新和他说了一阵子两个多月外出的情况，李晓丹也把村里和点上的事情拣重要的说给了叶维新。叶维新问李晓丹，听到几个匠人回来后说什么没有？李晓丹说，只是听说你在泾县会朋友去了，别的没听说什么。又聊了一会儿，叶维新喝完碗里的水，拍拍李晓丹的肩膀说，你先陪着余露露同志聊一会儿，我到支书那里把出去的情况汇报一下，特别是把请余露露同志来给我们做饭的事情敲定下来。说完背起装着烟酒的挎包出了门。

露娃长这么大，从来没有听过"余露露同志"这样的称呼，乍听起来有些怪怪的感觉，同时也有点儿害羞，就红了脸看着叶维新的背影出门。也就从这时候起，露娃这个名字要被暂时收藏起来，而余露露这个学名将成为她今后几年的正式称谓。

偌大的院子里只有两个人的时候，他们才认真地打量了对方一番。李晓丹惊讶于黄土高原上竟然能出落这么漂亮的女孩，而这个女孩此刻就和他近在咫尺面对面地说话，心里既是喜悦又有点紧张。而在余露露眼里，李晓丹还是个娃娃，他的个头没有叶维新高，也没有叶维新结实，一副单单薄薄的身体和一张白白净净的娃娃脸。李晓丹告诉余露露，他是安徽安庆人，家就在长江边上，今年刚十九岁。他是十六岁时出来插队的，原本可以在安徽插队，因为他的叔叔在长庆油田工作，为了就近便于照顾，就申请到这里来了。他们两人论了岁数，余露露年长一岁，李晓丹说那我以后就叫你露露姐吧。也不管余露露同意不同意，就这样叫上了："露露姐，你一来我们的日子就好过啦，我们这十几个人在家都没做过饭，来这里后就要打着鸭子上架，而且一下子要做十几个人的饭，可把我们害苦了，不是把锅烧煳了，就是把饭做夹生了，再就是做不出味道招大家骂。"李晓丹顿一顿接着说："其实下地干活我们不害怕，反正大锅饭，干多干少都一样，可是做饭就不一样了，半个月轮一次，挑水洗碗再加三顿饭，真能把人烦死，我一遇上做饭就想逃跑。"

看着这张白净纯真的脸，听着他自顾自地喋喋不休，余露露对眼前这个小弟弟就有了几分喜欢，余露露问："这么多人吃饭，磨面怎么办呢？"

这是余露露最关心的问题，十几个人吃饭，对她来说不是什么大事，去年在平田整地工地上已经磨炼出这方面的能力，而且还跟张翠翠学得了很不错的手艺，她自信能让这些人满意，可磨面是一项很强的劳动，单靠一个人推磨恐怕顾不过来。

李晓丹告诉余露露，他们刚来的第一年是全额的国库粮，只需要把面粉拉回来就行，不需要磨面。从第二年起国库粮减少了，每月只给三十斤面粉，不足的部分由大队补齐。大队分的这部分是原粮，需要推磨，不过大队知道他们这些城里娃推不了磨，就给各个生产队安顿好了，需要的时候让生产队派牲口拉磨。

这个大队有五个生产队，总共四百多户人家，将近两千口人，是一个很大的集体。这个村子的一百多户分为两个生产队，还有三个队分布在西边和北边的原边上，相隔距离不远。他们知青原本是按一个生产队安排三个人的，大队觉得这样分散管理比较麻烦，无形中会提高生活成本，就把十五个人集中到一起生活，平时他们十五个人分为五个组，分头参加五个队的劳动，到了农忙的时候由大队调度统一安排，集中参加一个方面的突击劳动，记工和分粮也是由大队负责。不过劳动分配、推磨打碾这些事情都是点长叶维新和大队商量的，别人不操这个心，最麻烦的还是每半个月做一次饭，不仅他自己怕，连女生都头疼做饭。"现在可好了，由你来给我们做饭，我们的日子就好过啦，你做的饭肯定比我们做的饭好吃。"李晓丹嘻嘻笑着，喜悦之情溢于言表。

李晓丹说话一口广播里的腔调，余露露听着很舒服，觉着跟这个小伙子闲谝很轻松，也很愉快，不大一会儿工夫，就已经把这里的情况了解了个大概。从他的嘴里她才知道，叶维新不仅是他们这个集体的头头，还是大队的团支部书记，跟她的碎爷一样，心里自是窃喜。

李晓丹还给余露露讲了一些这个村子的事情。迎风坡原来叫引凤坡，村里遍植梧桐树，取"家有梧桐树，引得凤凰来"的吉意。运动开始不久，"破四旧"运动就开始了，造反派认为"引凤坡"是"封、资、修"的产物，与革命潮流背道而驰、格格不入，就把村名改为"迎风坡"，取"迎接革命的狂风暴雨"之意。村头上原有的一块刻有村名的石头，也被作为"四旧"砸碎清理了。村里还有一处地方也应该属于"四旧"之列，就是那个魁星阁。那个土楼之所以没被拆除，是因为那时候武斗刚刚兴起，不同派别的造反派经常会有冲突，这个土楼正好可以作为瞭望哨，就像《地道战》里的那棵大树，随时可以观察敌方的动静，因而被保留了下来。村里绝大多数都是尹姓人家，过去都进一个家祠，现在祠堂虽然没有了，但辈分仍然不乱，长幼有序。支书和大队长都是尹姓，支书长一辈，是叔，大队长小一辈，是侄，两人合作很融洽，村里的大事小情，都是支书做主，大队长执行，没有什么隔阂芥蒂。村子处在这条大原西头的缓冲地带，有原地也有川地，基本上旱涝都能有收，吃粮不是大问题。只是除了有几个擀毡织口袋的匠人，再没有什么副业，村里人经济上还是很困难，油盐酱醋还是靠"鸡屁股银行"支应。好在他们这十五个全劳力，吃粮一多半由国库供应，没有形成跟社员争口粮的局面，所以对他们还是比较客气，他们也能和社员打成一片。

眼见着日头已经往西边偏移了，李晓丹站起身说再不能聊了，他还得再挑两担水，然后就得做饭，要不然大家回来吃不上饭会挨骂的。余露露问他挑水的地方远不远，他说不远，挑一担水也就半个小时。

迎风坡村当家人大队支书尹惠存的家，在村子东南头最上面一层，正好与知青点形成对望。叶维新在去支书家的路上，先往位于村子正中魁星阁下面的大队部绕了一腿，看看支书在不在大队部。他知道支书有午睡的习惯，这个时间大部分都在家里，可他毕竟出去两个多月了，不知道近来有没有什么变化，反正是路过，还是先看一眼。大队部没人，门锁着，叶维新转身穿过整个村子往支书家里去。

这是一个有四孔正窑两孔偏窑的大窑院，居中靠左的那孔窑只有窗户没有门，就像房子的套间一样，是从里面和靠右的那孔窑接通的。叶维新熟门熟路，径直进了靠右的那个窑门，然后往左一拐，穿过一个山洞一样的门洞，进到里面那个窑里。

支书正盘坐在炕上端着烟锅熬罐罐茶，见叶维新进来，热情地打了个招呼，邀他炕上坐。叶维新也不客气，脱鞋上炕，在炕桌对面坐定，顺手把挎包里的东西掏出来摆在炕桌上。支书眉眼里堆满笑意，嘴上却埋怨说："你看你这个娃，出去咧这些日子，辛苦得很嘛，咋又胡花钱给我买东西呢。"叶维新笑笑说："在泾县闲转的时候看到有这个酒，顺手就买上了，要不还得跑几十里路到县城去买。"

罐罐茶溢出来了，叶维新赶紧把罐罐端下来，茶汤氵晃到支书跟前的茶盅里，又续上水继续放在火上熬。支书让了一下，端起茶盅咂了一口，脸上舒展开一层惬意。

支书四十多岁年纪，红脸膛，身体很敦实，眉眼长得也挺大气，一脸硬胡子茬儿有点像张飞。支书年轻的时候当过几年兵，经见过一些世面，在部队入了党,但没能提干,复员后回到家乡正赶上农村组建初级社,就被乡亲们推举为村里农业合作化的带头人,进入公社化以后,自然就担任了大队党支部书记,一干就是十几年。起初的几年,大队长是旁边李家嘴村的人,两人经常尿不到一个壶里,工作上磕磕绊绊,生产上不尽如人意,村里人意见比较大。运动开始以后,大队长因为斗不过他,又嫌既要抓生产又要抓斗争太鹜乱,撂挑子不干了。后来接任的大队长是他侄儿,两人比较合卯榫,大队长又唯"他"是从,所以这几年各方面都顺顺溜溜,没有什么矛盾,尹支书自然也就成了迎风坡大队绝对的权威人物。

叶维新把外出两个月的情况,从他自己的角度简要做了汇报。支书喝过几盅茶,过完了瘾,把身体往后挪了挪,背靠在被窝垛上,咂着烟锅眼光闪烁地看着叶维新问:"我听老匠人说,你在桑树原上连一个乖女子黏得紧,好像还要把那个女娃子领出来呢,有这事情吗?"

叶维新预先就知道,这件事情肯定瞒不过那个老江湖的眼睛,而他作为这回出门的头领和支书的本家哥哥,回来后肯定要给支书掰扯这些事情,所以已经提前做好了功课,只等支书发问,就按照想好的路数回答。果不其然,支书第二句话就问到这个了。

叶维新回答得也就条理清晰,有理有据,而且把故事讲得生动感人。从怎样和余露露结识,怎样在闲聊中知道了她是一个积极向上的青年,怎样了解到这样一个黄土高原上难得的漂亮女孩,被父母以高额彩礼卖给一个生理心理都有问题的农村二流子,怎样询问出她饱受性虐待的婚姻情况等,说到动情处,叶维新几次哽咽流下泪来。讲述完这番故事,叶维新瞪着一双发红的眼睛直视着支书言辞恳切地说:"支书,你是一个革命意志坚定的老党员,你说,像我这样一个以饱满的热情投身革命洪流的知识青年,遇到这样的情况能不出手相救吗?"

支书好像被这个故事打动了,低着头半天没有声气。过了一会儿,支书磕了烟锅抬起头来说:"你说的这些都对着呢,也都在情在理,但是你给人家娘家人连个招呼都没打就把人领上走咧，那两家人能松活吗？人寻不着咧，那得鸳乱成个啥样子你们想过吗？"

叶维新的情绪激昂了起来，眼睛里透射出坚毅的光芒："毛主席教导我们说，革命不是请客吃饭，不是做文章，不是绘画绣花，不能那样雅致，那样从容不迫，文质彬彬，那样温良恭俭让。革命是暴动，是一个阶级推翻另一个阶级的暴烈行动。当然我也知道，那两个家庭未必都是阶级敌人，但是他们那种包办婚姻、买卖婚姻的行为，是必须被革命铁帚坚决彻底扫除干净的。革命就像割肉，必然要有流血，要有疼痛，要有灵魂深处的震撼，否则就不能称其为革命。如果我们提前打了招呼，我们这次行动就不可能顺利进行，也就不可能有胜利的结果。"这一段慷慨激昂的话，把叶维新自己都说得热血偾张，面红耳赤。他停顿下来让自己歇口气，同时也观察一下支书的反应。

支书又是咂着烟锅半晌没声气，叶维新等得有点儿着急了，支书才慢悠悠地说："我知道，你这小伙子弄啥事情都是想圆了才弄呢。我听老匠人说咧，那女娃子就没一点点儿弹嫌的，长得只是个乖。人既然已经领出来咧，总得先安顿下，你现在打算把人咋安顿呢？"

听支书这么一说，叶维新心里松了一口气。这个问题叶维新早就想好了，于是说："知青点上早就想找一个做饭的，这事我跟你也说过好几回了，只是没有合适的人，就一直那么放着，我们这些年轻人不怕劳动，越是劳累越痛快，可是就怕切菜和面刷锅洗碗这些泼烦事，每一轮做饭都要说服动员好长时间，我这个点长也真是难当。"

支书说："给你们找个做饭的倒是个好事情，你们这些大城市里的娃娃，到咱这达来，下从来没下过的苦，饭一定要吃好呢，要是吃不好把身体亏下咧，我也对不住你们的父母。不过她的户口不在这达，干的又不是队里集体的活，队里没有办法给她记工分，也没办法分配口粮，这个问题你是咋考虑的？"

支书这么痛快就答应了，这是叶维新没想到的，心里不禁窃喜，就还是按照事先想好了的说："我们十五个人的口粮，就是再添上一两个人也不是啥问题。另外我们每个人每月拿出五毛钱来作为人家的劳动报酬。账我是这么算的，咱们大队一个工是六毛钱，我们每人每月轮流做两次饭，就要损失一块两毛钱，如果拿五毛钱换回一块两毛钱，既摆脱了做饭的麻烦，又能多得七毛钱，大家何乐而不为呢？就是住的还需要支书帮忙，要是跟我们搅在一起，你也知道，我们那几个女生都是上海人，身上小资产阶级的毛病比较多，住一天两天、十天半月也许还行，就怕时间长了会有矛盾，那样咱们挽救人家的行动和目的就要打折扣了。"

支书从嘴上拿下烟锅，哈哈笑了两声："我就说你这个小叶，不把事情想圆浑了不会往外说的，我看就先按你说的这么办，以后遇上什么问题了咱再想办法解决。"支书把脸色端正了一下，接着说："不过这个人就让她在你们这个圈圈里活动，少往村里闲转，尽可能避免传出闲话。老匠人回来跟我说的时候，我就预感到这里头不光是你们娃娃伙谈情说爱的事，肯定还有别的事情呢，所以就让他给那两个匠人也说一下，都把嘴夹紧不敢胡传胡说，要是胡传出去，弄不好就会整出破坏知识青年上山下乡的事情，要是把那个帽子弄到头上，不是进班房子，就是跟'四类分子'一搭里混去，这就把他们的嘴都堵住咧，要不然早就给你吵红火咧。"说到这里，支书又擩了一锅烟，把身子往展里伸了一下，干脆躺在了炕上。

支书家的炕很大，是在窗户下面紧着窑的宽度盘的，以至于支书躺在上面人都变小了。支书哑着烟受活地躺了一会儿，又坐起身来跟叶维新说："我看是这，后响饭吃毕咧我到你们那达去，把你们请人做饭的事情再安顿一下，省得你们内部有不同意见。至于住的地方，我记着你们隔壁还有个小院子，放着些大队的东西，把那个地方腾一下住人还可以。"

话说到这里，这件棘手的事情，应该说已经基本圆满解决了，叶维新对自己的表现和支书的态度都比较满意，心情舒畅地告别，回知青点去了。

这时候，太阳已经垂到了西边，离收工的时间不远了。叶维新一边走着，一边琢磨晚上给大家开个会的事情，同时打着晚上说话的腹稿。叶维新还想到，明天给家里发一封电报，让寄点钱来，他好给余露露当然也是给自己置办点家当，让余露露住得舒服一些。

叶维新回到知青点，余露露正在帮着李晓丹做饭，其实严格地说，应该是李晓丹在给余露露打下手。做的是面条，余露露已经擀好几张子面切了晾在那里，这会子正在锅里炒土豆和萝卜丁素臊子，满窑里弥漫着香气。余露露有意显露一下手艺，每道工序都做得很认真。叶维新没想到余露露竟然有这么好的厨艺，心里自是踏实了许多。

这顿饭大家吃得很舒心，都说这是自插队以来，在自家院里吃得最好的一顿饭。

这段时间，这里也和桑树原一样大搞平田整地，活很累，年轻人们吃得就多，特别是遇上这么可口的饭，自然不肯轻易放过，于是一个个吃得肚儿溜圆。女孩子们毕竟羞涩，就是吃撑了也藏着掖着，小伙子们可就不管那一套了，放松了裤带拍着肚子满院子溜达。若在平时，大家吃完晚饭碗筷一丢，有的去村里串门子，有的进窑里点上油灯看书，有的则三个一堆两个一伙，扯一会儿闲篇拉一会儿是非，就上炕睡觉了。今天晚上由于吃得高兴，特别是来了这么一个如花似玉的漂亮姑娘，小伙子们心里就痒痒的。大伙的兴致都很高，吃饱喝足了也不愿散去，溜达一会儿就围坐在碾盘周围，夸余露露人长得漂亮，饭也做得漂亮，夸叶维新眼光好、会办事，运气也好，竟然能遇到这样打着灯笼也难找到的佳人。直夸得余露露满脸通红，钻到灶窑里不敢出来。小伙子们就让叶维新说一说遇上余露露的经过。

正闹腾得热火，支书尹惠存披着件夹袄跨进了院门。看到支书进来，大家收敛了说笑，起身给支书让座。支书举起手里的烟锅跟大家打过招呼，就在碾盘前那个高墩子上坐下来，会抽烟的男生赶紧给支书敬上纸烟。支书很久没来过知青院了，大家并不知道叶维新下午已经到过支书家，把该说的事已经说好了，只是觉得今天叶维新刚回来，支书就过来了，可见支书对小叶的重视。

支书点上纸烟咂了一口，跟叶维新说："我没进门就听见你们闹腾得欢实，看起来这一顿饭吃得还是撩着呢，把你请下的做饭的人叫过来我看一下，给你们把一下关。"叶维新赶紧起身冲灶窑里喊了一嗓子："余露露，你过来一下。"

余露露正在灶窑里帮着李晓丹刷锅洗碗，听到喊声来不及擦一下，夌着两只湿手就跑过来。叶维新指着支书对余露露说："过来见一下咱们大队的尹支书。"余露露往前走了一步，给支书鞠了一躬，红着脸说了一声："尹支书好。"叶维新又转脸跟支书说："这就是余露露同志。"这时候虽然天已擦黑，但人的模样还是能看清楚。支书上下打量了一下余露露，感叹说："哎呀，这女子长得就像画张子里头的人嘛，咋就这么乖的来？"一句话逗得一帮年轻人嘻嘻哈哈笑起来。支书也高兴了，当着余露露的面问大家："刚才我在墙外前就听着你们闹欢的，这个好那个好，到底你们觉着是饭好吃还是人好看？"年轻人们哄笑着扯着嗓子喊："饭好吃，人更好看！"这一下把余露露又弄了个大红脸，转身跑进灶窑，再也不肯出来。

支书跟着笑了一阵，然后端正了神色，招呼大家都坐下来："既然你们大家对人和饭都满意，这就对咧。"支书停顿了一下，给叶维新示意性地指了指天，叶维新马上反应过来，让人把窑里的罩子灯端出来摆在碾盘上。油灯点亮以后，院子里就有了一片光亮。支书又接着说："今儿个小叶刚回来，我过来把你们看一下，顺便有几句话也跟大家说一下。你们要找个做饭的人，这事小叶跟我说过好几回咧，只是没有想到个合适的人，就这么耽搁下咧，让你们胡凑合着过了这么长时间，这应该是我的失职。我也跟小叶说过，你们南方大城市里的娃娃，到咱们这贫困原区来，本来就很不适应，要是饭再吃不合适，身体肯定受不了，如果在这达干上几年把身体弄坏咧，我就太对不住你们的父母咧。可是咱这村里劳力有限，虽然也有几个茶饭好的，可都丁丁卯卯地要给自家人做饭呢，要是两头子跑，肯定顾不过来，弄不好还两头子都耽搁。现在好了，小叶这一回出去，不仅给村里搞了副业，还给你们领回来一个做饭的人，把咱的难心问题解决咧。"

有人给支书递上一支烟，支书接过来点上咂了两口，又接着说："关于余露露同志的身世和来历，后晌小叶已经给我汇报过咧，这里我就不多说，以后你们都会慢慢了解，我现在要说的有两点，你们大家都记住。第一，对余露露的遭遇要抱有充分的同情，不要歧视，你们都是阶级兄弟阶级姐妹，一定要互相关心互相爱护。第二，余露露的事情大家知道就对咧，不要给村里人传，咱们农村人嘴里存不住话，听着个啥事就贫嘴薄舌地到处张扬呢，这样就会给余露露的处境造成问题，引起不必要的麻烦。村里有人问起来，就说是我跟小叶寻下的，具体情况你们不清楚。至于余露露都干些啥活，拿啥劳动报酬，那是你们内部的事情，我就不参与意见咧。这娃的吃饭问题嘛，我看是这，咱这达经济条件虽然很差，但是原大地多，只要不遭灾，吃饱肚子还是有保证的，何况你们十五个人还有半截子国库粮顶着呢，再加上队里分的口粮，增加一个女人，吃饭应该不成问题，要是实在有困难，到时候你们提出来，咱们想办法解决。"

说到这里，支书缠起烟锅准备起身，但又想起一件事情，就把烟锅又放到碾盘上冲着叶维新说："本来我想着你们窑里的炕都大，多一个人没啥问题，可是考虑到你们的几个女娃子都是上海人，和咱农村人生活习惯不一样，时间长了还是不方便。刚才我进来之前，到隔壁院子里看了一眼，那个窑的情况和门窗都好着呢，窑里放着些大队的旧东西，明天我打发人过来把东西腾咧，你们再拾掇一下就能住人。"说完，支书起身就往外走，叶维新一边作着揖一边说着感谢的话，把支书送出门外。

送走支书，叶维新招呼大家开个会，具体商量余露露的生活工作安排以及报酬问题。他们这个集体在初来乍到相互还不熟悉的时候，就议定了一项议事规则：但凡与集体有关的事项，均由提议人提出想法和建议，大家举手表决，半数以上人举手即为通过，不同意者也少数服从多数。眼下的这件事情关乎整个集体的吃饭问题，于是还是按照惯例，由提议人提出想法，大家举手表决。这件事是叶维新一个人操办的，想法也就由他一个人提出。

关于余露露的口粮问题，大家说我们的粮食有富余，有我们吃的就有她吃的，这不是问题，没必要表决。第二个是吃水问题，叶维新说，虽然现在有了专职做饭的人，但毕竟是一个女人，我们每天平均要用三到四担水，挑水这样吃力的活，不能全部都压在她一个人身上，应该依然按照以前女生做饭男生配合挑水的做法，十个男生轮流，每天挑两担水，不足的部分由余露露解决。这个事情也很好办，小伙子们都举手了，给这样一个漂亮女人帮忙，谁能不乐意呢。第三个是余露露的报酬问题，叶维新还是把给支书说的算法又给大家说了一遍，他说，余露露是因为家里遇上了难解的问题才出来找事情做的，但是再难也不能光解决吃饭问题就完事了，人家是全职给咱们服务的，除了吃饭总还得有点儿个人花销吧，特别是一个年轻女人。

叶维新的话大家是明白无误地听清了，他的那个算法也还基本合理，只是一说到往外掏钱总有些割肉的感觉，毕竟大家都不富裕。原本热热闹闹的场面一下子冷却了，大家都陷入了沉默。叶维新已经料到会有这么一折子，所以也不着急，等着大家自己表态。

李晓丹由于整个下午都和余露露搭伴做饭，也算是熟悉了，再加上两人都在油田上有亲戚，也都有过在油田生活的经历，于是就有了共同的话题，这会儿见别人都不表态，心里就有些着急，生怕这个事情解决不好余露露会走掉，便率先举起手来喊了一嗓子："我同意！"

他这一嗓子，犹如给平静的水面上投下一颗石子，整个水面动荡起来了，有两个男生看了看左右不再犹豫地举起了手，紧跟着其他几个男生都举起手来表示了同意。几个女生见男生们都同意了，知道她们即使反对也没有用，毕竟十比五，已经有效通过了，于是面面相觑了一会儿，也都举起了手。

几件事情顺利通过后，劳累了一天的年轻人也该收拾收拾睡觉了，余露露今晚就在女生们的炕上对付一宿。叶维新拿出自己的一条新被子，又揭下自己炕上的褥子一并抱到女生窑门口，叫余露露接进去。

叶维新连续两天没有下地参加劳动，他在帮着余露露"安家"。那天支书看过隔壁窑院，第二天上午就打发人把窑里的东西全部拉走了，等到知青们回来吃过晌午，大家一起动手，把窑里窑外彻底打扫了一遍，使这个多年不曾住人的旧窑院，有了焕然一新的感觉。大家上工以后，叶维新招呼余露露先把炕烧上，驱一驱多年不住人的潮气，他去把村里的木匠请来，把窑门窗以及院门都修整一遍。匠人干活的时候，他又跑到邻村的毡作坊赁了一条毡，然后借了支书的自行车，到供销社买回来一领苇席。把一应铺盖都铺展在炕上，觉得还缺些啥，就问木匠，有没有箱箱柜柜啥的，先赁一个。木匠说只有一个箱子是新的，还没卖出去。于是谈好了价格又跟着匠人去把那个箱子扛回来。正好炕边的锅台没有用，就把箱子安顿到了锅台上。

把这一切都布置停当，叶维新就叫余露露过来看她的新家。余露露脱鞋上炕盘坐在新席新毡上，心里就有了一股暖暖的感觉。尽管整个窑里尚空空如也，了无生气，但这毕竟是属于自己的，有了这么个地方，才能称之为落下了脚，才能有"家"的安全感。余露露一时激动，把头拱在叶维新胸前，哽咽起来。叶维新拍着她的后背安慰的时候，才想起来还缺一个枕头和一面镜子，他捧起余露露挂着泪水的脸，掏出手帕替她擦了眼泪，跟她说，明天把这些东西都置办好，让她有一个可以安心落脚的家。

余露露忽然想起了一件事，问叶维新，那几个男知青为啥要把眉毛刮掉呢？前天后晌，知青收工回来以后，余露露就感觉那几个小伙子都长得怪怪的，猛然间又说不清到底是哪里不对劲。过了一会儿她才反应过来，这几个小伙子的光头下面没有眉毛，整个头脸就是光秃秃的一个肉球，她真没见过这么打扮自己的。叶维新苦笑一下说，何止是刮眉毛，他们浑身上下所有的毛都刮掉了。余露露不解地问："这是为啥呢？"叶维新说："也不为啥，就是无聊苦闷到极处，又无法排遣，只能自己作践自己，逗自己找开心。"余露露心里颤了一下：这得有多大的无聊和苦闷，才能把人弄得这样自己作践自己。

叶维新跟余露露说，你从小生长在黄土高原上，对这里的一切都有一种胎里带来的认同与习惯，觉得生活原本就应该是这样。可是我们这些从城市来的人感觉就太不一样了，我们从小习惯的环境跟这里有着天壤之别，心理落差就特别巨大，我们并不怕苦，也不怕累，主要问题就出在这心理落差上，那种举目无亲的寂寞与孤独才是最难耐的。尽管叶维新的话余露露没有全然听明白，但她心里还是受到了震动，她暗想：跟这些与自己同龄的年轻人相比，她还是幸福的，毕竟她的生活境况是往上走的，至少没有他们那样的心理落差。

在这个年代里，人们脑子里阶级斗争这根弦绷得很紧，无论是城市还是农村，一个外来人口，如果没有正当的理由，是很难长时间介入一个地方或一个集体的生活的。叶维新之所以能够在两天之内就把这么棘手的事情摆平，一方面是正赶上这帮年轻人都腻烦了做饭这个契机，更主要的是他和支书尹惠存的关系，如果没有这个靠山，他也不敢有这么大胆的举动。在村里人和知青眼里，叶维新是支书跟前的红人，是支书的打心锤锤，以至于在好些事情上都对他言听计从，他想做什么事情基本上都能做成，即便有些不合理的地方，也能想办法让它合理化，而别人不敢有反对意见。叶维新之所以能与支书结下如此铁瓷的关系，也是有契机的。

这帮年轻人是前年初来到这里的。刚来的时候，支书也和大多数社员一样，并没有对他们表现出应有的热情，觉得这一帮青年人的到来，不仅要从他们嘴里抢夺吃食，挤占他们有限的生活资源，势必还将把他们原本就不宽裕的寡淡生活再拉下一个台阶。所以就像完成一项政治任务，浮皮潦草地接受下来，以求得相安无事。由于这十几个人是集中在一起由大队统一管理的，生产生活也都是由大队统一安排，各生产队长不负责给他们派活，而支书和大队长由于杂务缠身时常就忽略了这个集体的存在，因而时常弄得一帮年轻人茫然四顾，无所适从。好在他们的口粮是由粮库全额供应的，劳动有一搭无一搭也无所谓，大队想起来派活，他们就按指派的去干，想不起来派活，他们就自己找点事做，或是干脆自己放假。这样的日子维持了几个月，直到村里发生了一起重大事件之后，他们的生产生活才算真正走上了正轨。

那是麦收时节，大队为了确保龙口夺粮抢收任务的顺利完成，要求所有劳力全部投身麦收，就连各生产队的羊倌，也都放下羊铲掂起镰刀进到麦趟子里，而把放羊的任务，暂时交给几个放了忙假的十几岁的学生娃。

开镰之后的十几天，老天爷很给力，不是晴天就是半阴子天，都是麦收季节的绝佳天气。眼看麦收就要圆满结束，一场暴雨突然袭击了原上。正午过后，西北天空堆起了阴云，过了不久就把天空盖严了，猛然间，一个炸雷好像把天撕开了一个大窟窿，倾盆大雨倾泻而下，昏天黑地地持续了三个多钟头，从下午两点一直下到五点多钟，原地上溅起的水雾有两尺高，沟壑里咆哮的山洪犹如万马奔腾摄人心魄。由于云头很低雷声滚滚，人们不敢到树下避雨，扶着草帽趿溜着脚下的泥水，失魂落魄地往家跑。直到雨过天晴，一轮艳阳重新挂在西面天空的时候，人们才松了一口气。

然而就在这时，一阵撕裂的童声震撼了整个村子："瞎咧，栓娃狗蛋几个让洪水卷咧！"百十多户人家的村子突然间陷入了死一般的沉寂，只有那撕裂的哀号在村子里来回冲撞。这种死寂持续了一两分钟，人们才在一片呼号声中冲出窑院，随着那个撕裂的声音往出事的沟里拥去。

这天早上，四个娃娃还像往常一样，背着馍馍，赶着两个生产队的一百多只羊往沟里去放。他们四个大的十三岁，两个小的十一，还有一个十二。四个娃娃已经有了十几天放羊的经验，并且把周边的沟沟壑壑以及羊的脾性也都摸清楚了，他们知道羊放到草坡上就不用再管，它们会很守规矩地自行觅食而不会乱跑。

接近正午时，天气热了起来，几个娃娃也都跑饿了。他们就着沟底的山泉水吃完馍馍，就脱光了衣服在山泉下的溪水里嬉戏冲凉。

娃娃们玩起来是没有边边的，特别在这炎热的夏天，一旦钻进水里就不愿意出来。那天，他们惊奇地发现，溪水中的石头缝里游动着许多通体透明的小虾米，石头侧面和底下还有活着的蜗牛。这一发现让他们兴高采烈起来，比赛着看谁抓的虾米多。一时间，山泉下、溪水中，水花四溅，笑声飞扬，嬉闹得顾不上观察周边环境的变化。待到黑云低垂大雨滂沱的时候，他们还感觉到天上的雨水温乎乎的，浇在身上很舒服，就在溪水中蹦跳着，戏耍着天上地下的两股水。等到大点的孩子发现了危险，招呼大家往坡上跑时，已经来不及了，稀滑的泥水绊住了他们的腿脚，咆哮的山洪裹挟着泥石汹涌而下，转眼之间就把三个娃娃卷进了泥石流中。

等到人们赶到沟底时，太阳已经快落山了。沟底一片凄惨，残留的稀泥糊汤中散布着嶙峋的乱石和枯枝朽草，被雨水浇湿的羊群瑟缩在沟坡上崖坎下，还陷在一派惊恐之中发呆。洪水漫过的地方，草皮植被都像被狗熊一舌头卷尽了，哪里还有娃娃们的踪迹。尹惠存稍稍冷静了一下，让女人们回去扎火把，又派几个男人把羊赶回去的同时，回村取工具，其余的人先在近前的几个沟岔里寻找，待火把和工具拿来以后，男人们连夜沿沟寻找，活要见人，死要见尸。

知青们也都赶回村里，换了胶鞋拿了手电加入到寻人的队伍中，这一回，知青团队发挥了重要作用。原上扎火把，不像东北的松明子，能点很长时间。那些用高粱玉米秸秆绑扎起来的火把，根本不经烧，几分钟就烧成了灰烬。在这漆黑一片的山沟里，几盏老旧的马灯，也只能映照出两米左右的光亮，还是知青们的手电筒占据了绝对优势。沟里原本就没有像样的路，羊踩出来的那些弯弯曲曲的羊肠小道，早已被洪水冲得乱七八糟，找不到下脚的地方，沟里到处都是山洪过后的惨迹，稍不留神就会被脚下的乱石绊倒。人们干脆丢弃了不中用的火把，在十几支手电筒的光照下寻觅前行。

人们绕开石头，踩着稀泥和枯枝烂叶艰难地前行。手电光扫遍了每一处沟沟坎坎、犄角旮旯。直到半夜时分，人们才在十几里外接近沟口的乱石堆里，陆续找到了三个被泥石流刮烂了的赤裸的孩子尸体。

回程的路走得更加艰难。手电筒陆续熄灭了，人们摸黑走过十多里无路的沟底，天亮之前把三个孩子抱回到村里，当东方刚刚泛起一抹白色的时候，一片撕心裂肺的哀号震醒了整个村庄。村人们在村外一个废弃的破窑里给三个孩子搭设了简陋的灵堂，正是五黄六月天气，即使在冬暖夏凉的窑洞里，尸体也是停放不住的。尹惠存喊来木匠，让他赶紧招呼人手伐树解板，以最快的速度赶制棺木，又打发人到县食品公司的冷库去找冰块。把这些事情全都安排妥当，尹惠存拖着疲惫的身体回到家里，连沾满泥垢的衣裳都没脱，就像一摊烂泥一样瘫倒在炕上，随之陷入一股巨大的悲哀之中。

尹惠存瘫卧在炕上，浑身的筋好像被抽掉了，没有一点点力气，就连他女人给他端来的早饭也没心思动一下。他明明白白地知道，他眼前遇到的是一项重大的恶性责任事故，而这个事故的主要责任人就是作为支书的他。要求羊倌下地割麦是他下达的指令，让几个娃娃顶替羊倌放羊也是他安排的，三个活蹦乱跳的娃娃转眼之间变成了一堆烂肉，他无论如何都脱不了干系，无论如何也推脱不掉自己的责任。

听着窑外不断飘来的哀号，他的心一阵阵抽搐，脊背一阵阵发凉，像有一扇碾盘压在他的身上，压得他透不过气来。他敲着脑袋问自己，发生了这么大的事情，他怎么给三个娃娃的家人交代，怎么给上级部门交代，他拿什么才能偿还得了三条活生生的性命。在农村，儿娃子就是一个家庭所有的希望！他苦苦思索着，想找出一个合理的办法解决眼前的困境，但是脑子里像是扣进了一碗搅团，糊得辨不清方向，理不清头绪。眼下正是"一打三反"运动的高潮时期，如此重大的责任事故之后，会有什么样的处境等着他？这几年他在村里已经习惯了独断专行，发号施令，所有的事情都由他一人决断，而听不得一点不同的声音，这无疑就得罪了一些人，给自己树立了一些对立面，如果这些对立面在这个时候给他落井下石，那他的结果将会怎样？他会不会也面临绳子、铐子、班房子？他从胸腔里发出一声痛苦的哀号，蜷曲在炕上不敢再想下去了。

知青们回到驻地，一个个累得东倒西歪了，他们顾不上洗漱吃饭，甩掉裹满泥浆的衣服鞋子，爬上炕倒头便睡，不一会儿就睡得昏天黑地了。只有叶维新没有睡，他换掉衣服鞋子，坐在炕沿上休息了一会儿，又起身出了门。

天亮前往回走的时候，他就在考虑一个问题，发生了这么重大的恶性事故，无异于把天捅了一个窟窿，这时候压力最大的无疑是支书尹惠存，因为这一切都是他一手安排、一手造成的，他肯定得为这件事情负责，得为这件事情付出应有的代价，弄不好他的后半生都会毁在这件事情上。别看平时尹惠存在村里吆五喝六、颐指气使，特别对他们知青就没有个好脸色，可这个时候，他肯定像一条陷在泥坑里孤立无援的狗，尽管咆哮挣扎，也挣脱不了要命的险境。如果这时候能够拉他一把，帮助他走出困境，无疑是与他建立良好关系的最佳契机，为自己以及他们这个知青团队今后的生活，铺下一条平坦的路。那么，用什么办法才能帮助他走出困境呢？叶维新开动脑筋苦苦思索着。突然，一个镜头鲜活地进入了他的脑海，那是一片茫茫雪原，两个快要冻僵的孩子顶风冒雪，在无边的雪地里艰难地跋涉着。这真是悄焉动容，视通万里。等他赶回到村里时，一个完整的计划已经在叶维新心里悄然成形了。

叶维新走出知青院子，在一阵阵哀恸声中，穿过笼罩在一片萧瑟肃杀氛围中的村庄，悄悄踅进了支书家的窑洞。正如他所料，尹惠存死狗一样卧在炕上呻唤，糊满泥巴的破布鞋踢踏在地上，腿上裤子上的泥垢也没顾上清理，炕桌上的一碗碎面已经凉成了一坨。叶维新知道支书没有睡着，就拍了拍他的腿，轻轻叫了一声"尹支书"。尹惠存像被蜇了一下，抬起头用警惕的眼光盯着叶维新道："你跑到这达弄啥呢？有啥事情过几天再说，这会子我心里鳌乱得很，啥都听不进去，你赶紧走。"

叶维新没有走，反而一偏腿跨坐在炕沿上，冲着支书轻轻一笑说："你先不要鳌乱，冷静一下事情可能就有转机了。"尹惠存哼了一声："你还把话说下咧，村里出咧这么大的丧事，我能不鳌乱吗，你说我咋么冷静呢？"叶维新迎着支书颇不耐烦的眼光盯住他说："村里是发生了丧事，如果你把丧事当成喜事办，丧事不就成了喜事吗？"

尹惠存被他的话吓了一跳，浑身一激灵欠起身来："你说了个啥，丧事当成喜事办？你尻娃胡呻啥着呢！"叶维新又是轻轻一笑，把炕桌上的冷饭往里推了推，把身子伏在炕桌上说："你先不要着急，坐起来，我问你几个问题，问完了你就知道事情该怎么办了。"尹惠存真就很听指挥地坐了起来，瞪大眼睛望着叶维新。

叶维新沉了一口气，端正了神色问尹惠存："支书你说，几个娃娃是怎么死的？"

"是让山洪卷咧的嘛。"尹惠存木噔噔地回答。

"是怎么让山洪卷了的？"叶维新又追问了一句。

"放羊的时候在水里头耍着把啥都忘咧，来不及躲洪水就让冲咧。"尹惠存扑闪着一双略显浮肿的眼睛，还是不理解叶维新问话的意图。

叶维新眼光直盯着支书又追问了一句："刚才你说的这些，是你想象出来的还是你亲眼看见的？"

"肯定是我想下的嘛，我到哪达亲眼见去呢？"支书脸上显出了不悦的表情。

"对，问题的关键就在这里！"叶维新一拍桌子喊了一声。这一嗓子又把支书惊了一下，眼中露出了愕然。叶维新感觉出了自己的失态，马上调整了声调，接着说："当时的场景，你没看到，我没看到，所有人都在暴雨中慌乱地奔跑，谁都没有看到，只有一个娃娃看到了当时的情况，可是那个娃娃被那个场景吓昏了，根本不记得当时发生了什么事情。"

叶维新情绪激动地站了起来，目光灼灼地盯着尹惠存："你说得不对，几个娃娃不是在沟里戏水被冲走的，他们是因为抢救集体财产而英勇献身的。当队里的绵羊被卷入洪水时，他们奋不顾身地扑入洪流，战激流斗恶浪，以他们宝贵的生命换取了集体财产的安全，他们是我们时代的英雄！"

尹惠存瞪着惊愕的眼睛看着叶维新，好像不认识眼前这个年轻人一样。两人沉默了有两三分钟，尹惠存猛然举起双拳敲打着自己的脑袋喊起来："我的个天神神，事情敢这么想吗？"过了一会儿，他抬起头，红红的眼睛直盯着叶维新低声问："事情真的敢这么想吗？"

叶维新重新坐在炕沿上，语气冷静地跟尹惠存说："支书你考虑了没有，如果按照你原本的思路往下走，路只有一条，在这起重大恶性事件中，你作为村里的一把手，是主要责任人，三条人命的责任压到身上，后果将不堪设想。但是，如果把事情翻过来运作，或许前面就是一片光明。要是三个孩子被树立为典型或英雄人物，政治上的荣誉和经济上的抚恤，肯定会抚平孩子家长心里的伤痛，而迎风坡大队一下子涌现出三个先进人物，你大队支书也应该功不可没而受到表彰，这样皆大欢喜的结局，就是我说的丧事当作喜事办的结果。"

听了叶维新这一席话，尹惠存觉得一盆温润的热水从头顶慢慢地浇下来，让他顿然间头脑清晰，浑身通泰，脸上露出了一片灿然之色。他伸出两只手，没有去抓烟锅，而是一把攥住了叶维新的手，急切地说："对对，你说得着着地，就照你说的这么办！再下来咱们咋弄呢？"

叶维新长出了一口气，说："既然这样，那接下来的事情都由我来操办，不过当务之急是把那个活着的娃娃找来，把他的口风完全扭转到我们的思路上来。我这就去找那个娃娃。"说着话，叶维新就急匆匆走了。尹惠存这会子才想起来已经一夜没吃烟了，顺手抓起了扔在炕上的烟锅。

叶维新跑到那孩子家里，那孩子泥猴一样趴在光炕席上，正睡得昏天黑地、五迷三道。叶维新先问娃娃回来后说什么了没有，他妈说，天亮回来时已经累得兮兮的，一句话没说，饭都没吃就趴炕上睡了。叶维新说支书要找娃娃问话，他妈就赶紧把娃娃打醒来。娃娃听说支书找他，吓得要哭，不敢跟着去，要让他妈陪着。叶维新赶紧安慰说，没有啥害怕的，支书就是了解一下当时的情况，又不骂他，没必要陪着去。孩子这才有点放心，嗫嚅着跟着叶维新出门。

一见到支书，孩子又不由自主地哆嗦起来。支书刚问了一句："你给我实话说一下，洪水来的那会子，你几个弄啥着呢？"娃娃就哇的一声哭起来，啥话都说不出。叶维新赶紧哄了一阵子，让他止住了哭声，这才慢声细语地跟他说，不要害怕，支书只是问一下，没有怪你的意思。你们几个娃娃没经见过那样的事情，当时肯定都吓傻了，这会子啥都想不起来了，是不是这样？叶维新温和的语气，让孩子渐渐平静下来，也就不再那样害怕了。叶维新接着又说，那时候你们都吓坏了，很多事情现在你也说不清楚，你看这样好不好，我根据当时的情况问你，问得对你就点头，问得不对你就摇头，你不用说话，只管点头摇头好不好？孩子用信任的眼神看着叶维新，肯定地点了点头。接下来，叶维新就向孩子提出了一连串问题：

"下雨之前天气热得很，你们揽羊也跑乏了，就在泉跟前喝水吃馍馍，是不是？"孩子认真地点了点头。

"雨下开的时候，好多羊都在水渠边上歇凉，你们把沟底的羊往坡上赶了，是不是？"孩子稍有点犹豫，但还是点了头。

"洪水下来的时候，你们已经把羊都赶到坡上去了是不是？"孩子又一次点了头。

"这时候有一只羊不听话乱跑,陷到洪水里了,你们几个就赶紧扑过去救它,是不是?"孩子又犹豫了一下,但在叶维新鼓励的目光下,还是勇敢地点了点头。

"你在前面拉,栓娃他们三个在后面推,就在把羊拉出来的那一瞬间,一股浪头打过来,把你们几个都打倒了,等你爬起来的时候,栓娃、狗蛋他们已经被洪水卷走了,是不是?"这时候,孩子似乎已经明白了叶维新问话的意图,毫不犹豫地点下了头。

"你沿着水边追了一会儿,可是没有办法抢救他们,就赶紧跑回村里喊人,是不是?"问到这会儿,事情已经没有了悬念,孩子点过头之后好像卸掉了一个沉重的包袱,感到了一身轻松,原本煞白的小脸也有了一些血色。

紧接着,叶维新和孩子又把刚才的问题重复了一遍,不过刚才是繁问简答,叶维新提出事件,孩子只须点头认可。这一遍则是简问繁答,这个时间你们在干啥,那个时间你们在干啥,孩子按照刚才叶维新提问的内容回答。尹惠存惊奇地发现,孩子的回答完全是按照叶维新的问话来的,竟然一字不差。当孩子回答完最后一个问题,叶维新一把把孩子拥到怀里,兴奋地喊了起来:"小兄弟,你真是像刘文学一样的英雄啊!"

孩子的激情被点燃了,小脸涨得通红,浑身也因为激动而有些轻微的战栗。他看看叶维新,又看看尹惠存,壮起胆子问:"我真的能当刘文学那样的英雄吗?"叶维新双手拍着孩子的肩膀,认真地说当然是真的。他又神情严肃地告诉孩子,不过要想当英雄就要说实话,说一是一,说二是二,不能随意改口,就像刚才的这些话,不管谁问起来都要这样说,就是他父母问也是这个话,要不然就会被看作是对组织不老实,而被当作破坏农业生产来处理。

看着这一大一小两个人的一系列表现,尹惠存的心绪不断起着变化,看到最后,他心里悠然涌起一阵感慨:这个小伙子,将来是个不得了的人物。

打发走孩子，叶维新跟尹惠存说，现在要办的，是写出一份内容翔实的宣传材料，尽快把这件事情张扬出去，早一天有了反响，就早一天变被动为主动。叶维新还告诉尹惠存，他不能在家里蜷着，要走出去名正言顺地安排各项事务，督促各项工作的落实。一定要让社员们看到他遇事不慌的风度，要让村里人感觉到支书没有躲避事情，无论发生多大的事，支书都是这个大队的主心骨，能够处理问题解决问题的，只有他尹惠存。

这时候，支书老婆做好晌午饭端进窑来，是带肉丁子的臊子面，两人这才感到肚子饿了，于是放开肚子咥了一顿。吃过饭，支书按照叶维新的吩咐去村里处理事情，叶维新就在支书的窑洞里起草宣传材料。

干这个活对叶维新来说是驾轻就熟的事情，早在上学期间，他就已显露出写作才能，运动开始的几年，他一直是他们那个红卫兵组织的宣传部长，许多颇有影响的战斗檄文和批判文章，都出自他的手笔。下乡这两年虽然没再动过笔，但功力还是不减当年。赶到中午过后，支书和大队长一起回来时，叶维新已经完成了一篇生动感人的人物通讯。支书读完以后，忍不住拍着腿赞叹："哎呀，我的个天神神，以前老听人说妙笔生花呢，小叶，你这一杆子妙笔不单单真的就能生花，还把死的都能写活呢。"支书的夸奖，让叶维新不知道是该哭还是该笑，不过这会子顾不上讨论这个事情，他让支书找出复写纸，又趴在炕桌上誊写稿件。

下午三点以前，这一系列工作已经圆满完成。支书把自行车交给大队文书，让他立马出发，把三份稿件以最快的速度分别送到公社、县委和省报记者站。这些事情完全安排停当后，支书和叶维新都已疲惫到了极点，支书让叶维新别回去了，就在他家好好睡一觉，叶维新也不客气，爬上炕就睡了。这一觉一直睡到第二天早上。

晌午刚过，县委宣传部一位副部长带着新闻干事来到村里，支书按照稿件上的口径，代表死者家属和幸存者接受采访，并到出事的沟里实地考察，一直忙活到天黑。翻过天，省报和电台驻地区记者也赶到了，支书和大队长陪着又是一通忙活。紧接着，公社领导、县里领导都来了，不仅带来了慰问的话，还带来了慰问的物品，原本哀声震野的死者家属渐渐平静下来，主动配合了一系列采访与慰问。几天之后，省报以整版篇幅，刊发了记者和县委宣传部联合署名的长篇通讯，对事件的经过进行了详细且高调的报道，一时间全省被震动了，各地学习的队伍纷至沓来，过去寂静的迎风坡，迎来了有史以来最为红火的学习风潮。大队支部书记尹惠存也因为三个小英雄的涌现，受到了县委的通报表彰，成了全县支部书记的榜样。

村子里热闹起来以后，事件的策划者叶维新却躲回知青点，再也不肯在人前露面，支书曾两次派人请他出面，陪一陪记者和上面的领导，他都婉言谢绝了。半个多月之后，公社的一份文件送到了村里，任命叶维新同志为迎风坡大队团支部书记。

也就从那个时候起，党支书与团支书在并肩战斗的过程中，结下了深厚的革命友谊。

余露露安顿下来以后，就开始正经地与一群城里人为伍，过起了安定的异地生活。

虽然一个人操持十几个人的生活，每天总是忙忙碌碌，可是每到后响，大家吃过饭，她都可以和这些有文化、经见过大世面的青年人一起坐在碾盘边，听他们海阔天空地闲聊。几个女知青还时常把她拉进窑里，拿出她们的时新衣服，把她照着城里人打扮起来让大家看。每当这时候，小伙子们就哦哦地叫唤着起哄，把她往叶维新身上推。她明显地感觉到，只要她在场，小伙子们就比较兴奋，谝起来也特别有劲头，原本准备出去串门子的，也都不愿挪窝了。

这一切都让余露露感到温暖，再加上叶维新无微不至地呵护关照，更让她欣慰地感觉到家的温馨与安全。只是起初的一段时间，她一个人住在这个空荡荡的窑洞里，心里难免有些发虚，尤其外边有点什么动静的时候，就越发胆怯，常把自己裹进被窝里不敢露头。这时候她多么希望叶维新能够陪在她身边，哪怕仅仅只是给她壮壮胆也好，可是他们刚刚安顿下来，还不知道别人对他们是怎样的看法，叶维新也不敢造次，跑来给她做伴。

这一天，县里的放映队在邻村放电影，吃过晚饭，知青们都换了衣服去看电影。等余露露收拾完碗筷锅灶再洗把脸，天已经擦黑了，只有叶维新一个人坐在院子里等她。待他们挽着手走出大门，叶维新不是带着她往村外走，而是拉着她直接钻进了她的小院她的窑里，迫不及待地搂住她亲吻起来，接着把她抱到了炕上。他们不敢点灯，当余露露的胴体完全呈现在叶维新眼前时，他没有一下子扑上去，而是跪在她的身旁，借着透过窗户的微光，像一个虔诚的信徒接受上帝的恩赐一样，轻轻地抚摸，细细地亲吻着她的每一寸肌肤，从头到脚没有放过一处地方，然后又把头埋在她的胸上，深深地吮吸着她身上的味道，直到她如饮醇醪般血脉偾张，醉眼迷蒙时，才轻轻地俯身上去。

25

又是一年要过去了，大队里还有两个职位空缺着，一直没有安排人。起初牛国辉提过两回，余有礼总是推说事情太多工作太忙，等闲一点儿的时候，把团支部书记、民兵连长、大队文书三个职位一并解决。既然支书这么说了，牛国辉也不好再说啥。然而余有礼好像压根儿忘记了这件事情，再也没有提起过。

眼见着要过年了，牛国辉着实沉不住气了。因为一年前就有人给牛景业提亲，说下了一个富态女子，那女子没有别的要求，只要男人是个脱产干部就行。当时媒人给人家打了包票，不出一年牛景业就能当副大队长。但是一年过去了，牛景业连个大队长的毛都没沾上，更不要说脱产了。牛景业自己着急猴跳，当叔叔的牛国辉也就有了坐在热锅上的感觉。

尽管文书不能算大队领导，但毕竟是一个半脱产职位，女方那面只说是脱产，并没有提出要领导干部，所以先把这个半脱产弄到手，好歹也能搪塞一下，于是牛国辉不得不再次老下脸来，跟余有礼重提旧事。

这回他已经做好了准备，如果余有礼还是推托，他就不惜翻脸也要争竞一下。没想到他向余有礼再提这项人事问题时，余有礼一拍脑门连声道："哎呀呀，你看我这个脑筋，把这么大的事情咋就忘得死死地咧，你要不提醒怕是就翻过年咧。好在这一年多，这几个职位虽然都是兼职，基本没有开展啥工作，但也没耽误下咱们的正经事情。我看是这，你赶紧通知一下支部委员，咱们今晚夕就开会专题商量这个事情。"

这段时间，学校已经进入期末考试，老师们不太忙，余有礼打发人把余家俊叫到家里，要听听他对这个事情的想法。余家俊尽管已经快当父亲了，在村里人面前也尽可能地摆出大人的样子，但到了大伯家里还是改不了猴性，一进门就猴到圈椅上摆弄大伯的水烟壶。看着侄儿还是这股子猴性，余有礼脸上露出舒心的笑意，就有意逗他："那么喜欢这椅子，干脆搬到你房里去，天天都让尻子受活。"

余家俊放下水烟壶，跳下椅子，双手抿抹着圈椅的扶手靠背，嬉笑着说："我那尻子大的地方，还能放下个这？还是放在你这达宽展些。"随之脱鞋上炕，坐在大伯的对面，等着大伯给他说事情。

余有礼就把晚上商量人事安排的事跟余家俊说了，问他还想不想留下一个兼职。余家俊想了一下说，这一年时间在学校干得很不错，已经习惯了当老师的生活，现在眼见着就要拉娃娃了，后面的两三年肯定顾不上别的事情，所以想把那些个兼职都摆脱，谁想当谁当去，咱不要占着茅坑不拉屎。知道了余家俊的心思，晚上的会余有礼心里就有了底，他让余家俊立马写了一个辞呈。

晚饭以后，几个支部委员都陆续到了大队部。韩广才虽然已经升任副支书，但还兼着文书的职，仍像以前一样提前过来开了门，等候大家。外面已经天寒地冻了，房间里虽然没生火，但烧着炕，还是有些热乎气，特别是六七个人一进来，六七支烟锅点上火，就不觉得太冷。

会议虽然只有一个议题，但开得还是很热烈。余有礼先说了一下这一年来，由于繁杂事情比较多，人事安排的事情就拖延了下来，现在又到年底了，这事不能再拖，别的不说，韩广才已经当副支书这么长时间了，还兼着文书的职，干着打下手的活，这有点说不过去，所以要赶紧选出合适的人，接替文书的工作。然后又拿出余家俊的辞呈，让韩广才念了一下，请大家表决通过。接下来就让大家畅所欲言，就团支部书记、民兵连长、文书三个职位提出自己认为合适的人选。

经过一番提议和讨论，团支部书记和民兵连长的人选集中在了牛景业身上，但文书的职位还在好几个人之间扯着，一时确定不下来。尽管牛国辉一再为侄儿评功摆好，但大家仍然不太买这个账，一位支委发言说，牛景业那娃积极分子好几年了，为了随时发现阶级斗争新动向，劳动之余还要干些趴崖背溜窗根子一类的事情，也确实够辛苦，当个团支部书记和民兵连长都没啥麻达，就是当这个文书可能有些问题呢，这娃就没念下书嘛，怕是连两百字都写不出来，咋能胜任这舞文弄墨的工作呢？这一通夹枪夹棒的发言，弄得牛国辉脸色极其难看，但是这是支委会，每个支委都有畅所欲言的权利，他即使心里有气也不能表现出来。

又经过一番激烈的争论，文书的人选仍然难以确定。这时候，大家都不约而同地把目光投向了余有礼。

大家争论的过程中，余有礼一直没有发言，但他对今天会议的氛围还是满意的，议程的走向正暗合了他的心意。看看时间已经不早了，大家又都在等着他说话，就磕了烟锅说："本来想着就这么一件事情，有半个钟头就能商量完，没想到弄了两个多钟头，咱这个房里又没个火，时间再长把人还冻失蹋了呢。既然文书的事情这一次议决不下,我看就这,文书的担子广才还不能撂脱,还得再坚持一阵子。团支部书记和民兵连长,就按照大家的议决,走组织程序上报公社,国辉,你这两天寻个时间跟景业那娃谈个话,交代好工作内容和组织章程,等批复下来就让那娃娃接任。"

支书一锤定音,牛景业眼巴巴期待着的半脱产又被搁下了。牛国辉尽管心里胀气,但也说不出啥话来。

第二天吃过晌午,牛国辉把牛景业叫到大队部,代表组织跟他谈话。虽然巴分分盼着的半脱产没能到手,但一下子弄了两个大队级的职务,牛景业还是有些喜滋滋的兴奋。简单地谈了几句之后,牛景业就按捺不住要去通知基干民兵,明天早上恢复早操训练。牛国辉看着他那不成器的劲儿,气就不打一处来,恨恨地骂了一句:"你瓜咧吗?公社的批复还没下来呢,你胡骚情啥呢?看把你烧得那个屄样子,就不是个干大事情的料。去去去,把你该做的事情做去。"

虽然挨了一顿骂,牛景业仍然压抑不住心里的激动,从大队部出来,他的心境就有了很大变化,感觉冬日萧瑟的原野上也就有了与往日不同的生机,见到人时,杨柳腰扭得更欢实了。他很得意地觉得,这两个职务是他这几年积极投身革命斗争得来的,这是组织对他最好的褒奖,尽管这次没能如愿脱产,但只要他继续积极努力,公社、县委的大门都会为他敞开。

熬过了焦急难耐的几天,公社的批复终于下来了。拿到任命文件的当天,牛景业就给基干民兵发出了通知,第二天早上天亮后在西余家队场院集合,恢复停止了一年的晨练。

对于辛苦了一年的年轻农民来说,这是一项很艰难的差事,好不容易熬到了冬闲时节,已经养成了早上赖热炕的习惯,猛扎子又要天不亮就爬起来,在刺骨的寒风里跑步训练,然后再担上担子参加劳动,的确很不受活。可是新官上任三把火,不去又不行,总得给人家一点面子。于是晨操的第一天,一帮基干民兵就显得腰来腿不来,一个个弯腰曲背瑟缩着,没有个正经队形。

　　也许是卖石灰的见不得卖面的，这一回，牛景业没有邀请那个当过正规军的老积极分子来做教练，而是自己亲自上阵，吹着哨子带领大家跑了一阵子后，扛起一支已经一年没擦拭过的破步枪，一扭一扭地在场院上给大家示范，操演队形。他那风摆杨柳、一步三摇的步姿立马激起人们的哄笑。一个坏小子喊起来："牛连长，像你这走手，用不上两天裆里的东西就揉失踢咧，你让我们都连你一样当二尾子呢吗？"这个话音刚落，另一个声音又起来了："你个坏尿胡呷啥呢，你的那话，放到驴身上驴都脱皮呢，咋往连长身上放呢！"这一唱一和的怪声，逗得大家东倒西歪，尿都快笑出来了。

　　第一个早上的操练，在一片戏谑怪叫声中草草收场。第二天早上，有十来个人没来，第三天早上来了也就十来个人，第四天第五天，来的人越来越少，牛景业上任后第一桩露脸的事情，就这样窝了脖子。牛景业不甘心，找几个生产队长下达指令，要求他们给那些不出晨操的民兵记旷工，几个队长根本不尿他这一壶，让他闪远些，没事少在他们面前胡骚情。

　　这种境遇并没有让牛景业感到尴尬，他觉得这还是人们思想觉悟不高，还没有真正站到革命斗争前沿所致，他还应该把以前的业务发扬光大，侦查出更多阶级斗争新动向，以事实教育人们改造思想，自觉地向他靠拢，而他也可以在这个过程中再立新功，最起码在荣誉上超过余家俊，从而引起人们对他刮目相看。于是乎，在这个寒冬的夜晚，那个幽灵般的影子，又开始在许多人家的崖背上活跃起来。

　　菊梅的肚子安稳下来，余家俊才算松了一口气，心里就有了一些欣慰，有了一些轻松。然而这种欣慰与轻松还没有持续两天，新的忧虑又猛然涌进了心里，推不开，挥不去，鸳乱麻缠地搅扰着他的心绪，使得他又开始坐卧不宁了。事情的起因是，去往花牌楼的山路上发生了一起凶杀案——一个年轻女人被人奸杀，在原上引起了轩然大波。露娃的突然失踪，这桩活不见人死不见尸的悬案，其实一直悬在他的心里，只不过被菊梅怀孕的情况暂时掩盖了，一时分不出心思来考虑，这件事情一出，无疑又触动了他心里那根神经。

自从菊梅开始有妊娠反应，为了胎儿的安全，他们就分窑睡了。独自躺在一盘大炕上，就有很多思绪，前一段日子，他的心思主要集中在菊梅身上，总思谋着用什么办法，既要保证娃娃健康，又能减轻菊梅的痛苦。他妈告诉他，头生子都是这样反应强烈，以后就松活了。当年他妈怀他的时候，就恨不得把肠子都吐出来，女人都得经过这道坎。过了些日子，菊梅的反应逐渐减弱，气色也有了好转，余家俊才把一颗心放回到肚子里。

这层阴影一经挥去，掩盖在下面的事情自然就露出头来，特别是凶杀案的发生，又更强劲地刺激了他。尽管他对露娃的去向有他自己准确的判断，但是一个没有经见过什么世面的弱女子孤身出走，毕竟还是有很大风险的，特别是在这样一个无序的社会环境中，她将会遇到什么样的难心与危险都是很难预料的。露娃投靠的究竟是个什么样的人，余家俊一无所知，只是听说那些天跟露娃遍的，是一个长相周正的上海知青。余家俊想，露娃要是跟上个正人君子，倒不会有多大麻达，他既然能把露娃带走，就会有能力安排好她的生活，让她得到她所需要的。可是如果遇上一个阴险毒辣的歹徒，露娃的境遇可就危险了。现在社会上欺骗抢劫、暴力凶杀事件时有发生，原坡下那个上海女知青和山路上的那个年轻女人，就是现实的例证。而且露娃的天真与美貌，是很容易引色胆男人起歹意的。带她出走的那个人，会不会是设下圈套引她上钩，以私奔的名义带她出走，然后劫色害命？

想到这里，余家俊就觉得脊背发凉，心惊肉跳，紧张得再也躺不住了。他一再安慰自己，东原上的那些口袋匠，都是靠手艺谋生，以信誉行走江湖，不可能几个人合谋骗人劫色，一时迷乱断了自己的活路。再说根据村里人描述，那个上海人也不像个阴毒之人，不至于年纪轻轻就干那种见色起意、害人性命的事情。

纵然余家俊尽力往好处想，但是仍有许多未知的悬念存在心里，搅扰得他夜不能寐，恨不能立马起身，满世界去寻找露娃。好在再过几天就要放寒假了，而且这个寒假县里恰巧没有安排培训，余家俊打定主意，一旦放假，他立马假借培训，按照自己的判断出去寻找露娃，能找到自然万事大吉，即便找不到，至少也能在心理上给自己寻求一份安慰。

在等待放假的时间里，余家俊没有闲着，他找了几个跟口袋匠打过交道的人，闲谝的过程中套问口袋匠家乡的方位。知道些情况的人告诉他，活是匠人们自己上门联系的，只知道他们几个都是东原最西头那个县一个什么坡地方的人，其他的就不清楚了。余家俊头年曾去那里背过粮，对那里的路不算陌生，只要有个大致方位，就不难找到。

放假的第二天，余家俊就匆匆踏上了寻找露娃的路途。他怕外出的几天里，村里有人借赶集的空当去县里找他，就告诉家里，这次培训是和泾县联合，在泾县举办，中途可能回不来。然后往包里塞上一件替换的衣裳，掖上了这一年时间攒下的私房钱，穿上二哥送的那件军大衣，就直奔泾县而去。

又是寒风呼啸的严冬时节，白毛风漫天肆虐，赤裸的原野一片肃杀，虽然太阳已经冒了头，但冷风还是像刀子一样割脸。好在是轻车熟路，又穿得很暖和，余家俊一路走得四平八稳，轻松自在，正午过后已经到达泾县县城。这时候的余家俊已经不是去年外出背粮的那个穷小子了，口袋里揣着的几百大毛撑硬了他的腰杆。他先在街边的吃食摊上买了两个大饼，然后踱进曾经受辱的饭馆，器宇轩昂地买了一碗臊子面和一小碟猪耳朵，周武郑王地端坐在店堂中间细嚼慢咽。直到吃圆了肚子，自觉找回了丢失的面子，这才装起剩下的一个大饼，心满意足地走出饭馆。

余家俊在街边站了一会儿，思谋着到哪里去寻找口袋匠们的踪迹。他想，从桑树原往东原去，泾县是必经之地，匠人们徒步而行，必然要在这里打尖住宿，无论如何都会留下一些痕迹。他又想，匠人们也是下苦人，挣点钱不容易，即便住宿也不会到招待所或是旅馆去，肯定是住车马店一类的地方。经人指点，余家俊找到了县城边上的那家车马店。

刚进车马店门，一个店主模样的中年汉子就迎了上来，问他是吃饭还是住宿，并热情地向他介绍店里的吃食和单间、通铺等。余家俊客气地打住了他的话头，说既不吃饭也不住宿，只是打听一下有没有口袋匠在这里住过。店主说，每年夏秋之际，都有过往的匠人在这里投宿，不知道他想打听哪里的。余家俊说，具体哪里的他也说不清，好像是一个姓尹的老匠人。店主仰脸"噢"了一声说，那就是老江湖那一伙子，秋上还在这里住过一晚夕。余家俊问，知道不知道他们是哪个地方的？店主说，就知道是长春桥过去太平原上的，具体哪个村子还说不上。余家俊既不住店也不吃饭，店主也就不愿意多奉陪，回答完这几个问题，转身忙自己的去了。

虽然没有打听到确切的信息，但毕竟向目标靠近了一步。走出店门，太阳已经偏西，余家俊犹豫着，是现在就往长春桥赶，还是在这里住一宿再走。刚才跟店主说话的时候，他已经看到了屋子里大通铺的情况，用肮脏两个字形容一点儿都不过分。看看自己身上的这件新大衣，再掂算一下口袋里的几十块钱，他还是打消了住店的念头。他思谋着还是到老教师那里去碰碰运气，一来老教师见多识广，说不定从他那里能打问到一些有用的信息；二来借机在那里蹭一晚上，省下一夜的店钱。打定主意他就不再瞎逛，凭着记忆往老教师那里摸去。

余家俊运气很好，老教师正好在学校里，一照面就立马认出了他，满脸笑意地跟他招呼："哈哈，这不是余尚武的后人吗？哪一股子风把你刮到这达来咧！"余家俊也满脸堆笑地朝老教师打躬作揖："一转眼就一年咧，想你老先生咧，正好从泾县路过，就过来看望一下你。"

进到屋里坐定，老教师洗杯子给余家俊泡茶。余家俊说："去年经过这达，又是吃喝又是住宿，把你老人家泼烦咧一晚夕，一直也没有个机会表示一下谢意，今儿个又空手夆拳地来咧，你老人家不要见怪。"老教师把茶杯端到余家俊面前的炉盘上，道："看你小伙子说的这是啥话，余尚武的后人能到我这达来,老汉高兴还来不及呢,还说啥谢意呢,再不那么客气。"余家俊掏出纸烟给老教师敬上,两个人就喝着热茶扯开了话头。余家俊详细地给老教师讲述了去年离开这里以后的经历,尤其讲到粮食被扣的那一段,更加绘声绘色,听得老教师拍着大腿叫道:"哎呀,你这绝处逢生的经历,比你爷闯荡江湖也不差啥么!"

老教师问余家俊:"看你这一身行头,像是混品麻咧,现在怕是不打牛后半截咧吧?"余家俊就把当了民办教师的情况跟老教师说了,接着就问老教师知道不知道一个叫老江湖的口袋匠。老教师说,听说过这么个人,是东面太平原上的匠人,据说这人性格孤僻,不太爱跟人闲谝,所以对他的情况别人了解得不多,说不上是哪个村子的人。

"怎么,你这回出来就是为了寻这个匠人?"老教师颇为不解地问。

两次见面,老教师已经给余家俊留下了很可靠的印象,于是也就没必要遮掩,便把自己跟露娃的恋情,露娃的不幸婚姻和她突然地离家出走,以及自己对露娃去向的判断等情况细细地说给老教师。"唉,这一走已经快半年咧,活不见人死不见尸,一点点音讯都没有,我心里实实放不下,就借着放假出来寻一回,能寻着心里就踏实咧;实在寻不着,给自己心里也是个交代。"余家俊面含忧戚地发出一阵叹息。

老教师也慨叹一声,拍着余家俊的肩膀说:"唉,到底是余尚武的后人,有情有义,就冲你这份仁义,我想老天爷都会成全你,让你如愿。"老教师停顿了一下,喝了口茶又郑重着神色说:"这里离太平原还有百十里路,在这么大的地界里寻找一个没有多少信息的人,虽说不是大海里捞针,可也着实有一定难度呢。我看是这,今天你也就再不胡跑了,在我这达对付一晚夕,明儿早起你再赶路。"

看看天色将晚,老教师拿出铝锅在火炉上烧水准备晚饭,天擦黑时一锅洋芋面片子就做好了,里面还打了蛋花。老教师又拿出辣子、醋和咸菜,招呼余家俊就着炉台吃晚饭。这正是余家俊所期待的,于是也就不客气,酸酸辣辣地吃了一顿。饭后,两人吃着纸烟谝了一阵闲话,余家俊又问了一些教学上的问题,老教师根据自己的经验,无所保留地给了余家俊一些教诲与启迪。直到很晚,两人就在老教师的小炕上打掉头睡了。

第二天早起,老教师热好了昨晚剩下的面片,两人吃过后,老教师又趴在桌上,给太平原上的熟人写了两封短信交给余家俊,让他带着,遇到困难时可以找这两位朋友帮忙。临出门时看到天上阴云密布,老教师说可能要下雪,一再叮嘱余家俊,天寒地冻的,一定要照顾好自己,不要转悠太久。余家俊表示感谢,老教师摆摆手说:"不用那么客气,我就爱跟你这种有情义有见识的年轻人打交道,不管找着找不着,回家的时候再到我这达来,咱俩再好好谝一晚夕。"

余家俊不知道泾县往太平原已经通了班车,仍是沿着背粮的路线徒步往东而去。

接下来的几天,余家俊顶着湿冷的寒风走过长春桥,冒着雪花登上太平原,在寒风呼啸中游走原地与沟坡。这条原比桑树原开阔得多,而白毛风的力度却与桑树原不相上下,冷风裹挟着雪花与尘埃一阵阵掠过原地,犹如大海中浊浪翻滚,一波接着一波。整条原上一片荒凉,有房子的场院和学校几乎都没有人。确如老教师所言,在这样天寒地冻且浩阔的陌生世界里,寻找一个有姓无名的陌生人,虽不像大海里捞针,但确实有点漫天捉鹞子的感觉。饶是余家俊生长在原地上,自小在山路上遛惯了腿,走路原本不是问题,但也走得口干舌燥,腰酸腿软,见个草窝就想钻进去窝一会儿。幸亏有老教师介绍的两位朋友,给他提供了栖身之所和热汤热水,使得他在借宿的同时,也逐渐打听清楚老江湖尹惠理的居住地。原来老江湖只是外乡人送给老匠人的一个雅号,当地人并不知道他还有这样一个称呼。这个县有尹姓人家的村子不下十个,而传承匠人手艺的也有五六个,余家俊无头苍蝇般四处瞎撞,无疑要跑许多冤枉路。直到第五天晌午过后,余家俊才摸到了准确的位置,并经人指点,在迎风坡顺利找到了老口袋匠尹惠理的家。

然而，吝啬的老匠人面对这个不速之客，惊愕之余，表现出的是拒人于千里之外的神态，对余家俊询问的问题一概一问三不知。

余家俊不能放弃这唯一的线索，只能耐下性子给老匠人述说自己和露娃的关系，以及露娃孤身出走半年杳无音信，自己内心的焦虑与不安，并一再声明，自己只是想知道露娃的下落，绝没有要带她回去的意思，只要看一眼，见她好着心里就安稳了。

在余家俊滔滔不绝的过程中，老匠人始终面无表情，无动于衷，并时时表现出送客的意思。直到余家俊报出了余尚武的名头，并拿出教师证件让老匠人验明正身，确信他确凿地不是露娃男人的时候，老匠人脸上才松泛了一些，随后摆出一副被逼无奈的神情跟余家俊说："我把实话给你说咧，你可不敢让人知道是从我这达打问下的。"得到余家俊做出对谁都不透露消息的承诺，这才告诉余家俊，露娃就在这个村里，活得好好的，给插队的娃娃们做饭呢。然后喊来他的孙子，让把余家俊领到知青点去。

来到知青点窑院门外，一个担着水的青年也正好走到门口。余家俊闪身让在一边，同时伸手帮他推开了门。小伙子冲他一笑，说了声谢谢，就径自进门，余家俊也就相跟着进了院子。

余露露刚刚洗刷完锅碗，正端着一盆刷锅水要往圈里倒。见小伙子担水进来，赶忙放下水盆，转身撩起灶窑门帘。小伙子进窑的时候，余露露扭脸看到了站在院门口的余家俊，但她没看清是谁，也没在意，放下门帘又去端那盆水。这时候，就听到了一个凄厉的声音："露娃咂，真真地把我寻失踢咧！"余露露猛然一惊，差点把水盆掀翻。当她确切地认出这个裹着军大衣的人时，竟呆愣在那里，嘴巴一张一张却发不出声音。余家俊疾步上前，不容分说就把露娃拥进怀里。这时候余露露才反应过来，把头抵在余家俊的肩膀上，双手拍打着余家俊的后背喊道："哎呀，我的爷，你咋能猛扎子寻到这达来咧呢！"

窑外的动静惊动了担水的小伙子，看到两人相拥的情景，愣了一下，就悄悄出门走了。院子里两个有情人异乡相见，自有一番惊喜、两份心酸。

余露露把余家俊拉进灶窑，让他在灶火门前的墩墩上坐下，又给余家俊倒了一碗开水，让他暖和一下。知道余家俊还没吃饭，又赶紧拾掇了响午没吃完的饭菜，端到灶台上让余家俊吃。看着余家俊狼吞虎咽，余露露脸上漾着笑意，眼里却噙了泪水。

一阵激动过后，露娃就在余家俊吃饭的过程中，把自己出走半年来的经历，和叶维新这个人的情况慢慢说给余家俊听。从进门的那一刻，余家俊就仔细观察露娃的神色，没有从她脸上看到受委屈的痕迹，心里就先安稳了许多，于是也不插话，一边吃着饭，一边饶有兴味地听露娃说话。填饱肚子又点上一根烟，余家俊这才腾出嘴来，把这半年来村里和她家里发生的事情，一五一十地告诉露娃。听到自己走后家里鹜乱的境况，以及婆家人数次到家里来闹，父母疲于应付，露娃禁不住又掉下了眼泪，心里觉得是自己对不起父母。

露娃要准备后晌饭了，就让余家俊坐到一个条凳上，自己坐到灶火前拉着风箱烧水。灶里有火，一锅水慢慢开始冒热气，窑里的温度就逐渐升高了。余家俊把大衣脱下来，接着又解开罩在小棉袄上的制服领扣。露娃又显出了原本的天性，一边拉着风箱，一边嘻嘻哈哈地跟余家俊说个没完，她告诉余家俊，她现在每天的工作就是三顿饭，除去吃喝，每个月还有八块钱的工资，日子过得很受活。说着的时候，满意的神情溢于言表。

知道露娃过得轻松自在，心情舒畅，余家俊心里也就踏实了。他问露娃还想不想回去。露娃说，就是过得比现在再瓢些，她也不愿意回去，婆家有那么个烂干男人，娘家有那么个二杆子父亲，两头子她都落不了好，还不如在这里待着，最起码有人呵护她，大家也都喜欢她。

两人正聊得高兴，窑外突然传来一声叫喊："是谁来找余露露？"紧接着，叶维新卷着一股冷气进到窑里。

余露露赶忙站起身来给他们做介绍。叶维新的脸上原本是挂着一层霜的，看清了余家俊的穿戴和模样，就有点惊愕的神情，等听完余露露的介绍，那层霜就换成了一层笑意。他上前一步，拉起余家俊的手，热情地说："我还以为是她原先那个男人找到这里来了，原来是你，我早就听余露露说起过你，果然是一表人才。"一句话说得余家俊有点不好意思，笑着说："我哪里一表人才，跟你比错得远咧。"

叶维新把余家俊按坐在凳子上问："找到这里很不容易吧，这天寒地冻的？"余露露跟叶维新说，余家俊在原上转了好几天才找到这里。叶维新赶紧抱歉地对余家俊说："该死该死，这都是我不好，就为让她躲开那桩不幸的婚姻，带着露露拔腿就走，给家里一点儿信息都没留下，让你这一路辛苦啦。"

余家俊笑着说："幸亏你预谋得周全，事情做得诡秘，才能走得这么顺利，如果给家里留下点信息，她还能在这达蹴安稳吗？早就让人领回去咧。"叶维新有点尴尬地笑着，点头称是。

余露露看到叶维新露出这种少有的神情，嘿嘿地笑了起来。叶维新问余露露准备做什么晚饭，余露露说准备做跌疙瘩。叶维新叫道："有朋自远方来，哪能用玉米面疙瘩招呼贵客！"余露露面有难色地说，麦面倒是还有一点，可是现在改做擀面怕是来不及，单做小锅饭又怕大家会有意见。余家俊赶忙阻拦："再不要改咧，咱都是农村人，啥饭吃着都香。"叶维新想了一下跟余露露说："你不改了，我来想办法安排。"也不管余家俊说啥转身出去了。

露娃跟家俊说："你不管，他有办法呢，肯定是到支书家里去了。"果然，工夫不大叶维新回来了，说饭已经安排好，等一会儿就带余家俊过去。

叶维新是带了一瓶准备过年时送给支书的酒去的。他灵机一动要把饭安排在支书家里，是有他的打算的，他是想让余家俊见识一下他在这个地方的势力，也顺便让尹惠存以当地领导的身份，证明一下余露露在这里生活的合理性。三个人又闲谝了一会儿，叶维新看看手表，快到收工的时候了，就邀余家俊一起往支书家去。

　　支书家的炕桌上已经摆上了三个苦盘和一碟炒鸡蛋，还有叶维新带去的那瓶酒。尹惠存热情招呼余家俊上炕，三人盘腿坐定后，叶维新郑重地把他知道的余家俊的情况向尹惠存做了介绍，随后又说："这位桑树原上的名人，既是余露露的碎爷，也是余露露的初恋。"

　　尹惠存哈哈一笑，脸上露出一丝怪异说："知道咧，知道咧，就是连你走一个门洞子的先进分子嘛。"叶维新脸上有点不自然，连忙道："支书别开玩笑，人家可是纯洁的恋爱。"

　　余家俊原本并没听清尹惠存话里的意思，以为说他是先进人物，听了叶维新的话，才明白了这位支书话里的本意，脸上虽然没表现出什么，心里已经对这位支书有了一分轻贱，心想：这个支书比起大爹来可是差远了。

　　吃饭喝酒的过程中，尹惠存撩开嘴帮子，说了许多太平原、迎风坡的优势与好处，并为叶维新和余露露的生活前景，勾勒出了一幅美好的图画。尹惠存说，叶维新是迎风坡大队接替他位置的最佳人选，将来这块地方就是由叶维新主宰了。叶维新不会喝酒，只倒了一小盅陪着，余家俊声言不胜酒力，喝了三盅也就不再喝了，一瓶酒几乎全让尹惠存灌了下去。尹惠存大话连天的时候，余家俊也不对应，只是吃饭吃菜，他要把这几天肚子的亏欠弥补回来。

　　一顿饭吃完，尹惠存已经醺醺然了。他兴致勃勃地还想再谝一会儿，叶维新已经看出了余家俊神情的淡漠，怕他再说出什么出格的话来，在外人面前现眼，推说余家俊在原上奔波了好几天，太累了，还是早点回去休息，就拉着余家俊回知青点去。

　　叶维新知道这顿饭效果不佳，没能达到预期的效果，抱歉地对余家俊说，尹支书平时是个很稳重的人，怎么一喝点酒嘴上就没有把门的，说话冒泡，有些话你别往心里去。余家俊满不在意地说，喝酒的人嘛多数都这样，天上一句地下一句，我们喝多了也会这个样子，没啥关系。

回到知青点，大家已经准备睡觉了，叶维新不愿意让更多的人见到余家俊，就让余露露到女生窑里住一晚上，他把自己的铺盖搬到余露露窑里，和余家俊做伴。安顿停当以后，两人就着油灯坐在炕上说话。

两个素昧平生的年轻男人，由于对一个女人共同心存爱意，在这个寒风怒号的冬夜，在这个充满着女人气息的窑洞里，坐在温暖的热炕上，进行了一次推心置腹的促膝长谈。

叶维新向余家俊坦承了当初带余露露离家出走时矛盾的心情，述说了离开桑树原之后，为安顿余露露所做的细致的筹划，也讲了对他们两人今后生活的愿望与打算。余家俊也跟叶维新讲述了露娃离家之后，村子里的鸳乱和自己的焦虑与不安，也讲了因担心露娃的安危而内心的惶惑。叶维新向余家俊表示，他深爱着余露露，愿意和她厮守一辈子，他已经给家里去信，告知了余露露的情况，准备过年时带余露露到上海去见他的父母。如果将来他能回到上海，一定会在上海给余露露安排好稳定的生活，如果扎根农村一辈子，那他一定要奋斗到县里、地区，让余露露同样过上城里人的生活。

叶维新扒心扒肺的一番表白，让余家俊颇为感动，尽管对露娃的爱还在心里藏着，但他还是由衷地为露娃庆幸，终于遇上了一个能让她满足愿望的人。

余家俊拍了拍叶维新的膝盖，感慨地说："我太了解露娃的心思咧，她的心大，桑树原上是放不下的。可我一个农村娃，没有钱跳过她大设下的门槛，没有硬肩膀扛住世俗的压力，更没有能力给她想要的生活，这一切只有你老弟能办到。我叫你老弟能行吗？"

叶维新哈哈笑着说："你是露露的小爷，按道理我也该叫你爷，你叫我老弟，我可占大便宜啦。"余家俊说："先前我把你想瞎咧，把自家弄得坐卧不宁，今儿个跟你见了面，我心里就踏实咧，慌慌咧半年的心能放回腔子里咧。"叶维新也感叹着说："露露有你这样的初恋，也是她的福分，不管她走到哪里，总还有一颗心惦记着。"

两个原本南辕北辙毫无干系，却为同一份爱凑到一起的青年男人，没有表现出乌眼鸡似的敌意，反而敞开心扉彻夜长谈，这不能不说是一段人间佳话。直到鸡叫头遍，油灯将尽，两个人才和衣而卧，小睡了一会儿。

第二天早上，叶维新没去上工。吃过早饭，叶维新吩咐余露露，给余家俊烙两张麦面饼。从地区开往泾县的班车中午时分经过这里，他们上午出门就能赶得上，于是三个人在余露露的炕上又谝了一阵子闲话。叶维新坚持要送余家俊到汽车站，就跑到支书家去借自行车。

窑里只剩下两个人时，余家俊就把昨晚在支书家吃饭的情况，以及和叶维新彻夜长谈的主要内容，给露娃说了一下，他有意绕开了叶维新要带露娃去上海的意思，觉得那是人家两个人的事情，他没必要饶舌。余家俊又一次问露娃，还有没有要回家的意思，露娃坚定地摇着头说："除非实在走投无路，再考虑回家的事情，就算以后小叶不要我咧，我也不想回去。"余家俊说："从昨天到今儿个的情况看，小叶是个有能力、能做事的人，应该是能靠得住的。看见你有个不错的着落，我心里就实落咧。等你大把那面的事情弄清楚咧，你们也就早些成个家，最好能早些离开这达，我感觉尹支书那人不是个省油的灯。"他把对叶维新有心计的看法略去了，没有说出来。只要露娃没有性命之虞，没有生活之忧，余家俊心里就实实在在地安稳了，至于其他一些不好的感觉，也就不在话下了。

露娃低头叹息了一阵，说："以后的事情现在还没顾上想，只能走一步看一步。"她抬起头来，眼含深情地看了余家俊一眼，情不自禁地扑上去紧紧搂住余家俊的脖子，把她细腻的脸颊贴在他胡子拉碴的糙脸上。余家俊没有像过去那样冲动，他冷静地拍着露娃的后背，轻声说："把以后的事情想宽展些，不管啥时候，都得把个人家照顾好。遇上难肠事情记着给我写信。"露娃把头倚在余家俊的肩膀上，使劲地点着，眼泪就湿了余家俊的肩膀。

叶维新骑车回来时，余露露已经给余家俊装好了吃食。叶维新又跑回自己窑里，拿来一条纸烟塞给余家俊，余家俊推辞不要，叶维新说："你千辛万苦大老远地来看露露，总得让我们表示一下心意嘛。"露娃也让余家俊收下，余家俊这才不好意思地装起来。

三个人一起走到村头，叶维新骑上车子带着余家俊走出老远，露娃还站在寒风中向余家俊招手。

汽车沿着原上的土路走了没多久，就开始下坡了。余家俊回头再看一眼赤裸浩阔的原地，原本平静的心绪，猛然间又有所动。叶维新的过分热情和尹惠存的大话喧天，还是让他有些隐隐的不安。

转眼又到了年跟前，这个年与去年相比就好过多了，村里杀猪的人家明显多了起来，娃娃们也都有了炮仗等耍玩。年前余家俊与陈化云就约好了，初二的晚上一起去老张家拜年，连同着一起拜师。

在家吃过晚饭，陈化云先到了医疗站，在这里等着余家俊。八点多钟，余家俊过来了，说村子里串门闲逛的人少了，他们就锁了门往村里去。经过张家崖背时，余家俊还特意四下张望了一下，看看有没有人。这一层台地除了过去的大队部、西队的小队部，就是两孔闲窑几个羊圈，没有住家户。自从夏天大队部搬到场院边以后，这里就很冷清了，这会子黑黢黢的一大片，连个戏耍的娃娃都没有。

老张家刚吃完饭，窑里还飘荡着饭菜的香味。这几个月里，由于余有礼睁一只眼闭一只眼，余有权暗中拿捏，队里的批斗会少了，老张也能放松精神，沉下心来给村里村外的好些人治病，心情自是好了许多。过年的这几天，有些人悄悄上门表示感谢，这个一把葱，那个两头蒜，还有的送两瓶黄酒、一块豆腐、一碗豆芽。这些都是贫困乡亲的一份心意，实在不好拒绝，所以这个年就过得有点儿滋味，家里割了几斤肉，还从集上抱回来一个砂锅，一家人围坐在炕上，暖暖地吃一顿烩菜。

老张热情接待了他俩，让他们炕上坐了，拉过烟笸箩来让吃烟。

拉了一会儿家常，陈化云又请教了几个问题，就郑重地提出了拜师的请求。这个提议把老张吓了一跳，赶紧推辞说这可万万使不得，他一个遣送下放人员，一个改造对象，一家人能够安安稳稳过日子就不错了，哪敢有非分之想在这里收徒授业。这段时间在余有权的鼓励下，放开胆子给人们看了些病，这主要是看着好多人求医无门，出于一个医生最起码的责任才冒着风险这么做的，没有受到干涉和批判，已经是烧了高香，哪还敢张扬地再当老师，把不疼的手往磨眼里塞。

陈化云见这样直接请求不行，就转了弯子，说起了自己这些年学医的困境，虽然潜心此道已经十几年了，由于没有名师点拨，只靠自己苦苦求索，医术上仍然一直没有什么长进。这几个月来，他把先生开的方子都抄下来，与病情脉象对照琢磨，虽然能感觉出用药的高妙，可是有很多问题还是琢磨不透，理解不了，所以还想进一步跟先生请教。尽管陈化云没有说出抄写方子的另一层意图，但老张已经感知到了他既为学艺又为保护自己的良苦用心，心下就有了些感动。又想到一个身有残疾的人，只要学好了这门技艺，这一辈子的生活就有了可靠的保证，而且还可以造福桑梓，坚辞的口气也就松动下来。

老张咂着烟锅考虑了一下，用商量的口气说："既然话已经说到这个分上，我要是再推辞，就显得不近人情了。你们看这样好不好，只要没有人给我找麻烦，你们有什么问题尽管来，我肯定知无不言，言无不尽，但还是不要师徒的名分好一些。"

陈化云是个厚道人，觉得没有个名分，就名不正言不顺，麻烦得次数多了，总免不了难为情。还是余家俊脑子灵光，提出了一个合理的建议：有人的地方，按照村里人的习惯称呼，没人的地方就称老师，以免让有些人攥住把柄挖窟窿下蛆。老张和陈化云都觉得这个建议很好，大家哈哈一笑，也不举行什么仪式，这种特定环境下的特殊关系就这样确定了。

那天晚上他们聊得很畅快，一直聊到很晚，两个人才告辞离去。此后的一段日子里，两个人时不时结伴而行，悄悄摸进张家，分析方剂，探讨医术。余家俊虽然也跟陈化云借过几本医书，但并没有认真阅读，现在仍然是初学，老张和陈化云讨论的多数问题他都听不明白。而陈化云已经有十几年的自学基础，许多问题一点就透，医术就有了明显提高。然而好景不长，春播前的一场公社大会，直接把他们打进了冰窟窿。

这一天，公社召开春播动员大会，越发肥胖的朱书记讲完国际国内形势，简单说了几句春耕春播的重要性，话锋一转，说："最近我听说，余家磨坊下放来的那个反革命，和城里的反革命紧密联络，妄图寻找变天的时机。城里的反革命还跟余家磨坊的反革命说，你早走咧几天，要是当时顶住不走，这股风就过去咧。这是啥？这是公然跟无产阶级专政对抗嘛！我还听说，去年秋季以来，余家磨坊放松了阶级斗争的警惕性，会开得少了，管制也放松了，致使那个反革命利用看病拉拢腐蚀贫下中农，据说今年春节，还有很多人给他送礼，他这个年过得很滋润嘛。这个大队的党支部干啥去咧？党员干部和积极分子干啥去咧？阶级觉悟哪里去咧？哎？"这一席话，说得余家磨坊的一些人脊背发凉。

当天晚上，余家俊拉着陈化云去给老张通报情况，让他有个思想准备。陈化云说，这就怪了，私人信件的内容，公社书记是怎么知道的？老张猛然醒悟："怪不得前段时间收到的几封信，都像是开过封一样，原来他们拆看我的私人信件。"

余有礼虽然没去开会，但天黑之前，会上的情况已经传到他耳朵里。他明显地感觉到，朱开祥大会上讲的话，是直接冲着他来的，是在给他眼窝里插棒槌，是在给他下巴底下垫砖，是想借此敲打敲打他，杀一杀他余大拿的威风。

起初余有礼有些恼火，但静下心来想一想也就释然了。余有礼心里很明白，尽管朱开祥平时对他总是客客气气，老哥长老哥短地对他足够尊重，其实从根子上说他们并不是一伙的，心里面还是有隔阂的，只是碍于他的老资格，不好拿他怎么样，就这样表面应付着，人家从根本上是靠近牛家人的。

余有礼知道，这一年来他做的几件伤牛家人脸面的事情，朱开祥嘴上不好说什么，给足了他面子，但心里是不受活的，毕竟给他的上面不太好交代，所以就借此向他宣泄内心的不满和怨怼。这是在提醒他把握一点儿分寸，不要太张狂。余有礼心里冷笑两声，哼，给我来这一手，你娃还嫩了些，你等着，我瞅准机会给你娃上点儿眼药。于是，余有礼就睁一只眼闭一只眼地不再理会这件事情，该吃烟吃烟，该喝茶喝茶，耐心地等待着下手的机会。

然而，牛国辉觉得朱开祥大会上的讲话给他腰里支了根镢把，于是腰杆子硬起来的同时气也就粗了，不再把支书往眼角里夹，理直气壮地和牛景业召开大队小队的批斗会，以清算老张的罪行来打压余家。一段时间，批斗老张主要围绕着两个主题：要老张交代怎样和城里的反革命密谋变天；又是怎样以看病拉拢腐蚀贫下中农，要找出背后支持的黑手，挖出背后的保护伞。每次批斗会都是牛国辉主持，表现得最活跃的，一个是牛景业，一个是西队那个老积极分子。也就是这两个人，往往能从很平常的事情中联系到阶级斗争新动向，说出的话像刀子一样，而且刀刀见血，直到把你的血放干。

为了揭出老张拉拢腐蚀贫下中农和队干部的罪证，他们煞费苦心地动员找老张看过病的人站出来揭发，以彰显贫下中农的阶级觉悟。可是大多数人都三缄其口，保持沉默，只有一个叫余兴力的站出来揭发批判，说老张收受过他的两瓶黄酒和一把烟叶子。这虽然是老张无法抵赖的铁证，但并不是牛国辉真正想要的。

这一番批斗刚开始的时候，还是像以前那样，三天一小斗，五天一大斗。随着揭批的深入推进，批斗会的频率也不断增加，劳动间、歇晌时、晚饭后，几乎不分时间地点，随时随地拉出来就斗。那段时间，老张明显地疲惫与憔悴了。

过了不久，大队把各生产队的"地、富、反、坏、右"分子集中起来，继续挖防空洞。挖洞虽然是很重且又很危险的力气活，但是开挖以后批斗会少了。那段时间，老张每天都是带着满头满身的土回家。虽然每天都很累，但却吃得好，睡得好，气色也渐渐好了起来。也就是那段时间，余家俊和陈化云常去家里说说话，使老张的心里得到了一些慰藉。陈化云给老张出主意，他经常采购药品，与外面常有书信往来，以后来信的落款写成兰州的医药公司，寄到合作医疗站，由他来转，这样就安全多了。

麦季过后，队里又派老张和余兴敖等几个人，去唐坪山修整半山腰的那两孔破窑洞，准备建饲养站。这活干了将近两个月，虽然打土坯对当地农民来说都属于强体力劳动，然而由于离开了那些无休止的批斗会，老张的心情舒畅多了，有时候也能跟一起干活的人说说笑笑。那些日子里，老张的书信是由陈化云转的，牛景业等人再没能找到新的动向，个把月开一次批斗会，也都是些陈糠烂谷子的历史问题，再没有新鲜东西。

这次密集批斗刚开始的时候，由于有公社书记撑腰，牛家叔侄跳腾得很欢实。余有权明显感觉到，这是借着批老张打他们弟兄的脸。他把这话给余老大说了，老大让他沉住气，先让他们跳弹一阵子。可是余有权觉得，让老张给人看病是他撺掇起来的，这会子不能出面挡一下，心里总有些过意不去。当批斗的热度刚开始降温，他就以在村里的威望和敢说敢干的风格，及时调整了管制办法，把老张他们几个人调到山里去干活，跟社员们远远地分开，名义上是让这些人下苦力，劳动改造，实质上是让避开没完没了的批斗。

这些日子，余家俊的心里也很不受活，一听到村里开批斗会，他就有些心慌，上课有时候就走神。大队有几次批斗会是借学校的院子开的，这让他更加难受。看着老张被民兵押在场地中间，任由那几个积极分子肆意地咒骂侮辱，他的胸口就像被压上了一块石头，闷得喘不过气来。他觉得事情是因他而起，这样的后果也就是由他造成的，尽管他在老师面前也表示了歉意，而老师也没有埋怨他的意思，可他心里总是沉甸甸地放不下。他也为此找过余有礼，请求大伯出面说话。可大伯却沉着脸教训他："现在正在风头上，这话让我怎么说？你以为人家是批斗老张呢吗？那是臊我和你八大的脸呢。连这么些碎事都看不清楚，将来咋么干事情呢？"随后又缓和了脸色和语气安顿他："越是鸷乱的时候，越是要沉得住气，不能乱了方寸。你放心，老张也是个'老运动员'了，运动初期的大风大浪都经见过了，这点毛毛雨把他伤不到哪里去。"过了一会儿，大伯既像是给他说，又像是给自己念叨："跟我弄事情，他娃们还是嫩了些，我看着他们还能跳弹多少日子。"

与大伯的一番沟通，让余家俊的心里安稳了许多，从大伯家出来走到学校时，余家俊的心情已经由压抑憋闷，转变为轻松平和了。他站在学校门口朝医疗站望了一眼，见门开着，就折转身往医疗站去，他想跟陈化云说道一下这些天的心情。

春节期间，知青们都回家过年了，叶维新的父母也来信让他早点回家，说是两年没见他了，想念得很。叶维新也很想回上海去，好好享受几天，可是余露露刚来不久，他没法带她去上海，又不好把她一个人抛在这里。他和余露露有那种关系已经几个月了，但是一直没敢同居，还是处于偷情状态，于是他决定借别人回家的机会，和余露露踏踏实实地补一个蜜月。便给父母回信说，这里抓革命促生产形势很紧，他作为点长和团支部书记，要全力配合大队的工作，没法脱身，只能放弃春节休假了。至于他跟余家俊说的那些话，都是一时兴起顺口胡诌出来的，直到现在，他也没敢给家里提余露露的事。

偌大的知青点只剩下两个人时，就显得空荡了。叶维新把铺盖搬到余露露的窑里，又到集上采买了肉和蔬菜，两个人正儿八经地过起了小夫妻生活。这一天亲热之后，余露露悄悄告诉叶维新，她身上的事情过了好些天了还没来，会不会怀上了？叶维新有点儿紧张，说那就到医院检查一下，真要是怀上了，就得赶紧做掉，他们现在可不敢有娃娃。

初三上午，两个人吃完早饭，叶维新领着余露露往县城去。余露露来这里半年，还没离开过村子，这一天他们一来逛逛县城，二来到县医院做一下检查。这里的县城就在原上，不用下山上坡，轻轻松松一个多小时就到了。这天正好逢集，县城里很热闹，集市的场面比较大，货物也很丰富。两人转完了集市，在小吃摊上吃了特色小吃，就去了医院。

医院里很冷清，只有两个值班医生和三四个护士在一间治疗室里聊天。挂完号，余露露被领进一间房子做检查。过了一会儿，余露露拿着一个玻璃瓶瓶往厕所里去，说是要化验尿。折腾了很长时间，护士拿着一张纸出来，跟叶维新说怀孕了，问他是留着还是做掉。叶维新赶紧说肯定是要做掉的。护士就让他跟着进了房间，把又一张纸放在桌子上，让他看完后签字。

这是一个很小的套间，里间有门帘挡着看不见。叶维新刚低头看那张纸上的内容，一个四十来岁的女医生从里间出来，脸含厌恶地冲叶维新嚷嚷："你们这些知青真是够呛，只图快活不计后果，女人刮一次娃娃跟养一次娃娃没什么区别，知道不知道？"叶维新不敢吭气，连忙在那张未及细看的纸上签了字就跑出去。他知道签那个东西是医院的规矩，愿意不愿意都得签。

在走廊里站了一会儿，叶维新听到余露露叫唤，不过声音不是很尖锐，后来就没啥动静了。走廊里没有凳子，站得时间长了感到无聊，叶维新就到院子里转一圈。当他再次进到走廊里时，发现情况有点不对，护士慌慌张张地跑进跑出，一会儿叫人，一会儿拿药，好像出了事情。叶维新不禁紧张起来，拦住护士打问情况，护士说病人大出血，正在采取紧急措施。叶维新的心一下子悬了起来，他心慌意乱，焦急地在走廊里来回走动，等待着好的或不好的消息。一直折腾到天快黑了，一个护士才从房间里出来告诉他，出血已经止住了，没啥大事情，不过现在还不能走，要留院观察两天。过了一会儿，两个护士搀着脸色煞白的余露露从房间出来，慢慢往病房里去。看到叶维新时余露露张了张嘴但没说出话来。

余露露的身体原本没有什么问题，不知道是徐娘半老的大夫对青年人的鲁莽行为心存厌恶下手失了轻重，还是惦记着回家过年心不在焉，一时失手造成了事故，反正大夫再次出现在叶维新面前时，脸上就堆满了讨好的笑意，认真告诉叶维新留院观察应该注意的事项，并问叶维新在县城有没有住的地方，得到叶维新的回答后，又很热情地说，反正病房里没有别的病人，他可以住在病房里就近陪护，还让护士给两人的床上增加了被子，免得晚上冷。

在医院住了两天，又是打针又是吃药，余露露的脸色慢慢有了好转，说话也有了精神。叶维新私下里问护士，到底发生了什么事情，护士起初躲闪着不说，架不住叶维新的追问才告诉他，刮得重，出了点偏差，现在看来对身体影响不大，暂时的创伤静养几天就可以恢复，只是以后还能不能生孩子就很难说了。护士说得轻描淡写，叶维新心里还是重重地震动了一下，住院的第三天，又轮到那个大夫值班，叶维新把大夫叫到院子里，跟她进行了一次谈话。只是那时候还没有维权一说，而且他们这种非婚偷情的事情，是没法拿出来说事的，纵使思维敏捷伶牙俐齿如叶维新者，也只能哑巴吃黄连，有苦往肚子里咽。好在大夫自知理亏，出院的时候把一些主要的费用抹去，只是象征性地收了几天的床位费和刮宫的费用。

这些情况叶维新没敢给余露露说，只是把余露露包裹严实了，扶着她走走歇歇、歇歇走走地回到村里。这一趟县城之行，把他们的蜜月计划完全打破了，接下来的一段时间，叶维新很懂事地把被褥挪到炕的另一头，再没敢往余露露跟前去，而且把做饭洗碗等一应事情全部承包下来，让余露露舒舒服服地过了一回"坐月子"的品麻生活。

知青们陆续到齐，已经是正月十五以后，这时候，余露露的"小月子"生活也就结束，恢复到按部就班的轨迹上来。知青们回来后纷纷议论，别的省份插队三年的知青都开始陆续返城，有的被推荐上了大学，可是他们这里，一点儿这方面的消息都没有。接近春播时，大家听到了一点儿风声，说今年县里有几个上大学的名额，推荐对象是高中毕业的返乡青年、上山下乡插队落户的知识青年以及县社基层干部。条件是有一定文化基础，出身好，思想端正，积极上进。叶维新听到这个消息，立马去找支书尹惠存，打探消息的准确性。这时候尹惠存已经得到确凿消息，公社分配到两个名额，其中一个名额，是因为迎风坡大队涌现出三个小英雄之后，除了对大队支部书记尹惠存进行了通报嘉奖之外，再没有给过任何实质性奖励，特意"戴帽子"给到公社，让公社指导迎风坡大队推荐。那么，叶维新作为整个事件的策划者，这个名额无疑就该落到他的头上。然而尹惠存还有他的打算，并不想轻易把这个消息告诉叶维新，于是绕着说，听说是有这档子事情，可是县里怎么考虑的、名额怎么分配的还不清楚，可能得到麦收前后才能有准确的消息。

叶维新把这个消息写信告诉了父母，父母来信说，让他一定抓住这次机会，想尽一切办法打通关节，力争成为推荐对象。父亲还鼓励他说，凭他的文化功底，文化测试根本不是问题，相信凭他的聪明与智慧，走通人际关系应该也不是什么大问题，随后给他寄来一千块钱，作为他的活动经费。

收到钱后，叶维新陷入了矛盾之中，一方面是在父母的经济鼓励下回到城市，一方面是在余露露的爱意缠绵中留在这里，这让他举棋不定，难下决断。犹豫几天，他咬咬牙把跟余露露的事情告知了父母。接下来是他母亲一个人的回信，母亲以惯常的坚定语气跟他说，上大学关系到他的前途命运，不是儿戏，只要他上完大学分配到好的工作，凭他的自身条件和家里的优裕生活，在上海找什么样的漂亮姑娘没有，干吗要和一个农村丫头摽在一起，在那棵歪脖子树上吊死，实在不行给她一些经济补偿，坚决断掉这层关系。

随后又给他寄来五百块钱，用来打发余露露。

这一来，叶维新真正是掉进夹缝里了，他的矛盾心情，既不能告诉余露露，也不能告诉父母，他只能在痛苦中煎熬着，等待一个合适的机会，自己掂量清楚后，再考虑跟哪一方面摊牌。

麦季过后打场的时候，村里发生了一件大事，具体点说是发生在西余家队的麦场上。

打碾之后，场院里就堆积起新鲜的麦堆，这些新麦一时间还来不及分配和交公粮，就在场屋和场院里堆积着，这就需要男劳力轮流看场。

这是一个月圆之夜。吃过晚饭，圆圆的月亮已经挂在了天空中，赶到看场的几个人陆续上场时，场院里已经洒下一片如水般清凉的月光。这天一起看场的是余靖远、林子和牛家的两个半大小伙子。余靖远去年到煤矿做了一段时间合同工，也算是见过一些世面了，所以坐下来就有很多谝头。这时候林子还没来，余靖远点着烟锅慢慢咂着，给两个小伙子谝在外工作的事情。

几个人正玩得高兴，余兴汉背搭掖手地溜达到场上，围着麦堆转了一圈，见印板子的印迹都整齐着，就过来和他们谝传。余兴汉问余靖远："你厎今晚夕咋这么乖，没做个啥去？"余靖远笑着说："看场着呢么，能到哪达去。我走咧你队长查岗，我的工分不就没了吗？"余兴汉说："你厎啥时候闲过，说不定一阵子又浪去咧。"余靖远嘿嘿笑着，未置可否。

抽完一锅烟余兴汉要走，他又围着场院走了一圈，四处看了看，才往村里去。这时候天已经很晚了，余靖远说他先看着，让另外几个人睡觉，等后半夜了再叫他们。那几个便把身子拱进麦草堆里，舒展开睡了。

林子一觉醒来，月亮还挂在西天上，场院周围一片宁静，连狗叫声都没有。他起来撒了泡尿，发现余靖远根本不在场上，便心里暗想，这厎又跑哪达咥活去咧，也没在意接着又睡了。

天刚蒙蒙亮，大家都还在沉睡之中，猛然听到一阵岔了声的惊叫："瞎咧，麦子让人偷咧！"

这一声叫喊不亚于一声惊雷，把睡着的两个人惊醒了，同时惊出了一身冷汗。他们爬起来奔到麦堆前，全都傻了眼：夜黑间还是好好的麦堆，现在缺了一大块。一个小子赶紧跑去村里喊人，林子和另一个傻傻地面面相觑，不知如何是好。

不一会儿，队长、保管和村里的男人们都会集到场上。余兴汉指挥着，先用木斗把麦堆另一面的麦子装过来，填补到被偷的缺口上，计量出被盗的数量。大概有五斗半，三百多斤。做完这些事情，余兴汉、余有权、牛景业和保管员几个人组成调查小组，对看场的几个人进行分隔询问。

晌午时分，余有礼和公社保卫股长也到了。接着又是新一轮的询问。这回询问可不像自己队里的人那么客气，那个刀条脸的保卫股长张口就是："你尿老实交代，跟谁个一搭里偷下的。交代清楚咧就没啥事，交代不清楚就到公安局说去。"

他的前半句话看场的几个人倒是不怕，他们确实没偷，但后半句话却把几个人吓了一跳，进公安局可不是闹着玩的。到了下午，怀疑对象锁定了，第一个是余靖远，他后半夜不在场上，他媳妇说他看场没回家，可他死活不说去了哪里。第二个是住得离场院较近的余兴敖，他有前科，又是批斗对象，有搞破坏的嫌疑。当天傍晚，由刀条脸股长和牛景业带着基干民兵，对这两家进行了搜查。结果除了人家自留地里打下的按照地亩和产量折算相吻合的麦子外，把各个窑洞都翻了个底儿掉，也没找出多余的麦子来。

夏末的一个晌午，大队在西队场院里召开了余家磨坊全体社员大会。会议由支部书记余有礼主持，他说，经过大队与公社保卫股缜密侦查，悬案一个月的偷麦事件取得了重大突破，现已查明，这个案子是由西余家生产队原队长余兴汉与他的小舅子联手做下的，经大队党支部研究决定，撤销余兴汉西余家生产队队长职务，从即日起，跟"四类分子"一起劳动改造。

这段话无疑在大家头顶上响了个炸雷，人们愣在那里，半晌回不过神来。前些日子余兴汉还风风火火地领着人忙着破案,怎么一下子就查到他头上了?两天后,被撤了职的余兴汉弯下腰,与平时他根本看不起的"四类分子"为伍,干挖洞子的苦力了。而牛景业则因思想积极且破案有功,如愿当上了大队文书。

再后来村里慢慢传开,原来是余有权从当天晚上余兴汉去过场上,且在临走时还围着场院观察了一圈的情况中找到了线索,用外松内紧的办法暗查。一方面声言等麦子分配时让看场的几个人赔偿,一方面连续几天夜里,让牛景业发挥特长从崖背上吊放到余兴汉家院子里,偷听他们夫妻的谈话。几天的工夫果然没有白费,牛景业不仅听到余兴汉跟老婆商量,如何退还露娃婆家部分彩礼,同时也掌握了破案的重要线索。

27

挨到麦收季节,上大学的事情有了新消息,公社分得两个名额,这一来就把知青们的胃口吊起来了。这段时间,叶维新的母亲不断给他来信,督促他尽快与余露露脱离关系,放下一切包袱,铆足精神运作上大学的事情。在母亲一系列威逼和鼓励下,叶维新心里的天平开始往回城一边倾斜了。黄土高原的满目黄土、贫瘠、劳累,和上海滩的精致繁华、灯红酒绿,在他心里的分量自是不可同日而语,即使加上一个余露露,心里的天平也是难以拉平的。

一天晚上,叶维新和余露露缠绵的时候,余露露问他,别人都在议论上大学的事情,咋就一直没听他说过。叶维新说,空议论有什么用,这么大一个公社只有两个名额,谁知道能落到谁头上。余露露说,我听说别人都想争取,你咋不争取一下?叶维新沉默了一会儿,叹口气说,作为一个有文化有志向的年轻人,他何尝不想上大学,可是刚刚把她领出来,在这里站住了脚跟,他怎么能扔下她,自己去上大学呢。

余露露感动得把头偎在他怀里,用缱绻悱恻的声调轻轻说,尽管她很舍不得,但还是希望他能去上大学。他是一个有文化有能力的男人,不该埋没在这个穷原上,应该像他父亲那样,成为有身份有头面的人。

叶维新把她搂得更紧一些,还是叹着气说,作为一个大城市长大的人,说不向往城市生活那是骗人的,可是他的父亲只是一个大学教授,不是官员,没权没势,要想把她一个农村户口的人弄到上海,那简直比登天还难。所以他倒愿意与她相守着,哪怕打一辈子牛后半截也心甘情愿。

这番话把余露露感动得流下了眼泪,她坐起身来眼神恳切地望着叶维新说,你是一个能干大事情的人,你不能只是为了我,埋没在这里打一辈子牛后半截,那样我就有罪过了。然后又很天真地问,有没有什么法子,能让他们一搭里离开这里。叶维新神秘地一笑说,当然有了,上大学就是最好的机遇。

他又把余露露搂过来,抚摸一下她的头发和脸颊,仰起脸,用满含憧憬的口气,描绘一种图景:如果上了大学,毕业后基本是分配到城市工作,那么携带家属一起进城,就是名正言顺的事情。如果他上了大学,毕业后他倒情愿放弃大城市的生活,再回到这里,在地区或是县里工作,在那里安顿他们自己的小家,机关干部每年都有探亲假,他们可以带着孩子去上海,和爷爷奶奶一起生活一段时间,这样,既始终保持着对大城市的新鲜感,又避开了大城市的喧嚣和复杂的人际关系,生活过得轻轻松松,优哉游哉。当然还可以把她的父母接过来,和他们一起生活,她也就可以弥补对父母的亏欠,尽自己的孝道。

这一通绘声绘色的描述,在余露露眼前铺展开了一幅色彩绚烂的美好图景,使她激动得浑身都颤抖起来。她又挣脱叶维新的怀抱,坐起身来,两手扳住叶维新的肩膀,十分认真地说:"那你就该想尽一切办法把这个名额拿到手,争取这一回就上大学,你去找尹惠存,让他帮你争取,你给他帮了那么大的忙,出了那么大的力,在这个关键时候,他也该好好帮你一把。"

叶维新的眼光却又暗淡下来,面露难心地说:"这话不用我说,他也应该给我帮忙,可是我走了你怎么办,把你一个人孤零零扔在这里,我真是不放心,也不忍心。"余露露说:"我就还在这里给大家做饭,等着你毕业回来。这些日子我和大家相处得很好,我又不跟人争竞,你不要有啥不放心的,只管把你的本事拿出来,办这个头等大事,需要我做些啥你尽管说,我一心一意按你吩咐的做。"

摸清了余露露的心思,叶维新心里踏实了许多,能不能安抚住余露露这一头,其实是他这段时间心里矛盾的焦点。他担心如果安抚不好余露露,稍有闪失引得她闹起来,把他们的真实情况和盘托出,别说上大学了,他恐怕这一辈子都难以离开农村,得在这里把牛后半截一直打下去了。现在他轻松了,他已经把余露露的胃口吊了起来,把她的思路完全引到他设计好的轨迹上,这时候,他就可以放开手脚干他的事情了。

这天傍晚吃过晚饭,叶维新又穿过村子,摇摇晃晃往支书家去。天还没有黑透,迷蒙的天空下飘荡着成熟麦子的香气,一阵一阵涌来沁人心脾的感觉。叶维新没心思在意这些,他只想着从尹惠存那里打开缺口,把上大学的事情敲定下来。

支书也刚吃完饭,正盘腿坐在炕桌边吃烟,窑里飘着一股酒气和旱烟混合的味道。见叶维新进来,尹惠存欠欠身子,示意他在炕桌对面坐下。叶维新也不说话,掏出一个信封拍在炕桌上。尹惠存瞅了一眼,知道里面装的什么东西,咧开嘴笑了一下说:"哎呀,咱两个是啥关系嘛,有啥话不能直说,还用得着来这一套吗?"

叶维新双眼炯炯地盯着尹惠存,一板一眼地说:"我要那个名额,你帮我想办法!"

尹惠存把烟锅放到炕桌上,身子前倾,双手扶住炕桌,脸上露出无可奈何的神色说:"唉,你这小伙子是给我出难题呢,名额又没在我手里拿着,怎么分配那是公社书记和主任的事情,我能做了公社的主吗?"

叶维新把那个信封往尹惠存跟前推了推,说:"我知道这事有难度,可我也知道你会有办法,这个事情对我很重要,我必须得到这次机会。"

叶维新插队三年以来,除了给尹惠存帮了那次大忙,让他顺利地化险为夷,躲过了一次重大政治危机,平日里也没少给他上贡,虽然没有像今天这样直接送钞票,但今天两瓶酒,明天两条烟,再加上家里寄来的稀罕东西,次数已经不少了。他之所以这样理直气壮地向尹惠存提出要求,是觉得他这么长时间的付出,换回尹惠存的一次帮忙,早已绰绰有余。这两年,他在帮助尹惠存、巴结尹惠存的时候,其实潜意识里就在等着这一天。眼前的这个信封里,装着三十张十元大票,这应该是他一个大队支部书记将近两年的生活补贴,用这些钱买他的两条腿一张脸,去跑一跑这件事情应该够用了吧。

从尹惠存的内心来说,他确实不愿意放叶维新走。一来这个年轻人是经见过大世面的,心思活络,思维缜密,分析问题比较深入,而且又有很强的执行能力,是他政治生活中的一个好帮手。二来这个年轻人出手大方,这两年为他鞍前马后效力的同时,也没少给他花钱,如果把他放走了,那些烟啦酒啦以及上海的好吃食就没了着落。可是,看着叶维新志在必得的架势,尹惠存知道,这是他索取回报的时候了,如果再拦着,弄不好会出问题。而且这个名额原本就该是他的,这个顺水人情无论如何也该做,只是尹惠存还有一个目的没有达到,还需要吊着点他的胃口,不能轻易给出承诺。于是哈哈一笑对叶维新说:"你的心情我完全理解,年轻人嘛,上学求上进是好事情,我一定把浑身的劲都使出来,给你帮这个忙。"

尹惠存伸出手掌拍了拍摆在面前的信封,又以商量的口气说:"麦收就是这几天的事情,龙口夺粮是眼跟前最重要的任务。我看是这,咱们先集中精力收麦子,等麦子上场以后,我腾出几天时间,专门给你盘这个名额,你觉得咋个项?"尽管尹惠存还没有下死承诺,但话已经说到这里,叶维新也就满意了。从支书家里出来，他觉得心里轻松了许多。

可是，打碾都要结束了，尹惠存那里仍然没有消息，叶维新禁不住焦躁起来，要是再不抓紧，恐怕黄花菜都凉了，他忍不住又去找尹惠存。

尹惠存正在院子里乘凉，看上去又咂了二两，脸红扑扑的，颇有些兴奋。看到叶维新进来，哈哈笑着粗声大气地说："你娃不来，我还要寻你去呢，事情总算有眉目咧，公社书记和主任都答应，给咱们大队分配一个名额，说是这两年咱们大队的各项工作都走在前头，这一次就算是对大队的特别奖励。当然咧，大队这两年的工作，你也是出了力，有贡献的，这个谁都抹杀不了。"

他招呼叶维新坐下，放低声音说："不过就一个名额，实在是狼多肉少，你们知青点就有好几个人跃跃欲试，再加上村里还有几个高中、初中毕业的青年，恐怕十个人都超过咧，这一个名额，给谁不给谁，就成大问题咧。"

叶维新坐在那里没有吭声，等着尹惠存把话说完。刚才获得的这个信息很重要，只要名额到了大队，他就要不惜一切代价把它拿到手，这一点他还是有信心的，所以也就有耐心等待事态的发展。

尹惠存起身从窗台上把烟笸箩拿过来，慢慢揿着烟思谋着说："照理说呢，你这个小伙子虽然来的时间不长，可是这两年你给大队出的力、做的贡献，都是别人没办法替代的，这个名额放到你头上，谁都没说头。可是，咱这个地方人际关系复杂，那几个回乡青年，跟我都是亲房，把哪一个得罪咧，我都要背骂名呢。我觉谋着，得想出一个比较稳妥合理的办法，既把事情办咧，又不得罪方方面面，你也帮我想一下，用个啥办法好呢？"说完，眼巴巴地看着叶维新，好像真的等他帮着拿主意。

叶维新并不接他那个茬，淡淡地一笑说："我不能既当运动员又当裁判员，这个事情我得回避，不能参与意见。"见叶维新不接这个皮球，尹惠存嘿嘿两声说："也对，也对，你也确实不好参与意见，我回头跟大队长好好商量一下。不过你放心，我这一票肯定是投给你的。"

叶维新不抽烟，不能跟尹惠存对着熏，尹惠存独自咂着烟锅思谋事情。过了一会儿，尹惠存抬起眼光，用关切的语气问叶维新："你走咧，你的那个女朋友咋办呢，一搭里带上走呢吗？"

见尹惠存问起这个事情，叶维新就端正了神色说："这个问题我们还没商量过，主要看她的意愿，如果她想回家那就不妨回去；如果想去上海，我做做父母的工作，让她去那边，反正我父母年龄大了，身边也需要人照顾。不过我想，她最好还是留在这里，继续给大家做饭，等我毕业回来。"

尹惠存眼中透出惊讶："照你这说法，你学上完了不在大城市里就业，还要回咱这地方来呢？"叶维新说："那就要看分配结果了，现在不是有一项政策哪里来哪里去吗？要真是那样，我不就还得回来吗？"

他们这样谝着，好像上学名额，已经确凿地握在了叶维新手里。

尹惠存长出一口气，又问叶维新："哎呀呀，那么心疼、那么水灵灵的女娃子，撇在那个破窑里，你就真的能舍下？"叶维新听到这充满惋惜的话语的同时，也从尹惠存眼睛里看到了两道淫邪的目光。叶维新心里一哆嗦，原来尹惠存是在这里吊着他呢。"这个老畜生！"他忍不住暗骂了一句，但脸上并没表现出什么来，反而爽朗地一笑说："有所舍才能有所得嘛，年轻人为了前途事业，暂时舍弃一些也是应该的。"那口气，好像他已经完全胜券在握了。

从尹惠存家出来，叶维新的胸腔已经被一股怒气充胀了，以至于有些透不过气来。他心里历数着一次次帮尹惠存出谋划策，一次次好烟好酒地打点，忍不住骂出声来："这个老狗日的，就跟嗜血的虱子一样，一点点儿便宜都不放过，算计得精明到家了！也不怕把你老屄撑死、胀死、劳累死！"

叶维新是个精明执着、不达目的决不罢休的人，尽管心里气愤难平，嘴上肆意诅咒，但还是潜下心来，认真思考下一步行动。艰难思考了几天之后，叶维新跟余露露做了一次意味深长的谈话。

这天天气很热，窑里也有些闷。晚饭后他们走出窑院，沿着原畔往北面那个山岇里走去。太阳收敛了最后一抹霞光，可天还是亮堂堂的。收过麦子的原野显得十分开阔，小路边上满坎满坡的杂草，散发着清爽的气息，绿草间夹杂的各色野花，在傍晚的微风中恣肆地摇曳着，仿佛是在为渐趋凉爽的夜晚舞蹈。

余露露一边走，一边不时蹲下身子采一两朵野花，不大一会儿就采了一把。她把野花捧到鼻子跟前闻着，嘻嘻哈哈地和叶维新说着闲话。

走到山岇边上，他们在一棵粗壮的柿子树下坐下来，余露露侧过身，把两只胳膊撑在叶维新腿上问："这些日子再没见你说上学的事情，到底怎么样了，有没有眉目？"叶维新看着她点点头："有些眉目了，公社已经把名额分到了大队，就在支书手里攥着，不过究竟把名额给谁，他现在还举棋不定，没有想好。"

余露露扑闪着眼睛问："这么说，村里还有人跟你争竞吗？"叶维新笑着抚摸一下她的头发，说："当然有啦，还不止一个两个，知青点上就有几个人，村里还有几个初中高中毕业的都想去，真的是狼多肉少，看来还得有一场激烈的竞争。"

余露露说："都说你是支书的打心锤锤，和他关系那么好，又是给他帮忙，又是给他送礼，他总该向着你吧？"

叶维新眯着眼睛望着远处，脸上露出思考的神态，淡淡说道："按理说应该是这样，可是现在，不说理的事情太多了。知青点的人倒是没啥，谁也竞争不过我，这一点儿我很自信，但村里的人就难说了，那几个毕业生都是他们尹家人，不是他兄弟就是他侄子，你说在这个事关前途命运的时候，他的胳膊肘是该往哪里拐？"

余露露摇着叶维新的胳膊，面含焦虑地问："这么看还是有难肠呢？"叶维新点着头："是啊，还是有一定难肠的。"余露露急切地说："你妈不是给你寄来钱了吗？你给他再鼓上一把劲！"叶维新淡淡一笑说："该办的事我都办过了。"

这时候夜幕已经飘落下来，山沟梁峁都变得朦朦胧胧，晚风徐来，一天的燥热渐次退去，原地上就显出了见风即凉的优势。叶维新伸手揽住余露露的肩膀，接着说："前几天我跟支书谈过一次，他问我，你对我上学是个啥态度，我跟他说，你当然支持我上学啦，可就是怕我费了很大劲，白忙活一场。"

叶维新低头看了余露露一眼，观察一下她的反应。余露露扑闪着眼睛望着他，肯定地点着头，赞成着他的话。叶维新俯身在她额头上亲了一下，接着说："支书说，这是一件大事情，我一走就是两三年时间，让你一个人在这里等着，时间长了，你不可能没有想法，所以他要亲自跟你谈一次，而且还不让我在跟前，他要单独征求你的意见。"

余露露一下子有点紧张，说："你上学的事情，你愿意就对咧嘛，他跟我谈啥呢？我当然百分之百地支持，根本没有别的想法。"叶维新哈哈一笑说："那是自然，可是你的意思只有我知道，支书并不知道，他不放心，非要亲自征求完你的意见，才能考虑名额是不是给我。"

听了这话，余露露坐直了身子，脸色郑重地对叶维新说："那你就让他来，我好好跟他说道一下。"余露露有了这个态度，叶维新脸上露出了欣慰的颜色，捏住余露露的手说："那就太好了。你看这样好不好，明天我去县城取妈妈寄来的钱，就让他明天晌午以后来找你。不过那个人看着五大三粗，其实心眼很小，要是他说的话你不高兴听了，也千万不要得罪他，别把事情弄坏了。另外，他要是提出什么要求，你都尽可能答应下来。"余露露坚定地点着头，认真地说："你放心，我知道该怎么说话。"

这么轻易就摆平了余露露，叶维新心里窃喜。第二天早上出村之前，叶维新往大队部绕了一腿。

吃过晌午，村子里又一次归于平静。这时候，尹惠存从家里出来，背搭掠手地往知青点去。

　　余露露收拾完锅灶，刚在碾盘跟前坐下来休息一下，尹惠存就趔进了大门。余露露赶紧起身要给支书看座，尹惠存却摆摆手，在院子里转了一圈，开着门的窑里都瞅一眼，又探身往灶窑里看了看，然后问余露露，人都上工去了？得到肯定的回答后，才在碾盘旁边坐下来，慢悠悠地咂着烟锅，和颜悦色地跟余露露拉起家常。

　　余露露虽然见过支书几次，心里还是有些紧张局促，脸一阵一阵发红，模样就愈加水灵。两人说了一阵子闲话，余露露渐渐平静下来。这时候尹惠存端正了脸上的神色，看着余露露道："今儿个来呢，是想就小叶上学的事情，跟你好好谝一下，让我知道你心里的真实想法，大队才好决定事情怎么办。"余露露刚要张嘴说她已经想好的话，尹惠存却摆手制止住她，又扭头四面看了一下，然后放低声音说："今儿个这个谈话很重要，是保密的，仅限于咱两个知道，在院子里说不太好，当心隔墙有耳。我看是这，你这达要是没啥事了，咱们到你的窑里说去，我也看一下小叶把你安顿得咋个项。"

　　在人家的地盘上住着，余露露没有理由不让支书到她窑里看看，两人一同起身出门，往隔壁余露露的院子里去。进了窑余露露才想起来，她这里连个喝水的碗都没有，又赶紧跑回知青院，倒了一碗热水端过来，歉意地说："我这达没有个烟，也没有个茶，支书你就对凑着喝一口。"说着把碗摆在炕棱上。

　　尹惠存哈哈笑着摸一把下巴："你这个家弄得还品麻着呢，要是再有个条柜，就全活咧。"说着话抬腿坐在炕沿上，又招呼余露露不要忙活，也坐下来好说话。余露露没有坐，倚着炕棱站着说话。余露露急切地要表白她的心迹，尹惠存又一次摆手制止了她，说："不要着急，咱两个慢慢地谝，我问啥你说啥就对咧。你是怎么到咱这达来的，我以前只是听小叶说过，从来也没在你这里打问过，今儿咱就把话都说透。"然后，他就从两人怎么认识，一路盘问下来。余露露也就按照叶维新教给她的说法一一做了回答，谈话平稳而又顺利。

该问的话都问完以后,尹惠存磕了烟锅站起身,把烟荷包缠绕到烟锅上。余露露以为支书要走了,轻轻舒出一口气。可是尹惠存并没有要走的意思,他把烟锅攥在手里,背在身后,在地上转起了磨磨,一边转着嘴里一边感慨地念叨:"你们年轻人,现在真正是遇上好时候咧,要不然到哪里上大学去呢,你们要知道报恩,要知道感谢呢。"

他一转脸,两道目光严肃地盯住余露露,像一个神父给信徒布道一样口气庄严地说:"这几年报纸上、广播上都说着呢,革命青年一颗红心献给党,你们确实要做出些奉献呢!"

余露露不敢直视他的目光,低了头嗫嚅着说:"我也知道要奉献呢,可是我不知道咋个奉献呢。"尹惠存还没反应过来该怎么样回复,余露露又接着说:"该奉献的,我思谋着小叶都给你奉献咧,我还要奉献呢吗?"尹惠存眯起眼睛瞅着她,似笑非笑地说:"他是他的,你是你的,各说各的话嘛。"

余露露一下子为难起来,四下里踅摸了一阵子,不好意思地说:"你看我这达连一盒子纸烟都没有,我拿啥着给你奉献呢?"尹惠存觉得火候差不多了,就装作漫不经心地跟余露露说:"你往跟前来一下,我给你说拿啥奉献呢。"余露露不明白他的意思,往前凑了凑,又把头往前伸了一下听他吩咐。尹惠存把烟锅往后一扔,猛然伸出手,一手搂住余露露的肩膀,另一只手直接伸向胸部,饿虎扑羊一般把余露露扑倒在炕沿上,嘴里还念叨着:"我的娃,就拿这个奉献呢么。"

余露露被这突如其来的袭击吓坏了,她本能地反抗着,却挣脱不了,她想喊,可是猛然想起叶维新的嘱咐,不能得罪这个人,而且她也知道,这里离村子还有一段距离,即使她喊破嗓子,也没人能听得见。就在她一分神的工夫,尹惠存已经向她俯压下来。余露露只觉得一座山压在身上,使她透不过气来。

余露露清醒过来的时候，尹惠存已经走了，她知道自己被强暴了，但是具体细节却一点儿都想不起来。她心里木木地，说不出是什么滋味，只是感觉头脑也蒙腾腾的，想不起来该干啥。她又躺了一阵子，才慢慢坐起身，下了炕，像喝醉了一样，摇摇晃晃朝知青院里走去。

傍晚，叶维新跫进余露露的窑洞，余露露悲从中来，一下子扑到叶维新怀里，可是她不能把白天发生的事情告诉叶维新，只是把头抵住叶维新的胸口，发出低低的哽咽。叶维新也不问什么，只当她不愿离开自己而生发出缱绻的撒娇，用手轻轻抚摸她的后背，以此平复她的哽咽。

叶维新临走的那天，余露露哭了，哭得十分伤心，她好像冥冥中已经预感到，他们的分别并不是叶维新说的半年、一年，或者最多两年，而是永远，永远。至于这永远到底有多远她说不上，只是觉得很远，或许就是一辈子。她哭得乏了，累了，哭不动了，渐渐止住了抽泣，叶维新才开始跟她说他离开以后的事情。

叶维新把他的两只皮箱留一只给余露露，把除了他的衣服和学习用品之外的一应东西全都留给了她，又拿出一个装着钱的信封交到她手里说："这里面是一千块钱，这几年应该够用了，你收好，千万不敢丢了。你放心花，不要太节省，花完了就写信告诉我，我再给你寄。"叶维新说着的时候，余露露只是扑闪着眼睛看着他，一句话都没有说。叶维新留下的东西她都接受了，她知道，这些东西他已经没用了，她不接受他也会送给别人。至于钱，她原本是不愿意接受的，可是想了想，她自己没有挣钱的本事，离开了他，她再到哪里去弄钱，而且他家里也不缺这些钱，于是也就接受了。

叶维新一件一件交代完所有事情，就上炕来在余露露身边躺下，同时也拉她一起躺下。这时候余露露才开了口，她问叶维新，他要去的学校在啥地方？叶维新告诉她，他要去的是广州，在中国的最南边，具体哪所学校还不知道，得到了那里才能确定。余露露问，离这里远吗？叶维新说，很远，从这里到西安得坐一天汽车，从西安坐火车到广州，得走三天三夜。余露露问，那个地方好吗？叶维新说，也和上海一样，是一个繁华的大城市，就是夏天太热，北方人受不了。余露露又问，这么远的路，你真的还能回来吗？叶维新把手从余露露脖子下面伸过去，搂住她，用另一只手抚摸着她的脸颊笑笑地说："我的小傻瓜，有你在这里我能不回来吗？"然后他又端正了神色，用商量的口气说："我已经两年没回家了，你看这样好不好，今年寒假我先回上海去看父母，明年暑假我回这里来。"余露露点点头，嘴角露出了微微的笑意。

她闭上眼睛躺了一会儿，又睁开眼睛问，城里面有那么多洋学生，时间长了你还能记住我吗？叶维新心里抖了一下，脸上一热，下意识地摸了一下胸口，紧接着欠起身来吻一吻余露露的眼睛，说："我的小宝贝，你都想了些啥，我一辈子都不会忘了你。"余露露的眼睛里又一次盈满了泪水，默默地望着叶维新不作声。

余露露半晌垂泪不语，叶维新心里有点发毛，他坐起身，从手腕上摘下手表递到余露露眼前，语气恳切地说："这块手表就是我们的定情信物，不管我走多远，它都代表我陪伴着你，你想我了就看看它，听听它的声音，就当是我跟你说话。"余露露把他的手推回去，不接受这块手表。她说："手表你还有用呢，我不能要，还是你戴着吧。"叶维新很固执地说："这是我的心，必须留在你身边，这样我才能踏实地去上学。"说着，翻身下炕，从皮箱里找出一块手帕，把手表包了塞进箱子里。

这一夜，叶维新没有回知青窑，在余露露炕上过了夜。

28

这一段时间，余兴汉的心情灰败到了极点。成天和一帮"四类分子"为伍，撅着屁股下苦力，劳累不说，脊背后头还总是让人指指戳戳，有时候"四类分子"还当面给他撂几句二话，让他心里极度地窝囊。在这个村子里，他从小到大向来都是横着走的，除了对余有礼兄弟几个有些怯乎之外，他还真没害怕过谁。当生产队长的十来年，他凭着表面的粗野颠顶和内心的精诡狡诈，把一个埋藏着很深矛盾的生产队，调理得顺顺溜溜，老的少的还真没有人敢跟他参刺。这次事情，主要是因为露娃出走，婆家退婚，搞得他心里鹜乱失了方寸，鬼迷心窍地受了小舅子的蛊惑，才惹下这倒灶的乱子，把个人五人六的生产队长，弄成了不人不鬼的管制分子。

露娃出走之初，婆家一直认为他们是为了给婆家难堪，故意把人藏了起来，便拿出活要见人死要见尸的架势，隔三岔五地上门要人。后来经过多方打探，弄清楚了露娃确实是自己跑掉的，跟她父母没有什么关系，也就放弃了要人的指望，一门心思考虑讨回彩礼。起先婆家态度十分强硬，人是从娘家跑的，人不见了，婚姻成了泡影，就应该把彩礼如数退回，他们不能吃哑巴亏，落一个人财两空的结果。余兴汉也是一身豪横："你就是买双鞋，穿旧了也没有退货这一说吧？我家女子你们娶过去，在你家炕上睡了一年，姑娘睡成婆娘了，你们想退就退，哪有这么便宜的事。实在要退货也可以，拿货来退，扣除折旧，一手交货一手交钱。现在货丢了，你们捣个空嘴来退货，不害怕亏你们先人吗！"后来经过几轮谈判，中人调停，法律啦、人情啦、姑娘啦、婆娘啦，如何等情地争竞下一大堆，最终才达成协议，婚姻解除，彩礼退回一半。

余兴汉心里还是极不受活，人找不见了，钱又飞走了一千五，这桩买卖烂包了，亏大发了，后心胀得说不成，成天价指天骂地，唉声叹气。麦收后的一天，小舅子来串亲戚，两人喝酒谝传的时候，又说起了这桩烂包买卖和一肚子烂心事情，便不由得余毒攻心，捶胸顿足。小舅子是个惯偷，到哪里都是贼不走空，便给余兴汉出主意，现在麦子正在场上，看得也不是很严，何不乘机弄上一把，把损失的差价弥补一下。

被胸中怨气和杯中酒气搅和得五迷三道的余兴汉,架不住小舅子的怂恿蛊惑,便起了监守自盗的贼心。酒足饭饱之后,小舅子躺在炕上吃烟,余兴汉便到场上去察看情形。结果那天晚上就是一个很好的机会,看场的四个人他心里都有数,余靖远那贼尿虽然精明,可是下半身的事抓得紧,夜里肯定不在场上待着。两个娃娃不用说,一旦睡倒就跟死猪一样,你就是把他们抬出去扔了也未必能醒来。林子更是个没心没肺的二货,不足为虑。于是观察完人员和地形,余兴汉就回家和小舅子做准备,夜里动手。

挨到后半夜,家里人都睡熟了,两个人一人拿条口袋出了院门。到了场院跟前,余兴汉让小舅子在场外等着,一个人先到场上看动静。余靖远果然不在场上,另外三个都拱在麦草堆里睡得昏天黑地。余兴汉招呼小舅子过来,借着微弱的月光,扑到麦堆跟前就往口袋里装。也就两三分钟,两个口袋装满了,他们草草扎紧口袋,扛起来就往家跑。一路非常顺利,除了有几声狗叫,一点儿人的声气都没有。这一趟作案,前后不到二十分钟,真真是神不知鬼不觉。

小舅子家离得很远,不便扛着麦子走长路,就把麦子全都留给姐夫,只跟姐夫要了三十块钱,天亮之前便悄然离去。

案发以后,余兴汉一直保持着高调捉贼的态势,以此来引导别人的目光,掩盖自己做贼的心虚。可他做梦也没有想到,麦子藏到家里刚磨了一斗半,麦面还没吃完,案子就被侦破了。他更没想到,精明强悍的余有权,会让二尾子牛景业把这几年锻炼出来的下三烂本事用到他身上。遇上这样的对手,他也只能自认倒霉。

天气越来越热了,地里锄草虽然晒太阳,但原上的风还是清爽的,蹲下起来地倒也畅快。挖洞子尽管不晒太阳,可是越往深里挖就越觉得气闷,像狗一样弯腰曲背,伸展不开身子,一身的臭汗散发不出去,顺着脊背往尻槽子里流,蜇得痔疮生疼。他巴望着余有礼高抬贵手,早点解除他的管制劳动,恢复他一般社员的自由。

那天傍晚下工，在村路上遇见了余家俊，他再也没有像过去那样，一见面就乌眼鸡一般，而是脸上堆出巴结的笑意，嘴里叫着俊娃爸爸，拉住余家俊给他诉说心里的难肠，并求告余家俊看在露娃的分上，在大爷跟前替他说句好话，早点把他解放了。余家俊这两年心里一直恨着余兴汉，压根儿不愿意搭理他，可是看着他可怜巴兮的样子，又抬出露娃来说事，心也就软了，再加上已经知道了露娃的去向，近来又得了儿子，正在高兴之中，也就答应了余兴汉，抽空给大伯说一说。

天气最热的那几天，菊梅生了，生了一个大胖小子，一家人一下子沉浸到喜庆的气氛中，就连余有礼脸上，都时常挂出少有的喜色。

孩子出生的第二个晚上，余家俊煮了四个鸡蛋，又特意用红墨水染了，拿一个手帕兜着，拉着陈化云去给老师报喜。老师很高兴，师娘也过来给余家俊道喜。余家俊赧然地说，为了这个娃，给老师惹了那么大的麻烦，受了那么些罪，很不好意思，总觉着心里亏欠得很。老张摆摆手说，再不说那些话，单就这个小生命的诞生，受那些罪也值了。

老张问余家俊，孩子起了个啥名字？余家俊不好意思地说，他父亲的意思是名字起贱一些，娃娃好养活，可他觉得第一个儿娃子，名字应该响亮一些，父子俩还没统一意见。

老张哈哈一笑说，这还不简单，小名起贱一点，大名起响亮一点不就行了。余家俊就请老师给娃娃起个大名。老张问了孩子出生的日期时辰，仰起脸考虑了一下说，孩子是天亮以前出生的，叫启明怎么样？大家都认为这个名字不错，余家俊高兴地说，大名就定下来叫余启明，至于小名，就由着他父亲，爱起个啥就起个啥。

余家俊又给老师下了口头请帖，孩子满月的时候请老师去喝满月酒。这事老张有些犹豫，觉得去了会不会给余家俊带来不利的影响。陈化云说："我觉得没有啥，村里人都知道，这个娃娃是先生把病治好了才有的，正大光明的事情,没必要遮掩。"老张说那好吧,到时候咱们看情况再定。

余有贤原本想把孙子叫驹娃,可想到驹娃和俊娃容易叫乱,就改叫了犊娃。至于办满月的事情,余有贤有他的想法。他觉得家俊结婚的时候,缺粮短油的,婚事办得浮皮潦草,对儿子和儿媳妇都有亏欠,这一回借着这个喜事,把满月办得好看一些,弥补一下。他特意把老三和老八拉上,到大哥家里商量了一晚上,把事情敲定下来。余有礼说,麦子刚刚分到手,粮食不成问题,其他的事情,咱老弟兄几个有钱出钱,有力出力,我现在出力没情况了,我出钱买上半扇子猪,打上二十斤烧酒,出力的事老三老八就多担待一些,咱们把公社食堂的厨子请来,好好摆一场酒席。

余家俊这个暑假除了自留地里的那点活,基本上在家里伺候月子,认认真真地做了一回家务。满月的前一天,余有礼叮嘱余家俊,不要忘了把老张请到,要不是人家,你这娃还不知道在哪里呢。不管别人怎么说,咱得把礼性走到。余家俊说,早都请过了,张老师还犹豫着来不来的。余有礼说,你跟老张说,我余有礼请他坐席,请他一定要来。余家俊自然高兴,很快就把话传递过去了。

酒席的场面没有结婚场面大,但是档次比较高,一共摆了八桌。李汝松也来了,和老张一起坐了首席。李汝松去省城开业务会的时候,在同行跟前打听过老张,知道他的中医是家传加科班,在省城有一定影响,所以也就捐弃了中西医之间的门户之见,主动给老张敬酒,热情交谈。这一番热闹又持续了大半天。

这件事情过去之后,秋收秋播就在眼前了。原野上已经铺展开一派大秋时节的景色,玉米叶开始发黄,谷子糜子也都弯曲了秸秆垂下了头,在一阵阵清风中婆娑摇摆。不再炽热的秋阳下,开阔的原面上,渐次的黄色主宰了大地,昭示出金秋的意义。

这天后晌,余有礼约了韩广才来家里,两人就秋收秋播以及平田整地工作先行沟通一下,然后再拿到支部会上商讨。余有礼让老婆拾掇了两个菜,又拿出一瓶酒，两人一边喝着一边说事。很久没有这样对酌了，菜对胃口，话又投机，半瓶酒落肚，就有了酣畅淋漓、回肠荡气的感觉。

他们说完工作又说村里的闲事，话题自然引到前一段村里人看病的事情上。韩广才就有些愤愤地说："咱这个地方原本就缺医少药，老百姓的日子孽障得说不成，一个人害上个病，一家子的光阴就失踪咧，没办法就得硬扛，小病扛成大病，大病扛到没命。现在上头给咱送来一个良医，按我的想法，咱就应该把人家安排到医疗站，放开咧让人家行医，先把咱这达的病人治好，把劳力都弄齐活，再对外接病人，说不定还像以前的祁孝子，一条原上的人都往这达跑呢，咱大队又增加一项副业。可是那些个捣尿硬是告状，把好好的事情弄成那个屄样子。"

余有礼抿一口酒，叹口气说："人家不是说，老张看病是拉拢腐蚀贫下中农吗？"韩广才一拍桌子骂了一句："他大的锤子！"然后抬起胳膊指着窑外道："章家坡里下来的那个人，是个飞机机械师，县里公社的农技站时不时就把人请上装机器修拖拉机呢。杨湾里下来的是个待招，给满村里的人剃头呢，人家们啥时间说过拉拢腐蚀的话？人家能干事情，咱的一个良医，为啥就不能给人看病？"

余有礼抬眼盯住韩广才说："你真的以为人家是批斗老张呢吗？那是给我看病着呢。"韩广才点头说："这些我都看来着呢，他娃谋这个支书不是一天两天咧，恨不得锅台上挖窟窿下蛆呢。我也就是心里头气不过，在你这达发一下牢骚。"

两人又碰了一杯，一瓶酒就快完了。韩广才又接着刚才的话题说："我觉谋着，这种局面也不能长久维持，得有个果断措施把问题解决掉，要不然咱们在前头干事情，人家在后头骚摊子，啥事情都弄不成。你就说去年给家俊安排个民办教师，都弄得那么费劲，要是遇上重大事情，得弄成啥样子。"

余有礼点着头，思索着道："这得找一个合适的机会，要打就打七寸，让他一下子就翻不过来。咱们是'寡妇睡觉，上头没人'，凭的就是自己的老本。人家可是新媳妇，上头有人呢。"平时不苟言笑的余有礼说出这样的话，逗得韩广才哈哈大笑起来。

一瓶酒见底，已经入夜较深了，韩广才酒足饭饱告辞回家。送韩广才出门的时候，余有礼猛然想起，上午遇见乡邮员，说有他一封信放在大队部了，白天没顾上去拿。两个儿子好久没来信了，这一想起来，立马就想看看是谁来的，于是一起出了大门要去大队部取信。韩广才说，那我再陪你走一段。两人就一起走向西队的场院。绕过麦草垛穿过场院时，他们看见队部里亮着灯，门虚掩着。韩广才嘀咕了一句：谁还在这达呢？就紧走两步推开了房门。

油灯下只有牛国辉和牛景业两个人，桌上摊开着几封拆开的信件。猛然看见余有礼进来，两个人慌了神，牛国辉慌忙拉开抽屉，把手里拿着的几张信纸塞了进去。

余有礼立马感觉到气氛不对，趋近桌前拿起桌上的信封看了看，都是村里人家的私人信件，他把信封往桌面上一扔，阴沉起脸色问道："你们这是干啥着呢？"牛国辉这才慌忙站起身，嘴里胡呻着："没啥事，随便看一下。"余有礼厉声道："你一个大队长，不知道私拆信件是违法的吗？"

站在桌子对面的牛景业还不知高低理直气壮地辩解："这半年时间没看见老张的信咧，我们检查一下，看有没有反动的东西。"余有礼鼻子哼了一声，摆手示意牛国辉从桌子跟前闪开，牛国辉犹豫了一下还是闪开了。余有礼走过去在桌子正面坐下来，顺手拉开了刚才牛国辉藏信的抽屉，拿出了那几张信纸。牛国辉的脸一下子变得煞白，眼睛直盯着余有礼手里的那几张信纸。

余有礼只往信纸上扫了一眼，就怒不可遏地连同信纸一巴掌拍在桌面上，手指颤抖着指向牛国辉："你两个驴日畜，竟然查到我头上来咧！"说完，颓然坐在椅子上，呼呼地喘着粗气。

进门以后一直没有出声的韩广才这时上前一步，拿起信纸看了一眼，见是支书二儿子写给支书的信,也不由得怒火中烧,气冲丹田地怒吼起来:"竟然暗中监视大队党支部书记,私拆现役军人的信件,你们想干啥?抢班夺权呢吗?谁给你们这个权力?"

牛国辉知道事情的严重性,呆愣在那里不知所措。

沉默了一会儿,余有礼平稳了一下情绪,重新站起身来,指着呆若木鸡的两个人说:"私拆公民信件是违法,搞小团伙,怀疑监视党内上级同志是违纪,你们把党纪国法都违反了,你们还有啥话说?"

牛国辉这才反应过来,在牛景业还满不在乎梗着脖子翻白眼的时候,连忙凑到余有礼跟前,又是弯腰又是作揖,一个劲地下话认错。余有礼根本不理他那茬,只是对着韩广才吩咐:"韩支书,今儿个的事情你连我一样,从头到尾都看清楚着呢,你现在先不要回家咧,就在这达给县委和公社党委起草个报告,明儿早起咱们开个支部会,通报这一恶性事件,然后把报告呈送县委和公社党委。"

交代完这些,看着韩广才把那七八封拆开的信件收起来,然后转身就走。牛家叔侄赶紧尾随出来还要说些啥,余有礼挥挥手:"你两个有啥话到公社和县委说去,我一句都不听。"这时候,韩广才从屋里把门闩上了。

第二天上午,简单开完支部会,打发人把一份报告送往公社,另一份连同那些拆开的信件,余有礼自己拿着去了县委。

晌午过后,村里就有了议论,有人说,这一回牛国辉是碰到硬凿子上了,看来大队长是当到头了。也有人说,他自己撑着往上碰,他不招祸谁招祸呢。还有人说,牛国辉不疼的手往磨眼里塞呢,给余大拿送上了一个把柄,让余大拿轻松地达到了排除异己的目的。

过了不久,公社的红头文件下来了,给予牛国辉、牛景业两人党内严重警告、行政记大过处分,免去牛国辉大队长职务,调离余家磨坊大队,另行安排工作,撤销牛景业在大队担任的所有职务,回生产队劳动。

文件下达的第二天,余有礼又一次召开支部会议,提议由余有权代行大队长职务，上报公社等待批复；任命余兴豪为西余家生产队队长，余靖远为副队长。最后又加了一个议题，免除余兴汉的劳动管制，恢复社员身份。

持续几年的余、牛两姓争斗，又一次以余姓的全面胜利而告终。只是让余兴豪当队长，在西余家队引起了很大不满，好多人觉得，这个恶棍当个饲养员都打七个撞八个，张狂得不行，要是当了队长，好些人就没有活路了。余家俊跟余有礼说起村里人的议论，问大伯为啥选中余兴豪当队长。余有礼笑一笑说，西队狡诈鬼捣尿多，不找个恶人镇不住。余家俊又问，那不是给西队的老实人招祸呢吗？余有礼很轻松地说，他一个二球能跳弹出多大个动静，他就是孙猴子，我就是那如来佛，他再跳弹也在我手心里呢，我给他紧的那一次皮，他娃至少得记十年。再说咧，你八大也不是吃干饭的。俊娃你记住，下面要是没有矛盾，和谐一片，上面就不好弄咧。只有底下不安生，才需要你出面摆平，这样，不管有几股势力，都需要你来撑腰，都要给你摇尾巴。余有礼这一番话，让余家俊有了醍醐灌顶茅塞顿开的感觉，他不得不佩服。

其实早在麦场斗殴事件之后，余兴豪就已经服服帖帖地拜倒在余有礼脚下。余有礼的那一绳子，的确把余兴豪扎屁了，夹起尾巴再也不敢张狂。赶到他滴答尿水子的毛病刚刚见好，余有礼又大张旗鼓地抓了赌，余有权也紧接着收拾了根娃，看着一批平时人五人六的家伙被送去挖洞洞，余兴豪的尻子又松了，他担心哪一天余有礼一不高兴，把他也送到挖洞的伙伙里。这天晚上，余兴豪拿了一把好烟叶，悄悄踅进了余有礼家。

余有礼正躺在炕上摆弄儿子刚寄来的收音机，看到余兴豪臊眉耷眼地站到炕前，身子没抬，没好气地问了一句："黑更半夜的，你来做啥呢？"余兴豪谄媚地笑着说："我寻咧一把好烟叶子，孝敬一下大大。"余有礼依然躺着没动："你给我把牲口喂好，再别亏欠那些不会说话的东西就对咧，少在我跟前胡骚情。"余兴豪讪讪地笑着："大大教育咧那一回，我把那些瞎毛病都改咧，再不敢亏欠。"

余有礼两眼盯着余兴豪，慢慢坐起身，把脊背倚在被垛上，拿过烟锅装烟，沉着脸公事公办地说："豪娃子你也看着呢，怀康比我还大几岁，就摇咧个碗子，我就打发上下苦去咧。你厌弄下的那些事情，送到班房子里把你娃都不亏。我就心软咧一下，惜咧你娃的孽障。你要再敢胡骚情，看我咋收拾你呢！"余兴豪一连声地说："大大你放心，我再不敢胡行咧，从今往后，我就听你老人家的，你让我做啥我就做啥。"

余有礼这会子脸上才活泛了一些，咂着烟慢慢地道："看你身板子结实，我还总思谋着把你用一下呢，可你这个愣尿老给我惹麻达呢，我要不把你收拾一回，旁人还说我余大拿护犊子呢，以后把你那眉眼放清楚些，再不要干那些给我下巴子底下垫砖的事情。"余兴豪赶紧赔笑说："大大我明白咧。"余有礼颇为满意地点点头："这还差不多。把你的烟叶子拿上回，先把牲口喂好咧再说。"余兴豪赶紧拿起炕沿上的烟叶，点头哈腰地退出去。看着余兴豪出门的背影，余有礼琢磨着，得找个机会把这只狗放出去。

秋收秋播正在进行的过程中，朱开祥到村里来检查工作。余有礼隐隐觉得，这一次朱开祥光临，恐怕来者不善。其实，在整翻牛国辉的时候，余有礼就已经考虑到了会有这一折子，他的眼药点得够狠，对方的反应也就会够强烈。于是他做好了心理准备，以不变应万变，静观事态发展。

果然，朱开祥进村以后，只是象征性地到大田里转了转，就一屁股坐在大队部里召开干部大会。大队部地方不大，支部成员和各队正副队长十几个人一进来，再加上朱开祥带来的几个人，一下子就把空间占满了。朱开祥和余有礼分别坐在桌子两边，其他人都散坐在凳子和炕上。

朱开祥不说秋收工作，上来就向余有礼发难。什么阶级阵线不分，支持阶级敌人拉拢腐蚀贫下中农，什么充当阶级敌人的保护伞，把管制人员调到山里去劳动，有意稀释斗争氛围；什么跟阶级敌人一个席面上喝酒，把腿插到阶级敌人裤子里等等，说了一河滩。余有礼眯着眼睛咂烟锅，脸上没有任何表情,等着他把话说完。

窝在炕垴里的余兴豪憋不住了,喊了一嗓子:"朱书记,牛景业那个二尾子的嘴连尻子一样,那屎的话还能当话听,那不是把脑子变成尻子咧吗!"

朱开祥正待发作,余有礼摆手止住了他们。他慢慢地磕了烟锅,顺手拍在桌面上,这才慢悠悠地说道:"看来朱书记这一回检查工作,是专门来向我兴师问罪的。对,牛家人的事情是我端出来的,我没有直接跟你汇报,越级给县委反映咧,这是我的不对,我向你道歉。"

朱开祥腾地红了脸,喊道:"我说的事情跟这没有一点儿关系,你不要胡往一搭里扯。"

余有礼又一次冲他摆了摆手,接着说:"对于你刚才的批评,我只说三点意见。第一,我记着老张的问题好像属于人民内部矛盾,还够不上敌我矛盾的杠杠,所以阶级敌人这个说法不准确,这才真真叫阶级阵线不分。第二,让老张给贫下中农治病,提高贫下中农的身体素质,增强劳动能力,这有错吗?咱们的社员都穷得屁淌呢,能拿上一点点东西给人送,正说明是受惠于人的真情回报,这跟拉拢腐蚀能扯上吗?第三,跟老张一个桌子喝酒,是因为人家把我侄儿媳妇子的病治好咧才养下的娃,过满月请人吃个饭,这是最起码的礼节,跟阶级立场根本就扯不上关系。再者说咧,章家坡里的那个人,公社、县里经常请上装机器呢;杨湾里那个待招,经常给人剃头呢。人家们都能弄,余家磨坊为啥就不能弄?咱不能一个锅里做两样子饭嘛。"

余有礼说这些话的时候,朱开祥的脸由红润变成了猪肝色,立即说道:"这就是你认识上的问题,装机器面对的是机器,不是人,机器是没有阶级的。"余有礼也立马反驳道:"那待招是给机器剃头呢吗?"这句话一出来,一屋里的人都憋不住笑起来。朱开祥还没来得及说话,余有礼又正色道:"我还跟你说,我正思谋着把医疗站再扩大一下,把老张正式聘到医疗站，专职给人看病，我要把余家磨坊弄成第二个祁家庙呢。"

朱开祥一拍桌子站起身，厉色喝道："余有礼同志，你这种思想是很危险的，余家磨坊不是你的独立王国，还是公社党委领导下的一级组织，你要真敢那么干，我看这个支部就该改组啦！"

余有礼从桌上拾起烟锅，捯着烟道："你也不要官大一级压死人，我觉得我的想法走到哪里都不亏理，不成咧咱们就到县委、地委评一下理走。"

朱开祥仍然虎着脸，以命令的口吻说："如果余家磨坊医疗条件不够，公社可以安排专家级的医生到这里来坐诊，但是你的那种想法坚决不容许。"余有礼一拍桌子也站起来："好，你朱书记今儿个把话说下咧，我们就等着你把专家安排下来！"

会开到这个分上，就没法再开下去了。朱开祥带着一脸怒气拂袖而去，其他的人也都起身散了。余有礼让韩广才和余有权留下来，三个人商量着把当下发生的事情写成一份材料，余有权立马动身去地区，把信亲自送给地委的金书记。

往家里走的时候，余有礼心里暗想，他跟朱开祥的斗争就算正式开始了，索性招惹一回，一下子把疮挑破，再慢慢地医治。他已经做好了应对残酷斗争的打算，咱们骑驴看唱本，慢慢走着瞧。

叶维新刚走的那段时间，还时不时地来封信，询问一下余露露的生活和知青点上的情况，通报一下自己在学校的学习和见闻，还寄来过一张他在校园里的黑白照片。每次收到信，余露露都异常兴奋，捧着宝贝似的，反复地看，反复地读，有不明白的地方，就请女知青里年龄最大的贾茵给她解释，然后求贾茵帮她写回信。那张照片余露露粘在一张纸上，贴在炕墙里，每天晚上躺在炕上仔细端详。后来信渐渐少了，特别是寒假回过上海以后，一两个月也收不到一封。回过上海的知青说，在淮海路上遇见过叶维新，又恢复到上海人的样子，而且还有了知识分子的派头，蛮有腔调的。暑假时叶维新也没有兑现临走时的承诺,来这里避暑,而且就此断绝了一切信息。

每当余露露绕着弯子跟贾茵打探叶维新的消息,贾茵总是在好言宽慰的同时,眼中透出一种怜悯。在傻老婆等汉子般没有任何信息的时候,余露露只能按照叶维新临走时教她的,夜深人静睡不着的时候,把那只手表拿出来摇一摇,听着那"铮铮铮"的秒针声,与那个遥远的人对话。渐渐地,她从那"铮铮铮"的秒声中,竟然听出了上海人特有的塞擦音,好像真的是叶维新在对她说话,她就常常枕着"他"的絮叨入眠。

过年的那些日子,知青们都回家去了,空空荡荡的院子里只剩下余露露一个人。白天倒是好办,她手里有钱,年前就采买好了过年的东西,自己想吃啥就做点啥,比平时要轻松许多。可是到了晚上就有麻烦了,知青点和她住的院子与村子隔着一定距离,平时知青们都在,晚上很热闹,现在猛扎子丢下她一个人,就清冷得吓人了。夜里窗外刮风,她就觉得是原上的狼吼,吓得蜷缩在被窝里不敢露头。村里有几个闲汉,知道她一个人守在这里,晚上喝了酒就跑来翻墙骚皮,在窗户跟前放屁撒尿,明目张胆地说一些挑逗的话,搅得她半晚上睡不成觉。年初三晚上,几个闲汉醉鬼又跑来骚皮,不仅说着溜痞子二话,还踹她的门。余露露被骚得实在招架不住,跳下炕来站在地上叫骂。她一有回应,闲汉醉鬼们更来劲了,编出些口歌子来调戏她,什么"你把门开开我进来,咱两个炕上说一会儿爱,你给我装烟我吃烟,咱两个一搭里掺搅团"等等。正闹得不可开交,尹惠存在邻村喝完酒,掂个鞭杆子摇摇晃晃地从原上下来。见到这个情况,抡起鞭杆扑进院子,劈头盖脸一顿,把一帮闲汉醉鬼打得抱头鼠窜,落荒而逃。

撵走了醉鬼闲汉,尹惠存出了院门却没往家走,愣怔了一会儿,又反身回来,关了院门去敲余露露的窑门。刚刚上炕准备脱衣裳的余露露,被敲门声惊得又跳下炕来,跺着脚骂道:"还敲门着你都死呢吗!"尹惠存压低声音说:"我的娃,你把门开开,我是支书老爸。"听见支书的声音,余露露慌乱了,一下子僵在那里,犹豫着不知道该不该开门。尹惠存又敲了两声,颇不耐烦地道:"你快开门,时间大咧让人瞅着胡说呢。"无奈之下,余露露怀着痛苦的心情,划着洋火点上灯,把门打开,然后倚在炕沿上低低地啜泣。

尹惠存还是那样跨坐在炕沿上,取出烟锅来点上烟,慢悠悠地问:"人都走完咧,你一个人怕是困得很吧?"余露露止住啜泣轻轻地点了点头。尹惠存叹一口气说:"人都说在家千般好,出门半步难。你一个年轻女娃子,冒冒失失地跑出来,虽说没受啥大罪,可是毕竟没依没靠,日子就过得不太受活。小叶在的时间,还有个人操心你呢,现在小叶走咧,能不能回来还两说着呢,将后的日子咋办呢,有没有个啥想法?"

余露露抬头看一眼尹惠存,又轻轻地摇了摇头。尹惠存又叹口气说:"古话说得好,在家靠父母,出门靠朋友。人不管到哪达,都要有个靠头呢。他叶维新在咱这达为啥能要风有风,要雨有雨,啥事情都能办顺当,想领人就领人,想上学就上学,主要是他有个靠山呢。"

尹惠存在炕沿下磕了烟锅,又装上一锅烟慢慢咂着说:"我知道,你现在也没个地方去,还要在这达等小叶回来呢,小叶能不能回来咱先不说,就这两年时间,没个靠山,你的难肠还在后头呢。你能来给知青做饭,是小叶硬争下的,也是我强压下的,你打听一下,哪里有知青雇人做饭的呢?小叶在的时候人们不好说,现在点上村里说法就多咧,有人说小叶是拐带人口,有人说村里收容盲流,话就说得难听得很。"

支书的这番话,让余露露心里很是惊慌,她原本就十分担心,叶维新走后她在这里待不住。出来这些时间,她就跟家里断了信息,不知道她的婚姻已经解除,总以为那个赖汉还在巴望着她。她眼神慌乱地看着尹惠存,低声嗫嚅着:"我一个女人家,到哪达寻靠山呢?"尹惠存哈哈一笑,扔下烟锅站起身来,往余露露跟前走两步:"你眼跟前就是一座大山,你靠上,看谁还再敢多瞅你两眼半!"说着话,伸手摸一下余露露的头发,顺势就把她拥到怀里。余露露本能地挣扎了一下,就失去了力量和勇气。尹惠存"噗"地一口吹了灯，将她拥到了炕上。

其实，余露露到来以后，几个女知青曾有过一段嫉妒，但很快就因为自己搭上了对子而消散了。男知青们则对她的到来十分欢迎。一来对于一个漂亮女人，小伙子们没有不喜欢的，哪怕只是看上一眼、说一句话都是美滋滋的。二来这个点上十男五女，狼多肉少，少一个强有力的竞争对手，对谁都有好处。所以，知青中根本没有尹惠存说的那种议论。叶维新走后，也有几个轮空了搭不上对子的小伙子给余露露献殷勤，套近乎，可是，余露露除了跟贾茵和李晓丹比较亲近外，和别的人都保持着应有的距离，特别是对小伙子们，总是客客气气地拉开距离。尽管叶维新离开一年以后，几个上海知青已经知道叶维新不会再回来的实情，余露露也从他们的眼神中有了明确的感觉，但她心里有一个坚定的信念，不管他回来不回来，她都在这里等着，等到实在不能再等的那一天。也就在她下定决心的那一天，她跟所有知青宣布，从下个月起，她不再要做饭的工钱，只要大家还能给她一口饭吃她就满足了。

又一个春天到来的时候，知青们终于得到了返城的信息，尽管信息还很微弱，就像东方破晓一样，起初还很朦胧，但不久就会迎来喷薄而出的阳光。最早被抽调的是李晓丹，他不是调回老家安庆，而是去他的叔叔那里。临走的前一天，别人上工去了，李晓丹在院子里收拾他的东西。吃过晌午，李晓丹手里捧着一条毛毯走进余露露的窑洞。余露露来到这里后，第一个认识，并一起做第一顿饭的就是李晓丹，相互间留下了非常好的印象，同时两人都有在油田生活的经历，自然就有了许多共同的话题，在近三年的生活中，他们一直保持着友好的姐弟关系。

正歪在炕上休息的余露露，赶紧起身招呼李晓丹在炕沿上坐下。李晓丹把毛毯放在炕上，对余露露说："露露姐，我明天早起就要走了，这几年，前边有叶维新照顾我，后边有你照顾我，我心里一直很感动，觉得我很幸运，遇上了你们这些好人。"

余露露说："哎呀，你看你这都说的啥，把姐都说不好意思了，你们照顾我还来不及说呢，哪里是我照顾你。"

李晓丹说："我这一走，不知道啥时候才能再见，我也没啥东西送给你，这条毛毯是我父亲从朝鲜战场上带回来的战利品，虽然旧了一些，但质量还是很好，我把它送给你，留个纪念。"余露露连忙摆手推辞："这怎么行呢？这是你家里给你的，我怎么能收你这么贵重的东西？不行，不行。"李晓丹把毛毯往她跟前推了一下，语气坚定地说："这个东西不成敬意，请露露姐一定收下。"说完就要转身。

余露露不由自主地"哎"了一声，好像还有话对他说，李晓丹刚要迈出门槛的脚步就犹豫了，停了下来。李晓丹转回身，表情复杂地看着余露露，嗫嚅着说："露露姐，我有个愿望，一直没敢跟你说过，我能不能——"李晓丹的脸突然变得通红，身体也好像颤抖起来。余露露不知道他要说什么，不过从他的表情看，一定是很重要的事情，就爽朗地说："晓丹兄弟，有啥话你尽管说，只要姐能办的，我肯定答应。"

李晓丹往前走了两步，两只手很不自然地捏在一起，搓着指头，语言艰涩地说："露露姐，我长这么大，从来没碰过女人，这几年我心里一直暗恋着你，非常希望能亲你一下，你能答应我吗？"他的话让余露露愕然了，她一下子理不清思路，脑子乱麻麻地愣怔着，不知道该如何是好。

见她半晌没有反应，李晓丹心慌了，忙说了一句："姐，就当我啥话都没说。"转身就要逃跑。突然，一股压抑已久的情感从余露露的心底喷涌而出，她抑制不住浑身的热血奔涌，喊一声"晓丹"就移身下炕，伸出双臂迎向他，心情激动地招呼他："来，兄弟，姐让你亲个够！"

转回身来的李晓丹呆愣了一下，随即扑过来紧紧抱住余露露，两片焦渴的嘴唇笨拙地奔向她的脸颊、额颅、眼睛、鼻子、脖颈，最后凝结在她的嘴唇上。余露露闭着眼睛，任他的脸颊和嘴唇在她的脸上漫游。这时候李晓丹的手好像也获得了灵感，开始在余露露的身上漫游起来。余露露腾出一只手制止了他，附在他耳边轻轻说："兄弟，到这达就对咧，你还是个童男子，要把你的第一回留给你媳妇,姐的身子不干净咧。"

　　李晓丹走后没多久,知青开始大规模回城了。麦子刚刚收下来,知青们也都分到了他们应得的那部分粮食。急于回城的年轻人,除了给余露露匀出一些麦子,合在一起能够她一两个月生活,其余的都拿到粮库换了粮票和钱。到了八月份,贾茵他们几个留守到最后的知青也要回城了。

　　这天傍晚吃过晚饭,贾茵邀余露露一起出去走走,两人便出了村子,沿着过去常走的那条小路漫步。余露露一边走着,那些往事便一幕幕在脑子里更迭出现,搅得她心里很不是滋味。

　　贾茵见她情绪不高,就用自己粗糙的手拉起余露露细软的手自嘲道:"你看看,我这个城里长大的女人的手,还没有你这个农村女人的手绵软,我这一辈子怕是做不了针线活了。"余露露赶紧改变了脸上的颜色,安慰她说:"你们在地里下苦着呢,我在案板上做活着呢,肯定就不一样嘛。你的这手,丢过锄把缓两个月就好了,该做啥就能做啥,我们农村女人下一辈子苦,还不是该绣花绣花,该纳鞋纳鞋,有啥做不成的。"

　　贾茵旋转了一下身体,用自我怜悯的口气说:"几年插队生活,愣是把一个窈窕淑女,锻炼得腰粗腿粗屁股大,哎呀,我真想不明白,有谁会娶我这个傻大黑粗的女人。"

　　这一下把余露露逗乐了,笑得弯了腰,喘了一会粗气才说:"贾茵姐,你才捣蛋得很嘛。"

　　这时候,她们已经走到那棵柿子树下,一阵风吹过来,立马就把傍晚的那股子余热吹散了。贾茵把一条胳膊搭在余露露肩上,端正了脸色说:"露露妹妹,我是有话要跟你说的。"她们便在树身旁坐下来,余露露扑闪着眼睛望着贾茵,等她说话。贾茵掏出手绢擦了擦脸,眼中透出关爱地说:"过几天我们就要走了,我希望你和我们一起离开这里,不要再等了,他不会回来了。"看着余露露脸上木木的,没有什么表情,贾茵狠了狠心说:"实话跟你说吧,叶维新已经毕业了,分配到上海的一家出版社工作,他母亲给他找了一个门当户对的姑娘,现在正在热恋之中,这是我哥哥前天来信告诉我的,他和叶维新的姐姐认识,消息肯定可靠。"

看着余露露脸上仍然木木的,没有任何表情,贾茵叹口气说:"不错,叶维新是很能干,有文化有思想,思维敏捷,办事干练,许多女孩子都会喜欢他,而你是一个单纯的农村女孩,没怎么上过学,也没什么社会阅历,对城市生活更是一无所知,他想骗你随便动一个心眼就够了。你刚来的时候我就想提醒你,可是看着你们浓情蜜意,没办法说。他走了以后,看你还是痴情地等着,我就更不忍心告诉你实情,他是利用你帮他完成了人生的一大转折。现在我们要走了,我不能看着你留在这里继续受害,所以劝你跟我们一起走,一天都不要多留,否则你就有走不了的可能了。"

听着贾茵的这番话,余露露眼里慢慢聚满了泪水,等到贾茵说完,她再也控制不住自己的情绪,把头扎在贾茵怀里大放悲声,好像要一股脑儿地把这几年郁积在心里的悲苦与失落一气儿宣泄出来。贾茵也泪流满面地搂着她,用粗糙的手掌拍抚着她的后背,直等她停止哭泣。

两个女人擦干眼泪,开始了一番掏心扒肺的交流。贾茵说:"在这里几年的生活,对你来说是一段逃婚的经历和体验,对我们来说,不仅是一段人生的悲苦历练,还将是一段刻骨铭心的记忆,那些刻在心里和身体上的痕迹,或许会影响我们的一生。你刚来的那会子,看到男生们刮眉毛觉得怪怪的,那真是穷极无聊时,以一种自我戕害求得一种自我解脱。男生们无聊了可以刮毛,可以打架,可以偷鸡摸狗,用这些刺激稀释内心的苦闷,我们女生怎么办?也得要寻找减轻苦闷的办法。你虽然和我们一起生活了几年,可是你并没有完全走进我们的生活,表面上看,我们一天到晚说说笑笑打打闹闹,好像没心没肺地过日子,其实我们内心的迷茫痛苦,你是无法感受到的,或许比你心里的痛苦要多几倍。实话跟你说,我们五个女生,都在打发苦闷光阴的时候随意失身了。将来等着我们的,也许是一种无法预知的生活。"

贾茵的这番话，让余露露感到了一阵心灵的震颤。对她这个从小生长在黄土高原上的人来说，这里的生活是舒适的，尽管有被戕害的时候，可对这些城里人来说，这种压抑和伤害，可能是一辈子都无法弥补的。

余露露接受了贾茵的劝告，收拾东西准备离开。她把自己的衣物和需要的用品，都归置到叶维新留下的皮箱和旅行包里，那条新做的被窝她舍不得丢下，就和李晓丹送的毛毯一起打成一个铺盖卷，把那只木箱和其他的东西，送给村里相识的人。

临走的那天晚上，尹惠存跑来敲余露露的门，余露露说什么都不给他开门。第二天早上，尹惠存又赶到他们出发的地方，借口余露露还有些事情没有交代清楚，试图阻止余露露离去。贾茵和两个男生把余露露挡在身后，对尹惠存说，余露露是他们请来做饭的，几年间跟队里没有任何牵扯，只要跟他们交代清楚就行了，跟队里没有什么可交代的。如果尹惠存硬要扣人，他们也就暂时不走了，一起到县里去讨个说法。面对几个知青强硬的态度，且又当着公社送行干部的面，尹惠存也不敢过于造次，只能眼巴巴地看着一块肥肉从嘴边溜走。

公社派了一辆拖拉机来给他们送行，一直送到泾县汽车站。这时候车站已经有了很大改观，班车的线路和班次也比过去丰富了许多，余露露可以从这里乘车到花牌楼，再转车去桑树原。余露露乘坐的汽车出发在先，两个男知青帮着把行李安顿好，几个朝夕相处了好几年的青年人，就在车前洒泪告别，各奔东西。

29

露娃的突然归来，在村里引起了轩然大波。许多人奔走相告，传播着这一信息,更有许多人跑到余兴汉家探望,主要想看看离家几年的露娃变成了啥模样。这一波热度刚刚掀起,又一个重大消息在村里迅速传播开来:下放劳动改造了几年的老张一家,因落实政策马上就要回省城了,一辆大卡车已经开到村里余兴敖家崖背上。这一前一后两个重大信息让余家磨坊又一次热闹起来。

这时候,余家俊正在县里参加暑期民办教师培训班,陈化云赶紧托人带话,把这两个信息传递给他。余家俊马上请假赶回村里,他要先给老师送行,再去探望露娃。

老张原本打算,汽车到来的第二天,就离开这个让他伤透了脑筋的地方,可是村民们知道老张要走,抓住最后的机会求老张看病。老张没办法拒绝,只能延期启程,满足村民们的愿望。自己家里的东西已经装车了,看病的坛场就设在余兴敖家。老张让陈化云守在跟前,把每个人的病情症状解释给他,告诉他后续治疗的方法。陈化云头也不抬地记录着,直记得手麻眼困。这样的状况持续了三天,村民们才满意地给老张放行。

临走的那天晚上,老张邀了几个平时关系较好的人到余兴敖家,拿出两瓶酒来,与大家饮酒话别。酒喝到酣畅时,话自然就多了起来,陈化云和余家俊几乎没有插话的机会。老张已经上高中的儿子,在门口冲他俩招招手,示意他们出来。小师弟引着他俩出了院门来到崖背上,装满东西的汽车就停在那里,有几个村人和一堆娃娃围着车转悠,欣赏着汽车。他们走到学校门外的台阶前,在漫天繁星下坐了下来。小师弟一改平时的吊儿郎当,一本正经地跟他俩说:"两位老哥,明天就要走了,以后啥时候再见很难说。家俊哥说过,村里曾经发生的几件事情他一直解不开,弄不明白是怎么回事,今天我就给你们解一下谜,其实那几件事情都是我干的。"接着就把他给学校倭瓜、蛮牛家杏树下害的情节说给他俩听。

听完小师弟的叙述,两个人惊愕地瞪大了眼睛,他们根本无法想象,一个十二三岁的娃娃,哪来这么缜密的思维,把事情做得这么滴水不漏。余家俊点着小伙子的额头笑骂："你这个碎尿，咋就那么多坏点子？"小师弟还是用严肃的口吻说："我不满十二岁就随父母来到这里，这几年我们过的什么日子，你们都是见证人，我在学校受欺负，在村里受欺负，几乎满世界都没有我轻松的活路。我也试图反抗过，但每一次反抗，招来的都是遍体鳞伤。我知道我年龄小，没力气，心又不狠，没办法跟别人抗衡，但这并不说明我就得逆来顺受，我只能选择用我自己的办法进行反抗。"

小师弟停顿了一下，又接着说："那些下害法子都是我从书上看来的，一试果然灵验。这时候我才知道了，知识可以壮大我。虽然这些法子，不能在明面上惩戒恶人，但总可以让他付出些代价，让他感到一点儿难受，至少我可以从中得到一时的开心、一时的快乐，抚慰一下我内心的伤痛。这几年的生活经历，将会成为一段刻骨铭心的记忆，在我心里留存到永远。"

小师弟的这番话，让两位成年师兄大为震惊。他们没有想到，这个表面上没心没肺的娃娃，心里竟然盛着这么沉重的伤痛。余家俊从教师的角度考虑，这样的心态对少年的成长是很不利的，如果引导得好，或许可以转变为一股改变自我生存环境的力量，要是引导不好，就有可能发展成对社会的报复心理。他心里有些沉重，矛盾着，要不要把这个情况告诉老师。陈化云也有余家俊那样的感觉，不过他更多的是琢磨这里面的药性原理。

第二天送走老师一家，余家俊就去探望失踪几年的露娃。自从帮余兴汉解除了管制，余兴汉见到余家俊，就表现出异乎寻常的热情，把"俊娃爸"叫得很投入，于是去他家里看望露娃，也就不会再有过去那样的障碍。

这几天，露娃的日子很不好过，从进门的那一刻，余兴汉就拒绝接纳她，而且把这几年郁积在心里的怨毒，一股脑儿地朝着她这个祸事的"源头"发泄出来。纵使露娃妈和家门里的亲房不断地劝慰求告，余兴汉就是铁了心不认这个女儿，家里一时间闹得乌烟瘴气。余家俊进来的时候，露娃正靠着炕棱低头坐在炕上发呆。看见余家俊，她愣怔了好一会子，才以跪当步爬到炕沿上，拉住家俊的胳膊，把头抵在家俊胸前痛哭起来。

余家俊耐心地好言劝慰，等露娃平静下来，才问起他离开以后的境况。露娃便把她这几年的生活情况，以及内心遭遇的酸甜苦辣毫无隐瞒，一五一十地给家俊叙述了一遍。从露娃的气色和神态看，余家俊感觉还是跟上次一样，没有下大苦遭大罪的样子，心里稍许有些轻松，听完露娃的述说，又止不住心潮激荡，气愤难平，恨恨地痛骂了叶维新一通，才觉得稍稍解了点气。

　　余家俊不禁感慨，露娃出走的境况与他当初的猜测基本一致，而最终的结果，却与陈化云的说法不幸吻合，于是就只能慨叹红颜薄命了。家俊问露娃有何打算，露娃说，她回来以后才知道，她已经和章家坡的那个人离婚了，不用再担心被送回婆家，她现在还没有什么打算，就看她父亲的意思了。她也知道，她不管不顾地离家出走，确实给家里惹下了麻烦，只要父亲能原谅，她就在家伺候父母，哪怕一辈子再不嫁人。

　　露娃目前的处境，余家俊除了表示同情，没有其他办法，他没有能力帮助她走出阴影，更没有能力给予她新的生活，只能拿几句无关痛痒的安慰话，帮她暂时平复一下抑郁的心情。

　　回家吃过晌午，余家俊怀着一份沉重两份担忧的心情回到县里，他打算培训结束后，跟菊梅讲明道理，时常找露娃谝一谝，鼓励她尽快走出阴影，谋求新的生活。过一段时间再给老师去封信，把小师弟的事情说一下。陈化云跟他说过，不要在人高兴的时候给人添泼烦，所以就把写信的时间放缓一点儿。然而，当他一周以后回到村里时，露娃却又一次离家出走了，而且还是跟上回一样，谁也不知道去了哪里，只是有人看到，露娃背着箱子往花牌楼方向去了。余家俊的计划又一次落了空，心里不免又是一阵怅然。

　　露娃是上午离开家的，背着包包蛋蛋，走十几里山路赶到花牌楼时，上午去地区的班车已经过去了，她只能把负载卸在站牌跟前的树下，坐在阴凉地里等待下午的那趟班车。这天不逢集，中午的花牌楼显得有些冷清，除了匆匆忙忙的路人和车辆，就是几条瘦狗在公路边溜达。露娃掏出一块馍馍干嚼干咽，垫一垫空了的肚子。

　　昨天晚上，露娃和父亲发生了激烈的冲突。晚饭时，露娃刚在灶火边端上饭碗，父亲就发话了："我跟你都说咧，我就没养下你这个女子，你还赖在这达弄啥呢？"她妈正想阻拦，但已经来不及了。露娃压抑了几天的情绪，一下子像火山一样爆发了，她猛地把饭碗往锅台上一蹾，扯开嗓子喊道："我赖在这达，等着让你把我卖二回呢！"余兴汉也把碗蹾在炕桌上，叫道："你是我先人，我卖咧一回就卖倒灶咧，还敢卖二回吗？你现在就是个烂倭瓜，谁个还要你呢！"

　　露娃像疯了一样跳着脚喊："我成咧烂倭瓜还不是让你逼下的吗？你不把钱当先人，我能成这个样子吗？你这一辈子除咧钱，你还爱过个谁？你就碰死着钱上呢！"

　　余兴汉也是邪毒攻心，气急败坏地拍着大腿吼："我就是个倒灶鬼，一桩买卖做烂包咧，本来指望那些钱养老耍人呢，现在弄得连个人样子都没有咧，我养下你咧欻吧吗？"

　　露娃拍着炕棱继续喊："你弄得没个人样子赖我呢吗？你不做下那些烂干事情，谁能把你弄个啥？"露娃这话更是让余兴汉火冒三丈，他翻身就要下炕，露娃妈生怕父女两个打起来，赶紧让海娃拦住他大，自己把露娃生拉硬拽到偏窑里。露娃扑在炕上号啕大哭，她妈也顾不上管她，又跑到灶窑里去安慰余兴汉。

　　这顿饭弄失踢了，露娃一直哭到没了精神才止住啜泣。她在炕上躺了好一阵子，觉得有些力气了，爬起身，从皮箱里翻出那块手表，摇了摇，听了听，把表面贴在嘴唇上，与它做了最后的诀别，又用手帕包好，然后拿了到父母的窑里，把手帕摊开在炕桌上，指着手表对父亲说："你不是爱钱得很吗？这是一个外国进口的高级手表，能值三四千元，我把这给你放下，顶你卖我的账，从今以后我要死要活都不要你操心。"

余兴汉瞅了手表一眼，撇着嘴不屑地道："你哄鬼呀，那么大的一个马蹄子表才十几元，你这么个烂屄东西能值三四千？"

海娃毕竟念过初中，比余兴汉有见识，他凑到跟前拿起表看了看，又放到耳边听了听，瞪着眼睛跟余兴汉说："大，这真格是个值钱的贵重东西。"

露娃再不说啥，转身回到她的偏窑里。她已经下定了决心，明天一早就离开这个家，只要不到穷途末路，绝对不再回来。这次回家的路上，她原本就已想好，家里如果待不住，就去找舅舅，让他兑现出嫁时许下的承诺。可是她妈说，表姐一家已经去了天津，舅舅、舅母也跟着去了。这条路被堵死了，她就只能到煤矿上两姨姐那里去寻条活路。

一直等到下午三点多，从泾县开往地区的班车才过来，五点才到了地区。露娃背着箱子走出车站茫然四顾，不知道该往哪里去。她得先找个地方吃饭，从昨晚上到现在，她只是在花牌楼吃了一块馍馍，这会子已经饿得前胸贴后背了。她跟人打问了路，往那条死长死长的街道里去。她以前虽然来过这里，但也就是个匆匆过客，没有在这里驻过脚，更没有逛过这里的街道，基本上还是两眼一抹黑。

露娃沿着街道往里走，感觉已经走了很长时间，可回头看看，走了并没多远。她已经精疲力竭了，幸好看见前面有个面馆，就拖泥带水地走了进去，把行李卸到墙根，在一张桌子旁边瘫坐下来。这家面馆专营饸饹面，有荤有素，露娃休息了一会儿，从口袋里摸出钱和粮票，买了一碗臊子饸饹，调上辣子迫不及待地吸溜起来。虽然又累又饿，可她心里还是踏实的，叶维新留给她的一千块钱还在箱子里放着没动过，口袋里还有几十块钱，贾茵临走的时候动员几个知青，每人给她凑了三斤粮票，一共十五斤，有这些钱和粮票，她一二十天吃饭不成问题。

她跟服务员打问好了旅社的方向，吃完面又要来一碗面汤喝下去，这才背起行李去找旅馆。然而到了旅馆她却傻眼了，人家要介绍信，没有介绍信不给登记。她没办法，只能又回到车站，看能不能在候车室里对付一晚上。她问了一下工作人员，得到的回答是晚上十点后关门，不容许过夜。

露娃坐在候车室的长条椅上，心绪茫然，不知道下一步该怎么办。

一个工人打扮的小伙子匆匆进来，在露娃身边坐下，拉开提包翻找东西。翻腾了一会儿，从一个信封里掏出几张纸展开了翻看。露娃有点好奇，伸头瞅了一眼，觉着好像是介绍信，就凑到跟前问小伙子："大哥，你是不是也要在这达住店呢？"小伙子扭头看了她一眼，点了点头。露娃赶紧堆起笑脸说："我也想住店呢，可是没有介绍信，人家不让住，你的介绍信能不能帮我也登记一下？"小伙子认真地看了露娃一眼，脸上就有了愉悦的表情，但话语还是犹豫着："帮个忙倒是可以，可是一张介绍信分开登记两个人，可能不好办吧。"露娃给他鼓劲说："咱们过去试活一下，不成咧再想办法嘛。"小伙子坐着没动，看着露娃说："你先不着急，咱们想好了再去，要不然一次登记不上就把门关住咧。"

小伙子天然都有英雄救美的本能，尤其面对露娃这样漂亮的女孩，总会生出怜香惜玉的情怀。只是小伙子一时还没想好该怎么办。停顿了一下小伙子又说："我这个介绍信是两口子住店用的，开一间房子倒是可以，单另开两个床怕说不过去。"说着就把介绍信递给露娃，让她自己看。露娃也看不太明白，小伙子就告诉她，他叫张来喜，在天水机械厂工作，这次回家结婚后，要带着媳妇李碎花一起到天水去，所以厂里就给他开了旅行结婚的介绍信。小伙子有点为难地说，哪有新婚夫妻分开住的。了解了这些情况，露娃还真的犹豫了。

两人沉默着坐了一会儿，张来喜问露娃，出门咋不带个介绍信呢？露娃很无奈地说，农村人哪里知道住店还要介绍信呢，张来喜脸上就有了同情。又停了一下，张来喜用商量的口气跟露娃说："妹子，你看这样行不行？"

露娃抬眼看着他，等他说出想法。张来喜说："你就假装是我媳妇李碎花，咱俩登记一个房子，反正就一个晚上，对凑着住下。"露娃本觉得不妥，但想一想，晚上这里关门以后，她就得流落街头，虽然这个季节夜里还不会太冷，她又带着李晓丹送她的毛毯，足可以御寒，可是露宿街头总不是个办法，在这人生地不熟的地方，被人偷了抢了不是没有可能，要是遇上巡逻队当盲流抓了，那就更麻烦了。实在也想不出别的什么好办法，露娃只能点头应允，按照他的意思办。

车站旁边就有一家旅馆，比露娃去过的那一家更大一些。露娃还是按照跟叶维新在泾县住宿的法子，跟在张来喜身后，一切都由他出面办理，只有登记的中年妇女要求她往前来一下时，才红着脸往前挪了一步。中年妇女认真看了他俩一眼，笑着发出一句赞叹："看这两口子精神的，金童玉女嘛。"

服务员领着他们开了房间，把一个暖瓶放在门口就走了。看到房间里是一张双人床，露娃脚下又迟疑了，毕竟她和张来喜认识不到半个小时，就这样睡在一张床上，好像有些荒唐，她无法适应。张来喜觉出了露娃的犹豫，示意露娃先进去再说。进屋放下行李，张来喜就出去了，过了一会儿拿着几张报纸回来。张来喜跟露娃说："既然已经登记了，就不要让人看破。黑夜你睡床上，我睡地下，咱就对付一晚夕。"

张来喜去水房洗了杯子，给两个人倒上开水，他们就在床边和椅子上坐下来，一边喝着一边说话。张来喜个头挺高，长相也挺精神，露娃从他的做派中倏忽间就看到了叶维新的影子。天黑尽后，露娃拿出洗漱的东西去水房洗漱，赶她回来时，张来喜已经把报纸铺在地上，把一床被窝和枕头放到报纸上给自己打地铺。她这才知道，张来喜拿报纸是干这个用的，心里不由得感动了一下。她赶紧打开旅行包抽出那条毛毯，让他把被窝全部铺在地上，盖毛毯睡觉。

关灯躺在床上，露娃心里就有了一些不忍，房间是人家开的，钱也是人家出的，到头来让人家睡在地上，自己倒舒舒服服地睡在床上。她伸手往地上摸了一下，觉得洋灰地冰冰凉凉的，还有些潮，她心想，即便有两层被窝垫着，但夏天的被窝都很薄，还是隔不了潮冷，万一这一晚夕把人家小伙子阴着了，就会落下病的，于是心里就不安起来。仔细听听张来喜的动静，他不停地翻身，好像还没有睡着。她就想，睡在冰地上肯定不舒坦。又听了一会儿，张来喜还在翻身，她终于忍不住了，轻轻叫了一声："张哥，还没睡着吧？"张来喜应了一声："还没有。"露娃犹豫了一下说："地下睡着冰得很，还是炕上睡来，小心阴下的。"张来喜说："没关系，你赶紧睡。"露娃干脆坐起来说："让你睡地下，我心里不受活，躺着也睡不着，你还是上来，咱俩一人一半，没有个啥。"

也许真是凉潮的地上睡着不舒服，张来喜沉默了一会儿就挪到床上来了。露娃感觉到床有些微微的颤抖。

两人打掉头背靠背睡着，露娃迷迷糊糊的时候，一只胳膊搭到她的腿上，她把腿抽了一下，就感觉到张来喜被惊醒了。露娃也一下子没有了睡意，便又坐起身来轻轻说："张哥，要是睡不着，咱两个再谝一阵子。"于是，两人一个床头一个床尾，相向而坐闲聊起来。张来喜对这座城市很熟悉，给露娃介绍了这里的名吃名景和一些好玩的地方，接着又询问露娃怎么单身一人出门，好像啥准备都没做，对外面的世界一无所知。露娃本就不会编瞎话，又觉得张来喜是个本分人，也就不加隐瞒地把自己这些年的遭遇说给他听。张来喜是个心地善良的小伙子，听了露娃的述说，就有了深深的同情，于是也就把先前闪过的一点念想压抑了下去。一直聊到后半夜，两人都已困乏，才和衣睡了。

第二天早上，张来喜问露娃怎么打算，露娃说本来想去煤矿，但又有些犹豫，还没有想好。张来喜说，那就这样，我跟店里说，去给公家办些事，你在这里等我。就又给露娃登记了两天大房间，让她休息两天，想好了再走。露娃给他店钱，张来喜说什么都不要。

送走张来喜，露娃就搬到八人一间的大房间。这时候住店，都是把重要行李存放在寄存处，随身带进房间的，只是换洗衣服和洗漱用品。露娃安顿好自己的床铺，正准备出去转转，服务员领着一个三十多岁的女人进来，让那女人住露娃对面的那张床。女人身材微胖，看上去很干练，是个经见过世面的人。服务员退出以后，露娃和那女人简单聊了几句。两人互通了姓名，女人惊喜地说，她们还是本家。那女人叫余慧芳，是四十里铺人，这一来两人就熟络起来。余慧芳安顿好自己的东西，问露娃准备干啥，露娃说想上街走走，余慧芳说她也想去买些东西，两人就结伴上了街。

逛到中午，余慧芳请露娃吃了一碗羊肉泡馍。这一趟街转下来，两个人就完全熟悉了，露娃叫余慧芳姐，余慧芳叫露娃妹子，俨然成了一对亲姐妹。余慧芳了解了露娃的情况，得知露娃想去煤矿找事做，就跟露娃说："妹子，去煤矿有啥意思，到处黑麻咕咚的，你要是信得过姐，就跟姐到西安去，那里城市大，事情也好做。"余慧芳告诉露娃，现在运动松缓了，大城市里好多老干部在运动中把身体整垮了，需要人照顾，西安的保姆市场也就悄悄活动起来。她这一次就是带几个女娃到西安去当保姆，如果露娃想去，完全可以把她带上，像她这样既会带娃娃又会做饭的，在那里很受欢迎。

经过大半天的接触，露娃觉得余慧芳很实在，不是那种胡吹冒撂骗人的人。当然，这个时候中国人大多数还是朴实本分的，还没有后来骗子遍地流、傻子不够用的状况。于是没做过多考虑，就决定跟着余慧芳去西安。

第二天下午，余慧芳约好的七个人来了六个，露娃正好补了那个缺。第三天早上，八个人一起乘班车去往西安。班车在宝鸡停了一个晚上，翻过天中午过后到了西安。在这一群人里，露娃显得鹤立鸡群，自然最好的事情就选了她。她被安排在一个老干部家，说好的条件是管吃管住，一个月三十块钱，只是离市区远一些，在临潼华清池跟前。余慧芳给露娃写了一个她常住的地址，还有一个电话号码，说有什么事随时都可以与她联系，她有时间也会去看她。随后，露娃就坐上了来接她的吉普车。

30

余家俊领着儿子去浪供销社，小家伙已经四岁了，蹦蹦跳跳跑得欢实。这些年家俊和菊梅都忙，一个忙于教书，一个忙于劳动，孩子从小跟着奶奶，活动区域也就是窑里院里和门前的平地，平时很少有机会带出去玩。孩子很黏家俊，他知道，跟着父亲出去就能有好吃食，至少也能有一块洋糖，所以家俊出门时，犊娃哭着闹着死活都要跟上。在供销社买完东西，又满足了儿子的愿望，余家俊想，很久没看望李汝松了，再不去就失礼性了，便领着儿子往路边一拐进了卫生院。

护士认识余家俊，说李院长正在病房里忙着，她去叫，余家俊就直接去了李汝松的房间。进门看见一个中年妇女坐在屋里，见他进来立马起身，两只手很自然地垂到身体两侧，显出很规矩的样子。余家俊感到惊讶，原上就没有这种做派的女人。仔细看看，猛然认出来了，是李汝松坐牢的妻子魏金梅。余家俊心里暗忖：她怎么还没到时间就出来了？正困惑着不知该怎么打招呼，李汝松脚跟脚走进来。见余家俊有些愣怔，就指着魏金梅跟他说："这个人不用介绍，你应该认识吧？"然后又把余家俊介绍给魏金梅。

魏金梅原本红着脸有些扭捏，一听说是余家俊，脸上立马生动起来，突然朝前一步，扑通跪了下去，嘴里连喊着："恩人，恩人哪！"

这突如其来的一跪，把余家俊弄得手足无措，想伸手去扶，又不知道该怎样扶她起来。李汝松也被魏金梅的举动弄得愣了一下，连忙上前拉起魏金梅说："好啦，好啦，家俊是咱们的小兄弟，没必要这么客气。"余家俊也搓着手赶紧说："就是，就是，嫂子弄的这是啥活嘛！"

魏金梅站起身，拉住余家俊的手说："好我的兄弟呢，在牢里我就想着，见了你，先要给你磕个头，要不是你把老李救下，我的头早就让打掉了。你是我们全家的救星、恩人。"魏金梅还想说下去，李汝松赶紧拦住她:"好啦好啦,不说这些啦。家俊好久没来了,咱们说点别的。"

李汝松从抽屉里翻出几样吃食,把捣蛋的犊娃安抚住,让护士带到院子里去玩。魏金梅给余家俊泡了茶,拿了烟,三个人坐下来说话。李汝松和余家俊有意回避魏金梅的事,只拣高兴的事情说。说说笑笑时间过得很快,不知不觉太阳已经偏西了。余家俊不好过多打扰李汝松,就喊了儿子告辞出门。李汝松穿着白大褂把余家俊送到公路边上,又拉住他说了一些事情。

李汝松告诉余家俊,去年秋季,有了落实政策的动静,上海的同学给他传来信息,根据政策,他可以申请回上海或者常州,同学们也帮他联系了几家医院,人家都愿意接收,他和孩子的户口也可以一并转过去。只是魏金梅是服刑人员,那边无法接收,他要回去,只能跟魏金梅办离婚手续,独自带孩子过去。为此他想了很长时间,尽管以前的那些事情,都是因魏金梅的背叛而起,给他造成了很大伤害,跟她离婚本是名正言顺,不需要背负任何心理负担。可是他们毕竟有了两个孩子,都已经不小了,如果自己带着孩子走,抛下他们的母亲,这样既对不住孩子,也对不住这些年一直帮他操心孩子的岳父岳母,所以一直犹豫着,始终下不了决心。这些年魏金梅在监狱里改造得不错,前些天提前释放回来了,苦苦哀求着还要和他一起过,孩子们也跟着一起求他,这就让他更加犹豫。

前几天,地区组织部和地区医院来人跟他谈话,想调他到地区医院担任副院长兼外科主任,这回他没有犹豫,立马答应了。李汝松感慨地说,我们这一辈人,命运都是掌握在别人手里,能够自己掌握命运的机会太少了。我已经过了不惑之年,即便在这里了却余生,也没多大关系,这次调动纯粹是为了孩子,给孩子提供一个相对好一点儿的生存环境和受教育的环境,让他们将来能有个好一点儿的出路,是一个父亲应尽的责任。在这里生活了十几年,他已经习惯了这里的气候和饮食,要是回到南方,夏季的潮热,冬季的湿冷恐怕难以适应了。就在这里了此残生吧,这就是命。李汝松说完这些,面色沉重,唏嘘不已。

余家俊实在不知道该用什么样的话宽慰他，然而沉默也不是个办法，想了一下说，不管到了哪里，都要自己多加保重。其实他心里清楚，李汝松选择去地区，主要是为魏金梅考虑，一个女人背着一个奸夫害亲夫的名声，在这里是不好生存的。他们互道珍重，默默告别。走出去很远，余家俊回头望望，李汝松还站在那里看着他。

走了一会儿，犊娃突然问余家俊："大，那个大妈为啥要给你跪下呢？"余家俊还没想好怎么回答，犊娃又说："奶奶说，人见咧皇上要跪下呢，大，你是皇上吗？"这懵懂的童言把余家俊逗乐了，他摸着犊娃的头，笑着说："我的瓜娃子，你大要是皇上，你还在这穷原上跑啥呢，早就到京城里害人去咧。"犊娃接着又问："你是个老师么，大妈为啥把你叫恩人呢？恩人是个做啥的人？也是教书的吗？"余家俊真不好给犊娃解释这个问题，就说："你现在还碎着呢，给你说咧你也不明白，等你长大就知道咧。"犊娃嘟着嘴："啥事情都要等长大呢。"就不再问了。

过了不久，李汝松举家迁往地区，余家俊在桑树原上唯一一个至交好友悠然远去，他在为朋友庆幸的同时，也怅然了很长时间。

李汝松人虽然走了，可他临走前给桑树原上留下的一件事情，却注定了余有礼与朱开祥斗争的结局。

清明过后不几天，李汝松的一个老同学突然来到桑树原上。这位老同学是北京一家大医院的医生，来这里的目的，是要考察西北黄土原地的地方病。老同学相会千载难逢，自然应该热情招呼一番，可是李汝松这几天正忙着搬家，还要赶到地区医院报到，实在分不出时间，只能把同学请到岳父家简单吃顿饭，说好那面的事情安顿好，马上回来重新招呼，就把老同学领到朱开祥那里，请书记帮着安排一下考察的事情。

朱开祥一听是北京来的专家，如获至宝，立马来了精神。那次和余有礼发生冲突后，朱开祥回到公社就要撤余有礼的职，以消心头之恨。可是余有礼是县里器重的老资格支部书记，撤他的职，必须经过县委同意。公社的文件报送到县委的同时，地委金书记也发话了，说余有礼当众顶撞领导是不对，应该诚恳道歉，可是想为贫下中农解除病痛疾苦、增强劳动力的愿望并没有错，如果朱开祥同志坚持要处理余有礼，那就让他先兑现承诺，派一位专家级的医生到余家磨坊。这一点要是能办到，不用朱开祥出面，我亲自到余家磨坊，扇他余有礼的脸，撤他余有礼的职。

事情过去快两年了，朱开祥的意图一直未能得逞，这口气就一直憋在心里散不出来，让他始终耿耿于怀。李汝松领来一位北京大医院的专家，这对朱开祥来说，无异于天上掉下来个大馅饼，真真是瞌睡遇上枕头了，禁不住喜出望外。于是就大张旗鼓地亲自把这位王医生送到余家磨坊，安顿到合作医疗站，并指令余有礼安排好饮食起居等一切事宜。朱开祥使出这一手，是经过了一番思谋和筹划的，他要以高调的兑现承诺，逼迫已经离休的金书记兑现他说的话，即便不能达到彻底收拾余有礼的目的，至少也要借此臊一下那位离休书记的皮，给他眼窝里插一棒子柴，同时也狠狠敲打一下余有礼，杀一下这个地头蛇的威风。

王医生性格随和，不端专家的架口，住进医疗站一天就给陈化云留下了很好的印象。余家俊是李汝松的朋友，自然很快就和王医生熟络起来。余家俊这几年参加培训受同行的影响，对时事比较关心，与王医生熟了以后，就问王医生，北京发生的事情究竟是怎么个情况。王医生就把事件发生的过程，以及自己对事件的认识，如实告诉了余家俊，并从包里翻出一个油印的小册子给余家俊看。封面上没有书名，但余家俊翻了两页，就马上意识到，这可能就是人们传说的有名的诗抄，不由得一阵紧张，一阵兴奋。他问王医生，小册子他能不能拿回去看？王医生说可以，但叮嘱他自己看看就行啦，尽量不要传播。

余家俊把小册子揣到怀里，回家吃过晚饭，就跑回学校关上门看起来。小册子不厚，不大一会儿工夫就看完了。他忍不住内心的激动，敲开了隔壁刘老师的门，接着马老师也成了读者，一个学校里唯独绕过了陈校长。几个人都看完，又在一起议论了好一阵子。接下来的几天，余家俊没事就到医疗站跟王医生闲聊。王医生来了以后住在医疗站，陈化云就回家住了，晚上这里就王医生一个人。王医生觉得余家俊是个有头脑的厚道人，又是老同学的好朋友，就不设防地跟他交谈。过了两天，余家俊又领了村里几个念过书的年轻人到医疗站来，渐渐地，这里就形成了一个青年人的聚会点，有点像后来沙龙的味道，只是条件简陋一点儿。

村里出现了异常，自然躲不开余有礼的视线，他问余家俊是怎么回事，余家俊说，年轻人爱听城里的事情，王医生从北京来，见多识广，又很能谝，所以就招人喜欢。尽管余家俊说得轻描淡写，但嗅觉灵敏的余有礼还是嗅出了异味。他把余兴豪叫来询问，余兴豪瞪眼摇头说他不清楚。余有礼骂道："你个闷屁，在你的一亩三分地上发生事情咧，你不清楚，让人把你抬翻过你都不知道。"余兴豪有点紧张，说他晚上去听一下，看他们都说些啥。余有礼说："溜窗根子是你娃的本事吗？你要找个会溜的去呢么。"余兴豪会意地点着头说："我知道，我知道。"

当天晚上余兴豪就跟余有礼汇报，说牛景业听得不太清楚，只是断断续续听见说"周总理""工人小分队""翻案风"等这些他能听懂的话，还有一句好像是啥啥剑出鞘。余有礼抬眼望着窑顶思谋了一会儿，把余兴豪招到跟前，耳语了几句。余兴豪连说"知道知道"，就走了。

余兴豪把牛景业从家里叫出来，悄悄跟他说："你听着的这些话，怕是有政治问题呢，咱要跟上级反映呢。"牛景业立马兴奋起来，急切地说："那我明儿早起就跟朱书记汇报去。"余兴豪止住他说："你瓜咧吗？那个人是朱书记锣鼓喧天送到这达来的，谁知道连书记是啥关系，你给朱书记汇报，不是寻着挨锤锤子呢吗？"牛景业有点茫然："那你说跟谁个汇报呢？"余兴豪思谋着说："我看是这，这事既不能给公社说，也不能让支书知道，咱们直接把事往大里弄，你明儿早起就到县公安局去，把你听着的那些汇报给公安局，这对你娃绝对是一个翻身的好机会。"一听要往公安局汇报，牛景业顿时感觉抓住了一个重大的新动向，激动得心慌肉跳起来。第二天一大早，牛景业就直奔县公安局。

当天晚上九点来钟，一队全副武装的警察悄悄包围了西余家队的场院，北京来的王医生和余家俊等六个青年，一并被押往县城，从王医生的行李中搜出的违禁物品也被同时带走。赶到李汝松安顿好地区的事情，急匆匆赶回来招呼老同学的时候，连去看守所探望的机会都没有了。

公安局连夜突审，认定王医生是参与北京"四五事件"的通缉人员，而余家俊等村里的青年，只交代听了一些城里的热闹，别的什么都没问出来。

第二天晌午，公社对此还浑然不知，余有礼已经踏上去往县城的路。靠近中午，余有礼走进了县委书记的办公室。

县委书记正在看一份文件，见余有礼进来，立马沉下脸，拍着桌子道："好你个余有礼，发生了这么大的事情，你竟然一点儿信息都不给县委透露，你到底想干什么？"

余有礼一脸无辜地叫道："哎呀，天地良心，我村里到底出了啥事情，我一点点儿都不清楚，就知道六个娃娃让公安抓咧，我一早起撑着来，就是要打问一下，娃娃们到底惹下啥麻达咧，那里头还有我侄儿呢。"

县委书记语气严厉地说："住在你村里的那个大夫，是北京通缉的动乱分子，你们窝藏通缉人员，你要承担什么责任你知道吗？"

余有礼惊愕地张大嘴巴，愣了半天才说："你说啥，那个人是北京通缉的动乱分子？我的个天神神，这话咋说呢嘛。"

书记依然严厉地喝道："你别给我装无辜，藏在你村里的人，在你眼皮子底下晃荡，你能不知道来路？这话你去给检察院说！"

余有礼颓然坐在书记对面的椅子上，一脸委屈地嚷道："天哪，这把我冤枉死呢，那个人是我们公社书记朱开祥亲自陪同着到村里来的，我咋能想到朱书记把一个通缉犯藏到我眼皮子底下咧，这不是明摆着陷害我呢吗！"

县委书记瞪大眼睛问:"你说啥?那人是朱开祥送到你那里的?你说明白,到底是怎么回事情。"余有礼拍着大腿说:"确确实实是朱开祥送着来的,公社还来咧一堆人,朱书记让把人安顿到医疗站,还交代要按接待地委领导的规格安排好吃喝。"接着就把那天朱开祥送人来时的情况,详细地给书记讲述了一番。

书记问:"你就没发现什么异常?"余有礼说:"是听到了一些反映,还把西队的队长叫来问过,说是年轻娃娃们爱往他那达跑,好像议论啥事情呢。"书记问:"既然发现了异常现象,为什么不向上级反映?"余有礼说:"哎呀,好我的书记呢,朱书记能把一个通缉犯送到我们村里来藏下,这是我一个老农民敢想的事情吗?再者说咧,两年前我把朱书记得罪了一回,朱书记一直憋着要收拾我呢,石头大咧我不绕着走,还敢对朱书记安排的事情说三道四,把手往磨眼里塞吗?"这时候,书记的脸色缓和了些,语气也软和下来,跟余有礼说:"你说的这些情况很重要,我会安排公安局认真调查,是谁的问题,谁就得承担责任。你也不要着急,案子审理清楚后,该放的人公安局会放的。"

两天后,几个年轻人放回来了,同时传来消息,公社书记朱开祥被隔离审查了。又过了两天,新的公社书记走马上任。紧接着村里也传开了,这一切都是牛景业溜窗根子向上反映的结果。

余家俊刚被放回来就遇上了麻烦。那一回找着露娃后,余家俊又去老教师那里住了一晚上,两人就教学问题进行了深入的探讨。老教师对当前的教学方式很不满意,跟余家俊说了一些自己的想法,余家俊觉得跟自己的想法很对路,回来以后,就经常和刘老师切磋探讨,提出一些改革的想法拿到教师会上商讨,拿到课堂上试验。这些想法总是和陈校长的观点满拧,就引起了陈校长的不快,继而就生出了反感与警觉,认为余家俊和刘老师穿了一条裤子,跟他搞对立,就想着找机会狠狠敲打一下余家俊。这次事件发生,自然就给陈汉荣递上了一个有力的把柄，陈汉荣就有了借此机会把余家俊踢出学校的想法，便私下里跟马老师流露了这个意思，并想从马老师这里打探出余家俊出格的言论，增强踢出余家俊的依据。其实，马老师从个人观点和情感上，是偏向刘老师和余家俊的，他怕余家俊糊里糊涂被人算计，就把事情告诉了余家俊。余家俊当时就慌了神，赶紧去找大伯商量。

余有礼听完侄儿的述说，脸上露出不屑的神情教训道："你能不能学得老成些？就这么个事情嘛，慌慌啥呢？公社书记我都能掀翻过，把他一个烂尻校长，能做出多大的古怪。这事你再不管咧，我给他娃交代。"

第二天，余有礼让老婆拾掇了四个菜，拿出一瓶酒，晚饭时把陈汉荣请到家里喝两盅。

陈汉荣觉得，发生了这样的事情，余家俊的命运已经掌握在自己手里了，余有礼请他喝酒，肯定是觉得余家俊蹨下了麻达，或是听到了什么风声，要替侄儿求情下话，请他高抬贵手，于是就撇着官腔，扬扬自得，要像猫玩老鼠那样，先耍弄一下这位余大拿。

然而，谝了一阵子，陈汉荣就觉得味道有些不对了。余有礼端起酒杯跟陈汉荣说："今儿晚夕是桑树原上两个有霸气的人喝酒呢，就得一干一杯子，不能像你那么抿着喝，那是婆娘们弄的事情嘛。"说着，与陈汉荣一碰，仰脖子干了一杯，接着又说："我是余家磨坊的大拿，你是小学里的一霸，咱两个扳倒架子一样齐。不过，你的学校虽然是官办的，可是在我的地界上呢，俗话说，强龙难压地头蛇，所以，有些事情还不能不把我往眼窝里夹。"

余有礼的这番话让陈汉荣很不受用，但端着人家的酒，还不好立马翻脸，就耐下性子听他说。余有礼又仰脸灌下一杯，继续道："我虽然没啥文化，但是从解放开始，就跟上金书记搞土改，也算是个老资格咧，在长期的工作斗争中，也算总结咧不多的些经验，眼窝里就揉不得沙子。牛国辉仗着地委有个后台，跟我跌跤咧几年，让我一回就撂展咧。朱开祥一直谋算着收拾我呢，也让我掀到沟里去咧。我就思谋着，在咱桑树原上，能放脱咧跟我跩卵子的人，怕是还没养下呢。我想弄的事情，怕是谁个都挡不住吧。"

这些话让陈汉荣有些愤怒了，这明显地就是当面挑衅。陈汉荣正准备发作，余有礼却嘿嘿笑着转变了话题："这都是闲谝，拿话当下酒菜呢，你也不要在意，来来，把菜搛一下。"

又劝下一杯酒，余有礼脸上露出关心的神态说："我听说学校里老早就想扩大教室呢，咋还不见动静，是不是木料还没备齐？要是不够你就说话嘛，涝坝跟前的那几棵柳树，你们随便伐，要是还缺大梁，我老庄子前头那一棵大槐树，你们也就伐咧去，钱多钱少给两个就能成。"

正在这时，余兴豪踅到门前探头进来。余有礼像是愣了一下，接着就笑了，抬手把余兴豪招到跟前："豪娃子你来得正是时间，我正跟陈校长说木料的事情呢。我记得前半年你给陈校长卖咧一棵树，当时卖咧多少钱？"余兴豪说："一百五。"余有礼又问："跟公家买卖都要打条子呢，条子怎么打的？"余兴豪说："条子打咧四百元。"余有礼点点头，转脸跟陈汉荣说："那咱们也就这么弄，陈校长你看咋个项？"

陈汉荣的脸色一下子变得煞白，语塞得说不出话来，心里就恨死了余兴豪。余有礼好像没有察觉，又对余兴豪说："陈校长光思谋学校的事情呢，今晚夕酒都不好好喝，豪娃子，你给陈校长好好敬上三杯。"

余兴豪得令，端起酒杯冲陈汉荣说："喝个酒嘛，你脸咋还白咧，酒你喝惯着呢，事情你也弄惯着呢，害怕啥呢吗，来，咱俩干一个。"

陈汉荣只觉得脊背发凉，屁股底下都流了汗，他木噔噔地喝了那几杯酒，就摇摇晃晃回了学校，此后的日子里，他再也没动过收拾余家俊的心思。过了不久，陈汉荣主动提出申请，调离余家磨坊小学。

余露露坐上吉普车不久就被摇晕了。起先她还有些担心，不知道会把她拉到哪里。但看着来接她的那个中年男人和司机，都是公家人模样，再听他们说话也都是很正经的，也就渐渐放了心。刚坐上小汽车的新奇感过去后，她透过小窗看外面的风景，感觉这个城市大得没边边，先是在城墙里面走，出了城墙还是街道楼房，走了很长时间，刚刚看到一片庄稼地，过一会儿又是街道楼房，走着走着她就迷糊了。

余露露被人叫醒时，小车进了一个很大的院子，下了车四下里看看，周边是十几栋一色的青砖楼。楼都不高，有三层的，有两层的，院子里树很多，随处都是树荫。楼的旁边有菜地，有花园，院子中间还有很大一片平地，长着绿草，娃娃们在上面嬉闹，周围摆着长条椅，坐着些大人。余露露心里惊叹：这不是神仙住的地方吗！

余露露被领进一栋二层小楼的一层，司机帮着把行李拿到过道就退了出去。幽暗的长过道上有五六个门，中年男人带她走进开着的门里。这是一个很大的房间，很多摆设她都叫不上名字，房间里只有两个老人，看上去有七八十岁了。老爷爷坐在一个带轱辘的椅子上，老奶奶坐在一个看上去就很绵软，像床一样的大椅子上。中年男人很恭敬地跟老爷爷说："首长，人接来了。"

两个老人看上去很高兴，满脸都是慈祥的笑容。老奶奶站起来，朝余露露招手："过来，过来，让我们看看。"余露露愣怔着，被中年男人拉了一下才往前走了几步。老奶奶拉起余露露的手，回头给老爷爷说："你看看，多俊的闺女呀。"老爷爷笑着点头，嘴里只说"就是就是，好，好"。余露露听出来了，老爷爷是陕西口音，老奶奶说的是哪里话她听不出来，但能听懂。老奶奶随意问了几句哪里人、做饭洗衣服方面的话，余露露都如实回答了，面试就算通过了。

中年男人给余露露交代她的任务，每天买菜做饭打扫房间，每个礼拜洗一回衣服，再就是每天下午推老爷爷出去转一圈。然后，余露露被领到过道靠里的一个房间，中年男人说，这就是她的房间。余露露被突如其来的幸福惊呆了，没想到她这一辈子，还能住上这么高级的洋房。这个房间虽然不大，可是一应家什齐全，一个柜子和一套桌椅，一张小床上有整洁的被褥。她惊讶地发现，床跟前的一个小柜上还摆着一个电话机，她轻轻拿起来听了一下，里面还有声音。她光顾了欣赏这些，连中年男人啥时候走的都没注意。她在床上坐了一会儿，猛然想起她不是来住店的，就赶紧去把自己的行李搬进来，安顿好后又回到大房间，听候老奶奶给她派活。

老奶奶看了看表，才下午两点来钟，离做晚饭时间还早，就说："今天天气很好，我们仨出去转转，也让小余熟悉一下周围的环境。"于是余露露按照老奶奶的吩咐，推了轮椅出门。

沿着柏油小路慢慢走着，老奶奶给余露露介绍家里和院子里的情况，不时地指给她看买菜的地方、买粮的地方、买生活用品的地方。路上时常遇到熟人，说一些问候和换保姆了之类的话。这一趟转下来，余露露基本知道了院里和家里的情况。老爷爷姓杜，八十二岁，老奶奶姓李，七十八岁，两人都是离休干部。杜爷爷原来是省里的领导，李奶奶原来是省政府的处长，三个孩子都在外地工作，老两口十几年前离休后就住在干休所。杜爷爷运动时挨斗，把腰弄坏了，行动不方便，需要有人照顾。前一个保姆干了好几年，因为年龄大身体又不好辞职了，找一个年轻保姆，是老两口的最大心愿，所以余露露的到来，让老两口很舒心，他们可以走远处转转了。

余露露做的第一顿饭是臊子面，这是她的拿手戏，老两口吃得很开心。吃完饭收拾了碗筷，李奶奶就拉着余露露坐在沙发上，等着看电视。当荧屏上显出人影的时候，余露露吓了一跳，指着屏幕惊问："我的天哪，这里头咋还有人呢，咋进去的？"老两口被她逗乐了，李奶奶拍着她的腿说："我的傻丫头，这是电视机，跟电影和广播是一样的。"余露露不好意思地嘿嘿笑，从此就爱上了这个东西。

经过一段时间试用和磨合，老两口对余露露很是满意。余露露每天都把房间收拾得干干净净，井井有条，再使出浑身解数，变换着花样给老人做饭，洗衣服她也没有按照约定的一周一次，而是顺手就洗，一般不让换洗衣服过夜，只要天气好，她就尽可能推着老人往远处走，让老人多逛一些地方。一个月后，她就取得了两位老人充分的信任，李奶奶直接把一个月的伙食费交给她，由她安排一个月的饭食。杜爷爷爱逛华清池，余露露就经常和李奶奶一起，陪他去华清池。杜爷爷浪得高兴了，就给她指点，这里是皇上的寝宫，那里是贵妃的汤池。有一回还指着半山腰的一个缝隙告诉她，那里就是当年张学良、杨虎城捉拿蒋介石的地方。张学良和杨虎城她没听说过，不过蒋介石她可知道。

或许是自小看惯了赤裸的黄土原地，猛扎子到了苍翠欲滴的骊山脚下，就感觉进入到一个全新的世界，她总觉得这山上有神，整天缥缈着仙气。她暗自思忖：在这里过日子的人仙气沾得多了，怕是早晚都能成仙。

有一回李奶奶领她去泡温泉，她们去的是高干的单间区域，一个池子就她和奶奶两个人，可以脱光了泡。奶奶看着她丰腴饱满的身材，禁不住赞叹："《长恨歌》里说，温泉水滑洗凝脂，这闺女还真有些杨贵妃出水芙蓉的样子。"

露娃不知道长恨歌是个啥，但是推着杜爷爷浪了几趟华清池，已经知道杨贵妃是谁了。听了奶奶的夸赞，面上有些不好意思，心里自是美美的，就嘿嘿笑着顽皮地跟奶奶说："我看过奶奶的照片，奶奶年轻的时候也很漂亮嘛，要是那时候能天天在这里洗，肯定就成皇后娘娘啦。"

奶奶把脸仰在水外，开心地笑着："是啊，我年轻那会儿也是个美人，只是没你这么丰满滑润。唉，你这丫头可惜生在这个年代，要是生在古代，说不定就被哪个皇上看中，一朝选在君王侧了。"露娃心里幽幽地动了一下，在这轻岚缥缈、蒸汽氤氲的氛围中，她蓦然觉得自己就成了杨贵妃，有了些飘飘欲仙的感觉。

余慧芳来看过余露露两次。第一次来，李奶奶知道了是她把余露露领出来的，直夸她办了大好事，给她家介绍了这么好的闺女，还说她俩真像亲姐妹。余慧芳也掩饰不住内心的高兴，给奶奶说："我可没你家闺女那么乖。"到了余露露房间，余慧芳问："在这家怎么样，活累不累？"余露露兴奋地说："这些活算啥呢，这么品麻的日子，受活死咧。"余露露告诉余慧芳，这里冬天有暖气，屋里很暖和，她一个原上冻惯了的人，到外面也感觉不到冷，就是夏天不太好受，不过每天都能洗澡，也就不算啥了。在这里待了这些日子，她觉得自己就是这个院子的人了，可以仰起头来到处浪。

老两口不让余慧芳走，非要留她吃晚饭，余慧芳拗不过，就和余露露一起动手做了饭。吃过饭，李奶奶又给司机班打电话，让派车送余慧芳回城里。

余慧芳第二次来，为了不给老人添麻烦，在门房打电话把余露露叫出去，两人在院子里聊了一阵子。余慧芳告诉余露露，她换了一个地方，也有电话，就把地址和电话号码写给余露露。余慧芳在城里也做保姆，捎带着做一些往城里介绍保姆的事情，从中收取一些中介费，就像后来演艺界的穴头。她之所以没跟余露露收取中介费，一来是对余露露的境遇深感同情，二来两人一见面就觉得投缘，一顿饭就吃成了亲姊妹；再者又是她主动邀余露露跟她出来，余露露没有表示任何怀疑就跟她走了，于是她也就慷慨地把这道手续免掉了。

起初的半年，余露露很少有机会进城，就是进一趟城也是跟车去跟车回，没有自由活动的时间。后来和司机班的人熟了，就在要办事的地方下车，让司机去办别的事情，约好等车的时间和地点，这样她就有机会在城里和余慧芳见面，一起浪浪街，吃点小吃，互通一下情况。有一回时间宽裕，她俩看了一场电影，电影是彩色的，比那些打仗的好看。余露露觉得，西安的羊肉泡馍没有平凉的好吃，一个饼子掐半天，把手都掐疼了，烩出来看着像一碗糊糊，嚼起来还夹生，味道也没有平凉的滋润。这样一来二往，两个人就成了无话不谈的闺密，余露露也就知道了余慧芳的身世。

余慧芳娘家是静宁人，十八岁时嫁到四十里铺，算是从农村到了城边边上。二十五岁那年，男人得了怪病突然死了，扔下了她和两个孩子。她不愿意再嫁人，就和公婆一起生活。两个分家单过的妯娌见她在这里守寡，怀疑她是惦记公婆的几间房子，就有事没事地制造矛盾挑起事端，闹得家里鸡飞狗跳。她舅舅在西安市里，儿子当兵女儿嫁人，老两口年龄大了没人照顾，她妈就让她去陪舅舅过几年。她把两个孩子交给婆婆，自己只身去了西安，躲开那个争争吵吵的是非之地。

在舅舅家生活了不到五年，舅舅、舅母先后谢世，这时候她已经习惯了城市生活，不愿再回农村去。可是她既没有城市户口，也没有工作技能，在城市里不好生存，后来经表妹介绍，到一个领导干部家里当了保姆，在西安站住了脚。在领导家里待久了，接触面自然就扩大了，眼界和想法和以前就有了很大不同，加上她的性情中带有一份男人的豪气，交际能力不断增强，慢慢地积累了一定的社会资源，走到哪里都能如鱼得水，游刃有余，于是也就不断把家乡的女娃带出来，形成了一个不小的保姆团体。

余露露身上也有一股子野性，只是一直没有释放的机会而长期压抑着，和余慧芳认识以后，两个率真的性情碰撞到一起，就有了相见恨晚的感觉。有了这样一位手眼通天的朋友，对于余露露来说，等于找到了一个稳当的靠山，腰杆子也就硬气了，庆幸自己走到哪里都能遇上好人。

余露露在临潼干了四年，杜爷爷去世以后，他们的小儿子不放心老妈一个人在西安，把老太太接去了北京。李奶奶本想把余露露也带到北京，毕竟用惯了，舍不得分开。但北京是首都，没有户口的人很难在那里滞留，再者余露露觉得北京离家太远，又没有余慧芳那样的朋友，自己孤独一个，两眼一抹黑，就会有很多不便，于是婉言谢绝了奶奶的好意。

离开干休所，余露露先在余慧芳那里住了几天，经人介绍又到一个副局长家做家务。这时候，市场经济已经开始松动，私人营业也开始冒头，余慧芳不做保姆了，和两个朋友合伙，开了一个两间门面的私人小饭馆，朋友负责后厨采买，她负责前台招呼，一天到晚忙得不可开交，也没多少时间陪伴余露露。

余露露新去的这一家，在城墙东南角外不远处，离兴庆公园很近，是一个有几栋楼的住宅区。这是一个五口之家，中年夫妇带着三个孩子。男主人四十七八岁，是省级机关的副局长，官挺大，女主人年龄相当，是一所中学的老师，两个儿子上中学，一个女儿上小学。女主人有慢性肾病，不能过于劳累，每天上班已经力所不及，给孩子做饭洗衣就无能为力了，只得雇保姆帮着打理家务。他们住的是新建的楼房，一间客厅之外，还有四间房子，厨房和卫生间都很大，厨房兼代餐厅，卫生间里有浴盆和抽水马桶。这时候，液化气还没有进入城市家庭，高干的家里已经有了，一应设施比杜爷爷家还要先进。

夫妇二人对余露露很客气，但家庭氛围没有杜爷爷家里宽松。好在余露露手脚勤快有眼色，相处得比较融洽。每天晚上，女主人都把买菜的钱放在客厅的茶几上，余露露做完早餐，收拾完房间就去买菜，准备午饭。这家的劳动强度明显比杜爷爷家高，特别是几个孩子的房间，就没有收拾清楚的时候，不过夫妇二人走后，他们的卧室是锁着的，每星期当着女主人的面打扫两次，这也给余露露减轻一些劳动。平时大人娃娃走后，家里就余露露一个人，她下午可以抽空到兴庆公园转转，或是到余慧芳那里小坐一会儿。

余露露已经习惯了做保姆的营生，这家的活虽然多一些，可给的钱也多，每月四十元，和一个二级工的工资差不多。心里没事日子过得就快，余露露是春天到的这家，转眼就到了第二年夏天。这年春节过后，男主人调了一个单位，虽然还是副局长，可是岗位更重要了，外面的应酬也就多了起来，经常不回家吃晚饭，夜里回来也都带着酒气，余露露就得给他放洗澡水，等他洗完澡进了卧室，才能清洗完浴盆回房休息，这无形中又给她增添了一份劳动。

一天下午，外面天气很热，余露露没有出门，穿一身薄睡衣坐在客厅吹电风扇，男主人突然一脸酒气地回来了。看着他汗流浃背的样子，余露露忙起身去放洗澡水，让他洗洗澡凉快一下。

头天晚上孩子们洗完澡，浴盆没来得及清洗，盆边上有一圈污垢，余露露赶紧拿丝瓜瓢子擦洗。忽然，她觉得一个身体靠近了她，浓浓的酒气喷洒在她的脖颈里，紧跟着一双大手捧住了她的前胸，并急切地揉捏起来。这突如其来的举动，使她在惊恐之余，也一下子撩拨起了压抑已久的激情，她呻吟一声，身子就瘫软下去，俯卧在浴盆边沿上。这时候她觉得一个炽热的身体从后面裹住了她，余露露一阵迷糊，坠入到五里雾中。不知道过了多长时间，五迷三道的余露露觉得自己的身体飘了起来，飘出浴室，飘进了她的房间，又飘到了她的床上，接着，衣裳飘落了，一个沉重的身体向她俯压下来，让她再次迷蒙过去。

　　此后一段时间，这种事情似乎成了惯常，男主人时不时下午回来，把那种节奏操演一番。不过每次操演完，男主人都是立马走人，不在家里停留，直到夜里满身酒气地回来。男主人在家总是不苟言笑一本正经，从来不跟余露露眉眼传递，只是在没人的时候，偶尔在工钱之外，给余露露一点儿外快，他们的事情一直掩盖得很好。直到一天下午，他们耕云播雨之后，男主人走出房门，却在门口呆住了。余露露从他身后探头一看，惊得魂魄出窍，脊骨发凉。只见女主人在过道里，端坐在一把椅子上，面色平静地迎候着他们。

　　后面的两个小时，家里异常平静，没有歇斯底里的哭闹，更没有摔碟子踩碗的厮打，有的只是男主人垂头丧气地坐在沙发上，不断地忏悔与道歉。下午孩子们回来之前，余露露被扫地出门了。

　　走投无路的余露露，带着自己的东西去找余慧芳。这一年多时间，余慧芳的生意有了很大起色，门面由原来的两间扩大到四间，中午晚上客流不断。余慧芳店里正忙，把钥匙给了余露露，让她自己先回去。晚上余慧芳回来得很晚，而且一脸疲惫，余露露就没有跟她说自己的事情，两人洗洗睡了。

　　第二天余慧芳走后，余露露在跟前的小卖部里，给男主人打了个电话，对方一听她的声音，说了句"不要再给我打电话"就挂了，再打过去就是忙音。余露露一腔怒火满肚子怨气没地方发泄，只能到店里去找余慧芳商量。中午饭点过后店里安静下来，余慧芳才有机会问余露露，怎么突然就回来了？余露露这才把事情的前前后后哭诉了一番。余慧芳一听就炸了锅，跟余露露要了电话号码起身去打电话，余露露也跟了过去。

余慧芳拨通电话，以极快的速度自报家门："马局长，我是余露露的姐，你今儿要是再把电话挂了，明儿早起我们就到你机关里去，不信你就挂！"余露露隔着听筒能听到，对方好像愣了一下，然后用颇不耐烦的语气说："有啥话你说。"

余慧芳接着说："事情出了，就要想办法妥善解决呢，你以为不接电话事情就能过去吗？"电话里传来强硬的声音："你想怎么办？"余慧芳说："我没想怎么办，怎么办应该是你想的。"

"我没有什么可想到，我现在也很狼狈。"电话里还是那种强硬口气。余慧芳马上就呛了回去："你狼狈不狼狈跟我们没有关系，事情是你惹下的，照你的意思，你把人整了就白整了吗？那我看就是这，明儿个我们就到你机关里，找你的上级把事情说道一下，回头我们再到公安局，报一个强奸案，再不成我这达还有百十个保姆呢，我招呼上到省委机关和你家院子里弄一回游行，你看咋个项？"

电话那头沉默着，没有声音。余慧芳又接着说："你是个当领导的男人，是长安城有头有脸的官员，我们就是个老百姓，我们能豁出去不要脸，你可不敢不要脸，男人嘛，弄下事情就要认账呢，这么个事情都不敢认，那就成失八欻咧。我把该说的话都说了，是你的名声地位重要，还是赔礼道歉赔偿损失重要？你个人家看着掂量！"

过了好一会儿，电话里才传来一个疲惫的声音，语气已经不再强硬了："你的意思是——"还没等他说完，余慧芳马上截住他的话说："我说了，我们没有啥意思，啥意思都要你拿呢，我想你一个高干，不至于把那点意思弄成不好意思吧？"那头又沉默了一下，说："你看这样好不好，后天下午两点半，咱们找个地方商量一下。"余慧芳说："也没啥商量的，一次把事情解决了，以后谁也不见谁。我看就在兴庆公园，沉香阁西面廊檐底下见。"说完就把电话挂了。

余露露面临的一个重大事项，在余慧芳手里十来分钟就解决了。余露露在佩服余慧芳能力的同时还是有些不放心，问余慧芳："后天他当真能来？"余慧芳说："你放心，这些屁东西就能欺负软弱的老百姓，你要真给他来狠的他就屁了，后天他肯定来，他的乌纱帽比他的性命还重要。"

这两天，余露露反正没事，就在店里给余慧芳帮忙。到了约定的时间，两人去了兴庆公园。余露露还有些嘀咕，他会不会带几个人来把咱们打一顿？余慧芳说："他还胆子大得病犯了，他要不害怕倒灶就那么干。看你这点儿胆子，咋在长安城里闯社会呢？"说得余露露满脸羞臊。

两人刚在回廊栏杆上坐定，就见马局长提着包包，从大门那边日急慌忙地走过来，到了跟前把包包挎在胳膊上，双手抱拳当胸，赔着笑脸作揖说："哎呀，对不住得很，这几天老婆住院，家里外面几头子，把我弄得焦头烂额，那天跟小余态度不好，抱歉抱歉。"

余露露一看眼前这个人，早已没有了平时的架口，脸皮浮肿，眼窝下陷，完全一个陕西愣娃鼻青脸肿的样子。三个人在回廊拐角处斜对面坐下，开始谈判。余露露按照余慧芳的吩咐，一副受害人的样子坐在一旁不吭声，余慧芳板着脸充当谈判主角。

余慧芳说："马局长，咱明人不说暗话，我们干保姆的，这些年伺候过的省上领导也多了，跟领导们反映个情况不是啥难事，我们别的不说，只要一个公道。你老婆将人家扫地出门，我们能理解，哪个女人遇上这种事情，不是一哭二闹三上吊？可你不能装懵懂，总得有个解决问题的办法。"

男人赔着笑脸点头说："那是那是，都是我的不对，当时心里泼烦，态度就有些不好，对不起，我愿意赔偿，你们能不能说个数字？"余慧芳说：

"要是在旧社会，你娶个二房也得花下一堆银子，我们这么漂亮的女子让你受活了多半年，你总不能干指头蘸盐吧。"

接下来马局长当着两个女人的面，诉说了一番自己的苦衷。他的小女儿出生以后，妻子就得了慢性肾炎，多方求医不见好转，两人有十年不行房事了。他是一个健康正常的男人，生理心理双重的需要，时常折磨得他痛苦不堪，于是借着酒劲就弄下这倒灶的事情，没想到竟然弄到这种地步。

马局长从包里掏出一个信封，双手递给余慧芳："余大姐，这里头是两千元，算是我给小余的赔偿，你看咋样？"

余慧芳没接信封，撇了一下嘴："拿两千元就想把人打发了，我们也太便宜了吧？"

马局长涨红着脸说："好我的大姐呢，我是个吃公家饭的，一个月就百十元工资，还有三个娃娃，这些钱是我从机关财务借的，要还好几年呢。"余慧芳把脸扭到一边，仿佛没听到他的话。

停了一下，马局长好像下了很大决心，打开提包又拿出一个信封递过来："再加上一千，这成了吧，杀人不过头点地，你两个高抬贵手就饶我这一回咋样。"余慧芳这会子脸上才活泛了一些，接过两个信封说："行了，我们也不是不讲道理的人，从今往后咱们井水不犯河水，再不提这事了。"

马局长赶紧起身说："那就好，我机关里还有一堆事情，医院里还躺着一个，我再不敢耽搁。"说着话，提起包包一溜烟跑了。

晚上回到家里，余露露把钱分成两半，要把一半给余慧芳，余慧芳拧一把她的脸笑着说："花你的卖身钱，我成啥了，你把我当老鸨子吗？"两人嬉闹着翻滚到床上。闹腾了一会儿，两人坐在床上拥着被窝说话。余慧芳说："妹子，你的这个个性，又不识几个字，在大城市里混日子很难，我觉谋着，你还是早些回去，找个好下家，过个安稳日子。"

余露露嘟起嘴，不情愿地说："我不想回去，我还想跟你混呢。"

余慧芳拉起她的手，亲切地说："我的瓜妹子，你跟我混到啥时候是一站,不是姐不留你,是你跟我不一样,你还年轻又没有拖累,不像我,唉。"余慧芳叹息了一阵接着说:"你说我现在,一个半老婆娘,还有两个娃娃,嫁个农民我不情愿,嫁个城里人没人要我。我现在就想着挣些钱,把两个娃娃安顿好,我这一辈子也就下场了。我知道,你现在回去再当农民,肯定下不了那个苦,不过现在的社会,一个万元户就很风光,今天的三千,加上你这几年攒下的钱,也是半个万元户了,回去在公社跟前,在县城里头开个小买卖,嫁个男人养个娃,就把后半辈子过完了。"

余露露眼中溢出了眼泪,低声说:"我就舍不下你嘛。"余慧芳抚着她的手背说:"尽说瓜话呢,天下没有不散的筵席,你跟我能守一辈子吗?再说了,就你这个俊模样,还有你这一对大奶,就有惹不完的麻达,我能护你一回两回,总有护不住的时候,要是让这东西惹下大麻达,说啥都晚了。"说着顺手在余露露的胸上抓了一把。余露露忍不住破涕为笑。

这是冰河解冻、地气回升的日子,余慧芳帮着余露露整理好携带的东西,送余露露到长途车站。结识六年多来,两人一直在同一座城市生活,虽不能朝夕相处,但也经常见面,余慧芳总是像亲姐姐一样照顾着小妹妹,帮她解决了很多问题,这次离别何时再见,谁也说不清楚。一路上,两个女人依偎在一起,有说不完的话,直到长途汽车启动的喇叭响起来,两人才依依不舍地分开,余露露挥泪踏上了归乡的班车。

从公社化到联产承包责任制,再到分田到户,这是一段艰难的历程。桑树原上的人们听到安徽开始分田到户的消息,不禁吓了一跳,这不是又回到资本主义复辟的老路上了吗?然而,当分田到户在全国许多地方逐渐推开的时候，桑树原上的人们也坐不住了，纷纷开始谋算分田到户的事情。合作十年一直风调雨顺的余有礼、余有权老兄弟俩，这时候却产生了严重的分歧。余有权按捺不住内心的激动，鼓动人们一起努力，往分田到户的路上走。而余有礼则认为，这是公然砍社会主义大旗，搞资本主义复辟，坚决予以抵制。老哥俩为此没少吵嘴，几乎到了翻脸的程度，然而谁也说服不了谁。

这天晚上，余有礼备了两个菜，拿出一瓶酒，邀余有权到家里来，打算喝着酒，和这个不知高低的老八好好沟通一下，把思想调整到一个路数上。余有权自然不拒绝好酒好菜，进门后大大咧咧地往炕上一坐，端起酒杯就喝，抄起筷子就吃，根本不拿自己当外人，嫂子不待见的脸色他也毫不在乎。

几杯酒落肚，余有礼才开腔说话："老八，这些天怕是激动红火得劲大咧吧，咱把那逛鬼劲收敛着些，干啥事稳当些能成吗？"余有权把端着的酒杯放在炕桌上，瞪着眼睛吃惊地问："我哪达不稳当咧？"

余有礼也把酒杯放下，端正了脸色郑重地说："分田到户，那是牵扯国家大政方针的事情，咱一个平头老百姓，能不能再不胡骚情？你娃没吃过亏，吆上一帮子愣尿胡跳弹，你是寻着招祸呢。"余有权不以为然地摆摆手，又端起酒杯："我招啥祸呢，我跟你说，老大，我的脑子清楚得很，这一回是你把形势估计错咧，现在国家的大政方针，已经从阶级斗争转变到经济建设上来咧，啥是个经济建设，就是让老百姓过上好日子嘛。"

余有礼乜斜着眼睛瞅着老八说："社会主义这么好的，你还想过啥好日子呢？"

这话余有权不爱听了，把酒杯往炕桌上一蹾，有些激动地说："好我的大哥呢，你的三个娃娃，两个在外挣大钱着呢，你的日子过得品麻谁都没说头，可是社员们过的啥日子，你真的就不知道吗？村里多少人家炕上连个毡都没有，五口人只有三四个碗，这是人过的日子吗？"余有礼也有些动气："你们到底想干啥呢？走资本主义道路就是你们理想的好日子？"

余有权慷慨激昂起来："我们不想干啥，就想把日子过好。我给你说，老大，我这个人没有多大的理想抱负，就想在我这一任上，让余家磨坊成年有余粮，歉年不挨饿，身底下有个毡，身上头有个被，再过几年，把住咧多少辈子的窑洞撇过，也在原上住一回房子。"

余有礼已经上火了，一颗心有了暴跳如雷的感觉。然而他知道，他的暴跳如雷在这位老八面前起不了作用，他只能控制住自己，让他的怒气不要在脸上表现出来，但说出来的话还是硬撅撅的："咱这个原上，自古以来就是靠天吃饭，老天爷不给好脸，你就是有上天的本事也干蛋，你咋就能保证把地分咧日子就能过好？"余有权又自斟自饮一杯，心平气和地道："老天爷给脸是一个方面，能不能下劲务劳又是一个方面，人不亏地，地不亏人，自留地跟大田里的庄稼比一下，长势和收成，这就是最好的证明。现在社会主义大锅饭吃着是松泛，可是这半饱子日子把人都弄成懒汉咧，我就不相信，懒尿能把日子过好。"

从余有礼二十多年从政经验看，现在对于分田到户虽然吵吵得很厉害，可县里和公社都讳莫如深，迟迟不肯表态，这就说明上面的态度还不明确，何去何从还没有拍板定夺，会不会又像"反右"那样，先来个引蛇出洞，回头再秋后算账。老八没经历过这些，不知道厉害，只是看着邻村闹腾得红火，要在春播前把地分了，就被撩拨得心里刺痒，吆上一帮子人胡跳弹。他们两人，在外是支部书记和大队长，回到家里，是一个爷爷的堂兄弟，跟老八合作，他不愿意做老八说的那样，一把手把壶尿满了，二把手没地方尿的事情，什么事都商量着来。这十年，虽然也有些磕绊，但大的事情上还是保持一致，没有什么分歧。但这次情况不同了，这是关乎社会主义性质和颜色的问题，弄不好又得引起一场激烈的阶级斗争，那顶资本主义复辟的帽子戴到头上，可不是闹着玩的。于是他决心敲打一下这个混世魔王，板起脸来说："老八，你现在这思想危险得很，弄不好要犯政治错误呢。放着社会主义康庄大道你不走，非要往资本主义道路上跑，分田到户就是搞资本主义复辟，就是要让人们走回头路，吃二遍苦，受二茬罪！"

余有权根本不买这个账，嘿嘿冷笑两声："哎呀，我的哥吔，你都当咧几十年干部咧，这哄鬼的话你还相信呢吗？远的咱们不说，就说二大在世的那些年，咱们家里啥时候为肚子发过愁，你再看新良那娃，那么结实的身体，一个歉年就弄成那个样子咧。"

余有权说的是东余家队那个壮汉刘新良，前两年又遇上饥馑，饿得招不住时偷刨地里的洋芋种子，被看地的焕子搂了一火枪，失去了劳动能力。

余有礼深知"囤里没粮，心里发慌"的道理，可是在事关政治方向的"大是大非"问题面前，他是丝毫不能马虎的，"饿死事小，失节事大"。社员们能不能吃饱肚子，那得看老天爷的意思，至于走什么样的道路，却要看上级领导的意思，没有上级领导的明确指示，你就是人人扎脖子，说下大天来，也别想过他这道坎。他知道，即便软硬兼施，也难说服老八这头犟驴，于是沉下脸来撂出狠话："你们就是把天说破，我也不能跟上你们往错误的路上走，除非我不当这个支书，你们想干啥就干啥去！"

兄弟俩的又一次沟通，还是以不欢而散告终。

露娃的再次归来，同样在村里引起了震动。人们看着一身城里人打扮的露娃，就像看一个外国来的洋人，纷纷议论着露娃这几年在外面发了大财。出乎露娃预料的是，她父亲没有像上次那样，恶语相向拒绝她进门，而是很客气地接纳了她，仿佛接待一位多年不见的贵客，弄得露娃很有些不自在，也很不适应。

其实这里面是有原因的。去年麦季过后，海娃到地区打了一段时间短工，临走的时候，余兴汉让海娃把那块手表带上，到城里找人估一下，看是不是值钱。海娃进城以后，抽空到一家钟表店去，店里的主任拿着表反复看了，也听了，认为是个好东西，正经的原装货。然后又把坐在一个玻璃窗子里面的修表师傅叫出来一起看。修表师傅把表托在手心端详了一阵，又贴在耳朵上听了一会儿，点着头对主任说："没问题，难得的瑞士原装货。这种款式是列在十大名表之内的。"海娃不懂什么原装货、十大名表，他操心的只是能值多少钱。修表师傅征得海娃同意后，打开后盖，往眼窝上夹一个筒状的东西瞄着看，然后说，这表从来没有打开过，钻石齐全，状况很好，少说也值三四千元。

海娃把这个消息带回家，余兴汉心里的郁闷一下子化解了，他做梦也没想到，女儿的逃婚，在给他带来泼烦与麻达，让他感受郁闷和木囊的同时，也让他两头获利，着实地发了一笔大财。一条桑树原上，还有谁家的女子能换出这样的大价钱，这才真正是桑树原上的人物尖尖。他突然觉得，他的女子不再是他的灾星，而是他头顶高照的福星，是给他幸福的贵人。除去那一千五百元彩礼钱，单这一块手表就能卖三四千元，这是两匹好骡子的价钱。有了这些钱，一个生产队长算个啥，挖洞子的劳累和别人的白眼又算个啥，他余兴汉仍然是余家磨坊首屈一指的财东。

尽管父母的态度来了个一百八十度大转弯，可是露娃回家以后，还是觉得很不自在。这个时候，正是联产承包责任制向分田到户过渡时期，生产队已经名存实亡，人人都在承包地里忙活，来不得半点溜奸耍滑。过去那种松散的集体劳动没有了，不会干农活且又下不了那份苦的露娃，就失去了蒸馍里混卷子的机会，只能在家里做做饭，喂喂猪。然而，即使父母和海娃都不说啥，海娃媳妇的脸却是很不好看，认为四个人劳动养活一个吃白饭的，是一件很不划算的事情，于是刚见面时的亲热劲过去不久，就开始摔碟子跘碗撂白话了。

露娃到学校去找余家俊，一来叙旧，二来让余家俊帮她出个主意，干点啥好。新的学年开始不久，早已轻车熟路的余家俊课时也不紧张，而且初春时节，地里也没有多少活干，有大段的空闲时间和她聊天。

两个即将步入中年的人相向而坐，青春的激情已经悄然遁去，留下来的是发自内心的、起于童稚的信任与依恋。露娃给余家俊讲述了自己出走以后，如何在旅馆遇上了余慧芳，余慧芳如何带她去了西安，以及这几年在西安的生活经历和见闻，说到艰涩处泪水涟涟，说到高兴处又破涕为笑。余家俊一直聚精会神听她述说，间或也插进几句关切的询问。等露娃讲述完以后，余家俊也跟她说了这些年家乡的变化，以及自己的生活状况。露娃跟余家俊说，这些年她在外面攒下了一些钱，做个小买卖足够了，让余家俊帮她拿个主意，做点什么好。余家俊想了想说，这些年，公社以及周边的单位，像学校、医院等都扩大了，人员增加了不少，而且原上也有了集市，也在公社跟前，三天一小集，五天一大集，跟集的人也不少，要是能在那附近租房开个饭馆，生意肯定不会错。

余家俊虽然只是在村里教小学，可他本身就是一个有主见的精明人，再加上每年两次培训，与四乡八里的同行接触，交换信息，明白的事情自然比普通农民多，尽管在自己的事情上时常犯迷糊，但给别人出谋划策，却是思维缜密，考量到位。他跟露娃商量了能做哪些饭食，以什么风味为主，以什么东西为辅，租多大门面，雇几个人，如何采购，如何经营，等等。商量完这些，又跟露娃说，如果想好了决心做，他可以陪着去看房子，办证以及采买方面的事情他也可以帮着联系。最后商定，以原上人特别钟情的饸饹和陕西特色岐山臊子面为主业，捎带着炒几个家常菜，再经营些头蹄下水和卤肉等下酒菜。这两年农村的日子好过了一些，喝酒的风气也就冉冉升起，特别是年轻人，有事没事都要凑在一起来上两口。余家俊说，开这么个饭馆，不论大小，只要能满足周边人们吃饭喝酒的需求，生意就能做下去。

晚上吃饭的时候，露娃把她的想法，以及和余家俊商量的结果，和盘给家人托出来，征求家人的意见。余兴汉没经历过这种事情，摸不清市场门道，是支持还是反对，一时间拿不定主意。不过他有一个根深蒂固的观念，有钱放在家里最安全，拿出去做买卖，赚了倒还好说，要是亏了呢？他认为，在这个家里，不管谁在哪里挣了钱，都是这个家的，说白了就应该由他来掌握，不能自己擅作主张，想干啥就干啥。何况开饭馆的主意是余家俊出的，尽管余家俊曾替他说话，把他从"四类分子"堆里解放出来，但把他放到那个堆堆里的，就是他们那一支余家人，所以他心里的那个疙瘩始终还是解不开。而且他一直认为当初拆散露娃和余家俊是正确的，特别是知道了那块手表的价值，和今天露娃要投资开饭馆，他就更加认定自己决定的正确。当初要是把露娃嫁给余家俊，到现在还不是穷尿一个？到哪里去弄这万元户的家当。这么想着，首先就对余家俊的主意存了一份反感。

然而，海娃两口子听完露娃的想法，立马异口同声表示赞同。海娃闯荡过社会，脑筋活络，知道现在国家政策的改变，既然他姐有钱投资饭馆，何乐而不为呢。海娃媳妇的想法就有所不同，她觉得这个突然归来的大姑姐，虽然长得漂亮，但是不会干地里的活，又下不了垄沟里的苦，给家里帮不了什么忙，她能出去干自己的事情，家里也就不用养活一个吃白饭的废物。况且如果她的饭馆开成了，作为自家人，去她馆子里吃点好的，她总不能不给吃吧。

一家人各怀心思讨论这件事情，思路就有很大不同。她妈问露娃："女子，你这些年在外挣咧多少钱，开一个饭馆子，没有一头牛的价钱怕是开不成吧？"露娃说："我这些年靠伺候人挣咧些钱，我估摸着够呢，实在不行，还有我的那个手表呢，把那个卖咧啥事都能弄成。"

一听这话，余兴汉急了，连忙喊了起来："那不成，那个手表是你给我赔下的彩礼钱，那是我的，你想都不要想。"露娃转脸正色地跟父亲说："大，咱说话要凭良心呢，把我嫁给那个烂干货，过咧不到一年，你就白落了一千五，我的那个手表最少能值三千，你就等于把你女子卖咧两回好价钱。"余兴汉急赤白脸地说："那一千五给你兄弟娶媳妇都花光咧，现在就剩这个表咧，你还想要呢。"海娃媳妇不高兴了，嚷嚷道："大，你把话好好说，我的彩礼钱就七百，啥时候花咧你一千五？"这一下，余兴汉的嘴被驴踢了，闷下头不再吭声。

露娃觉得只有海娃的心思和自己对路，就把饭碗丢给她妈，叫海娃到自己窑里去商量。说到雇人的问题，海娃提了一个建议，反正得雇人，还不如肥水不流外人田，让他媳妇跟着一起干，自家人总比外人放心些。露娃觉得这话也有道理，就同意了他的建议。露娃说："干脆是这，我给你钱，买上一头好些的驴，大和妈都老咧，还是少下些苦，农忙的时间，驴在家里干活，农闲的时间，也帮我买些东西。"这件事就这样商量妥当了。

露娃在西安几年，从余慧芳身上学了一些干脆利落的作风，在余家俊和海娃的帮助下，赶到春播之后，"露露面馆"在公社跟前的公路旁边正式开张啦。这无疑是桑树原上的一件新鲜事，公社周边单位的人、赶集的人、路过这里的汽车司机，都到这里来尝新鲜，吃便饭，生意颇为红火，时间不久，这里俨然成了桑树原上的社交场所。

这是一个两大开间的店面，后面带一个挺大的后厨。店面里两张圆桌被安置在简易隔出的雅间，具备宴请功能，四五张方桌条凳，安排在店堂里，也不显得拥挤。后厨一个长灶台上坐着两只大锅，一只上面架着饸饹床子。店里一共五个人，还有一个专事烹炒的小炉灶。露娃自己主理红案，她特意把张翠翠请来和弟媳妇一起主理白案，一个小伙子专司担水与压饸饹，一个女娃剥葱择菜招呼前堂。

很多人来这里吃饭，是因为这里饭菜味道好，价格实惠，也有一些人是专意跑来看一看桑树原上的美女，现在是个什么样子，是不是还如以前那么水灵。露娃虽然颠沛流离了十年，由于没下过大苦，又没生过娃娃，身材和模样依然保持得很好，这便也成了人们欣赏的一道风景，很有些卓文君当垆卖酒的意思，于是开店不久，"饸饹西施"的名声就在原上传开了。每天饭点以外，也还总有一些酒鬼闲汉聚在这里吃五喝六地划拳喝酒，间带着跟老板娘插科打诨。露娃在大城市闯荡了几年，应付这些早已游刃有余，有时候一句话就把闲汉怼到墙角里，使他们不敢过分造次。

不光原上的人们把这里当成了社交场所，县里来的干部，也常被招呼到这里用餐。这个时候，计划生育已经在全国轰轰烈烈推广开来，抓计划生育成了当前最主要的一项工作。一天中午，县卫生局的领导检查完工作，被请进饭馆用餐。

卫生局的领导就特别讲究卫生，他们让前堂的女娃用开水烫洗了碗筷，带队的女局长可能是嫌乡村干部不刷牙，和他们一个碟子里戳腾不卫生，特意招呼女娃拿几双公筷子过来。这一下让没见过世面的女娃难心了，又不敢去问露娃，就急得满地转悠着搓指头。客人们等了一会儿不见动静，就冲女娃喊起来："你这女子咋弄着呢，让拿个公筷子，这半天还拿不来？"女娃没办法，拿了一把筷子嗫嚅着过来说："领导，我实实地看不来哪个是公的，哪个是母的，你们个人挑一下。"一桌子人被惹得哄堂大笑。

露娃不知道发生了什么事情，赶紧从后堂跑出来。女局长捂着肚子对露娃说："你这个漂亮精明的女老板，可要好好提高一下员工素质，服务质量不高，怎么扩大经营呢。"女娃羞得满脸通红，呆立在那里不知所措。露娃打发女娃到后厨去帮忙，自己招呼这拨客人。

送走客人，店堂里安静下来，露娃给自己倒了一碗水，准备休息一下，几个人一起吃饭。这时店门外忽然踅进一个人来，一身极不协调的光鲜穿戴，却掩饰不住一身的猥琐，一顶黄军帽下，敞着一件灰色的西装领衫子，蓝裤子下又是一双黄球鞋。露娃赶忙起身迎上去，却见这人冲她咧开嘴笑。仔细一看，心里不禁一惊：原来是章家坡的那个男人。

露娃定了定神，沉下脸来问："你到这达来干啥呢？"男人猥琐地笑着说："我听人说你在这达开咧个铺子，我不相信就过来看一下。"说着翻着眼睛四下里瞅，又说："这生意还好着呢嘛。"露娃没好气地说："要吃个啥就掏钱，不吃咧就走。"男人觍着脸说："也不想吃个啥，就想跟你说两句话呢。"

露娃抄起桌上的一块抹布朝他挥一挥："不吃咧就走，少在这达胡骚情，我连你是俩哑巴见面没说的。"男人连忙抬手挡在面前说："你先不要赶嘛，我想着在你这达入个股，咱两个一搭里干，你看咋个项？"露娃不耐烦地挥着抹布:"赶紧走,就你这个尿样子,让人一见就饱咧,还吃啥饭呢。"连推带搡地送出了门。

这一折子,被后厨的弟媳妇看在了眼里,跑过来问:"姐,那是个谁?"露娃气恨恨地说:"还能有谁,章家坡里的那个货嘛。"弟媳妇惊讶地瞪大了眼睛:"我的妈呀,你原先嫁的就是个这?咱们那个大也太亏人咧!"露娃既气愤又悲哀地说:"你当啥呢,咱们那个大,除过票子再啥都认不得。"

饭馆开业以后,余家俊时常到这里来坐坐,一来在这里跟露娃说话方便,可以敞开了聊;二来多少也给露娃帮凑点生意。自从李汝松调走,他到公社来就没有了歇脚的地方,露娃的饭馆,正好弥补了这一缺憾。余家俊来这里,不仅露娃喜欢,张翠翠也很高兴,家俊点了饭菜,翠翠就可劲往碟子碗里盛,露娃笑着揶揄翠翠:"我还没好意思表现呢,你就先弄欢实咧。"翠翠就梗着脖子嚷起来:"我还不是招呼你的人着呢吗。"

余家俊这些年日子过得很平静,父母一年年见老,儿子一年年长大,现在已经上三年级了。原本他和菊梅还想再生两个娃,可是菊梅的肚子好像又恢复到了刚结婚时的样子。他把当年老师开的方子拿出来,让陈化云做了加减,又让菊梅吃了几个月,气色有了明显的好转,可是肚子刚刚有了点动静,计划生育开始了,他们的想法也就随之打了水漂。好在这些年随着国家经济的发展,民办教师的待遇也随之提高,现在已经涨到每月三十八元,联产承包责任制开始以后,没有了挣工分一说,给队里交的那一部分也就免了,全部进了自己的口袋。土地承包时,家里劳力少,他们承包的地不多,主要由菊梅操持,家俊也把所有的课余时间全都用到地里,日子过得还是不错,唯一的遗憾就是娃娃少了,太孤单。他把这些心事也都跟露娃说了,露娃安慰他,能有个娃就好着呢,像她这样,眼见快四十了连个家都没有,这辈子恐怕是没后人了。

这一天，余家俊上完早上的两节课，到公社去办事，出来后已近中午，就进了露娃的饭馆。这时候已近麦季，地里基本上没啥活，就等着过些天收麦子了，原野上到处飘荡着麦子的清香。坐在窗户下的一张桌前跟露娃说了一会儿话，就到饭点了，露娃开始忙活起来。

余家俊要了一碗饸饹面和一小碟猪头肉，慢慢地吃着，等露娃忙完以后，再说几句话就该回去了。这时候店里呼啦啦进来八九个汉子，吆五喝六地点了饭菜，就在雅间里划拳喝起酒来。起初余家俊没在意，这两年这种场面见惯了，不足为奇。可是渐渐地他们的谈话引起了余家俊的注意。一个年轻人跟一个年龄大一些、满脸胡子茬儿的人说："队长，这些日子过得淡呱呱的，怕有十天没见酒咧。"一帮人也应和着。年轻人又说："还是要再罚些款呢，要不，咱们的酒钱饭钱都断咧。"

胡子茬儿队长把酒杯往桌上一蹾，抹着嘴说："你说得对着呢，我看是这，从明儿起，咱把这一条原上挨村挨户再捋抹一遍，抓住不交税费的、倒腾承包地的、怀二胎的就往死里罚，我就不信还能把酒钱断咧。"一帮人兴高采烈地举起酒杯连声吆喝："好好，干杯干杯！"

余家俊听明白了，这帮子货是公社组织的综合检查队。一年来，这帮人打着政策的旗号胡作非为，中饱私囊，把一条原上整得鸡飞狗跳。余家俊心想，原本督促检查政策落实的事情，倒是给这一帮子愣尻二货找了个好光阴，于是气不打一处来，忍不住一拍桌子骂了一句："世风日下，哪里来的这些苍蝇！"

露娃不知道发生了什么事，赶紧跑过来问咋啦。余家俊冲她挤挤眼睛，示意是骂那帮人，就出门走了。

32

分田到户让人们欢欣鼓舞，对未来充满无限憧憬的时候，余家俊却遇上了一件难心的大事。县里要给民办教师集体转正，这原本是一件大好事，然而，开出的条件却让余家俊大失所望，心情灰败到了极点。知识化、专业化、年轻化，这三条余家俊一条也不沾边。面对这种四六不靠的局面，余家俊完全没有了指望，这时候他才真正体会到，那年二哥说的"啥事情都得靠自己努力，大爹的权力能够帮你一时，可帮不了一世"那句话的分量。大伯早就不当支书了，他已完全失去了权力的依靠，再也不会有人为他铺路架桥了。

就在为分田到户大伯和八叔闹得不可开交，几乎到了形同路人的时候，已经升到师职的二哥调任一个专区的军分区政委，举家迁往专区，宝鸡的一套大房子空了下来。二哥专程开车回老家，强行带大伯大妈到宝鸡去过养老生活，大伯也就负气辞去支书职务，甩手离开这块是非之地。大伯临走时，将他非常喜爱的那把圈椅留给了余家俊，却没有把他非常喜爱的权力留给他。

余有礼走了以后，韩广才接任了支部书记，余有权不是党员，不能当支书，就还是当大队长。原先韩广才的观点是顺着余有礼的，余有礼走后，韩广才在人气上、气势上都整不过余有权，而且他也看到分田到户是大势所趋，于是也就顺着余有权的意思来了。没有了羁绊的余有权放开手脚实现他的施政目标，大刀阔斧地把分田到户做成了事实。此后不久，公社和大队的建制也不复存在，改成了乡和村，社员也改称为村民，余有权被村民推举为第一任村委会主任，也就是人们习惯意义上的村长。

面临失业的余家俊去跟八叔商量，下一步该怎么办。余有权说："你当先生也当了十多年咧，教书的瘾也过够咧，趁着人家还没撵，咱自家早些把那撇过,到村里来,给我当个副手,咱爷父两个好好地干一回事情。"余家俊回家跟父母和菊梅商量了一番,认为这是唯一可行的办法,于是主动辞去了教职,回村当了个副村长。

真正回到村里干起实事,余家俊切实感受到,这个官真不好当。过去人们都说农民怕官,可是农民一旦手里掌握了土地,腰杆子硬起来以后,就不拿官当回事了,何况他这扁豆子大的副村长。虽然平时见了面都很客气,该叫爸叫爸,该叫爷叫爷,显得一团和气,可一旦牵扯到个人利益,就一个个脸上长出了狗毛,成了六亲不认的主。地已经分了,不再有啥矛盾,可是宅基地的划分、交粮交税以及多种费的催缴,就成了鸳乱而又难心的事情。余家俊成天搅和在这些繁杂的事务中,真有焦头烂额、疲惫不堪的感觉。

菊梅看着他劳累颇为心疼,就劝他,实在不好干辞职算了,反正咱们就是个种地的命,回来把咱自家的地务劳好照样过日子,何必为大家的事出力不讨好呢。但是余家俊心有不甘,他认为万事都是开头难,从多年的集体生产,一下子过渡到个体生产,一切都是从头开始,鸳乱是难免的,等到一切都理顺以后,就会好起来的。何况他要是甩手不干,把那些繁杂的事情都推给五十多岁的八叔,还不把老汉累坏了。所以无论如何他也要坚持住,替八叔分担一些责任,一起把村里的事情办好。

这两年农村发展势头很猛,乡村"三通"已全面铺开,水和电都上了原,于是自古以来就在窑洞里繁衍生息的原上人,特别是年轻人,就不愿意再住在半坡里过那种出门爬坡的日子,纷纷要求在原上划分宅基地,彻底抛弃窑洞移居原上。这件事情形成了两种截然不同的意见,主要是老年人和青年人两种观念的对抗。从小处说,老年人住惯了窑洞,留恋于冬暖夏凉的优势,认为房屋走风漏气冬冷夏热,住着不舒坦,金窝银窝不如自家的土窝。而年轻人则要求视野开阔,认为窑洞潮湿憋闷,出门爬坡,骑个自行车都要推着才能进出家门。从大处说,老年人认为,祖先选择居住地不外乎三个先决条件：择水而居，村庄周边土地肥沃，风水上兜风聚气。村庄周围的田地，都是村里土地中最好的，把最好的地盖了房子，吃粮怎么办？年轻人则认为，现在自来水已经通到原上，择水而居已经失去了意义，土地的好赖并非完全天然，主要在人务劳，现在农业新技术和化肥的应用，粮食产量不断攀升，过去上不了纲要的地，如今早都跨长江了。吃粮已经不是问题，只要把原上的土地务劳好就行，地太多也没多大用处。至于风水那就更是扯淡了，千百年来都在这土窝窝里住着，过着面朝黄土背朝天的日子，一个个都穷得屁淌呢，也没见谁家发了财。

两种意见激烈争辩，始终辩不出个眉目，最后还是余有权说服了老人，抚慰了青年，制订出了一套完整合理的宅基地分配方案。余家俊觉得，八叔的行事风格与大伯有很大不同，大伯是从专政年代过来的，长期养成了家长或地方官吏特色，说一不二，独断专行，时常有以势压人的感觉。八叔是闯荡过社会的，结交过大人物，见识过大世面，深谙以理服人的道理，遇事总是疏导为主，据理说服。和八叔共事时间长了，余家俊明白，村人对大伯是敬畏，对八叔是佩服，两者相比，八叔更高一筹。

然而，余有权也有耍横的时候，此后不久，余有权就用豪横的手段，压制了一场由宅基地引发的余、牛两姓的械斗。

事件是由素素爹引起的。素素家的宅基地与蛮牛家比邻，原本隔着两尺多的距离，素素家提前动工的时候，房子山墙的基础跨出界线，占了蛮牛家院墙的位置。其实这种越界行为，在房基画线时素素妈就看出来了，但她想她跟蛮牛有那层关系，蛮牛可能不好意思说啥，就抱着一种侥幸心理没有当回事。谁知道蛮牛自从娶了媳妇之后，一门心思只顾自己的小日子，早已忘记了饲养站里的那档子事，一经发现宅基地被侵占，立马火冒三丈，掂起一把镢头冲过去就刨那山墙基础，于是就与素素爹发生了肢体冲突。素素爹那豆芽一样的瘦高身体，哪里是蛮牛的对手，刚一上手就被蛮牛撂翻在地，骑上去一顿胖捶，瞬息间鼻血横流，鼻青脸肿。

这一来牛家人不干了，认为过去余有礼当政，总是压着牛家人一头，现在改革开放讲民主了，还想骑在牛家人脖子上拉屎，于是串联起牛姓的年轻人，拿了家什要跟蛮牛干一场。余家人当然也不是吃素的，针锋相对地也拉起一帮人要开全武行。

这事明显是牛家人输理。素素爹自小就有偷鸡摸狗的毛病，推磨的本事不大，偷麸子的本事不小，十年前就因为偷占别人家的自留地，被余有权收拾过一回，这回旧病复发，挑起了事端。

事情发生的时候，余有权正巧不在村里，他头天下午去了县城女儿家。

两拨几十号人掂着棍棒镢把聚拢在宅基地跟前，摩拳擦掌，虎视眈眈，一场械斗一触即发。韩广才、余家俊等几个村干部，一边打发人打电话通报余有权，一边赶到现场劝解疏导，试图平息争端。余家俊拿出当年民兵连长的阵势喝唬，也不起作用，红了眼的年轻汉子们，根本不把这几个村干部当回事，战火的势头逐步升级。

正在女儿家逗外孙子的余有权，得到信息立马丢下孙子，让女婿骑摩托送他回家。女婿是副乡长，知道问题的严重性，一路上开足马力飞奔，摩托车从沙石公路上卷着一路飞尘疾驰到现场，直接开进人群，将已经撕扯上的两拨人强行冲开。

即将大打出手的两拨人都被这一冲撞惊愣了，弄不明白怎么还有这种不要命的玩法。摩托卷起的尘土稍降以后，人们才看清从车后座上跨下来的余有权。

他站在那里不说话，先从口袋里摸出纸烟点上一根，抽了两口，又往人群跟前走了几步，才提足中气爆发出一声虎啸般的怒吼："打呀，打呀！都打呀！"他缓了一口气，又接着骂道："打，往死里打，今儿打不死几个，你都不是你妈养下的！我就在这达看着，你一帮子畜生下死手地打！"

气势汹汹的两拨人被这虎啸般的威势镇住了，一时呆愣着不知如何是好。

余有权见两拨人的势头已经被压住，这才缓和了一下口气，但依然威严地说："我知道，这些年牛家人心里憋下气着呢，总要找个碴口泄一下火，这个事情早晚都得来一下。可是今儿个我把话给你们撂明，你们这个碴口找得不是地方，不是我余有权偏袒余家人，今儿这个事情，你们牛家人不占理。"说着，他的眼睛在人群里搜寻，找到了躲在牛家人身后鼻青脸肿的素素爹，指着那个人道："那个货把自家的山墙坐到人家院墙上咧，是不是自家寻着挨打呢？你的尻子坐到别人家锅台上，谁个能愿意？那个货偷鸡摸狗的事不是干咧一回两回，十年前偷老张家的玉麦，还把人家的自留地占咧三垄，我就把他收拾过一回，这都快老咧，那个瞎尻毛病还是不改，又偷着占人家的宅基地呢，蛮牛可不是老张，那个二货你能惹下吗？"

　　余有权的手往牛姓人群那边划拉了一下，接着说："你们这些瓜尻，帮这个货打锤出气呢，这叫啥知道吗？这叫助纣为虐！"

　　说完这通话，余有权倒背着手往两拨人中间走过去，随着他的身体往前移动，两拨人自然后退，分开了更大的距离。余有权走了一个来回，又转过身用语重心长的口气说："咱们原上人，祖祖辈辈都是在土窑里搅生活呢，直到今天才有咧在原上住房子的机会，大家都要珍惜这个机会，赶紧把房盖起来，把自家的光阴弄好，不要把好好的事情硬往黄里搅。至于他们两个人的事情，由村委会处理，我余有权公正不公正，你们大家心里都清楚。"说到这里，余有权又摸出一根烟点上，好像卸去了身上的一个大包袱，随着烟雾长出了一口气，然后又正色道："我把该说的话都说完咧，你们要是还想打，今儿个乡长也在呢，我们几个人一搭里看着你们打，把人额颅打成狗额颅都能成，不过有一点我先给大家说明白，谁个先动手，谁个的宅基地就没有咧，能给你分，就能给你撤。"

　　他目光炯炯地看着大家，停了一会儿又大声问："还打不打咧？"见两拨人都臊眉耷眼地低着头不吭声，就又喊道："不打咧还不散伙，凑在这达弄啥呢？蛮牛连牛老四跟上我们到村委会里走，别的人都散咧！"

一场气势汹汹的械斗，就这样被平息下去了。

这件事给余家俊带来了很大震动。当时他和韩广才在人群中折腾了半个钟头，拉这个，劝那个，甚至动用了喝唬、斥责以至威胁的手段，折腾得他们汗流浃背，气喘吁吁，结果都无济于事。眼看着一场械斗就要开始，他都绝望了，已经失去了劝解和平息的信心。然而，八叔一嗓子就把场面镇住了，接下来只用了不到十分钟的时间，就把一场一触即发的骚乱平息了下去。

处理完牛老四与蛮牛的事情回到家里，父母和菊梅都很关心地询问后晌发生的事，余家俊故作轻松地叙述了一下。然而当他一个人疲惫地躺到炕上时，心情又沉重起来。

他想：为什么他和韩广才几个人忙乱半天，抵不上八叔的一声吼？如果说他只是个副村长，年纪又轻，对村民还不具备足够的威慑，可韩广才已经是十多年的副支书，好几年的支书，年龄也与八叔相当，而且职务辈分都更高，为什么他也不具备足够的威慑力呢？他不由得在心里把大伯和八叔比较了一番，看明白大伯执政靠的是多年经验转变而成的玩人的技巧和霹雳手段，而八叔执政靠的是他率真的性情，以及切实关心村民疾苦、为民请命的真诚。大伯与村民之间是有隔膜的，他在村人心里形成的是对权力的敬畏，八叔则是和村民打成一片，有时候日娘道老子地叫骂，体现出的时常是加倍的关心，八叔在村民心里形成的是真正的威信。权威是暂时的，取决于权力的大小和是否存在，威信基本与权力的大小没有多大关系。

这样漫无边际、信马由缰地想着，余家俊就开始迷糊起来，等到菊梅伺候公婆和孩子睡下，进到窑里来时，余家俊已经鼾声渐起，进入了梦乡。

由于忙于村里的事务，余家俊已经很久没去露娃的饭馆了，这天在乡里开完会，他特意过去看一看。刚进店门，就被眼前的景象惊了一下。正是饭点时候，店堂里却没有往日的热闹，只有几个人在那里吃面，显得有些冷清。雅间里过去显眼的大圆桌摆在那里，原来摆放熟食的玻璃柜子也不见了，空荡荡的。余家俊往后厨看了一眼，架在锅台上的饸饹床子也撤掉了。他好生纳闷：露娃怎么把一个好好的饭馆经营成这样了？

正在后厨干活的露娃看见他，赶忙迎了出来。在一张桌前坐下来，余家俊问露娃，这是啥情况，生意怎么不行了？露娃低头沉默一会儿，脸带惆怅地说："碎爷，这生意弄不成咧，我想把这个关掉去。"余家俊问："遇上啥麻达咧，还是发生啥事情咧？"

露娃起身走到结账的桌子跟前，拉开抽屉取出一沓子纸条，拿过来递给余家俊。余家俊接过来翻看了一下，都是乡里干部打下的白条，他大概估算了一下，有近两千。他不禁吃了一惊，这几乎和饭馆的投资不相上下。

他拍打着这些白条问露娃："这是咋回事情？"露娃说："这半年多，干部们吃毕咧都不给钱，就打条子，这半年我就收下这一堆白条子，钱都转不开咧。"余家俊瞪起了眼睛："吃饭为啥不给钱吗？"露娃说："说是办公经费超支咧，一下子报销不了，等有钱咧一总给。"

余家俊不禁有些愤愤了："不给钱就不让吃饭，还给他们惯这些瞎尿毛病呢！"露娃脸含忧戚地说："唉，都是提我们领衔的，哪一个我们能惹得起？看着实在不成咧，我们就把肉菜那些都拾掇咧，单纯卖面，这一下吃客们不来咧，营业额也上不去，已经亏了两个月咧。"余家俊气愤地站起身，来回走了几步，骂道："这他妈的都是啥事情嘛，干部们咋都成这尿样子咧，这就是书里头说的硕鼠嘛！"

"唉，这有啥办法呢。"露娃叹着气，眼神幽幽地看着余家俊，停了一会儿才说，"这几天我就思谋着呢，干脆把这摆过算了，再干些日子，怕是把本都得搭上。"余家俊问："这个不干咧，你再干个啥呢？"露娃说："我还是想到煤矿上去看一下，有没有啥合适的活。前些天我给两姨姐打了个电话，说了想去的意思，两姨姐说，现在开放了，活比以前好找些，她说让我等几天，有合适的事情了就给我写信。"

露娃要让翠翠给余家俊下碗面,余家俊看着店里这种景象,完全失去了吃饭的心情,摆手制止了露娃,说肚子不饿,不想吃饭,只想跟她说会子话。

余家俊问露娃,家里真的待不下去,非要到煤矿上去谋生活?露娃告诉他,现在确实也没什么地方好去,但家里她实实是待不成,好在两姨姐夫现在也是个小头头了,能拿些事,到那里随便找个事情干,都比在家里舒心。

余家俊跟她开玩笑:"你是不是这些年跑成野的咧,守不住窝窝子?"露娃开心地笑了一阵,然后说:"你都知道,我的那个大只认得钱,这些年我给家里给的东西给的钱,等于他把我卖咧两回好价钱,就这还不成,还思谋着把我手里的钱,都裹到他腰里才舒坦,有事没事地就跑来要钱呢。"

露娃说的这些情况余家俊都知道,这十几年来,露娃一直是村里议论的话题,尤其这次回来,给家里买驴,在原上开饭馆,更成了人们热议的中心,都认为露娃在外面发了大财。有些话说得很难听,有人言之凿凿,好像亲眼看见了一样,说露娃在西安城里"卖"着呢。对于这些话,余家俊是嗤之以鼻的,只要听到就严厉制止。村人知道他和露娃旧情未了,也都不跟他争竞,说这些话时都躲避着他,他也是从菊梅嘴里听到一些传言。

露娃想起了什么事,起身走进后厨,从一个柜里拿来一条纸烟,放到余家俊面前,说:"这个买下有些日子咧,你有半年时间没来,就一直放着呢,今儿个再不能忘咧。"

余家俊拿起来看了一眼,是"光荣牌"纸烟,他知道这是高档东西,埋怨露娃干啥买这么贵的烟。露娃也不说啥,撕开包装让余家俊吃烟。等余家俊点上以后,才又接着刚才的话说:"本来想着晓娃那个捣尿嫁人咧,家里能清净些,没想到海娃的这个货也不是个省油的灯。"说着朝后厨那边指了指,压低了声音:"连我大一样,也是个钻钱眼眼的,给上钱咧就笑呢,给不上钱,脸就吊下二尺长。唉,我的这个家,说去嘛,是个家,可是我就觉得跟我不亲近,不是我的靠山。这些年我一个人也孤单惯咧,还是想找个没泼烦的地方,一个人安安稳稳地过日子。"

露娃幽幽地说着,余家俊能听出她内心的悲凉。天气已经热起来,露娃穿着一身薄布的夏衣,更显出身体的丰满。这两年,随着年龄的增长,露娃的身材越发圆浑了,比之年轻时更显出女人的韵致。余家俊虽然不由自主地就生出一些与之亲热的冲动,然而他心里清楚,这辈子恐怕再也没有与这个身体亲密接触的机会了,心里不免涌起一阵悲凉,只是他的悲凉与露娃的悲凉不是一回事。

余家俊抽着烟,压抑着心潮的涌动,用平静的口气跟露娃说:"你要走,也得把那些钱要回来,不能让那些顺嘴子狗白吃白喝。"露娃说:"这些钱要回来不知道得啥年月,我想把这些条子给弟媳妇放下,让海娃慢慢要去,能要下多少算多少,就权当这一年我啥都没干。"

从露娃的饭馆出来,余家俊心头就压上了一团沉重的阴云。

33

露娃把饭馆收拾掉以后没几天,煤矿那边就传来信息,有一个看水站的活急需要人,让她赶紧过去。露娃整理好自己的行李,让海娃帮忙找了个顺车,先把行李带到表姐家,自己坐班车过去。

这天早上,露娃踏上了第三次离家的路程。余家俊早早赶到陈家拐村头上,等着送露娃一程。从那天露娃说话的口气,余家俊已经听出来,露娃这回一走,恐怕十年八年不会回来,见一次面就会很不容易,他想尽可能多陪露娃一会儿,说说话。

这一次,露娃的行囊很简便,就是那个黄帆布旅行包。余家俊接过提包,露娃就空甩着两只手。麦季已近,早晨的原野上一片凉爽。太阳刚刚冒头，麦田里还飘散着薄薄的晨雾，空气中弥漫着麦子即将成熟时的温馨。这时节，玉米也快长到一人高了，油绿的叶条在晨风中发出"沙沙"的声响。两人在这清爽的氛围中说说笑笑，不知不觉已经走出了近十里路。

在一个转弯处，露娃停下脚步，从余家俊手中拿过提包说："俊娃——爷，送到这达就对咧，送上千里还是要分开呢，你就跟这达回，再有不远些就到咧。"余家俊停住脚，不无惆怅地说："这一走，啥时间再回来呢？"露娃眼窝有些湿润，低下头轻声说："谁也说不上，只能走一步看一步。"

露娃抬起头来，两眼直盯着余家俊，脸色郑重地说："在这个世界上，除过你，再没有能让我牵心的人咧。我看起来就是个在外头浪的命，只有在外头才能有活路。"说着眼圈又红了。她把提包放在地上，伸开双臂扑过去紧紧抱住余家俊的脖子，在他脸上猛猛地亲了一口，然后松开手，提起提包快步离去。

余家俊愣怔在那里，摸着被露娃亲过的地方半天没缓过神来，眼见露娃的身影就要转过弯去，他才喊了一声："到咧地方给我打个电话！"露娃回过身挥了挥手，身影就被山崖掩没了。

露娃这次出门很不顺利，在花牌楼坐上班车走了十来公里，前面发生了车祸，过往的车辆都被堵在那里，几个钟头以后，公路才渐渐疏通。原本地区往煤矿的班车已经增加了，她这一次不用在地区住宿，换车当天就能到达，可是等她坐的这辆车到达地区时，末班车已经开走了。好在现在住宿卡得不像过去那么严，没有介绍信也能住店，只是要耽搁半天时间，花一晚上店钱。

第二天上午，露娃坐上开往煤矿的班车，车上人不多，每个人都有座位。班车出城不远进入山谷以后就开始剧烈颠簸。这条路上拉煤的车多，年久失修的沙石路，被重车碾压得坑坑洼洼，客车走上去，就像舢板在风浪里行进，不一会儿就摇得人昏昏沉沉，胃液翻滚。好不容易快到目的地了，结果又出了问题。

这一回问题出在这辆车上,发动机出了故障,只吼叫不动弹,司机折腾了半天也不见效,只能抱歉地跟大家说,车坏了,走不了了,前面再有三四公里就到了,大家自己想办法吧。乘客无可奈何,带行李的人走不了,只能在路边拦车,或是等下一趟班车;没带东西的人就沿着公路步行。露娃不愿意在这黑尘飞扬的路边等车,也不愿意沿着吃土的公路走,跟人问了路,就爬上半坡里,沿着田边小路行进。

这时候太阳已经接近中天,气温升了起来,露娃脱掉早上穿着的外衣,只穿一件薄布衫继续走路。转过一道山弯,前面是一片玉米地,一人来高的玉米长势很好,只是叶片上都蒙着灰尘,显得灰蒙蒙的,不像原上那样油绿鲜亮。

露娃正思谋着这些,玉米地里突然蹿出一个人来,手里拿着一把明晃晃的刀子逼近她,直接把刀尖指向了她的肚子。这突如其来的惊吓让露娃魂飞魄散,丢了提包,差点坐在地上。

待她缓过神来才发现,向她逼来的是一个十几岁的娃娃。那娃娃个子还没她高,眼睛恶狠狠地盯着她,抖动着手里的刀子说:"把钱拿出来!"

露娃弯腰拾起地上的提包抱在怀里,紧张地说:"我一个出门的女人嘛,哪里有钱呢。"那娃娃把刀子顶到露娃的肚子上:"我就不信你没钱,把包包拿来我搜一下。"说着一把抢过提包蹲在地上翻腾起来。

出门前为了安全,露娃把存折和几百元现金放在皮箱里,前两天已经送往表姐家了,包里除了几件衣裳和洗漱用品,再没有其他东西,口袋里原有的现金,也都买车票住店花得只剩下几块钱了。

那娃娃翻腾了半天啥都没翻着,又伸手到露娃裤子口袋里掏,把几块零钱装进自己口袋,还是心有不甘的样子。露娃忙说:"好兄弟呢,我真正没有钱,那几块钱你都拿上去,赶紧让我走。"

那娃娃还是拦着路,把露娃上下打量了几遍,挺着刀子说:"不能走,你没钱就让我弄一下。"露娃瞪大了眼睛惊恐地叫道:"你才多大个人人么,你就想弄人呢?"那娃娃恶声恶气地说:"你别管我多大,反正你得给个啥,你不给钱就让我弄一下!"说着,把刀子往前挺了一下。

露娃害怕这小子手下没轻重,真的给她来一下,这荒郊野外的弄不好把命丢了,就喏喏着问:"就在这达弄呢吗?"那娃娃把刀子离开一点,指着玉米地那边的崖坎说:"那面有个窑窑呢,往那达走。"就转到露娃身后,刀尖顶着露娃的后腰,押着她往那边走。露娃找不到逃跑的机会,只能乖乖地被押进窑洞。

这是一个庄户人看庄稼的小窑洞,没有前墙,靠近窑口处是一个土堆,把窑口挡住了一半,地上铺着些麦草。

进了窑洞那娃娃就逼着露娃脱衣服,露娃无奈,把包包放在麦草上,慢慢地解扣子。这时候那小子已经三把两把把自己脱了个精光。脱衣裳的时候,他把刀子扔在麦草边上,露娃趁他没注意,拿起刀子扬手扔进玉米地里。这小子把衣裳扔在地上就要往露娃身前逼,露娃猛然从他的眼睛里看到了像尹惠存一样淫邪的目光,她的心里蓦然一阵刺痛,好像被人迎面扎了一刀,一股怒气混杂着痛恨、厌恶、恶心等情绪充塞了胸腔,刀子已经没有了,露娃也就没有了恐惧,当那小子狼崽子一样向她扑来时,露娃侧身一躲,顺手给了他一个大耳刮子,接着抬腿朝着那个身体狠命蹬出一脚。

这一脚蹬得力道很大,那个身体在一股巨大力量的作用下,直接向窑垴飞去,重重地撞击在窑壁上。在那小子倒坐在地上懵懵愣愣的间隙,露娃迅速整理好衣服,提起包往窑洞外走。这时候那小子也清醒过来,疯了一样满地找刀子,没找到,便气急败坏地一屁股蹾到地上,蹬着腿扯开嗓子号叫起来。露娃回头愤怒地骂道:"你才蒜大的个碎尿,就想弄这事呢,今儿老娘让你见识咧女人是个啥样子,你回去祸害你妈去。你狗日的从小就弄这瞎事,早晚都是坐班房子、挨枪子的货。"走出去老远,她才止住了两腿的颤抖,这时还能听见那小子狼嚎般的哭声。

表姐夫给露娃找的这个活很不错。这是一个公用水站，院子里有高架的裹着保温层的水管，站房窗台下还伸出两个水龙头，既供居民用水，也供单位用水，还捎带着给过往的车辆加水，水闸都在站房里。站房很大，既是工作地，也是住宿地，房子外面还搭了一个简单的厨房，里面有炉灶。床也是现成的，只要把铺盖放上去就行。唯一不好的一点儿，就是有时候半夜里也有过往车辆加水。活倒是不累，只管开一开水闸门，按照标准收费即可，每个月三十五元钱，够她一个人吃喝。表姐把行李送来的同时，还把家里富裕的锅碗瓢盆给她带来一套，她就不用再去买了。

水站设在家属区跟前的公路边上，站房外是一块很大的空场地，经常有车停在空场上休息，司机们也在这里喝水吃干粮。安顿停当干了几天，露娃对这个工作就熟悉了。担水拉水都是给水票，只有加水的汽车是给现钱，她每个月跟矿上结一次账，票和钱的数字跟水表能对上就行。这里守着水站，用水是现成的，守着煤矿，烧煤也是现成的，她每天除了看水，就是买菜做饭，过几天洗一次衣服，日子过得很安稳。

矿区到处都是黑黢黢一片，山是黑的，路是黑的，房子是黑的，就连人都是黑的。成天价车来车往黑尘飘扬，也没什么地方好转，时间一长她就觉得有些着急。这个工作一天到晚都不能长时间离开，可是待在这里，又有很多富裕时间不好打发，常常感到很寂寞。于是露娃就让表姐夫帮忙，申请了一个烟酒小卖部的营业执照，又买了几个货柜，在站房另一个窗户里辟出一块地方，开了一个糖业烟酒小卖部，方便过往司机和周边居民购物。这样一来她就忙活起来了，每天都感到很充实，而且还有双份收入。几个月下来算了一下账，小卖部的收入竟然比看水站的收入高出两倍，这不能不让她暗自高兴。表姐和姐夫没事就过来看看她，有时候还给她带些家里做的好吃食，见她两头忙活着，都夸她有商业头脑，能干事情。

这种好日子刚刚过了半年，矿上有人来找她了，说水站房是工作场地，不是经营场所，她要开小卖部，可以另外租房开，只要不耽误看水工作，矿上不反对，要是在站房里开，就得相应地交一些房租，也不多，每个月一百块钱。这一下把露娃弄傻了，开这个小卖部，她忙前忙后，进货卖货，一个月的利润也就一百来块钱，把钱都交了房租，她不就是花钱忙碌赚吆喝了吗？她给来人说了一大堆自家的难心，求人家高抬贵手，放她一马。然而来人不为所动，说这是矿上决定的，他个人没有办法，只能照章办事，她要是有什么想法，可以到矿上找领导商量。

　　矿上的人走了以后，露娃让跟前熟悉的人帮她看着水站，自己慌慌张张去找表姐夫。煤矿不是个小单位，摊子大，人多事情杂，表姐夫管的那一摊子和这事不搭界，她的这个差事还是表姐夫托朋友帮忙谋来的。表姐夫说，这事找别人都没用，只有找矿长发话才行。于是从露娃那里拿了两条最高档的"海洋"烟，托人去找矿长说话。过了几天结果下来了，矿长说，自家职工有能力搞多种经营是好事，应该支持，即便收房租也应该是象征性的，收五十元就行了。露娃算计了一下，按照眼下的经营，交过房租每月还能有五六十元赚头，如果再扩大些商品种类，还是能把房租赚回来。后来，露娃又增加了糖果、零食、啤酒等货物，生意比以前更红火了。

　　做生意就没有一帆风顺的。有一天，一个兰州的司机把车停在空场上休息，在露娃这里买了两瓶啤酒一包烟，坐在站房外的一个小板凳上，就着啤酒吃干粮，一边吃着喝着，一边跟露娃瞎谝。司机问露娃进货的渠道，露娃就跟他说了。司机说，他兄弟在兰州卷烟厂工作，还是个车间主任，能批到出厂价的"海洋""兰州"烟，如果露娃需要，他可以帮忙，不用提前给钱，货到以后，一手交钱一手交货。当时，"海洋"烟和"兰州"烟都是非常紧俏的商品，很难弄到，有这样便利的渠道，露娃自然高兴，就托司机帮忙带货，有多少要多少。

　　没过多久，司机果然给她带来十条"海洋"、十条"兰州"，而且价格比她原先的渠道每条便宜一块钱。这让露娃很高兴，心想能攀上这个渠道，每月光烟就能多挣几十元，便央求司机以后多带一些。大约半个月，司机又来了，这回带的烟比较多，两个品牌各三箱，一共三百条，这一下就便宜了三百元，露娃别说有多兴奋了。可是烟刚卖出去，就有人来退货，说烟是假的。露娃惊出了一身冷汗，连忙打开烟箱的包装一一验货，结果都是假的，包装得粗糙，质量低劣，就像买烟的人们说的，根本没法抽。露娃一屁股蹾在地上，半天喘不过气来，将近一千块钱，那是她一年的辛苦所得，露娃忍不住涕泗横流，心疼得浑身的肉都哆嗦。

那个司机再没露过面，露娃也不知道该到哪里去找他，只能把打掉的牙往肚子里咽。这一来露娃就坐下了一个病，先是心口疼，后来往下沉，成了小腹坠疼。起先她没在意，觉得这是一口气憋着出不来，过几天就好了。可是这天晚上，小肚子胀疼得厉害，弄得她半夜没睡成觉。第二天早上，她把水站托付给别人，到矿区医院去看病。挂号的时候，人家问她挂什么科，她问，小肚子坠着疼该挂什么科？人家就给她挂了妇科。进了妇科诊室，就听到一道白布帘子后面，大夫正在教训一个病人："你们这些农村妇女真够呛，只图受活啥都不管不顾，你们这些病都是不讲卫生造成的。你看看你，肚子这么黑，也不知道洗一洗。"这时候就听一个怯懦的声音说："大夫，没法子，我们掌柜的是个挖煤的，洗不及嘛。"

露娃忍不住喷出一声笑，她看见有人掀帘子，就赶紧抱着肚子跑出去。到了院子里，这才放开声音大笑起来，引得旁边的人像看怪物一样，用诧异的眼光看她。笑了好一阵子，她才忍住笑声直起腰来，突然就觉得肚子里咕噜噜翻腾起来，她正惊讶着不知道发生了什么事情，就感觉一股凉气排出了体外，随着肠子咕噜咕噜地蠕动，还有凉气不断排出。过了一阵她惊奇地发现，肚子竟然不胀也不疼了，她扭了扭腰，又跳了几下，肚子还是没感觉。她心想，这真神了，笑了一阵子，竟然把病笑好了，于是也不再看病，转身回去了。

丢掉了心里的悔恨与压抑，阳光依然灿烂，日子依然平和。表姐夫说，露娃心真大，遭了这么大的骗，仍然跟没事人一样，该干啥干啥，要是搁给她姐，早就寻死觅活得一塌糊涂了。然而，露娃并不是啥事情都心大，后来发生的一件事情，就让她心里纠结压抑了很长时间。

两年以后的腊月里，这天老天爷情绪不好，脸阴得特别厉害，好像要下雪，湿冷的空气像刀子一样割人。露娃早起就觉得，这天有些古怪，平时这会子已经开始繁忙的公路上，竟然静悄悄地，没有一辆过往汽车，满是黑灰的公路显得空旷沉寂。没有人来担水，也没有人来买烟，很多矿工家属都聚集在路边的寒风里，跺着脚跳弹，好像等着看什么热闹。露娃反正没事可干，也就锁了门，凑到人堆里打问有啥事情。有人告诉她，地区今儿个枪毙人，要把那些罪犯拉到这里来游街。露娃没见过枪毙人，也就在人堆里等着看。

十点多，听到沟口那边传来"哇呜哇呜"的警笛声，过了一会儿就看到一溜大卡车向这边驶来。快到水站时，汽车放慢了速度，前面先是两辆警车开道，随后的第一辆大卡车上架着机枪，车厢里站着很多全副武装的警察和军人。从第二辆卡车开始，每辆车驾驶室后两侧的马槽前，分别站着一个五花大绑、脖颈后插着亡命牌子的死刑犯，马槽两边还站着一些脖子上挂着牌子的罪犯。露娃没见过这种阵势，一时间被吓呆了。

这样的车一共有六辆，前面三辆过去后，一个似曾相识的面孔突然进入了露娃的眼帘。那是一张还没成熟的脸，也就是个十八九岁的娃娃。当看清楚这张脸时，露娃心里猛然"咕咚"响了一下，这不就是三年前要强奸她的那个碎尿吗，怎么整到被枪毙的程度了？露娃恍惚间觉得，那娃娃好像也看到并认出了她，冲她咧了一下嘴，露娃的心跳一下子加快了，心里慌成了一团。

汽车过去以后，人们都跟着车辆往矿里走，露娃也身不由己地挪动了脚步。在矿区前的广场上，七辆大卡车横着排开，人们围在四周观看，广播里一个严厉的声音在宣读判决书。别的东西露娃都没听清，就听见这个娃娃叫李山山，从小好逸恶劳，十五岁开始抢劫行为，几年间，先后抢劫强奸了三十多名妇女，并致一名妇女重伤。最后说，该犯罪大恶极，判处死刑，立即执行。

刑车开走以后，露娃感到浑身发软，有走不动道的感觉，一个念头在她心里不住地闪现，这个娃娃是让她给祸害了。她没有想到，自己当时盛怒之下的一句诅咒，竟然在这个娃娃身上应验了。她自己悔恨着，如果她当初再勇敢一点，趁着他还光着的时候，狠狠地打他一顿，或者把他扭送到派出所，让警察好好收拾他，至少不至于弄到今天不可收拾的地步。她觉得，这个娃娃的命，三年前就断送在她手上了。

当天下午，露娃到供销社里买了几张白纸，回来后用十元大票认真拓印了一番，晚上拿到靠沟口的路边烧了，算是给那娃娃的亡灵捎上一些冥币，以求得心理上的安慰。然而，此后很长一段时间，那个念头时不时跳出来搅扰她，脑子里也经常出现那张被绳子扎得难受、不住扭动的青白的脸，甚至有时候睡梦里也会被那张扭曲的怪脸惊醒。她背上了沉重的内疚和负罪感。

临近过年的一天中午，露娃正在屋里做饭，听见外面有人喊："姐，姐。"声音很熟悉。露娃出门一看，路边上竟然站着海娃，她心里不由得一阵激动，海娃来看她了。露娃赶紧把海娃让进屋里说："饭马上就好咧，一阵子就吃饭。"

海娃也不客气，在凳子上坐下来，抽着烟问露娃这几年过得怎么样。露娃一边忙活着，一边把自己的情况简单告诉弟弟。吃饭的时候，海娃告诉姐姐，他把她留下的那块手表，拿到地区以四千五百元的价格卖给了那个修表匠，又从家里搭凑了一些，在县城开了一家饭馆，主要经营平凉羊肉泡馍和岐山臊子面，店面很宽敞，生意也不错，他们两口子自己经营，雇了三个跑堂打杂的小工。现在他们两口子在县城边上租了两间平房暂时住着，等过两年挣下钱了，在原根底下盘一块地，盖几间房子，把父母接到县城过受活日子，把原上那些苦焦活都撇过。海娃还说，他喜欢汽车，想着再过几年开一个汽车配件行，把玩和卖搅和在一搭里弄。等以后有娃了，就把饭馆交给别人经营，只吃红利，让他媳妇回家经管娃娃和老人。他这次来是准备拉一车煤回去，害怕过年煤矿休息拉不上煤，过年这个经营旺季就塌火了。本来这事让别人来也能行，可他想来看看姐，看着她日子过得安稳，他也就放心了。

一顿饭的时间，露娃没有说啥话，只听海娃一个人叨叨。吃完饭，海娃抹了一把嘴，又点上烟跟露娃说："姐呀，大那个人一辈子六亲不认，就认得个钱，你也甭跟他计较，你该回去就回去，老人这一辈子也不容易，尤其后来这些年，活得木囊得很。他虽然嘴上不说啥，我知道他心里还是操心你着呢。"

这句话戳到了露娃的心上，她忍不住眼圈一热落下泪来。海娃见他姐伤心了，就打住话头安慰了几句，把给姐带来的一条子肉拿起来放到桌子上，起身要走。露娃叫住他，从货柜底下拿出两条烟交给海娃，让他自己留一条，给父亲送去一条。

海娃走了以后，露娃关起门来，在屋里大哭了一场，把这几年压抑在心里的冤枉、委屈、痛苦全都哭了出来。自从很多年以前在贾茵跟前哭过一回，她已经很久没这样哭过了，哭完之后，觉得心里轻松了许多。海娃真是长大了，再不是原先那个愣娃了，让她觉得有了亲近感。她想，今年来不及了，明年过年一定回去看看父母。

余家俊在村里的工作渐渐有了起色，余有权有意把一些麻缠的事情交给他处理，历练他的性情，增进他的能力。多数时候他都能把事情办得很圆满，很漂亮，尤其是帮人出谋划策时，常常显出精明果断、心思的缜密和料事的准确，很多人遇上难心事情，都愿意跟他诉说，与他商量。村民们背后议论：用不了多久又是一个余大拿，不过是综合了余有权某些素质的余大拿。

韩广才是个有原则有脑筋的老好人，他知道自己的能力远不及余有权，就只管把握大方向，只要不是与政策明显相悖的事情，一概放手让余有权、余家俊去做，从不揽政贪功。即使余有权在村里的声望明显超过他，他也从不争竞，只管好自己的一摊摊事情，落得个清闲自在。这样，村委会里基本没有矛盾，什么事情都能统一思想，团结一致，工作进展很顺利。在桑树原上，余家磨坊原本只是一个中流的村子，几年之间就事事都名列前茅了。

物质生活有所提升之后，就该考虑精神生活了，余家俊力主提升村民的文化素质，他用了几天时间，搞了一个村民素质教育计划，说服了韩广才和余有权，把原来医疗站的房子清理出来，搞了一个读书室，又跑到县里，找到当了文化馆馆长的同学，求爷爷告奶奶连要带借地弄来一批图书，陈列在读书室里，然后又与八叔商量，从村委会的经费中挤出一点，再向每户人家收一点儿钱，设立村里的教育基金，用这些钱购置图书，请人来为村民讲课，强力灌输文化知识和农业知识，改变村民愚昧落后的现状。这时候，农家书屋还没有开始，这个想法无疑是超前的。

然而，村民对此却并不买账，读书室开放以后，来看书的人寥寥无几，人们宁肯喝酒打牌，也不去看书。请人来讲课，也没几个人来听讲，而且还传出闲话，说俊娃当先生当上瘾了，一段日子不讲课心里就犯毛躁，拿上大家的钱给自己过嘴瘾呢。为此，余家俊又遭到父亲的一顿臭骂，读书室勉强开放了不足半年就关闭了。这件事情搞得余家俊灰头土脸，多半年缓不过精神来。

几年间，村民们纷纷在原上建房，搬到原上生活了，全村只有余家俊和余兴汉两家没有建房搬迁。余兴汉家没建房，是因为海娃在县城开了饭馆以后，就没打算再回原上来，将来还要把他父母接到县城去，彻底抛弃农村生活，海娃跟父母商量以后，把宅基地转卖给别人，拿这些钱去扩大经营。分得的田地也大部分租给别人耕种，只给两个老人留下一小部分混心。余家俊没有搬迁，是因为父母住惯了窑洞，感觉还是在窑里的热炕上舒坦，而且院子也大,门前还有开阔地,住着舒畅。尤其他父亲,害怕原上风大,房子不严实,到了冬天他的腿受不了。这时候,余有贤和老伴的身体已经很差了,也经不起盖房搬迁这样的折腾,余家俊没办法,只好劝说菊梅,留下来陪伴父母。

这些年,日子过得受活的,莫过于陈化云。自从联产承包责任制开始实行,合作医疗站难以为继,自然解体,陈化云便自己开了一个中医诊所,连行医带抓药。自从跟张先生学习之后,又对先生留下的一些验方深加研修,陈化云的医术大有长进,不仅在一条原上声名鹊起,而且医名远播到两条川里,找他看病的人络绎不绝,真有些门庭若市的感觉。

近两年,两个儿子都盖起了一砖到顶的瓦房,有了自家的院落。陈化云也在村边靠近公路的地方,建起了一院房子,形成了前店后坊的格局。小儿子跟着他拿方抓药,捎带着还炮制一些成药,日子日渐丰盈起来,成了远近闻名的望户。

这一天,余家俊感到身体不舒服,就往陈家拐那边溜达过去,找陈化云号号脉。

看见余家俊踅进门来,陈化云满脸笑容起身迎接:"哎呀,余大村长驾到,有失远迎,赶紧过来坐。"余家俊在陈化云桌子对面坐下,陈化云说:"你怕是有半年没来过咧?"余家俊笑着点头说:"也就是,这一向忙得哪里都没去,今儿个不舒坦咧,才到你这达来呢。"说着就把手腕放到迎手上,让陈化云号脉。

陈化云却不号脉,转身开柜子说:"看病急啥呢,余村长来咧,先要好烟好茶地招呼呢嘛。"就把一盒"红塔山"拍到余家俊面前,随后又去张罗着泡茶。等把飘着香气的茶杯摆到各自面前,又让余家俊点上烟,这才坐下来问:"哪达不舒坦咧?"余家俊说:"头觉着蒙噔噔的,身上也有些乏,不自在得很。"陈化云号完脉说:"没有啥病,可能是累了,不用吃药,自己调节一下就行了。"然后收了迎手，也点上烟，和余家俊喝茶闲谝。

陈化云知道，余家俊前些年一直还想要个娃，可是菊梅的肚子又是不见动静，陈化云就依据张先生当年开的方子，经过加减调理了一段时间，眼见着情况看好，可是计划生育开始了。当时余家俊还在教书，如果要了这个娃娃，开除教职不说，还得承受高额罚款，他跟父母和菊梅商量，忍痛割爱，又让陈化云开药打掉了那个没成形的生命。虽然事情过去已经很长时间了，但郁结在余家俊心里的一个疙瘩总是消解不了，这种身体上的不适，还是跟心情有关。

说了一会儿村里的事情，陈化云问余家俊有没有露娃的消息。余家俊说，刚走的时候来过一次电话，后来就没音讯了，不过前些天见着海娃，说是在矿上看水站，还开了一个小卖部，一个人日子过得挺好。陈化云听后感叹说："人还是要出去闯荡呢，要不然就凭露娃念下的那点子书，哪里有那经营头脑，又是开饭馆，又是开小卖部。"

一说到露娃的饭馆，余家俊就气不打一处来，忍不住愤愤地说："好好的一个面馆子，硬生生就让那些尻们吃垮咧，你说这都成了啥咧么。"陈化云郑重地说："现在好些人做人没底线咧，又没有啥约束，还有啥事情做不出来。"

余家俊又把话题引到村人素质问题上，不无忧虑地说："我是个党员，又是个基层干部，有些事情心里老是不实落。你看现在，自从恢复高考以后，谁家大人愿意自家娃娃打一辈子牛后半截，不想让娃娃出人头地到城里去？但凡有本事念书的，都考学走咧，不会再回来种地，没本事念书，脑子灵光些的，也到城里谋光阴去咧，能留在村里的，都是些闷尻蔫汉，靠这些人能实现农业现代化吗？"陈化云对此也颇有同感，点头道："你说得对着呢。"

他一说起这些事心里就烦，就要借抽烟来稳定情绪，便又摸出烟来点上，隔着烟雾看着陈化云说："现在农村老龄化问题越来越严重，过去一家子有几个娃娃,走掉一两个,还有一两个在呢,现在就一个娃娃,一走家里就没年轻人咧。农村没有壮劳力,地咋种呢?咱们农民还好说,随便在一亩三分地里刨一下,就能把个人的肚子混饱,那些城里人吃啥呢?万一要是再遇上个灾害战争啥的,日子咋过?"这些话说得陈化云脸色也沉重起来。他闷头抽了一阵子烟,才叹口气说:"唉,这些事情,明眼人都看清楚着呢,可是这些事情不是咱一个农民说了算的,咱就是满原上叫唤,有谁个听呢?"

34

一个男人突然闯进了露娃平静的生活。

这是一个大露娃五六岁的男人,当过三年兵,在部队喂了三年猪,复员分配到煤矿工作。他刚来的时候,的确让人事部门难心了几天,他除了喂猪,没有别的技术,矿上又没猪圈,他的那点特长没地方施展。让他下窑挖煤吧,他是复员军人,显然不合适,放到有技术的部门他又干不来,实在没办法,就把他打发到大食堂,专管拉水供水的事情,一干就是十来年,如此一来他就有很多和露娃接触的机会。

这人虽然笨,学不会技术,也不求上进,可是很有眼力见儿,也勤快,每次来拉水,灌水的时间总是不闲着,不是帮露娃收拾收拾院子,就是帮露娃劈一些生火的柴,还时不时在拉水车上给露娃捎一些好煤,省得露娃自己到矿上去拉。有时候他到山里套个野鸡、打个兔子什么的,也都给露娃送来尝新鲜。露娃要进货了,只要给他打个招呼,他便二话不说,蹬个三轮车就过来了,拉货搬货都不用露娃动手,只管交钱提货就行。时间长了,露娃对这个人就有了好感和信任,有几次进货露娃忙不过来,就把钱交给他让他去提货，结果一分钱的货都不会少。

有一回一辆汽车的水箱漏了，上面灌下面漏，怎么都灌不满，露娃让司机按流水的数交钱，司机借口没灌上水不交，两人便争执起来。司机见露娃是一个单身女人，就气势汹汹显出要打人的阵势，正好这个男人来拉水，扑上去就和司机打了一架。拉水的司机自然向着自己人，也上去帮忙，双拳不敌四手的卡车司机，被逼着交了钱，灰溜溜找地方修车去了。临了这男人还追上一句："看着一个女人就想欺负呢，你看清楚咧，跟前还有个我呢！"经过这件事，露娃对这个男人在好感之上又增加了一份感激，感情上就有了一些依赖。

这个男人叫王进军，是四十里铺人，村子和余慧芳婆家离得不远，还有点瓜蔓子亲戚。王进军家里兄弟姊妹多，他是老小，父母有哥姐照顾，用不着他操心，家里人也不太操心他，他就一个人逛荡到四十，还没娶过媳妇，住单身宿舍，吃大食堂，除了拉水就优哉游哉，一个人吃饱全家不饿。露娃有时候做了好吃的，就给他打招呼，让过来一起吃。

一天早上，王进军来拉水时，给露娃提来一只肥大的山鸡，说是昨天下午套住的，露娃就让他下午下班以后过来吃饭。露娃把山鸡红烧了一半，爆炒了一半，又配了一个素菜。王进军过来以后，就打开啤酒，两人说着话对饮吃菜。

这顿饭吃了很长时间，露娃发现，王进军根本没有酒量，一瓶啤酒下去，就已经红头涨脑，舌头不打弯了。吃完饭，王进军的酒劲还没过去，脚下有些蹒跚。露娃怕他一个人摇摇晃晃走夜路出问题，就留他在自己的小床上过了夜。

这一夜，对王进军来说是新婚，对露娃来说是久别，两人一夜没怎么合眼，几乎要把四十年的积蓄，一夜消费干净。

尽管一夜无眠，第二天早起，两人都还蛮精神。吃顺了的嘴、遛惯了的腿是挡不住的，有了一次就会接二连三。

露娃对王进军还是满意的，虽然在煤矿上干活，到处都是煤灰粉尘，可王进军总是把自己拾掇得干干净净，而且不抽烟不喝酒，生活习惯还保持着在军队时的作风。只是露娃担心，这样偷鸡摸狗时间长了，被人发现会引起闲话，她不好在这里生存。露娃就把想和王进军一起过日子的心思告诉了表姐，又把王进军领到表姐家，让表姐和姐夫相看一下。得到亲戚的认可后，就以户口不在这里没法领证为由，公开与王进军同居，形成了事实婚姻。

这样一来，露娃和王进军的生活都生乎了。王进军把他单身宿舍的东西都搬到水房来，把小床换成了大床。每天早上他也不用急着往食堂跑，而是在水站等着司机把车开过来，灌满水再跟车去食堂，这样就可以在家里安安稳稳地吃早饭。露娃也一改过去能凑合就凑合的习惯，每天三顿按时按点地做好饭，等王进军下班一起吃。这样的日子过了两个月，王进军的体重长了七八斤。

进入九十年代以后，矿区出现了下坡路的迹象，相对于露娃的境况来说，就更加不妙。原先驻扎矿区几十年的三个工厂搬迁到省城附近，几千职工和家属的离去，使矿区突然冷清了许多。接着矿区家属都陆续搬进了楼房，没有人来担水了。这时候自来水已经普及到了犄角旮旯，拉水的汽车也没有了，水站只留下了给过往车辆加水、给出矿车辆冲洗轱辘这两项任务。

这几年出矿的公路已经铺了柏油，为了环保，不容许带着煤泥的车辆上路，每辆出矿的车都要冲洗干净。水站工作减少了，小卖部的生意也跟着清淡了，矿区里外一两年间大小商店开了好几家，直接阻挡了露娃的生意。再后来，矿区口和靠近市区的出山口，分别建起了带棚子的洗车房，露娃工作了十来年的水站也就濒临停业了。露娃失业后，仅靠王进军那点打杂的薪水，是养活不了他们两个人的，他们不得不从长计议，商量养活自己的办法。

一个突发事件，彻底击碎了余家俊为公家办事、带领村民走上富裕之路的幻想，导致他愤而辞职，退出了村里的行政舞台。

事情发生的那一天，韩广才和余有权去县里开会，村里主事的就余家俊一个人。他正在村委会搞村路硬化方案，韩庄一个小伙子跑来告诉他，乡里的检查组和韩广利跌跘起来了，检查组叫来警察要把韩广利抓走。他忙问为什么要抓人，小伙子说，因为检查组要把韩广利家的自行车和缝纫机拉走，韩广利拦住不让拉，他们就把警察叫来了。余家俊把手里的笔往桌子上一丢，说了一句："都这年月了，咋还这么没王法呢！"就跟着小伙子往韩庄跑去。

余家俊对韩广利很熟悉，既是乡党又是同学。韩广利比余家俊大几岁，篮球打得好，跑得快，跳得高，投得准，曾经代表桑树原到地区打过比赛，得了第三名。高中毕业后，韩广利急着结婚，耽搁了招工机会，留在家里务农。韩广利入党比余家俊早，为人耿直，在庄子上有一定威信。

一边走着余家俊一边了解事情的起因，原来韩广利的儿媳头胎生了个女娃，近来又怀上了，夫妻俩想要个男娃，就没有去做人流。检查组本来要把人弄到医院做流产，可是两口子到泾县串亲戚去了，不在家。工作组找不到人，就认定是有意躲藏公然对抗，要施以惩戒，让人把韩广利的自行车、缝纫机暂时罚没，人交出来后再发还。

韩广利跟儿子分家单过好几年了，他认为，儿子的事情你们找我儿子，不能随便拉我家的东西，于是出面阻拦，双方就发生了冲突，韩家的族人也围拢来，给韩广利助威。检查组害怕他们被打，派人到邻村打电话叫来了警察，要以"煽动群众暴力抗法"的罪名羁押韩广利。村民把警察和检查组团团围住，不让出村，警察突不出重围，掏出手枪鸣枪示警，也没压下村民的势头。正在这当口，余家俊赶到了。

余家俊学着八叔的样子，先喝唬住村民的情绪，然后上前想跟工作组打招呼把事情缓和下来。可他刚凑到跟前，就被一个警察一把推了一个趔趄。

余家俊没有生气，又往前走了两步，正色告诉警察他是这个村的副村长。一个似乎是头头的警察上下打量了余家俊一番,脸含不屑地问:"你有啥事情吗?"余家俊端正着脸色说:"你们在我们村里抓人,总得给我们打个招呼吧。"警察沉下脸来说:"我们处置紧急情况,没必要跟你们打招呼。"余家俊连呼带喘地说:"好,好,你们处置紧急情况是没有必要给我们打招呼,这是你们的权力。那么我现在以村委会的名义询问一下,这个人犯了啥法?"警察竖起眉毛不耐烦地说:"把你一个村长,还是个副的,有啥资格干预我们的公务?"

这句话把余家俊激出火来了,他理直气壮地说:"村委会也是共产党领导下的一级行政机构,你管我是正的还是副的,反正我能代表村委会。"周围的村民们也喊起来:"余村长就是我们村里的领导,他有权过问村里的事情!"

警察也知道他的话激起了民愤,但他们不能软,一软就更走不了了,于是严厉地道:"他煽动群众暴力抗法!"余家俊问:"他保护自家东西呢,咋就煽动群众咧?"警察不耐烦了,厉声喝道:"你再干扰我们执行公务,连你一搭里带走!"

余家俊的火气终于蹿上来了,也竖起眉毛厉声道:"国家政策哪一条哪一款容许你们随便拉人东西,你们把政策拿出来!他儿子跟他早就分家咧,你们连执法主体都没找对就抓人呢,再说咧,拘留要有拘留证,逮捕要有逮捕证,你们有啥证拿出来看一下!"

主事的警察见强硬的方法不好使,或许也知道这么硬干会出问题,便缓和下态度,把余家俊拉到一边低声说:"这里面没有多大事情,我们也只是走个过场,不会把老韩怎么样,只是用这种形式把他儿子逼回来。"余家俊说:"你们这种做法对不对我不好说,可这不明不白拉东西,不就成株连了吗?"警察说:"方法是有些欠妥,但工作必须得干,这毕竟牵扯到一级机构的尊严。我看是这,你劝一下群众,东西可以不拉,人得跟我们走一趟。"余家俊还想据理力争,可那边又闹腾起来了。村民们见村长来了,腰杆自然硬了起来，几个小伙子抄起家伙要跟警察干仗。

韩广利害怕再争执下去会导致激烈冲突而无法收拾，赶忙举起双手大声喊道："大家安静一下，听我说两句！"连喊了几声，人们才渐渐安静下来。韩广利大声说："大家不敢这么冲动，把我这一院房子连家什护住就对咧，我谢谢大家。"然后又对余家俊说："家俊，你也再不拦咧，让我跟他们去，看他们能把我弄个啥，你把乡亲们挡一下，把路让开。"

余家俊也知道，再继续下去肯定会引发严重后果，便也不再继续坚持，劝村民让开一条道，让他们走人。检查组的几个人害怕落单，也都挤进几辆警车里，一溜烟跑了。

一场风波虽然平息下去了，但这件事情却刺痛了余家俊的心，让他生出了深深的挫败感。

回到村委会，他越想越生气，他试图争竞的努力，无非就像放了一通屁，甚至连放屁都不如，放屁还能有点响动，还能熏一熏人，他的一番努力连一个人都没熏下，只能眼睁睁地看着把人带走。他突然感到了自己的渺小，意识到自己只是路边的一棵小草，而不是一棵参天大树，他没有能力为人们遮风挡雨。他突然感到自己很可笑，他笑自己竟然天真到要用手里这点草芥权力，为村民谋福利，带人们走康庄。他觉得他的理想破灭了，他警醒地意识到，既然自己没有那个能力，也就没有必要继续干那自欺欺人的事情，而是应该回家去，一门心思把自家的一亩三分地务劳好，把自家的小日子过好。

第二天早上，余家俊把一纸辞呈拍到了韩广才和余有权面前，把两个老汉弄得一愣。

支书和村长昨晚夕回到家，就听说了白天发生的事情，因为已经晚了，就没再找余家俊。今天一早两个老汉就来到村委会，想等余家俊来了，一起商量怎么办，没想到余家俊却拍来了一纸辞呈。他们感觉到了问题的严重性，也就不再商量什么，又跟余家俊进一步了解了当时的情况，宽慰了余家俊几句，就一起出门直奔县里，当天后晌就把韩广利领回了家。

两个奔波了一天的老汉回到村委会时，余家俊已经收拾好自己的东西回家去了。两人休息了一会儿，又一起撵到余家俊家，劝他收回辞呈。

两位长辈到家来，余家俊自是热情招呼，让菊梅炒两个菜，陪着两个老人喝两杯。可是说到收回辞呈，余家俊却王八吃秤砣，铁了心。任两个老汉或苦口婆心，或软硬兼施都无济于事，余家俊咬死了再也不干这卖尻子事情，让那一帮货当尿泡揉。

劝说从饭前一直持续到晚上，余家俊还是不松口，惹得余有权拍着桌子发起火来，余家俊仍然软硬不吃，油盐不进。两个老汉实在没有办法，只能由着他去了。

余家俊辞职以后，先在父母的宅基地上，盖起了三间砖柱坯墙的房子。挖地基的时候，他让匠人在房子中间挖一个两米见方、一米深的坑。好多人不理解，房子中间挖坑干啥呢，埋金银财宝呢吗？我们只听说你们先人有过一罐罐大烟，没听说有啥金银财宝。余家俊只是笑笑，并不解答。

房子刚刚盖好，余家俊收到李汝松的一封信，邀他到市里去住几天。这时候地区已经改成了市，李汝松在市医院院长的位子上还有半年时间。李汝松开玩笑说，趁着他还有些权势，还能好好接待一下，要是等到半年以后，人走茶凉就接待不了了。

这个邀请正合余家俊的心思，他原本准备房子盖好以后去趟市里，这下正好瞌睡遇着枕头了。这时候，秋收秋播刚刚结束，溽热早已退去，冷风还没吹来，正是浪山观景的最佳季节。余家俊收拾一下，换上一身走亲戚的衣裳，动身往市里去。

李汝松调到地区以后，先当了几年副院长兼外科主任，后来又接任院长，一干就是十几年。刚到地区时，李汝松还有些不适应，毕竟公社卫生院和县医院没有什么大手术，致使主业撂荒了十几年，很多业务都得从头梳理。不过他到底是名牌大学的高才生，底子扎实，也就一两年工夫，不仅重新拾起了摞生的业务，而且结合这些年全科医生的经验，在手术和辅助治疗方面，都成了医院的尖子，没有多久，"地区一把刀"就闻名遐迩了。

李汝松度过适应期，站稳脚跟后，常写信给余家俊，邀他到城里玩几天，可是余家俊那时候总是很忙，很难抽出几天时间去旅游，而且他还秉持"父母在，不远游"的观念，一天到晚守着老婆娃娃热炕头不动弹，只有李汝松回原上看望岳父岳母时，才能见见面。这一次余家俊爽快应约，一是卸去了村长的担子，浑身轻松了；二是房子已经盖好，又赶上农闲时节；三是新业务开展之前，他必须到市里去采购设备。这三个方面凑在一起，才促成了余家俊的行程。

余家俊中午前到达市里，李汝松在车站接上他，先把他领到市委招待所，说让他先怀怀旧。

余家俊觉得，这个地方和他二十多年前住过的招待所根本不是一回事，院子里的大食堂没有了，那个位置上建起了一座大楼。原来的青砖小楼虽然还在，但已装修得焕然一新，跟过去有了天壤之别。要是把他放在大街上，让他自己来找，恐怕找不着。

进了房间，余家俊又大吃一惊。他从来没有见过这么豪华的房子，一张大床的对面，是一溜儿低柜和桌子，上面摆着很大的电视机，靠窗的地方还有沙发和带靠背的贵妃床，卫生间里的设施也是他没见过的。余家俊就像刘姥姥进了大观园一样感叹道："我的个天神，在这么高级的地方能睡着觉吗？"李汝松在沙发上坐下来，让他赶紧脱了衣服洗一下，魏金梅已经在家做好了一桌子饭菜等着他呢。

余家俊洗漱完毕，两人走着往家里去。李汝松的家离招待所不远，步行十几分钟就到了。

这是一个挺大的单元房，三室两厅，装修得比较简单，已经显出一些陈旧。餐厅的长方桌上已经摆满了菜，魏金梅还在厨房里忙活着，听到进门的声音，拿着两只湿手迎出来跟余家俊打招呼。几年不见，魏金梅明显见老了。他们刚在餐桌旁坐定，李汝松的女儿回来了。这女子跟她妈一样，高大漂亮，身材挺拔，模样俏丽，还带着一股不羁的神态，早已经不是原上那个黄毛小丫头了。

四个人围着桌子坐下来，李汝松把一包软"中华"放到余家俊面前，又拿起桌上一瓶茅台酒对余家俊说："你是我们家的贵客，第一次登门，我就用最好的东西招呼你，今天我们也不出去玩，你就放开了喝几杯。"说着就给余家俊满上。魏金梅和女儿也倒上酒，大家一起连干了三杯，这才慢慢吃菜聊天。

魏金梅到了城里以后，安排在医院药房工作，李汝松是院长，人们也就忌惮议论魏金梅的事情，工作很舒心，现在已经退休了。儿子高中毕业后考入上海同济大学，现在硕士在读，还想继续读博士。最让李汝松头痛的是这个女儿，在一个局里当干部，三十过了还不嫁人，对象谈了一河滩，就是没一个中意的，让李汝松急不得恼不得，只能顺其自然。说到嫁人的事，女儿立马问余家俊："余叔叔，你家犊娃也该娶媳妇了吧？"余家俊说："媳妇说好都快两年咧，桃树坡的女子，今年我把我的磨坊开起来，明年春上或者秋里就给他娶。"

一瓶酒李汝松和魏金梅没喝几杯，全让女儿陪余家俊喝了。余家俊从没喝过这么好的酒，好像把一块块猪胸腔里的热板油吞进肚里，只觉得浑身通泰，四肢舒坦。李汝松的女儿，好像是天生海量，半瓶酒下去脸不改色心不慌，见不出一点儿酒后的迷糊，感觉越来越清醒，越来越爽朗，几个人的话，全让她一个人说了。

这顿饭一直吃到下午三点才结束，女儿吃完就起身走了，说晚上有应酬，吃饭不用等她。三个人移步客厅，坐在沙发上喝茶。余家俊在老朋友跟前敞开了心扉，把这些年经历的风风雨雨，细细地告诉了李汝松，说到不平的事情，忍不住情绪激动，牢骚满腹。李汝松一直用一种洞察世事的眼神看着余家俊，默默地听他诉说，只是在他情绪激动的时候插上一两句话。

太阳西沉的时候,魏金梅擀好了面,做了一顿清淡的臊子面,这饭更合余家俊的胃口,连着来了两大碗。李汝松又拿出酒来和他喝,余家俊怕喝多了耽误第二天的事情,浅尝辄止,喝了几杯就放下杯子不喝了。

晚上回到招待所,余家俊放上热水受受活活地泡了一回,然后把自己放展在暄软的席梦思床上看电视。刚才泡澡的时候,他就想起了二十多年前住在这里的那些往事,那时候是四个人一间房子,单人床上是花布床单和花布被套,洗澡是一间淋浴室,可以十几个人同时洗。那时候他们这帮人,大多数都没有住过那么高级的房子,但都是身披光环,红得发紫的当地的人物尖尖,整天都像打了鸡血,处在亢奋之中,仿佛从这里走出去就能改变世界。一晃二十多年过去了,当年的事情想起来,就跟昨天发生的一样新鲜,可是环顾身边的环境,却早已不是物是人非,而是物也非人也非了。他想,再这么晃一下,他就成真正的老汉了,而且还是一个一事无成的糟老汉。

躺到床上,他又想到了人与人的差别。在原上,只要能吃饱肚子,再能咥上几嘴肉,抿上几口酒,就是品麻日子啦,从今天中午到现在,他才知道了什么是真正的活人。李汝松在城里不算富人,就能用这么高的规格招呼他,那富人又该是什么样子?于是他就感慨人生的无常和命运的多舛,便觉得还是把眼前的福享好了再说,管他妈嫁人不嫁人呢。他点上一根中华烟,就感觉自己成了神仙,在云上飘来飘去,受活到了极处,不一会儿就随着电视里的音乐进入了仙境。

一觉醒来,电视还哇啦哇啦响着,窗户上已经透进了亮光,余家俊这才发现,这一夜他没有关电视,也没有拉窗帘,连墙上的壁灯也没有关,睡得太舒服了。咂摸咂摸嘴,好像还有昨天茅台的余香,他点上一根烟,抬起身半躺着,认真地品味眼下的品麻与受活。直到两根烟抽完,才爬起身洗了脸,到楼下大厅里转悠,等着李汝松到来。昨天晚上他们说好了,今天一早先看磨面机,然后去逛崆峒山。

李汝松八点钟准时到了,两人在餐厅吃过早餐,就坐上车先去选购磨面机。李汝松到市里十几年，人头已经很熟了，走到哪里都有人热情接待。在技术人员的帮助下，很快选定了机型。按照李汝松的意思，是让余家俊在这里住一个星期，可余家俊说家里有老人，还有一大堆事情，坚持再住两天就得回去。于是就跟卖家说好，后天早上交钱提货，由卖家上门安装。办完这些事情，就直接驱车去了崆峒山。

李汝松已经六十岁的人了，没有发胖，也不显衰老，爬山不比余家俊差。崆峒山的上半截比较难爬，青石条叠就的阶梯很陡，赶登到山顶，两人都出了汗。从这里眺望四周，三面群峦叠嶂，满眼苍翠，只有市区这面是一片开阔地。山下的一座小水库，在阳光的照耀下，闪着耀眼的粼粼波光。越过市区再往东面眺望，就是北原和桑树原了。在目光所及的桑树原上生活了近五十年，余家俊还是第一次登上这座黄帝问道的道教名山，不免生出感慨。

在山顶活动了好一会儿，观看了多处庙宇与道观，李汝松带余家俊到道长屋里去喝茶。

李汝松和道长很熟，听到道童通报，道长从院里迎出来，双手抱拳满面春风地道："哎呀，李院长大驾光临，贫道有失远迎，恕罪恕罪。"说着宽袖一摆，头前带路，把二人引进屋里。道长的体型也和他俩相似，不高且瘦，穿一身黑色短道装，腿绑白色云袜，脚下是一双黑布十方鞋，没有戴帽子，灰白绾结的发际下，一张长脸清癯却满面红光，一绺花白的胡须垂在胸前。

分宾主落座后，李汝松把余家俊介绍给道长："这是我的朋友，桑树原上的余家俊。"

道长目光如炬地看了一眼余家俊，笑着摇摇头："嗯，这位余施主和李院长的关系，恐怕不光是朋友这么简单，依贫道看，你们俩应该有过命的交情。"两人非常震惊，仙道果然与俗人不同。李汝松钦佩地说："什么事情都瞒不过道长的慧眼。"就把余家俊重新详细地介绍了一番，又问道长是怎么看出来的。

道长说,其实这并不神奇,人与人的情感都是有信息的,相互之间能感受到,旁人同样也能感受到,只不过传递给旁人的信息很缥缈,只有能够入定的人才能捕捉到,贫道入定久矣,只是比常人敏感一些罢了。

这时,道童端上茶来,道长抬手示意请茶。李汝松端起盖碗品了一口,连声称赞"好茶,好茶"。道长一笑说,这是安徽的道友捎来的六安瓜片,一直存在窖里,没有失味。余家俊也端起盖碗,发现茶汤不是惯常所见的黄色,而是淡淡的嫩绿,轻轻啜了一口,只觉一股幽淡的清香弥漫了口腔。余家俊喝过的最有名的茶就是云南沱茶,这一口喝下去,就觉得是品尝了天降甘露。

喝着茶闲谈了一会儿,李汝松跟余家俊说:"你能不能看出道长的年龄?"余家俊又仔细端详了道长一眼,拿捏不准地说:"六十多岁?"李汝松笑笑没说话,道长捋着长髯朗声笑了起来:"余施主眼拙了,哪有那么年轻,实不相瞒,贫道已虚度八十有六春秋。"

余家俊惊得眼珠子都快掉出来了。在他的概念中,人过七十就已经老得不成样子了,就像他父亲那样,而道长已经八十六岁,仍然步履矫健,满面红光,不见一点老态。他不能不暗自钦佩,惊为天人。

从年龄自然就说到了养生,李汝松对道长说:"我与道长已相识十多年了,一直还没有机会请教道家的养生之道,道长今天是否能点拨一二?"道长又是微微一笑,理着长髯道:"我先给李院长纠正一个说法,道家和道教是两个不同的概念,道家作为一种传统文化,是以黄老哲学思想为根本,研究宇宙天地循环,以及对空间事物的价值取向。而道教作为一个教派,讲究的是个人的修为。道教所谓性命双修,修性是指体内真气的循环运动,功用在于开启智慧,摈弃私欲,修炼本真。修命在于促动血脉流畅,强身健体,提升自身能量。修性在于静,修命在于动,武术家所说的内练一口气,外练筋骨皮,就是这个道理。人只有完全静下来,才能真正体悟外部世界对自身的作用,观察自我内在气脉的运行,才能吸纳日月光华,修补自身能量的不足,各种能量都充足了,身体自然强健,寿命自然延长,龟息就是这个道理。"

道长端起盖碗轻轻呷了一口,接着朗声一笑说:"其实,道人的修炼和你们医生治病是一个道理,不同的只是,医生是治已病,修炼是治未病。"

李汝松听得很仔细,道长说完,他喝着茶思谋了一会儿,又提出一个问题:"那么命与运又是个什么关系?"

道长一手抚案,一手理髯,缓缓道来:"命和运的关系,就和生命和生活的关系大致相同,生命是指一个命物的形成,生活是指这个命物的存续。命是定数,是不能改变的,运是运程,是随着生命的延续而不断变化的。每个人在出生之时,由于时辰、方位的不同,命数都是不同的,就像身份证号一样没有相同的,也就是生命的密码,这个一般是确定不变的。而运程则是随着长大和变老的过程中,受到宇宙循环、日月光照、自身修为、人生际遇的影响,产生种种变化。普通人三至七岁起运,也就是外部世界和自我内心开始对他产生影响,所谓三岁看大,七岁看老,就是这个道理。一般来说,命数决定运程,而运程能量强大的时候也可以促动命数发生一些轻微的变动,这就看哪个方面的能量更强大了。"

聊了这好一会儿,李汝松生怕冷落了余家俊,就转过脸来对家俊说:"道长的卦很灵,一般不轻易示人,你想不想看一看?"

道长刚才的一席话不知道李汝松听明白了没有,反正余家俊就像听天书一样,云里雾里的,他只觉得坐在对面的就是一个神仙。余家俊过去只是听说过道人算卦的事,自己没经见过。尽管原上也有人算卦,可那都是神汉巫婆的勾当,当不得真,李汝松一问,心里便禁不住痒痒,就求道长帮他看看运势。

道长不好推辞,问明了他的生辰八字,便仰脸朝天,眨着眼睛嘴里念念有词。过了一会儿,道长把目光投向余家俊的脸,余家俊猛然发现,道长两道目光利剑般向他刺来,仿佛要穿透他的内心,不由得心里哆嗦了一下。也就一瞬间,道长收回了目光,面色平静地拿过一张黄纸,拈起毛笔在纸上写下"行龙卧虫"四个力道遒劲的字,然后把纸推到余家俊面前。余家俊端详半天不解其意,就请道长诠释。

道长理着垂胸长髯慢慢说道:"要用卦象术语来说,你们二位可能也听不明白,我就用大白话将我感觉到的说一说。行可成龙,卧则为虫,余施主原本就不该是卧在桑树原上的一条虫,应该是游走四方闯荡江湖的。你祖上就曾靠行走江湖,改变了家庭运势,施主如果二十岁前离开桑树原,出外游走,眼下的境况,就会完全是另一个样子,日子至少不会比李院长差。可是由于时代所限,家庭所限,你离不开家,离不开桑树原,所以只能过现在这种日子,这就是命数。再从面相来说,余施主年轻时也是一个英俊少年,特别是这一双登科眼、两道及第眉就带有福相,可是你的脸型和肤色都不是很好,这就给你眉眼间的福相打了折扣。尽管施主心气很高,可是你没有遇到上升的渠道,虽然也曾光鲜一时,但你背后推力的能量不足,只能把你往前推一步,连两步三步都推不了。"道长的这番话让余家俊心里一动,立马想起二哥跟他说的话。

"余施主有脑筋,心思活络,是个有正气有担当的人,只是你的运势受到了命数的钳制,稍微有点好事随之就会受挫,多数时间只能望洋兴叹。"道长停顿一下,示意大家喝茶,自己也端起茶杯小抿了一口,接着说,"家道是有轮回的,不可能一直旺,也不可能一直衰,施主家的家道到你父亲这一辈上,只旺长房而不旺其他各房。原本你的命数比现在要差,好在你内心有善,可以祛除一些小灾,特别是救人一命,就化解掉一些厄运。"道长低头沉吟了一下,又抬起头来说:"施主是李院长的朋友,我们这不算推卦,就是朋友间的闲聊,言轻言重都不要往心里去。我觉得你近几年的生活还比较平稳,五十岁前后可能还会有不可预见的事情发生,你的人生可能还要走一段下坡路。"

这一番话，说得余家俊浑身发凉，他突然觉得，道长仿佛跟着他一步步走过了半生，自己经历的一切，都被看得清清楚楚，便感到屁股底下一股冷气直冲脑门，脸色也随之灰暗下来。

李汝松见他脸色不好，赶忙问道长，有没有化解的办法？道长理着长髯淡淡一笑道："所谓靠外力化解一说，那是江湖术士骗人的话，人的运势就像人的影子，如影随形，时而显现，时而隐匿，但始终跟着人的身体，要化解，只能靠自身内力的作用，外力的作用那就需要等待机遇了，而机遇是可遇不可求的。李院长，你们西医是搞科学的，你明白这个道理，强大的科学，可以改变影子的方位，可以改变影子的形状，可是它没有办法把影子从人的脚下移开。"道长又转脸对余家俊说："不过余施主也不必灰心，这只是贫道的一家之言，未必准确，贫道姑妄言之，施主姑妄听之，一笑而已，不必当真。其实运势和命数随着时间的推移，也有渐变的过程，比如遇到重大事件，得到重要机遇，以及迁徙等，都会使命数和运势发生改变，这主要看你内心寻找的方位，就是常言说的事在人为。"

又闲聊了一会儿，已到午饭时间，道长要留他们共进素餐，李汝松笑着说："有朋自远方来，我当好酒好菜招待，道长的素餐，还是改天我一个人来时再享用吧。"道长哈哈一笑不再挽留。送出院门时，道长冲余家俊打恭："人怕老来苦，麦怕胎里旱，施主好自为之。"

到了山下，李汝松带余家俊去吃羊肉泡馍，然后回招待所休息了一会儿，又逛了市里的公园。李汝松担心道长的那些话给余家俊造成心理负担，打电话约了几个朋友，晚上在招待所餐厅热闹一下，冲一冲余家俊心里的阴影。

傍晚到了预订的包房，已经有好几个人在那里了，都是市里有头脸的人物。城里的宴席不像农村那样吆五喝六、锣鼓喧天，场面虽然热闹，但并不嘈杂纷乱，每个人都彬彬有礼，客客气气，给余家俊这个地道的庄稼汉，给予了足够的尊重。满桌子菜肴，基本都是余家俊没吃过的，一水的五粮液不断觥筹交错。余家俊惊叹于城里人生活的奢华，下筷子时常瞅不准方位。今天余家俊是主客，每位客人都过来与余家俊碰杯，余家俊只能来者不拒，赶到宴席结束时，已经有些步履蹒跚了。

这一夜余家俊睡得不好，半夜醒来酒劲已经过去，可是再也睡不着，道长的那些话总是在耳边萦绕。他干脆起身，坐在沙发上抽烟喝水看电视，坐了将近两个钟头，才又有了一些睡意。余家俊心想：我就是一个农民，已经是社会最底层了，再走下坡路，还能把我弄成"副农民"不成？于是丢开心里的鹜乱，心里释然了，觉也就睡踏实了。

天色大亮以后，李汝松过来，说今天走远一些，就上车出了市区沿着一条山谷往西行驶。这条路一直在谷底，道路和山溪并行，有些地方溪水漫过路面，车轮碾过激起清澈的水花。在一个拐弯处停下车，李汝松指着连绵的山峰说，这里就是传说中的三关口，杨六郎就曾在这里把守边关。余家俊随着李汝松的指点观看这里的山势，果然是一夫当关万夫莫开的地势，不禁感叹古人的聪明才智。

在这里逗留了一小会儿，又继续上车西行，一直到了六盘山。余家俊是在原上长大的，除了去煤矿拉煤步行穿越老爷山外，并没有见过真正连绵的大山，这一回真是开眼界了，见识了大自然的雄奇壮美，昨天不爽的心情也就释然了。李汝松环顾着六盘山说："想当年，红军路经这里时，几乎到了山穷水尽的地步，但毛泽东依然豪气勃发，写下了雄壮的诗句，于是后来拿了天下。人不管做什么事，只要努力了，就会改变现状，就会有结果。"余家俊知道，这是李汝松给他宽心的话。这一趟一直逛到天黑才回到城里。

第四天早上，李汝松陪余家俊去提货。卖家已经把设备装到一辆小货车上，余家俊交过款，就要改坐送货车回去。李汝松叮嘱两个送货的技工，一定要安装调试好才能离开。技工笑着说，李院长放心，你老人家交代的事，我们绝对没麻达。临上车时，李汝松打开提包，拿出两条烟和一个信封递给余家俊说："犊娃结婚，我不一定能去得了，先随个礼，你就不要推辞。"

余家俊很不好意思收这个钱，这几天连吃带喝还有玩，已经让李汝松破费不少，这个钱虽说是给儿子随礼，其实他明白，就是给他买设备搭凑一些，到了犊娃结婚时他肯定会来。但是推辞也不好办，只好收下。李汝松握住余家俊的手说："兄弟，你这人心里没邪气，记住老哥一句话，但行心中事，不必问前程。"说完推余家俊上车，与他挥手告别。

上午十点不到，余家俊就带着设备回到原上。送货车的到达，引起村人的好奇，纷纷跑来看余家俊拉回来啥东西。拆开设备包装，人们看到是一台磨面机，这才明白了他在屋地上挖坑的用意，禁不住夸他有脑筋有见识。余家俊不无得意地说："咱余家磨坊已经名存实亡几十年咧，我要让它实至名归，让余家的磨坊重新转动起来，重新找回车拉驴驮的热闹景象。"

两个技工手脚利索，后响之前安装调试完毕，又把机子里外全都擦拭干净，让余家俊拿一斗麦子开机试试。一切准备停当，推上电闸开动机器，一阵有节律的轰鸣声骤然而起，宁静的村落被机器的声音打破了。

35

露娃再次回到原上时，父母已经搬到县城两年了，但一院窑洞还算完好。父母可能想着晚年还得回来，只是带走了炕上的铺盖和柜里的东西，一应物件以及锅碗瓢盆都留下来，拾掇干净就能过日子。

海娃有意邀请露娃一起经营饭馆，海娃知道他姐的能力，经营素质远在他媳妇之上，他姐给他操心这一块，他就可以甩开手折腾他的汽车配件了。而且他能在县城开饭馆，最初还是得益于他姐留下的那块手表，不管怎样，他姐也是这个饭馆的股东，有她在前堂支应，无疑还会招来不少食色者。可是，露娃考虑到，和弟弟合作问题不大，即便马勺碰锅沿，高一句低一句都没关系，但和弟媳相处就比较麻烦。她知道弟媳爱钱方面跟她父亲有一拼，一年半载或许还行，时间长了总不是个事。王进军这人虽然不懒，可在待人接物方面比较木古，一个锅里搅，早晚会有麻达。于是婉拒了海娃的好意，带着王进军回到了原上。

海娃留不住他姐，就一起回到村里，把租给别人耕种的地收回来两亩，让他姐自己耕种，保证吃饭问题，这样，露娃和王进军就在村里住下来，重拾农活，开始了田舍郎的生活。这时候，村里人几乎都搬到原上住房子了，许多人家过去的窑院成了麦地，老庄子里独独剩下这个窑院还住着人，白天倒是没啥，晚上就静得瘆人，连个狗叫声都没有。从车辆日夜不断、马达声声不绝的公路边，猛扎子到了这空旷庄子里，两个人起初很不适应，心里空落落的，总感觉好像少了点啥。

露娃是春节前离开煤矿的，借海娃拉煤的车，把需要的东西全都拉了回来。露娃把小卖部剩下的货留给海娃，海娃给他姐装了足够几个月用度的面和油。正是麦苗返青季节，余家俊担心露娃回来没带粮食，送来一袋麦面一瓶油，这一来露娃半年不用为吃饭发愁啦。春播时，余家俊又让犊娃领着他的变工队，帮露娃把一亩秋田种上，接下来就等着锄苗收麦了。

露娃虽然已经是四十多岁，却依然保持着姣好的模样和身材，衣着穿戴也与农村妇女截然不同，扛着锄头下地，就成了村里的一道风景。人们私下议论，余兴汉家这女子咋就不老呢，四十几了还像女娃子一样水灵。王进军小时候上学，十六岁当兵，又是家里的老小，没怎么干过农活，唯一能用上的技能就是喂猪。于是露娃用其所长，抓了四个小猪仔，还弄了几只鸡，让他一并养着。猪养到年下，可以杀了卖肉，鸡下蛋可以自己吃，也可以换些零用钱，露娃笑称王进军是"鸡屁股银行行长"。

王进军下地干活没情况，人缘却是很好，到村里不久，就和一帮闲汉搅在一起，除了喝酒还是没量，打牌下棋掀牛九，样样都玩得溜顺，动不动就往半夜里玩，让露娃一个人在静得怕人的窑院里独守，露娃有气也拿他没办法。好在他还有一把子力气，每天到原上担水都是他的事情。

　　清明一过，天气迅速暖和起来。这天晌午，余家俊正在磨坊里忙活，有人捎话过来，露娃让他去一下，有话跟他说。余家俊把犊娃喊来看着磨坊，自己洗了一把头脸，换上一身干净衣裳往老庄子里去。

　　自从父母过世，他也搬到原上以后，整天价在磨坊里打转转，很少到老庄子里去，今天悠闲地走在狭窄的坡路上，发现一条沟里竟然有了很大变化。自从种草种树、退耕还林以后，沟两边长满了草树，绿油油地连成了一片，草丛里开着各色的野花，空气中弥漫着草和花的气息。余家俊不禁有些感慨，烧柴草的时候，山坡上没树也没草，现在不烧柴草了，它们倒富裕得满坡都是，老天爷总是不遂人愿。

　　露娃听到动静，满面春风地迎了出来。她换了春装，穿一件粉红碎花的衬衣，下面是一条藏蓝色的薄毛料裤，显得既清爽又贴身。进了窑，炕桌上摆着四个菜碟两只酒杯和一瓶酒。露娃满脸笑意地说：" 我的个爷，回来这些日子，也没把你请来坐一下，说一阵话，今儿个我特意炒咧几个菜，请你来喝两杯。"

　　余家俊里外看了看，没见着王进军，就问：" 你们那一口子没在吗？"露娃笑嘻嘻地说：" 我把那货打发到县里跟集去咧，顺便到我妈那达转一转，那尿又喝不成酒，就知道胡谝胡哄，他要在，咱们啥都说不成。"

　　余家俊上炕坐定再看那几个菜，一碟炒鸡蛋，一碟辣子炒肉片，一碟黄豆芽，还有一碟咸韭菜，酒是当地名酒柳湖春。余家俊咬开酒瓶给两人倒上，两只酒杯轻轻一碰，各自干了一杯。简单仪式过后，两个人一边喝酒吃菜，一边海阔天空地谝起来。

　　露娃又讲起私奔的事，也讲了在西安几年的生活和见识，特别是和余慧芳的那一段交情，以及从余慧芳那里学到的东西，又着重讲了在煤矿这些年的经历，以至于不怕露丑地把险些遭那娃娃强奸，以及后来看到那娃被枪毙的情景，都借着酒劲跟余家俊说了。余家俊也把这些年的辛酸苦辣，一五一十地向露娃和盘托出，并饶有兴味地把去市里游玩，李汝松的热情接待，在高档宾馆的胡思乱想，以及崆峒山道长推卦的事情都叙说了一遍。露娃这些年把酒量练出来了，喝个三四两不成问题，一瓶酒眼看见底，两个人谁都没有醉意，而且越说越热闹，越说越投入，越说越清醒。

一瓶酒喝完，露娃又去灶窑下了臊子面端过来。家俊知道露娃手艺不错，但还没有吃过单独为他做的饭，就有一种说不出的感觉，既有幸福，也有失落，好像还有点别的什么。这一顿饭从晌午吃到午后才算结束。

露娃收拾了炕桌上的东西，又坐下来和余家俊说话。余家俊跟露娃说："闲谝咧这一会子，正事还都没问你呢，这一次回来有啥打算，还走不走咧？"露娃低头想了一下说："都这岁数咧，还能有啥想法，就想安安稳稳地把后半辈子过好。现在原上也不愁吃喝咧，只要把那些地务劳好，能把肚子糊住就行了，再干个啥都不容易，一是没有那个财力，二是没有那个心劲咧。"

露娃告诉余家俊，乡里欠下的钱，海娃只收回来一小部分，大部分打了水漂。家俊说："你半辈子没怎么种过地，能下得了那苦？种地可是个苦焦活，现在年轻人都想着往外跑，你这都快老了，又跑回来种地呢，你这纯粹是逆着行事。"露娃笑一笑说："这也是没有办法的事情，没念下书，也没学下个技术，前些年别人还没动弹的时候，做个小生意还能凑合，现在人人都想做生意，门槛就越来越高，只能到哪个山上唱哪个歌，慢慢活着再看。"

余家俊摸出一根烟点上，叹口气说："尽管现在日子是好过些咧，可是要活出个模样来，还是不容易，我就怕你受不下这份苦，把日子过烂包咧。我思谋着，你还是到县里去，跟海娃一搭里干事，可能更好些。"露娃就把自己的想法和顾虑跟家俊说了。家俊只能承认露娃的考虑有一定道理，就说："这样也好，在外面闯荡二十几年，早晚还得落叶归根，趁着还不老，早些回来把生活基础打一下，毕竟农村生活平静，空气好，粮食也新鲜，比在城市好活一些。"

露娃告诉家俊，这次回来明显感觉到，她父亲不像以前了，过年时说起那些年的事情，还掉了眼泪。她想，不管怎样，和自己家人在一起，总比一个人在外头挣扎好，虽说不在一起生活，毕竟离得不远，啥时候想见就能见上，心里总有个依靠。现在让她不满意的，就是这个王进军，玩心太大，干事不着调，老和一帮闲汉凑，把打牌当日子过。余家俊宽慰说，既然遇上了就是缘分，不吃喝嫖赌就行了，要求不要太高，人嘛总都有些毛病，只要能对凑着过日子就往下过，老了总还是要有个伴呢。露娃忍不住嘿嘿笑起来："我怎么觉得咱们像两个六十岁的人说话呢，土都埋到脖子了。"余家俊也哈哈笑起来。

看着日头已过正午，余家俊酒足饭饱溜下炕穿鞋，准备回磨坊去，露娃拦住他说："你先不要急着走，我还有话没说完。"余家俊又在炕沿坐下，看着露娃等她说话。

露娃脸红了一下，然后神色庄重地说："咱两个从十几岁就互相喜欢，后来就成了爱，这一爱就是几十年，可老天爷就是不让我们走到一搭里，这可能就是命。一晃荡三十年过去了，咱也快老咧，不过我觉得，这几十年里，你心里头还有我，我心里头也还有你，我们的缘分还没有尽。我这些年虽说身子已经不干净咧，可是爱你的这一份心思还是净净的。今儿个我把王进军打发出去，就是想跟你圆一下梦，你要不弹嫌我，你就上炕，我们把这几十年的心愿了一下；你要嫌弃我，你现在就走，我这一辈子再不见你。"

露娃的一番话，把余家俊压抑在心底几十年的激情一下子激荡起来，在胸腔里奔涌着，他不由自主地浑身颤抖起来。几十年了，他无时无刻不在默默企盼着与露娃耳鬓厮磨，重续前缘，然而当这样的时机骤然降临到眼前时，他却突然丢失了魂魄一样，茫然不知所措了。

露娃见家俊呆立在那里没有反应，以为他是心里纠结难下决断，便径自出去闩了院门，然后转回身来站在炕沿前慢慢地解着衬衫纽扣。当露娃脱下布衫,将衫子掉过来遮挡在胸前,只把圆润的肩背和几十年后依然白皙细腻的肌肤呈现在家俊眼前时,余家俊心头轰然一震,几十年前破窑中那惊鸿一瞥闪电般划过眼前,几十年埋藏在心底的酸甜苦辣一股脑儿涌上心头,一时间悲从中来,他蓦然从雕塑状态猛醒过来,往前一把将露娃揽入怀中,涕泗横流滂沱而下,伏在露娃肩头失声嘶号:"露娃吔,几十年咧,实实地把你想死咧,你就是我的心,我的梦,我的魂灵子呀!"

露娃被这撕心裂肺的号啕震撼了,这时也已经泪流满面,哽咽着说不出一句话来,只是搂紧他的腰,在他的肩膀上使劲地点着头。

两个原本意欲圆梦的人,却在一片号啕与泪奔中相拥着,久久不能分开。两人立了很长时间,余家俊才渐渐抑制住失控的情绪。他松开露娃,从口袋里掏出一块皱巴的汗巾擦净了自己的鼻涕眼泪,重新把露娃搂进怀里,轻轻抚摸着露娃滑润的脊背。

一场酣畅淋漓的号啕过后,几十年压抑在心头的阴霾仿佛被一阵清风悠然荡去,家俊的心情放松了,眼前又是一片灿烂的春光。这时候他的心境如同风浪过后的湖水,宁静而明澈,没有了惯有的焦渴,也没有过去那种心理的冲动。

他把露娃拥坐到炕沿上,又拿起衬衫披到露娃身上说:"想起来你'点灯'的那一天,我在崖畔上直直蹴了一天,眼睛前头都是你的身影子。这几十年,你时不时地就走咧,可是我觉得我的魂灵子一直相跟着,就从来没有离开过,你时时都在我跟前呢。这怕就是你前头说的,你心里有我,我心里有你吧。"

他用一双粗糙的手抚住露娃细腻圆润的肩头,盯着露娃的眼睛说:"说实心话呢,跟你圆梦的念想我一时时都没断过,把心都想成花花子咧,可是,我觉谋着我们的梦不是一回两回这个事情,是要一辈子的相依相伴,一家子的儿孙满堂。这个梦这一辈子怕是来不及圆咧。话说回来,天底下有情无缘的不光咱两个,你看,牛郎织女隔着一条天河相爱相望了几千年不得相会，咱两个比他们还是要好得多，这就是咱的命。"

露娃被深深感动了，真实地理解了余家俊。她把头抵在余家俊的脖颈下，喃喃地说："你说的这些我都知道，我就是觉得咱两个活得太苦太亏咧。"

余家俊又把露娃揽拥过来，长叹一声说："唉，亏和苦这都是命里的事情，怕是前世就已经定了的。咱们也跟命抗争过，可到头来都没有得到结果，也就只能把心思放开些，随遇而安吧。咱都到这岁数咧，已经把那些煎熬挺过去咧，现在都有各自的家庭、各自的责任，我想还是把咱两个的情分原样保留下，干干净净地藏到心里，等下一辈子咱早早地再续这个缘。你心里有我，我心里有你，这就够咧，这就是咱两个的一分幸福。"

露娃又一次涌出泪水，在她的心里，爱情之上又增添了一份敬重，她抱紧余家俊的脖子悄声对他说："俊娃，啥时间想我咧你就递个话。"

余家俊的心头又是一震，这是四十多年来，露娃第一次不加后缀地对他直呼小名。一声"俊娃"足以证明，隔在他们之间的那道爷爷孙子的界限，已然全线崩塌，他们已经融为了一体，一声"俊娃"把一种从未有过的甜蜜喜悦涌到家俊心头，刚才的悲哀和沮丧已经荡然无存了。

回到磨坊，犊娃问他咋去了这么长时间，余家俊说，那两口子请他喝了一顿酒。他跟犊娃说，该干啥干啥去，这里他一个人就行。

磨面机的轰隆声震动了余家磨坊半年以后，余家俊就打算在自家的宅基地上开建五间平房，给犊娃张罗婚事。可是父母的相继去世，让他不得不把事情往后推延，直到来年春季才把房子盖好，麦收以后粉刷一新，到秋天房子干透，就给犊娃娶了媳妇。

犊娃的婚礼较之俊娃要隆重得多。这时候，县城刚兴起音响和婚礼司仪，犊娃要求按照县城的方式结婚，余家俊就让他自己去县城联系，结果不仅请来了音响和司仪，还捎带着请了一个折子戏班子。原本说来不了的李汝松，也在婚礼的头天带着魏金梅坐车来到原上，住在丈人家里，他的那辆小轿车，自然就成了犊娃接亲的婚车。

婚宴三十桌，分三个院子一次性开宴，主场在自家院里，摆十二桌，三叔家的院子摆十桌，磨坊院里摆八桌。余家俊特意请来马具营专门操办红白事的厨子掌勺，在磨坊院里垒砌三个神仙灶，架上鼓风机，火苗蹿起一尺多高，从头天上午就开始煎炸烹煮地忙活。

从新娘子进门，戏班子就开始了热火朝天的演唱，引得一村人拥到院子里听秦腔。司仪是个三十多岁的男人，圆头圆脸，肚子有些发福，黑皮鞋，黑裤子，白色缎面唐装，显得黑白分明。新郎官犊娃穿一身藏蓝色西装，白衬衣，系一条红色串珠一拉得领带，头上打了发蜡，在阳光下闪着亮光，像县乡政府游手好闲的干部。新娘子穿着红色对襟夹袄，红裤子，红皮鞋，头上还戴着一朵大红花，浑身上下像一团火。

余家俊特意让人把大伯留下的那把圈椅抬过来，摆在作为婚典场地的中间，再配一把椅子，他要和菊梅一本正经地坐在那里，接受儿子媳妇的礼拜。

婚礼开始后，主持人先说了一段吉利话，就请出主婚人韩广才、证婚人李汝松分别主婚、证婚，然后新郎新娘拜见父母。这些仪程结束，酒席开始，戏班子也开始又一轮演唱。划拳声与秦腔混合在一起，别是一番风味，从上午十一点一直闹腾到下午三点。新郎新娘都很兴奋，这场婚礼在周边几个村子无疑拔了头筹。

李汝松临走时又拿出一个红包递给余家俊，家俊坚辞不受，说那么大的礼钱已经给过了，哪有收双份的道理。魏金梅抢过话头说，前面那个是老李的，今天这个是她的，不收就是看不起嫂子，弄得家俊没办法，只能红着脸收下。李汝松告诉家俊，刚才他看了那把圈椅，是红木的老物件，比较值钱，好好保护，不要糟蹋掉。余家俊知道，李汝松是南方大户人家子弟，见过大世面，也见识过好东西，他的眼光不会错。

犊娃结婚一个月后,余家俊就看出了犊娃媳妇陶桂芝的毛病,那就是对钱的贪婪。

这个媳妇先是撺掇着犊娃把礼钱分一部分给她保管,而钱一到手,就休想再往外拿。他给犊娃几个钱,转眼就没有了,抽烟都是从他这里蹭。起先他以为犊娃染上了赌博的毛病,打牌把钱输掉了,逼问之下才知道,是被媳妇勒索走了。

有一天吃饭时,余家俊有意拿话敲打儿媳妇:"我现在把外前的事情都撂咧,一门心思发展咱自家的事情,咱家里就犊娃一个儿,不管将来我跌跌下多大的产业,最终都是你们的,你们现在不要把钱看得太重,该往外拿的时候就得往外拿,钱这个东西只有周转开才能生钱,压在箱底子里不下犊子。"可是这些话在儿媳妇那里根本不起作用。

余家俊跟菊梅说,这个媳妇不是个省油的灯,爱钱方面,跟海娃媳妇有一拼呢,你儿将后的日子怕是不太好过。菊梅有嘴无心地说,操他那心干啥呢,好与不好他们自己过着看。

不过,儿媳妇还是有让余家俊和菊梅满意的地方,陶桂芝不像他妈和菊梅,而是当年播种当年见效,赶到年跟前,就已经明显出怀了。这让余家俊心里很是受活,菊梅更是乐得合不拢嘴,放下婆婆的架子,悉心给儿媳当起了保姆,重活累活一概不让儿媳上手,只拣轻便事情干点儿就行。照菊梅的话说,干活的日子长着呢,不着急,慢慢来。

翻过年不久,余家俊在磨坊边上扩建了两间房,又添置了一台粉碎机,专门粉碎饲料。粉碎机安装以后,情况又有了不同,除了粮食之外,成车的庄稼秸秆和饲料作物拉到这里,余家磨坊果然又迎来了马嘶驴叫、人来车往的热闹景象。

这一年,韩广才和余有权从村委会的位置上退下来,把村里的事情全盘交给年轻人去打理,韩广才回家过田舍郎的日子,余有权则到市里,住在女儿女婿新买的小区楼房里,过安逸的养老生活。

对于为村里办事的接班人，余家俊原本看好余靖远，这小子成熟以后，确实成了一个人物，脑筋活络，思维敏捷，很能接受新鲜事物，而且敢出头敢说话，在村里有一定人脉，和余家俊的心思很对路数。只是唯独一个毛病改不了，就是老大管不住"老二"，总是让"老二"整出些事情来。不过勾引别人家女娃媳妇，也得聪明人才行，蔫汉夯客是干不了的。余家俊早几年就给韩广才和余有权推荐过这个人，然而眼见着接班在即，余靖远却被驴一蹄子给废了，随着让他引以为自豪的"老二"威武不再，人也蔫成了一堆牛粪，扑沓着提不起来了。

自主生产以后，地里种啥，怎么种，再不用接受上级安排，而是按照自家喜好和市场情况而定。原上的土壤气候，适宜油料作物种植，过去的政策是以粮食生产为纲，油料作物容易滋生资本主义，因而不提倡大面积种植。分田到户以后，农户们有了自主生产、自主经营的权力，一切都以市场需求为指针，趋利而行。油料作物生产价值高于粮食作物，于是很多农户就在粮食自足的前提下，尽可能多地种植胡麻油菜，以获取更高的利益。

收获了油料就得榨油，不能把胡麻菜籽直接拿到市场上去卖。余家俊瞅准了这个机遇，在对磨面机进行升级改造的同时，又贷款购进一台比较先进的榨油机，还捎带着进了一台给谷子、糜子脱壳的机子。这四台机器在这个不大的院落一溜排开，就形成了一个颇具规模的民间作坊。余家俊和儿子商量后，把自家的二十亩地交给别人代耕代种，每年以粮食作价抵偿工时费，爷儿俩再不用为田地分心，一门心思务劳这些机器。

刚刚入秋，还是天气最热的时候，陶桂芝生下一个男娃，余家俊满心高兴，给孙子起了小名叫有有，大名余秋阳，院子里又形成了三代五口的格局。余家俊每天干完活，不管多累，都要在脱去工作服，换上居家的干净衣裳后，抱一会儿孙子再吃饭，小院里时常荡漾起欢声笑语。

然而，这种融洽的氛围没有持续多久，就生出了枝节。孙子刚过半岁，陶桂芝嫌整天在磨坊里干活，吵得要死还吃粉尘，一年到头也挣不了多少钱，而且钱又都被老公公攥着，轻易要不出来，很是不满意，撺掇着犊娃要求单干。犊娃也对磨坊不感兴趣，中意的是开汽车，就跟余家俊闹腾，要买辆汽车。余家俊被闹得实在招不住，倾其所有买了一辆两吨的货车，让犊娃去跑运输。

自从犊娃开上汽车，陶桂芝俨然成了运输公司老板娘，日渐地趾高气扬起来，有时候在公公婆婆面前都拿出大狗劲来，还时常以照顾娃娃为由，躲避磨坊里的活，弄得余家俊没办法，不得不考虑雇人来做帮手。

早些日子，余家俊心里有什么不痛快，只要一抱起孙子，那些不快就烟消云散了，要是孙子再揪揪他的耳朵，抠抠他的眼睛，他更乐得眉开眼笑。可是现在不行了，他总觉得心里堵得慌，只有到露娃或者陈化云那里倾吐一番，心里才能舒畅一点儿。

余家俊把村里的人整个捋抹了一遍，选择请谁来做帮工最为合适。经过认真思考和掂量，最终确定根娃为最佳帮手人选。根娃自从被他大伯和八叔收拾了以后，就跌进了人生的最低谷。余兴豪当队长的那两年，让他当了一阵子跟班，回光返照般精神了一些日子，可没过多久就被乳牛踢伤了膝盖，从此再也没有精神过一天。分田到户以后，他的日子就更难过了，腿不给劲重活不好干，只能求别人帮忙。一个老光棍汉，有一顿没一顿地就那么瞎凑合，日子过得很恓惶。磨坊里的活虽说熬人，但并不是很重，只要手脚勤快就行，这一点儿根娃没有问题。请帮工是要管饭的，一天两顿饭的问题也就解决了，这对根娃来说再合适不过。想好了这些事情，余家俊决定过几天把根娃叫来，具体商量一下报酬问题，谈妥了就来上工。然而两天以后，根娃出事了。

36

根娃死得很惨,是砍树的时候被倒下的树砸死的。余家俊在给根娃操办丧事的过程中,谈好了军子来给他做帮手。

这两年,他除了抽空到陈化云那里闲谝一会儿,再就是到露娃那里畅述一下,跟其他村人接触很少。他和军子在一个村里生活了几十年,由于分属两个生产队,两人虽有接触,但交往并不多,所以考虑帮手时,把军子忽略了。处理丧事时,余家俊感觉到,军子不仅眼里有活,而且勤快,干事思路也比较清晰,什么鳌乱事情到他手里,三下两下就拾抹清楚了,比那个只知道出瞎力气的根娃强多了,于是在闲谝中,有意无意把找帮手的事跟军子说了一下,不承想一拍即合。军子地里的活主要有他两个儿子和儿媳妇料理,他平时就是打个下手,没有多少事情,也正想着找个事情做,给家里多帮凑一些,余家俊向他发出邀请,他自然就接住了。军子知道磨坊里的事情虽然熬人,但活并不重,只要把机器看好,随时把料满上,不要让机子空转就行。再者,军子一直看好余家俊的人品和见识,很愿意和他多接触。

这几年,余家俊一直埋头在磨坊里,整天和机器为伴,虽然接触四乡八里的乡亲,但在嘈杂的环境中,只能简单交流一下顾客的要求,没法扯开了闲谝,儿子回来跟他也没有多少话说,对村里的事情以及社会形势知之甚少。经过给根娃办丧事,他才发现村里的年轻人已经很少,但凡脑子灵光些的,都外出谋生了,留在村里的,也大多对种地失去了兴趣,都谋算着城里人的生活。

经过多年的改革,农民已经没有了饿肚子之虞,但普遍没有多少幸福感,整天价日急慌忙,也不知道想了些啥,干了些啥。过去麦收以后端一碗长面,就觉得很美满,过年能放个炮仗,炕桌上能有四个苦盘,再烧上一壶黄酒,就觉得很受活了。可是现在炒菜下饭还觉得寡淡,思谋着馆子里的七碟子八碗。

余家俊心想，没有欲望或许是一种幸福，有了欲望却又达不到，就会造成心里的烦恼以至痛苦。走出了磨坊的余家俊猛然发现，好像人人都在忙活，人人都在挣命，但人人都搅在一团鹜乱中，理不清个头绪。虽说现在报纸广播上一再宣传，农民的生活水平普遍提高了，住上了房，用上了电，有了自来水，但那也仅仅只是解决了最基本的生存条件，还没有从根本上解决生活的问题。税费的庞杂使很多人家疲于奔命，只靠务劳庄稼，根本混全不了日常开支，人们不得不想方设法探寻挣钱的路数。年轻人更是觉得种庄稼看不到多少幸福前景，出头之日也没有多大指望，便不再愿意继承先人的事业，面朝黄土背朝天地打牛后半截，能干点别的，就尽可能离开土地。在两天的丧事上，人们聚在一起谈论最多的，除了挣钱还是挣钱。余家俊的磨坊和犊娃的运输车，成了人们主要羡慕的对象，甚至比过去他当民办教师和副村长更让人眼馋。

其实，余家俊也还是有自己的难心，只是这些难心不便于让外人知道。作坊里的四台设备，看起来一天到晚"轰隆轰隆"很有动静，但利润并不丰厚。除了磨面机是掏了家底自行购置的外，另外三台都是贷款买来的，尽管政策扶持性贷款利息较低，或是贴息贷款，但本金是要靠利润来偿还的，这个压力背在身上并不轻松。

儿子犊娃自从跑车以来，每天早出晚归，看起来越来越忙活，可是从来没给家里交过一分钱。起先余家俊还问一下，活跑得怎么样，挣了多少钱？犊娃总是推说，钱是挣下了，只是还没收回来，啥时候收回来很难说。余家俊干脆懒得问了，说只要你能把自己的小日子糊住，不跟我要钱就行。然而有一回，犊娃冲他手心朝上要修车的钱，他一下子火了，拉下脸来狠狠地教训了一顿："一天到晚开个车往外跑，你是浪山着呢，还是卖眼着呢，连个车都养不住，你不赶紧拾掇过，还跑啥呢？"从那以后，犊娃再没跟他开过口，可这事让余家俊心里不舒服了很长时间。

军子来了以后,确实是一个好帮手,余家俊用了几天时间,把各个机子的性能和操作程序,以及工作流程和注意事项详细地介绍了一遍,就放手让他上机操作了。军子每天早上中午两次给地上洒水,增加屋里的湿度,降低粉尘,然后开机工作。磨坊里噪声大,说话要扯着嗓子高声喊,所以他们在工作时尽量不说话,用手势交流,到中午和傍晚吃饭时,才在一个桌上,一边吃一边谝,吃完饭点上一锅烟,再谝一会儿,或者接着干活,或者回家。这样干活谝传两不误,余家俊心里感到很是畅快。

军子身材瘦小,又老弯着个腰,看起来有点猥琐,可军子媳妇年轻时长得很俊俏,就像画里的仕女,两个儿子都已长大成人,分开单过。军子脑子灵光,婚丧嫁娶一类事情样样门儿清,但有些猴性,村里人离不开他,却又不拿他当回事,好在他也没有争强好胜的心性,自得其乐而已。军子大余家俊三四岁,可辈分上小了一辈,在余家俊跟前总是猴里吧唧,好像余家俊是大人,他是个孩子,有时候余家俊说他两句,他也不往心里去,该干啥还是干啥。军子还有一个好处,就是只管干活,从来不问钱的事情,有时候余家俊不在跟前,顾客交加工费,军子接过来就放在显眼的地方,余家俊来了就立马交给他,从来不把钱往自己口袋里装,让余家俊觉得跟他一起干活,既省力又省心,这个人找得值。

有了军子做帮手,余家俊就不至于像以前那样一天到晚绑在磨坊里,哪里都去不成。军子上手以后,他就时常在不太忙的时候出去转转,跟村里人闲谝几句,有时候也到陈化云那里坐坐,泡上一壶茶,谝上一阵子闲传,说一说心里的木囊。陈化云那里是个信息集散地,四里八乡的事情都能汇聚到这里,再从这里传播出去。这天上午,余家俊溜达到陈化云的诊室,陈化云正好闲着,就泡了茶递上烟,两人受活一会儿。闲谝了几句村里的事情,陈化云问余家俊:"露娃她妈有病咧,你听说了吗?"余家俊还真没听说这事,就有些愣怔:"病害得劲大吗?这些日子没见露娃,也没听军子说过。"陈化云脸色有些沉重地说:"怕是瞎瞎病,我也是今儿个早起才听说,天刚亮王进军就来砸门,说露娃妈可能得了胃癌,问有没有啥好办法,不过还没有确诊。"

头天后晌,海娃把电话打到村委会,说有紧急事,让叫一下露娃。露娃得知情况后,打发王进军先到县里去,她把家里收拾一下然后再赶过去。余家俊一听到"癌"字,脑子里"嗡"了一下,叹息一声:"唉,一旦得上那个病,人就失蹋咧,看起来露娃又得熬几年苦日子,这才安稳咧两三年。"说着就已经没有心思喝茶谝传了,急于想去看看露娃,安慰她一下。

余家俊回到磨坊,准备跟军子打个招呼就去露娃那里,军子却跑出来跟他说,刚才一个娃娃捎了露娃的话,让他去一下。余家俊没再多说什么,转身就往老庄子里去。

露娃已经慌得六神无主了,余家俊一进门,露娃就扑过来抱住他嘤嘤地哭起来。余家俊把她扶坐在炕沿上,待她情绪稳定下来才问明了情况。

半年多来,露娃妈一直感觉心口窝不舒服,不想吃饭,经常半夜里胃疼,大便也经常是黑色的。起初谁也没在意,以为是吃得不对,弄些酵母片嚼着缓解不适。后来白天也疼了,而且饭量越来越小,人也消瘦下去,海娃这才领他妈到医院里去看病,胃镜一检查,高度怀疑是胃癌,取了活检样本送到市医院去做病理检验,现在就等病检结果了。

余家俊安慰露娃说:"现在结果还没出来,先不要太紧张,咱们县医院水平有限,看错误诊的事情多,就是确诊了,现在医学这么发达,也还是有办法的。"

露娃告诉家俊,上午她又给海娃打了电话,海娃说医院已经准备手术了,结果一出来,要是确诊就立马手术。这样一来,她和王进军都得到县里去,她专职伺候她妈,让王进军在饭馆打下手,捎带着养猪养鸡。下午海娃雇车到原上来,把她这里的猪和鸡都拉到县里去,反正饭馆里都用得着。她叫余家俊来,是想让他跟李汝松联系一下,看手术在哪里做好。余家俊又安慰了露娃一会儿,就去村委会给李汝松打电话。

李汝松退休以后，医院离不开他，又被返聘回来，虽然院长不当了，可还是医院的总顾问，兼着大外科主任。打通电话听完余家俊简单叙述，李汝松让余家俊先把电话挂了，不要离开，他问过病理科再给他打过来。过了十来分钟，李汝松的电话过来了，病理报告刚刚出来，确诊是鳞状细胞癌，比较麻烦的病。余家俊问应该怎么治疗，李汝松说，这种病目前没有好的治疗办法，唯一可行的就是切除手术。现在北京上海等大城市有了放疗和化疗技术，我们这里还没有，而且预后效果并不理想。如果单纯手术治疗，没有必要去别的医院，大面积切除术并不复杂，县医院完全可以做。如果到大城市去，那花钱就是个无底洞，一般人家很难承受，往往会落个人财两空的结果。

这是李汝松对朋友才能说的话，余家俊已经知道了治疗的无望，但仍不死心，问李汝松能不能到县里来亲自给做手术。李汝松说，腹外手术不是他的长项，但这些年县市医院科室不全，他也做过不少病例，还是有些经验的，如果需要，就让县医院发会诊邀请，他一定过来。

放下电话，余家俊又回到老庄子，把情况如实告诉露娃，并建议他们姐弟跟她父亲好好商量，不要慌不择路，像李汝松说的，到头来弄个人财两空的结果。露娃也没什么主意，只能等父亲和海娃去做决断。

余家俊陪着露娃等到后响车来了，又到原上招呼了几个人，帮着把猪和鸡以及要带的东西都弄到车上，这才往回走。他突然觉得，身子像被掏空了一样疲惫，以致两腿都有些打战，头上还冒出了虚汗，他心里有点惊悚，这还不到五十，怎么就这样了？接着他想起来了，他到现在还没有吃午饭，可能是血糖低了。

露娃一到县里，就直接进病房当了陪护，她妈已经消瘦多了，圆脸变成了长脸，两颊的皮肉松松垮垮地下垂着，像是突然老了十多岁，不过精神还可以。一间六七张病床的病房里只住了三个病人，空着的几张床陪员可以睡。一天三顿饭由弟媳妇或侄娃送来，露娃就在病房里伺候她妈打针吃药，陪着她妈说话睡觉。她觉得那几天是这辈子和她妈最亲近的日子，没有拌嘴，没有争吵，没有背后的算计，有的只是亲情，是关爱，是相互间须臾不可分开的依赖。

几天之后，露娃妈被推进了手术室。李汝松头天晚上从市里赶过来，住在县委招待所，这天早上和县医院的大夫一起进了手术室。弟媳妇一个人照料着饭馆，余兴汉和海娃都来了，王进军也过来了，几个人紧张地守在手术室外，随时等待着里面的消息。不过让他们聊感欣慰的是，李汝松来了，并且亲自主刀手术。九点多钟，余家俊也从原上赶了下来，是李汝松告诉了他手术的时间。

手术从早上八点进行到十二点才结束，李汝松走出手术室告诉家属，手术很成功，情况比较好，病灶没有转移，还属于中期，大家心里的一块石头这才落了地。病人被推进监护室，护士说只能一个人进去协助护理，问他们谁进去。海娃说他留下来护理，掏钱给露娃，让她和余家俊陪李院长到县城最好的饭馆去吃午饭。王进军很识趣地留在医院听招呼。

吃饭过程中，李汝松详细地给露娃交代了术后饮食和护理的要点，以及应该注意的事项。余家俊怕露娃记不住，跟服务员要了纸笔，记下来交给露娃。余家俊问李汝松，手术成功到底是个什么概念？李汝松盯着余家俊看了一会儿，才笑笑说："跟你，我只能说实话，所谓成功，就是该取的取出来了，该放的放进去了，病人活着下了手术台，没死在手术室里。尤其这种病，手术成功并不意味着病治好了，只是说明手术过程是成功的，预后结果谁也无法料定。"

吃过午饭出来，李汝松让余家俊也上车，先送他到原上，然后再回市里。在车上余家俊问李汝松，病人还能活多长时间，李汝松想了想说，大概也就两年，如果护理得好，三年也有可能。说着话已经到了村口，余家俊没让再往里送，在公路边下了车，直接去找陈化云商量中药调理的办法。

在陈化云中药调理和露娃精心照料下，露娃妈术后一段时间恢复得很好。翻过年开春以后，余家俊去县城赶集，特意到家里看望了一回，老太太虽然还是瘦，但气色挺好，每天都能出去转一会儿。海娃听说余家俊来了，就让媳妇回家去照顾他妈，把他姐换出来，陪余家俊到饭馆里吃顿饭。

海娃长大以后，和以前那个口无遮拦的浑小子完全成了两个人，做事周全，有礼有节，唯独有一点，当不了媳妇的家。他深知露娃和余家俊的感情，吃完饭跟余家俊说，龙泉寺景区刚刚修建好，是县城边最好的旅游景点，很值得浪一下，就让露娃陪着去逛逛景区。

龙泉寺就是二十多年前，余家俊求子上香的那个山窝。现在依着山形，从原坡脚下一直修建到原顶，是这个县植被最茂密、景致最幽雅的地方。前几年，县里投资对这里进行了整体开发，作为旅游景点重新开放。

正是人间四月天，天气很好，阳光明媚，山窝里绿荫繁茂，鸟语花香。

踏进山门，余家俊就有一种故地重游的感觉。拾级而上，绿荫就遮蔽了阳光，汩汩清泉顺溪而下，带来阵阵清凉。不一会儿到了山腰的中台，这里是一个依山而建的小寺院，就是过去的龙泉寺了。露娃告诉余家俊，这半年，每逢初一十五，她都到这里来烧香，给她妈祈福，顺便提些泉水回去熬药，来得多了，也就知道了不少这里的事情。这个寺院的名字有两层含意：一是崖壁上有一条千年古柏的根，古藤一样极似龙形；二是传说李自成兵败以后曾在这里避难，在泉中摸出过一把龙泉宝剑。院子中间有一座二层的阁楼，隔出了前院和后院，前后院都砌有水池，汇聚着泉水，沿坡而下的溪流就发源于此。这里没有什么工业污染，空气和水的质量都很好，余家俊掬了一捧泉水，再一次感受泉水的清澈与凛冽。

这是余家俊第二次登临龙泉寺，二十多年前的那次造访，仿佛就是昨天发生的事情，每个细节都像树上的嫩芽一样新鲜。然而眼前的景物和二十年前相比，毕竟已经有了很大改变，而装在景物中的人，也已今非昔比，开始变得残缺不全了。

他在这个台面上走了一遍，努力回忆着过去的细节，和眼前的境况一一比照，可总是对应不到一起。过去的断壁残垣朽梁颓瓦早已荡然无存，就连他曾经跪拜过的求子神龛，也已经难以辨识了。恍惚间，好像过去的那次造访，只是一次梦里的神游，变得那样虚幻，那样缥缈，那样不真实了。他把这种感受告诉了露娃，露娃笑说，你那会子日急慌忙地只顾着烧香求子呢，哪里能顾上记住这里的样子。他也只能承认，一个人独涉神鬼之地，又是在那样一种政治氛围下，心里总有些惶惶然，所以就产生信息不对称的状况。

这里可以俯瞰县城全貌，余家俊觉得，河道好像比过去窄了，对岸的一片树林也不在了，变成了一条宽阔的马路，县城的规模比过去大出好多倍，一幢幢高楼显出了现代气息，山脚下原来山流肆意的红泥滩涂，现在成了一个花岗石铺就，间或镶嵌着喷泉水池的漂亮的广场。站在绿荫四合的春日阳光下，听着泉水倾泻而下的声音，余家俊不禁生出世事之变迁、人生之须臾的感慨。

突然，他心里冒出一个疑问：一个小小的县城几年间就发生了如此翻天覆地的变化，为什么原上的芸芸众生却依然在二牛抬杠、靠天吃饭的初级农耕状态中生存？人们的观念已经发生了很大变化，为什么人们的生存状态却依然保持着原有的境况？他想了半天也没理出个头绪，干脆撂开不想了。

两人在泉水边上的茶座坐下来。要了两杯茶，两人慢慢喝着聊天。

看来伺候病人是一件很劳累的差事，露娃明显瘦了一圈，气色也不太好。余家俊跟露娃说，照顾病人的同时，也得把自己照顾好，不要病人还没好起来，先把自己搞垮了。露娃叹口气，这也没办法，海娃两口子馆子里的事都忙不过来，家里的事就一点忙都帮不上。她父亲现在有些老年痴呆的先兆，啥事情掉屁股就忘，根本支不住事。侄娃又不爱吃馆子里的饭，每天三顿都得她给做。最麻烦的还是她妈，一天五六顿都得吃软和的、热乎的，还得监督着吃药，陪着出去锻炼身体。

说起她妈露娃就掉眼泪，过去圆咕隆咚的身体，现在成了一根棍棍，晚上脱了衣服,她看着就难受。明明知道这个病是治不好的,可还得互相隐瞒,互相说假话,就是为了让病人活得有些质量,哪怕多活一天都好,这是最累心的。露娃说,其实心里最不受活的还是海娃,她妈这一病,钱花了一河滩,把他想开汽车配件行的想法搅黄了,到头来还是个人财两空。现在饭馆是唯一的经济来源,必须得经营好,要不然别说看病了,一家人吃饭都成问题。

　　余家俊知道,在这种状况下,什么样的安慰话都是苍白的,所以就喝着茶,默默地听露娃念叨。一杯茶喝败,已经一点多了,尽管两人都想多坐一会儿,多聊一会儿,可是余家俊考虑到露娃回去还有一大摊子事情,就起身往山下走。出了山门,余家俊左转上坡回原上,露娃右转过桥回家,他们就在山门外分手告别。

　　进了家门,余家俊正准备换了衣裳到磨坊里忙活一会儿,犊娃捧着一个精致的纸盒子,兴冲冲地进来:"大,你看,我给你弄咧一个好东西。"

　　这是犊娃跑车以来第一次往家里拿东西,余家俊心里不由得有点高兴,但表面上还是装着冷漠地问:"那是个啥东西?"犊娃把纸盒放到桌子上,一边打开一边说:"一个好东西,你过来看嘛。"

　　余家俊往前凑了一下,犊娃正好从盒子里把东西拿出来,余家俊认出来了,那是个移动电话,心里不由得来了气:"你额颅让驴踢咧吗?我一个种地的农民,现在就跟几台机器说话呢,我要那东西欻呔吗?你都这么大的人咧,咋挣上两个钱就烧得胡整呢。"他不再看那东西,一边往外走一边说:"那一个东西就得上千元,一个月电话费又得多少,我得磨多少石麦子才能把它养活住?"犊娃赶紧拦在他前面:"我的个大呔,你听我把话说完咧再骂能行吗?"余家俊虽然嘴里说着"你尿娃满嘴里胡呻,有个实话呢吗?"还是停住了脚步,听犊娃把话说完。

　　犊娃给市里一家电子商贸公司拉了半年货,一直没有结账,今天上午犊娃又去结账,人家拿出两个"小灵通"要顶一部分钱,才能把账结清,犊娃原本就想买个手机玩一玩，也方便联系货源，就答应了。他本想两个"小灵通"，他和媳妇一人一个，但又考虑到媳妇拿个手机，除了耍人之外，真没多大用处，最大的功能就是监视他，还得每个月花钱养着，很不划算，还不如给他老子，等于给家里交了钱，堵住老汉的嘴，以后再伸手要钱，也是一个由头。于是回家来，先做通了媳妇的工作，然后才来给父亲报喜。当然，这后半截话是不能给父亲说的。

知道了手机的来历，余家俊也就没啥好说了，转回身拿起那个小东西，让犊娃教他怎么使唤。

用上了"小灵通"，余家俊才真正感受到了高科技给人带来的方便和好处。有啥事要找儿子，再不用等他回来，一拨电话就找到了，不管他在哪里都能找到。有时候他也用"小灵通"跟李汝松通一下话，李汝松说早就应该弄个这东西，到底方便多了。

有一天，他拨通了海娃饭馆里的电话，把他的手机号码告诉海娃，让转告他姐，有事就给他打这个电话。村里人羡慕地说，俊娃爷拿上手机耍人咧。余家俊心说，这人是靠钱耍呢，贵球子地！

37

又一个酷暑季节过去了，原上又迎来了秋高气爽的景象，田野里的作物，正在经历由绿转黄的过程。谷子糜子弯了腰，田边上套种的麻籽也都伸张开枝杈，呈现出下伏的趋势，只有玉米还挺立着，在风中得意地摇头晃脑，渐趋干枯的条形长叶，发出"哗啦啦"的欢笑。农民见到好年景总是打从心底里喜悦的。

这天后晌，磨坊里没啥活，余家俊和军子坐在院里的杏树下喝着茶谝闲传。余家俊一边谝着，一边不时地用手揉眼睛。军子问他："眼睛里进去麦子咧吗，你把个眼睛往瞎里揉呢？"余家俊说："这眼皮子跳得人心慌的。"军子嘻嘻笑着打趣地说："怕是露娃又念咯你着呢，你们也有日子没见咧。"余家俊佯嗔着笑道："再别胡说，她伺候她妈都顾不及着呢，哪里有闲心想我呢。"

两个半大老汉嬉笑一阵子，正谝得高兴，余家俊的电话突然响起来，他掏出来一看，是犊娃的号码，他接起来不耐烦地说："有啥事回来说嘛，又花钱着打电话呢。"可是，他马上就被电话里的声音惊愣了。

这是一个陌生的声音："请问是余启明的家人吗？"

"就是的，我是他大。你是谁个？"

"我是市交警大队。"

"你咋拿我娃的电话？余启明呢？"

"余启明在马峪口附近发生了交通事故，已经送到市人民医院了，我们是从手机里查到你的电话的，请你马上到医院去，那里等你签字做手术。"

"我娃伤得厉害吗？有没有生命危险？"

"这个要医院判断，你还是赶快去医院，晚一个小时，就会有一个小时的危险，我们正在调查处理事故，医院那边的情况不太清楚。"

汗水顺着脸颊和脖子滚落下来，余家俊已经浑身哆嗦得站不起来了。军子赶紧叫来菊梅和儿媳妇，让她们照看着余家俊，自己奔出院门，去找有摩托的年轻人送余家俊去市里。

余家俊好一会儿才稳定住情绪，把得到的消息简单告诉了菊梅和儿媳。他猛然想起当年送他妈去医院时，父亲塞给他一卷钱的事，就让菊梅和儿媳赶紧去把钱拿出来，他马上就去医院。菊梅流着眼泪回屋去拿钱，儿媳妇却在那里拧呲着，说他儿没有给家里拿回来过钱，她手里就没钱。一股厌恶从心底涌起，可余家俊顾不上，也没心情与儿媳妇争竞，接过菊梅递来的装了钱和馍馍的挎包，就往大门外走。

正好军子找的摩托车也开过来了，余家俊托付军子照看好菊梅和磨坊，坐上摩托一溜烟地往市里奔去。

余家俊乘坐摩托车奔向市区的时候，李汝松也接到医院通知正火速往医院赶去。虽然已经是退休返聘，但遇上紧急抢救，医院还是需要他亲临现场指挥。

车到院子时，助理已经在楼前等他了。李汝松接过助理递来的白大褂，一边穿一边往楼里走，同时询问一些情况。助理告诉他，人是交警队送来的，应有的急救措施已经上了，CT显示脑损伤严重，需要立即手术，只等家属到了以后，办理了入院手续，就进手术室。李汝松点头认可，随口问了一句：家属到了吗？助理说还没有，家属好像离得很远。电梯在上面，一时半会儿下不来，他们就沿楼梯往手术室走，上楼的时候李汝松又问了一句病人是哪里的，助理说，据交警队介绍，是桑树原上一个叫余家磨坊的。李汝松心里咯噔了一下，忙问病人叫什么名字。助理说，好像叫余启明。李汝松感觉一声响雷在头顶炸开，一下子惊出了一身冷汗。他吩咐助理，通知所有参与抢救的人，马上开始抢救，入院手续随后补办，一切费用由他担保，家属签字也由他代签。

助理快步上楼先行去安排，李汝松再上楼梯时，就感觉两腿沉重，浑身失力了。他脑子里猛然浮现出几年前，陪着余家俊上崆峒山与道长会面的情景，他心里暗忖：家俊真的就那样命运多舛吗？他不禁后悔，当初不该带家俊去见道长，有些事不说出来，或许稀里糊涂也就过去了，而一旦说出来往往一语成谶就成了定数。李汝松抑制着心慌，先到医生休息室坐下来，让护士帮他倒杯水喝了两口，把情绪稳定一下，然后等着病人到来。

犊娃被推进手术室时，人基本上已经脱形了，如果不是提前知道，李汝松肯定认不出犊娃。他附身在犊娃耳边叫了两声，一点反应都没有。李汝松挥挥手让把病人送上手术台。

余家俊赶到医院时,已经快晚上八点了。一个护士在手术室外迎住他,告诉他手术正在进行中,李院长亲自在里面指挥抢救,李院长吩咐了,让他先在主任办公室休息,等手术结束就来见他。护士给他倒了杯水就忙去了。

手术一直进行到后半夜才告结束,李汝松拖着疲惫的身躯走出手术室,发现楼道里孤零零地蹲着一个人,全身蜷缩成一个疙瘩。李汝松一眼就认出那是余家俊,他紧走两步到了跟前,发现余家俊身边一个烟头都没有,他心里不禁哆嗦了一下,这几个钟头他是怎么熬过来的?李汝松弯腰拉住余家俊的胳膊,轻声说:"兄弟,起来吧,手术做完了。"余家俊好像从梦中醒来,懵懂地抬起头来,当他看清眼前的李汝松时,伸出一双老鹰爪子般粗糙的手,抓住李汝松的胳膊,两眼直瞪瞪地问:"娃咋个项咧?"

李汝松示意身旁的医生护士把余家俊架起来,余家俊好像下半身失去了知觉,起身后身子摇晃了几下才算站稳,仍然神情木然地重复那句问话:"娃咋个项咧?"

李汝松让两个年轻大夫把余家俊扶到自己的办公室去,余家俊不愿意走,要等着看看儿子。李汝松劝他不要看了,人还昏迷着,而且整个包严了,看不出个啥,还是赶紧送监护室吧,余家俊这才无奈地跟着去了办公室。李汝松让大夫帮忙,在医院旁边的宾馆登记一个房间,然后在余家俊身边坐下来,拉住他粗糙的手说:"家俊兄弟,一定要挺住啊。"他尽可能放缓声调,慢慢给余家俊介绍伤情。胸腹腔没有多大问题,胳膊和肋骨骨折也不严重,只是脑损伤比较厉害,手术过程中生命体征还不错,但能不能清醒过来,还要等一周以后才能看出来,恐怕要在重症监护室监护二十天到一个月,要有一个缓慢的恢复过程。

夜已经很深了,李汝松陪余家俊到宾馆安顿好,叮嘱余家俊先不要胡思乱想,把觉睡好,要做好长期护理的准备,才回家休息。

第二天早上,魏金梅把早饭送到宾馆。她不知道该怎样安慰余家俊,只能默默看着余家俊吃下早饭,然后陪着他走到医院,目送他走进院部大楼。

仿佛一夜之间，余家俊苍老了十几岁，平时挺直的腰杆一下子塌了，弯成了一根豆芽，脚下也失去了往日的轻捷，变得拖泥带水、步履蹒跚了。看着余家俊佝偻的背影，魏金梅忍不住掉下了眼泪。

下午两点来钟，两个交警到医院来找余家俊，跟他说一说有关事故的事情。李汝松知道这是事故调查的一部分，担心余家俊没有经验，说出一些不利于自己的话，就把两个警察请到他的办公室一起谈。警察给他们叙述了事故现场的调查情况，当时，犊娃开车由北向南行驶，在出事的那个丁字路口向东左转，那时交通指挥灯是绿色，当他接近中线准备转弯时，一辆载重货车由东向西驶来，在十字路口刹不住车，冲过停车线，撞上了犊娃正在拐弯的车，小货车当场被撞翻到路中间的隔离带上。

说完这些，警察向余家俊询问了家庭状况，又问余启明平时喝酒多不多。余家俊告诉警察，从父亲那一辈，他们爷父喝酒都没情况，余启明过去能少喝一点，自从跑运输以后，就不喝了，害怕喝酒误事，他还是很注意的。

警察问到喝酒的事，李汝松就警觉起来，插问了一句：问这个干啥？警察犹豫了一下说，据肇事司机口供，事故发生以后，他马上就跑到小货车跟前去看情况，闻到驾驶室里有酒味。李汝松立马正色道："伤者入院后，我详细看了所有检查报告，我以一个医生的名义证实，所有血液检查都没有检测出酒精含量，现在全部报告都在主治医生手里，随时可以调阅。我想，这方面的检测，医院应该是最公正、最具权威的。肇事司机的口供，明显是在推卸责任，你们可不能被假象蒙蔽。"两个警察点头称是，说他们相信李院长的证实。

说完这些警察起身告辞，那个年轻点的警察有意落后了几步，悄悄跟李汝松说："李叔叔，我爸和你认识，我跟你说，对方跳弹得劲大，好像有背景呢，而且已经托关系说人情了，你们这边如果市里有关系赶紧找，让领导敦促尽快把案子结掉，免得夜长梦多。"一听这话，李汝松就知道是怎么回事了,他向小警察表示了感谢,送他们出门。

送走警察不一会儿,余家华赶到医院来了。家华技校毕业后,先分配到县水利局,后来托人帮忙,调到市石油公司,现在是一个部门经理,家也安在市里。他听到消息,把工作安排了一下就过来了。李汝松说家华来得正是时候,让弟兄两个到办公室,商量一下刚才警察提醒的事情。

李汝松已经明白对方的居心叵测,对于这样的人,他一向是深恶痛绝的,所以征求弟兄俩的意见,是只要经济赔偿,还是要让对方承担刑事责任。家华的意思救人要紧,要求对方赔偿损失,拿钱给犊娃治病。余家俊也是这个意思,他说,娃的伤治不好,就是把他判了,也只是出口气,不是我们想要的结果。李汝松也同意他们的意见,说:"现在必须尽快找一个说话硬气的领导,给交警队施加压力,督促他们尽快结案,以免夜长梦多,对方再做手脚。我们想想找谁比较合适?"

余家华说:"过去大爹和地委金书记有交情,可是金书记退休后去省城已经好些年了,现在我们知道的,就是牛家的那个人在市里把官当大咧,可是我们没咋见过面,再说牛、余两姓一直有矛盾,现在找人家,会不会帮忙且不说,别再把事情弄坏咧。"

按理说李汝松所处的位置,找书记市长都能说上话,可是要让人家出面说话,就必须给人家一个硬气的由头,这弟兄俩跟书记市长八竿子打不着,领导也就只能冠冕堂皇地过问一下,说一些同情弱者、秉公办事等原则性的话。至于怎么秉公办理,还得看下面执行的人。最靠谱的,还是找这位牛姓的领导,他是市委常委,有很强的权威,而且为乡亲说话也名正言顺,听说他的儿子就在交警队工作。李汝松给弟兄俩说,由他出面去找这位牛常委,可能力度会好一些。

商量完这些事,李汝松跟余家俊说,犊娃在重症监护室,有医生护士照顾,家属不能进去,他守在医院也没用,还是到家华家里住几天,把心情放松一下,有什么事情他会通知的。他还告诉余家俊,不要单独接待交警和对方的人，以免钻进人家设下的圈套。

第二天一早，李汝松闯进了牛常委的办公室。

看到李汝松进来，牛常委先是愣了一下，紧接着堆出一脸笑意，从办公桌后迎过来，抓住李汝松的手哈哈笑道："哎呀，李大院长，你可是真正的稀客呀。"

让到沙发上坐下，又说："从你一到桑树原咱俩就认识了，现在想来都快四十年了，你调到市里也有二十来年了，咱们虽然经常见面，可你从来没到我办公室来过，更不要说家里了。"李汝松也哈哈一笑说："我这大半辈子，一直秉持咱原上的一句话，官前马后少绕跶。我是个医生，你来找我肯定没有好事，我要是来找你，不就更麻达了吗？"两人都大笑起来。

秘书端来茶水摆在两人面前，牛常委招呼李汝松喝茶，问道："今天怎么有闲心到我这儿来了？"李汝松收起笑容说："我是无事不登三宝殿，今儿有事求你领导来了。"牛常委也端正起神色道："有啥事情你尽管说，不要说那个求字，你从来没找我办过事，只要在我权力范围内的，不会有二话。"李汝松也就不再虚套，把余家俊的事情原原本本地说给了牛常委。

听完李汝松的述说，牛常委沉吟了好一会儿才说："桑树原上的情况，你应该比我还清楚。"牛常委把后背靠得更舒服一些，接着说："在我的老家余家磨坊，余、牛两姓一直有矛盾，牛家人长期生活在余家人的阴影里。六十年代以后，牛家的气象虽说有所改变，但村里还是由余家人说了算，那个余有礼，就是余家俊的大爹，虽然只是个支部书记，但收拾人的手段比我这个地级干部还扎实。从亲情的角度按理说呢，这事我不该管。"

李汝松心里猛然一动，立马意识到自己这个贸然的决定是不是错了？心里就有了一些尴尬，但他没动声色，静等着牛常委的下文。牛常委端起茶喝了一口，放下茶杯说："不过，你李院长在我心里分量很重，就冲着你和余家俊的这层关系，这事我就不能不管。我这一辈子没给村里办过事，翻过年就该退休了，也该为村里人办件事了，要不然村里人要骂祖宗的。"说着起身，绕到办公桌后，拨通了交警队长的电话：

"王队长吗？你厌忙啥着呢？"

"哎呀，牛部长，你老人家好，我没忙啥，领导有啥指示？"交警队长的声音很清晰，常委用的是免提。

"前天马峪口那个交通事故怎么处理了？"

"还在调查阶段，处理结果还没有出，请领导指示。"

"那个受伤司机是余家磨坊人，你知道吗？"

"知道，知道——噢，对咧，我咋就觉得这个名字熟熟的，原来是领导的老家。"

"啊，知道就好。我给你说，那个司机跟我平辈，虽说不是亲房，但也是一个村里的弟兄，弟兄的事就是我的事，明白了吗？"

"明白明白，这两天有人找着给肇事方说话呢，你老人家这一说，我就啥都明白了，再谁把话说下都是闲的。"

"我给你说，人家受害方说了，不要求追究刑事责任，只要配合着把伤治好就行，这是人家的高姿态，你们在量定赔偿的时候，尽可能高一些，原上人日子恓惶得很。"

"明白明白，我一定按领导的意思办。"

"再不要胡说，啥是按我的意思办，是以事实为依据，以法律为准绳。"

"对对对，以事实为依据，以法律为准绳。领导放心，我一定把事情办好。"

前后不到十分钟，一件重大事情就安排妥当了。牛常委笑眯眯地问李汝松："这样的处理方式，李院长满意吗？"李汝松站起身来说："当然满意啦，牛部长跺跺脚，这座城都得晃荡晃荡，谁敢不听你的指示。我今天就是冲着你的权威来的。"两人又是一阵开怀大笑。

又说了几句闲话，李汝松起身告辞，牛常委要留李汝松吃饭："李院长几十年才到我这里来一次，总得让我尽尽地主之谊嘛。"李汝松笑道："我还是那句话，官前马后少绕跶，等你明年退了休，咱们两个布衣，我好好请你喝酒。"

余家俊心里毛躁得在家待不住，家华和弟媳上班以后，更是六神无主，一个劲儿地在地上打转转。实在憋不住了，他又跑到医院，在监护室门口蹴一会儿，再到院子里蹴一会儿。好像只有这样，他才能感受到儿子的信息，心里踏实一些。他在院部楼外随意找个地方，把自己蜷成一疙瘩，也不跟人说话，只是一根接一根地抽烟，一蜷就是几个钟头。

傍晚，李汝松和魏金梅请家俊和家华两口子吃饭，家华跑到医院找到他，硬把他拉进饭馆，他也还是不怎么说话，吃两口就闷头抽烟。放进嘴里的东西跟木头一样，感觉不出什么味道，唯独李汝松说起上午找牛常委的情况时，他脸上才稍微活泛了一点儿，但马上也就过去了。李汝松两口子理解他的心情，也不劝他喝酒，只是叮嘱他少抽点烟，多吃点饭。李汝松跟余家华说："虽然牛常委已经给交警队发了话，咱们自己还得盯紧点，现在医院里暂时事情不多，你还是抽空多往交警队跑跑，常催着点。"余家华明白李汝松的意思，点头应承着。

晚上露娃打来电话询问情况，硬撑了两天的余家俊终于撑不住了，一时间老泪纵横，哽咽得说不出话来。家华接过电话，把情况告诉了露娃。露娃电话里对他说："俊娃，你听着，你在我心里头一直是个有主见的硬气男人，以后需要你的日子还长着呢，你可不敢把自家弄垮咧。"露娃的这个电话，好像给余家俊鼓起了一股气。

犇娃进入监护室后，前面四天一切都很正常，可第五天早上发现有抽搐，李汝松立即召集相关科室主任会诊，研究治疗方案。脑外主任说，我们的技术力量毕竟还很薄弱，而且没有经见过这么严重的病情，现在病人的情况无法转院，是不是请省城或者北京上海的专家来会诊。李汝松认为这是个很好的建议。其实在抢救的那一天，他就动过这个心思，一来情况紧急，必须立即抢救，不可能等到联系好专家再做手术；二来当时还没有牛常委对事故处理的安排，费用也是不容忽视的问题。手术后的第二天，他就和上海的同学联系，让他们帮忙推荐联系专家，会诊前他接到同学的电话，说专家已经联系好了，周末两天都可以出诊。李汝松又征求其他主任的意见，大家都认为这个提议很合理，应该马上付诸行动。

会诊结束后，李汝松马上给同学打电话，请专家尽快过来，机票买到西安，医院派车到咸阳机场去接。隔了一天，专家到了，详细研究了病历后，亲自主刀进行了二次手术。手术之后专家跟李汝松说，从目前状况看，保住生命不是大问题，但是病情已无法逆转，植物人的可能性极大，需要和病人家属商量，看有没有继续治疗的必要。李汝松决定暂时不把实情告诉余家俊，观察几天再说。

连续十几天，余家华有空就往交警队去，但总是见不到王队长，问事故科的警员，也都含糊其词，只告诉他结果还没出来，再耐心等几天。这天早上，余家华上班前就赶到交警队，守在大门口，总算堵上王队长了。王队长倒是很客气，告诉余家华，这个事故比较复杂，一方到现在还昏迷着，提供不了口供，他们也不能只听另一方的一面之词，只能根据现场勘查、目击证人的描述，邀请各方面专家进行综合分析判断，所以时间就长一些。"不过你们放心，我们会抓紧时间的。"随后又跟余家华说："我也知道，伤者是部长的乡党，你们已经找过领导了，领导也给我下了指示，以事实为依据，以法律为准绳，我们一定会秉公办理的。"

这天下午，李汝松做了一个大手术，晚上八点多才回到家。进门后，见一个年轻人坐在客厅里，李汝松认出来了，是前些天来过医院的那个警察。小伙子迎着李汝松说："李叔叔，我下午给您打了好几次电话，都打不通，只好冒昧找到您家里来。"李汝松这才想起，下午手术手机一直关着，赶忙掏出来打开。

在沙发上坐下来，小伙子说："您救过我爸的命，我爸一直很感激，所以有些情况我得给您通报一下。"李汝松知道是车祸案子的事，就认真地盯着小伙子等他往下说。小伙子说："今天上午，王队长在我们事故科开会，讨论案子的事情，我听着队长的话音不对，有偏袒肇事方的意思。我知道，受伤的余启明和市里的牛部长是一个村子的，也知道你们已经找过牛部长了，可是有个情况你们可能不知道，牛部长的儿子就在我们交警队，他在那个肇事车辆的公司里有股份。"

这个消息让李汝松暗暗吃了一惊，脑子里立马显现出那天找牛部长的情景，他快速地把每一个细节都过了一遍，没有感觉到当时的情景有什么破绽，但他还是意识到，这个事情可能有点儿复杂了，不像起初想象的那么乐观。就问小伙子："股份的事情牛部长知道吗？"小伙子摇摇头说："这我就不清楚了，不过我们队长肯定知道。"

李汝松又问："你觉得这对案子的处理会有影响吗？"小伙子说："肯定有影响，不管牛部长知道不知道股份的事，毕竟这是他们家里的买卖，下面人办事的时候就得考虑了，况且我们队长在这方面很有过人之处。"小伙子犹豫了一下，又说："再说，个别领导当面一套背后一套的情况也是有的，听说个别领导批条子的方式不同，所表达的意思就不一样，有必办的，有可办可不办的，有不办的。所以，我今晚过来就是想告诉您，事情不能靠在一个人身上。"

李汝松一边点头，肯定着小伙子的话，一边快速转动着脑筋，想着新的人选。思考了一会儿，他又问："以你了解的情况看，这样的案子，赔偿金额应该是多少？"小伙子说："如果肇事方全责，所有损失一总算起来，怎么着也得六十万元以上，这还要看有没有后遗症。这个案子我们最初的判定是肇事方全责。"

了解了这个情况，李汝松心里有了点数，牛常委在他走后有没有别的交代，现在还无法断定，只能等结果出来才能明白，但这个事情不能就这样等下去吧？他脑子一时有点儿乱。小伙子又跟李汝松说了一些案子处理过程中相关人员前后口风的变化，以及自己的一些猜疑就告辞了。临走前还叮嘱他，最好再找找别的领导，尽可能有一个比较满意的结果。

送走小伙子，李汝松心里沉甸甸的。魏金梅也说："看这情况，还是有麻烦呢，尽管人家明面上答应给你帮忙呢，后面人家咋干咱就不知道了，谁的胳膊肘会往外拐。"

第二天，李汝松去了一个律师朋友那里，想就法律方面咨询一下。听完情况介绍，律师说，像这样的案子，赔偿金额一般都在六十万元至一百万元，但赔多赔少关键要看责任的认定，最怕的就是交警部门在责任认定上做手脚，那样就很难说了。不过有一点儿可以放心，这么大的事故，无论从法律的角度还是从道义的角度，赔偿是肯定的，谁也没胆量把这么大的事情抹掉，主要是多与少的问题。

律师说，虽然现在是法治社会，实在判决不公，还可以走诉讼程序，但打官司是一个漫长的过程，眼下这种情况恐怕等不起。由于是老朋友，李汝松也就没有什么忌讳，把找牛部长的过程和小警察提供的信息说出来，让朋友帮着分析一下结果会怎样。律师沉吟一会儿说，这事可能有点夹生了，现在许多官员子女借着老子的权势捞钱，官员们不可能不知道，有些甚至是默许的，一旦碰了他们的利益，正常的事情可能就不正常了。牛部长虽然当着你的面做了交代，之后会不会又有别的交代？执行的人会不会还能听到潜台词？

李汝松说，要不然再找别的领导出面说话。律师摇头说，那恐怕更麻烦了，官场人际关系错综复杂，你闹不清里面的路数，找谁不找谁，谁和谁对路不对路，你都不了解，弄不好会把事情搞得更复杂。现在牛部长是不是真心帮忙咱们说不准，一切都得等结果出来以后才能真相大白。这一点倒是和李汝松的想法一致。律师给李汝松建议，当务之急是拿钱救人，还是督促着结案，把能到手的钱先拿到，只要赔偿金额不是很低，先接受下来，打官司的事等病人出院以后慢慢来。

李汝松想,这事还是先不让余家俊知道,免得给他心里添堵,就把余家华叫来商量。但是,他们俩虽然都在城市生活,也是吃公家饭的,可对官场的渠渠道道知之甚少,商量了半天,也没商量出个结果。

他们还没有想出更好的方案,余家俊就接到了交警队的电话,请他下午去交警队接受事故处理结果。这事余家俊一个人去肯定不行,李汝松通知余家华,他俩陪着余家俊一起去。

处理结果出乎他们的预料,原本对方闯红灯肇事,应负全责,但交警队的判定是,余启明左转弯没打转向灯,误导了对方,应负百分之三十的责任,对方只负百分之七十的责任。余家华当场就炸了:那个路口没有监控,车辆当时就被撞毁了,谁能证明没打转向灯?再说,余启明是绿灯通行,肇事车辆面前肯定是红灯,闯红灯肇事,怎么能说是受误导呢?交警说:"你先不要激动,我们勘查现场有我们的办法,我们处理事故也有我们的规程,至于是不是闯红灯,是由交管部门裁定的,你说了不算。"交警给出的理由是,那处指挥灯刚刚安装,正在调试阶段,还没有正式使用,不能完全作为定案依据。交警说,如果他们不愿接受这个处理结果,可以走诉讼程序,他们暂时不处理了,等法院判决。如果愿意接受,就接着商量理赔办法。

考虑到走诉讼程序将是一个漫长的过程,李汝松的担保期也是有限的,医药费不能及时到位,病人就会有生命危险。李汝松安抚了余家华,让他们把理赔意见说完。交警队提出两个方案:一是承担伤者治疗期间百分之八十的医药费、护理费,以及误工费,直到痊愈。若伤者不幸死亡,还需支付一部分丧葬费和对家属的精神赔偿。二是一次性赔付伤者医疗费、财产损失费等共计四十万元。

这个结果虽然和他们的预期有较大差距,可是他们当下没有办法扭转这种局面,而且用钱又迫在眉睫,只能牙打掉了往肚子里咽。三个人商量以后，决定接受第二种赔付方案。他们觉得，肇事方是一家公司，既然是公司，就既有发展的希望，也有倒闭的可能，即便公司运转正常，短时间还可以，时间长了，再经过人事更替，难免出现扯皮，特别是在脱离了执法机关的监督后。还不如一次性把钱拿过来，隔夜的金子不如到手的铜，至于判定的不公，留待以后再说。李汝松要求对方再不要拖沓，下午就把事情办完，他们就可以离开了。

这个问题解决完，尽管大家心里很不舒服，但都感觉轻松了一些，总算暂时不再为经济压力操心了，现在剩下的就是集中精力治病。办理完手续转完钱，回到医院已经快六点了。主治医生告诉李汝松，病人情况已经趋于稳定，家属可以进去探视了。这个消息让大家感到一点儿欣慰，赶紧换上消毒服，随主治医生进入重症监护室。

仅仅二十来天没见，眼前躺着的这个人已经认不出来了。浑身裹满纱布，只露出一张脸，脸和头都比平时大出许多，鼻子和身上插着好几根管子，两只眼睛圆睁着，死盯着一个地方，眼睛里放出的是一种说不清楚的眼神，只有胸腹部轻微地起伏，表明这个人还活着。突然，犊娃没有受伤的左胳膊动了一下，随之朝上举起。余家俊心里猛然一动，惊喜地问大夫："我娃能动弹咧？"主治医生说："病人现在处在植物人状态，一切动作都是无意识的，不是大脑指挥的结果。"余家俊又问："啥是个植物人？"大夫说："简单地解释，就跟一棵树一样，虽然有生命体征，但是不会思考，不会说话，不会活动，一切都要靠外力支持。"

余家俊刚刚燃起的一点点儿希望，又被无情地熄灭了，身子随即像掉进了冰窟，冷得哆嗦起来。护士过来提醒，探视时间不能超过五分钟，他们只能默默退出监护室。

从这天起，余家俊每天都能进入监护室探视儿子，大夫跟他说，尽可能跟病人多说话，尤其说那些能戳动他心窝子的话，让他的情感受到刺激，以促动恢复大脑功能。于是他每天都调动所有的情感功能，跟儿子说话，时常说得泪流满面，泣不成声。然而，犊娃的眼睛始终盯着一个方向，时不时举起一只胳膊，像是手握指挥刀指挥战斗一样。余家俊有时胡思乱想，这娃原本可能是个当将军的料，可是窝在桑树原上，窝在他这个家里，就成了一条虫，成了一条僵虫。

这期间，菊梅来医院探视过一次，在监护室哭得晕死过去。菊梅要求留下来一起护理儿子，余家俊劝她，护理的事情都由护士来做，自己插不上手，能做的就是陪儿子说说话，有他一个人就行，多一个人就多一份开销，这些钱还要收紧了用，不能一下子都花掉。菊梅很理解他的意思，住了一个晚上就回去了。

又过了几天，犊娃的情况还是没有一点起色，李汝松查阅了大量资料，也征询了许多知名专家的意见，基本认识是一致的，回天乏术，没有恢复的希望。

这一天，李汝松又约了余家俊和余家华一起吃饭，把真实病情以及这段时间的查询结果和盘托出，征求弟兄俩的意见，决定下一步的办法。从医生的角度，李汝松认为放弃治疗是最明智的选择，因为已经没有回转的希望，留一天就有一天的开销、一天的劳累，不说别的，单就每天翻身擦洗这一项，长此以往就是一项很繁重的劳动。从现在的生命体征看，存活时间是个未知数，一年、两年，或许若干年。李汝松替余家俊算了一笔账，如果现在放弃治疗，医院的费用是二十二三万元，除去丧葬费，理赔的钱还有十六七万元节余，依照眼下的经济状况推算，把孙子带大，老两口过二十年平稳日子应该没有多大问题。如果继续治疗，那么这些钱坚持不了几年，到头来还是个人财两空。

余家华认真考虑了李汝松的意见，觉得这真正是为朋友着想，十分中肯的意见，打心底里佩服李汝松的为人，同意他的意见。可是余家俊只是闷头抽烟，一句话也不说。余家华问了他几次，他才抬起头来，流着泪说："娃要在着，哪怕就是能喘一口气，我们还能有一点点儿指望，心里也实落着呢；娃要不在咧，媳妇子肯定就把孙娃子领上走咧，到那个时候，我连他妈就一点点儿指望都没有咧。"

余家俊说话的声音虽然不高，可这段话在李汝松和余家华心里引起了强烈震动，他们深深感受到了一个父亲对儿子的感情。于是两人不再提放弃治疗的话，李汝松暗自下了决心，尽可能扶持余家俊走过这段艰难的路。

几天以后，犊娃从重症监护室转到普通病房。考虑到只有余家俊一个人在这里护理，李汝松特意交代病区，做好病人的护理工作，详细指导余家俊学会每一步护理程序。又过了十来天，犊娃肢体上的创伤已经基本痊愈，可以出院回家了。李汝松联系了救护车，自己亲自陪同，把犊娃送回家里。

村里的道路已经硬化，救护车可以直接开到院门前。一进村口，余家俊就听到了熟悉的机器声，恍惚间仿佛离开了十多年。村里人跟着救护车跑来观看，军子也关了机子过来帮忙。把犊娃抬进屋里安顿好，李汝松让军子去把陈化云请来。

村子里信息的传播还是很快的，救护车刚进村口，陈化云就得到了消息，他背起出诊的小包，就往余家磨坊这边来，半道碰上军子。陈化云第一眼看见余家俊，心里就"咯噔"了一下，仅仅一个多月没见，那个以往腰板挺直、精明干练的余家俊没有了，看到的是一个满脸沧桑、已经六十多岁的老汉。陈化云心里暗叹，过去听说伍子胥过昭关，一夜愁白头，看来现实的压力的确能提前聚集起岁月的风刀霜剑，逼人向老，伤子之痛竟然在几十天里，就把一个刚过五十的人，摧残成这个样子。

李汝松把陈化云招呼到病人跟前，给他讲述了救治的经过和现在的病情，又把后续治疗的方案和注意事项做了完整的交代。陈化云在一个本子上记录下来。交代完这些，李汝松又说，到年底他就彻底退休了，以后他每半个月来一回，所用的西药他配好带来，陈化云可以根据中医理念，做一些调理，主要关注肠胃和气血。交代完这些，李汝松就随救护车回去了。

送走李汝松，陈化云又反身回屋，坐在炕沿上号犊娃的脉，号了好一会儿，跟余家俊说，几乎跟正常人一样，就是弱一点儿。然后他们坐在院子里，余家俊又把这一个月的经历说给陈化云听。

把犊娃安顿在哪个屋里，回来的路上，余家俊还是颇费了一番踌躇。按道理应该安顿在他们自己屋里，由他媳妇承担后续护理，可是考虑到儿媳妇没干过这活，他得一项一项地教，老公公进出儿媳妇的房间，总有许多不便。再者，孙子还小，还需要他妈照顾，长时间跟一个没知觉的病人睡在一个炕上，对孩子的健康不利。把儿子放在自己屋里，他们老两口照顾起来就方便一些，他们的护理肯定要比儿媳妇更耐心，更周全。常言道，百日床前无孝子，还没听说过百日床前无好爹的。再一个，他考虑到自己和菊梅已经老了，就拿这两张老羊皮，博一下那张羔子皮，让儿媳腾出时间和精力，把磨坊的事操心好。考虑到这些，他没跟儿媳妇商量，就决定把儿子安顿在自己屋里。

陶桂芝在犊娃刚安顿好时进屋看了一眼，然后就待在自己屋里再没出来。余家俊想，她可能是过于伤心，不好出来见人，就没招呼她过来照看病人。吃晚饭的时候，余家俊才让孙子有有把他妈叫过来。

吃着饭，余家俊把犊娃的病情，以及这一个月的经历说给了儿媳，特别把事故的赔偿和医院的花销详细说了一遍。儿媳一直低着头默默吃饭，等他述说完毕，才抬起头来问道："犊娃回来咧，咋不放到我屋里？"余家俊叹口气，把一路上的想法如实地告诉了儿媳，陶桂芝也没有表示出别的意思。

过了一会儿，陶桂芝又问："赔下的钱还剩下多少？"余家俊说："在医院花咧二十七万，还剩下十三万。"陶桂芝说："我瞎好也是犊娃的媳妇，赔下的钱总得让我保管呢嘛。"余家俊叹口气说："钱放到谁手里，早晚都得花掉。李院长跟我交代咧，犊娃这个病情，能不能醒来很难说，躺十年八年的事情都有呢，我们要做好长期治疗伺候的打算，这些钱怕是不够用。现在咱还有个磨坊，我连你妈伺候犊娃，你给咱把磨坊经管好，咱还得靠它挣些治病的钱呢。"陶桂芝说:"大,不是我爱抓钱,按道理犊娃的事情,是我们两口子的事情,给犊娃赔下的钱,放着我这达才对着呢,要不我算个啥呢。"

余家俊原本也想过,把剩下的钱交给儿媳保管,需要时再跟她要。可是想到儿媳那只进不出、恨不得钻钱眼眼里的毛病,就觉得还是把钱放在自己手里用起来方便,省得多费口舌。于是装作找烟,没搭她的茬。

菊梅也知道儿媳见钱眼开的毛病,但她觉得,一家人没必要钩心斗角,争个我高你低,见掌柜的不言传,怕他刚到家,就闹个脸红脖子粗的不好看,就说:"他大,娃说得对着呢,到底他们是两口子,钱让她拿上也合适。"

老伴都这么说了,余家俊要是还装辨不过,再不言传就不合适了,于是起身从箱子里拿出挎包,从里面掏出一厚沓钱,放到儿媳面前说:"这五万元钱先放你那达,到用的时候我跟你要,那八万元还在卡上呢,没取出来,就先放我这达,随时都要用呢。你把钱存好,这是给你男人救命的。"陶桂芝心里自是一百个不愿意,但她也知道能拿到五万就已经到头了,没敢跟老公公争竞,用衣襟兜起钱回屋去了。

第二天上午,露娃突然出现在余家俊的院子里,让余家俊感到十分愕然。

这是露娃第一次登门拜访,家俊叫菊梅给露娃倒水,进屋陪着露娃说话。露娃说她昨天下午听到他们回来的消息,今天一早就往原上来了。互相通报了各自家里病人的情况,露娃进里屋去看犊娃。露娃想起犊娃帮她种地时那生龙活虎的劲头,看着眼前躺在炕上无知无觉的活死人,忍不住流下眼泪。

看完犊娃从里屋出来,露娃掏出一沓钱递给余家俊:"这是我前些年存下的私房钱,你别嫌少,搭凑着给娃看病。"余家俊坚辞不受:"你这些年过得不容易,存下些钱还要过日子呢,这钱我不能要。"

露娃急了,瞅一眼旁边站着的菊梅说:"我也不怕碎奶奶在跟前,那时候咱两个要是成下,现在炕上躺着的就是我的娃,给自家娃娃救命,你还推辞啥呢。"话说到这分上,余家俊不好再推辞,接过钱递给菊梅说:"露娃第一次登咱家的门,瞎好也得吃一口饭。"让菊梅拾掇午饭,自己陪露娃在屋里说话。

　　招呼露娃吃饭的时候,余家俊让孙子叫儿媳过来吃饭,孙子说他妈回娘家去了。余家俊心里"咯噔"了一下,当着露娃的面他不好再问。

　　露娃这些日子伺候她妈,难得有机会回原上一趟,她也想借此机会好好地安慰一下余家俊,特别是看到余家俊眼下的状态,就更想为他宽宽心。吃完饭,他们坐在院子里又谝了好一阵子,看着余家俊脸上有了一点活泛的气色,露娃才起身告辞。

　　送走露娃余家俊跟菊梅说,儿媳妇卷上钱跑了。果然,陶桂芝自此再没闪过面。

38

　　露娃妈终究没能熬过第三个年头。手术后刚刚两年,病情就复发了,而且来势迅猛,突然间就吃不下饭,露娃两年辛劳好不容易喂养起的一点肉迅速消解,精神也急剧衰退,连路都走不动了。海娃赶紧找车把他妈拉到市医院检查,医生看了检查结果告诉姐弟俩,已经多脏器转移,并出现骨转移,回去准备后事吧。两个月后,瘦成一把骨头的露娃妈,瞪着眼睛咽下了最后一口气。

　　办完母亲的归葬仪式,露娃和王进军没有随车去县城,而是留在了原上的家里。对于露娃来说,伺候完她妈,她这一生对老人的义务已经圆满,伺候父亲就是晓娃和海娃的事情了。现在她的任务已经完成，再没有道理寄居在弟弟家，吃人家饭，看人家脸，也该回到自己家里，重新开始自己的生活。

两年多没住人，窑里又成了土地庙，鸽子都在窑里做了窝。露娃和王进军从下午开始收拾，直到晚上才打扫清楚。两人铺排好居家过日子的一应事务，这才坐在炕上商量今后过日子的事情。虽然已近春耕季节，晚上的气温还是有些低。好在他们提前烧了炕，坐在炕上倒也不觉得冷，只是炕两年多没烧，湿气很重，身子下面潮乎乎的。

两年前他们去县里时，把粮食猪鸡都拉过去了，海娃仁义，给他们作了价，该给钱的给钱，该给粮的给粮，没有亏着他们，这次回来又拉了四袋麦面，够他俩吃几个月。露娃的意思，他俩年龄都不小了，地里的活也不太能干，租给别人的地少收回来一些，够两人吃饭就行。王进军也同意露娃的意见，就先赎回来一亩麦田，到夏季麦收粮食就能接上，再收回来一亩秋田，过些日子下种，到秋季也就有了收成，再在院子里外种些菜，这一年的日子就混全了。王进军说再喂两头猪。露娃笑笑说："你瓜咧吗？咱们两年多不在，家里啥啥都没有，拿啥喂呢，靠买饲料喂猪能划算吗？要喂也得到明年了。"王进军也就不再坚持自己的意见。

然而，真正靠他们自己的力量务劳庄稼，还是有力不从心的感觉，特别是没有了余家俊和犊娃帮助，一切都得自己下手劳作。好在麦田去年秋里就已经种上，开春后追一次肥，再没别的啥事，就等着夏收了，他们可以有一个缓冲阶段。等到玉米出苗以后，事情就多了，除草，追肥，根基培土，每一样都得面朝黄土背朝天地干出来，直到麦收以后才能轻松一段时间。在这样的劳作中，露娃还时时惦记着家俊家里的事，忙里偷闲过去帮菊梅一把。

自从露娃当着菊梅的面说出那句话，过去遮遮掩掩的事一下子明朗化了，菊梅心里没了芥蒂，对露娃有了真切的认识和了解，就喜欢上了露娃的性格，两人竟然处得像亲姊妹一样。不过露娃还是恪守着礼数，称呼菊梅碎奶奶。

有一回露娃帮着菊梅给犊娃擦洗完身子,又坐在院子里帮菊梅洗衣裳,菊梅跟露娃说:"你比我还大一岁呢,再不叫碎奶奶咧。要是在旧社会,他把你先娶咧,你就是大婆子,我就是小婆子,咱姊妹两个伺候这一个老尿呢。"

一句话说得露娃脸红心跳,她定了定神也以开玩笑的口气说:"就是的,小婆子心疼得天天在炕上搂着呢,大婆子让闪得远远的,一年也看不着几回。"菊梅咯咯笑着说:"你要觉谋着委屈咧,咱两个干脆换过,你连这个老尿过一段日子,我连你们那一个谈一回恋爱。"两个人就互相捶着肩膀笑起来。

女人一旦对了路数,就会扒心扒肺、荤素不忌地互道私房。菊梅把和余家俊生活几十年的酸甜苦辣,以及对他和露娃的感情的嫉妒,都细细地说给露娃。露娃也把多少年在外漂泊的生活经历,一一道给菊梅。菊梅说到兴奋处就不管那有名无实的辈分了,直接把露娃称作姐。"姐呀,你这一辈子不亏,见识过几个男人,不像我,掂一个棒槌抱到黑,就不知道别人家是个啥样子。"露娃揶揄她:"你现在还不到五十,再麻达上一个人还来得及。"菊梅长叹一声,捶着腿说:"娃要好着,说不定我还试活一下呢,你看现在这样子,光顾娃都顾不过来,哪里还有那心思呢。那个瞎尿媳妇子,一看娃成这个样子咧,只闪咧一面就跑回娘家,还卷咧五万元钱,你说这坏良心的货,龙王爷咋就不打雷劈咧呢!"

话题转到儿媳身上,菊梅气就不打一处来。当初是她撺掇着余家俊把钱交给儿媳的,幸亏家俊多了个心眼,坚决留下了大部分,结果就一个晚上,人和钱都不见了。现在儿子天天都得喂药,见天都得花钱,留下的那八万块钱也不知道能支应多少日子,一旦花完了可怎么办,她经常愁得半夜睡不着觉。

露娃知道菊梅的难心,拿自己的家事给她宽心。露娃告诉菊梅,海娃几次让她留在县城帮他经管饭馆，可是她知道他那个媳妇把钱看得比命还重，不是个能共事的人，所以拒绝了海娃的好意，安顿完她妈，多一天都不在县城住，立马就回原上，哪怕日子过不下去吃糠咽菜，也不愿意在别人鼻子底下，看别人脸色过日子。露娃说："现在的年轻人都一个式相，只认钱不认人，海娃要是遇上个啥事情，那个媳妇怕是跟你们媳妇一样，闪得远远的，找不着人啦。"

给犊娃擦洗的时候，露娃觉得褥子已经压瓷了，透气不好，就把李晓丹当年送的毛毯拿来，给犊娃铺上。菊梅感觉，露娃真把犊娃当自己的娃了，心里就多了一份对露娃的敬重。

儿媳妇的不辞而别，彻底打乱了余家俊的计划，他原本思谋着，他和菊梅专心照顾儿子，间带着把孙子看好，让陶桂芝腾出精力，和军子一起把磨坊经营好，保证家里生活看病的经济支出，他再四处打探给儿子治病的办法，尽全力把儿子救治过来。可是这些想法全都泡汤了，为了保证家庭开支，他不得不抽出大部分时间在磨坊里忙活，把照顾儿子的任务基本交给菊梅。军子劝他还是多在家里支应，磨坊里他一个人还能忙得过来，可是余家俊觉得，军子虽然还精神，可毕竟比他大几岁，已经五十好几了，他不能把所有的活都压在军子一个人身上，尽可能分担一些，不要留下拿人当驴使唤的口舌。

余家俊给大哥二哥写了信，请他们帮助了解治疗这种病的医院或者医生。大哥回信说，打问了省城的几家大医院，都认为为时已晚，没有好的办法。二哥说西安的医院很全面，技术力量也很强，不妨去试试，如果想好了要去，他可以派车来接。余家俊拿二哥的想法征求李汝松的意见，李汝松明确告诉他，现在这种情况，不要说西安，全世界都没办法，除非奇迹发生。再者，把一个植物人往西安拉，会给原本脆弱的生命造成伤害。现在唯一的办法，就是悉心照料，维持生命，等待着时间医治。

余家俊两鬓出现了白发，原本黑瘦的脸，显得更黑更瘦了，从医院出来后，腰板子再没挺直过。躺在炕上的犊娃却胖了，皮肤变得细腻柔润，脸色白里透红。李汝松感慨，犊娃有福，遇上这么操心的父母，两年多时间竟然没长过一次褥疮。

余家俊心里一直憋着一股吐不出来的悲痛，总想找个地方大哭一场，把肠肠肚肚清理一遍。可是没有这样的地方，也没有这样的机会，这种情绪只能在心里憋着。儿媳妇卷钱离去之后，他的悲痛心情之上又增加了一份郁闷。他曾托人带话给儿媳娘家，希望陶桂芝回来，帮着操持这个家，一起渡过难关。可是几次带话，都如石沉大海，杳无音信。有人给余家俊出主意，把这事揭露到媒体上，给这道德败坏的东西臊一下皮。余家俊觉得，只要没离婚就还是一家人，家丑不可外扬。就算一气之下把她的皮臊了，又能怎么样，对儿子对孙子没有一点儿好处。余家俊虽然不这么办，但把这话却给儿媳娘家带过去了。

过了两天，陶桂芝的哥来了一趟。进门先是一顿道歉，说妹子年轻不懂事，不该丢下受伤的丈夫不管，娃娃也撂给老人，光顾着图自己的清闲，不管老人的死活。还说这都是从小失了家教，要是放在古代是凌迟的罪。余家俊听了这番话，心里稍稍松泛了一些，心想到底是当哥的，比妹子懂道理，就想问儿媳妇啥时候能回来。不料她哥话锋一转诉起苦来，说他妹子可怜，二十几岁就要守活寡，这事搁谁都受不了。眼见着男人醒来没指望，与其在这里伺候一个没有知觉的植物人，还不如回娘家伺候自己的父母，反正男人和父母都是最亲近的人，伺候谁都是一样。再说现在是法治社会，这种事情虽然骂的人多，可并不犯法，就是报纸上报道了，别人也就是多瞅两眼半，谁还能把她抓起来？这一番话，把余家俊心里刚刚升起的一点儿好感一风吹了，余家俊不愿意再听他啰唆，直接问陶桂芝拿走的那些钱怎么办。她哥瞪着眼睛说，根本不知道这回事情，即便有那也是合理的，毕竟赔的钱是他们两口子的共同财产。

余家俊心里的火腾的一下压不住了，他猛然站起身来盯着陶家娃说："你不是来说和的，你是来下战表的。"然后指着门对他说："门在那达呢，你赶紧走，再要胡呻，我叫人把你贼腿卸折呢。你们家里的女子，就让她老死在娘家里，那蝎子一样毒的女人，永远都不要踏我的门。"

余家俊实在憋闷得招不住了，就到陈化云的诊所里胡谝一通，让心里的毒气散发一下。只有李汝松来的时候，余家俊的心里才能真正松泛一下。李汝松每次带来的药，都是给儿子救命的最大希望，而李汝松跟他的交谈，也是他最好的定心丸。所以，他时时算计着李汝松来的日子，总觉得半个月过得太慢。有时候，李汝松前脚离去，他后脚就急切地盼望着半个月后的那一天。去年冬天，李汝松回老家过年，临走前把他这里一个月的事情都安排好了，到了平时该来的日子李汝松没来，余家俊一下子变得心慌意乱、六神无主，像个无头的苍蝇满地乱转，一个年都没过好。

菊梅的心比余家俊大一些，在经过了最初的伤心和悲愤之后，马上调整了心态，把全部心思放在照顾儿子和孙子上。她私下里给露娃说，这老尻把命系着李院长身上了，李院长要是来不了，老尻的命系系怕是就断咧。

秋风乍起的时候，又一场飞来横祸，把余家俊彻底击垮了。

那天下午，刚上小学不久的有有，放学后没有回家，跟着一帮娃娃到老庄子下面的崖边上去耍。有有中午上学前到地里揉了一把麻籽装在口袋里，那是他给爷爷准备的，让爷爷嗑着解心慌。几个娃娃跟他要他都舍不得给，捂着口袋不撒手。村支书余怀秋的孙子芒种伸出手，以命令的口气说："把你那些麻籽都拿出来，给大家分咧，你一个人装着弄啥呢。"有有还是舍不得给，别的娃娃说："你赶紧给他，芒种娃你惹不下，他爷是支书。"有有不服气："支书有啥了不起的，我爷也当过村长。"几个娃娃就哄笑："你娃瓜着呢，村长没有支书大。"有有更不服气，争辩道："大咧能干啥，我爷当村长的那会子，他爷啥啥都不是。"芒种撇着嘴，不屑一顾地说："你爷当个烂尿村长还是个副的,我爷的支书是个正的,我爷是村里的老大,你爷是老几?现在我爷当支书着呢,你爷啥啥都不是咧。你大犊娃植物人,你妈陶桂芝跑咧,你还牛皮啥呢。"

原上的习俗,当面呼喊别人父母的名字,就是对对方的侮辱。芒种不仅喊了有有父母的名字,而且还加上了植物人和跑了这些内容,侮辱的分量就更重了。有有虽然刚满七岁,人世间的事情多数还不明白,但骂人的话还是能听懂。芒种的这些话直接戳到了有有心里最疼的地方,他的脸猛然间涨得通红,疯了一样从地上抓起一把土扬到芒种脸上,嘴里骂着"我日你妈"就向芒种扑过去,两个娃娃随即厮打起来。

一个七岁的娃娃和一个十二岁的娃娃打架,结果是可想而知的。一阵尘土飞扬之后,有有被重重地摔倒在地上,半天爬不起来。别的几个娃娃见打得重了,心里害怕,赶忙把有有扶起来,帮他拍掉身上的土。

有有抹去鼻子里流出来的血,恨恨地瞅芒种一眼,说:"我现在打不过你,你娃记下今儿个这一仗,咱两个长大以后再打!"然后拍拍土就要回家。

芒种却往前跨出一步,横在有有面前:"你还想走呢,今儿把你尿打不服就不让你走!"有有直视着他,指指身边的崖坎说:"我说咧,我现在打不过你,你要是再打,我就从这达跳下去呢。"

几个娃娃害怕有有真的往下跳,赶紧过来劝阻,让有有回家。可是芒种不依不饶,声言:"我今儿个就看着他跳呢,他不跳就不是他妈养下的!"接着劈头盖脸扑打过去。

毫无还击之力的有有被打急眼了,弯腰低头向芒种冲撞过去,芒种闪身之际顺势推了一把,把有有的头拨转了方向,已经没有力气的有有一下子失了重心,趔趄着朝崖边斜扑了几步,脚下被地坎一绊,侧身从崖边掉了下去。

娃娃们裂帛似的惊叫惊动了原畔上的人们,几个腿脚快的迅速跑下来问发生了什么事情，娃娃们如实地讲述了有有掉崖的前后经过，芒种也知道自己闯下了天祸，一个劲儿地喊叫："是他个人没站住，我没有故意把他搡下去！"人们也顾不上听他喊叫，连忙寻路下沟。

得知消息的余家俊被人扶着跑下沟底时，有有已经断气多时了。余家俊浑身颤抖着，跪下身去抱起裹满黄土已经变得僵硬的小身体，脸上没有一点儿表情。他浑身的血液都凝滞了，身体变得冰冷而僵硬，脸色跟死人没有两样，只有呼吸能证明他还是个活的。当人们搀扶着余家俊抱着有有爬到老庄子西头，把娃娃的尸体安顿在破碾窑里的碾盘上时，余家俊突然"噗"的一声，把一口鲜血喷洒在窑壁上，一头栽倒在碾盘下。

人们手忙脚乱地把余家俊抬到陈化云的诊室，陈化云又是扎针又是灌药，忙活了好半天才把余家俊那口气调回来，这才有工夫问是怎么回事。听到娃娃们说法的人就把原话复述了一遍，陈化云的头"嗡"的一声，惊出一身汗，心下暗想，这一下这人真就完了。

余家俊完全清醒过来时，天已经黑透了。他睁开眼睛茫然四顾，不知道自己是在哪里，整个人就像傻了一样。陈化云让人找来架子车，把软得像面条一样的余家俊拉回家，他又抓了几服药跟着过去，要给菊梅做一些交代。然而，菊梅也承受不住这么沉重的打击，躺倒在炕上了。陈化云心里连连叫苦，完了完了，这个家恐怕要烂包了。

露娃得知这个晴天霹雳的消息，放下家里的一切事情，拉着王进军第一时间撵过来，全身心替菊梅撑起了这个家。幸亏有露娃两口子的帮助，在那段几乎瘫痪了的时光，才没使这个家庭烂包。

菊梅在炕上躺了几天，心里总是放不下余家俊和儿子，硬撑起虚弱的身体勉强下地，与露娃一起操持家务。露娃干脆搬过来和菊梅睡在一个炕上，替她宽心替她持家，把自家的事情全都撂给了王进军。菊梅下炕以后，她也没有离开，继续帮着照顾两个病人。

事情发生的第二天,有有掉崖的经过有了新的版本,大概意思是,几个娃娃正耍得欢实,有有突然问大家谁敢从崖上往下跳,大家都说不敢,有有说他敢跳,大家认为他是胡咧呢,说他就会吹牛,有有就真的跳下去了。而当时亲耳听到娃娃们述说前后过程的几个人,都沉默着不说话。余家俊在炕上整整躺了一个月,虽然时常有人登门探望,但没有一个人对事件说一句负责任的话,芒种的父母和爷爷没有露过一次面,就好像没有发生过任何事情一样。

余怀秋是余家俊辞职以后的第三代村官,他和余家俊同辈但不是一个家门。余怀秋当支书以前,人虽然精明,却话语不多,处事低调。自从当上村支书,就日渐红火起来,架口比余有礼还正。他的儿子儿媳都在县城工作,儿媳妇的父亲和哥哥都是县里政法系统的干部,前两年儿媳的父亲当上了县政法委书记。或许是凭借手中的权力,或许是借老亲家之威风,这几年余怀秋在村里独断专行,为所欲为,把全村人都不放在眼里。村人背后议论,这才是真正的土皇上。

一个月后,在陈化云悉心调理下,余家俊总算活过来了。陈化云最担心的是吐血的后果,弄不好会从根本上毁掉他的身体,让他从此再也爬不起来。但从后来调养的情况看,问题还不大,这恐怕还是得益于他多半辈子没害过大病,身体没受过亏欠,底子好。这一个月时间,余家俊虽然躺在炕上没迈过门槛,但由于陈化云和军子等几个关系要好的村人时常过来看望,陪他说一阵子话,通报一下情况,村里有什么动静他都清楚。余家俊起身后没有急于去磨坊,而是用了几天时间趴在炕桌上写东西。写成之后又找出复写纸,把写的东西抄了好多份,然后就摇晃着身体去了县里和乡里。

余家俊把诉状递到县法院时,法院起初不愿受理,说事实不清,证据不足。余家俊既不吵也不闹,一屁股坐在法院门口,大有坐死在这里的势头。可能法院也觉得案子不受理于理于法都说不过去,就在快要下班的时候,才勉强收下了诉状,但告诉余家俊,能不能立案,得他们研究以后答复,让他回家等消息。

第二天一早,余家俊又去了乡里。乡里人头熟,他就不像去县里那样客气。推开书记的办公室,把状子递上去的同时,余家俊直截了当地说:"这事你管不管,你要是不管,我就没有别的办法咧,我只能为非作歹去,先把你这个书记臊掉。"书记赶忙起身,拿出纸烟递上说:"哎呀,你的事情我早就听说了,想着去看望一下你呢,只是工作太忙,就耽搁下了。你老哥也是咱桑树原上的名人呢嘛,咋还能干那些没名堂的事呢。你放心,这个事情我一定过问,必要的时候我会向上级反映。"

也不知道是乡书记给余怀秋施加了压力,还是他们怕事情闹大不好收场,过了几天,余怀秋托人给余家俊送来两万块钱,说不管怎样,是娃娃们一搭里耍的时候出的事,大家都应该承担一些责任,这两万元钱算是对余家俊的安慰和人道主义援助。若是按照余家俊往昔的性格,绝对会把钱直接摔出去,然后在村里跳着蹦子大骂一回。但这时他明白,不是赌这口气的时候,就啥话没说,把钱收下了。

又过了几天,余家俊到法院打问立案的情况,法院的人告诉他,经过他们深入了解,孩子确实是自己跳下去的,跟别人没有直接关系,所以不能立案。余家俊气得浑身哆嗦着问法官:"你们是在人跟前了解的,还是在鬼跟前了解的?你们把哄鬼的话当实情呢。那些一搭里耍的娃娃,你们都分开问过吗?当时娃娃们说的情况,好多人都听着了,一个晚上就变了卦,这里头的内幕你们了解咧吗?他要是心里不亏,为啥还给我送钱呢?"法官说:"我们调查取证有我们的程序和方法,没有必要听你指挥,人家给你钱,完全是出于人道主义援助,你不能把别人的好心当成驴肝肺。"

告状之前就有人劝余家俊说,余怀秋家在政法系统有人,告状也是白告。余家俊觉得,现在是法治社会,人总大不过法吧,就抱着一线希望要求提起诉讼,为自己争求公道。

余家俊回到家里,把军子叫过来,跟他商量把磨坊承包给他,由他全权经营。军子也知道，余家俊现在的状况已无力再经管磨坊，如果他不承接，好好的事情就会烂包，这一家人就彻底没指望了，只有他全盘承接下来，把它经营好，保住这一家人生活治病的开销，才能对得起余家俊对他的信任。他们商定好刨去所有开支，每年利润按四六分成，并很快签订了承包合同，办理了简单的交接。然后余家俊又把露娃请到他屋里，跟露娃说，他要出一趟远门，拜托露娃帮着照看菊梅和犊娃。露娃说，这还有啥说的，你的事就是我的事，你要到哪里去走就是了，你不说我也会照看着。至于余家俊要去哪里，她没有问，她知道俊娃心里压抑得太厉害了，确实该出去散散心，要不然这个人就彻底失踪咧。

安顿好这两件事情，余家俊心里松泛了一些。等到李汝松来的时候，他把陈化云也请过来，先把两份状子交给李汝松，请他在市里找找关系，把状子递出去，又告诉两位老朋友，他决定出去告状，给自己、给家里寻一个公道，讨一个说法。

李汝松对余家俊的这个决定很是担心，他劝余家俊再好好考虑一下，然后再决定去留，也等等他这边活动的结果。余家俊说，他心里憋着一口气，都快把他憋炸了，他必须出去，哪怕刀山火海、龙潭虎穴他也要闯一下，他要是讨不回个公道，死了都闭不上眼睛。

余家俊已然铁了心，劝已经没有作用，李汝松就跟他说："你实在要出去，也得要保守秘密，以免节外生枝。你这一出去不是短时间能回来的，家里的事情你尽管放心，有我和老陈照应，老陈离得近，多辛苦一些，我也尽可能多跑几趟。只是你出去总得带些盘缠，等我回去给你寄些钱再走。"

李汝松的话让余家俊深受感动，他拍着李汝松的膝盖说："好我的老哥呀，我把你背咧也就二里地，你把我背咧多半辈子，我的啥啥事情都是由你出头担当，你的情我这辈子都还不清，还咋敢再跟你要盘缠呢，我这一辈子交下你这个朋友，是我上辈子烧咧高香咧，人不能把情谊往完里占，你千万再不敢给我寄钱，我出了门只要这一口气在着，我就有法子生活。"

两人交往以来，余家俊还从来没说过这么动情的话，李汝松也不由得激动起来，他攥住余家俊耙子一样粗糙的手说："兄弟呀，你现在最缺的就是钱，你又不愿意接受别人的援助，总得有个来钱的办法嘛。"余家俊很坚定地说："只要有地，人就饿不死，只要磨坊响动着，就能支应开销，我连你弟妹也没有啥奢求，只要能给娃把药供上就成咧。"

　　一直坐在一旁没有说话的陈化云这会子提醒余家俊："家里还是得备下些现钱，以备不时之需，要不然你走咧家里再有个啥情况，让婶子一个人咋办呢？"余家俊说："给犊娃赔的钱还剩下三万多，这一回余怀秋又拿来咧两万，凑在一搭里还能支应两三年。"

　　李汝松说："我看这样，"他指着摆在桌子旁边的那把圈椅，"那个东西放在你这里没有多大用处，不如把它卖了，换成现钱。"余家俊说："六十元买下的个旧椅子，哪能卖多少钱？"李汝松笑笑说："家俊你不懂，现在有人专门收过去的老家具，有些价格还是很高的。我上海的一个同学现在就干这个事情，我跟他商量一下。"说着拿出手机拨通了上海的电话。

　　介绍了圈椅的形状质地之后，对方说，按照这个描述看，应该是个老物件，最好是能拍个照片发给他，就好断定了。李汝松给对方说，这是一个老朋友的东西，万不得已才卖，价钱上能多给就多给一点。对方说，放心吧，只要东西对路，绝不会让他难堪的。正巧李汝松包里就有一个刚刚时兴的数码相机，几个人把椅子抬到院里敞亮处，前后左右拍了几张照片。李汝松说，回去让女儿帮忙发过去。李汝松叮嘱余家俊，一定要等他把这件事情办好以后再走。

　　这天中午，余家俊正迷迷瞪瞪地坐在院子里晒日头，几年不见踪影的陶桂芝幽灵一样悄悄踅进了院门，把半睡半醒的余家俊惊了一下。儿媳妇的不辞而别，本身已经让余家俊十分恼火，孙子出事以后，他对这个女人就更加怨恨，要不是她跑了，在家经管着娃娃，孙子也不至于出这样的事情，他余家俊也就不至于落个断子绝孙的下场。于是没好气地喝问:"你走咧的人嘛,又来弄啥呢?"

菊梅听到动静也从屋里出来,见是儿媳妇,愣了一下,相对客气地招呼她坐下。陶桂芝在一只小板凳上坐下说:"大、妈,娃没咧,我后半辈子指靠谁呢?"余家俊呛道:"你还年轻着呢,再嫁个人咧重养个娃嘛。"

余家俊原本以为她是在娘家待不下去了,又想回婆家来,就先呛她一句,挡挡她的路,让她知道婆家也不是随便就能回的。然而,陶桂芝后面的话,就让余家俊彻底地深恶痛绝了。陶桂芝说:"我后半辈子都没个指靠咧,我娃的命钱总得给我嘛。"

菊梅也听明白了,陶桂芝这是来要钱的,基于上一回的教训,菊梅没有擅自表态,等着余家俊发话。

余家俊呼呼地喘了几口气,对菊梅说:"他妈,把那两万元钱给她拿上,让她赶紧走,我再不想看见这个人!"菊梅啥话没说,进屋拿出那些钱摔在陶桂芝面前。陶桂芝没再说一句话,抄起钱就走了。余家俊冲着那个背影大吼一声:"你娃记着,我儿还在呢!"

过了几天,李汝松乘一辆小货车来到村里。他把一包钱交给余家俊说,事情办妥了,人家给了五万,你把钱收好。余家俊没想到,大伯当初花六十元买下的这把椅子,用了几十年后,竟然成了这么贵重的东西,为他换回来救命的钱。余家俊哪里知道,其实,那把椅子并没有卖掉,是李汝松知道家俊缺钱,又不要他资助,就想出了这么个法子,自己拿出五万块,完成对老朋友的又一次报答。

李汝松让人把椅子搬到车上捆绑好,又叮嘱余家俊,出门时带着"小灵通",遇上事情随时给他打电话,他会以最快的速度赶过去。

初冬到来前的一个黎明,余家俊踏上了告状的道路。

39

一年过去了,余家俊没有任何消息。大家心里焦虑,又没有办法跟他取得联系。李汝松问陈化云,家俊走的时候是带着手机的,怎么就不知道给家里报个平安?陈化云说,怕是他那个"小灵通"一出了这个地界就用不成了吧。李汝松一拍脑袋说,我怎么把这事就忘了呢,手机是有本地通信、省内漫游、国内漫游区分的,"小灵通"就是个本地移动电话,出了省就成了废物一个。他后悔家俊走之前没给他交代明白这些,也没替他买一个好一点儿的手机,现在到哪里去找一个到处活动的人?这种情况下,等是唯一的办法。

年关将近的时候,菊梅跟露娃说:"姐呀,你又陪我过咧一年,眼跟前就要过年呢,我这达除咧把娃看好,再也没啥事情,你也该回去置办些年货,连你们那一口子团圆一下咧,要不我脸上就不好看咧。"露娃嘻嘻笑着说:"都这一把岁数咧,还有个啥团圆头呢,那老厮也一个人惯咧。"菊梅也笑笑说:"你就是不连他团咧,也得走个亲戚,到县里去看一下你大,尽几天孝心呢嘛。"

有露娃长时间陪在身边,菊梅的心情有了很大改变,已经从阴影中摆脱出来,脸上有了笑模样,也能跟露娃开开玩笑斗斗嘴了。她让露娃回去,完全是为了露娃的家事考虑,她不能长时期把露娃黏住,让人家一家人不得团圆。

话说到这里,露娃也觉得该回去照顾照顾自己的家了,就跟菊梅说:"那我就回去躲几天心闲,十五过完我再过来,这些日子有啥事情,你就站原畔上喊我。"

露娃回到自己家里,这个年还是过得比较寡淡。她不在家,王进军就成了逛鬼,整天浪得不着家,窑也没有扫,面也没有磨,更不要说买菜割肉了。露娃索性啥年货也不置办,三十的上午就和王进军去了县城,跟她父亲一起过年。

过年期间饭馆里没多少人吃饭，海娃两口子也就歇了业，认认真真在家过年。除夕之夜家里很热闹，吃完年夜饭，一家人围坐在一起看春节文艺晚会。大年初一，露娃大显身手，做了一桌子菜，还跟海娃陪着父亲喝了一瓶酒。接下来的几天，露娃和王进军在家陪着父亲，海娃两口子腾出身回娘家走亲戚。初三，晓娃两口子来拜年，露娃又下厨做饭招呼亲戚。

　　晓娃这些年日子过得不错，男人混了个副乡长，晓娃也就跟着涨了行市，拿自己当了官太太。她唠叨她姐也不早些要个娃，混到这个岁数，想要都来不及了，就两个人过日子，还把个日子过得清汤寡水，真是白糟蹋了那副模样和那个身板，要是把这都给了她，她肯定能把日子过到省城里去。趾高气扬的心态溢于言表。

　　露娃心里原本就不痛快，听晓娃这些唠叨就觉得泼烦，拉下脸来抢白道："就你能得没边边，热饭还堵不住你那水门子，吃毕咧赶紧走，哪里的鬼把哪里的人害去。"

　　忙忙碌碌就到了初十，海娃亲戚也串完了。这天晚上一家人又在一起吃了一顿饭，这个年也就过去了。十一上午，露娃和王进军离开县城，回到自己冰锅冷灶的家，打理剩下的几天过年的日子。

　　转眼到了十五，这是年里最后一个大日子，也是当年出嫁的姑娘回娘家"点灯"、新女婿背猴的重要节日。今年"点灯"阵势比较大的，是东余家队原队长刘玉国的孙女。小两口在省城工作，女子在媒体当记者，女婿在公司搞销售。娃娃们有了可观的收入，老人们自然要借这个机会展示一下家境的兴旺，于是"点灯"仪式就搞得十分排场，光做灯就做了三天。

　　露娃是做面食的高手，也被邀去做灯。露娃在外闯荡多年，见识过好多地方的面食，加上自己的创新，做出的灯就比别人的好看。最后一锅蒸好后就要准备"点灯"仪式了。借着这个空当，做灯的几个人开始吃饭。露娃看见王进军也在人堆里混着，就叫他过来跟着吃了一碗臊子面。这时候院子里已经聚满了人。孩子们的喧闹和大人们粗喉大嗓的喝骂声不时冲进屋来。

天阴得很沉重,好像准备要下雪,也不知道月亮是不是已经升起,"八月十五云遮月,正月十五雪打灯"的农谚在这里十分灵验。天黑以后,所有的灯盏都摆好点燃,塔台上灿烂的群星,与屋檐下悬挂的红灯笼交相辉映,给院子里映射出一片喜庆祥和的色彩,场面的红火和灯盏的漂亮,更是引起人们一片惊叹。这时,一对主角也从窑里出来,他们没有烧纸,也没有叩头,只是并排站着,像结婚一样给乡亲们鞠了一躬。然后,男的踩上一只小杌子,伸手稳稳地把猴子拿下来。

抢过灯后,王进军还想凑后面的热闹,露娃硬把他拉了回去。露娃说,这一个年咱们都没在自家过,今儿个是元宵夜,咱两个也该在自己家里吃个团圆饭了。王进军应和着:那就再咥一顿。

傍晚才吃了一顿臊子面,这会子其实还不饿,两人再吃一顿完全是为了一个气氛。露娃年前答应过菊梅,十五过完就过去,这样王进军又要耍单了,这顿迟来的年夜饭,也是为了弥补对王进军的亏欠。从外面刚一回来,王进军就搂住露娃要骚情,露娃说先不着急,饭吃毕咧上炕慢慢地来。露娃在灶窑里拾掇菜,王进军把去年买来还没用过的一个砂质火锅找出来,在院子里洗涮干净,露娃把烩菜放进火锅里,王进军给火锅中心的火筒里生火架炭。火锅生着后,捧着到窑里端坐在炕桌上。露娃又拌了两个凉菜,一并端进窑里。

两人一天不在家,进门后才把炕煨上,半天热不起来,空气湿冷的氛围中,窑里就有些寒气逼人。王进军想起来,前些日子一辆拉煤的汽车从原上经过,走到村口车慢下来,他顺手从车上捅下一大块炭,现在还在草窑里放着,就跑出去把那个装炭的背斗拖出来,拿一个瓦盆架火,生一个火盆端进窑里,不一会儿,窑里就暖和起来了。这时候火锅也翻滚起来,热气和香气一同弥漫开来,窑里就有了过年的味道。

露娃说,光吃菜不喝酒不太美气。王进军说:"好好,今晚夕我陪你喝几杯,咱两个一醉方休。"说着跳下炕去翻腾着找酒。露娃说,她妈过世的时候还剩下两瓶酒，海娃没拿走，在灶窑水缸上面的板板上放着。王进军就到灶窑把酒拿过来，顺便又找了两个酒杯，两人在炕上相向而坐，举杯对饮。三杯酒落肚，王进军就有点飘飘然了。由于是最后一顿年饭，露娃有意把烩菜弄得丰厚一些，锅里的肉片子就比平时厚了许多，白菜豆腐也在锅里翻滚出可口的滋味。

起先两人还说一些生活上的话题，酒色微醺以后，就天上一句、地下一句地胡诌起来。王进军说："一看人家刘玉国家'点灯'的阵势，就知道人家日子过得品麻。"

露娃触景生情，想起自己往昔的日子，脸上流露出憧憬的神色，叹气说："唉，我'点灯'的那会子，日子过得也品麻得很。"王进军吃吃笑着打趣她："你胡诌啥呢，那会子你连啥是个真正的男人都不知道，你那日子品麻啥呢。"

露娃也嘿嘿笑了，端起酒杯美美呷了一口："我说的是那会子的光阴，又不是说那个人。不过那会子我真的就不知道，男人女人还有那些个泼烦事情呢，那个烂尿男人把人抓得咬得，我就害怕晚夕的那个时间。"王进军醉眼迷蒙地瞅着露娃问："后来咋就不害怕咧？"露娃故意浪声笑着："后来知道咧么，不光不害怕，还老想着呢。"

王进军坐直了身子，端起酒杯跟露娃碰了一下，瞪着眼睛认真地说："祝贺你，老天爷把你这一辈子没亏下，来，干咧！"两个人又一饮而尽。

脚地上火盆燃得正旺，炕也逐渐温热起来，两人都觉得热了，就把身上裹着的棉袄脱了，继续喝酒。

露娃颇有些遗憾地说："这个年过的，咱两个光就跑了个欢实，戏也没看上一场，门上连个对子都没贴。"王进军舞着手说："想看戏有啥难的呢，我虽说不会吼乱弹，但我可会唱酸曲了，我唱一个你听一下。"也不管露娃同意不同意，歪着头，扯着嗓子就唱开了："骑上个毛驴呦狗咬着腿，半夜里来了一个催命的鬼——"

那破锣嗓子真比伐锯还难听，露娃赶紧摆手："对咧对咧，你这催命鬼嗓子还不抵驴叫唤，赶紧拾掇过。"王进军嘿嘿一笑，又做出认真的样子说："你刚才说得着着的，过年呢连个对子都没贴，明儿我就请人写个对子贴上。"露娃说："瓜娃子，明儿年都过完咧，还贴啥呢。"王进军翻着眼皮想了一会儿，说："那咱两个现在说个对子，权当过年贴咧。"

露娃又自斟自饮一杯，然后说："咱两个都没念下书么，字都认不下几个，你还日能得上天呀，会说对子咧。"王进军瞪着醉眼说，就按平常过日子的话说。露娃说："那你先说个上联。"

王进军已经坐不稳了，摇晃着身子想了一会儿，嘿嘿傻笑两声，然后说："你听着，我先说上联：天上下雨地下流，老尿睡觉头对头。我说完咧，该你说下联咧。"

露娃把一口酒喷出来，弯着腰笑了一阵子，喘着气笑骂："你这说的啥屁话嘛，还成了对子咧。"王进军嘻哈着说："你不管屁话不屁话，该你对下联咧。"露娃就端正了脸色也想了一会儿说："那我就顺着你的屁话往上对，你听着，我说下联：泉眼出水沟里流，磨道放驴没尽头。"两个人就笑成了一团。

笑了一阵子，露娃问："还有上头那个横横子是个啥？"王进军说："瓜尿，那是个横批。"露娃说："那横批上说个啥呢？"王进军又想了一会儿冒声喊了一句："活得受活！"露娃拍着腿，哈哈笑着："对对，你说得对对的，咱就是活得受活！"

外面已经飘起了雪花，没有风的夜空里，冷空气像一面罩子罩在窑院上，冷气和热气在窑墙顶上的通气口抗衡着，冷气进不来，热气出不去，好像挡上了一块闸板，禁止了空气的流动。

脚地上的火还旺着，一瓶酒已经喝完，两个人都醉倒了。他们原本说好，吃完饭"活动"一下再睡，可是还没来得及"活动"，甚至连炕桌都没来得及收拾，就昏昏睡去了。

这场雪直直下了一夜，第二天早上雪花还在飘扬。

渐渐地，原畔上有了动静，家家户户陆续起来了，大人们敞门开道自扫门前雪的时候，娃娃们也开始在雪地上嬉闹了，原上就有了一派瑞雪兆丰年的生气。然而，原上已经人欢狗叫的时候，老庄子却很安静，那个孤独的窑院更显得异常静寂，白雪覆盖的院子里甚至连一行鸡的脚爪印都没有。

这是入冬以来的第一场大雪，一拃多厚的皑皑积雪，覆盖了原地，覆盖了山峁，覆盖了沟壑和梁垄，覆盖了公路和田地，覆盖了村庄和农舍，覆盖了所有的赤裸与荒芜，覆盖了所有的凄凉与贫瘠，覆盖了所有的杂乱与污秽，银装素裹的桑树原，像一副洁净的胴体横呈在大地上，尽情地显示着洁白无瑕、晶莹剔透的美丽，白茫茫一片大地真干净。

接近中午的时候，花牌楼方向的原畔上出现了一个黑点，这个黑点蠕动着渐渐增大，慢慢地朝着余家磨坊这边蠕动过来。黑点越来越大，渐渐就显出了人形。这个人形在漫天飞舞的风雪裹挟中迈着艰难的步履，越过白雪覆盖的公路，蹒跚着渐行渐近。人们渐渐能看清了，这个人衣衫褴褛，弯腰曲背，乱发披肩，杂髯垂胸，浑身污浊得与这皑皑大地极不协调。

当他挪动着脚步进入村里的时候，人们才惊奇地发现，这个弯腰曲背、形同乞丐的老人，竟是离家出走一年多，一点音信都没有的余家俊。

2021年3月11日初稿于兰州

2021年6月1日二稿于成都

2022年5月24日三稿于成都

2022年9月26日改定于兰州